陈应松文集　中篇小说集

# 神鹜过境

卷二

陈应松——著

Shen Jiu
GuoJing

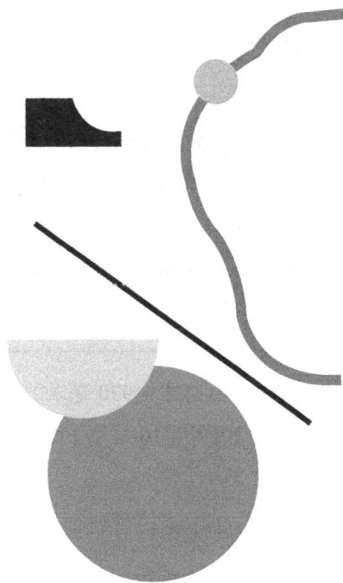

长江出版传媒　长江文艺出版社

图书在版编目（ＣＩＰ）数据

陈应松文集. 卷二, 中篇小说集. 神鹫过境 / 陈应
松著. -- 武汉：长江文艺出版社，2019.10（2021.10 重印）
ISBN 978-7-5702-0881-4

Ⅰ. ①陈… Ⅱ. ①陈… Ⅲ. ①中国文学－当代文学－
作品综合集②中篇小说－小说集－中国－当代 Ⅳ.
①I217.2

中国版本图书馆 CIP 数据核字(2019)第 031435 号

责任编辑：李婉莹　毛季慧　　　　　责任校对：毛　娟

装帧设计：壹　诺　　　　　　　　　责任印制：邱　莉　杨　帆

出版：长江出版传媒　长江文艺出版社

地址：武汉市雄楚大街 268 号　　　　邮编：430070

发行：长江文艺出版社

http://www.cjlap.com

印刷：武汉中科兴业印务有限公司

开本：640 毫米×970 毫米　　1/16　印张：25.25　插页：2 页

版次：2019 年 10 月第 1 版　　2021 年 10 月第 2 次印刷

字数：376 千字

定价：48.80 元

# 目  录

# 神鹫过境

## 一

号是一只二龄鹫。它已经十分的勇猛了，它的尖喙硬硬的，在秋风中尤其如此。它褐色的眼珠转动着成熟的生存智慧：分辨猎物，抓住它们，置它们于死地。它的羽翼已经超过一米，是一大片云彩般的阴影，那阴影使敌人胆寒。当它扫过高原和砾石，是绝对无情的，它君临一切，是天空中的王者。当然了，还远不止这些。在那遥远的高原，只要你是一只鹫，你就被赋予了神性，你是天神的使者，住在高原上的人，他们的灵魂是由秃鹫——死尸的啄食者带到天堂的。

号在出生的那一年就与它的父母兄姊一起，携着几个死者的灵魂去了天国，它看见了神。那儿的人都这么说。在那些洁白如银冠的雪山下面，在梯状的云彩上面，号飞升着，它看见了人们把死去亲人的魂系在了它的翅翼上，他们相信号。

现在它却是一只迁徙的饿鹫，旅途寂寞，寒风广大，在天空尤其如此。它已经找不到队伍了，它的兄姊是否早已到了温暖的南方，在一片无人敢扰的草甸上，在夷岭的那边，正等待着它？

它是在追逐一只田鼠时掉队的。那是一只狡猾的黄毛田鼠，它仗着对地形的熟悉钻进一堆乱石缝中，号守了几个出口，都没能逮住它。有一次看见了那只田鼠露出了尾巴，可是当它把嘴伸进去时，那石缝差一点卡断了它的喙嘴。就这样，耽误了时间，等它再一次飞起来的时候，天空已经发暗，只有断崖靠西的那一面还反射着最后一缕夕光。它叫了两声，又叫了两声，除了孤独的回声外，陌生的天空里什么也没有了。

就是在第二天的早晨，它从寒露中醒来，准备寻找猎物的时候，它遭到了这夷岭的致命袭击。

没有现成的碎尸，这使它平常养尊处优的生活受到了挑战。不过有一种秉性是存在的，这就是弥漫在整个闪光夏季的嗜血渴望。当它远行的时候，饥饿唤醒了野性，也唤醒了它征服天空的雄心。它和它的兄姊虽然都有点失魂落魄（那是被季节追赶的），但只要进行短暂的休整和补给，它们依然是骁勇的，并能越过高耸入云的夷岭进入南方的天空。

夷岭有两种凶狠的留鸟。它们小巧玲珑，但狂妄至极，这些留鸟的傲慢来自它们狭隘的个性和眼目，对一片天空恋久之后，它们因此忌恨所有的飞禽，连云彩也忌恨。这两种留鸟一种是红尾伯劳，一种是黑卷尾。红尾伯劳当地人叫它"嘎郎子"，意思是它嘎里嘎气的，不知道天高地厚；黑卷尾叫它"箭子"，黑卷尾是一种缺少涵养、怒气冲冲的鸟。于是，掉队的号在这两种鸟的挑衅下演出了一场悲壮的也是羞辱自己的生死大战。最后，它被打败了。

这怎么可能呢？然而事实如此。

在夷岭的天空，红尾伯劳和黑卷尾从来就没有团结过，它们是生死对头、冤家，互不买账，常常为天空中一条无形边界打得天昏地暗，而今天，它们团结起来了，它们看见那一队又一队从高原上来的大鸟。这些大鸟飞得很高，没有长期住下来的意思，也没有与它们争夺林中的食物。但它们恨这些大鸟，嫉妒它们，只是因为它们飞得太高。

号听到了一阵狂躁不安的大喊大叫，就在它的下面。忽然，一群小黑鸟蹿了上来，这就是黑卷尾，它们贴着号的翅翼射向天空，然后又俯冲下来。

这只是一种恫吓，虚张声势。号在心里笑着。但紧接着红尾伯劳也加入了拦截的队伍，它们配合黑卷尾，挥舞着寒光闪闪的尖嘴对号展开了进攻。

丁连根那天正在摘苞谷，他是不爱朝天空看的，天空中没啥，吃的全在土里。但是有一根粗大的羽毛掉到他面前，又一根粗大的羽毛掉到他面前，还有小羽，还有血。他以为是下雨了，摸摸鼻子尖，是红的。下红雨吗？他仰头望望天，就看到了那惊心动魄的一幕：一群土鸟在攻击一只大鹰。那大鹰的颈子没有毛，是癞鹰。当地叫这种鹰为癞鹰。

"喔，"他说，"个贼日的。"他骂了一句。

狂乱的黑卷尾们以忽上忽下的乱窜扰乱了号的视线，号踟蹰着不知从哪儿突围，就在它恍惚不定的时候，阴险而聪明的红尾伯劳趁机下口了。这些夷岭骄傲的嘎郎子，它们是如此的勇敢，无所畏惧，知道以弱胜强的办法。它们瞅准的是号的屁股，瞅准了，啄一口，飞开，再来啄一口，再飞开。号先是疼痛，然后是愤怒。这只愤怒的神鹫，它知道自己在天空中的影子就是飞翔的石头，对，石头，那弯曲的镰刀一样的喙嘴就是力量与尊严，还有恐怖。小鸟们因为恐怖而孤注一掷，忌恨也像宿怨一样。高原上的号如今不过是孤独的过客，但激情是不会泯灭的，而且鹫是无所畏惧的，它啄到了一只黑卷尾，啄它的毛，啄它的皮肉。它在被自己的翅翼搅得迅猛的气流中沉下身子——它知道了背上的疼痛和尾部的疼痛，它的利爪把那些芝麻大的小鸟抓出了血，皮毛撕裂时小鸟们发出的凄厉声音，是最美妙的音乐。号疼痛，它沉默。血从天空洒落，羽毛纷飞，刚才丁连根摸到的那一滴血，就是这场战争的祭酒。

红尾伯劳也受伤了，虽然它们的口中含着号的皮肉，但号也扯下了一只红尾伯劳的胸腹，另一只被号的翅膀一扫，便断了腿。

现在，号已经遍体鳞伤。面对着两种不怕死的小鸟，它简直束手无策。它躲避，它下降，它叫，它逃窜。

这个黄昏因为溅满了鸟的血而变得悲壮起来，天空中充满着莫名的哀伤。总之号是这么看的，它弄不清楚，在这里——在翻过夷岭的途中它失去了尊严。这仅仅是开始，当生命被保全之后，失去尊严的生命会发生彻底的变异。这就是命运吧。

它记得在天空中应战的时候，还有一只鹫也遭遇了同样的命运。那只鹫它不认识。当它因为身体的沉重而下坠的时候，看到那只鹫也跟它一样，摇摇晃晃地掉落下去。山下的深壑、梯田、村舍以及河流都在向它们招摇着秋天迷人的景色。这些陌生的景色在嘲笑它们，也将抚摸它们。

后来，它们会合了，在一处坡地的灌丛里，因为同是天涯沦落客，它们细小的呻吟与呼唤彼此都能听见。号看了看那只鹫，它的同类，是一只体力有些不支的老鹫。它望着它，它也望着它。不过那只是一瞬间的对视，它们走拢之后，在不到一米远的距离里各自蜷伏进开始衰颓的茅丛中。白花花的野茅并不比高原温暖的阳光差多少。

# 二

癫鹰来了。丁连根从傍晚便开始寻找那两只鹫。他看见它们在那个远远的小山对面的崖谷里没有再飞起来。

"它们飞不起来了。"他说。回到家里,他啃了两个红薯,就叫上老婆,带着电筒,向崖谷走去。

到处是苞谷地,也有吃苞谷的猴子,也有熊瞎子。因此丁连根希望尽快找到那两只鹫,不愿碰到任何野牲口。他带着绳子,他的老婆也带着绳子,还有两把砍刀。这两只鹫如果不被野物吃了,就会被别人捉去。或者,它们会重新飞起来。

丁连根当然不怕,只是担心那么大的两个家伙难以让其驯服,万一它们反抗,啄他,用翅膀扑他(和他的妻子),那怎么办?丁连根的老婆可不是个孬种,她连这点顾虑都没有。她有劲,无论是洗衣还是挑柴,她曾经打掉过丁连根的门牙,有一次在与邻居的殴斗中,是她(而不是丁连根)扯掉了那家男汉的裤子,在屁股上留下了她凶猛的五爪血印。

"哈,这两个家伙!"丁连根的老婆一个饿虎扑食就罩住了号。号是年轻的鹫,可号没有反抗,她跟逮鸡一样。

接着丁连根也扑到了另一只老鹫。他们开始捆绑。这也很容易,缚住它的两个翅膀,另外,那一双铁似的爪子也得缠个严严实实。那嘴巴,铁钩子似的,也得缠住,以防万一。

丁连根的老婆先捆了号,她摸摸它的屁股,说:"伤得不轻呢。"在丁连根的电筒光里,号的屁股上的血已经凝固了,现在在捆绑的过程中,碰到了那些伤口,又有几处地方渗出鲜艳的血水来。而丁连根看他手上的那只老鹫,整个屁股都被啄烂了。红尾伯劳一口一口又一口,啄得它千疮百孔。号毕竟年轻一些,它还能在天上与它们搏杀一阵,而那只老鹫,它衰笨了,它失去了平衡与力量,在夷岭的天空,在这个阴险和没有信仰的天上,老鹫不过是一块被抛上天空的垃圾,一片被旋风打乱的落叶,一堆衰老的记忆,小鸟可以欺负它,人更可以欺负它。

"只怕有二三十斤哩!"丁连根的老婆背着号说。她将号丢到背后。丁连根也把老鹫背到了背后。老鹫更重。

他们在深夜下山。

因为困倦，回到家他们便把两只鹫丢到了屋旮旯里，喝了些水便躺到床上睡去了。

丁连根困，可他的老婆并不困。兴奋正在她的脑海里惊涛拍岸。听着丁连根那些蠢里蠢气的鼾声，她心里骂道："真蠢。"因为丁连根说，这可是难办啊。丁连根对鸟的知识掌握得太多了。这个平时闷气的小个子男人，肚里还是有货的，他似乎对上面的政策啥都懂，平时见了个纸片只要有字都会一个人待在一边研究老半天。虽然她平日里唠唠叨叨但一句话也不顶用，关键时候还得看男人那一句话。说行，就是行；说不行，就不行。干得，就干；干不得，就不能干，门牙打掉了，还是不能干。事实证明，男人丁连根总是对的，男人就是男人。男人不愧是男人。他说："这难办啊。"莫非就真难办？把它们杀了，腌了，下酒吃，给孩子吃，给娘提一块去，顶一二十只鸡呢。她摸了摸它们的脯子，有肉。就那一只爪子，给爹下两顿酒怕是没有问题。去卖了吧，丁连根说只能悄悄卖，那也得卖大几十块、上百块钱。就把它们卖了。或者卖一只，腌一只。总不能把它们喂养着吧，那怎么喂，它们要吃些啥？抓老鼠，到哪儿去捉那么多老鼠？吃兔子，到哪儿去买那么多兔子？"放他娘的屁！"丁连根的老婆想到这里猛地拍了一把床沿。于是整个床一震，丁连根的鼾声停了片刻，他翻了个身，呱叽了一下嘴巴，又睡去了。也许压根未醒。

她得先做出一种安排和处置。这两只癫鹰有她的一份。

夷岭的秋夜传来了山涛与树潮的悠长吼叫声。那是秋深了，风欺凌着山区的一切，告诉它们，季节正准备转换。接着，雪和冰雹就会来了。不过这种情况并不多见，随着气候的一年年变暖，那种几十年前大雪封门又封山的景象已是凤毛麟角。

听见堂屋正梁上那只鹩哥学猫的叫声细呢呢地响起后，她在对两只鹫的盘算中甜咪咪地睡去了。

## 三

号听见了猫叫。

它的眼在黑暗中搜索到了，那所谓的猫，是一只鹩哥。这只乌黑的鹩

5

哥，跟这房子里的黑暗一样黑。这只鹩哥就叫鹩哥，屋里的主人从小就是这么唤的。它现在正吓唬在屋梁上跑马的成群老鼠，它只是吓唬。而号听见老鼠的奔窜声想到的却是那种口中嚼动的滋味。太饥饿了，加上干渴，老鼠的血肉可以解决这一切。可它被捆绑着，它和那只老鹫被塞在一口水缸的底下，那儿潮湿的空气虽然缓解了屁股火辣辣的疼痛，但肚腹空枵，加上它们无法动弹，连张开嘴的权利也没有了。

那只老鹫在轻轻地呻吟，它太难受了吧。它在那令人神往的、自由无羁的高原生活了十年，也许二十年。风吹动着高原上的草，百兽嬉戏，流水淙淙，到处是鲜花，到处是食物与景仰。除了严冬的肆虐，没有什么可让它们担心。而随着迁徙之路的改变——那一条从祖先至今行走的天路，正慢慢离开那熟悉的天空，向一些陌生的、充满了野蛮与邪恶的地方延伸。夷岭的第一批探路者正悄悄地选择了它们。可老鹫老啦，它知道前程危险，但对生命不息的热望使它踏上了这条道路，然而，是一条满含耻辱的不归路。

号打了一个盹。当它从梦中醒来想舒展它的翅羽以抖掉夜的残余时，才明白了它的处境。天空已经不存在了，水缸代替了一切。这个充满着霉气和肮脏气味的角落，射进了一线早晨的白光。它看见了那个昨夜捉它们的男人的面容，脸盘很小，长着一只狗鼻子，眉毛稀疏。他看了它们一眼，就从水缸边挑上水桶出门了。这时那个捉号的女人也敞着怀出来了，这个女人揉着一双发肿的眼睛，浑身散发着一股女人的热腾腾的酸气。这种气味对于号它们来说，太熟悉了，只不过，一种是有热气的，一种是冷的，夹杂一股更浓的血腥味。在高原，在乱石堆砌的台子上，号就吃着这种冒着酸味女人的骨肉或者男人的骨肉，连一点渣子都不剩，将他们悉数吞了。号身边的老鹫吃得更多，那些过去时代的肉体，给它许多美好的回想。在饥饿与绑缚中，你会对过去的一切更敏感，连许多小小的细节都可以回忆起来。那些念着唵嘛呢叭咪吽的人们，他们转着经筒，说秃鹫衔着他们亲人而去的地方，是一朵巨大的莲花。

现在，女人揉着那一双发肿的眼睛，她好像不相信这两只鹫属于自己似的，她蹲下身子，用手摸了摸两只鹫的羽毛。它们的颈子是秃的，就从那儿，一直到头顶，有些纯白色的细羽，比其他地方的羽毛要柔软，像普通的鸟羽一样。号以为她是来为自己松绑的，至少给它们一点水喝，解开它们喙嘴上的绳子，让它们嗑嗑舌头。可是没有。这个女人站起来后，屋梁上的那只鹩哥就开始喊了：

"妲妲，妲妲!"

那是一种谄媚的声音，它是夷岭的另一种鸟，比凶恶的黑卷尾和红尾伯劳还令人讨厌。

"妲妲，妲妲，老丁挑水了，咕噜咕噜咕噜咕噜。"鹩哥说。它吐词清晰，语言乖巧，整个儿都是圆润的，它模仿吞水的声音就跟水声一个样。

女人从缸里舀了一瓢水，给它添水，并且抓了些黍子丢进那只竹笼里。女人不想搭理这只饶舌的鹩哥。它的舌头是如此的柔软，被捻了舌，被捻去过几层舌鞘，它才会如此乖巧，巧舌如簧的。

姓丁的男人挑水回来的时候，就有陌生人走进来了。

这些陌生人是丁连根的老婆带来的。被鹩哥称为妲妲的这个女人，是个炮筒子。"逮着癞鹰了。"她在外面说。这是一种炫耀。可是昨日晚上她的男人反复给她交代的"不吱声"，早被她那种炫耀的冲动给忘记了。一个男人逮一只癞鹰不算啥，这过去有过；甭说是一只鹰，一头虎也有人逮过。一个女人逮一只癞鹰却是闻所未闻，天下奇闻。在二十年前的某一天，一个女人打死过一只豹子，传遍了整个中国，这女人就是夷岭的。不过，那是一次偶然的运气。豹子要吃她，她在树上，她准备跳下来逃生的，刚好跳在了豹子的腰上，将其脊骨压断了，豹子就瘫了。就这么，一个挑猪菜的女子，成了英雄。而如今，这个曾经仰慕过打豹英雄的女人，也将成为英雄。她从男人丁连根那儿知道，如今没谁敢称打野物的人为英雄，但在夷岭，在村里，她还是可以获得英雄的称号。

渴望成为英雄的女人，带着食肉寝皮的英雄主义气概，把她的事迹在一早晨就随风传扬开了。就这么，又恨又气、敢怒不敢言的丁连根，看到人们云集到他的家里来看稀奇。

"这是两只癞鹰。"那些人肯定地说。他们这么肯定，也知道它们的价值。谁都知道，这是政府宣布的二级保护动物。但对动物只有吃法的区别，没有保护等级的区别。大家吃过熊，吃过娃娃鱼，也吃过穿山甲。大家清楚，只要你不打熊猫与金丝猴，这命是可以保住的。不过，在经常吃掉的二级保护动物里，癞鹰是稀少的，简直没有。这癞鹰为何在这儿出现，而且一次逮住了两只？

这个现象并没有引起大家的注意，只是丁连根有些隐隐的感觉：会有更多的癞鹰从这儿经过。看来，夷岭的天空会发生什么变化了。

随那些人一起进来的还有苍蝇。成群结队的苍蝇也是嗜血的幽灵。它们聚集在号与老鹰的屁股上。它们叮着，而看鹰的人就用树棍子戳这些鹰的身子。他们抽着烟，咳嗽着。

水来了。有人给它们喝水，不一会，它们的面前还出现了一些鱼头和鱼肠子。"是得喝点水了。"号心里想着就把尖喙伸进那个瓦盆里。那些鱼肠子味道并不好，号叼了几条进嘴里，其余的它想让给老鹰吃。可老鹰连水也不愿喝，它闭着眼睛，无精打采。它太伤心，它一定太伤心。过多的回忆会使它变得执拗和绝望。而且有人在那老鹰的羽脯下使了劲，那带毛刺的棍子一定刺疼了它，还包括心。有人还十分可恶地用棍子翻弄它的伤口，他们在讨论他们引为自豪的红尾伯劳是怎么把嘴伸进这癞鹰的深肉里，把肉扯出一个洞来的。苍蝇时起时落，在那些人的谈话中穿梭飞舞，发出嗡嗡的声音。

"我们是看见过一场战争。"他们说。每个人似乎都对天空中发生过的一切目不转睛过。其实，关于那场搏斗，看见的人并不多。他们之所以感兴趣，是在于这一对捕捉巨大癞鹰的夫妇，并不是猎物。他们在村里的地位，可能还不如村长门前的一块石头呢。

四

是杀还是不杀它们，愁煞在丁连根的心头。食物愈来愈艰难，而风声愈传愈远去。

"我们是穷家小户，与其让乡干部来搜了去，不如主动把它们献给国家。"丁连根蹲在门槛上抽着烟。烟抽了不少，烟是最差的"红金龙"，抽进去直刺舌尖和牙缝。

第一天，他买了三斤烂鱼，第三天去一个养猪场拖回了一头死猪。太阳在山路上把死猪晒膨了，散发出一股让人倒海翻江的臭气。死猪虽然只花了十五块钱，然而那一整天，他像掰了两亩地的苞米一样累，因为他整整走了三十多里路。

整个屋里因为死猪而增添了数不尽的苍蝇和臭味。他用盐水洗着两只鹫的屁股。老鹫的伤太深，有一块已经变黑。

"杀了它们，我们也不缺这块肉吃。"他对老婆妲姐说。

这是现实的问题，他的老婆不得不考虑。两只鹫的食量惊人。这样吃下去，他们儿子的学费也要被吃完了。但难道就不能杀了它们吗？谁来管你，你杀了，你吃了，给儿子补胃气，炒辣椒吃难道不比吃南瓜和扁豆有味吗？老婆讥笑他："国家，国家这么大，你未必送到北京去哟？"他的老婆踢了老鹫一脚。老鹫现在能站起来了，号也站着，但它们的翅膀仍被捆着。翅膀高张起，像飞翔的样子，但它被捆着。

捉了野物献给国家，这是丁连根的老婆第一次听到从丁连根嘴里吐出的像领导一样的话。可县里的领导来了，村里正在给他们吃熊掌。有一次，有一对有了些异味的熊掌，还是被县里来的几个土管员下了三斤白酒。不过事后他们拉了三天肚子。

但是丁连根起了心想交给国家，还是村里的赵老饼一句话戳到了他的心尖。赵老饼是见过世面的人，有几年去了高原挖药材。"这是神鹫，那边多啦！"他说。他指的那边，就是高原。

这丁连根清楚，丁连根隐约听到过这癞鹰的来历，它们是神物，至少在赵老饼所指的方向，离夷岭很远的地方是如此。有人说这些神鹫的眼里映着你的前生和来世。他不相信，他从来就没有见过这样的一双眼睛。对于鸟，要么是吃了，要么是驯它。驯过小鸟的丁连根不会有一种对于鸟的恐惧，没有，现实生活越来越不使人恐惧什么，人们只是生存，只是为得到更多。那种得到的欲望如果不遇到直接的抵抗，任何鬼话瞎话也唬不住他们。人们已经无所畏惧。但是在赵老饼来过的那个晚上，丁连根在鹈哥的猫叫声中摸黑去缸里寻水喝时，他在黑暗中猛然看到了两只眼睛，那是号的眼睛，在黑暗中射出两道寒光。这只是幻觉吧。后来定睛时那寒光消失了，也许他不愿看了，不敢看了；也许号合上了眼睛。他在那褐色的、敌视而且威严的一双鹫眼里，似乎看见了一些模糊的秽物。"那里面没有我。"他说。他给自己壮胆，他点燃一支烟，笑笑。笑自己胆这么小，还能在半夜去捉鹫吗？哈哈！他心里说。他变得高大了，强健了，心定了，神稳了。他做他的事：他给鹫敷伤，他研究它们的颈子，想着从哪里开刀，想着怎么啃它们的爪子，第一口酒吃哪一根，吃前跗呢还是啃后趾？

吃它们的颏还是啃它们的颊?

这种虎视眈眈的想法只能是一种想法。它是为了抵御某种悄悄滋生的恐惧。当他看到儿子在它们的面前,号的那双阴森森的眼睛似乎是一种灾难的预兆与念咒。儿子太柔弱,他害过几场大病,后来因打针而使一只腿粗一只腿细,走路时有些打拐。鹭却似乎太强大,它们无声,它们被绑,它们吃着臭鱼烂虾,可它们强大。的确如此。丁连根是个比较胆小的男人,在夷岭,他当然也可以走夜路,拿着一把钢叉便能一个人照看苞谷地,以防青猴掰摘。但那是为生活所迫。一旦从生存的泥潭里挣扎出来,静下心来后他看到了什么呢?他不能毛着胆子去抗击世上一切强大的东西。一个人的愚妄半是为生活半是为挑衅。

我怕什么!他有时候还是这样想,那一双看到你心里去的褐色眼珠不就是畜生的眼珠吗?

"国家就是县里!"在老婆多次质问他国家是不是村长,国家是不是"胡公安"之后丁连根终于发脾气了。发脾气是要积聚些中气的,一年半载地发一次,发就发好,豁出去了,不让她有丝毫的侥幸,家破人亡都在所不惜的样子。

"你吃了它们你就长几块肉了吗?这些癞鹰都是吃死人的,你敢吃?!"

就这么,在激烈的争吵声中,丁连根拿上扁担叩着地下,好像要劈人的样子;又找绳子,要上吊,要把人勒死的样子。他的老婆暗声了,他的老婆躲在房里,丁连根的那气势把她堵住了,那气势像一道火墙,呼啦啦地点燃了整个屋。

丁连根挑着两只鹭就出门了。

"个贼日的!贼日的!"不知道是骂谁,骂老婆?骂鹭?骂横着碰上门框的扁担或者门框?

"妲妲,妲妲,你出来。"等丁连根出了门,烟火气散去了,屋梁上的鹩哥说话了。它甩着一头的水。在丁连根发脾气的时候,它一直待在笼里的那个大水碗中,仅把嘴伸出来。这笼是丁连根专为鹩哥做的浴笼,有一个大陶碗,比脸盆小不了多少,山里汉子吃饭的那种碗。鹩哥爱在里面洗澡,遇上害怕,也会藏身水中。

在那儿,在水缸边,有一堆臭熏熏的猪下水,一些鹭的粪便和丁连根将鹭绑上扁担时弃下的几根羽毛。那羽毛真的很大，灰白色的尾羽，还有几根金褐色的头羽。

女人等待着男人的反悔，他走出村，气在三五步之后就会消的。这几十斤好好的鸟肉，总不能白白送给国家。况且他送到县里，现在已经是下午了，要走到县里，得半夜了。除非他能搭上便车。另外，他的手上没有钱，他吃什么？他的烟也没带着呢。他火一来把什么都忘了，这钉锤子（她私下给他起的诨名），他要挑回来。挑到哪个地方歇歇，吃一支烟，然后就回了。江里的江猪子也是吃死人肉的，白鳝也是吃死人肉的，白鳝钻入死尸的肚里，吃空了才出来。可它们的肉一样好吃，还金贵些呢。

钉锤子，回来！她在心里喊。

## 五

人有时候横了就横了。人被逼急了，娘都敢杀。整整一个下午，丁连根就这么简单地凭着一股犟劲一步不歇、不吃不喝地走在去县城的路上。

每当别人问起他，他便说："癞鹰。"就这两个字。无话可说。他木头木脑，咽着干涎水。想抽烟，没抽烟。无烟。过河的时候，才找出一共两块多钱来，没买烟。算了算，这一趟有保障了。

他没回头。

他倒是在细细地打量天空。

天空有云，很淡。天很高，天静静的，有鸟飞过。后来，他看见了在紧挨着夷岭的山边，在西南的天际豁口，低垂在天幕尽头的山峰间，有一队鸟飞过，那是鹭，从高原飞过来的，正在翻越高高的夷岭。它们如一阵乌云。他看着它们滑过天空，自言自语地说："更多的癞鹰就要到了。"

"咱们走吧。"他说。他换了换肩。那两只倒垂着的鹭，嘴微微地张着，并且淌出一些涎沫来。它们是渴了。这天气不对，好像给人造成了错觉，以为还是夏天呢。他抹着脖子里的汗。而一群苍蝇一直从村里跟出来，跟着他。它们围着一前一后的两只鹭，依然叮它们的屁股。不时还有路边的苍蝇加入这个队伍中来。现在，鹭们的屁股上歇满了苍蝇。他驱赶，飞了，又回来。又驱赶，又飞了，终于还是落到鹭的身上。鹭的身子散发出一股鸡屎的臭味。有一阵子，他觉得它们并不可怕，就是鸡，大鸡，大一点的鸡，或是一只驯过的鹩哥、秦吉子。它们肮脏，倒吊着，嘴角流涎，它们，就这种样子的鸟，怎么会是神鸟呢？它们破衣烂衫，蓬头垢面，远不如一只嘎郎子或箭子。这样想的时候，他就快动摇。那腿，要让他动摇，蜇过去，回头，向家里走去，杀了，腌了，或者卖了。

　　我能不能把它们卖掉呢？

　　一想起与政府打交道，他就不寒而栗，就觉得自己不是那种角色。他是一个农民，穿着与干部们大有区别。村长都对他爱理不理的。村长去村头的茶场餐馆吃饭，都被人用摩托车带着，还打一条领带。丁连根活到如今，不知领带是啥玩意儿，他摸都没摸过。乡政府的人呢？去年他去过一次，时间距现在还很近。那是与几个乡亲一起去的，为化肥肥了田而庄稼不长的事；还一件事儿，也不是对着村长们来的，所以才敢光天化日之下踏进乡政府的院子，那事是：村里与刘税收合伙收屠宰税，说谁交了再给猪打防疫针就不要钱，可税收了，针没人说了。另外，乡里的刘税收见了哪家养一只鸟或一只猴子，都要收特种养殖税。自家养着玩儿，凭什么要交税呢？一只鹩哥他交了五块钱。后来，他气不打一处来，硬是把鹩哥饿了三天，饿得鹩哥莫名其妙，整天喊"妲妲、妲妲"。为这事，他与老婆妲妲打了一架，被老婆打掉了一颗门牙，心脏停跳，后来是老婆用一根纳鞋的针刺了他脚底的涌泉穴，差不多把脚板刺穿了，他才还过阳来。他与乡亲就为这些事想顺道去找找听说很年轻的乡长。那乡长简直像晚辈一样的年轻，胖乎乎的，现在的干部都年轻，都胖乎乎的、细皮嫩肉的。可是那天他们被年轻的乡长吼了一顿。那天下着小雨，乡政府的院子刚平整了，还没来得及铺水泥、砖头什么的，一脚的泥水踏进去，就被一个与他年龄相仿的烟鬼样的人给挡在了门口，让他们去东头的一间小屋反映。小屋里挂着一块联防队的牌子，一个穿可怕制服的年轻人跟另一个年轻人在谈什么。丁连根认出了那就是他们乡的乡长，在电视里见过。"喔，"乡长听了两句，旁边那个穿制服的人提醒说，"有什么话直说。"丁连根和几个乡亲就直说。不过那已经把他们想好的话给打乱了，说话就没有连贯性，杵头杵脑的，干巴巴的，在乡长的脸上看不出一丝那种交谈的笑意来。电视上的乡长为何总是胖乎乎地笑，而面前的乡长却木着脸吊着嘴唇呢？后来乡长就说了，就说刘税收的情况我们要调查，税是国家稳定的基础云云。那是什么话呀，我们是反映情况，特别是关于化肥的问题，乡经管站出售的化肥为何没有好的？可乡长袒护刘税收，他反复吼着说该交的税还是要交，交税自古就这样，又不是共产党想出的歪点子。那种搪塞的口气，不想倾听他们的口气是太明显了。于是，脚上泥糊嚣天的丁连根们就只好出来了。

电视形象与他们所见到的形象不符，这是丁连根最惧怕的事。领教了那一次之后，丁连根好些天抽烟没味，喝酒没味，连跟老婆同房也没味。而县里的干部们会是怎样呢？连村长、乡长都这个样子，县长不更了不得！不过县长在电视上也经常见到，比电视里的乡长也不差，也年轻，戴一副眼镜，学生模样，可丁连根现在想起来也亲热不了。比如去年遇上了洪水，我们的县长在电视里谈到要死守大堤，誓与大堤共存亡时，头发却丝毫不乱，脚上穿着亮得像酒瓶的皮鞋。这个形象与电视中一个来咱们这儿抗洪的解放军中将一身稀泥巴的形象比也差远了。后来，在春节的时候，这个县长到灾区与灾民一起过春节，但灾民穿着别人捐赠的衣服，而县长穿着皮西服，也打着那种妖里妖气、花花绿绿的领带子。灾民和县长一起在一个火锅里捞鸡吃，然后碰杯，灾民们碰了杯，脖子都是硬的，然后埋着头嚼鸡，这哪是在过年哪，简直是受罪。我丁连根也只怕要受一遭这样的罪了？那样的鸡，嚼得出什么味来呢？太难受了。我去找这个县长，他能跟我握手吗，然后说，丁连根同志，你将这对珍贵的秃鹫献出来了，我代表全县四十八万人民感谢你，然后给我奖金，再然后跟我一起吃鸡吗？他只是这么试探地想，他压根没这么奢望。

现在，他把这两只鹫挑到哪里去呢？他头上有汗，脚上也有汗。头上有咸汗，脚上有臭汗。他穿臭力士鞋，夹袄很旧了，草帽也是旧的。他挑着两只脏兮兮的鹫，放到县长的办公室里，放到县长办公室的大皮椅对面（电视里见过），把这样让苍蝇围着叮咴的鹫挑进县长屋里？或者放到副县长屋里？（副县长是哪种副县长呢？县委书记？）

他走上了公路，那是宽阔的大道。是一条油渣路，是国道。走上国道，天已经晚了，要想再回去已经不可能了。也就是说，离家远，离县城近。

"我得在哪儿歪一夜吧？"他说。那只老鹫好像快死了，一动不动的，头全蔫了。他歇下来，喘口气。把鹫挑到路边，那儿有一条水沟。他干脆就把鹫丢进水里，两只鹫挣扎了一阵子，就能喝水了，咕嘟咕嘟地喝着水，发出野兽一样的声音。

他把鹭拖上来，他抚着两只鹭。他想自己也应该喝两口，于是也学着鹭发出那种奇怪的声音。这鹭怎么会发出怪溜溜的声音呢？

他望着两只鹭，身子软了。"我是叫花子养不起万岁爷，"他只能这样对鹭也对自己说，"我把你们放生吧。"他实在没有勇气踏进县城。县城离他的欢乐太远。

这样，他开始解两只鹭的绳子。这时候他是没有什么可想的。丁连根没啥好想，县长、老婆、乡长、儿子、号的那双神秘莫测的眼睛……他解绳子，找下手的地方，一个结一个结。解开一个结，心就轻松一阵子。鹭很配合他。从逮到它们的那天起，他就发现鹭很温驯，完全不是他所想象的那种猛禽，它们不反抗，不执着，不发狂，不会像狗或别的畜生那么贼似的乱咬你一口。许是它们太虚弱了，有伤在身，许是它们换了一个地方，威风全无。

它们给解开了，它们趔趔趄趄地站定了，可首尾不平衡，腿上没劲。解开后更加暴露了它们的本相。它们是两只病鹭，垂死的鹭，它们被这儿的鸟，被没有胃口的臭鱼烂虾，被苍蝇，被一整天倒吊在扁担上折磨得气息奄奄了，跟这眼前的落日一样寒软无力。

号站得好一点，它看见那只可怜的老鹭正靠在一棵椰榆苑上发抖。身上的羽毛还是湿漉漉的，刚才那个挑它们的人把它们粗暴地丢在水沟里，老鹭没有反应过来，差一点溺死了。它无法缓过神来，它太衰老了，一点打击对它都犹如重锤。

它们无法飞起来了，虽然自由近在咫尺。号明白自由到来的时候，它想振一下翅，它看看面前的人是不是真有让它自由的意图。它揣摩着。翅膀下的确没有了绳子，脚下也轻了。在那人盯着公路上一溜烟开过去几辆汽车的当儿，号的翅翼张开了，它顾不得老鹭，它要飞，去追赶那已经淡入云深处的队伍，它的兄姊。另外，它对老鹭没什么好感。这是因为，它的父母或者一种血质暗示过它，老鹭常常会吃掉雏鹭，它在很小的时候，就学会了躲避那些陌生的老鹭。当然，现在它不怕了，它有足够的力量来对付一只老鹭。可是，与其说它是被伤痛和虚弱压得飞不起来，不如说是此时的黄昏压在了翅膀上。到了黄昏，鹭就不再是云彩上面的鹭了，它只是一只在地上和崖上蜷缩的鸟。黑暗使它无所适从。

鹫不飞，丁连根不能撇下它们空着手走掉，它们再被人逮住了，可能就会只剩下几根羽毛。

他只好把两只鹫重新捆起来。

肚里的嘈虫正在发出惨痛的叫声，他饿了。鹫也饿了。可此时他想抽一支烟，极想。他看见路边不远处有个黑影子，在渐渐升起的夕烟里，他猜想那是一个路边小卖部吧？

他重又挑上鹫。

这就是缘分了，他甩不脱它们。

他说："我请你们抽支烟吧。"他抓住鹫的翅膀说。

当他刚看清那个黑影是一辆长面包车时，他就被车旁站着的两个人给喝住了。

"你挑的是什么！"

六

现在，要说到夷岭特殊的地理位置了。除了天空即将成为秃鹫又一条新的过道外，它还是重要的南北交通要道。有一条国道、两条省道穿越县境。这儿是两省交界处，相当偏僻，旧社会时是打劫剪径的土匪出没的地方。现在，它没有工业，也没有什么商业，一些单位却富得冒油，人们手上拿出的烟几乎都是玉溪和芙蓉王。原因就是任何单位都可以找到理由上路，公安、路政、财政、税务、乡政府、林业局、烟草专卖局，甚至县纪委，还有什么技术监督局、卫生防疫站等等，等等，都可以堂而皇之地没收过境的香烟、木材、家禽、汽车。南来北往、络绎不绝的各种车辆是他们的衣食父母、滚滚财源。这种雁过拔毛的致富政策，行将使天上的鸟遭遇到与地上的车同样的命运。

到处是设卡的人，喝令丁连根放下担子的，是几个上路的林业局的人。

他们示意他把担子放下来，他们总是显得那么干脆，没有余地，好像真理被他们攥着，他们的出现就是来梳理世上的万事万物的。

"这是什么呀？"

"看你们说是什么。"丁连根说。

有一个人站得远远的，两个人站得近近的。无论远近他们都有点害怕那两只放在地上的鹭。那鹭放在地上也有凳子那么高，而且它们弯钩似的喙嘴伸得老远，好像往外呼呼地冒着吃人的热气，向陌生人露出它们的侵略意图。

　　"这是国家二级保护动物，你知道吗？"一个把烟叼在嘴上的人说话了。丁连根影影绰绰看到他的面目，很胖，下巴的赘子只怕有半尺长，垂在领口外面。他旁边的那个人最先要他放下担子，拽了他的扁担，现在张着腿望着公路两端，也不时望望两只鹭。另一个站得远远的人手上拿着一个乒乓球拍一样的东西。那东西丁连根在公路上见过，上面写着个"停"字。

　　"我这是挑到城里献给政府去的，"丁连根说，"我知道是保护动物。"

　　胖子喊在一旁东张西望的人说："他说他是去献给政府的。"他的口气充满着嘲笑和不信任。

　　"他送给县里？他送给县里？"那个东张西望的人走了过来，上下打量丁连根。

　　"献给政府。"丁连根纠正说。

　　"献给政府？"那人说。

　　"你献给政府？"胖得发喘的人说，他年龄好像并不大，顶多三十来岁，"你这么晚了挑来献给政府？你的心情这么追切？看来你的觉悟蛮高咧！我们就是政府，你可以走了。"

　　这就完了？就这么简单？好像……好像不应该是这样的……"我……我……我就走了？"他说。

　　"当然。"他们说。

　　"不写个东西给我吗？"

　　"那写什么，你说？写什么？你献了不就是献了吗，你很光荣，虽说你是半夜悄悄地送来的，那也很光荣嘛，哈哈！"

　　丁连根去抽扁担。他觉得很乏味。扁担是不献的。一条用过五年的竹扁担，汗水把它染得发红了。

　　他在黑暗中解扁担。他想问你们究竟是干什么的，他没敢开口。他不能开口。他在想他们是政府吗？他们不像政府，不是我心目中的政府。他们没问我的名字，他们知道是谁送的呢？上面要求对国家保护动物一律要送交给政府，都是这种结果吗？这是没收，献就是没收吗？既然如此，我何不把它们杀了，那献个卵子！把它们丢到山崖里去喂狼还痛快些。别人献出的动物曾在电视里出现过。不过只是畜生的镜头，奇怪的四耳狼、猴面鹰，还有一只金丝猴，它们在接收的院子里被人饲养着。那是县政府的院子还是林业局的院子？就都这么献了走了？连一句好听的话都没有？

他有点后悔，有点伤心。他望了望地上黑乎乎一堆的鹫，对他们说："它们没吃东西呢。"

那几个人没理他。

他又说："它们饿了一整天，有一只好像不行了。它们的屁股被啄烂了，还没好。"

"怎么，舍不得吧？"好像是胖子在说。

丁连根就走了。他觉得跟他们说多了没用。他没往回走，他往前走。因为他记得他兜里还有两块多钱，那前面不远一个小集镇什么的，有几户人家，有打铁的、卖面的、剃头的。他看见了一些灯火便记起来了。

他的鼻子酸酸的。他往前走，背着扁担，轻松是轻松了，风吹在身上，有丝丝寒意，但心很清爽。而鼻子发酸。

我坐一会吧。他现在是彻底的无力了，脚挪不动，他就坐在路边，望着黑魆魆的山影。

他发困，他伏在自己的双膝上，把头埋进去。他听见有汽车过来又过去的狂叫声，路上有尘土。他抬起头，看到他见到的那一辆面包车从身边疾驰而去。那上面有他的两只鹫。

## 七

号闻到了一股汽油味，接着闻到了一股潲水味，一股发腻的酒精气味。它和老鹫被几个人粗暴地丢进汽车，然后，它们又来到了另一口水缸的缸脚下。它们是被拖进来的。那些人把它们拖到飘满酒精气味的屋子里，让它们待在水缸下，号还以为又回到了那个捉它的男人的家里呢。可是过了几分钟，老鹫就被人提走了，倒提着，像提一只鸡。提它的人拿着一把刀，另外几个吃着烟的男人指着那只老鹫说：

"就这只。"

就这样，号看见老鹫被他们提走了。那个拿刀的人把刀丢到地上，说："我一只手还提不动呢。"于是有几个人过来与他一起提，另一个人拾起地上的刀子，走出了后门。

从后门吹来的风里号马上闻到了一股血腥味，那是同类鲜血的气味。号差不多麻木了，饥饿和捆绑使它身心俱损，意识模糊。它甚至记不起它是从哪儿来的了，好像它从来就生活在靠近水缸的角落里，生于斯，长于斯，从来就是个饥饿的、失去飞翔能力并被绑缚的鸟。那股血腥味冲得它大脑越发钝痛。是钝痛，好像有人用一块玛尼堆上的石头敲打过它的全身。

又接着传来了那种剁肉剁骨的声音。这声音熟悉，在高原，听见这种声音鹫们就会会聚过来，那是召唤的声音，有食了！人们愿意把源源不断的、断却了尘缘的肉体凡胎抛撒给它们。可这是同类撕裂的声音，号不忍心去听。

再接着号就听到了一个熟悉的声音："老板，有没有面吃?"那是捉它的人，倒挑着它走的人。那人因为饥饿而显得更加瘦小，像一块长在山崖上的树根疙瘩，脸就像没有水分的、干巴巴的石头。

楼下没有人，人都上楼去了。楼上有男人的声音，有女人的声音，有杯子相碰的声音，从那狭窄的楼梯口涌下来一团一团的人声与酒精气味。这个人不知怎么就忽然提上了号往外跑，跑得飞快。这个人像一个鬼魂，像一阵风，他的山里人的步子简直像豹子一样迅捷。他背着号就跑。他跑下公路，跑上一条弯弯曲曲的山道。他无法歇下来，他的脚板不停地叩打着石子，发出嗒嗒嗒嗒的声音。他的扁担在肩上弹跳着，有时撞到一棵树，有时撞到一些石壁，也发出瘆人的声音。另外，他的嘴里呼哧呼哧的像一头野兽。他狂奔，他就是一头野兽，在夷岭的夜里背着一只秃鹫，慌不择路。号觉得它的脊骨都要颠断了，在那个人汗湿水流的背上。"我操他的妈，我操他的妈，个贼日的!"号听见他在骂。

丁连根在骂。

那只老鹫成了一堆肮脏的禽毛，被人煮了。他连夜赶回去，带回了一只鹫，丢失了一只鹫。连那只尖着橙黄色嘴巴的黑鹳哥都在嘲笑他："哈哈，哈哈。"

村里的人都来看他。"你是卖了吧?"他们说。"你肯定是卖了。"他的老婆也说。老婆站在村里的人一边。他们不相信他去献一只癞鹰给国家，另一只却背回来了。

"神鹰是可以吃的。"当他闻到了那股煮鹰的香气，他捉的鹰被那些上路设卡的人下了酒，他才相信这样的鹰的确是可以吃的。这是一个事实。那黄棕色的飞翼、金黄色的冠毛和瓦灰的导向翎全像一堆鸡毛。是鸡毛。那香味，被酱油、八角和桂皮煮出的香味，没有什么奇异之处，也咕噜咕噜地冒着热气，用酒送下喉咙。

这没有神秘了。而且，他怕谁呢，与政府打过交道的人，还会怕谁呢？一方水土一方风俗，到什么山上唱什么歌。号的眼睛呢？鸡的眼睛。没有神秘，没有诅咒，没有巫婆一样的蛊惑。没有。它就是鸟，一刀下去，什么都没有了，魂飞魄散，变成大粪，肥田。就是这么。那些设卡的人就是这么吃的。设卡的人带了个好头。

他抢回的这只鹰，他打量着它，再一次审视。吃了它吗？卖掉？关于吃它的计划已经烂熟于心了，从第一刀，到最后一口。我卖掉它的话，也比白白送给那些设卡的人吃了好。这是一些什么样的人呢？他们凭什么要设卡？他们没收过一车车的木材，听村里的人说，他们将邻村一个养殖户的一百多只七彩山鸡也没收了，原因就是运那七彩山鸡的车忘了带特种动物养殖证件什么的，再回去拿也不行，因为你已经上了路，开始了贩运。而山鸡是保护动物，你未带证明，就不能证明你是家养。跟这些人有什么道理可讲吗？没有道理，他们就是道理。他们没收有道理，放行也有道理；他们吃了有道理，不吃也有道理。这些土匪！

丁连根就是这么认为的。

这只鹰我可以把它养着。他心里说。当然这也是碰上了又一件事。山外面来了两个人。这两个人听说这里有一只活鹰，想把它买了去。在证实了这两个人的身份不是县里设卡的那帮人之后，丁连根突然不想卖了。

"我们是买去当'诱子'的。"那两个人说，那两个人争先恐后地说，"我们不是帮餐馆买的。"他们证实现在县城餐馆里红烧癞鹰的生意正陆陆续续好起来。"这还是秘密吗？有好多癞鹰不被这里的鸟啄下来，也都饿掉下来了。当然喽，还有枪呢，还有农药呢。"

两个来买鹰的人说这只号可以当"诱子"。说它口龄小，好驯，县城的鹰都是死鹰。他们在那儿高谈阔论，直言不讳，以为丁连根就是个老实巴交的农民，不懂鸟。可当他们抬头看到屋梁上有一只乌黑发亮的鹩哥，听见鹩哥在那儿喊着女主人"姐姐，姐姐"时，他们发现说漏了嘴。"你是个内行。"他们说。他们你望望我，我望望你。

"没有五百元我不卖。"丁连根说。

他的老婆冲了出来，把号提溜着就往那两个人怀里塞："他不卖我卖了。这只是我捉到的。他捉的那只早让政府屙成屎了。"她一手提号一手扒开漫天要价的丁连根。丁连根被扒了个趔趄，他哪是他老婆的对手。

"我做主！"老婆拍着胸膛，胸膛直挺挺的，像一扇门板，"一百八十元，你们提了走人！"

那两个人只肯出五十元，说县里一只红烧全癞鹰也才八十元一盘，你吓我！想一锹挖一口井?!

后来他的老婆说："我送把你们算了！"还是往那两个人怀里塞。

那两个人不知女主人是激将，在那儿你望着我，我望着你，试探地说："是啊，一只癞鹰也养不起，一天要吃两斤肉，你养还不如送人划算。家有沈万山也要吃垮。"

"我是送把你们的，你们拿走呀。"姐姐说。

那两个人不敢接，但女主人塞给他们的时候，号的爪子把其中一个人的脖子划出了两条深深的血印，只一擦，就是两条血印，比机器还锋利。那个捂着血印的人正要去抓号的腋窝，女主人的手就闪电一般收回去了。她把号丢给了身后他的男人，她哈哈大笑说："你们漂亮些吧！"

那两个人红了脸，灰溜溜地拍着手走了，说："买卖不成仁义在。"

老婆姐姐一屁股跌坐在门槛上，破口大骂丁连根道："你个钉锤子，那你就养啦！看你养出五百块钱的金子来！"

"可一百八十块钱的金子也养不出来。"丁连根嗫嗫嚅嚅地说。

这就是丁连根只好把号养着的原因。


八


丁连根在河上守了两天，终于守到了一头死牛犊。

这可以节约一些钱。

他不想告诉老婆姐姐说他是想驯"诱子"的。他想做一件惊天动地的事情来，他得忍着，不能作声。他认为先给老婆讲了就没有什么意思了。再则他认为女人只会坏事，尤其像老婆姐姐这样的大炮女人。他疲了，他心凉了。在秋天的河边，他抽着烟，看水，心凉了。心中却无端滋生了一种抗拒，反抗这世界的、对着干的、不信邪的抗拒。他把烟头一支一支地丢进河里。他想了两天，心中行事的想法慢慢明朗了。

　　河上走着船。有鸬鹚船，但没有了他爹的。鸬鹚在叫，还有别的鸟，黑卷尾，红尾伯劳，漂亮而安静的戴胜，锯工一样的沼泽山雀。他现在可以重温他死去父亲的那一整套驯鸟割舌的技巧。他记起来他曾是一个驯鸟人的后代，这么多年，他种庄稼，打柴，也养了一只乖巧的鹩哥，可从来没意识到自己的父亲是一个驯鸟人。然而他的父亲是一个驯鸟人，非职业的驯鸟人。他的父亲还是一个残废军人。他父亲从朝鲜战场上回来之后脑子就不好使了，那脑子里有美国鬼子的弹片，据说取不出来，每隔两年就去城里拍一次片，据说那弹片在脑袋里都长毛了。父亲因为爱盘鸟，回来后还是盘鸟，后来养了几只鸬鹚，在河上捕鱼。脑筋好的时候，他捕过十几斤重的大青鱼。脑筋不好（主要是天阴疼痛而发疯）的时候，他就拧鸬鹚的头，将鸬鹚的头拧掉。一只鸬鹚在二十世纪六十年代就要二十多块钱，他生生拧去了四个鸬鹚的脑袋。他说："我拧美国鬼子，我拧杜鲁门和李承晚的脑袋。"只是一个疯了的爱鸟人，过去丁连根就是这么诊断父亲的，他甚至不想回忆起他的父亲。他曾将他的父亲捆住，捆在厕所里。当然喽，这都是父亲发病之后。父亲除了这样，还要剪鸟的舌头。（谢天谢地，只是剪鸟的！）在朝鲜的金刚山战役里，他割过一个美国高鼻子的舌头。后来他养了一只玩儿的鹩哥，他先是捻舌，也就是把鹩哥厚钝如甲的舌头捻薄，捻一层皮去，再敷药，等雀舌好了之后，再捻。可是，他在那一年发病后，竟扯出鹩哥的舌头来剪去了一截。这是他在糊涂的时候剪的，那一天是端午节，丁连根记得清清楚楚，他在用"美人脚"粽子蘸糖吃。那只平常只会说简单话语的鹩哥，突然能成篇背诵林彪的语录前言了，一时间在村里成了奇迹。鹩哥在村里朗诵着："学习毛主席著作，要带着问题学，活学活用，学用结合，急用先学，立竿见影，在用字上狠下功夫。为了把毛泽东思想真正学到手，要反复学习毛主席的许多基本观点，有些警句最好要背熟。"而且是一口地道的黄冈话呢。在一九七六年，这只鹩哥天天高喊"天塌了，天塌了"，结果那一年发生了大地震。在地震后的第三天父亲就残忍地将那只鹩哥掐死了。

他拖着死牛犊回去的时候想，我终于要驯驯它了。那几个设卡的人给了他勇气，把他推向了一个骁勇残忍的驯鸟人的行列。"我试试看吧。"他对自己说。

他拖着一匹死牛犊回来的时候，他的老婆瞪大着一双牛卵子眼睛。他的老婆说："嘿，你疯了！"他说："我就是疯了。我要喂一只全县全国最大的鸟。"

一个人疯了你是挡不住的，妲妲记得她疯了的公公。你除非把他捆住，像捆公公，像捆一只癫鹰。

就是这么，丁连根剁发臭的死牛犊，然后，把它们抛给号。

号第一天没吃。

第二天也没吃。

这只号是傲慢的，它有着鹫的尊严。

肉太臭，这是对它的侮辱。

不能让它的眼里总是出现那种令人难以置信的光芒。现在，我假设它已被几个人丢进馆子吃了，假设被那两个鸟贩子买走了，把它丢进笼子，运到集贸市场让人们依质论价，指手画脚，然后——驯也好，杀也好，总之，假设它不存在了。它只是一个影子。就这么，你吃也罢，不吃也罢。这是熬鹫的开始。他就是这么开始熬它的。"熬吧！"他说，他咬牙切齿地说。除非县长亲自上门来，收走这一只鹫，说，丁连根同志，感谢你，否则，我是闭门不出了。

为防止号在极度的愤怒中发疯与反抗，他找了一根牛皮带，套在它的右腿上。然后，丁连根给它做了个眼罩，罩上它的双眼。然后，他给它松了绑。因为钳制它的自由，或许是它拒食的原因。他给了它翅膀的自由和双爪的有限自由，会唤起它的野性的幻觉，并让它因为饥饿而疯狂地扑腾与噬咬。现在两只眼被黑布罩住的号，犹如置身永久的黑暗中，鹫对黑暗的恐惧使它无所适从。另外，它已经没有力量了。

只有吃。

对嘴前的腐肉只有胡乱地吃。一个人到山穷水尽之时，是没有什么尊严可讲的。

第三天的夜里，丁连根听到了水缸底下传来了细细的咀嚼与吞咽声。

那不是鹩哥的，鹩哥吃着粟米，总是如饮醇醪。而且鹩哥没有晚上进食的习惯。鹫也没有，但鹫蒙上了双眼，它已不知白天黑夜。

第四天早上，丁连根起床，果然看到号啄去了不少的腐肉，它的喙钩上还沾着进食的肉屑。

丁连根找了些盐，放进水里，给号擦烂臀。盐水使号嘴里发出感激一样的细微呻吟声。

"这还差不多。"丁连根说。

## 九

号的伤渐渐好起来了。它开始拼命地进食，也拼命地挣扎。一旦体力回到了体内，它便不顾一切地撕扯那束缚它的皮套。它在暗无天日的黑暗中转着圈，想将腿从套子里挣出来，它啄它，锲而不舍，准确卜嘴。结着皮套的是一根从父亲的鸬鹚船上取下的缆绳，浸了许多遍猪血，异常结实。在它狂乱地啄咬皮套的过程中，那缆绳缠得它双腿层层叠叠，它终于站立不稳，一下子翅羽委地，浑身淌着虚汗，像一只垂头丧气的落汤鸡。

熬鹫就是如此。熬所有的猛禽也如此。先让它们歇斯底里，然后让它们认命。反反复复，它们就相信命运对于它们只能如此。

不过这一天号得到了一个意外的惊喜，它被取下了眼罩，睁开眼不仅看到了天空和太阳，还看到了一只活蹦乱跳的兔子。号在丁连根一撒手时就猛扑了过去。兔子天生是鹫的下酒菜，它还没跑几步就被号强劲的爪子钳住了，像抓一张纸。号制服了兔子，站在它的背上，望了望丁连根，也望了望在屋檐的横梁上看号抓兔子的鹩哥，然后，号的钩喙深深地扎进兔腹。

屋梁上的鹩哥看着鹫扑食活物，它看得目瞪口呆。它看到了地上的那只大鸟另一种进餐的方法，看到了鹫酣畅淋漓地喝着血，剥着内脏，一口将兔子的细肠吸溜进去；号吐出兔毛，发出声音，号的爪子在地上磨着，磨去那沾在上面的毛与血，并且对鹩哥露出无声的觊觎。鹩哥不由向后退缩了几步，不过它马上就清楚了它所在的位置，很高，高不可攀——它就是这么认为的。鹫很低，至少今天如此，它的绳子很短，它无法飞起来了，虽然它有如席的翅膀。而且鹩哥马上就看见，在鹫饱餐完那只兔子后，男主人便露出他从未有过的残忍本性。号的腿早就是绑住的，绳子一端穿过一个桃树的树丫，男主人收紧绳子，鹫就往树丫上靠去。只一瞬间，在号还没有明白是怎么一回事时，它就被倒吊在了那棵正在落叶的桃树上。

号被倒吊起来了，它倒着看世界，它无法挣扎与扑打，它疑惑。接着它马上又沦入黑暗中，那个该死的眼罩又罩住了它。它的翅膀垂耷了下来，全身无力，像被人抽了筋一样。当你倒悬于世界的时候，你就是这样了，你甚至无法表达你的愤怒，无法思想，对这个被人折磨的世界产生绝望，而且是黑暗中的绝望。

这种倒悬预示着一只鹫死了，另一只鹫将诞生。而它们是同一只鹫。

熬它。

它在晚上被丢进鸡笼里。

塞进鸡笼是要力量的，可鹫已经像一摊稀泥了。在桃树上，它所有的血都像被洗过一样，像最柔弱的水，连它铁一样的爪子也不过像几根枯枝，虚张声势，其实连一根筷子也抓不起来了。

这个晚上，号开始拼命地撞笼子，撞鸡笼。鸡笼的秽气熏蒸着它，那儿螨虫飞舞，钻进羽毛下的皮肤中，咬得它奇痒难耐。

这种撞笼的声音是愤怒和绝望的，连老鼠和学猫叫的鹩哥也不敢吱声了。号叫着，悲愤，孤独。它呼唤那远方天空的同类，它控诉，它诅咒。

那声音实在太吓人了。丁连根的老婆在床上护着自己的儿子。她说："你把它杀了吧。你不把它杀了就把我们母子杀了，我们受不了了。"于是他老婆穿着大裤衩跳下了床，拿起刀。刀被丁连根夺了过去，手好在没被划到。丁连根将刀丢到院子外头，说："你干什么呢，你干什么呢！"

在鹫拼命撞笼子的声音里，丁连根与老婆打了一架。这一切，都是为了阻止老婆姐姐想扼死鹫的企图。他说，熬过这一阵子就好了。他求情地说。结果他的嘴被扫了一巴掌。他被逼着去看笼里的号，他拍打笼子，他踢笼子，他吼号，也想绑住它，可他不敢了。撞笼子的猛禽是不可接近的。猛禽就是猛禽，当它发怒，唯一的办法就是任其自然，或者，将它们杀死。

在鸡笼上，一对男女为此进行了一场下手狠毒的较量，男的不仅挨了几嘴巴，连手背上的皮也被抠去了一块；而女的这一次吃了亏，她的一只眼睛给打充血了，肥胖的大腿被撞出一个凹窝来，怎么也复不了原。打过之后他也没讲出他真实的意图来。

鹞哥也一夜未能入眠，它只好眼睁睁地看着东方现出曙色。而这时鹞哥却因为打瞌睡，一头栽下横梁，也被吊在梁上了。不过，嘴巴发肿的男主人马上把它托上原位。

号呢，号撞得头破血流。

几只露宿在外的鸡进来了，它们看到一只天上的鹞正张着一根根零乱的大羽，咆哮着并占领了它们低矮的老巢。

"滚开！"丁连根对鸡说。

鸡们一哄而散。

"喂，号！"他说。他已经正式给这只鹞取了名字，叫它号。他现在要与它对话了。当它精疲力尽的时候，他不厌其烦、心平气和地与它对话。

"喂，号！"他说。他突然变得有点吊儿郎当了。而且，他突然变得十分残酷，十分麻木，十分邪恶。他没想到仅仅与老婆打了一架后就成了一个熬鹰人。顺顺当当地，就能熬一只大鸟了。看来办什么事都不难。杀人杀顺了手，也就没事了。

这不是一只鹞哥，鹞有着顽强的意志，执拗的个性，勇猛无羁的品格，鹞凶猛，毫不屈服，是天生的偏种。在那儿，在高原，它临风怒目，一堆高高的野火中有人投下香料，经幡飞扬，那是整个夏季，湖水平静得像玻璃一样，也温暖得像绸缎一样。偶尔在空中燃烧的阳光，无法灼伤它们的翅膀。那是雄伟的大地，也是平和的大地，有信仰，没有恍惚；她弃绝俗尘，让人遥想，翅膀就是一切，是意志，也是精神；是胆，也是灵心；是飞掠，也是慈航。

"我只有熬你了，现在。"他说。他蘸了盐水给号擦新伤旧患。然后，他不再管它，到十里外的一个养猪场去，弄些死猪肉来。秋深了，上游的水愈来愈平，不会有什么东西流来了。在养猪场，他弄来了十斤死猪肉。场长说病死猪肉都埋了，丁连根说我又不是来查你们的，怕什么？你还埋那些，你埋到香肠里去。果然，丁连根就是在场长的香肠加工车间切的十斤死猪肉。

回来之后，他把这些猪肉用凉井水泡着了。

鹰撞着，且要饿三天。这是饿鹰，要熬，先饿，就是这么，饿得它奄奄一息，再给它吃。吃的东西已经不能叫肉了，用凉井水泡的，要退它的火气，那万丈豪情，还有肠肚里的油水，都将不再，要使它清心寡欲。

十

又一个三天来临的时候，号从鸡笼里走出来。它摇摇晃晃，像大病初愈的老人；它蓬头垢面，血痂累累，如跋涉了万里长途。它走向院子，看看天，天空昏眩，那都差不多恍如隔世了。它贪婪地嗅吸着外面的空气。空气里隐隐透出的那种季节的芬芳，已经与它远离。要穿过那种芬芳，到更远的森林中的草甸，季节是生命的动力，也是它的渴求。而现在，它渴求什么呢？食物。他吃了，他吃木渣一样的死猪肉，白瘆瘆的，吃这种肉除了能填饱肚子，再没有什么用。那是水的味道，就是水，抹布一样的水，没有血性的肉，失去阳气的肉，无须爪子和钩喙的力量，不需要撕扯，不需要抢夺，甚至，连咀嚼也不需要。号就这么吃着。

秋天说凉就凉，在晚上，号的同类的哮叫正从远方传来。号和那个熬它的人都在倾听。而落叶正从天空飞下，满院都是。在这样的北风里，传来的是更多的秃鹫迁徙的信息。而侵略和杀戮的信息也隐隐地传来了。

号吃着这样的肉，它看见那个主人的狞笑了吗？把它熬成像他一样精瘦、没有激情的人？

取下眼罩，不是让它能看见东西，而是看它何时眨眼睛。丁连根不允许号打盹，更不允许号睡觉。为此，他与鹫一起熬，熬鹰人就是这么的。他买来了两条烟、一包茶叶，还有一个杂音如雷的收音机。他放着音乐，他抽烟，他用大茶缸喝水。他在晚上披着一件狗皮大衣躺在竹椅里，紧守着号。只要号一打盹，他手上的那根竹苗子就会抽上号的身。号已经浑身无力了，吃着水泡的猪肉，最冷冽的井水使它的心到了冰点，那根竹苗子极有弹性，打在羽上，疼在心上。还有那没毛的秃颈也是打击的对象。晚上不让睡，白天也不让睡。

"我给你讲故事吧，号。"

要磨它的性子，就给它讲故事。丁连根讲了一个许孜的故事，说古时候有个叫许孜的人，他骨瘦如柴，死了双亲，一个人独自运土建坟，又栽上松柏，他哭的时候许多鸟兽都围拢来看，当然也有癞鹰啦！后来，有只鹿来毁树苗，许孜就说，你这畜生你怎么不顾我啊！第二天他再栽树时，发现那头鹿被一头老虎杀死了，放在树苗下。许孜又哭，便把鹿埋葬了。那老虎看到此景，又羞又愧，就一头撞死在坟上。许孜呢，许孜哭了虎，又把虎埋葬了。丁连根又讲了一些稀奇古怪的故事，讲夷岭山里有个八十多岁的老太太洗澡时变成了一个癞头龟，她的儿女们只好在家里挖了个土坑，放满了水来供养她。他还讲了夷岭山里有个乡长，因病要变化成老虎，整天吼叫，有一次要吃他的嫂嫂，终于被人制服了，大家赶快在他身上浇水，才使这乡长没变化成老虎，但这乡长身上的虎毛已生出来了，好看得很。丁连根还给号说，我们县城边有座庙，庙里有个恶和尚，常常呵斥去进香的老香客。有一天香客们去进香，发现庙里没有了恶和尚，只剩下一条两丈多长的大蛇，蛇缠着一件和尚的僧衣。原来恶和尚变成了蛇。

"这都是实有其事。"丁连根说。

号实在已经困得不行了，可它的主人还在那儿不停地唠叨和用竹苗子戳它。然后，还给它吃一种用马齿苋汁浸了的白水肉，那真是苦涩难咽，是彻底凉血的玩意儿。它不想扑打了，它只想睡觉。如果它跳一下，除了竹苗子外，它的主人还将它的尾巴也缠起来。在困倦中"认食"的记忆是鲜明的，可以记一辈子。那安静的院子里，它的主人除了让它记住吃带马齿苋味的白水肉，还用马齿苋汁擦它的羽毛与伤处。

还有什么可以盼望的呢？没有了。一只鹭，在这片光秃秃的、露出血红土色的山岭，为了躲避寒冷，就这么下来了，就这么投降了。面对着比死亡更痛苦的活着，它得忍耐。而且，活着是卑微的，也是卑鄙的。是的，是卑鄙的，它准备着卑鄙。这一切，都是为了卑鄙。

这是漫长的五天五夜，为此，丁连根的老婆也极不情愿地加入了熬鹭的行列。这个女人比男人还残暴，她用草棍撑号的眼皮，她说："你吃了我的那么多肉，不想为我做一点事呀！"号想，我没吃她的肉，号已经在这些天里，能听懂人的语言了，知道了大致的意思。它想它没吃这女人的肉，虽然它渴望有这么一次嗜血的过程，成团成团的人的血肉让成团成团的鹭抢夺，这是一种壮观的景象。号嗅吸着这女人的血肉气味，可它不再有那种不切实际的冲动。

号在五天五夜的煎熬后不再是它自己了，它在这五天五夜里幻觉不断，已经被折磨得不再是鹫，只有鹫的形象，没有鹫的锐气。是鹫的令人生疑的同类，是一只鹩哥，它虽没被捻舌，虽然不会模仿罪恶的人类说话。

它站在空地上，绑着一根细绳子。

手上戴着手套、臂上绑着棉絮的丁连根拿着一块肉，他让号飞来，号就飞来；他唤它，他给它整理羽毛，他让它站到他肩上。他说："喂，号，过来！"号就过去了，助纣为虐地显示着那个短小主人的威风。它没有威风，只有威风的形象，那钩似的喙与铁似的爪，那让人胆寒的褐中带蓝的眼珠。它服帖了，它听话了，它改变了生的幻想与憧憬，像一个实实在在的事实而不是观念生活在人的肩头。天空遥不可及，南方的草甸与高原的雪山都成了梦境，甚至，梦境也稀薄了，冷却了，在马齿苋汁和寒井水泡出的猪肉中它已经毫无尊严可言。那个人不再害怕它，温情脉脉地折磨它，它害怕那个人，一个接一个的噩梦般的记忆告诉它：顺他者昌，逆他者亡。

它从这个村里走过去的时候，发现它的主人成了村里最骄傲的人。因为一只叫号的秃鹫在他手下成了一只家禽，成了一只十分难得的"诱子"。

# 十一

丁连根的那条船是偷偷下水直入夷岭河谷的。他给人说他的船将去上游运金矿。据说他的一个兄弟在上游挖金矿发财了，村里的许多人都加入了挖金矿的队伍。夷岭河谷的水因此翻滚着咸毒的热气，全是流下来的金矿的废水。连一只捉鱼的鸬鹚也没有了，所以丁连根将他父亲的鸬鹚船整理好，只能推说是去运矿石，以便躲过乡人的眼睛。其实，他已经准备将那个罪恶的计划付诸实施了。不过村里的人隐隐感觉到他驯这只大鸟并不仅仅是出于对父亲爱好的模仿。从设卡人的虎口里夺下的这只癞鹰一天至少两斤肉的消耗，对于一个山里的农民来说简直比供养一个乡长还艰难。现在，轮到这只癞鹰给他们还债了。

号被缚在船上。这已经很轻松了。当它看到那壮美的河谷和群山的时候，它打着盹，因为瞌睡不足，或者老是昏昏欲睡，翅膀已经懒得打开

28

了。船是那种改装过后的鸬鹚船，有较大的艄楼顶，还有一根不算太高也不算太矮的桅杆。艄楼顶，是一头从养猪场买来的瘟猪和从河里捞到的一匹死马。这些令人作呕的死畜，在北风里把它们恶心的气味传得很远。而在船的四周，都布置好了粘网。在艄楼的一个角落，丁连根用一些树枝巧设了一个小棚，刚好容得下他矮小的身子。他的手上现在握有一根大棒，那是一根梨木大棒，光滑，沉手，像铁一样给人信心。

他歪坐在棚子里，他望着这河谷。会有更多的癫鹰来吗？他在想。鹭在往这边飞，这倒是他预料到的。许许多多负伤的黑卷尾和红尾伯劳虽然前仆后继，但已经开始怯阵了。那些伤者的血羽纷飞给了它们太多的恐怖，而且，秃鹫愈飞愈多，它们没有能力对付这庞大的敌阵了。黑压压的鹭，像令人窒息的浓烟，朝它们呛来，朝这片天空呛来。

可是，对于丁连根来说，有了一个"诱子"，就有了一片天空。这天空是他的，在夷岭的周围，已经有人使用了大棒，来对付那些年年过境的神鹭。现在，天路正在改变，这些像鱼汛一样的天上的鱼群，被暗暗变化的气候驱赶到夷岭，那些赖此为生的打鹰人，正在追随着它们的迁移，将它们置于死地。只是，人们的嗅觉赶不上鸟的灵敏。

这一天，雪崩似的阴影下降了，秃鹫来了。号看见了那么多同类，它高兴吗？它唳叫着，发出"咿——咿——"的清长的叫声，整个河谷在正午的太阳里都响彻着它的回声：

"咿——咿——"

饥饿和长途跋涉的秃鹫们要歇一歇了。有同类在呼唤它们，空气中腐尸的气味在引诱着它们。它们的眼睛看到了那船顶上的美餐。这个日子连丁连根也感到有些震惊，有哄抢食物习惯的天上的神鹭，循着号的叫声过来了，它们扑向那瘟猪和死马。可是，它们碰上了粘网。

这么多的秃鹫撞在了他的网里，他的父亲的形象变得渺小了，而他自己却变得高大和愚妄起来。这是属于我的吗？这些大鸟，当它们聚集得太多就没有了让自己细想的余地——它们投进了罗网里，它们在网里扑打着，那景象着实让人恐惧。太多的秃鹫会让人恐惧。他还能想什么呢？丁连根，这个男人无法去想清什么了，秃鹫在飞撞，更多的后来者又被网住了。他看呆了，像个白痴，像梦中看到过的那种恶鬼附身的景象。那些鸟都在他的脚下，像黑浪翻滚。真是惊涛骇浪啊！他要征服它们，战胜它

29

们，将它们平息：这惨烈的叫声，争抢的叫声。

他冲出树枝的棚子，一棒一棒地击打着它们的脑袋。一棒下去，秃鹫的头就耷拉下来，再补上一棒，秃鹫的爪子就伸直了。一棒又一棒，有时候一棒可以打倒两只。他只好这么打了，魔鬼附了身，他已经身不由己了。

号像没看见一样，面对着同类的纷纷倒下和身首异处，它依然蹲在桅杆的横桁上，叫着，召唤更多的同类。

秋风像铁一样横过来。而更多的秃鹫此刻正在越过这夷岭高高的山脉，怀着它们温暖的希望向南方的草场飞去，寻找它们的天堂。

# 蒋王朝的罗曼史

一

风像刀子一样劈裂着他的骨架，浮肿的眼皮在慢慢收缩，要把一双眼珠子爆出来，掉进河水中，让他变成瞎子；心脏也在咚咚地收缩，就要停跳。浑身冰凉，脚筋抽搐，脚趾发硬，快要站立不稳了。他家的船，在那条狭窄的航道里挣扎。航道到处是淤沙，一个个沙渚像龟背露出水面。他家的是平底驳船，陷在了淤沙里，因为拥挤，因为百十条船要趁着退水的最后日子，挤进虎渡河中。这是十二月份，所有在长江上的船都要向内河迁移，修理，过冬，可他们的船却卡在了河道中。于是一百条船都开始骂他们，一千个船工水手驾长船长轮机长都开始骂他们，像一千只跳蚤，在那儿狂喊："撑呀！撑呀!"他们袖着手，脖子上围着鲜艳的围巾，一个个穿得像县长，锚都打在了沙滩上，看的就是这些驳船的挣扎。

"撑呀！撑呀!"他的爹蒋驾长龇着牙齿，用尖篙戳着他的屁股。他十八啦，还这么对他。现在雪卑鄙地落着。他在雪花里使力，可拼尽了力气，船纹丝不动。河滩到处是他爹骂他的声音："没有用的——狗卵子的——饭吃到屁眼里去了——憨逼——憨逼——憨逼——"

他的母亲，一个肥胖的妇人，十分疼爱他，可现在也急得大汗滚滚地骂他："不争气啊，我们老了，指望你，指望个啥呀?!"

母亲不忍看自己的儿子出丑，把他往艄楼里推，要他去扳舵。他的父亲抓着胸口大哭："这怎么办哪?"

他在艄楼里。他已经从人们的视线中逃脱了。他感谢母亲。他瑟瑟发抖。船底的涌流搅动黑沙四面翻腾起来，他年迈的父母咬牙切齿地撑篙。

他要左右随时扳动舵柄，配合父母，可他在关键时候出了错，父母撑出的力量被他的舵给抵消了，刚离浅滩的船又向浅滩冲去。

就在这时，许多人都看到，他的父亲冲进艄楼，将他一掌推进了河里。一个优美的倒栽葱，蒋王朝就翻下船去，落在河中，水花四溅，惊起一只黑鸥，凄厉地叫着从他身边飞走了。水一直没过头顶，水从裆里和腋下哗哗而过，一下子把他打入了冰窟。他爬起来，大家希望他就此遭受灭顶之灾，再也爬不起来，可他跌跌撞撞地爬起来了！裤子里灌满泥沙。在众目睽睽之下，他浑身淌着水，仇恨的目光射向他的父亲。他捏着湿漉漉的拳头，内心诅咒着这个世界。河上的哄笑声和飞扬的雪花纷纷扬扬，乱作一团。雪，下得更大一些吧，把他们所有的人都埋进去！

船却移动了。

船又被鸣笛的拖轮给拉拽走了，他鼻子里发出愤怒的抗议，却又不得不狼狈地去追赶自家的船，像电影中溃逃的匪兵。

现在，他的父亲拒绝他上船。他的父亲拒绝他回舱里换衣服。雪还在嚣张地下着，他就要冻成冰棍了。黄色的天空白幡滚滚，落到船上，却像优美的抒情，就像在粉刷着这个船体和那紧闭的艄楼，把它们打扮成清明节祭烧的灵屋。

"你进来老子打断你的腿！"

这是没有任何道理的，雪在看着他。他只好水淋淋地故作镇静去清理缆具，去拖甲板。后来他的母亲与他的父亲大吵起来，估计打了起来，两个人在艄楼里把东西撞得咚咚直响。河流荒野，大雪无情。他的母亲拿着干爽的衣服怒气冲冲地出来了，扔给他，说：

"王朝，你回岸上去吧，去吧，去吧。"

蒋王朝爬进了尖舱，那里面堆着乱七八糟的船上杂物，也是老鼠的世界，霉气冲天。

到了晚上，一家人已经是心平气和了。他的父亲要他回到虎渡河边的那个铁匠铺去，叫红炉班。他们认为，这个儿子不适合驾船，不是吃水上这碗饭的料，迟早会被淹死。这样不机灵的蠢蛋，还是在岸上稳妥些，毕竟，他们就这么个儿子。

蒋王朝第二天踏上跳板上岸去，提着一双换洗的布鞋和两条乌黑的毛巾。布鞋在他屁股后头拣着，随着脚步两边扑打扑打。他的娘说："儿啊，馒头争烟人争气，做点给你爸看看！"

蒋王朝走了很远还回过头来看自家的船，那是他的家。那木制艄楼里有许多往事，也有温暖。他走到了船业社，心想，爸妈要吃晚饭了吧？那艄楼顶上的两盆花，如果冻凌就会死掉化成水的，不晓得他们搬进舱了没有？晚上，水拍打船舷的声音，在下雪之后一定是更美的，一落枕就会睡着，妈给我暖壶哩。

二

红炉班里只有朱聋子。朱聋子是他的师傅。朱聋子是个铁匠。铁匠只对火说话。锤声是他的语言。铁砧是他的舞台。可他听不清楚，他是个"门板聋"，就是彻底聋掉的意思。

铁匠是一门过气的职业，就像写小说。可船业社需要一种机械造不出来的扁钉子，必须打，这样就有了红炉班。红炉班还浇铸，翻砂。偶尔，偷偷土葬的人家也需要这种扁钉子，钉棺材的，朱聋子还能捞一些外快，给蒋王朝一点。钉棺材与钉船使用同一种钉子，因此，从某种意义上来说，钉船就是钉棺材，钉棺材就是钉船。

十八岁蒋王朝回到铁皮屋的红炉车间，他的师傅朱聋子可着嗓子喊：

"喂，哦，黑鬼，又回来了？"

憨头憨脑的蒋王朝，大家都叫他黑鬼。黑鬼蒋王朝受到了他师傅的大声揶揄，同时接到了他师傅甩过来的皮围裙，像过去无数个不情愿的日子一样，期期艾艾地拿起了大锤，对准他师傅递过来的通红的铁坯，开始砸起来。

师傅砸了几锤，陡然想起来，问："你是第几次偷跑了？"

蒋王朝只顾砸。师傅说："别砸了，你是第三次。你为什么要偷跑？单位对你蛮差吗？你一个月拿五六百块，有活干，现在，好多人大学毕业了还找不到活干咧！我一个侄儿，武汉名牌大学毕业的，还待业在家。你不来，我就让他跟我干的……"

这天晚上，他又跟师傅睡在了一起。他发现他的床上有几颗干爽的老鼠屎。就是没有老鼠屎，他也不愿进屋去，屋里有一股老年人的气味，一种聋人的气味。那种气味说不出的难受。他是一个哑巴——他不爱说话，等于是个哑巴；一个不说话的哑巴，一个听不明白的聋子。

到了晚上，虎渡河的水声远远地传来，沙洲雁叫，心情翻滚，世界安静了，他就要细细想自己悲惨的一生了。生活无望，只有回忆，远离父母，万事皆休。还没有开始想，虾咪咪就来拍门了。门是被砸开的，虾咪咪以为只有朱聋子在，只好砸，反正他听不到，破门而入是最好的选择。

"生意来了!"他说。

"生意来了!"蒋王朝的师傅朱聋子也跳脚说。

虾咪咪涂口红，脖子上围花围巾。他是个男人，可他喜欢这么打扮。听说他想做变性手术，变成个女儿身。他说："朱师傅，生意来了咧，十八颗棺钉，还是老价钱，十块钱一颗。"

"那就做。"大声地交涉过后，击掌成交。虾咪咪拿百分之三十的回扣，给整数五十块钱，朱铁匠答应给蒋王朝三十元，其余是师傅的。

虾咪咪虽身在船业社，却心在全人类，凡是死人和土葬的信息，他都能知道，所有棺钉的业务都是他联系的。他跟火葬场和医院太平间有许多生意往来。他有特殊的嗅觉，能嗅到哪儿死人。他真是个奇人! 也是生活所迫，为了变性，他要赚更多的钱。听说割一条肉鸡挖一个阴道要五万，造一对奶子要三万。可他已经二十五岁了，胡子粗黑，喉结大如鹅头，等到他赚够了钱割了肉鸡挖出个阴道，那也是半老徐娘了! 可怜的木匠虾咪咪。

夜半开启红炉同样是偷偷摸摸的，必定不能让老总知道。须知，每一颗船钉每一两铸铁都是经理老总的私物。但船业社大家都在搞老总的鬼，大家都在偷东西，巴不得这个单位早点垮台，老总早点破产，由人大代表、十大民营企业家、虎渡河首富变为穷光蛋，跟大家一样，只能靠偷打几颗棺钉吃饭。

由虾咪咪放哨，车间大门紧闭，朱聋子就要蒋王朝拉起了风箱。这是个暖意融融的夜，雪在下着，又一个人死了，加工棺钉的蒋王朝光着膀子，露出黑漆漆的肌肉。

师傅说："三十咧。"师傅一笑就露出没了门牙的大嘴，"老子几时亏待过你? 一回来就是三十! 再跑，你就不回来了，事不过三，听见了吗? 你咋像个聋子，说个话呀!"

聋子总说别人是聋子。蒋王朝就说：

"听见了，朱聋子！"

"绷子？你还想睡绷子？"师傅说。

"聋子会变话。"

"打架？哪个打架？"

十八颗钉子不是那么好打的，红汗白流忙活了几个小时。到了分钱的时候，已是半夜。虾咪咪唠叨他说："黑鬼，你妈的还想跑，你以为你是个什么人才吧？船业社屈了你？打铁先得本身硬，你看你——"虾咪咪就来摸他的膀子和胸脯。他连忙去避。虾咪咪就有点恼了，说："各门功课平均四十分，初中毕业，还蛮骄傲咧！跟老子一样，心比天高，命比纸薄。"

"我没说我是个人才。"蒋王朝说。

"那你为什么要跑咧，搞得老子想你找不到你，黑鬼老弟？"

"那你为什么要涂口红咧？"

"那我是有病哟，你个狗日的。"

"鸡巴病，性变态！"

"你妈的个黑鬼，虾咪咪我性变态？你不知这个病多痛苦。"

"把裆里的那个条子让我錾了不就了结了！"蒋王朝提着錾子说。

虾咪咪就拿出一个女性化的红色小手机，飞快地按了几下道：

"来来，我来给你算个命：从1到9中任选一个数，加9减8，再乘以50减200，得数代表你的命运……你算算，是多少？"

——虾咪咪是在翻读一条短信。蒋王朝才懒得跟他纠缠，揣上三十块钱拿着衣裳走了。

"是二百五！你怎么算得数都是二百五！你的命就是个二百五，晓得啵？……"

现在，屋外雪花飘飘，已经没有颠簸的船了，没有呼啸的北风，虎渡河的水声在远远的风雪中穿行，发出催眠的、赞美世界的呓语。在硫黄味呛人的熊熊炉火旁冲了个热水澡，旁若无人，赤身裸体，然后拱进厚厚的被子中，温暖像一只兔子拱着他的心肺。现在想他十八岁的悲惨人生，比较中道理性，没有偏激言辞了。他不禁反问——面对着聋子师傅如雷的鼾声和磨牙声：

"我就只配跟一个老聋子住在一起？我就只配打棺钉？我这一辈子，我的青春就是偷偷摸摸地与棺钉为伍？为死人送终？把死人的盖子给牢牢钉严？……"

　　这种质问铿锵有力，充满了说理性，逻辑严丝合缝，义正词严，让人感动。

　　谁要他生在这么一个船工家庭？唉！

　　他的父母中年得子，据说还是在哪个庙里求了多少次观音，香麻油提去了几桶，功德钱送去了几沓，这才让他出现在这个世界上。作为"八〇后"，他是一个悲剧。可船上的"八〇后"空有了一个令人尊敬的年代，他的生活与他人没有任何可比性。他渴望他不刮胡子的父亲用胡子扎扎他的脸，这是痴心妄想。他的父亲看过电视上一些中非南非的原始黑人之后，还突发奇想是不是自己老婆哪一天被黑人强奸了？观音菩萨弄错了，弄来个黑人托生到咱们蒋家？蒋家是造了什么孽啊，这么黑个崽！可蒋王朝有一双亮晶晶的眼睛和一口白牙，三岁即可嚼钢咀铁，喜欢吃蚕豆，越硬越好。其实在船上长大的孩子，哪个不是太阳的暴徒，无遮无拦的船板上，是他们成长的天地，没被太阳晒死就是命大。再则，蒋家往上算去，八代都是船工，都在太阳下暴晒，一代更比一代黑，那黑色素就成了基因传承下来了。只不过，到了他这一代，集蒋家船工血脉之大成，黑得更彻底、更集中、更凶狠罢了。人家的孩子怕淹死，还背上个水葫芦在船上跑来跑去，还拴条绳子——船上的孩子都是拴大的，像狗。可蒋王朝从来不会这样，他父亲让他自由自在，自生自灭，准备了破罐子破摔。也活该这兔崽子命大，有一次，掉进河中，是冬天，一件棉袄救了他；有一次，掉进江里，被一头白鳍豚顶出了水面——白鳍豚是通人性的。为此，他的肥娘请人画了一张白鳍豚，在船上拜了几年，烧香无数。到了七岁，他的父母认为这孩子大难不死，必有后福，孺子可教也，就狠心把他一个人丢到岸上去读书。

　　一个最倒霉的"八〇后"，因为不懂陆地上的交通规则，甚至不知道行人靠右，常常与人发生摩擦相撞。他被撞过 N 次。有一次被一辆汽车撞飞三米远，落到马路牙子上，竟毫发无损，爬起来就跑——他怕那开车人找他说他挡了人家的道哩。他有三辆自行车被盗过。这孩子因在船上诞生长大，平衡能力奇强，自行车不学自会。四年级就缠着他娘买了辆自行车，可没骑几天就被人偷跑了。不敢给父母说，只好克扣自己的菜金再买一辆。因此好几个月严重便秘，拉屎纯系惨叫。惨叫声没结束，自行车又被偷跑了。又克扣菜金。有一天晚上放学回"家"，遇到了几个喝了酒的科级干部倒车，将他的自行车刮了一下克扣菜金买的新车咧，于是就抗议。那几个喝了酒的科级干部哪容一个半大小逼抗议，恼羞成怒，干脆倒车擂他的自行车，将其擂成了麻花。好在一个过路老者拼尽全力，将那车拦住，大声叱骂，要与这几个科级干部拼命，说你们家也有小伢的咧，这么照着擂的！就是个鸡巴大的科长哟——老子晓得你们是交通局的，这么匪？要是当了局长，你不见什么擂什么？没了王法！就这么，硬是让他们拿出了三百元才了结此事。三百元让蒋王朝又买了一辆好车。另外，他一年四季除了寒冬腊月都穿拖鞋——这也是船上养成的不良习惯，不喜鞋子和袜子，以为十个趾头受到夹磨整个生命就受到夹磨，十个趾头舒畅了，全身就舒畅了。扑打扑打地趿着拖鞋的蒋王朝在本县最高学府虎渡中学走，给充满了文明气息的校园带来一股野蛮和胡搞气味，被老师鄙夷在情理之中，被学生值班岗多次拒之门外也不稀奇。老师甚至说这是流氓习气，让他百思不得其解。

还是说初级小学的他的故事吧。那时他属尿床高峰期，黑漆漆的屁股总是浸泡在自己的尿液里，一个人憨睡，又把它熨干。因此他浑身是尿骚味，很让同学和老师不齿。加上真菌感染，头屑飞扬，谁见了他都捂着鼻子绕道走。家长又不管他，不学学人家给校长啊班主任啊提些礼品去，这孩子就像个超级孤儿，永远坐在最后一排最黑暗的地方，蚊子最多的地方，身上被咬得大包小疖，奇痒难耐。而且看黑板是反光，永远看不清老师板书了什么，瞪着一双迷惘的眼睛看老师讲得唾沫乱飞，找光鲜的同学提问；看虚荣心强的同学们争先恐后地举手。他的一双手也没闲着，叭叭啪啪打蚊子哩。

关于鬼魂和害怕也是煎熬出来的啊！

七岁离开父母住在一个死了多个老船工的屋子里，鬼影幢幢，阴魂飞来飞去。他永远记得第一天他关上门关上电灯一个人睡在那黑暗屋子里的情形，只差要疯掉了，要跑，要哭——哭不敢哭，怕一哭把鬼哭来了，就咬牙流泪，用被子死死捂住头。这以后，就尿床，尿床是惊吓的结果啊。晚上又不敢出去，门一开，就是黑魆魆的河滩，芦苇荡深广无边，船业社空寂无人。想拉就憋着，梦中就拉床上了。

还一个人在这鬼屋子里冷冷清清做"家庭作业"。

逢学校开家长会时，他就代表家长去参加。

他的肥娘一个月回港来看他一次，给他一把把的钱，还有他喜爱的泡菜，泡萝卜、白菜、豇豆、蒜子、大刀豆。还把一罐罐辣椒酱放在旁边，让他揶了泡菜再放些辣椒酱，味就更好了。刚开始，在初级小学时，他就每天盼啊盼啊，等他的肥娘来看他，等自家的船回到码头上。他在河边望啊望啊，望天际尽头那熟悉的船影。有时，他总幻想半夜他的父母突然归来，拍他的门。等，等，总是空。早晨起来，还是一个人，揉揉眼睛去上学，腰里挂着那把永远只属于自己的钥匙，打开永远只迎接自己的锁。肥娘来了，船回来了，都要接他到船上去海吃一顿和数顿，吃饱喝足了，船又要开了，他就要被撵下船了。他就跟着那起航的船跑啊跑啊，跑了四五里路，沿着河堤。可还是跑不过船，只好回来，回到"家里"来，面对着留有肥娘体温和气味的泡菜、辣椒罐和衣物，呜呜呃呃地痛哭嗥叫，像一只被打被抛弃的可怜小狼崽。他爹妈说，老子们祖宗八代驾船，进入二十一世纪了，到你这辈还驾船，还在岸上没块地没个窝？十年寒窗无人问，一举成名天下知，总要读个大学呀！

钱有，蒋王朝七岁就一个人下馆子喝酒，点红烧甲鱼，把钱吃光，喊穷，赊账，让他的父母来收拾残局。这是故意报复。后来他害怕那"家里"——就是那个鬼影幢幢的小屋子，就去游戏室打游戏机。小屋子那几千斤的锚链，到了半夜，被拉扯得叮里哐啷地响，这是真的。据过去住过这个小屋的人说，一到夜里就是这样，锚链响，绞车转得呜呜地飞起来，又没有谁推它。他常常强迫自己想他被白鳍豚托起在水面上滑翔的美景，蓝天白云，碧波荡漾。白鳍豚滑溜的身子就像一张暖床，还用那鳍翅把他紧紧揽住，怕他滑下去。耳边呼呼风响，身子嗖嗖如飞，全是明亮和快意呀！可睁眼回到现实的小屋，怕！就去游戏室。后来这县城出现了网吧，他就成了第一批网吧客、第一批网民，就不上学了，就泡在网吧里。他的父母回来，就被老师叫去狠批，就说这孩子有了网瘾，网瘾可是比吸鸦片和白粉还难戒掉的东西。那还得了，写保证，再去了怎么办？再去了打断腿。这可是你自己说的。写的保证，白纸黑字，好好学习天天向上，坚持改革开放，实践三个代表和社会主义荣辱观。可那个屋里还是太恐怖啊，鬼魂弄得他鸡飞狗跳夜不安眠，等父母离去后又偷偷去了网吧。可有一天，他爹妈的船提前回港，半夜去拍他的门，竟是大门紧锁，于是到网吧把他揪了出来，他的有暴力倾向的父亲硬是照他的保证书行事，活生生打断了他一条腿，用网吧的肮脏的键盘砍的。

那一次蒋王朝住了三个月医院，腿里钉了钉子，半年后才取出来。这是一次严重的身体伤害事件，被打折的痛感持久盘桓在他的心尖，只要一想到，就会痛不欲生，浑身如筛糠。就是这样，他不再去网吧，看见了电脑就会尿裤子。这一辈子，他可是与先进的传媒绝缘了啰！

在进入初中之后，他对那个长满粉刺的男老师恨之入骨。那时候他已开始有了喉结。有一次他的肥娘上岸来给他洗澡，他突然有了害羞，捂住下身，不让他娘洗——那儿，已经稀稀长出了几根小草，异常刺眼。那天晚上，他把小茅草全拔了，扔进垃圾桶里。长粉刺的男老师常在课堂上念那些小女生写的《我爱米兰》《我家的小花猫》之类的酸溜溜的文章，还组织了一个文学社，叫"立上头文学社"，办了一个叫《立上头》的刊物，据说是取"小荷才露尖尖角，早有蜻蜓立上头"之意。《立上头》上面发表的百分之九十是女生的乌七八糟的作品。还搞点评，或在作文本上写批语，盛赞这些女生的作文水平是如何的高，什么描写优美，语言清丽，把少女的心理刻画得细致入微，表现了八〇后女生内心的渴望和对生活的赞美，是充满了希望和幻想的佳作，言简意赅，生动流畅，思想健康，对米兰和小花猫的描写栩栩如生、活灵活现，拟人化手法用得恰到好处、炉火纯青，以物托志，以情咏志，让人叹为观止，等等。更为恶劣的是这些发嗲的丑女生还对粉刺老师以兄妹相称，叫他春声哥（粉刺的大名），不叫不能上《立上头》。春声哥是主编加社长加老师，且挂着县文艺理论家协会常务理事和省青少年文明行为研究会会员等光辉灿烂的头衔，还负责将她们的作文推荐参加全国中学生作文大赛，可以一次捧回二十多个金银铜奖，奖章叮叮当当一大堆，就像发旺旺雪饼。不叫哥还不给你写评语，无论你写得多么好，见了只当没见着，只是批下两个字："已阅"。这个粉刺！操着全班八〇后文学爱好者的生杀大权啊，他让哪个出名哪个就出名，他让哪个拿奖哪个就拿奖，他想捧红谁就捧红谁。可蒋王朝每当听到粉刺老师在课堂念"我家小花猫""我爱米兰"时就浑身起鸡皮疙瘩，就会想到船上那惊心动魄、风里浪里的事：想起父亲撑篙，雪鸥飞舞，船只摇晃，大雪纷纷，太阳晒得甲板不敢落脚；就想到风正帆悬，两岸青山如菜畦，船工绞锚抛缆，肥娘在船尾生火做饭，吊水洗菜；想到夜晚甲板上河风习习，萤火闪闪，夕阳西下，波光粼粼，如同画里；白鳍豚跃出河面，逐浪戏水，身姿优美不可名状，人鱼相亲，令人不知是梦是真；诸如此类的东西。可老师从来不出这类题目，他的命题作文基本上是紧扣时代，配合学校中心工作，抒写小康情绪、生活点滴，还谓之以小见大，唱响主旋律。这粉刺是县师范毕业生，根本不懂文学，还想当文学军师，主宰虎渡中学文坛。试以蒋王朝写的一篇《我爱我家》为例，他在作文里写道：我家是以船为生，漂无定所，常有船覆人亡的悲剧发生。可为了生活，没见哪一个船工想上岸来。船工生活艰辛，跑长水常常几天几夜不能靠岸，因隔了地气，人会四肢疲软，隔段时间船就必须靠岸踏地气。船工一年四季在太阳底下，晒得皮一层脱一层，风吹雨打，提心吊胆，就像他们说的——行船跑马三分命，真的是很苦。但是我爱水上的家，那里有我的母亲，有我栽的仙人掌。我家的船被我妈拖得干干净净，不染一丝灰尘，每年都要打桐油。美中不足的是没有厕所，大小便十分麻烦。常看见船工光着屁股在船尾方便，也是迫不得已。我亲眼见过一个年老体衰的船工，手没抓紧，掉下船去，屎没拉完，人生完了。粉刺老师在这篇作文的后头愤然批道：粗野、肮脏！污蔑底层人民，缺少提炼和升华。渲染苦难和不幸，不见温暖和希望。课外多读杨朔散文。

这老师蔑视男生可以找到蛛丝马迹，在讲曹雪芹的《红楼梦》时，公然引用曹的话说：女儿是水做的骨肉，男子是泥做的骨肉，我见了女儿便清爽，见了男子便觉浊臭逼人。凡山川日月之精华，只钟于女儿，须眉男子不过是些渣滓浊沫而已。他还解释，这里的女儿不是自己生的女儿，是别人的女儿。他还办了个"立上头作文网"，在网上发起了"八○后小女子作文现象"大讨论。才讨论了两个月，这个粉刺老师就被逮进去了，罪名是流氓罪。但可叹的是，那些"别人的女儿"都超过了十四岁，都声称"是自愿的"，自愿投怀送抱，这老师只判了个缓刑三年。

初中毕业，蒋王朝终于把那些乱七八糟的课本和作文本烧了，还把两本英语书也烧了。那上面标有他创造的"爷死""古都拜""油夜壶""豪都油都"之类的汉字注音。他在虎渡河畔的荒滩上，纸船明烛照天烧，烧得大汗淋漓，烧得七窍亨通、浑身舒畅。可他父母非得让他上高中不可，说花多少钱也要让他混个高中文凭。钱根本不是问题，父母说我们赚多少钱还不是给你留着的。但是蒋王朝将一根铁棒送了过去，对父母说：你们就是打断我五条腿我也不会去上学了。你们干脆一棒把我夯死算了。父母把他没有办法，苦口婆心也不能让他回心转意，他是铁了心要与文明学校一刀两断。在船上玩了两个月，他的爹妈就把他弄到了社里，成了一名锻工，就是铁匠……

三

三月的桃花风慰抚着忧伤的他，三月的桃花汛叩打着一扇扇紧闭的心房。河滩上浅草返青，碧绿斑斑，碧绿的斑块连成一片，爬向远远的山冈，河流逶迤东去，雾霭在天穹下闪闪发光，到处是春的气息，人的鼻子里有开阔芳香，几只大鸟声音辚辚地在天空碾压而去，静静的大地上暖意融融，仿佛母亲走过。

三月是繁忙的季节，所有的船都要加紧修理以便投入到一年一度的汛水中去。红炉班一改过去一三五开炉的时间，天天开炉。刚才，他与退休的老船工和师傅发生了争执。这个红炉车间里面有一蓬火，火来自那个用黄泥巴和猪鬃砌起来的红炉，风箱四面漏气，蒋王朝把它叫"喷气机"。天气已经很暖和了，可退休的老船工们仍然感到身上发冷，常来这儿凑热闹，免费烤火。这些老师傅属于端起碗来吃肉，放下碗来骂娘的人，对当今社会一概否定，牢骚满腹，认为过去的一切好，来这儿就是发牢骚。虽然车间里粉尘弥漫，可这些老头儿把身上烤暖，把气发完，把肺部理顺之后，一个个带着沾满煤灰的脑袋和鼻子离开也很满意。

要扯风箱，灰是大一点，师傅要他扯，他就用力扯。老头儿们就大喊：

"黑鬼，就不晓得轻点？这么扯，撵我们啊？"

蒋王朝不能不扯，不扯铁烧不红，今天灰真是大，估计风箱又有几个漏气孔，只好乱扯。

"黑鬼！"

他师傅朱铁匠这时凑过来问："你们说么事呀？"

"我们说，说你徒弟也是个聋子！"

"疯子？哪个是疯子？我徒弟不是疯子。"

"蒋驾长的黑崽。"

"黑海？"朱铁匠说。

"中午食堂吃肉。"

"星期六？"

这些被煤灰呛得鼻青脸肿的老头儿见朱铁匠总是岔话，瞪着眼睛干着急，他的徒弟又胡扯，弄得空气污染，最后，捂着黑乎乎的鼻子狠狠地瞪他，只好起身走了，并说：

"个狗日的！"

师傅烦他，说是他把这些师傅的好朋友给得罪走了。跟聋子又讲不清道理，只好偷跑出来到河边换换气。

河边是个回水湾，围了一大圈人，估计是又有死人。这回水湾子，上游发水后，流下来的死猪死狗加死人到这里就不走了。围着人，还听到了哭声。好奇地走到那儿，认出有几个是经常在船业社特别是在红炉车间偷铁的惯犯，无业游民，都是些半大的孩子和妇女，头发很乱，衣裳很旧，鞋子胡穿。

他挤了进去，果真躺着一具死尸。有两个女人跪着在哭，一个三十多岁，一个十多岁。三十多岁的肯定是十多岁的妈，两人不仅形似，而且神似。这两个女人哭得可真伤心，鼻涕眼泪一大把，特别是那个头发焦黄、脖子细长、几根脆骨头撑着一个洋葱脑袋的小女孩，哭得更是惨兮，哭得快昏死过去，哭得几乎呼吸停顿，哭得人心撕裂，山河为之变色。可她母亲哭到后来，竟然骂起了死尸的众多恶行，他玩女人，好酒贪杯，好赌，不顾家，爱打骂母女俩，后来不顾家人规劝，一意孤行买码，借了亲朋好友银钱无数，近乎行骗。买码血本无归，被逼不过，只好自尽投江以结束生命。蒋王朝听见人们在议论是装卸公司的。

他细看那个"死鬼"，鼻子和脸被狗啃了，双手在河底泡得惨白惨白，就像烂透的竹笋，脚蹬着一双翻毛皮鞋。

在不远的避风处，有几个男人在挖坑。蒋王朝正在张望，一个人就拍了他的肩膀，转头一看，是虾咪咪。虾咪咪提着一把锯子，眼睛胡睃着像发噱赌气的样子，嘴巴撕裂得像一道伤口，恶狠狠地小声说：

"黑鬼，这是我的地盘，你可要耐得住寂寞……"

蒋王朝起先不知他说的是什么意思，后来想到他到处搜集死人信息，是不是说这？……就听到那个死者的老婆对看热闹的求情说：

"帮帮忙吧，好人，帮帮忙抬抬我这死鬼吧，我们孤儿寡母忘不了你们的……"

这一说，许多人都点头却并不动，朝别人看，有人直往后退。

那小女孩见大家不动手，就用短促的哭腔一个一个拜托了，拉人家衣裳，拉到蒋王朝，说：

"大哥哥，做做好事帮忙抬一杠吧！"

这小女孩拉着他竟不放了，许多人都把眼光投过来，怂恿他去抬。蒋王朝没有退路了，可又踌躇，那死尸太恐怖。但看到那一对母女，也够可怜的，那小女孩两眼青色，连额角都是青的，也没什么滋润营养，她妈脸上还有几个大疤，整个人像傍晚没卖完的青菜，两颊坍陷而又颧骨高昂，一看就是副造孽相。没有选择啦义不容辞，他就定了，与另两个男人去准备破船板与绳索。

可还差一个人，四人才能抬，他去找虾咪咪，虾咪咪捂着眼鼻正往人缝里钻哩。蒋王朝就一把薅住了他，虾咪咪反应不及，抬杠已经压在肩头。

"喂，大、大姐，你就没想到，搞一口棺材埋？"

这小子又在拉业务！有了棺材就必须有棺钉，那他就又有几十块钱提成啦。

那女人哪在想棺材的事，只求赶快把丈夫丢进沙坑里埋了了事，免得引来更多野狗把他啃吃干净了。还有正在春风里苏醒的苍蝇。

"大哥，哪有这个花费呀！"

这一笔业务显然泡了汤，虾咪咪明显心中不快，没了动力，抬尸的步伐不协调，一个趔趄，大家都趔趄，死尸从绳子里滑了出来，跌到地上，腾起一股臭味。那两个可能是死者亲眷的男人就去拽死尸，重新放好。抬到挖好的坑里，丢了进去，几个人就铲沙土填埋。

不一会，坑填平了，那女孩的母亲跑过来，就一顿猛踩，哭着发狠话说：

"踩死你！踩死你！你这下不得出来买码了！"

这女人把沙土踩得严严实实，有人就给蒋王朝和虾咪咪发花露水，在场的看客人人有份，按人头点。另一个老头上来，拧开一瓶花露水，就在蒋王朝身上前后左右乱洒，就像进行一种神秘古老的仪式。也对虾咪咪洒。洒得香喷喷了，连向他们说"谢谢"。失望的虾咪咪拿起锯子，香喷喷地走了。蒋王朝也就香喷喷地走了。

一个人手里还拿着一瓶花露水。

"其实，"虾咪咪在一个地方候着他，说，"我晓得五多的妈拿不出棺材钱，可只要有一线希望，就要做百分之百的努力嘛，你说呢，黑鬼？"

"五多？"他问虾咪咪说。

"我靠，五多哭得几多有味。五多越哭越靓丽，天生的美人坯子，我要是有她这张脸，就是当婊子也值！"

那个小女孩就叫五多。

四

五多来了。

五多是来偷铁的。

先说这天晚上，晚上一夜未睡，师傅朱聋子一夜梦话，侃侃而谈，天现亮光时才平静下来，蒋王朝这才眯着了一会。这一天晚上是令人气愤的，朱铁匠一个劲在蚊帐里追问他：

"喂，我钱都把给你了哟，那个镯子咧，弄哪儿去了？"

蒋王朝莫名其妙，师傅咋在半夜问我这话？什么钱？

"钱？哪个给我了？"

"你说给我生个崽的呢？"

"我给你生个崽？"蒋王朝直恶心，大骂道，"个鸨妈我会生崽？"

他突然想到是师傅在说梦话。

"你睡哟，聋子，你要把人整死的！"

"哪个肿死了？"

"吥！我要吥你！"

"赔我？"

"π！π 等于三点一四一五九二六。"

"喝酒吃肉？"

"芝加哥。"

"指甲壳?"

"黎巴嫩来打船钉!"

"床灯?"

"我爱米兰我家小花猫朱铁匠聋子!"

"疯子疯子，小羊疯子……"

随即打起了鼾声。

这个师傅在梦中还能跟人对话，完全是天下奇闻。蒋王朝就想另寻个地方搬出去住，起来到处乱窜侦察，就发现了船业社一栋老旧的房子上头，有一层阁楼。他突然记起来这地方也是闹鬼的地方。听说若干年前一个叫"文革"的年代，有人被关在这里面，后来吊死了。那吊死的人——是一个会计，常常在阁楼里喊叫，发出被绳子勒出的咯儿声，像鸡被杀时的声音。过去蒋王朝是不敢朝这边看的，可今天他无意识地走到了这里，是个死墙旮旯，尿骚味厚重，地上的砖石已铺上了厚厚一层尿垢，发出白冽冽的光。一条绿色蜥蜴正趴在上面打盹。他掏出家伙就朝那蜥蜴一顿猛射，蜥蜴鼓起灵活转动的凸眼瞪着他，受不了啦，赶快爬走了。那摇摇欲坠的、断了两级阶木的梯子就在这里，在外头的廊檐里。现在的蒋王朝是一个火气旺盛的青年，他根本不怕鬼了，倒是，有一股子对恐怖邪恶世界探究个一清二白的好奇心。爬上去! 爬上去! 说不定在这里可以找个安乐窝哩!

他紧了紧皮围裙，把那双宽大变形的球鞋跺了跺，就向楼上爬去。

一个门，有锁，一把大铁锁，锈了。那是打不开的，但使劲去扭那个门锴，嗬，开了，从朽门里给拧出来了! 推开门，一股老霉味扑面而来! 一个昏暗的阁楼，头上还有两块亮瓦哩。阁楼异常干燥，到处积有寸厚的灰尘，堆着一些塞船缝的麻瓤。原来这里是堆麻瓤的! 一屁股坐下去，有如腾云驾雾，深厚的霉味从里面挤出来，灰尘滚滚。站起来，一脖子灰，看到前面有个只剩两匹叶片的纯铜螺旋桨。这家伙可是个重物，还值钱呢!

他怀着发现了一个新天地的巨大兴奋往里走，那吊死人的恐怖几乎不存在，全是探索的新奇，犹如一次梦境般的历险。踢到了一个什么东西，阁楼里便响起了尖锐悠长的碰撞声，仿佛在地道里穿行。

好多没有上锁的箱子。他跪下来，借着幽暗的光线看，嗬，全是一些账本。那不就是会计的？往里翻，啊，一堆碎纸片里，一窝红嫩嫩的小老鼠！吓了一下，就只一下。抬头一看，一截绳子赫然吊在梁上，就陡然想到吊死的会计，莫非就是这截绳头？旁边一张床！嘿，有床咧，有床就可以在这儿睡咧！收拾了倒真是个安乐窝，至少安静，听不到人说梦话。床光光的，有一个小桌子，小桌子上有信笺：虎渡县船业社革命委员会。上头有毛主席语录：原有的反革命分子肃清了，还可能出现一些新的反革命分子。如果我们丧失了警惕性，那就会上大当，吃大亏。不管什么地方出现了反革命分子捣乱，就应当坚决消灭他。底下是用蓝墨水写的：我的第五次检查。我所犯的错误性质是恶劣的，立场是反动的，问题是严重的。组织对我的错误思想和经济问题进行了严肃的斗争，清查了我的账务，确有多吃多占、化公为私、假公济私、贪污挪用的现象，另一方面组织又给我指明了出路，给了我重新做人和改造的机会。我出生在一个贫苦的船工家庭，旧社会受封建把头和船主河霸的剥削压迫，中华人民共和国成立后，自恃根红苗壮，苦大仇深，放松了思想改造和马列主义毛泽东思想的学习，躺在革命功劳簿上睡大觉，渐渐走上了……看不清了，就从皮围裙的兜里掏出打火机，揿亮。这检查和书和信纸还多着哩。红色的火光照亮了阁楼，真的不错哦，有桌有床，还有书。拿起一本：《学习手册》。翻开一页：断手断指再植获得成功。1963 年 8 月，断手断指再植获得成功，上海第六医院广大革命职工遵循毛主席的教导，全心全意为人民服务，破除迷信，解放思想，怀着深厚的无产阶级感情，发扬共产主义大协作，成功地接活了工人王存柏完全轧断的手，使我国断手再植手术跃进到世界先进水平……再翻一页："七·三"批示。这是毛主席一九六五年七月三日对北京师范学院调查材料报告的批示。全文如下：学生负担太重，影响健康，学了也无用。建议从一切活动总量中，砍掉三分之一。邀请学校师生代表，讨论几次，决定实行。如何请酌……

凡是毛主席的讲话都用粗粗的黑体字标出来。嘿，这书怪哩，这书好看咧，好有意思！可一只老鼠跳出来，从梁上咚地跌到楼板上，一个活物。再朝头上一看，那断绳上还爬着一只老鼠，发出吱吱的叫声，就像在上吊一样。再大的胆也吓破了，蒋王朝拔腿就跑。跑出阁楼，跑下楼梯，来到阳光和尿骚味中，好像做了一场梦，美不可收。于是畅快地拉了一泡尿，甩几甩，逾墙而走。

红炉车间的门是掩着的，没有听到师傅叮叮当当的锤声，却听到了铁堆后头传来的响动。走过去一看，一个小女孩正在那儿躲着偷铁，提篮已经满了，全是小铁块。那就是五多，那个哭爹的五多。五多惊慌失措，想把篮子往铁堆后头藏，可已经来不及了，黑煞神一样的蒋王朝就站在她的面前，这下可就跑不了啦！跑不了就哭，于是，虚张声势地哭，哭爹一样地大号起来。

"哇——哇嘿呃——"

这一哭，蒋王朝蒙了，站在那儿不知如何是好。那女孩更加大嗓门，像死了一百个爹似的，比上次还哭得惨，乌黑的沾满铁锈的手揉着眼睛，脸上三把两下就花里胡哨了。

五多想用哭来解脱的战略战术奏了效，蒋王朝站在那里真不知如何是好。那五多用哭先把蒋王朝镇住了，就不哭了，戛然而止，企着头看他。

"哭呀，哭呀。"他说。

五多不哭，噘着嘴看他。

"胆子大唡，哪个要你来偷的？"

"虾咪咪。"

虾咪咪？那个狗日的。

"你还想偷什么？"逗她。

"偷人。"

这个女伢精怪，笑了起来，还说：

"偷黑鬼哥哥。"

就叫上了哥哥啦，还晓得他的诨名。蒋王朝也不恼，就坐下了。那五多也坐下了，给他说，她妈妈被安排到装卸公司开拉坡机去了，她早就下了学，想捡点破烂帮妈妈还债。

"光捡铁？铜要不要？"

听说有铜，五多就说要。蒋王朝就自告奋勇带她去了刚去过的地方。从来没有人叫我哥哥哩，这丫头子嘴甜。心里也就甜了，被喊甜了，什么坏事都可以带头去干了。

这就带着她爬阁楼。可五多说怕，他给她打气说不怕，说他天天来的，堆的麻瓢，有好大的铜。

拉着五多就上了阁楼，直奔那个破螺旋桨而去。船工叫"车叶子"。

"好大的车叶子，搬不搬得动？"他说。

有一两百公斤，他搬不动，五多也搬不动。

"搬不下去的，这个我不要，不敢要。"

"敲嘛。"

蒋王朝就找了块砖头，敲那个家伙。声音太大，也估计敲不动，五多就要他莫敲了。他感到也奈何不了这么个庞然大物，但仍不甘心，说：

"废纸要么？"

五多点点头。

点燃打火机，照到那堆装账本的箱子，又没有绳子，就看那梁上的那根绳子，吊过死人的，也解不下来，就解开自己的皮带，捆账本，短了，捆不了几本，就对五多说：

"你的皮带呢？"

那五多也不怕什么，就解开了自己的皮带，一根小的窄的皮带。一黑一红，一大一小，一男一女两根皮带，被蒋王朝连在了一起，再捆，就捆了一大捆。就对她说："皮带不要卖哦，卖了纸不忘了把皮带还我。"

那丫头就"嗯"了一声，就嘻嘻笑说皮带不会卖的。蒋王朝又问："你裤子松不松？"那丫头就说是牛仔裤，还好。蒋王朝说我也还好，也是牛仔裤。裤子掉了就出丑。并要她下次带根长绳子来。

太阳可能进云里了，阁楼更暗了。蒋王朝捆出一头老汗，就说坐坐。他一屁股坐进麻瓢堆里去，一拉五多，五多也坐进松软的麻瓢里了，还紧紧靠在他身上。两个人闹腾起来的灰呛得两个人打了几个喷嚏。五多说：

"黑鬼哥哥，有没有鬼呀？"

"屁的鬼！我不信鬼！"这就把五多揽住了，手就揽到了五多的胸脯上，动不敢动，就这么坐着。

五多仰起头望着他，说："这地方还有人住么？"

蒋王朝说："我想搬来的。"

他讲话见五多的嘴离他很近，就俯下头去，啃她的嘴。啃了几下，没啃出个滋味来，两个人就出来了。就这样，蒋王朝亲了女孩子的嘴。在晚上，他兴奋了一晚，没睡着，对着说梦话的师傅说：

"我啃了女伢的嘴。"

师傅说:"你碰见了鬼?"

"嘴!女人的嘴!"

"鬼?你们的鬼?"

## 五

去拿皮带的蒋王朝跟五多往五多的家里去。因为这天五多说皮带忘
了,放在家里了。这样船工子弟蒋王朝就第一次走进了一个孤儿寡母的空
荡荡的家。

家在虎渡河边的一条杀牛巷里。那杀牛巷血流成河,苍蝇沸腾,到处
是霍霍的磨刀声和嗷嗷的牛哭声。走过五多家旁边的那个杀牛场,蒋王朝
看到几个老头子用一根横杠绑在一头老牛的双角上,几个老家伙将横杠子
使劲一扳,那牛就倒在地上,四蹄朝天。一个大胖子就操刀一刀向牛的脖
子砍去,脖子开了口,血找到了出路,争先恐后往外飙洒,冲出有一丈多
高,一场血雨!那杀牛人又一刀砍去,牛的脑袋就掉了,就身首异处。大
胖子舒了一口气,已成个血人。这时那无头的牛身却挣扎起来,竟挣扎着
站了起来,四腿站得稳稳的。而那牛头,这时睁着流泪的眼睛,望着自己
的身子,嘴里发出低沉的"哞哞"声,好像是唤自己的身子过来。那身
子——庞大的身子竟走出了两步,好像是要与自己的脑袋会合。走了两
步,实在坚持不了啦,四蹄就像电击了一样,一下子软了,訇然倒坍,倒
坍在牛屎、血水和稻草堆里。那牛头这时悲惨绝望地叫了一声,长睫毛
的、大大的、流泪的眼睛就闭住了。一切都结束了。

蒋王朝没想到县城还有这样的去处,心里恐悚,也很刺激,踏着血红
腥臭的水洼,看到巷子里的孩子们在那里玩耍,大家都以向对方泼污水为
乐。这就来到了五多家,因为看了杀牛惊魂未定,一头撞在低矮的门楣
上,头上鼓出鸡蛋大个包。这个鬼地方,比咱烂糟污臭的船业社还不如
哩。就见五多的疤脸娘站在门口,手捧着他的牛皮带说,不好意思,不好
意思,我家五多不懂礼性,下了你的皮带咧。蒋王朝摸着头上的大包说,
不碍事不碍事的,我是牛仔裤。五多的疤脸娘说,你这皮带旧了,赶明日
我让杀牛场的老师傅给你再割一根好黄牛皮带。他就说谢谢姨娘,谢谢姨
娘——这就叫上了姨娘。姨娘说小蒋你可是大好人了,你帮我们五多敲铜

咧，还背了一大捆纸她卖了二十多块钱。蒋王朝说没事没事，再拿大麻绳去捆。姨娘说你多大啦？十八九岁了。姨娘说我们五多十六了进十七，就是不长肉，没啥吃的哦。你初中毕业？我们五多初中读了一年，她爸那死鬼只顾买码就没钱读书了，连家里的电视机都当了，逼债的天天上门，到现在他死了还是这样。你来不要账，太好了，太好了——来我家全是要账的，今天一定要请你吃牛杂碎哦！

这姨娘就去杀牛场买牛杂碎。牛杂碎不知是从牛身上哪个地方剥下来的残渣余孽，又烂又臭牛屎色，一锅煮。刚煮是臭味，像煮一锅潲水，放了干辣椒、桂皮、八角加生姜，就恶狠狠地把臭味压下去了，把香味抬出来了——锅里一片欢呼，咕咕咚咚冒香泡，冒辣泡。姨娘就说小蒋吃啦，抹桌子，五多给小蒋哥哥添饭。五多添了饭，就说黑鬼哥哥吃，就给她妈说我叫黑鬼哥哥，船业社都叫他黑鬼的。蒋王朝见五多这么说姨娘就拿眼看他，把他看得不好意思了。这姨娘蛮会说话，说太阳晒黑为美，黑点健康，打铁有灰，没洗干净，洗干净了就好了。五多坚持说他是这么黑，不是没洗干净。她娘就拦她说瞎说，是没洗干净的，你也不比小蒋哥哥白好多。这就给蒋王朝解了围。

这一顿，可吃得太美了。天下最美的菜就是牛杂碎啊！过去咋没发现？这是蒋王朝自七岁在岸上独立生活以来，吃得最爽快的一次，也是第一次和与自己不相干的女人一锅捞菜吃，像家人一样，没有礼让，不讲吃相，吃出了一头臭汗。牛杂碎呀牛杂碎，你比黄牛肉水牛肉犀牛肉都好吃，胜过山珍海味、大肉大鱼！五多的娘也就是那个新认的姨娘一个劲给他搛菜，自己在嘴里舔了的筷子又给他搛，五多也给他搛，也是在自己嘴里舔过的筷子再给他搛。这可以原谅，五多的嘴是他啃过的，两个嘴里的舌头交换过唾沫，就融为一体了，不分你我了。她的筷就是我的筷，她的人说不定就是我的人咧，这个家说不定就是我的家……就这么吃着互相关心互相爱护互相帮助的奉菜，三大碗饭，加十几个尖辣椒加一大锅杂碎，就这么被消灭了。舌头辣成了炭火色，脸上辣出一层疹子。生活是如此美好啊，人与人还有如此亲切的劲儿啊！

蒋王朝酒足饭饱走出这个家的时候，还真有点想掉泪哩，五多的娘依依不舍，说慢走哦，以后常来玩哦。蒋王朝辣着，就真的流出了泪。姨娘比妈还亲热咧。他踏着污脏的巷子，踏着水洼，就像踏着康庄大道。巷子里牛粪味浓郁，灯火闪烁，可有一种温暖，一种他从未见的温暖……

五多送他，送到河堤上，他胆子就大了，就抱着五多啃。这一回，啃出点名堂来了。女孩儿的嘴可不是一般的嘴，一般的亲物，粉刺老师讲得对，别人的女儿真有味咧。闭上眼啃着滑着，就好像身子动了，身子飘了，身子硬是在什么什么东西上坐着飞翔咧！是白鳍豚！在白鳍豚背上，白鳍豚赐我一命时，那感觉就是这样的。这样舌头就愈发搅得欢溜了，搅哪儿哪儿都是快感，带动全身，热气走窜，身子火烧火燎。这五多也会搅，他搅哪儿她就迎合到哪儿，两个舌头追逐缠绕，做着生动活泼的口腔游戏。又去摸五多的胸脯，五多胸脯太小啦，简直可以忽略不计。那手仔细探索研究还是有点小软糕的感觉，就像学校门口挑担卖的蒸"挺挺糕"，一毛一个，又小又甜。埋头啃了两口，大货车来了，两个人就分开了。他就说：

"长绳子啊！"

长绳子是一定的，长绳子没有半个月，就把船业社自一九五〇年合作化以来近六十年的账本搬光了。又卖铁，趁师傅不在，就给她传信来偷铁；不是偷，就是用篮子装，装多少是多少。这样就赎回了她爸爸当去的电视机和几件家具。

铁是少了咧，师傅说铁消得快呀？老总来了，说铁到哪儿去了？师傅就对虾咪咪说，棺钉还得付成本咧，扣你十块钱。虾咪咪说，棺钉几个铁？人家偷了找我的歪！

有一回虾咪咪看见蒋王朝往杀牛巷走，先是酸里酸气地说："黑鬼，嫖娼去的？"又说："老子晓得铁是哪个偷了。"虾咪咪上了假睫毛，睫毛扑闪扑闪的，就像准备挨刀的牛。蒋王朝不理他。蒋王朝幸福着哩。

蒋王朝可以常到五多家去吃牛杂碎了。牛杂碎成了五多家一道家常菜，饭一端上来，就是个咕嘟咕嘟的牛杂碎炉子。牛杂碎都是蒋王朝出钱买的，给五多娘也就是姨娘丢了两百块钱，够吃了。还帮她们偷了那么多铁和账本呢？还弄回了电视机呢？这就很受欢迎了。有一回，姨娘叫他王朝哥哥，五多说王朝是葡萄酒。姨娘就说还真想喝点葡萄酒。蒋王朝说，那就去搬。那次他从东方超市硬是搬了一箱王朝葡萄酒。五多娘说："喝王朝咧。"五多说："喝黑鬼哥哥。"一家人就碰杯。就是一家人啦！衣裳，拿来洗；被子，拿来洗。五多说，我的鞋破了。蒋王朝就给她买了一双。五多说，虾咪咪还穿连裤袜咧。蒋王朝就给她买了一件。五多穿了连裤袜，还买了香水。又说，虾咪咪有假睫毛。蒋王朝就给她买了一副假睫毛，也扑闪扑闪了。蒋王朝说："五多，是个洋娃娃了。"五多差不多是个洋娃娃了，胖了，天天有牛杂碎吃，腮肉就出来了，胸肉也出来了，由"挺挺糕"变成了大包子。五多就说："黑鬼哥哥，别人都减肥咧，我也要减肥。"蒋王朝给她买芦荟减肥茶喝，喝了后，疯狂腹泻，泻得有气无力，大包子又将变成"挺挺糕"。这天，虾咪咪就闯进了红炉车间，丢下一把刀子，说：

"打把刀子!"

那聋子师傅正在打铁，看到地上蹦出一把刀子，又看到是假睫毛扑闪扑闪的虾咪咪，说：

"生意来了?"

"是刀子!"虾咪咪说。

"钉子哟?"

"刀子!"

"销子?"

"刀子!"

聋子师傅终于弄清楚了，看着虾咪咪说：

"哪来这大的火气?"

"晚上河滩上见!"虾咪咪对蒋王朝说。

蒋王朝莫名其妙。我如何得罪他？可也就明白了，有几次，蒋王朝都在杀牛巷口看到虾咪咪拦路，对他恶狠狠地说："老子赶牛去杀咧。"又说："嫖娼大王哪，黑鬼?"蒋王朝可不想惹他。可五多提他，五多不齿他，说："虾咪咪不男不女咧。"蒋王朝说他要做变性手术的。"可他要跟我要，"五多说，"我烦他，他问我胸罩要买好大的。"

"老子不变性了，今天也要跟你拼个你死我活!"

这天晚上在河滩上，在埋着五多爹的沙滩旁，虾咪咪向蒋王朝发出了决斗战书。

"如果是别个，老子也就算了，是五多，老子就不干，打死也做回臭男人! 五多不能让你得! 这么清爽靓丽的女娃，你个黑鬼也配! 我呸! ……"

这个夜晚啊，河水哗哗。这个晚上，在月光里，蒋王朝看见虾咪咪的嘴像马嘴一样撕扯开了，看见他四肢抽搐，手握着寒光闪闪的刀子。这个夜晚，月亮铺了银子的水路，把河水送上了天空，月亮像一颗砍下的牛头，死尸般的眼珠子瞧着阔大星空，瞧着河岸平川，瞧着两个在河边决斗的年轻人。苇丛黑魆魆的影子摇动着尖锐的声响，夏日即将来临，汛水汹涌上涨，夜鹭惊慌失措，叫声逶迤蹒跚。

那一刀啊那一刀，那一刀可致命了！那一刀深入腹部，把完全没有防备的蒋王朝的肾脏刺破。蒋王朝捂着腹部，还是还击了一刀。他不还击是没有道理的。他捂着腹部大笑着说："虾咪咪，有种！有种！还留着我给你打棺材钉哩！"那一刀啊那一刀，只不过刺到了虾咪咪的皮毛，把他准备造假奶的胸部划了一道口子——他刀子孬，没准备，是从废铁堆里捡的一把刀子，磨了磨，仓促上阵。就这样，他就倒了，血溅到月亮上，溅成了太阳，唤醒了船业社的人和他的父母。

蒋王朝在医院昏迷了七天七夜，输了四千毫升血，割了一个腰子，后来醒过来了。

这一次可花去了不少的积蓄，这一次属于斗殴，也就是让虾咪咪赔点医疗费。可虾咪咪检举蒋王朝与捡破烂的妇女里应外合偷单位的铁和账本。蒋王朝丢了一个腰子和一脚盆血，还要丢工作咧。他的肥娘就跑去了杀牛巷，去骂五多和五多的娘。说老子家是什么家，你一个捡破烂的小叫花子小婊子跟老子儿子睡，为你这样的小逼争风吃醋把命都差点丢了，你们不就是看老子儿子憨、老实，骗他几个钱么？那五多的疤脸娘哪吃这肥船妇的一套，当下两个妇人就在杀牛的污血里打起来，五多在一旁哭劝。两个妇人打架，杀牛的拍手欢呼。那五多娘哪是蒋王朝肥娘的对手，在船上做活的，力量惊人，三把两下就把对手打败了。

然后肥娘加爹一起提了烟酒找经理老总说好话，说千万不要开除他，偷了什么的他们赔就是了。但经理老总说几十年的账本，赔多少钱也难挽回损失。不过经理老总看到他们提去的两条黄鹤楼满天星（烟）和两瓶五粮液，也就说留厂察看吧。

六

蒋王朝病愈后那脸就黑中带黄了，身子软塌塌的就像被人抽了筋一样。师傅问他，不死不活地沉默。拿起锤砸，铁就真像铁了，有一下没一下的。

"留厂察看咧。"师傅说。

他就扑哧扑哧拉风箱，拉得灰尘滚滚。

"不晓得轻点？报复哪？"

几个老船工推门进来，说：

"放烟幕弹？这娃子，一个腰子还这大的劲！"

蒋王朝就拉得更起劲。师傅就赶紧抢他手上的拉杆，大喊：

"师傅的朋友咧！"

"不进来了不进来，还没打怕哩，如今的伢们骨头痒！"

师傅没面子，抢了拉杆已呼呼喘气了，气愤地说：

"要是过去当学徒，老子不罚你跪三天瓦渣子！"

蒋王朝不太信邪，没听说过跪三天的徒弟，就把大锤往地上一蹾，那锤柄一歪，正好砸到了师傅芦柴秆般的腿。师傅疼得嘴都歪了，也不知哪来的胆气，过来就掴了他一耳光。他看着胆大包天的师傅，这聋子还这么张狂啊？抓起一把热滚滚的煤渣就朝师傅脸上撒去。师傅"哇"的一声大叫起来，捂着眼睛跌在铁堆上。这当儿，他拔腿就往外跑。后面是师傅嗷嗷的惨叫。

蒋王朝懒得理他，就往河边走去。

蒋王朝想在河边能碰见五多的。可一连几天，一连好多天，也没碰见五多。五多没来这儿捡破烂了。他就想到杀牛巷，那好吃的牛杂碎，那个他还躺过几晚的人造革旧沙发，那个头上撞出了大包的屋子，还有那个把人头变形的电视机。他想起还有一双球鞋让姨娘洗了没拿回来哩。于是就不由自主地朝杀牛巷走去。

多日不见，犹如游子归来，心中五味杂陈。见到了杀牛的熟悉场面，见到了小孩子们泼污水斗争，见到了熟悉的房子，见到了熟悉的人。没见到五多，五多的疤脸娘在门口端着筲箕在择蚕豆哩。

"姨娘……"

那女人抬头一见是蒋王朝，说：

"你来啦？还找我们五多？这儿没五多了，五多被你娘骂死了！"

"死了？"

"骂死了怎的？就是死了，你这下安心了，我们家也不攀你们那个高枝了。船业社好呀，天下第一好单位，个个都是百万富翁，我们穷家小户，高攀不上呀！"

"姨娘……"

"哪个是你姨娘哟！姨娘就跟你娘是姐妹呢。你娘在这儿骂大街，哪个是婊子？咱们五多清清白白，黄花闺女，哪个跟你睡了？快走快走，不屙泡尿照照自己是啥样的，这么黑，黑得像根叫驴子鸡巴，少开洋荤哟！……"

蒋王朝站在她家门口，她这么故意大声嚷嚷，杀牛的、街坊邻居就都出来了，都看着。他知道他不能多待了，他想那一双鞋她能给他……可容不得他说什么了，那么多人，他要找个地缝钻进去才好，只得赶紧溜掉，就溜掉了。有一辆三轮"摩的"开来，他就爬了上去。他就轻松了。杀牛巷也就拜拜了。

回到船业社他就卷铺盖。还是像来时一样，把那双娘做的布鞋掖在腰间，可他真不知道往哪儿去，无家可归，无地方可去，世界根本没他立足之地，心中凄伤。师傅这时进来了，拉住了他说：

"哪里去，个杂种！老子还没找你算账呢，你想跑啊！"

师傅的挽留给了他个台阶下。他就犟着脑壳坐在了床沿上。

"老子不跟你计较了，大人不计小人过，宰相肚里能撑船，我打了你一下，你撒了我一把灰，抵消了。我们现在和平解决。"

蒋王朝说："我要上船。"

师傅说："你老爹说了的呀，坚决不许你乱跑，好好跟老子学技术。你也不小了咧，游尸舞荡，不走正道。要改邪归正，重新做人。"

蒋王朝已经决定留下来了，大声喊问：

"那你还打我不？"

"哦？不打了不打了。"

"再打是什么？"

"再打是婊子养的！"

师傅像个小孩一样，又咧着没门齿的嘴笑了起来。

# 七

有一次刻骨铭心的见面。

已经很多天了，已经很多天很多天了。过了夏，过了秋，快到冬天。蒋王朝每天在河边徜徉，先后看见了十几只死猪十几只死狗七八个死人，还见过一条几百斤的死去的中华鲟。他埋过几个死人。就是没见着他想见的五多。可是有一天，天冷得让人想死，河边浪大，他看见了五多，在河边捞浪渣。

"五多！"

是五多。

五多没跑。五多见了他，他以为五多见了他就跑的，可五多没跑。五多捞了不少浪渣，那是晒干了当柴烧的。

五多站在那里，在河边。

"五多！"他又喊。他还是扎着皮围裙，像第一次见到她一样。

"五多，我娘骂你，我没骂你。我跟虾咪咪打架，都是为你，他说我去你那儿，是去干坏事的。"他没说"嫖娼"两个字。

"别说了。"

"我要跟他拼了。他检举我跟你里应外合偷盗……"

"别说这些了。"

他过去要拉她的手，可她缩回去，不让拉。风很大，浪很森凉，哗哗哗哗响得人心烦。人心凉透了，鼻子里全是冷气，看人睁不开眼。看她头发吹乱了，头发是染了的，染黄了。染黄了，年龄显得大多了，好像一下子成熟了，成大姑娘了。可她的眼睛躲他，五多躲他。不喊他了，不再喊"黑鬼哥哥"了，什么都不喊，形同陌路。多么无味啊，这世界再没哪个喊他黑鬼哥哥，这世界就干瘪了，死了，冷了，像这冬天，像这浪打沙洲的冰凉日子。

"你明年……清明节时能帮我给我爸烧几张纸么？"

"行行，我会烧的。"他说。那不远，没几步，就是埋她爸爸的地方，那地方在一个高坎上，记着的。可一想不对，她不会烧么？她莫非要到哪儿去？

"那你……"

"我要到广州去。"

"广州？干什么去？"

"你娘不是嫌我们家穷吗？我到广州去工作，有人领我去。"

"广州？"他无力阻止她，他只是这么说。

她就要走了，就要从他身边走了。

可他想起来他要送她点什么，因为是去广州，很远的地方。他就搜荷包，还好，还有几百元钱，一股脑全搜出来，除了硬币，全一把抓了，四百还是五百，差不多这么多，一大把，就赶上去，就塞到她荷包里。可五多不要，要抠出来退给他。他把她的手紧紧按住，不让她抠出来。终于按住了，他先她跑了。他不让她退钱的。他快快地走了老远，回过头来，看到五多还站在那儿，站在风中，手放在他塞了钱的荷包里，朝他看着。她围着一个红围巾哩，那红围巾被风吹起来了，像一团火锅下的火哩，上头煮着牛杂碎的火，烧着，在冬日的河边，火扬了起来，远远地烧着。

他回到了红炉车间，火也在烧着。他拣起了沉重的大锤，照着师傅引锤的位置，师傅一下，他一下。他又开始砸起生活来。


## 八


这蒋干朝就更懒了，下了班，吃了饭，不洗碗，不洗脸，不洗脚，倒头就睡。这被子一年四季不洗，鞋子臭得蟑螂都怕，屋子里连老鼠都稀少。师傅就急了。师傅说你咋这懒了哩，是不是少了颗腰子的缘故？就给他爹妈说了。朱聋子说这伢是失恋哩，肯定是失恋，革命的朝气就没有了。

父母都在船上，与这个社会完全不相干，认识的全是浪花。就给朱聋子说，朱师傅，拜托你给咱孩儿说个亲吧，我们的儿子就是您的儿子，以后，我们的孙子也就是您的孙子。朱铁匠说，我乡下倒是蛮多亲戚的，留个心眼去问问。可王朝是城里户口，就怕他瞧不上乡下人呢。蒋王朝父母说，现在还讲什么户口不户口，乡下比城里还富些，再则，我们王朝就这个样子，又长得黑，掉了一个腰子，过去还让他爹打断过腿，没啥条件，只要看着周正就行哩。朱铁匠说，是这咧，你这一解说我心里就有底谱儿了。

这么，还真的说到了一个女孩，是朱铁匠的表侄女，跟蒋王朝一年生的。朱铁匠就拿来了一张这女孩的照片，给蒋王朝父母过目。蒋王朝父母一看，蛮标致呀，不错呀，有模有样，一看就是个能干女孩。又听说她父母年纪不大，只有一个弟弟，已是修摩托车的师傅了，在镇上开了个修理店。这女孩在广州打过一年工，现在在家，准备到县城来找个事做的。人家家里有五亩多田，有一口大鱼塘，有一亩多田的橘子，每年养的鱼可卖几千块钱，橘子也是几千块钱，还每年养几口大猪，基本没有负担。家境又好，人又有样儿。就跟蒋王朝说，见个面看看。蒋王朝没有兴趣，说要见面你们见去。

这伢崽，他的肥娘铁了心要这门亲事，就提了些礼物去了，说是路过，主要是想探探虚实，到底是否如朱师傅说的，也看看女伢的真模样。一看，比照片上的还经看，皮肤好得不得了，一把捏得出水来。这不就改良蒋家的品种了！女孩知书达理，高中毕业咧，没哪一样比蒋王朝差的，就只没有城市户口。肥娘回来给他多说，那可真是不错，有山有水，人家家里也是楼房，在村里是绝对的殷实人家。女孩父母身体好，都是能干泼辣人，家里还有摩托车，对人又热情。乡下就是好啊，空气好，山清水秀，还有一个大鱼塘。咱们在水上一辈子，岸上一寸土地一间房子也没有。以后，跟他们结了亲家，就住到他们那儿去嘛，那可是养老的好地方，天天钓鱼都行。

可蒋王朝就是不去，打死也不去。

僵了半年，碰上了虾咪咪，这才让他答应了师傅和父母的请求。

虾咪咪从广东回来了，说是变性去的，拿着两三万块钱，根本不够。有人传虾咪咪在手术台上，刚割了半条肉鸡，医生一问他的资金，就说不行，跟你割了不能挖女性器官，你不男不女，多痛苦呀，就给他把肉鸡缝上了——如今虾咪咪的肉鸡上伤痕累累。虾咪咪回来就给蒋王朝说，他看见五多。说五多在广州哪干正经事，就是当小姐。蒋王朝不信，说你这是胡说、诬蔑。虾咪咪发毒誓，我说了假话不得好死！

蒋王朝还是不信，或者说将信将疑，师傅就催，说秋天了咧，不去乡下钓鱼？是好是歹你看看，又没哪个逼你，改革开放，自由万岁。

这就要说到这年古历十月初十这一天了，师傅算了个吉日，就与蒋王朝换洗一新，去乡下相亲了。两个人都穿皮鞋，两个人都把鼻子里的煤灰挖干净，两个人都戴上了新帽子，两个人——一老一少，一师一徒，一前一后，提着超市买来的大红礼盒、旺旺雪饼，清晨就出发了。

搭了车，还得走路，路是乡间路，路上全是风光。

有山，山上修竹茂林，红黄杂陈，朝气蓬勃。一些田坂丘陵上到处是成熟的橘子，一树树挂得枝头欲断，密密麻麻，有的树下还掉落了一地。苞谷一个个胳膊粗，全包在衣壳子里，煞是好看。向日葵脸盘圆溜溜的，亮在太阳底下。田坂里稻谷也熟了咧，稻谷金黄一片，丰收在望。牛在悠闲地吃草，东一头、西一头，青草黄牛，这牛不是那杀牛场的牛，这牛过的才是生活，那牛是在地狱。敢情杀牛巷是个地狱啊。这些牛，或站或卧，真是幸福安详，无忧无虑啊！这天，这地，这水塘鱼在游咧，鸭在叫咧，鸡在到处斗殴咧。还有村狗，见人叫几声，又不叫了，看天，吐着舌头好安逸。全是休闲店，这乡村处处休闲店，人畜都在休闲，干活的农人也是休闲一样地干活，还有晒太阳的老人，玩泥巴的小伢，在屋场上端出桌子打麻将的人也是休闲。这麻将打得清风悠悠、天高地阔，哪像城里的麻将室，人们局促在小窝里，拼命吸烟，烟又出不去，烟雾腾腾，人一进去就要闭气，不中风几个人才怪哩！这乡下打麻将就不存在了，安静得很，空气极佳。还有村庄房舍，也错落有致，不像城里那么挤，都有一定的间隔，一个大屋场，还有菜地，有篱笆。蒋王朝哪里来过这样的乡下，过去在船上，还小，后来在学校，住船业社那鬼屋，再后来打铁，除了煤灰就是师傅的梦话，看到的全是污浊，全是垃圾，全是大便，这才是清凉世界啊，这才是广阔天地啊！

心情不错，进了未来丈人丈母娘的屋，还是蛮新奇。那女伢就出来了，就落落大方地给他们倒茶，喊朱聋子伯伯。就不喊他。朱聋子师傅说，按生辰你大他一个月，喊王朝哥还是弟都不好喊，那就不喊，嘿嘿嘿嘿。朱师傅多话哩。

未来的丈人说正请人在摘橘子，问他们钓不钓鱼？鱼已经用麻罩罩了几条来了，作中午的佳肴，未来的丈母娘又去捉鸡，杀。杀了，未来的老婆叫玲子的就帮她娘去厨房忙了。

"今天我徒弟高兴哩，你看他在笑。跟了我三年，这是第一次看见他笑。"师傅给蒋王朝的未来丈人说。

蒋王朝哪里是在笑，笑是在笑，是见了那些辣椒笑。辣椒肥大，一个个串挂在墙上，蒋王朝就想，这些辣椒可以做雪人的红鼻子。前一天他梦见了大雪，跟五多在河滩上堆雪人，用的就是辣椒做红鼻子。雪人鼻子冻得通红的，寒号鸟说，冻死我了，冻死我了，我要做窝。后来五多把红鼻子摘了，放进牛杂碎火锅里，一下子吃了，辣得呵哧呵哧，寒号鸟说，辣死我了，辣死我了，我要结婚，我要生崽……是这么，蒋王朝这么想，才笑的。

蒋王朝回过神来了，回到现实，坐在堂屋的桌子前。师傅问他钓鱼不？蒋王朝不置可否，师傅就跟他的表弟也就是蒋王朝未来的丈人出去了，就说不钓也可坐坐休息等饭吃，我去看看。就是去商量事情去了。师傅说这里是他老家，他其实没有家，是一个人，老鳏夫，没有后人。

蒋王朝无事可做，肚子咕咕叫，本来不抽烟的，见桌上放的那包红金龙香烟，便拿过来，又不抽，就套烟，像有些烟瘾大的人，一支一支将烟套接起来。他发现技术不错，套接了五支。五支也没掐过滤嘴。船业社有个人，掐过滤嘴套接了抽的，一次套接三支，说有过滤嘴没烟味，抽得不过瘾。就是这样，蒋王朝套接了五支，差不多一尺长。一尺长的烟还能抬起来，抬起来就栽在了嘴里，做抽状。恰好未来的丈人这时进屋来拿东西，见他哑着烟在嘴里，还没点燃，就殷勤地掏出打火机对他说："抽，抽，来——"火机就揿燃了。

蒋王朝"嗯嗯"地就把烟抬过去，一尺多长的烟，未来丈人竟给他点燃了，看他吸了一口，又吐出一口。烟栽在嘴上，像一根轮船上的烟囱。

这不是玩杂技么？未来的丈人看他抽着，他旁若无人，自个仰起脑壳，抽他的加长烟。这未来丈人就出去，抓住朱铁匠说：

"表哥，小蒋是么样搞的，这大的烟瘾？就是家有金山银山也要烧完哟！"

朱铁匠被问得糊涂了，说："王朝不抽烟的呀。"

"这么长的烟，"朱铁匠表弟做了一个比画，"这门婚事我不干了！坚决不干了。"

"莫反悔哪，老表！"朱铁匠说。

"我反鸡巴悔，八字没一撇咧。这小子还左一个不同意右一个不同意，原来是个烟鬼咧。表哥，你可莫把你侄女往火坑里推!"

"我徒弟王朝他可是个好人了，老实人，不烟不酒，不要冤枉他。"朱铁匠正在钓鱼，有鱼咬钩，又不想走，急了，说，"真没有的事。你莫搞冤假错案。"

"不信你去瞧瞧，我说了假话不!"

朱铁匠好不愿意放下钓竿，进了屋一瞧，果然，这个徒弟正在吞云吐雾，抽那支一尺长的烟哩!

"放下，王朝!"

蒋王朝正抽在自己的意境里，师傅忽然一声断喝，并打下了自己嘴里的烟。烟火落了一地。

"么事吵，肚子饿，不抽点烟难受咧。"他空了嘴巴嘟囔说。

"差点醒黄了，王朝啊王朝，你不争气啊!"朱铁匠就把蒋王朝拉出来了，让他看看未来老婆家前水后山的环境。又把他拉到一个土墙小屋里，是个杂物间，拉开门来，是一口棺材。师傅说：

"我把钱给他们帮我打的。以后我百年归山，就是归这里，老家咧。我不想火葬，烧得疼哩。我死了，你可要把老子偷偷送回来，我这个都备好了，只差自己给自己打棺钉了。"

蒋王朝直直地去看师傅。师傅背驼了，头发掉光了，人老了，日落西山了。他惊异地看着师傅，看着这个单身老头，好凄凉。他鼻头一阵发酸，痒痒的，眼泪差一点掉了出来。望着那用稻草盖着的棺材，看着这个对自己最后睡下的东西指指点点的人，心里好不是滋味。

吃着饭时，又听未来的丈母娘说玲子在广州做一年没赚到钱，看着玲子白净的脸上长了几颗骚痘子，想到在广州不就是做小姐，做小姐不就是得性病，这骚痘子不就是性病么? 骚痘子反正不是什么好东西，反正很痒，这女的……

回去在车上，师傅说你那几根烟，差一点毁了一门好亲事，玲子瞧不瞧得中吵? 人家强过你一万倍，你还是个半残身子咧，挑精选肥的，快定下来，我等着喝喜酒。

他没决定，那边却不同意了。一问，就说是蒋王朝抽烟厉害。玲子的爹怎么也不同意。说他不抽烟，骗得过我，脸都熏黑了! 师傅为这事又回去过一次，强力解释，还代蒋王朝买了两瓶十年白云边陈酿赔罪。说这孩子天生的黑皮，在船上长大的，从小晒成这样的，也不影响后代。如果他真是抽烟，我说了谎诓了你们，你们以后不埋我，行吧？我还指望你们以后逢年过节给我烧点纸的呢，我骗你们！

那边好歹说通了，这边蒋王朝却不点头。

## 九

不点头，说个道理吵，却没道理，闷着。师傅说，老子不管你了！师傅就呛得转不过气儿来。

全怪这烟煤。经理老总节约，买来的煤全是孬煤，说煤涨价了，将就着用。烟煤含杂质，烧出来全是硫黄味，呛得人难受死了，就像胸口堵了件破衣裳一样难受。

爹娘开辟第二条战线，又求他人介绍。介绍了几个，还不如玲子哩，有的还是寡妇。爹娘宽自己的心说，还小哩。可这样下去，像个痴子，不找个女人暖和他，怕就痴呆了。师傅又是个聋子。可师傅拼命咳嗽，还多话，话说得磕磕绊绊，骂老总是个抠鬼，老子打了一辈子的铁烧了一辈子的煤，还没见过这孬的煤。就要蒋王朝使劲拉风箱，灰更多，黄烟滚滚，全是黄烟，没有红火。

师徒二人在重重的硫黄味和黄烟中打铁，师傅就喘得不行了，夜里梦话加喘，折磨得人更难受。弄了些药吃，也不顶事。师傅本来平时就有些喘，又抽烟，现在就喘上劲了。有一天，师傅在炉前打着打着，一阵喘，一口气没顺过来，腿一软，就歪倒在炉子前。送到医院，怎么也没救活，就死了。

师傅最后吩咐的一句话是："给我打棺钉。"

师傅哮喘加重的那几天，是咕叨过要给自己打棺钉了，到时就来不及了，可真没想到，一个人说死就死，就像好玩一样。

现在，轮到他一个人给人打棺钉了，而且是给师傅。一个人打棺钉，一个人生火，一个人拉风箱，一个人化铁，一个人打。他发现，他根本打不了。过去，是跟着师傅打，师傅的引锤打哪儿，他打哪儿。怎么锤形，怎么淬火，将一块铁一点一点打成个东西，他没用心啊。现在他一个人又打引锤又打大锤。实际上没了大锤，他就是引锤和大锤，一个人砸，又是师傅又是徒弟。而且，他站在了师傅的位置上；他成了师傅，徒弟的位置空着了，那个蒋王朝，那个操蛋的、沉默寡言的、喜欢做点恶作剧的、多灾多难的蒋王朝去了哪儿呢？他成了朱聋子，朱师傅，驼着背，在火里夹铁，研究着砸成什么形状的朱聋子。钳着还要夹紧着，要动，要翻，一只手还要打，当师傅还真不容易啊。

无论怎么，他也要为师傅把这十八只棺钉打好的。慢慢地，他就有了感觉，就像师傅，能打钉子了，那种扁的、上大下小的、端端正正的、淬火之后泛着荧荧蓝光的钉子，一颗颗成了。

他把师傅送到了他的老家。他给师傅披麻戴孝。还要骑棺咧——他和那个玲子代表后代骑棺，他骑在前面，玲子骑在后面，两个人像骑着一匹大驴子，玲子用双手抱着他的腰。他想着玲子在广州，脸上长了不少的骚痘，怕她的手，怕被传染了什么脏病。两个年轻人头上披着麻袋，两个人双双跪到坟头。蒋王朝就想这是拜天地么？这有点像拜天地的大妻。蒋王朝看着师傅入土了，就大哭起来，哭得惊天动地。蒋王朝从来没这么哭过，不知道眼泪是什么玩意儿；现在，只觉一阵好哭，就哭出来了。山上松风飒飒，野草摇曳，天高地阔，鸟影嗖嗖，他哭得好不伤心，连自己也不知道是为什么。

这伢！这伢孝顺哩，孝子哩。未来的丈人玲子的爹这就铁心看中他了，就要坚持留他在这儿住上两天。可他不干，当晚就回去了，回到船业社那个与师傅共同生活过的小屋里去了。

没有了师傅的哮喘声和梦话声，没了师傅的身影。晚上，孤零零的电灯下孤零零一个人。他坐在床上，看着对面的床，空荡荡的，恍然又回到了七岁时一个人在岸上上学的情景，就像是真的，自己也变小了，害怕了。就一阵大喊大叫，跑去了河滩，下到河里，不顾冰冷的河水，洗澡。

水淋淋一个人上来，碰见了几个人，几个社里的人，老人和其他人，看着他：这伢是不是疯了？救人了？冬泳？

"黑鬼，搞么事？"

这伢横竖不说话，就去红炉车间开炉，半夜了，还开炉，硫黄烟子大作，扯风箱，就去砸铁。没有砸出个什么东西来，把那块烧红的铁泥一会儿砸扁，一会儿砸圆，一会儿砸大，一会儿砸小。砸了一夜。第二天早上，退休的老工人进来看到，炉火熊熊，那块铁还是铁，在砧子上，像块

63

没擀好的面团啊。

## 十

从此后，红炉车间就只有一个人的单调的叮叮当当的砸锤声了。真的很单调，没有两个人的应和来得热烈。黑鬼就去看电影。他喜欢看电影，深更半夜回来，也不与人打交道。从船业社到县城电影院，要经过三里地的荒堤，近些时常有劫匪拦路抢劫，一到晚上便路断人稀，可蒋王朝不怕，一个人来来去去，半夜三更，从没碰到过什么劫匪。

那玲子来过两趟，那年春节，还上了蒋王朝家的船，提来了二十斤大鲩鱼和几刀新杀的年猪肉，还给蒋王朝洗了被子衣物。可蒋王朝根本没陪人家，一个人不知去了哪里。他给爹妈说，还小哩，我的事你们别管。

奇遇就在某一天发生了。

蒋王朝晚上从广场电影院出来，一眼就看见了五多！五多从天而降，五多回来啦，五多拿着手机，在高高兴兴地跟人打电话哩。五多穿着暴露的衣裳，两个奶子一半在外头，五多穿超短裙，红色高跟皮鞋，屁股大了，也野了，一身骚气，两个耳环大大的，头发是时兴的玉米烫。两个不像本地的男人抽着烟，在她旁边，旁边还有一辆车，挂着"粤A"的车牌。两个男人很帅，很有钱，很黑社会很流氓很恶的样子，仿佛你惹他们他们就一刀子刺死你的样子。

"五多！"顾不得那些了，蒋王朝就喊。

五多在电话里兴奋，终于也听到外界有喊她的声音，转过头来，在人堆里探找。好像看见他了又好像没看见他。

"五多！"又喊，就跑了过去。

五多哪还没看到他。可看到也就看到了，没跟他打招呼。那身旁的两个男人这时朝他看着。他站在那里，又说：

"五多，你回来了！"

五多向他笑笑，也许没笑笑。根本像不认识的，没打算给他说话，收了那翻盖的手机，放进她那大大的闪光的黑色时装包里，拉开车门，钻了进去。车就开了，走了。

五多长大了，五多是个大姑娘了。他这么想，心里因为惊喜咚咚地跳着，惊叹着，五多越来越漂亮了。可车子一溜烟跑得没了影。

没有了五多。

他就去杀牛巷，坐了个三轮"摩的"。好多日子他都没来了，不敢来，像忘记了似的。可当他来到杀牛巷，看到五多家的房子，房子还在，但拆了四壁，成了敞棚，拴着一些牛，一些待宰的牛，五多的房子成了杀牛场啦。

五多不见了。

他爬上河堤，夜里河流哗哗，不舍昼夜。河滩上寂寂无声，连鬼火都没一颗。一切都结束了，一切都没发生过，就是这么。

他打开红炉车间，对硫黄味的空气喊道：

"师傅，师傅，你去了哪儿啊？"

他拿大锤。他用大锤砸，仿佛师傅还在使引锤，夹着铁，引导他砸。

他一下一下地砸着空砧子。后来，他坐了下来，望着冷冷的炉火。

这以后他又经常去杀牛巷了，反正人家已不认识他。他老是围着那个敞棚牛栏转来转去，看别人杀牛。

# 归去来兮

一

　　大哥是一个乡村发明家。后来他在监狱里发明了写诗。在江北农场的监狱里，他在大墙上写着：狗日的仓霸/我不会屈服/我的两个弟弟决不会饶恕你。他对我们说，我什么都咽下了，就是咽不下仓霸的那泡屎，那泡屎恶臭。大哥面目惊恐，内心恶躁，这表明他还没有改造好。监狱要把他们的心磨得像常人一样平静，不再想入非非，心怀歹意。大哥他们是社会的渣滓，他们惯于做阴暗之事，暴虐，变态，最后危及他人的生活和社会的法则。在高墙里，大哥成了诗人，他在一首试图总结他一生的诗中写道：

　　　　郎浦的水天和云彩/成全了我的幻想/ 天空搁着一堆齿轮/我把我自己喂了进去。

　　大哥写着伤感的诗歌，这首诗的确是他命运的写照。他让他自己砍制的齿轮给吞噬了。大哥是一个异想天开的人，一个乡村知识分子。他在他的那个镇农具厂里，发明过双桅机耕船。我再也没有见过如此美丽的机耕船了，我到过许多地方，到过一年三熟的稻乡海南，任何地方的机耕船都不如大哥的发明。在犁耙水响的春天，大哥驾驶着他的双桅机耕船，那是一种什么样的帆影啊！一双红色的帆片，是他特地选制的；双桅红帆，在机声中行走在水平如镜的乱泥田里，周围是荡漾的秧苗和一畦畦开得肥茂的油菜花，那两片红帆啊，在郎浦的水田里就像梦境一样，开到哪儿增添哪儿的景色。以后郎浦那些模仿他的机耕船，已经没有情致可言了，三桅、四桅，但那些拙劣的模仿者们的帆片，不再兜着春风和诗意，那帆片上写着"含氮量95%""日本株式会社"等乱七八糟的字眼，那些帆是用化肥袋子缝缀的，就像扯着东洋鬼子进村的旗帜。

在郎浦扑鼻的荷花香里，大哥是靠摆弄齿轮起家的。郎浦陆离的夕阳和夕阳中白鹭金色的翅影刺激着大哥的幻想；他首先是个幻想家，然后才是个乡村发明家。大哥最大的幻想就是发明永动机，这是他悲惨结局的根源。

那一年，大哥在乡镇企业的农具厂里决定发明永动机。事情的起因在于户口，上面规定乡镇企业每增加一千万元产值解决两个城镇户口，推销员推销三十万元的机械可解决户口。三百多号人的农具厂，产值吭哧吭哧地才弄到两千万元，猴年马月也排不到大哥的名下，虽然大哥是厂里举足轻重的技术员。在他女朋友的催促下，大哥只好改行去当推销员，以便弄到城镇户口后与女友结婚，但是一年下来，大哥仅推销了十部犁铧计八百二十五元。看起来，他的户口和女友都遥遥无期了。他每天在他女友上班的那个供销社门口转来转去，看他女友的那副小耳朵和金鱼眼。他深深地爱着那个吃商品粮的金鱼眼，他甚至有一次在镇郊的一个荒凉的涵闸管道上写下了二十个这个金鱼眼的名字，但是这并不能使金鱼眼女人心动。于是大哥终于下了决心，发明永动机。

在野蒲摇动的郎浦岸边，大哥心仪于永动机已经有些年头了。大哥是有一次在小学校长的家里翻看《辞海》时，被《辞海》里那种冷冰冰的、过于武断的口气所激怒了，他说："《辞海》，你算个什么东西，你算个傩！"《辞海》在"永动机"的条目里，以教训的口吻对大哥说：

> 不可能实现的空想发动机。曾有人企图制造一种不消耗任何能量就能永远做功的机器，这是违反热力学第一定律的，故名第一类永动机。还有人企图制造一种能在没有温度差的情况下，从某一巨大物质系统（如海水、空气）不断吸取热量而将它转变为机械能的发动机，这是违反热力学第二定律的，故名第二类永动机。

在小学校长阴暗的茅屋里，《辞海》板着发黄的脸，以一种僵硬的傲睥之气企图吓倒大哥，那时候大哥打着红薯嗝，穿着松紧鞋。他是个乡下人，可他那时已经对齿轮、连杆等了如指掌，他盘弄过各种各样的机械传动系统，有一段时间，他曾入迷地说，郎浦的天空上飘满了齿轮，它们互相啮咬着，交错着，密合着。大哥从小学校长的茅屋里出来，怀着对《辞海》的极不信任感和仇恨，心里说："《辞海》，咱们走着瞧！"

但在以后的日子里，大哥和农具厂为求得生存，被裹挟进一种脱扬机的研制与改进中，整整三年。大哥把脱粒和扬场的功能放进一部机械中去，他被提高导向板的排草速度、提高滚筒转速、减少出草口茎秆与谷物的混合等问题弄得焦头烂额、眼窝深陷。等他们的新式脱扬机获得成功后，他也未能得到吃商品粮的机会，农具厂只是给每人奖了六百元现金。这六百元他马上悉数交给了供销社站柜台的金鱼眼女人，但是金鱼眼用用大哥心血换来的钱把自己全副武装，打扮得妖冶异常后，还是不让大哥进她家的大门。大哥曾对我和二哥——他的两个弟弟说："我知道所有机器的内部结构，可我不知道女人的心是啥东西长的。"

他在那个月戴上了庆功的大红花从台上走下来之后，就身无分文了，他依然吃着青菜，偶尔吃一个炒菱角。在郎浦，大哥的口碑是很好的，当然，他比不过我的以孝顺闻名的二哥。但大哥的聪明是公认的，他十四岁就发明了一种坐着踏水的龙骨水车，他的发明惊动了县里的科委，遗憾的是，大哥那时已经下学，不然的话，他很可能会被保送读大学的。当他以一个脱扬机发明者、一个有功之臣的身份要求当推销员时，已经解决了户口成为国家干部的厂长无言以对。大哥的执意使他达到了目的，穿着松紧鞋的大哥，满脸苍白学生相地踏上了去推销农具的征途。一年以后宣布失败。他对父母和两个弟弟说，他要发明永动机。

大哥和我们俩弟，三兄弟一起抬着一根根虫蛀的杨木，那是他用吃咸菜、双足步行省下的差旅费从堤防段买来的木料，用来砍制齿轮的。我的二哥那时候在县城的一所小学里谋到了一份清洁工的差事，他能拾到许多的饮料罐，健力宝、雪碧什么的，每个月他都会把这些罐子如数送回郎浦，送到大哥的手上，让他去剪一些齿轮凹处的垫片。二哥暗暗地对我说："大哥中邪了。"

# 二

　　大哥剪裁着那些罐子，砍制着那些齿轮，许多人还抱着将信将疑的态度看他的永动机准备掀起的世界上的第三次工业革命。郎浦的人是一些未见过世面的糊涂蛋，他们反应迟钝，相信神灵。他们认为郎浦也许该出一个伟人了。无数个世纪以来，郎浦都处在荒夷之中，除了有一些民歌、荤故事和一些带有忌讳的习俗外，没啥值得提起的从古代流传下来；郎浦的人在自卑感中过着四季，一代又一代生儿育女。我们叫居仁的大哥可能就是上天安排了即将降临的一代伟人，会给郎浦带来好运，以便冲冲几千年的晦气。郎浦人虽然糊涂，还是知道名人的好处，名人可以证明咱们这儿风水的特异，可以使满宗族的人走到哪儿都跷二郎腿，还可以修一部庞大的族谱，修庙（就叫"居仁庙"吧），文武百官前来拜谒，必须下马步行进郎浦。

　　多么风光啊！大哥在菱苞芳香、芦苇摇曳的郎浦湖边也就是这么想的。他手拿计算尺，踩在湿湿的湖埂上，松紧鞋底沾满了腐泥和草茎。他说，他运用的是杠杆的原理，在一个物体上使重量偏向一方，在远距离的连杆传递出能量，又根据能量守恒的原则，的确可以增加一点点能量，虽然微小，微小到忽略不计。那么，即使他的永动机成功，那也是一个庞然大物。

　　为了获得准确的数据，他找到了一个合作者，郎浦中学的一位数学老师。这位老师很愿意成为大哥的助手。大哥穿过中学那个水洼遍地的球场，他的头顶是木板腐朽的球架，大哥面带凄苦的微笑，怀抱齿轮，叩开了那位民办老师的门。他们想成就一件世界级的大事。有时候，人就被这样一些突如其来的幻觉弄得神魂颠倒，不能自制。这两个乡下人，会以为自己马上就成为世界级的发明家了，获诺贝尔奖了。他们关起门来，吃着萝卜和红薯，在一张缺角的桌子上开始了数万个数据的运算，用一个计算器和一支铅笔。这时候，郎浦的小镇上依然行人稀少，到处堆满了甘蔗皮和家畜的粪便。洋灰剥落的低矮门面都关门睡去了，另一些人正围在电视机前看一些低级无聊的连续剧。郎浦湖上，星河倒悬，渔火缕缕，蛙声和夜雁露宿沙洲的鸣叫成为千古不变的景色。田野上清风如织，风把植物生长的消息带向各处。而大哥和数学老师正睁着通红的眼睛运算着那些违背科学规律的数字。从深夜的电视里，传来了中东战火的消息和美国、俄罗斯的宇航员在太空轨道上对接成功的消息。大哥他们啃着郎浦的红薯，埋头运算。

这一天，大哥手举着一封信件从镇上一直跑回家来，他因为剧烈的长跑而面色发青，鼻扇张大，歪歪欲倒的单薄身子因营养不良出现畸形，背部高耸，脖颈下陷。他说中央来信了，中央知道了他们的发明。他给总理写过信，他手举的这封信，就是总理办公室回的。这封信只有简短的几句话，大意是：你们精神可嘉，建议最好找专业部门联系。

大哥激动的样子就像范进中举。他说总理知道这件事了，总算有眉目了。这封信在郎浦引起了一阵震动，人们争相想看看这中央的信件，大哥常常被许多人围着。人们向他打探，找他讨烟吃，要他请客，都嘻嘻哈哈地说居仁你这要提拔到中央去了，少说也要到县里当个县长，总理一句话，你就成县长了。大哥把别人的逗趣当作了即将向他走近的现实。他想着这事肯定传到县里了，这事县领导会指示镇领导找他的。我的乡村发明家的大哥在家里静等着一声汽车喇叭声，从车里走出县委书记，或者镇长，说，你真的为我们郎浦争了光，现在，我们决定先解决你的户口问题，转为国家干部，有什么要求尽管提。于是领导从包里拿出那个红塑料皮的户口簿，递到他手上，报社和电视台的人连忙把这个镜头抢拍下来，成为报上的新闻。

我想大哥就是这么幻想的。大哥是一个可怜的幻想家，郎浦水天一色的天象害了他，就像一种寂寞的乐园，让人走火入魔。大哥跟我们说过，他会得到一切的，女人、工作、户口。大哥说这些话时坐在一堆他精心砍制的齿轮中间，那些精巧的、密合严实的齿轮，绝不会出自一位精神异常者之手，它需要忍耐、自制和清醒，大哥是一个清醒的人。

但是，并没有谁来找他。农具厂倒是来找过他，要他去上夜班，否则扣罚他全年的奖金。大哥在休息的某一天拿着这封他视为生命的信去了县里找科委。他换来的是一顿语重心长的教训（好在不是嘲笑）。老主任对他说，你还是多发明点坐式龙骨水车吧，脱扬机也不错，双桅机耕船也不错，在郎浦，如果你有发明一种剥菱壳机器的打算，我们就给你经费。老主任动情地说，越穷越爱幻想，看看吧，现代生活中与我们息息相关的东西，哪一样是中国人发明的？电脑、电视机、洗衣机、电灯、空调、火车、飞机、熨斗、录音机、录像带等等，等等。不要幻想了，居仁同志，中国人总不能老躺在指南针和老气横秋的印刷术上吃饭。大哥居仁说，我们的永动机正是要为中国人争一口气。但是老主任不再跟他说什么，只是摇摇头，又摇摇头，最后摸摸他的额角，说："回郎浦去吧。"

大哥那天回到了郎浦他的农具厂里，妈给他纳的松紧鞋底都走破了。据说那一天晚上他和那位中学的数学老师一人灌了一斤散装白酒，两人抱头痛哭，并且刺破指头，发誓要将永动机研制出来。

大哥认为谁都不理解他，这个周围的世界是一个陌生的世界。在农具厂他落落寡合，他的那个金鱼眼未婚妻在看到那封被大哥都折叠破了的信件后，仅仅兴奋了几秒钟，就骂了他一声"疯子"，拂袖而去。大哥对我和二哥说，没有谁理解他。他摆弄着二哥带回的一些饮料罐子，他说，谁给我钱呢，谁给我钱买那么多材料，才能制造一台木制的永动机？他说，那是多么气派的机器啊，不要油，不要水，它自己运动着，带来无穷的能量。把它摆放在郎浦的湖边，在早晨，当它不停地运动着，那是一种怎样的景致啊！你看太阳把它的影子投在大地上，齿轮的影子，支架的影子，那是一种世界最新的机械，有了它，世界就会大变。

三

大哥带领我们伐尽了我家后园的大树，这事把我老实本分的爹给气傻了。他一脚踢出了给他做好的棺材，说，这个也抬去吧。我妈和二哥、我都一样，不知道偏向谁。当我和二哥帮大哥拉锯挥斧时，我们的心是涩苦的。关于永动机，我们对它没有奢望，我们只希望大哥不要出事，我们想的是千万不要刺激他，最好是顺其自然，让他在最后的失败中醒悟过来，成为（或者说回归）一个郎浦的常人，吃饭、睡觉、生儿育女，喝点酒、发点火，但不傻笑。

在一次农具厂的夜班里，神思恍惚的大哥被机器绞掉了两个指头，送往县医院也没能接好。是我陪大哥去的，大哥那天晚上浑身是血，他似乎不知道疼痛了，抱着血肉模糊的手竟打出了鼾声。他太累了，又要上班又要计算和砍制齿轮，几乎夜夜不眠。当他走上手术台后又一次香甜地睡去了。醒来之后当我告诉他手指无法接好，他轻轻地说："那就算了呗。"我总想着祸兮福所倚这样的古训，想着就像是上天的惩罚，刚好绞掉了他右手的两个指头，这是否逼着他醒悟呢？但失去了两个指头的大哥依然一如既往，用他残损的手在房间里握斧捏凿劳作着，没有任何洗手不干的打算。

我的右手残损的大哥，就是在那个秋天的早晨爬上云端的。我说的云端，是指那架庞大无比的机器。那架木制的、被称作"永动机一号"的机器，像一个结构古怪的大坟，我和二哥热汗水流地帮他把它安装好，搁在郎浦湖边的高地上。那个大坟啊，大哥就爬上去了，他的脚下，是丰收的田野，稻香莲熟。大哥站在顶端，金风吹着他的衣襟。但是我们听见了那些木制齿轮不怀好意的嘎嘎声。那些木架到处是虫子蛀过的空洞和凹槽，寒碜的机械呀，它们在郎浦的湖边转动着，以一种羞涩的、让人好笑的表情出现在乡人的视野里。那个早晨，田垅寂静，湖上野鸭翻飞，大哥神秘地试验着他绝世的发明，他跟我们说，成功的日子为期不远了。但是，那是一个让人哭笑不得的早晨，我和从县城赶回来的二哥坐在不远处的大树下，我们终于看见大哥在那架机器的顶端摇晃起来，我们看他飞身而下，滚在一堆烂泥和晾晒的薯藤之间，当他踉跄着爬起来时，一阵坍陷的轰响漫过郎浦的上空，惊飞了所有的水鸟和秧鸡。大哥的永动机像个散了骨头架子的人，四分五裂了。大哥跌得鼻青脸肿，他看着那一堆残骸，那些扭曲的齿轮和齿轮间闪着折磨之光的白铁皮。我的大哥，无言地坐在他的杰作面前，他像一个摆弄玩具的傻孩子，抹着脸上的泥，任秋天依然毒辣的太阳把他烤焦。

大哥黯然神伤地收拾起他的机械，他向我们笑着，向我们表示歉意。这一切似乎都在他的意料之中，他没有呼天抢地。他说："我都二十八了。"他说我还不老，还可以干上几年。他摸着满脸杂草般的胡子，没有血色的脸愈加苍白。这个想以木制的机械证明时间永恒的发明家，他在那高不可测的天穹里究竟悟出了什么？不消耗任何能量的是一尊木头，人不可能不死去，连太阳也会衰老。大哥无非想证明那些枯萎的落叶会重新回到枝头，女人永远十八岁，这是多么不可能啊。供销社的金鱼眼都等得不耐烦了，她身上的肉都开始松弛了，她瞪着金鱼眼，看着手拿钳子和斧锯的大哥。后来，她离他而去，嫁给了一个举止刚健、额手如宾的军人。大哥笑着，许多人想以此来刺激他，让他去拼命，让他索回那数百元的奖金和一往情深。大哥说："天要下雨，娘要嫁人。"大哥回到他的宿舍，点燃一支常德牌香烟，对着一根圆木比画起来，角距、齿轮、内径、俯视图、剖面图。我二十八岁的大哥，有时候也会一个人孤寂地自问：这有什么意义啊，这部机器试制成功后，我又献给谁呢？大哥在他的一张晒图纸上写道：生命在转动/不变的是梦境/恒定在凄苦的命运之轴里/精神是不灭的/依附于躯体或者太阳般的齿轮/吱吱呀呀地轮回。

茫然无助的大哥，把他的心全都投进那堆机械中了，谁也不会相信，这个羸弱的乡村发明家，会被投进大牢。

## 四

那个傍晚像郎浦的无数个傍晚一样，红云涌动，水波万里，湖堤上散发出来的强烈的苦蒿气息饱含着劝诫人逆来顺受的征兆。在郎浦，生活其实在悄悄地变化，那些田坂里传来了大哥和他的农具厂发明的双桅机耕船的震响声和脱扬机的轰隆声；那都是耕耘或者丰收的声音，喜庆和吉祥的声音，祈祷日子风调雨顺的声音。可是，大哥就在那样的声音里由两个警察押走了。大哥被押出农具厂，从他那个狗窝般的、散乱着一堆堆木制的机器零件的宿舍里，神情倦怠地跟着警察出来，一句话也没说。他穿着妈给他纳的松紧鞋，胡子拉碴。许多人打探后以一种睥睨和怜悯混杂的神情望着他，望着这个杀人犯，这个让人难以启齿的罪人，说，居仁怎么是这样的人，真是人不可貌相啊。当那个与他合作的中学数学老师准备娶妻结婚时，他以刀相逼，最后刺伤了人的腹部。那些下流的人损大哥说："他是个鸡奸犯。"有点知识的人评价说："居仁搞同性恋。"

那个傍晚风萧水寒，大哥面带着一丝凄楚的微笑，昂然离开郎浦。人们看到，那不是拿刀子的手、残忍的手，那是一双写字和劳动的手。那双手瘦小，青筋突凸，缺了两个指头，其他的指头上有因不停砍制零件而被利器碰伤的新老痕迹，可以说是痂瘢累累。大哥看来是要永远地离开郎浦了，他目光深情地平视着这儿熟悉的一切。有人还坐在他十四岁时发明的坐式水车上车水，水波粼粼，水由龙骨板带向稻田。而他的眼里一定会浮现出郎浦第一张双桅红帆在水田里扬帆驰骋的情景；美丽的双桅帆，就像一双火鸟的翅膀，他把它用进劳动的场面，他将浪漫带进我们含辛茹苦的贫寒日子，教会我们瞩望和品味贫穷生命与劳动的美丽。

这里，我要说到一条由郎浦开往县城的船了。其实是两条对开的小火轮，一日两班；它把郎浦湖行完后就进入一条大台渠，一直进到县城的后门。这两条对开的小火轮一模一样，到处露出木胎，盖舱用的是油毡，两个船工穿着朴实，赤着脚在船边荡来荡去。舱里有两条歪歪曲曲的木凳，如果你穿上好料子坐下去，就会被凳上的毛刺刮得稀烂。舱里的货大多是些腥臭的水产品。大哥就是坐上这条船被押往县城的。他在上船的时候头碰到了舱顶，碰得咚的一声响，头有些闷疼了，但他很快坐下来。但是不多久他就坐不下去了。舱里的乘客都怪异地打量他，以一种自由人的得意窃窃私语。这是他所熟悉或不熟悉的人。熟悉的人给他递烟，把烟点着了栽到他嘴上，同时打量他腕上的锃亮的手铐。他吸烟，警察并未阻拦他，他们分坐在他的两边。但是他受不了舱里那些怪异的目光，他要求警察把他押出来，让他坐在船头。警察开始不同意，他们怕他投水自尽，大哥说："你们把我铐在缆柱上还不行吗？"后来警察同意了，他们遵照大哥的指示把他铐在了一个铁打的大环上。他宁愿忍受浪沫和湖风的欺凌。

在进入台渠的当儿，这条开往县城的小火轮与另一条开往郎浦的小火轮擦肩而过，船上正好有我的二哥。他听到有人在向另一条船上指点说那上面有个犯人好像是居仁，他马上跑出舱，终于看见了大哥被锁在船头的大环上，满脸都是风浪。这太突然了，太令人难以置信了。我二哥是个感情深厚的男人，他还背着一大袋空的饮料罐子准备去交给大哥的，他顾不了许多就跳进深秋的湖水里，他在跳下的一刹那就喊着大哥居仁的名字，有点歇斯底里。

他是从船头跳下去的，我的二哥，人们看到他被湖水吞没又从船尾浮出来，他的头皮被车叶子（螺旋桨）旋掉了一块，血从头上汩汩地冒出来。他追赶着载大哥的那条小火轮，他看见了大哥望着他潸然泪下的表情，一晃而过，消逝在暮霭的深处。二哥爬上岸来，坐在台渠上，他始终不知道发生了什么。

大哥的丑行让母亲当即就气瞎了双眼。这种事在郎浦属十恶不赦，一向爱热闹的爹从此沉默寡言了，在以后的整整一年中，他把屋前屋后种满了烟叶，又没完没了地卷着烟抽，一直到他从郎浦消失，最后证实客死他乡。

<h2 style="text-align:center">五</h2>

爹认为这是他祖上未积阴德的缘故，祖坟没有埋好，郎浦的风水太差，滋养出来的后代乖戾而尖怪，一个个就像些从坟岗里爬出来的獾子，鬼头鬼脑的，干出的事让人骂八代。我们是偷偷去探视大哥的。我和头伤未愈的二哥见到了羞愧万端的大哥，他剃着光头，看起来像个歌星，令人感到滑稽。他说："你们给我把齿轮保管好啊。"他说："我服罪。"大哥的刑期是遥遥无期的，他把人刺成重伤，他不仅毁了他自己，也毁了中学老师的锦绣前程。他依然说着《辞海》的坏话，他说："只有我知道，《辞海》是错误的。"大哥在高墙和铁丝网里，目光炯炯高飞，像天空中倏然消逝的不安的鸟。他说："你们给我把齿轮保管好啊！"他反复叮咛，对我们拿去的食物如卤猪蹄也不屑一顾，没一句感激的话，只是记挂那些使他走火入魔的物什。

说到爹，爹彻底地绝望是在大哥入狱一年以后。他因为整天含着他自种的烟卷已经满脸灰黑，烟雾把他的皮肤镀上了一层死亡的阴影，他变得有些痴呆，一个人坐在郎浦湖边，这使人想到大哥当初的举止。但是，他并不是一个老年痴呆症患者，他脑存重重的心事，他最后死于南投山下，在伟人诞生的脚下殒命于野松之间，这表明他是一个清醒的人，一个为后代死而无憾的父亲。

关于郎浦，我总是说它的好话。事实上，它的确是一块美丽的地方，它地处低洼，万物水灵，所有有生命的东西都似乎饱胀着汁液，女孩聪慧无比，风情万种，渔歌悠扬温润，连郎浦湖底也绝少污泥，而是细细的白沙，它们被城市挖去建造成高楼，或是砌成花坛。但是这样的乡情只是被热爱故乡的郎浦人所赏识，往往出现在初、高中生的作文里。这些学生惯于使用华丽的辞藻，虚情假意地在末尾加上一句："我一定要学好文化知识，把我的家乡建设得更美好。"这种老八股式的文章出现在全国所有歌颂家乡的中学课堂上，贻害无穷。如果真正写起来，郎浦是个怪异之地，这块蛮荒的沼泽在两百年前还鬼狐奔窜，老虎出没。有了人烟之后，他们的生活中充满了对巫鬼的敬畏，这应该来源于它周遭的水雾蜃气，在天象揉动的水波里,人们普遍有过宿命的幻觉。湿气使很多人害上了风湿病,年轻人大多想离家远走,不再每天对着茫茫的湖野和泥泞,对着水腥味太重的食物,让人寂寞得发疯。大家一致认为风水不好是有些道理的。这儿的地挖进三尺就渗水如泉,祖先们的亡棺总是被无情地浸泡在阴冷的水里,人们每当看见这副下葬场景,就联想到自己死后,归属依然凄凉。在郎浦,没有一块向阳的高地,人们生死都被水侵扰着,水属阴,阴气太重,村里人说,大哥居仁就是因为阴淫之气而出现了变异。于是我爹暗暗决定了去找一块风水宝地自杀,让他的躯体自葬于高山之阳,以此为儿孙带来光宗耀祖的灵气。

爹的失踪事前没有一点先兆,没给我们留下蛛丝马迹,他揣着一大袋郎浦的红薯就远走高飞了。但是,我们都以为他因痴呆而跌入了湖中。

那天早晨,我看见他从茅厕里出来提着裤子。爹是有皮带的,他的那根生锈的皮带叮叮当当响着,这是我听见爹最后弄响的一种声音。双目失明的妈也说,他听见了老头子的咳声。她说老头子痰多,他整天抽烟带来的恶果是一肚子的痰液;他从茅厕出来就使劲地咳嗽着,在茅厕旁的一棵楝树下好像甩了一挂鼻涕,并且把鼻涕抹到树干上了,这是妈听来的;妈说,老头子在薯窖里翻呀,翻呀,她还以为是老头子勤快心发了整理薯窖呢。妈说,爹是从薯窖里消失的,因为后来她并未听见老头子跨出门槛的声音。

在爹失踪后,我们把薯窖翻了个底朝天,并没有找到爹的影子,连一条蜈蚣一只地鳖虫也没有找到,爹没有像神话中说的变成一种秒物。那些红薯也不像是爹变的。爹就那么失踪了。村里出动了十只船用围网捞爹,他们都相信爹是失脚了,或者因水鬼的蛊惑而投进水底(这种事在郎浦发生过),但是,那一天的围网捞上来许多闻所未闻的东西,也没发现爹的影子。那些东西是:一个叫秀芝的人二十多年前遗失的钱包,包里一块多钱、一斤多粮票和夹着的一张她本人在"农业学大寨"草帽下傻笑的照片都鲜艳如初,只是一碰即成泥;两颗手榴弹和一把印着"民国五年醴陵瓷器"的夜壶;一头形状可怖的江猪。江猪马上就被十只渔船瓜分了,这表明郎浦湖过去与长江相通。当然,还有一些鱼。只是没有爹的一根毛。

# 六

知道爹的下落是在三个月之后，那时湖已经开了，雁已经来了，冬天就那么含含糊糊地过去了。爹没忘了揣上他的身份证，南投山的人正是根据身份证而找到郎浦的。我们顶着吹面不寒的杨柳风向南投走去。我和二哥，手拿着地图，沿着地图标出的红线，走向大山深处的南投。根据南投当地人的讲述和我们的想象，假如把前后三个月的时间重合，那就是我们父子三人一起向南投走去，而不是爹一个人或是我们兄弟两个分开走的——我们看到了爹的一切。爹说："咱们走吧。"爹指了指地图，说："应该是往南方走的。你看，鸟都在往南方飞呢。南方有终日照耀的阳光。"

爹的第一站应该是个叫清水台的地方。那儿依然氤氲着水汽，旅社的被子潮湿，人睡下去就会浑身发痒。被子里生着跳蚤和淋菌，床下到处爬着百足虫。爹让我们睡下了，他自己露宿街头。他的兜里没有钱。他睡在一家磨坊的草垛下，含着那根水竹的铜嘴烟杆。他说，我去哪儿呢，这么寒冷的日子，何时才能走到南方呢？他因为贪睡让老鼠把他袋子里的红薯啃得稀烂，早上他在磨坊帮工的呵斥下揉着眼睛爬起来，吃着被老鼠啃坏了的红薯，在旅社唤醒了我们，说："走吧，天不早了。"爹和我们就这么漫无目的地走着，沿着那鲜红的地图找到了一个叫任桥的地方，太阳还没有西斜。那天许多人正在任桥的桥头堡上垂钓。对于钓鱼，我爹是老手，他是郎浦的鱼鹰。他背着红薯袋子，带着我们走上了任桥。任桥是一个地名，也是一个有江南特色的长桥。那是一种木结构的桥，用无数颗巨大的爪钉才把它们绑在一起。我爹对着他们嗤笑，发出的声音有点像驴的叫声，这激怒了任桥的垂钓爱好者，他们看着这个衣冠不整、满脸灰土的外乡人，正准备用拳头教训他，哪知爹脱口说出了一连串的鱼经。他说春钓滩，夏钓潭，秋冬要钓背风湾。他说河边有腥气，钓鱼好运气；水翻花，无鱼虾。他说钓翁钓翁，不钓南风；深水钓边，浅水钓渊；水下小鱼多，大鱼不在窝。他的鱼经马上见效了，那些人按他的方法钓起了一条又一条大鱼。那些人为了感谢他，对他说："你有什么需要我们帮助的吗？"我爹需要的是问一块地方，出过大人物的。他非常容易就得到了，人们告诉他往南有座南投山,那儿的风水好啊,出了中央委员。爹说:"终于有地方了。"爹拉着我和二哥的手,几乎是一气不歇地连夜跋涉,向寒星闪烁下的层层山影跑去。

爹在大肚溪停下来,他害上了严重的肠胃病,不停地腹泻。那时候,他已经看见了丘陵,越过丘陵就是山区。大肚溪还存留有绿色的植物。这是他行走的第七天。他攀着纤细的地图红线走到了大肚溪,但是他走不动了。他对我们说:"我才不想死在这里,我爬也要爬到南投去。"大肚溪都要被他排泄一空了,他发现他拉出来的泄物就像溪水,散发着一股来自郎浦的草腥气。在大肚溪的土洞里,爹对我们说:"路不远了,咱们都坚持住。"他的红薯差不多吃完了,他在洞口趴伏地上不停地喝着山溪水。那儿,大肚溪的丘陵上稀稀落落长着些马尾松,冬天的红土地里已经没有了能吃的块茎植物,那些红土裸露着,陌生的红土,跟郎浦污臭的黑泥有天渊之别。他看着丘陵顶上一抹靛蓝的天,捂着肚子,想怎样把他的腿抬起来,向羊肠似的进山的路攀登。

爹在大肚溪那个干燥的土洞里躺了两天两夜,我们守候在他的身旁。爹躺在一堆玉米秸梗上,瑟瑟发抖,高烧。老天有眼,一个下套子的猎人发现了爹。猎人说你这么要死去的。猎人给了爹一个烧饼,爹迫不及待地放进布满了燎泡的嘴里,狼吞虎咽。烧饼进了他的肚子,猎人又回家给爹拿出了两块姜,说你嚼姜吧。爹就嚼姜,爹嚼出了一身汗。猎人又给了他一个玉米,他吃了,奇迹般地站起来,拍拍自己单薄的骨架子,没事一般地说:"咱们走吧。"他唤着疲惫的我们,他站在丘陵发白的小路上,回过头来对我们说:"磨蹭什么,向南投走呀,别夹卵了躺下!"爹走向那棵长相怪异的马尾松,在丘陵的尽头,一朵浮云正从马尾松的根部缓缓升起。那一定是一个大肚溪冬季的晴天,我和二哥吃着烟,我们默默地拍打着屁股钻出土洞,呆望着天,看远去的爹,看他的影子进入大山的腹部。

现在,我们走到高塘,走到弯曲的红线上两个细小的宋体字里,在那儿,土地呈现出血红的颜色,山上植被斑驳,草木茂盛;在这条从大肚溪到高塘的皮肤划痕里,爹昏倒过三次。他的鞋已经走散了,大小便失禁,眼前出现了各种各样的幻觉。他告诉我们,他看见郎浦的鱼飞了起来,羊群如瀑从天上直泻,大哥的脸相镶嵌在云端里,他看见大哥戴着一顶金光灿灿的帽子,长袍曳地,气质绝尘。别人跟他说,不远了,只有两里路,就到南投了。后来他走了大约两个两里，别人又跟他说，不远了，只有五里了。他说他跟着天上的鱼阵和羊群又走了五里，别人跟他说，大约还有五里地。山里的人是比咱们郎浦水乡人活得粗糙的一种人，他们缺少数字的思维，这就难怪了，这就难怪不会出永动机的发明者而会出中央委员。爹带领我们走着，跌倒了爬起来，一个五里又一个五里，爹说："咱要把最后一口气留在南投。"

到南投，爹已经薄得像一张纸，只剩下两只眼睛还充满着热望。爹啊，他在南投的那汪水库里是否看见了郎浦的渔帆？

七

爹微笑着，他有满腹的话要向人说。

南投山，树木苍苍，云锁青峦。爹在那位伟人的故居里看到了一些简介和照片。他看到这位伟人做过木匠，他肯定想起了手拿锛子斧子砍制齿轮的大哥。他按照指点爬上了山顶。在水库上是一个巨大的平台，那就是龙椅，爹说，真像啊，两边的山就是扶手，而椅背是一片光秃秃的、金色的悬崖。在南投的傍晚，风景单一，似乎所有的阳光都是为了衬托那把巨大龙椅的威严，别无他意。这种简单的风景真使人产生一股直截了当的雄气。爹说："真是好风水啊，怎么不出人！"爹坐在龙椅上，从水库这边望去，爹就像"龙椅"上的一只蝼蚁。爹，他坐在龙椅上，他说，这才值得。爹对我和二哥说："我先走了，你们回去，不要管我。"他说："早该到这儿来的，不然，你们大哥也不会落到被万人唾骂的下场。"

我们就那么远远地看着爹。爹在林子里徜徉了整整一天。那个晚上，爹把身上带着的所有烟叶都卷成一筒抽了，那暗红的火星在他的烟杆里闪着最后的光影。爹说："嗯，这儿很好。"爹真是面带着微笑，他望着两个跟他而来的儿子，手扶着龙椅上生长的野松，他解下那根生锈的皮带。我要说那个晚上南投山肯定是异常的安静，到处都缄默着等待一个苍老生命的结束。一个郎浦人，一个痴呆的老者，一个微笑着的游魂，远行人，朝圣的圣徒。

就是这时候我们听到了爹再一次响起的生锈的皮带声，他不是想干脏事。在黑暗中，他把皮带套上自己的脖子，另一头系在野松的枝干上。他想，力量还是够的，虽然他已经精疲力竭，但死去的力量还保存着。为了这一刻，他等待了一生。

爹是带着无比的愧疚走向野松的，那片林子，到处响彻着一种山蟋蟀的叫声。爹在山区的夜晚看到的是山的威严和冷酷，但是，他却像回到了家一样，拼命地与这儿的岩石亲近。郎浦的人，爹，他是在湖上奇诡的天象中度过一生的人。那种神秘兮兮的云形和大气揉动的蜃景总给我们宿命的暗示，可以说，郎浦人一代又一代，就是在这种暗示中稀里糊涂地生活的。当他们死去的时候，他们会看见星河倒悬，无数的神怪从水里爬出来，犹如郎浦的另一种生活，梦中的或者像大哥在傍晚遐想的生活。

爹那时候可能从他清寒的意识中泛起了这种虚拟的、华贵的图景。对于山区人来说，这些图景是奢侈的，但对郎浦人来说，却是唾手可得、司空见惯、俯拾即是的。但是对子孙的愧疚基本上占据了他整个的心灵，他像个罪人，以赎罪的心理靠近那棵野松，仰视着它枝丫纷呈的顶端，天空辽远高旷，深不可及。我们看见他在深重的山影里挂系着那根皮带，假设他产生过疑问，关于这儿的风水。不，这样将亵渎了爹，他不会怀疑自己的行为，一个朝圣者的灵魂是纯净的，他们的心就是圣殿，那里廊柱高耸，穹隆如盖，响彻着天国的钟声。

我和二哥就站在那乱石堆成的坟茔旁，我们给爹加了些石头，以便作为更清楚的标记，年长日久不会被暴雨冲坍。南投的春天啊，的确美，映山红悄悄地开放了，东一丛，西一丛。山风带着暗崖的野花香气，向我们鼻子里吹送。我说："二哥，爹就留在这里了。"二哥说："这地方干爽啊。"二哥眯缝着眼睛看一只野蜂在他脚下的一朵野菊上时起时落。我们坐在懒洋洋的春日里，在龙椅上，望着山脚。我们好好地睡了一觉，然后摘来了一大把血色的映山红，放在爹的坟前。二哥说："人死去后，有时候会连自己都吃惊。"他说："咱们的爹竟然长眠在这里了，只是把咱们祭坟的路拉长了。"他说："这倒是个好地方。""是啊，"我说，"爹真是个能人，爹值得我们学习。你看他平时不声不响的，他是个有心人啊。"我说："扫墓让大哥来扫，等他一出来，就让他来南投。"二哥唬住了我，二哥大声向我喊叫着说："不许提他，不许损大哥！"后来我的以孝心闻名的二哥就号啕大哭起来，他用头撞着野松，他呜呜地哭着，哭得山梁上到处是他悲惨的回声，好像所有的山都哭了起来，南投一片悲恸，那龙椅的靠背——那一大片金色的万仞绝壁，被二哥的哭声撞得黯然失色。

二哥双手捧着爹留下的水竹铜嘴烟杆，一步一回头。他的眼睛都哭肿了，他一张一张地撒着纸钱，是那样精确，每隔十八步就撒一张。他背着一大袋纸钱，从南投一直撒到郎浦，那是一条让爹回来的路，不会迷失的路。

我和二哥把爹的烟杆埋在了郎浦岸边。这样，当爹回来的时候他就可以抽着烟，呆望着湖上蛊惑人心的云彩，想他的心事了。

八

妈是幸运的，我一直以来都用祸兮福所倚这样的古语来安慰自己和遭遇不幸的亲人们。古代的人是多么善解人意啊，如果没有他们留下来的一句句化解不幸和痛苦的话，我们活下去是十分困难的。从这点意义上说，古人是没有死去的，他们时刻在我们身边鼓励我们活下去。郎浦的碧水青天，使得人情淳厚，乡亲们对妈产生了极大的同情。那时候，我因为生活所迫跟上了一条渔船，去长江捕捞一年一度的黄鱼。二哥依然每个星期坐着小火轮回郎浦一次，带给妈县城好吃的东西，给妈洗头、剪指甲。应该说，二哥能做到的他都做到了，但是这并不能解决双目失明的妈的根本问题。妈虽然在极短的时间里学会了做饭、洗衣和剁猪菜，但是她不能出门去挑水。妈没有方位感，一出门就不辨东南西北，有一次出外挑水她差一点跌进湖里淹死了，还有一次她上渠挑猪菜一直走到了郎浦镇上，半夜才摸回自己的家。妈虽然瞎着眼睛，可她还喂了一头猪和一群鸭子。她说我要它们给我做伴，我一听见它们的声音我的心里就平和多了。二哥的劝说没有任何作用，他只每个星期天在回郎浦的小火轮上，边乘船边绞湖草，回到家里，就有满满一担给猪对付一个星期的槽食。二哥星期天给妈挑两担水（缸只有那么大），再用桶趸一担水。但这三担水妈总是用不到下个星期天，这就只有靠乡亲们帮助给妈担水了。还有那群鸭子。鸭子是不会自己回家上笼的，它不比鸡，不比鹅，没有人赶它们，它们就会露宿沙洲和渠坎。傍晚，左邻右舍的孩子们就会帮妈去拦鸭，他们拿着竹竿，吆喝着我家的鸭群，鸭们嘎嘎地叫着，妈就在门框上眨着坍陷的眼睛迎接鸭群的归来，并且感谢那些孩子们，摸摸他们的头，把二哥从县城带回来的糖果分给他们吃。

除了这些，乡亲们还经常给妈一些做好的菜，腌制的菜，一碗煨藕，一碗酢鱼，一碗酱黄瓜……头疼脑热的时候，乡亲们就会给她扯痧、熬姜汤、煎鱼腥草水，或者给她两颗咳特灵。

妈是幸运的，这样的日子她完全可以熬到大哥出狱以及我捕猎黄鱼归来。二哥为了回郎浦省钱，他找人买了一辆旧自行车，那是花十块钱从一个老师手上买来的，是一堆荒货，他东拼西凑把它盘得能转了，能骑从县城到郎浦的长途了。虽然骑起来老有不平的感觉（内胎打了太多的补丁），哐哐当当筛糠一样响，但二哥很高兴拥有了这个交通工具，他把每个星期看望妈一次改成一星期两次。在星期三晚上的时候，二哥清扫完了小学的里里外外，他就骑上自行车直奔百里之遥的郎浦，大约到了早晨六点钟的时候，他又能准时地打开小学的大门，给每个办公室灌好开水。整整一夜他大概都在路途上，不停地骑着他的那辆破车，无论刮风下雨，他都会这样。二哥跟妈有说不完的话，他给妈扯新罩衫，给妈买香蕉吃，给妈买个收音机，让她听我们时代美妙的音乐。他说："妈，你脚头冷吗，我给你焐脚。"他说："妈，不要吃人家端来的酢鱼，说不定是人家吃剩了的，老鼠蟑螂爬了，吃了拉肚子。"他说："妈，我梦见老弟逮着了大黄鱼，梦见鱼要发财的。"他说："妈，天气不错。"

二哥说得最多的是要妈不吃人家的东西，可妈骂他，她说乡亲们好，没有乡亲们活得就没有意思了。二哥不想让乡亲们对妈表现出过分的关心，他喜欢在星期天晚上让乡亲们听到他的自行车硌出响声后探出头来，说："居义回来了。"在半夜两点钟的时候让他的自行车又硌出的响声惊扰了一村人的睡梦，他们在暖和的被窝里说："居义走了，这么好的儿子哟。"二哥居义在他上班的时候不停地打着哈欠，张着一张吞得下老虎的嘴，他无精打采地扫地，有时候忘了关上大门，让拾荒货的人进来把老师和学生的衣物、雨伞以及备课本都给"拾"走了。"是搓麻将去了吧？"他就承认。在无数次忍无可忍之后，小学辞退他。这曾经是一个多么好的清洁工，他还免费为老师买煤买米，为老师的家里做房子守夜，为老师掏下水道，修理门窗，配钥匙，驱赶在校门口无理取闹的无赖、疯子和小商贩。但是后来——老师们一致说——他栽在麻将上了，他通红的双眼和哈欠连天的懒相只有郎浦人知道个中原因。被辞退的二哥经一个好心的老师介绍进了一家腌制咸蛋的食品仓库里打工。这是一个承包的仓库。二哥要给新鲜的鸭蛋裹上草木灰。他的双手一天到晚浸泡在带碱性的草木灰浆中，老板让他每天至少裹六百个鸭蛋。裹好的咸鸭蛋装进龙缸，运往香港，在运送的途中这些鸭蛋就熟了。香港人爱吃的"龙缸味蛋"正是我们县的一大特产，而这许多出自二哥之手。

在那个空气污浊的食品仓库里，二哥的手泡得不成样子了，像一双死人的手，溺水者腐烂的手。他得一刻不停地为鸭蛋裹泥，累得腰酸背痛。这还不是要命的事，要命之处在于他没有了休息日，晚上也不准离开食品仓库。一个月只能轮休一天。贪婪、狠心的老板为了发财，要把这些打工者们的血汗刮干。那怪谁呢，送上门去的，你不干，想干的人多呢。一个月以后二哥拿着他用血汗换来的钱，沾满了草木灰浆的、带咸味的钱回到郎浦，把钱悉数交给了妈。他没给妈说他被学校辞退的事，他只是说学校不让回。"是啊，"妈说，"居义，妈想死你啦，盼星星，盼月亮。你这一说，妈就知道了，县城里的灰多，打扫不完。"妈穿得干干净净，妈收拾得清清爽爽，跟二哥过去一星期回来两趟的情形差不多。妈生活得井井有条。妈眨巴着瞎眼说："这桌子腿，是他们给我修的；灶跑烟，他们给我重砌了；偏厦漏啊，他们给我检的漏。你看，乡亲们多好。"二哥听着这些，心里不是滋味。他挑水，他打猪草，他把碗柜的一个老鼠啃出的洞用木头钉好，他没有话给妈说，默默地做着，不敢见乡亲。他连饭都没吃就赶回了县城。

第二次回来，他看见一群乡亲在我家的屋顶上给妈用砖砌屋脊，估计又是屋漏了，油毡坏了。那些人坐在屋顶上，和二哥打招呼。他们没提那些砖和几块油毡是哪儿来的。这让二哥无地自容，他像个客人，而那些乡亲成了主人。二哥去小卖部买了一包好烟，一包白沙烟，用力甩上屋顶，让乡亲们分食。他爬上梯子时，屋顶上的人说："都做完了，小心摔着。"

又一个月后第三次回来，他看见一群乡亲在我家的后园里给妈搭豆架和葫芦架。那些人砍着竹子，编着草绳，和二哥笑着，不说话。二哥真是无地自容，他站不是，坐不是。他又去小卖部买烟，买了一包很好的烟，红塔山的，亲自送到每一个人的手上，剩余的给了一个老者。他去用草绳捆扎时，乡亲们说："居义你歇着去。"

二哥突然对郎浦和干净但瞎眼的妈陌生起来。他当时一定怨我，怨他的老弟居礼怎么没个音讯了呢？长江的鱼汛已经过了，老弟未必把妈都忘了？他这么想，可嘴里还在搪塞妈对我的叼念。二哥说他看见了我，说我逮到了大黄鱼，起了篓子，说我可能会成为有钱人了，说不定会给妈带个撒网的媳妇回来。其实二哥根本没有我的消息，我懒得跟人说我正在做啥。我早就没有打鱼了，长江上已没有黄鱼可打，我去了一条货船上。我煎鱼的手艺让他们留下了我，我当了炊事员，管五个船工的饭食。对于煎鱼，我当然不在话下，从小我就懂得郎浦各种各样的淡水鱼的吃法，我让这五个猪一样好胃口的船工吃得满面红光，分不清谁是船长谁是水手了。我一天管他们四顿饭（半夜还一顿"枕头酒"），有时还得为他们带上船来的女人做糖醋带鱼。我整天围着锅台转，已经对郎浦和我们家的事心若止水了。我知道，妈有孝顺的二哥照看，二哥行着苦孝，还有郎浦那些心似菩萨的乡亲关照，我还是走掉去奔自己的生活为好。

还是要说到第三次回家自尊心受到极大伤害的二哥。我的二哥藏着那双被碱水泡烂的双手，他推出自行车离开家门，告别妈时，看到妈像个庙里知足的老尼，一点都没有了依恋他的意思，这使他多么失望啊。过去妈总是在风中盼望着他的二儿子归来，给她带回吃穿，妈掰着指头念星期三和星期六。但是，现在妈已经适应了她所有的儿子都不在身边，她瞽盲着双眼，活在乡亲们中间。二哥一定在想，乡亲们怎么在指戳着他啊。这个孝顺的儿子，不能忍受乡亲们对妈的热情和关照，那样，他就成了不肖之子。他在骑往县城的路上，喃喃地自语道："妈，你不能活了。"

# 九

二哥照说是一个传统的儿子，他从来没有稀奇古怪的想法，对待父母就像一条狗对待自己的主人，除了忠诚和尽责以外，不生旁骛。他曾要割股给母亲煨汤治病，这样的人却将要用自己的手结束母亲的生命。这世界，这生存的道理怎么才算让人明白啊？二哥说："妈，你不能活了。"他摇摇头，说着，又摇摇头，一直呢喃到食品仓库。那天，他亲手捏破了许多鸭蛋，黄色的、黏稠的蛋液漂浮和混杂在草木灰里，老板敲着他的脑袋，恶狠狠地说："你想干什么呀！你说谁不能活了？我看你不想活了。"二哥望着他，望着老板，把老板看愣了，老板也看着他，又看看自己。老板用手在二哥的眼前晃了晃，自嘲地说："他妈的你想把我当咸鸭蛋捏?!"

我又要说到晚上了，那一天晚上月光如水，雁声如云。二哥从食品仓库翻窗溜了出来，他骑上他的破自行车，在白昼般的月光里赶回郎浦。在进村时，他悄悄扛上自行车，一点声音都没有地溜进了村子。郎浦的夜啊，就像是用银子装饰成的，银子的屋顶，银子的树，银子的庄稼和池塘。我没有向你们描绘我们郎浦的夜，要说，郎浦的夜比它的晨昏更迷人，更容易让人误入歧途。还是说那一夜吧，虫蝼的声音从地里传来，那些离土最近的生灵的声音，象征着我们的前生和来世。固执的、犹如倾诉般的鸣叫，是我们郎浦代代的命运。还有那些在水面和大野中游动的萤火和磷火，在月光下就像梦的眼睛，迷蒙地彳亍在那块巨大的洼地中，魂无归所。还有星星，我们郎浦的星星成倍地出现在我们的眼前——天上的星星，水里的星星；那些星星不是一个一个地排列的，而是一嘟噜一嘟噜垂挂在天上，就像我们丰收的粟子和棉花。温暖的、给人厚爱的星星，它们在我们头顶拥挤着，既赐给我们柔情，又给我们霪湿的洼地注入乖戾和莫名的悸动。

我还是要说二哥，他踏着遍地的月光和星光进村，嘴里反复地叨念着："我要成为忤逆不孝的人，我要成为不肖之子了。"他说，一天的星月都在嘲笑他，他成了一个无颜进村的人，大家会看不起他的，他连自己的母亲也照顾不了。二哥在如此美妙的月光的引诱下现出了惊悸和乖戾的本性，那种冲动不知从何而来，他甚至流着泪，品尝着自己身体里委屈而咸腥的液体，把自行车放在了一个草垛前。

村里真静啊，万籁无声，大家已经睡去，把那些让人胡思乱想的星月隔在了户外，进入简朴的梦里。二哥敲开了妈的门。他听见妈打着慵懒的哈欠，一点都没有因儿子的突然回来而惊喜，也没有问问学校的情况（她不知道儿子正在碱水里滚泥蛋），说："还有菜呢。韩三爹端来的野薤炒肉。他们帮我买来的野鸡，我吃了两天还有一大碗。"二哥没吃，二哥站在门口一动未动。瞎眼的妈感觉到了什么，说："居义，咋的啦，关上门去添饭吃啊，饭还是热的呢。"二哥还是不说话，他迟迟疑疑地挪进屋内，他有点儿慌乱，但是很快就镇静下来了。应该要说说二哥在离开学校之后的日子里一直没睡好觉，眼里充着血，好像害着严重的眼病，他的耳鸣也很厉害了，老是觉得有人在用一把钝锯子锯他的胳膊，耳朵深处的嘶鸣就是那种声音。现在有人把钝锯带回了郎浦，在他从小长大的地方摆开了阵势，又开锯了。二哥来不及想那么多，在耳鸣即将爆发时他把灶角的一瓶农药"井冈霉素水剂"倒进了一杯水里。

他从怀里掏出两个从县城买回的黄桥烧饼，给妈吃。妈起先不想吃，说明日过早呢，二哥强迫妈吃，妈就吃了。妈咬了两口，干涩的黄桥烧饼把妈的喉咙堵得厉害，二哥就把那杯水递给了妈。妈喝下第一口就品出了异味。妈在双目失明后听觉、触觉、味觉都异常灵敏了，她想把那个杯子推开，但她的头被二哥卡住，二哥捏着妈的鼻子，妈想说句什么，就咕噜咕噜地把那水喝下肚去了。妈好一阵才缓过气来，说："居义，你给我喝的啥呀？"二哥说："妈，没啥，是防治血吸虫的，有点苦，我怕你喝不了，只好哄你这么喝了。"妈说："哪是喝呀，是灌。我没有血吸虫。"二哥说："有血吸虫无血吸虫都要喝，妈，这是政府的号召。妈你知道，郎浦是血吸虫窝子。"妈说："是的，郎浦是血吸虫窝子。"接着，妈的肚子就开始疼了。

妈到临死都丝毫没给二哥说破那杯水的真正内容。二哥后来对我说，妈其实一喝就知道是啥了，她摸摸索索治虫的"井冈霉素水剂"，她还闻不出气味吗？妈说："二子（二哥的乳名，她多年未喊二哥的乳名了），肚子疼啊。"二哥说："妈，我送你上医院？"妈咬着青紫的嘴唇哼着，呕着，笑着，说："二子，算了，算了，深更半夜的，一挺就挺过去了。"妈说："这治血吸虫的药，真厉害啊。"二哥说："不厉害不能杀死血吸虫。"

肚疼三阵百骨响，二哥这时候就听见妈全身的骨头开始散架、脱节了。他首先听到的是腕骨、桡骨。在他的耳畔，那个紧紧追赶他的手拿钝锯的人放过了他而把妈的臂腕给锯断了。接着是肱骨、股骨、跗骨、跖骨、髌骨、颅骨。最后二哥听到的是与二十四个农历节气相对应的二十四节脊椎的脱散。妈将坍塌，如一蓬燃烧的劈柴走到尽头，坍成一堆灰烬。妈将再也爬不起来。他听到妈颈椎那儿从玉枕关开始的第一节清脆的崩脱，那是大雪。接着是小雪、立冬、霜降、寒露、秋分、白露。到了胸椎，从夹脊关开始，妈支撑着她生命处暑的骨头瓦解了，第九节就是立秋，九月九，重阳。然后就是大暑、小暑、夏至、芒种、小满、立夏、谷雨、清明、春分和惊蛰。这些生命中最重要的季节，骨节里最柔韧的地方，妈，母亲，弯着腰，伸起来，弯着腰，伸起来，不停地劳作，喂养我们的骨头，早就被郎浦的岁月挤压得佝偻的骨头，深深伛下去的骨头，散了。再就是腰椎，从雨水开始，大寒、小寒一直到冬至，这孕育我们的骨头，孕育了大哥、二哥和我的骨头，寒风刺骨的季节和骨头啊，辛苦的骨头，使人类绵延不绝的骨头，没了。然后呢，然后是骶骨了，是尾闾穴了，我们就是从那一节骨头旁诞生的，我们出来，看着郎浦人世的美景，我们劳动和哭泣，充满爱恨。可是，当我们离开以骶骨做环廊的家，我们就再也无法回去了。陌生的二十四节气，母亲农历的骨头，在二哥手下以疲倦的绝唱全部解体了。

妈躺在床上，妈的神志还是清醒的，但是她无法动弹了，她没能看到二哥的泪水在斜窗的月光中一颗一颗地往下滴落。他抓着妈软绵绵的手，说："妈，今夜月亮多好啊。"妈说："嗯。"二哥说："是南风，你看风把麦子的香气都送来了，麦子灌浆了。"妈说："是啊，二子，是个好年成呀。"二哥说："妈，你脚头冷吗，我给你焐脚。"妈摇摇头，说："二子，真难为你了。"二哥说："妈，看你说的。我是你的儿子。"妈说："是呀。有人说儿多不养母，我看不是这样。二子，我真高兴你记挂我，你看，你还给焐脚，天气暖和啦。"二哥说："天气是好，天气真好。"二哥给妈焐着脚，妈的脚渐渐冰凉。二哥睡着了，他打出了如雷的鼾声，好久他都没这么睡觉了，他睡得真香。


十


大哥对外面的事一概不知，我也不准备告诉他了。反正他将在监狱里待一辈子，告诉他，又有什么作用呢？可是最后，他都知道了。那是在一次放风晒太阳的时候，他偶然在一个死囚仓里看见了二哥。他说："那是谁呀，那不是居义吗？"二哥说："我不是居义。"大哥说："那你是谁？"二哥说："我是居礼。"大哥说："你骗不了我，你不是居礼，居礼是不会犯事的。你也不是居义，居义是个孝子，除非居义杀掉了侮辱我妈的人。"二哥说："我不是居义。"大哥说："你不配做居义。我大弟居义不是你这种死囚犯，看人民怎么惩罚你！"在二哥被押出去处决的那一天，大哥还在里面对着二哥大喊："你不是居义！你不配做居义！你罪有应得！你不是我弟弟！"

我在那一年暴烈的太阳里回到了郎浦，已接近秋天了，到处是金黄的信息。我家里堆放着满满一屋铮亮的、用白铁皮垫槽的木制齿轮，还有一摞摞的图纸和数据。乡亲们从镇上农具厂拖回了有关大哥的一切东西，他们说："有用的，这么好的东西怎么会没有用呢。看，还有中央的来信哩。"

晚上，我按照随便抽出的一张图纸就把那些齿轮全安装好了，而后，我垂着手，就看到它们转动起来，我听见了那悦耳的、机械摩擦的声响。我说："别逗啦，爹，妈，二哥，你们不要在那儿摇啦。"

我和从屋外窜进的风说话，开着玩笑。我走出大门，来到妈和哥的双坟前。轻纱似的月光笼罩着我们的郎浦，那些模糊的景物都像含着微笑，都像是欲言又止的群像。他们都是我们死去的亲人，在晚上，他们都站在郎浦潮湿的洼地里，和我们在一起。这些依恋的魂，亲人们，郎浦总有办法让他们回来的，谁都躲不掉。

# 大寒立碑

## 石　匠

　　石匠坐在石头上，看着他从山里运来的石块。小巷尽头的木槿篱笆旁偶尔有人走过，而他这里却露出绝对的安静。他是在制造墓碑，所有被他送过行的人都不会再转来了。石屑的纷飞中，他的脸几乎触地，用錾子精细地辨认那石上死者的名字。那温柔的锤声一直像安魂的祷歌，忧伤、庄严而神圣。

　　"好冷啊，"刻碑人呵了呵冻僵的手说，"一直是阴天，风把湖底都吹干啦，好多老人都熬不过来了，像树叶一样。"刻碑的石匠在说这话的时候望望他周围的石头，又望望石头旁边一棵只剩下枝条的光秃秃的小树；他毫无表情地蹲在这一堆层层叠叠的石块中，我认为他对死亡的认识比我来得要实在些。他痛苦，他却正视痛苦。

　　"这块碑么？一百八十元钱，还可以优惠一点。"石匠说。石匠用袖子擦擦被北风勾引出来的鼻涕，又问："是你什么人？"

　　我说："父亲。"

　　"罗师傅吗，罗师傅吗？唉，唉！不好好的?！……脑溢血……高血压？这么瘦的人还有高血压！他还做过我孙儿的兜肚呢，他的兜肚做得最好了，小伢穿了从不会凉肚的。这样吧，一百五十块钱，本来不好意思收钱的，可这石头从老远的湖南石门运来的，我进山搞了五天，唉……"刻碑人自从学会这门手艺，也就学会了叹息。

　　"应该有盆火，瞧您的手。"我说。

　　"火吗？我不要火，有火我眼里就起翳子，那就凿不成了。我干的是一门冰冷的活，在石头上刻字，是个精细功夫啊。"石匠说。

石块。巨大的石块、粗糙的石块。已经凿上、还没有凿上名字的，都属于这个小镇。这些人——死去的或活着的，曾讲着一口浸透骨髓的荆州话，走到任何地方都被别人不怀好意地模仿；他们生活在洞庭湖之北的这个省份，多官多匪多洪涝。中华人民共和国成立后小镇被谙熟中国地理而又具有强烈城市意识的专家们划定为分洪区，他们说：牺牲它来保武汉吧。事实上，这个小镇不过是云梦泽畔一只被遗弃的螺壳，它躺在一片古老的洼地中，空洞、陈旧，为干涸所困，为风雨所洗，阳光打磨着它亘古不变的光泽，最迷人的不过是梦幻，水底藻丛如裙丝，湖畔青蒿似浮云。它接纳浑黄的川水，枯枝败叶；它蓄注南汛，臭鱼烂虾。每当夏季水涨，谣言纷起，人心惶惶，他们如此诅咒武汉，令我百思不得其解。他们，古老洼地的子民，龙王的宠儿，偏僻闭塞的一只螺壳，一个神话的余韵，一首临风泣号的渔歌，都将经过刻碑人的手，用尖利的錾子，记下他们默默无闻的名字。

大寒立碑，这是我故乡的丧俗。

"一百五十块钱，好吧。"我说。

石匠用他慈祥的目光看着我。这是我故乡最好的一双眼睛。这双眼睛表明它不再排外，它没有那种高人一等的矜持。虽然我一而再、再而三地称这个小镇为故乡，在各种表格上填着籍贯：黄金口。但是，我是外乡人，我跟我的父亲都是外乡人。我出生在这儿，我的父亲却出生在另一个有名的淡水湖——鄱阳湖，而现在他却埋在这里了：洞庭以北。

"罗师傅罗裁缝吗？他是个结巴。"石匠缓缓地放下他的锤子，用关节僵硬的手摩挲着那些没有简化的汉字。

唔，我的父亲是个结巴，我想。他一辈子说过的话，绝不会有我们镇委书记的一次报告多。因此他的儿子选择了一门无话找话的、饶舌的职业——写作。他和他的儿子都有一种不良的嗜好：抽烟。沉默的人爱抽烟，一张碎嘴的人同样爱抽烟。

"一百五十块钱，您真是看了我父亲的面子。"我说。

"你选一选看，选一块好石料。"

"不用啦，您随便刻吧。只要是块石头就行了。"

石匠的锤声又在我身后叮叮当当响起来了。那是一种铁石相击的声音，有棱有角的声音，像这个季节一样峭硬。

# 更　夫

我说的是另一个死去的人，他没有碑，因为他没有子孙。

黑夜在追杀着他，雾气像蓝色的梦魇漫溻在小巷深处。我说的是有着发亮街石的巷口，稀疏的排门里泄漏出几线灯光，灯光里飞满了细柔的灰尘。这是一更了，更夫准时出现在空旷的巷子里，带着跟小镇同样的麻木和醉意，像一个无家可归的游魂。

五更了，我被尿涨醒，夜壶就在床下，但我怕鬼。隔壁的磨坊在转动了，疲驴在孤单地叫唤，箩柜在撞响了，而这一切都不及湖对岸的榨油声来得悠远凝重：榨木像一个固执的男人，如同命运的单音节，钝沉地榨响在五更深处。那是一种发言。而我想到那些用草绳扎腰的榨工们，他们有着好油水，他们用香麻油泡饭吃，所以令我神往。但更夫的铜锣也在此刻响起了，我害怕他，嘶哑、啰唆、寒意袭人。更夫有一只肥厚的瓮鼻子，那都是酒精害的。他喋喋不休地向梦中的人们告诫着："水缸挑满哪——灶门口要扫干净——"然而这个不走运的小镇还是火灾四起。每当大火袭来的时刻（多半在夜间），人们披着衣，打着哆嗦，在各自的门前隔岸观火，更夫的铜锣更是急促地敲打起来，恐怖地战栗在一片红色火光下，持久不散。早晨起来，整个小镇都蒙上了一层黑灰。

他死了。他睡在很厚的干草上，寂然无声，一种非常舒坦的、随遇而安的样子。他的铜锣和几只剥光的死猫死狗挂在一起。

我父亲一手操持了他的葬礼，我父亲当着众人在他油腻而辨不出颜色的遗物中清点着他全部的积蓄，一共是三十多块钱。棺木由铁木合作联社捐送。这三十多块钱，用它买了两挂浏阳鞭炮，余下的扯了差不多四五丈红绸。高贵的、光艳夺目的细软红绸包裹了他的尸体。我看到陈年的汗味、跳蚤和油虱都纷纷从鲜红的绸缎中爬出来，谁也不愿做更夫的殉葬。

入殓，钉棺，放鞭。善良而爱热闹的小镇人都纷纷来观看这个孤老的葬礼，八位义务抬棺的搬运站工人一人腰里吊一双草鞋，草鞋钱是我父亲出的。

更夫被埋葬在洞庭以北的这块古老洼地上，从此再也听不见那铜锣声了，更夫原来是可有可无的。他忠实地为当地政府服务了二十年，尽职尽责。

我父亲挂上他的那把锁。破絮被收破烂的乌盛卷走了，死猫死狗被银匠邹文斌提去了。我父亲挂上锁之后又回到了他的幽暗的裁缝铺，坐在老式"飞人牌"缝纫机前，干起活来。

更夫跟我的父亲一样，是外乡人。他来自上海乡间，他喜欢吃甜粉和咸蛋；他在咸蛋上敲一个孔，用筷头在里面掏，掏出一点，喝一口酒，又把咸蛋放下，咸蛋掏空后，壳还是完整的。

这是一个流落到我们小镇的旧军人，跟我的父亲一样。

## 洪水、外乡人和剪子

洪水来临的时候，饿殍遍野。

逃难的人们在土里扒着薯根，发臭的水横流在田陌尽头。墙上、树干上，都有大水漫过的痕迹。

你一个人走在异乡的土地上，初秋的天高朗无言。你揣着一把剪子——活命的根。你占了一门手艺，荒年饿不死手艺人；生了孩子，要穿；死了老人，要穿。生生死死、婚丧嫁娶都离不开它。罗裁缝，你就是一片悲壮的霞色，替这个万恶的人类打扮黎明和傍晚，以你的手艺陪伴他们走完世间的路。你的剪刀剪裁着世态炎凉、人情冷暖。你的针线缝补着岁月的鳞痕，让遗憾、秘密、爱与恨，绵绵不断，与天地长存。

你刚才还在那一队困顿的军旅里。兄弟们操着各种口音抱怨说："娘卖×的。总是打着瞌睡行军，要吃的没吃的，天灾人祸，这日子熬不了啦！"你没有说话，你老是想到那个放河南响屁的开封排长踹过你几脚，你放哨的时候就开小差溜啦。你放下枪，拿起了剪子。

罗裁缝，当太阳悠扬地滚上苇尖的时候，你从泥沼中爬起来，吐出一口两年积郁的气，爬上了这片洼地的高坎。

在很远的地方长着一棵小树，树下一匹咴咴长嘶的马。你很自在，向小镇走去。你想，那个放河南响屁的排长再也踢不到你啦，你自由啦，你重操旧业，还怕混不到饭吃！你本来就不想当这个球兵。作为裁缝，靠的是心智；作为兵痞，靠的是狗胆。你这个独子，国民党他妈的明说两丁抽一，但抽到你头上，提着脑袋玩命，还要挨打受骂，走遍天下都没有这个理。这下好啦，你两肋生风，步履轻捷，像只游隼飞行在大野之上。

小镇上乱糟糟地挤满了难民，你却分明感到了一股生气。你不向谁乞讨，你后来叫我们永远不要向谁乞讨，也不要吃别人的余物。因为你拿着一把裁缝剪子。

在暮色融融的河滩上，一堆老木焕发出一种幽幽的磷光，饥饿的人们争相剥着这些暗绿的发光树皮，说只要吃上一片就可保三日不饿。你也剥下一块，不是相信神话，而是好奇。

"唔，树精，真怪呀，这洼子真怪呀。"

你走进一家"笋行"，挑八根系的笋工们一个个伸长了鸡脖睡觉，偎在笋筐里。你抬头看看河下的船，形似铲子，一家一户破烂不堪，却经营着篾货和谷米生意，此刻正炊烟袅袅。"就像我们老家的码头。"你心里说。

你这时候遇见了陈大汉子，这个笋工手大脚大耳朵大，头发硬刺刺地竖在头上像朵刺猬。

"做皮袄，对啦，我正想做件皮袄，我打了三只狗子。我把狗肉吃了，狗皮做袄。杂种，我遭过匪，全是你们这些刮民党的零散部队。枪一横，就做匪啦！我跑里甲口弥陀市，我挑一担布匹，就被你们抢啦！枪一横，就抢啦！"

"我、我是裁缝，我、我老家在江西余干县瑞洪镇，我爹叫罗瑞生。我、我十三岁起就学裁缝。"你结结巴巴地亮出你的剪刀说。你尽量把腰弯着，把腿紧夹着。

"剪刀剪径哩，杂种，我看你还老实。"陈大汉子挑起两只笋筐，骂骂咧咧地把你带走了。

你替他硝皮子，你替他做狗皮衣，你把剩下的狗皮做成一顶帽子，让他抵挡这洼地每年冬天刮起的暴风雪。

陈大汉子的老伴会一种巫术。她用毛笔蘸上腥臭的烟囱灰墨汁，在不出奶的女人奶头上画，画得像些古人的面具，三日之后奶水便如泉涌。你对这种本地的巫术感到异常亲切。

"这地方真怪啊。"你又说。

你于是做了陈大汉子的女婿，改名换姓。你后来告诉我，陈大汉子是我的外公，巫术女人是我的外婆，而你，便成了我的父亲。

"唔，这是江西剪刀。唔，这是江西剪刀。"外祖父穿着一股臊味的狗毛衣说。

后来我查典籍，才知道文学史上赫赫有名的"公安派"三袁——袁宏道、袁中道、袁宗道，其祖籍也是江西。

我为此而感到欣慰。父亲，许多人在你之前就已经来到了这异域，一处羁客，两脚尘土，开创了他们封妻荫子的业绩，而你希望的却只是活下来。于是，你活下来了。如今，你走完了命运的路，你留下二男三女。你的一把熟铁剪刀所开创的生活，将永留在你子孙万代的心间。

## 外乡人的定义

外乡人就是不说本地方言的人。

外乡人就是打架没有帮手、发怒让别人感到好笑的人。

外乡人就是处处小心谨慎、不敢高声说话的人。

## 裁缝铺

昏黄的灯光摇曳在裁板上，像一支祭神的佛烛。乌黑的火烙铁里，火屎爆着燃烧的声音。剪刀已经把他右手的有关部位打磨出厚厚的老茧，他抽着烟，把那些布料翻来倒去，一直剪得零零碎碎。但是你只要看到他怎样选择画粉，怎样用画粉在布料上顺着那直尺画出流畅的曲线和直线，你就知道他进入了一种超然物外的创造状态。在寒风怒号的夜晚，他总是这样坐在高凳上，皱着那双苦行僧式的眉头，计算着布料的幅宽、长度、缩水性，然后在布料上喷水。他喝一口，喷一口，喝一口，喷一口。他的眼里出现的都是白天在这里量体裁衣的乡下人：那些羞涩的媳妇、胆怯的孩子、邋遢的丈夫。乡下人在裁板面前站得规规矩矩，任裁缝师傅摆弄，一根皮尺能量出所有的尺寸来。问过式样之后他便开单据，吩咐他们几日几时来取衣。乡下人挑着空箩筐，挽着篮子，提着酱油瓶走了。他把他们送走，连连点头，含混不清地说几句乡下人听不懂的江西话，然后把布料按顺序堆放在裁板角上。他用火烙铁烫衣料，有一次裁板被火烙铁烙出了黑烟，他把一杯茶倒过去。这块有深深烙印的裁板一直跟随着他，直到他死去。这块裁板现在成了我家的一扇大门，替他的老伴和他的子孙挡御风寒，守护着旧居和记忆。

他和这个裁缝铺都有一张病态的白脸。他和天底下所有的裁缝一样，都有痛苦的痔疮，久坐生痔。

他时常在门边的那块磨石上磨他的剪子和剃刀。剃刀不是刮脸的，是用来裁割皮子的。他蘸着水，细细地磨。更多的时候是在夜晚，他蘸着异乡的月光，细细地磨着他的匠人岁月。他用手试试锋刃，那些成不了大气候的小刀小剪，证明他只能是个苦度时光、聊以自慰的匠人。

他裁累了，从装衣料的篓里寻出个生地瓜来，用剪子削皮，有滋有味地嚼起来。他戴着样板戏里的栾平帽，那种帽子是他自做的，这样看起来，证明他的确做过一个衰亡政府的军人。他笼着袖，在裁板前走来走去，然后扳开机头，给各处上油。再然后，轧轧的机声便响起来了，汇入整个裁缝铺的若干架机声中，为人们赶制寒衣。

鸡叫三遍的时候，大约五更，在更夫的铜锣声中，裁缝们打着呵欠，熄了灯火，各自朝自己的家里走去。寒冷的星星挂在洼地的上空，小镇屋脊的剪影干瘦，风充斥在巷子深处，与沉重的眼皮交织在一起。遇到大雪弥漫的夜晚，裁缝们踩着渐渐增厚的积雪，缩着脑袋去叩家人温暖的沉梦。在最冷的夜晚里，小镇只有裁缝铺灯火辉煌，看着这唯一没有睡意的一隅，大人们围着火盆说："今年乡下的年成好呀。"小孩们在被窝里想："快过年啦!"

## 床

父亲，你睡过的床拆啦，我们把它烧掉了，并且写了凭据，让你在阴间收下。你不能再睡到屋里，你落户在我乡下表哥的自留地界上，你躺卧于水塘之阳，面对刘净的稻阪、几朵浮云、数棵野树，高枕无忧了吧? 表哥有鱼竿，你自取用，侧身便可垂钓，清水煮鲫，四野风过，无人敢扰，你该自得其乐了吧?

干枯而结实的床架毕毕剥剥地燃烧起来，我为此叩首三遭。睡吧，父亲，这床是你的了。

讨床钱的人还坐床沿上，那时候，他三天两头来，你用四十块钱买下的这张床，还了整整三年。在我们这块只生长洪水蒿蒲的洼地上，最金贵的便是木料，木料的多寡代表着一个家庭贫富的程度。你不得不承认这样一个事实：在我们家里，除了骨头之外，再没有硬朗的东西了。没有木料来支撑家庭的门面，你有什么权力高声喧哗呢？你家徒四壁，两把无背椅，一张钉满木条和钉子的摇摇晃晃的破桌。你的那位箩工岳父是个不积攒财富的酒鬼，解放时成了一贫如洗的土改根子。你的岳父根红苗壮，曾经是一名被人追杀的中共地下党员，在他死后留给你的却只有一间茅屋。屋顶的檩子是些比鸡腿还细的树枝，门窗是分来的浮财，一旦落入你岳父之手，就被跟他一样吃大户的白蚁给蛀空了，所以你家里经常窜进一些一无所获的盗贼、耗子和野狗。

你发誓要种你自己的树，树大成材，你就可以用它来打点家具了。你春天买来树苗，杨、柳、椿、楝、柞。你在屋前屋后挖洞。你年年植树，却不见一棵树长大。

我们睡别人的床，我们拥挤在一堆。我们兄弟姊妹走出去穿着你为我们缝制的棉衣棉裤，我们能歌善舞，能写宋体"忠"字，能画毛主席头像，就是没有自己的床；我们干干净净，不挂鼻涕，为你争气，就是没有自己的床；我们从不在外挑事生非、偷鸡摸狗，就是没有自己的床。

"要还了，要还了，我也等着钱用啰。"讨床钱的人说一口湖南话，我不知道他为什么那么早就坐在我的床沿上，他猥琐的屁股压着我的被角，我不敢动弹，静静地谛听着你的回答。我生怕他会一气之下把床抬走，把我掀出温热的被窝。

"会、会还的，老么，我说、说话算话。"你说。

后来讨床钱的人走了，我上学去了。我回家总是惴惴不安，最想见到的便是那张床。只要床还在，我便会多喊你几声，多喊妈几声，喊得像猪崽的哼哼那么甜。那时候，我九岁，今年我三十三岁了，是你生下我的那一年的岁数。你死了，你把这张床带走吧。今生今世，我不会让人找我讨床钱的。

已经是一片细白的灰烬了，最结实的木头也会成为朽木，坍塌在冬日的阳光中，一缕青烟飞散。我的林业局的妹夫说："还是过去的木料牢实。"

我没有听见。火光一直烘烤着我，多暖和呀！火焰的呼吸，火焰的爆裂，像圣哲飘忽的灵感，飞升到茫茫的虚空中。我长久地跪着，像个古老的拜火教徒，不愿起来。

## 一个被拘留过的人

这个人的儿子是邮电所一个穿大头鞋的邮递员，在那辆特制的脱漆自行车上，他驮着邮袋已经蹬了近十年了。这个平和、反应迟钝的邮递员，是我的同学。他经常把一些订户新到的杂志带回家去翻看，看过之后，才迟迟送到订户手里。但是他风里来，雨里去，勤勤恳恳，从来没有丢失过邮件。过年的时候，他会从邮局拿一堆旧报纸，回家糊墙。

这个平和的小伙子可不像他那个胆大包天、因走私逃税而被拘留过的父亲。

我要说的正是他的父亲，我父亲的同行。他姓孝，这个孝裁缝住在临街一个很深的宅院里，宅院后来做了小镇的卫生所，开办了内科、外科、妇产科、中药房和注射室，可见他有一大笔遗产，同样是财富的占有者。他的老婆也是一个大户人家的女儿，生下了邮递员和其他几个孩子，却经常像后娘一样毒打邮递员以及他的弟妹。可以说，邮递员是在他母亲的棍棒下长大成人的。

大户必定是大姓，然而令我奇怪的是，孝裁缝和他妻子的亲戚几乎全在乡下，都是些五大三粗、蛮不讲理的人。

诬告我父亲为纵火犯的，正是这位孝裁缝。多么可鄙呀，我还记得他曾在那个失火的会计的家里审来审去的情景。他的老婆长着一张长舌，他的老婆总是喊头疼，却精神很好。这个被拘留过的人干得如此放肆，请梅书记吃喝，给他做衣不收钱。我不明白，他们为什么要跟你这个无亲无眷的外乡人过不去呢，父亲？

那年裁缝铺会计家失火，后来查明是那个孤老皮袄匠徐树根所为，但他们却偏要怀疑你这个国民党逃兵，因为你是阶级敌人。他们将你和母亲抓起来审问了三天三夜。待外调的材料证明，你是被抓壮丁的，公社的那个梅老虎（书记）才将你们放回了家。你当然不会咽下这口气，你要找孝裁缝算账。但不到两天，这位孝裁缝竟搬来了他的十多位亲戚，多么可笑啊，他带着这些打手般的亲戚直奔我们的茅屋，示威地在我们屋里走了一遭，一个个以鄙夷的神情看着噤若寒蝉的我们。他们是想寻衅打架的。父亲，你有什么能耐，你敢同他们抗衡吗？晚上，焦急的你同母亲想办法，你让大姐去喊秀婆的丈夫——他们是我外祖母在世时的好友；你让我走几里路去喊我的干爹——一个乡村害有哮喘病的剃头匠。就是这唯一与我们亲近些的两个男人，各拿着手电筒连夜赶到小镇。他们问明情况，抽着你递的烟，只有唉声叹气。父亲，你没有亲人呀，母亲在此地也没有，她是接给陈大汉的养女，她本姓张，她的大哥远在黄石，小哥是个特等残废军人，几块美军的弹片留在颅骨中经常折磨他。我的干爹和秀婆的丈夫，这两门说不上亲戚的亲戚，怎能敌得过孝裁缝的大队人马？那无异于以卵击石。况且孝裁缝是个被拘留过的人，神通广大，在这个安分守己的洼地小镇里，他的在长沙城里的拘留历史，也成了人们羡慕的标志，谁敢惹他呢？跟铁窗、三两米和手铐打过交道的人，还能怕什么？

你没有办法，父亲，你服帖了，你感受到孤单在外谋生的酸楚。无论你怎样奋斗，在我们这个第二故乡，不会有你的好日子过。一直到后来，你被他们骂到狗血淋头，你在裁缝铺抬不起头来，你也一声不吭。虽然你的技术是那么好。而孝裁缝在他的后半辈子却放下了剪刀，他并不想为他的匠佬职业献身，不想锤炼制作衣裳的精湛技艺，但是他为什么要排斥我的父亲呢？

他后来做了裁缝铺的业务员。他抽好烟，他住旅社，他穿轻便皮鞋，山南海北地联系到洼地小镇来加工的衣料。他能说会道，后来学会了喝啤酒，肚皮也腆起来了。他手里有上海、杭州、南京、成都和贵阳的公共汽车票和一两及半市斤的粮票，这些花花绿绿的小纸片他经常拿出来，夹在一本硬皮笔记本里。

而我的父亲却还是脸色苍白地坐在他的缝纫机旁，戴着老花镜，含着水朝布料上喷。他整天踩着机子，似乎忘记了他的屈辱和这世界上的纷争。

## 梅老虎

梅老虎就是梅书记。他是一个土改干部。这个对谁都吃横的人，在我们镇当了至少二十年的书记和镇长。他一手遮天，谁都不敢惹他。他是个文盲。他的那个笔记本上，除画着几个常用汉字外，其他的全是圈圈洞洞、鬼画桃符了。现在想起来有点像小日本的文字。然而那些他以圈圈洞洞代替的汉字，全是他的发明，只有他自己才看得懂。可以说，他是我们这个伟大的社会主义时代的一个仓颉似的文字发明家。他凶狠，在台上不是恶狠狠地做报告就是指挥人捆人。他亲自审讯过我的父亲，拍桌子打板凳，并扬言要把我父亲吊起来；他们审人采用的是"车轮战"，三天三夜不准你休息。他跟孝裁缝很好，我经常看见他从孝裁缝的家里出来，夹着衣服。那些衣服当然不要工钱了。在我们的小镇，梅书记是一个可怕的字眼，人们私下里叫他梅老虎。如果谁家小孩号哭，大人就会吓唬他："梅老虎来了！"小孩听到这个名字，马上噤声噎泣。这是百分之百的事实，我丝毫都没有夸张。

梅老虎后来被调到县城的一个什么单位养老。他衰老的时候没有了点虎威，他胡子拉碴地缩着脖子走在大街上，穿着蓝色的棉大衣，脚下是工厂里的那种大头翻毛皮鞋，也就是个糟老头子而已。后来他死于一种可怕的病症——脊髓空洞症。

## 我们的土语

父亲，你的后代全部讲这个地方的土语，所以他们自诩是这儿的人。

这个地方的土语深厚，幽默，表现力强。所以有人说它属于与世隔绝的蛮夷话，懂得历史的人称我们为"荆蛮子"。父亲，这儿的艺术中有一种令人喷饭的"说鼓"，说鼓是用俗气的方言边说边鼓的，听了它，你就不再想听北方人油腔滑调的相声。"说鼓"的韵脚多用"波梭"韵，因为幽默风趣的土语全押在这个韵上。你不懂这个，你不想听说鼓。你是如此地与我们格格不入啊，父亲！

然而这块洼地的人却认为他们的语言是世界上最好的语言。哪怕我后来读了大学，写朦胧诗、探索小说，我还是不准备去说别扭的国语。天下人听不懂我们的荆蛮话，但我们自得其乐。为了有笑声，我们必须在外面寻找同乡，必须说这种土语。父亲，从你离乡背井的那天起，就没见你笑过，因为你不会说我们的话。在你的那个裁缝铺里，你从来是隔绝了交谈和笑声的，你不能用语言来同人交流，不能用语言来表达你的喜怒哀乐，虽然你的发音器官正常，可你形同哑人啊！我怀疑江西人都是不会笑的人，并且都结结巴巴，这一辈子我无法跟你交谈，形同路人。我在你的遗像前看着你，我就那样看着你，虽然我是你的血亲，我却无法与你交流。跟你，我能用洼地小镇的方言说些什么呢，没有过爽朗笑声的江西父亲！

## 故居——以前的房子

在你死后，我就时常梦见那所房子。房前有一个垃圾坑，旁边有水塘、杨柳和荆篱，房后是两个圆顶粮仓，荒凉的粮仓周围经常游动着鬼火。门没有上锁，蛛网和电线零乱地缠在房梁上，四壁空空，断砖遍地，老鼠扒出一堆堆的浮土。

父亲，那座房子早已不存在了。

那是用你一针一线赚来的钱垒的，谁知道这座简陋的建筑耗费了你多少血汗，谁知道它就是一个裁缝一生的劳动所得。

我们借了不远的一块刈净的水田，冬日沥干，我们赶牛去碾、泼水，然后在这板结的水田中用一种古老的像耙一样的农具划，划成砖形，然后再用土砖砌墙。我们去窑上买烧老的废瓦盖顶，砍杂木做梁，我们用黄泥勾缝，用煤渣倒地坪。谁能知道，一个贫寒的外乡人，竟靠双手，像燕子衔泥一样地做起了一栋土砌瓦盖的两间房子！人们说，这不像房子，他们瞧不起罗裁缝的这个新居，但我们喜欢，我们终于有一个家了，我们结束了租东家、佃西家的流浪日子。在我们的外祖父留给我们的那间草房被卖掉十多年之后，我们总算有了自己的家。

然而，家，我们时时盼着你归来，父亲。

你到乡下去做上工——即上门做工，你天不亮就得启程，晚上摸黑才回来。乡下人做衣贪，一天总希望让你做很多衣服，你必须不停地赶呀，赶呀，免得让人家说你磨洋工。到晚上我们想你，总是到你早晨去的那条路上走很远很远去接你和母亲。黑黢黢的路上一到天黑便断了行人，我们眼巴巴地朝路口望着，偶尔有人走过，我们便怯怯生生地喊"爷爷"（我们这里把爹叫爷爷），我们等着黑影的回答，不是你，我们沮丧，失望；是你回答，我们便跑过去，接过你装剪刀、尺子的提兜，你摸摸我们的头，给我们一些乡下人送的甘蔗、荸荠，让我们分吃。你浑身疲惫地埋怨我们，说不该晚上跑出来。但是我们知道，你喜欢我们来接你，到晚上，你同样想回家，因为你太累了，因为家里有听得懂你的话的人，有我们给你捶背、抠痒、打洗脚水。

父亲，在那些最艰难的日子里，你的剪刀养不活我们，你只好跟一个孤老去学捉乌龟，在这块洼地的湖汊沟坎里，你与孤魂野鬼为伴，你背着竹篓、长钩，你自己缝了个布袋，袋中装着一把手电筒，两个又干又硬的烧饼。你把布袋吊在腰间，你向外走去，那个布袋便在腰间晃荡。你一副寒碜的叫花子模样。父亲，夜半的捉龟人，你踩着蒿草没膝的田埂，睡坟山，喝凉水，一出去总是五更归来。裁缝的旺季只有三个：端午、中秋、年关。其余的日子你为了养活我们，就是靠捉龟来换钱的，你把龟肉卖了，把龟甲留着晒干，用它来熬成龟胶，加上龟鞭，你暗中把它们卖给县城的采购员和政府官员，壮阳补肾。不知为什么，这些人吃得好，喝得好，不劳而获，却总是肾亏。

门没有门，我们等待你的归来。我们将油灯捻小放在堂屋的桌上，让你带着寒气和露水回家时，能看到儿女们为你点燃的灯火，为你照亮孤独的归途。

噢，父亲，还记得这个故居吧？不管夜多深，天多黑，你都会辨认得出来，是吗？有什么在你的前面引导着你向它走去，是温暖、亲情，还是咬着牙根咀嚼的岁月记忆？走啊，走，太累太累的时候，我们就要向故居走去——那是自己的家。

从你的坟上回来，我去看它，我沿着你夜夜走过的路，沿着我日日走过的路，走到一片坍塌的瓦砾前。父亲，这就是我们的故居。这儿已改成一道围墙了，圈着一些旧时的记忆，深藏着已逝的温情。医院的一堆堆废药瓶玻璃碴，在阳光下闪烁着斑驳的亮点，土墙已经在风雨的冲刷中成为一道长草的高坎，冬日干枯的草茎在北风里摇曳着，像一首低婉的悼歌，吟唱着劳动者的哀伤，然而在这圣洁的乐曲中，我听出了一个灵魂倔强的声音。我被这无声的哀歌推拥着，有你伴在我的身旁，在瓦砾中刨着那些回忆，你弯下腰去的影子将投在天穹之下，像一道黑色的虹，照在贫贱者的故居上，刻进每一块断瓦中，成为化石，人类活着的见证，在永恒的沉默和期待里——在地下，成为珍宝。

# 灵　牌

这是我现在的家，我母亲五十五岁时的家。你的灵牌放在神龛上，三炷高香烘托着它，高香插在米里，为的是让你在另一个世界吃上饱饭。还有一块你生前戴过的表，表壳已经锈迹斑斑。你给我二姐托梦说，你的表没有带走，父亲，我们把它供在你的灵牌下了，时针指在你逝世的时候。那边的日子也不好混吧？你扳着指头算日子，表在这里，父亲，你用吧。只是在忙乱中来不及将它送入炉子。你说在那边想打打牌，你也忘了带走，我们将这副牌烧了，你打牌去吧。这种牌是我们洼地特有的牌，叫花牌，它只流传于公安、石首、松滋、安乡一带。你学会了这种牌，这是你唯一的娱乐。

灵牌就是你的灵位，是死去的人享用的。然而这是你第二次享用了，你在三十年前曾享用过一次。

父亲，还是那次你被怀疑为纵火犯时，外调的人回来告诉你，说你的父亲还健在。镇上的人以为你已死，让他吃了五保。大约是一九六六年的时候，你赶紧去信给江西老家，探问你老父亲的情况。终于联系上了，你老父亲用颤巍巍的手写来了回信，告诉你，家里的人都以为你早死了，他们早就为你供了灵牌。父亲，你是死过两次的人，现在你在那幽暗的、烟熏火燎的神龛上，在遗像的镜框里看着我们。冬天，雪还没有下。

## 祖父、银鱼和《圣经》

这个孤独的老头，在他的水乡味特浓的江西小镇里，正日夜捧读着一本发黄的《圣经》。

我没有见到过这个孤独的老头。他每天从他那张膏药似的又黏又潮的床上下来，拄着拐杖，到小镇的邮局去，打听有没有他远在湖北的儿子和几个孙子孙女的信。到过节的时候，他会收到一张十元或二十元的汇款单。他把汇款单拿到太阳底下照，好久，他才拿上私章和户口簿，到那个邮局小小的柜台前取款。他捧着那张票子，神经质地点点头，微笑着。他走到一家干鱼行，把这张钱掏出来，买一斤你家乡的特产银鱼，用蛇皮袋装好，回到家里，找来一块白布，又取出针线，用他那双僵硬、枯燥的手，把白布缝成一个小袋，装进银鱼，然后用针线封口，用一支水笔在上面写下：

湖北省公安縣黃金口縫紉社
羅茂林 兒收
江西省余幹縣瑞洪鎮新居民點羅瑞生寄

那是一些过时的繁体字。每一个字，他都要用那支水笔描画上好几遍，直到字迹很粗为止。我曾经为此写过一首诗《故乡的银鱼》。

……
你是一丝丝白云吗，
轻碰着桨影，
悄然无声。
你擦过船舷，带来早春的渔歌，
濯洗得一张张渔帆这样洁净。
……

这几十行天真而轻浮的文字，发表在江西的《星火》月刊 1982 年 1月号上。但是你无论用什么东西来歌唱它，都是轻浮的。用银鱼来做汤，是我们这块洼地的其他人无法享受到的滋味；除非来了贵客，父亲才会拿出一点来，做成佳肴，告诉客人说，这是孩子的公公寄来的。

这个孤独的江西老人只有我的大姐夫见过，他说他八十多岁了，一个人，总是戴着老花镜读那本《圣经》。大姐夫出差路过余干，去看望这位岳祖父。"噢，这是我的大孙女婿呀。"孤独的老人要做饭给他吃，他吃不下去。那是一个多么肮脏的老人的居所。他留下了二十块钱，带回了两斤银鱼，还有一斤针公鱼。

在湖北异乡的儿子去世的前四年，这个老人死了。怎样死的，怎样下葬，湖北的儿孙们无法知晓。只是听有人说，他所有的遗产就是一本《圣

103

经》。

这个虔诚的基督徒我没有见过，他是我的祖父。

## 再说说故居

父亲，我不得不提起那次未能成行的迁移，不知是不幸还是万幸。

你决定出售你像燕子衔起来的那个窝巢——那两间房子。你要卖掉房子之后带着我们回老家。你和妻儿老小，一共七口。你那些时日显得很兴奋，你说江西多好呀，老家的亲戚也多，而且一年四季不穿棉袄，不像这块洼地，冬季的卷地风刮得人像冰块，没有过多柴草生火的我们，总是以被窝取暖。你还说，那儿有吃不尽的银鱼和针公鱼。

盖着各级公章的证明寄给了那边的当地政府；你把售房启事贴在街头。那时候，小镇的人都在说：罗裁缝一家要回江西了。

那是一个什么时候呢？

那时候，你这个纵火嫌疑人吃了闷亏，无处申冤，你求人写状纸，一封封状纸寄给县里、地区、省里和中央，要求严惩诬告者。信，一封封，石沉大海，或者被退到公社梅书记手里，无人来替你平反。

那时候，你全家被下放，你们住在卫东大队的一个仓库里。你依然做裁缝，你的儿女们买来农具种地。你还记得你跟你的儿子坐在高高的牛车上下乡的情景吧？你的儿子背着一口乌黑的、换过底的铝锅，你们去乡下的第一顿饭是用半湿的竹根煮的，你的儿子跪着吹火，那时，他才有十三岁。那个吹火的少年就是我。

那时候，命运也真够捉弄人，那个邮递员的父亲孝裁缝，那个诬告你的家伙，曾嫉妒你手艺的人，全家也下放了，跟你下放在同一个大队。他竭力想与你和好，同是天涯沦落人嘛。然而你这个犟裁缝，那被污辱和遭受伤害的心灵无法愈合。你看清了这块洼地的人情冷暖、世态炎凉，你没什么可留恋的了。你如今看着这些因无钱读书而休学的儿女，看着他（她）们单薄的身子挑着沉重的稻禾，在水田中爬上爬下，你决定回到老家去。

镇上的两间房子空着了，租给了一个大学毕业分配来此地的北方医生。

故居啊，第一次冷落一晃就是七年。在七年下放的日子里，你没命地给农民做衣服，以工换工。别人穿着你做的衣服，然后帮你挑谷打米，进城拖粪，码垛犁田。

你每次上街来，呆呆地看着被冷落了的小镇的房屋，你围着它走了一圈又一圈，摸摸屋后那两棵被虫蛀空的柳树。天色放晚的时候，你背着扁担回乡下去了。哪儿才是你的家呢？你每一步都踩在虚处。那时候，你决定回江西去算了。

几个有此意思的买房人看过你的屋之后，问价，摇头。他们用手推推墙，拍打沾满手的灰土，又一个个走了。这房子几年没有维修啦，大学毕业的医生也搬走了，一把生锈的弹子锁守护着往昔的记忆。

房子没有卖出去，后来，我们全家又返回了小镇。几年下放的生活折腾得我们一贫如洗，从乡下带回来的只有一辆手推车、两个箩筐和一个簸箕。你又重新回到了你的缝纫社，你元气大伤，不再提回老家的事了，你修整了一下你的房屋，又开始了七年前的生活。那时候，你老多了，你的儿女们差不多已经成人，开始各自寻找自己低微的职业，混口饭吃。这个家啊，每到春节的时候，屋里多了几个陌生的女性或男性——这些人，后来成了你的女婿和媳妇，你的那张落漆的桌子上，有了一些瓶装酒、塑料纸封装的点心，这是儿女们孝敬你的。

又过了几年，这座房屋里有了摇摇摆摆走路的小孩，那是你的外孙和孙儿。

我们都有了自己的家，我们都在为生计而奔忙。江西，我们差不多都忘记它了，我们一点印象都没有。

你这个故居的主人和创造者，晃着满头花白的银发，抱着孙儿，坐在太阳下看春景。瓦松长了起来，这些耐旱的绿色植物，在屋脊上摇曳着，使小镇显得更黯淡、古老。


## 衰落的铺子

你没有见过我父亲的裁缝铺。在乱糟糟的河堤下，在小镇那块唯一的高地上，极苍凉无言地矗立着。暗红的门楣上用很幼稚而又自矜的黑漆写着铺名，尘幡一直吊在檐下，空荡荡的铺子里一览无余。它衰落的征兆在它建造之初就已显露出来了。薄砖墙正在慢慢地倾斜，人们不得不用许多铁铆钉和竹筒来加固它，墙里的填土也在悄悄地往下掉，就像一个老人身上的皮糠一样。具体地说，它的衰落是在一九八二年。这一年，瘸腿的铺子主任到县城学电机修理去了，他认为修理比一针一线给别人缝衣强；另外两个能干的师傅也远走高飞了，离开这个闭塞的洼地小镇，一去不返。后来，铺子雇请了一个乡下的复员军人做业务员，跟随孝裁缝山南海北地联系来料加工业务。当这个业务员能独当一面之后，他携着铺子里借贷来的两万元巨款，无影无踪，至今没有音讯，有人传说他已经越境，到了香港。

银行来封了铺子，清点财产，这些干了一辈子裁缝的匠人们，一个个脸上露出哀伤的神色，收拾着自己的剪刀、皮尺和缝纫机，含着老泪离开了它。他们从后门走出去，挽着那种沾满机油的裁缝提篮，勾着腰，互相道别之后向各自的家里走去。门被关上了，骤然间听到了一阵急雨似的麻雀叫声。空旷的铺子作了银行的抵押。

父亲，从此以后，你成了一个没地方领取退休金的老人。你衰老了。后来，你来到了县城你儿女们工作的地方，独自租了一间蓄洪屋，把你的缝纫摊摆在街头，在一家副食商店避风的墙后面，穿着臃肿的衣裳（怕街口的风啊），支起一块小裁板，踩着那辆黯然神伤、嘎嘎作响的老式"飞人牌"机子，专门承接老人的皮袄和小孩的衣服。你的手僵硬，眼力不如从前，做出的衣物总是出现这样那样的小毛病，让那些陌生的顾客们数落。你分辩着，解释着，但是别人听不懂你的话。等你明白你再也不能上机了，你才听了儿女们的劝阻，从此放下你的剪刀和皮尺，永远告别了你的手艺，告别了你一生的裁缝生涯。那辆缝纫机生锈了，你也不再去擦它。我们说把它当废铁卖了，你又坚决不肯。我们想，就让它留着吧，你能看到它，或许是个安慰，它毕竟耗去了你几十年的生命，毕竟靠它喂养了两辈人。

那个裁缝铺呢？卖掉之后，除去还银行的贷款，落到你名下的，是四百八十元钱。四百八十元钱，只是一笔账，没有活钱支付。我的在广西前线当兵的弟弟，回来给你奔丧，才找到了理由去小镇领取这笔款子。你为这个裁缝铺干了三十多年，你听了党的话走合作社的道路，到头来，这四百八十元的欠款，还不能为你办一个简朴的丧事。一个老裁缝，一辈子，就是这四百八十元钱。

裁缝铺，你现在的主人是谁呢？

# 钓鱼的人

这个钓鱼的人坐在塘边，独对清风大野。他的洋铁罐里是一些鲜红的蚯蚓，他以鹅毛作浮标，洒米作诱饵。这个钓鱼的人戴一顶被雨水渍黑的草帽，抽着烟，静静地等待鱼儿上钩。

这个钓鱼的人不必说话，除了咳嗽几声外，显得悠闲极了。他的鱼竿就是竹竿，用煤油烟熏出的竹节好看极了。他坐在草上，蚂蚁爬上他的指头。他最喜欢钓的是那藏于水塘深藻中的黄壳鲫鱼，又嫩又鲜，像他家乡鄱阳湖的鱼味。当那些女孩般的鲫鱼小心咬钩时，红色的浮标沉沉不定，他的心里就会感到激动。他忘情于世外，碧绿的水草时时入梦。他怎么总是喜欢那些野鱼游动的水域呢？而且，他为什么总是喜欢独自一人外出垂钓？

父亲，你这辈子最大的享受就是钓鱼，并且总是在祖父寄来银鱼的时候，你要去钓一次两次。你老了，还是去钓鱼。那个小镇周围的水塘和沟汊都成为承包的家鱼塘啦，不能养鱼的也成为一汪臭水了，可你还是去钓。臭水坑没鱼，你走很远很远的路去钓，一天走上几十里。你到我表哥的村子里去钓，他离你四十里，来回八十里，可你不在乎。你那双瘦腿，为了钓鱼而挪动。

你就葬在你钓过鱼的水塘边，这是我表哥的水塘，你可以日日夜夜地钓了，边钓边想你谁也不知道的心事。表哥已经给你削砍了一根好竿子，他知道你这一生没有什么爱好，除了钓鱼。

父亲，没有谁来打扰你。独往独来的父亲啊，钓吧，钓吧，钓这没有敌意的、同你一样无言的山水吧。

你生前的那根鱼竿我保留了，当我想你的时候，当我老了的时候，当我觉得这世界太吵闹的时候，当我看透了这世界却又无能为力的时候，我就去钓鱼，像你一样。因为我是你的儿子。

那根留有你手温的鱼竿，那根执着的鱼竿，在无声的哀伤中闪射着釉黄的光泽。线上的鱼坠是牙膏皮，钩挂在尾部，它伴随着你，在你的攥握下默默传导了你的心事。这是你留给我的唯一遗物，它就放在我的写字桌边，在墙角里，绷紧着一线阴影。

可是父亲，告诉我，你钓去了你心中的忧伤吗？

## 河道和地名

在那个小小的堤垸里，黄金口，你是那样的安静和猥琐。我实在想象不出你为什么有如此富贵的名字。那些喜欢在潮湿的洼地滋生的草木你都有：一些矮小纤细的水杉，排列在水边；野竹在堤边的坟地上东一丛、西一丛；通红的蓼梗像一只只冻僵了的老人的指头；太阳针开得满地都是。

我说，黄金口，我始终忘不了你深夜的油榨，这情景使人想起某个电影，是那么凝重，像铅灰的天穹一样。在武汉，一个地道的黄金口籍学者泪花闪闪地对我回忆说："过去的河堤街又长又宽，好热闹，靠西边的一排铺面全是吊脚楼，老板们打开后门，就可用吊桶打虎渡河的水。现在怕都没有了吧？"我说："是的。""还有，"他继续回忆说，"我记得河堤街最东头有一家姓邹的酱园铺，两分钱买一块酱黄瓜，脆嘣嘣、油津津的。我还吃猪油锅盔。不过我记得最清楚的，是每天早晨到屠宰坊吃猪脑髓。杀猪的同我父亲关系很好。杀猪的把猪头剖开两半，要我挖着吃，一个猪头剖开了有两个洞，我每天早晨吃四个，证明黄金口每天要卖两头猪。或许不止一个屠宰坊呢。"他还说："过去黄金口接戏班子都是在堤边搭台。黄金口的民间娱乐，最受欢迎的是'地花鼓'，有点像湖南花鼓戏，但是调子更妖媚，就是说，很有一点浪。"

这位学者讲述这些的时候，眼光是深邃而迷茫的。他把手插在口袋里，他的智慧的下巴埋在那条米黄色的围巾中。我看着他静静地回忆，像故乡冬日的那些树，我的心里温和而又忧伤。

黄金口，你这个小小的镇子曾出过那么多留洋学生、旧军官和作家，以及搞汉字书法的人，真使人不能理解。他们现在分布在北京、武汉、长沙、香港和台湾。他们几乎都在讲述着那一条河和那个富贵的地名，百感交集。

传说三国的时候，刘备转战荆楚，一日来到这地方，夫人遭雨淋，三天三夜不言不语，水米不沾。第三天的深夜，夫人突然对刘备说："将军，给我炖点莲子汤吧。"刘备喜得大叫起来："娘娘开了黄金口，娘娘开了黄金口！"说这个故事的是我的外祖母，她的坟已经坍陷了。她长眠在小镇的郊野，她应该是幸福的，她日日看着小镇的沧桑，一句话也不说，像历史一样。只是我们，我们这些被各种观念所折磨的活人，才对你的一切感慨万端，充满兴致，黄金口！在被河水冲刷和崩圮的河边，我看着那些碎裂的瓦砾，青黑色的砖墙基，暗绿的铜钱。我想着我的小时候，那些从益阳来的柿子船，从巫山来的李子船，还有四川的舵笼子，湖南的铲子；桅丛像一些箭竹排列在夕阳下，河滩上堆满了篾席、蒲包和榨菜坛子，堤边是望不到边的木筒堆。现在，每年的洪汛带着长江上游的泥沙，淤积着这条水道。河床已经高过堤埝内的洼地了，小镇龟缩在垸子深处，河水和帆影从他们头顶流过，人们的表情看上去像一些打着新时代包装的古玩。

你现在的街道上新起了一些楼房，全部是用水泥建造的，缺乏装潢和造型的美感。一些临时凑起来的小商号里，堆满了零乱的日用商品。一家温州人开的发廊，里面贴满了男女发型的画片，温州来的人用各种颜色的化学药剂在当地人头上弄出一些奇形怪状的样式，收很高的价钱。但是那个老剃头铺还是生意兴隆，机关干部和农民们还是喜欢五十年代的发式。在这个剃头铺里可以刮脸和挖耳屎，温州来的人却不兴干这个。但是，黄金口，你的茶馆里的人已经口齿不清了，供销社的窗户又小又窄，钉着防盗的窗网。到处是一些灰黄色的排泄物和垃圾。在河滩上，候船室一点儿也没改变，几排柳木椅晾晒着婴儿的尿片和腊肉，开往沙市的小火轮停班了，每到冬季，河道干涸，露出一个个龟背似的沙渚，几条鹭鸶船泊在雪滩边，成为寂寞的景色之一。207国道从你的旁边经过，汽车站开始变得繁忙起来。小小的售票窗总是挤满了生意人和小偷。每天三班从县城开来的汽车，远不能满足人们的需要。一些穿萝卜裤的年轻人不习惯先买票后上车，爱从车窗爬进爬出，用一双沾满泥巴的皮鞋撩过人们的头顶。车站的摊贩普遍使用八两的老秤兜售南方鲜果。黄金口，你已由公社的所在地变成了一个小小的乡政府所在地，你高层的领导权职越来越小，他们不再组织召开群众大会，做形势报告和单位汇演了，而是见天陪着从上面来的各方面领导去个体餐馆没完没了地吃饭。黄金口，你没有特产，从古到今都没有。可是黄金口，我这个外乡人的后代，为什么总是把你当作自己的家？你为什么总让我梦绕情牵？在这里，我没有亲人了，这里的亲人已长眠地下，只接受我一炷香、一把纸钱。可是，就是这些熟悉而又陌生的景色，这些似曾相识的面容，为什么使我心潮激荡？

黄金口，我看着你，从亡父的坟上回来，我一个人推着自行车，在荒凉的大堤上看着你，我无言。我想这些年，在外面，我其实是一匹东游西荡的、无家可归的野狗。我想起街头那些沾满了煤灰的、睁着冷漠的眼神走路的狗。只有你，黄金口，最亲切的称谓，稀疏的杉林，废弃的河道，大堤和一汪烟梦似的水泽，物是人非。让我跪下来吧。我想起电视中那些从台湾归来的老兵，松弛的眼泡里蓄满了不轻易出现的泪水。父亲啊，我想起你同样是沦落异乡，你就是在我的这种心境下度过了你的一生吗？我看不出。我一点也看不出，正像别人看不出我来一样。父亲啊，无论怎样，这么活着，都是沉重而有味道的，它至少知道了什么叫深深的眷念。

## 祖父的小镇

你没有向我们描述过它，你似乎早已忘掉了那个地方，你把什么都埋在心里。

那儿究竟是一个什么地方呢，祖父的小镇？而我的大姐夫是这样说的：那个水埠跟浙江一带的无二。那儿家家都用竹签扎刷把，每家门前都摆个刷把摊。那儿肯定长着许多竹子。那儿有一个纽扣厂，纽扣是用蚌贝的壳做的，不是塑料纽扣。那儿穷。

## 断　指

"把米筛收起来吧，把它放到阁楼上去吧。"我的母亲对我说。

米筛的圈已经散了篾。米筛晒过苔干、麦麸和干鱼。就是那种从篾缝散发出来的米糠气味，使我想到我们是怎么长大的。

在光线黯淡的阁楼上，我独对米筛。老鼠在某个角落里啮啃着。我想起了你，父亲。我仿佛看见了你在房屋前临风筛着，簸着。这个老裁缝，用他那双裁衣裳的手端着它，把米和秕糠分离出来。

"罗师傅，打米去呀？"那些人向你打着招呼。

你歪着肩膀，挑着几十斤谷子，到镇郊的打米加工厂去。镇上的人明显地对你有一种鄙屑的神情，你这个下放了还滞留在镇上的乡下人，明显地过着一种乡巴佬的生活。你没有粮票，你挑着从队上分来的谷子，自己去打。

父亲，你那时五十二岁吧？一个裁缝可是正当壮年啊。那是一个寒心的日子，你挑着谷去老远的加工厂，不一会就传来了消息，说你的手让机器给轧了。那时候，有消息说我们全家就要结束下放的苦刑了，你就要回镇来重操你的旧业，而就在这时你的手却轧了，并且恰恰是右手。一个裁缝的手该是多么重要！手艺人，手艺人，靠的就是一双手吃饭。孝裁缝和你的同行早就巴不得你断筋残手，你现在终于被轧了，被那种乡村打米的机器。我赶去时，你正坐在镇卫生所的换药室里，你浑身是血，举着那只血肉模糊的手，麻木而惶恐地望着医生和看热闹的人。你的手已经没有知觉，不晓得疼痛。有好心的人马上给县人民医院打长途电话叫救护车。母亲这时也赶来了，一见此景，马上昏倒过去，我们把她抬到一张桌子上，医生赶紧打针抢救。多恓惶，医生为你清洗伤口，在那些翻开的皮肉里摘出一粒粒谷子，为你缝了三十六针，四个指头都断了，这也真是奇迹啊。医生们仅仅把皮肉缝合了，当县城的救护车开来时，你抚着已经包扎好的右手，死活不肯去县医院，坐车要钱，住院更要钱。你不去，医生也没办法，可是开来的救护车要钱，七块钱，但我们拿不出来，镇卫生所的医生帮我们求情，说这家人全家下放了，拿不出分文的活钱来，只有等到年关分配。到后来，这七块钱的车费总算免了。

骨头总算慢慢地长拢了，伤口也愈合了，你的右手却有两个指头再也不能活动，像两截木桩。等你回到镇上的那个裁缝铺时，你的右手已经半残，你想方设法锻炼着用它去握针、握剪，却永远不及从前了。七年的下放生活，留给你的就是这半残的纪念。

父亲，在你的骨灰中我曾寻过那几截愈合的指骨，想看看究竟是什么模样。我没有找到。那个殡仪馆的老头把我粗暴地推开了，他不明白我为什么要在骨灰里寻找。他永远也不会知道。

机器，冰冷的机器，绞杀着我们的生活。在所有农用机器中，我憎恨碾米机，正像我憎恨那个残酷的时代一样。父亲呀，我始终不明白，为什么到你这一辈，能吃上一口饭是那么艰难？

## 关于加工厂

这个吞噬你的皮肉、碾断你手指的地方，一直闹鬼。加工厂坐落在镇郊的坟岗上，在没有米打棉花轧的日子里，只有一个老头守着那些空旷的、覆满糠灰和雀屎的大屋。他们说，鬼经常在里面扒算盘。

那儿有很多皮带和机器，安在坑道里，磨损的轴杆沾满了锈机油。一些笨重的齿轮搁在坡上，守厂的老头总是在煮着饭喝酒。我跟你们讲起加工厂来的时候，几乎没有人不知道它的，因为这个小镇的居民在当时有一半的人被赶到乡下去，他们必须到加工厂来打谷。那个笨重的柴油机的水循环是由两只大缸来完成的，一旦机器开动，缸里便热气腾腾。等到机器停了，机工师傅便脱得精赤条条，跳到缸里去洗澡。这个没有安全设备的加工厂，一度成了我们小镇的中心。父亲，当你的手被轧了之后，我们去找过那个加工厂的厂长，然而他说：他并不负责。他说没有任何文件规定我们赔偿损失，很多在这儿轧断了胳膊的人都是自认倒霉。厂长说过之后就落锁回乡下去了。我们只好暗自庆幸父亲你保住了那只手，虽然形同朽木，却总还有一只手。

鬼巫似的加工厂坐落在镇郊，每当清明的时候我看见许多人打那里经过，人们把那条大路踏成烂泥，仿佛全都是到加工厂去祭奠自己的先祖的。钢铁世界，像一些久被遗弃的巨兽的骸骨。

几乎有一半的时间，加工厂都要关门修理。这个无声的角落，总是獾鼠成群。唔，什么时候，人们才能把那些老掉牙的机器搬走？像一个恐怖的象征，加工厂，你那钢铁摩擦的声响，就像墓地的丧钟，刺耳、无聊而古怪，充满了装腔作势的恫吓，像个无赖，在郊野回荡。

## 河　堤

我前面说过，我站在河堤上回首往事。这座故乡的河堤，低矮而荒凉。在我们那个洼地，河堤蜿蜒是常见的景象。

冬日的河堤，草茎都已经枯黄了，风刮着堤坡，发出呼啦呼啦的声响。堤下的防浪林是一些爱生虫的柳枝，几乎每年都要被砍去枝条，因此

112

长得奇形怪状。偶尔过往的船只竞起一点浪花，拍打着堤脚，不一会又归于平静。低矮的植物在河堤上竞相生长，每到夏天的时候，一些并不好看的红花和蓝花便从草丛里钻出来，稍微粗壮的草类是野茅草和桔梗，在毒辣的、一览无余的烈日下散发出一股中药的气味，清香宜人。马鞭梢左冲右突盘亘着，阻挡了水土的流失。每到雨后，地茸皮便泛出来，小孩们到处铲着这种菌类植物，拿回家去当菜肴。

挽着菜篮的老人，你拿着一把铲刀，你经常出现在这河堤上。你寻找车前草。你把它连蔸铲起来，磕掉上面的土，你寻上一篮，提回家去，用清水洗净，然后在太阳下晒干。你为了治好你自己的病，经常去寻这些草根来，用它煎汤喝。这是一个老中医告诉你的药方，不要钱的。于是你虔诚地来到河堤上，寻找着这些被人踩、被兽踏的不值分文的野草。

车前草——轮下生长的植物，越碾越茂盛，它究竟能否治好你的高血压？可是你相信，你舍不得花钱，你没有钱花，你不是干部，不吃公费医疗，这就是你相信一把枯草能治病的原因。

父亲，我看见你拿着铲刀在河堤上寻着，那野风横吹，天空蔚蓝，衰草萋萋。你告诉我，你的血压低多啦，你还把这味草药介绍给和你同病相怜的人，似乎的确有什么功效。但是父亲啊，我知道，一把草根绝不会带给你什么奇迹。看着你消瘦而衰老的身影，我心里清楚，什么也救不了你了。

那些野雏菊、姜莴苣和总是在夕阳里弹动的蚱蜢，就在你的身旁，父亲。自然的气息蔓延在这个河堤上，我想起无数个岁月走在这荒堤古道上的人，襟摆被风吹起，堤下河水东流，衰草们迎送过他们心事满腹的身影，他们悄悄地去了就再也没有回来，成为这儿的一种景色，一种优雅而寂寞的古代诗意，成为我们缅怀时光时一种温馨的寄托。多么的渺茫，父亲，你也去了，又将有一度的车前草绿了，谁还再来理它？你带着那微弱的希望流连在河堤上，你再也不会出现了。河堤依然蜿蜒，芳草连天。

## 一百五十元钱

你把这一百五十元钱偷偷地存在你三女的手里，我们谁也不知道。而且，这一百五十元钱你是怎么积攒的呢？通常，我们赡养你们二老的钱，都是交给母亲的，你从来不管钱。你一点一滴在攒积，你对三女说："替我存着，我想明年回趟江西老家，这钱是路费。"你如今儿孙满堂了，却念念不忘想回一趟老家。我们大都不知道你有这个心事，因为你从来不说。

现在，你已无法成行了，你去了另一个世界，故乡在遥远的天际，对于你，已永无归期。

赣中的旧军人，老裁缝，你死不瞑目。你死不瞑目吧，父亲。你老远地来，却不能回去，你所有的羁绊在哪里呢？

我们曾想过，把你的骨灰送回江西去，葬在你的故土，葬在你父亲的坟旁。但是，你那儿已没有亲人，清明谁来培土，除夕谁来上灯？

一百五十元钱，你攒的，我们为你用下了，我们买来纸钱化给了你，上百万元的冥府纸钱，够了回家的路费吧？你回去，你的魂灵回去，看一眼你的老家，路途迢迢，跋山涉水，你肯定是会打点行装回去的，你归心似箭。

哦，你，一个游子的亡魂，形单影只，跪磕在你父亲的坟前，你们——父子两个，在同一个寒冷的世界里，叙说分离了四十年的心里话吧。

## 大　寒

这是立碑的日子。我们把碑放在你的坟前，基座用水泥结结实实地浇好。

沉重的石碑从我的肩上卸下来，就像卸掉了一份心事。乡下的人推算着石碑上你的生卒年月，说六十多岁，太短了一点。你也告诉过我们，说你的祖父——我们的曾祖父活了九十多岁，你父亲——我们的祖父也活了八十多岁。是啊，太短了一点，你至少还可以再活上十年，然而，安息吧，父亲，你的确死了，死去的人永远不会再活过来，这块碑已经证实你长眠在地下。

大寒是立碑的日子。我走在这古老洼地的乡野，看到又有许多碑立了起来，许多了却尘缘的人，把他们的名字留在石头上，荒草会渐渐地遮没它们。

春天快来了吧。

1989 年冬于武昌华中村——公安野蒲塘

# 乡村纪事

## ——一个业余作者的备忘录

## 天　空

我在我的许多小说中都描绘过郎浦的天空，那儿的天空风云飞逐，奇诡悲壮；从湖上望去，你遽然有一种飞升的感觉。天和我们郎浦的大地是紧连在一起的，有时候你觉得你是走在天上，与天象竞逐，你拽着风鬃云尾，忘了郎浦潮湿的洼地带给你的关节炎和恓惶的宿命感觉。连傻蛋都会出现一些稀奇古怪的想法。我在一部叫《归去来兮》的中篇中写到一个叫居仁的青年因为整天沉溺于郎浦大空的幻景而产生了发明永动机的念头，在发明中却因同性恋将合作者刺成重伤。这是一个天才的乡村发明家。他在天空中看到了什么呢？他看到天空中到处飘满了齿轮。那些齿轮啮咬着，交错着，密合着，在天空嘎嘎地转动。我在另一部中篇《人腮》中记录了 1972 年和 1976 年郎浦奇异的天象。1972 年，他们看见天空中有一只巨大的手写出了"毛主席万岁"五个大字。组成这些大字的是久久不肯散去的云彩。1976 年，有人看见郎浦头顶的云层里，生出了三棵巨大的竹子。这一年，中国死去了三个伟人。

其实，这样的天象带有很大的传闻性质，我认为是观看者病态的幻觉。但是这种"病态"的确是郎浦天空——那水天一色的景致和一些总是腾起的飞鸟所造就的。

## 作　者

他说，我们生活在溺水时代里。

这个人是我的朋友，他在一所小学里任教。他害着严重的血吸虫病，经常吃的那些吡喹酮和"7505"（硝硫氯胺）损害了他的肝脏。他面色萎黄，额角发暗，双手青筋暴暴。但他剃着光头，他有时给人十分可爱、伶俐滑稽的感觉。他同样是一个因为天空的引诱而步入歧途的人。他是一个乡村的业余作者，是那种吃着辣椒，睡着硬板床，想以伏案写作来一鸣惊人的角色。也就是说，他是个心性很高的人，虽然他晚上还得回家去割猪草、出肥，用漏水的脸盆洗脸。

　　我的在郎浦的水边背着手寻章摘句的朋友，有一天突然对我说，他在写一部《溺水时代》的长篇巨著。他说他写在学生的废作业本上和报纸上，"只有我才能看清楚，已经写了……反正厚厚一摞了。"

　　我的害有血吸虫病的朋友，在和我用辣汁酱喝酒的时候情绪异常激动，脸色潮红，他告诉了我他有一种固执的想法，他说："我一直以来就认为我们生活在大水里。"他说郎浦的天空到处都是大水漂过的痕迹。他告诉我的最大的秘密是，他在天空的云端里看到了一座漂浮在水里的城市，汽车和人流都行走在水里，"那是一种什么样的境界啊！"

　　我被他这种骇人的幻想弄得有些害怕了，我说："你不能这样，这没有什么好处。你怎么有这样的想法呢？"我的朋友说，关于《溺水时代》，我知道只会是一部不能流传的手稿，但我希望是一部能让人保存的手稿，譬如说我的后代。如果这部手稿在民间流传数百年乃至数千年，它的价值就是无限的。

　　我的业余作者朋友坐在他四壁透风的小学宿舍里，窗外是碧绿的秧田和长在湖边的一蓬蓬茂盛的蒲草。在一块岸边的田里堆着扯过的辣椒梗。小学就像一个守鱼的棚子，或是一个粉丝作坊，盖在蛙声和野风里。我的作者朋友晃动着光头每天在那儿给全班拖鼻涕的孩子点名，用指头敲打着他们，跟他们笑，讽刺他们，然后送他们踏着夕阳回家。照理说，他不应该是一个好高骛远的人，他是家中的老大。他能背诵许多古典诗词，他曾写过一首关于贺龙的七律，有一联为："虎帐灯高枪倚枕，洪湖波涌月张弓。"我不知道在我们这个时代还有谁能写出如此佳妙的诗句来。他那时就熟知了诗词的格律和平仄，我后来上大学读了四年中文系，学过整整一学期的格律，至今还是搞不清平仄。我对平仄的迟钝反应是难以启齿的，却是一个公认的诗人，而我的这位朋友——他姓姜，叫姜功里，却只是初中肆业生，而且一辈子也没有发表过一篇作品。你看，其实生活里许多都是误会。我们这些人，徒有虚名，霸占了那些真正才高八斗者的位置，那些人，他们正在乡下，正在遥远的天荒地老的郎浦，譬如我的这位同乡。

## 手稿的传说

关于手稿的传说在我的故乡流传已远。

这个传说来源于我们郎浦二郎庙里的一个老和尚。老和尚是突然出现的，因为在二郎庙修复之前我们谁都没有见过他。二郎庙重修的第二年就恢复了古庙的氛围，树木苍苍，青苔遍地，香烟袅袅，曲径通幽。老和尚已经老得无以复加了，但是在那个庙里，他象征着一种古老的宗教，他就是那种平和、慈善的宗教化身。

二郎庙香火并不旺盛（这几年当然大变样了），老和尚只有靠在庙的前后点种些油菜、豇豆及黄瓜聊以度日。他在许多闲暇的时候经常出现在郎浦的一些村坳里，托着他的钵，向一些老的信徒（常常是老太太）化缘。晚上，二郎庙是个好去处，特别是在夏季，湖风吹拂，树叶飒飒，坐在庙的环廊里抽着烟讲一些从古至今的奇闻怪事，人们在深邃的历史隧道里和寂静的恐怖中享受到了夏夜的乐趣。

就是在那样的夏夜里，老和尚传出他保存着一卷隋初高僧、佛教天台宗开创者智者禅师的手稿《摩诃止观》。这部手稿传了一千四百年，终于传到二郎庙，传到老和尚的手里。

但是事后有人去问老和尚，老和尚并不承认，他在庙檐下手捧经书，用郎浦周边的外乡话说："哪里有？我手里只有这号经书。"他拍拍他手上的书。那书没有多少年头，虽然是竖排本。

关于这部手稿的传说我从未跟姜功里谈过，但是他显然受到了这本书的引诱。书是很少的，古老的书更少。在我们郎浦，文化人并不是很多，但是那些偶尔窜出来的、稀奇古怪的文化人，神神秘秘又衣冠不整的文化人，为搜寻一本稀奇古怪的书，比得到一块金砖、一窝银圆更有兴趣。这甚至成了郎浦的一种景观。贫穷的读书人，虽然他们盘弄着庄稼，谙熟植物的生长和四季的田间管理，但是某一刻，他们会对那些比树叶都不值钱的、散发着霉味的老书如痴如狂。他们能看见什么呢？难道能看到比郎浦更美丽的早晨，更金黄的秋天？能看到养活一家人的响亮的谷子？更有汁液的甘蔗林？书中是什么也没有的，特别是那些残页损角、佶屈聱牙的古书。那上面所说的事情与我们相去甚远。当我们空枵着肚子，应当考虑怎样把一把柴塞进灶膛，怎样弄一个烟囱，怎样躲过村长疯狂的催款要粮，怎样识别假化肥和假农药种子，怎样在镇上买到一段不被生意人宰的好布料，怎样喝上干净的水，怎样在收割的时候以最少的钱、以两个荤菜和一瓶黄山头高粱小曲就能请到脱粒师傅，怎样把两个孩子的学费交完，怎样起一座屋，到哪儿买到钢筋和水泥、水磨石、洗好的石灰、预制构件、玻璃（怎样从镇上运回来），怎样买到不要经常坏的黑白电视机（邻居家的电视买回来就天天生病），怎样才能像城里人那样致富，才能赶上他们那样的吃、那样的住、那样的喝，那样穿得干干净净在客厅旁的小厕所里拉屎拉尿（那种排泄声我们受得住吗？），怎样才能像他（她）们那么漂亮，白白净净的，女的乳房挺着（不像乡下的女人松松垮垮），男的肚子挺着（派头），怎样才能使我们不走泥巴路，不在雨中看着一群躲在草垛里的瘟鸡发呆，怎样才能使我们不每天劳作，不风风雨雨脸朝黄土背朝青天，不面黄肌瘦，不指甲含泥。

这些古书不会告诉我们，智者禅师的手稿也没有答案。在我想来，他的手稿无非是一些让我们退回到内心中去的话，胡子眉毛一把抓，那些老实巴交的农人、刽子手、家有百万贿赂的官僚、神经病、谋杀亲夫的人，统统都可以立地成佛，他会说，皈依三宝（佛、法、僧），受持五戒（杀生、偷盗、邪淫、妄语、饮酒），就可以"保证来世得到殊胜的人天善趣身，那是很好的善报啊"。三界无安，犹如火宅，众苦充满，甚可怖畏，常有生老病死忧患，如是等火，炽然不息。

老和尚的手稿一直是郎浦乡间文化人谈论的中心。我的朋友姜功里在他临死时跟我说，他看过老和尚的那部手稿，那是一部民间俗人的小说，名字就叫《溺水时代》。

我的朋友是在他生命进入谵妄的时候说的这些话。他还说，那其实就是一部史诗，记载了远古时咱们祖先从洪水里逃生上岸的情景，他说，那上面说道："往古之时，四极废，九州裂，天不兼覆，地不周载，火炎而不灭，水浩洋而不息。"

我的朋友躺在郎浦简陋的卫生院里，腹胀如鼓，瘦骨伶仃，他的眼里充满了对水的惊悸，难道远古时我们祖先的苦难还存留在他的眼里吗？无数代人已经淡忘了的历史，怎么会突然返回到他的身上呢？并不是他第一个爬上岸来的，他不是伏羲。

## 远方的路

我的朋友是在一个星期天向城里走去的，他乘坐着一辆卖甘蔗的手扶拖拉机。手扶拖拉机坏了，他遇上了一个耕牛盗窃犯。

他的手里捏着替学生买课本的钱，所以他对来来往往的行人格外注意。再加上他是一个作者，他已经有了一双警察般的贪婪的眼睛，去深究每个人身上曾发生的故事和将可能发生的故事，然后用精到的语言刻画他们的性格。他乐此不疲。下面是他对那个耕牛盗窃犯打探几眼后的印象以及同一时刻用语言的翻译（这就是作家独特的本事，虽然他不过是个乡村业余作者）——

通往县城的路是一条犯罪之路，这儿治安状况恶化，经常有持刀的劫匪。这已经不新鲜了。即使没有劫匪它也是一条损财的路、洗钱的路，农民们从县城回来的时候就囊空如洗了，城里人用堂而皇之的理由缴去了他们的所得，翻空了他们的口袋，然后给他们劣质化肥和农药，以及一些日用品。远方的路啊，多么迷茫。那个从我们身后出现，跟我们同一个方向走来的人牵着耕牛，这头牛马上就要被城里人吃掉了，它是在乡下长大的；凡是在乡下长大的东西，最后都要交给城里人吃掉，猪、牛、羊、谷子、莲藕、香麻油。我们不停地为城里人进贡，好像我们生下来就欠了他们似的，给他们吃，给他们喝之后还遭白眼，骂我们是乡巴佬。你看这个人就是送牛去给他们吃的。他……他没有背那种牛佬们用布袋装的雨伞，也没有牛佬们的那种疲惫感和脚力，他的眼神往外泄着不安的歹意，而牛佬们的眼里是一种老和尚般的定力和由此而来的寂寞。可是他很大方，同我们搭讪（牛佬是不愿意跟人搭讪的）："妻子有病，只好把它拉去卖了换几个钱，可它不想走。"他想出了一个点子对我们说："这样，我的牛把你们熄火的手扶子（手扶拖拉机）拉响，然后你们的手扶子就拉拉我的牛，行不行？我的牛我算是拉不动了。"师傅觉得这个点子很好，说："行。"就让那个人把牛绳一头系在手扶拖拉机上，一头绑在牛的背胛上。那个人在路边折了一根粗树枝就朝牛屁股打去，牛开始不想动（发了犟劲），打疼了，只好往前走。在通往县城的路上，一头牛拉着一辆手扶拖拉机，这样慢慢吞吞地走了两百米，手扶拖拉机就重新响了。牛已经被打得浑身冒汗，而打牛的人也浑身冒汗。后来那人把牛绳解下来，又系到手扶拖拉机车厢的后面。这样，手扶拖拉机拉着一头牛，快得有点难以置信地飞跑。牛可真是累啊，四蹄嘚嘚。赶牛的人在后面追着我们的车跑，边跑边大声喊："我的牛，我的牛！"牛就被拉到了派出所，这是我要师傅这么做的。赶牛的人看到了派出所的牌子，本来已经跑得快趴下了，转过头来又拔腿就跑，他可真累啊，比他偷来的那头牛还累。

那头牛呢？我的作者朋友对我说：那头牛就放在派出所里等人来领。警察们除了抓贼、罚款，还规定每天每个人割两斤草喂牛。半年多，牛还没被人领走。

## 手稿：关于《溺水时代》

我的朋友对这部小说的设计可以说是天才性的。这位乡村朋友家里与小说有关的书似乎只有两本八十年代初期（哪两年记不清楚了）人民文学出版社出版的《全国优秀小说奖获奖作品集》。那两本书定价很低，书中是一些当年走红的作品和一些作者的相片及简介。那些人现在有的做了官（文化官员）弃笔从政了，有的出国了，有的死了，更多的是连同他们的作品一起销声匿迹了，谁都不再记得他们曾经风光过，曾经因一篇作品去北京领奖。人们只是说，这是一些不正常时代的不正常作品。我的乡村朋友姜功除了这两本小说书外，还有几本没有封皮和结尾（都被人撕掉了）的旧书，一本是《西沙儿女》，一本是《艳阳天》，另一本是写工厂的小说。另外与小说有关的是几本八十年代初、中期的刊物，定价在0.20元到0.40元之间，那上面是一些编辑凑合的短篇小说、诗、散文和文艺评论，大同小异，都没有什么惊奇之处。这是一些多么乏味的、不能带给人任何创作欲望和刺激的书和文学啊。可是这位乡村业余作者却在我们郎浦乡下凭着对这些书的学习构思着一部奇妙无比的书。

一、窒息和喘息，这是最基本的感受。在《溺水时代》。

二、一个叫庄生的人皮肤滑腻如水，他是用鳃呼吸的人。他是溺水后（1972 年）重新活过来的一种生灵。

三、最后浮上岸来的是一部手稿，密封在一个水晶瓶子里。

四、大水漫上天空的时候，一阵箫声从水中传来，那是一个少年的箫声，他骑着浮鼻的归牛，在血红的夕阳下，歌唱着故乡。而故乡已经在水里。这个少年就是庄生。

五、后来他（庄生）含着一颗珠子，那颗珠子叫分水珠，在水中可以任意开路。他为了再建造一个个乡村和一座座城市，把他自己的身躯当犁，犁出一条条纵横交错的道路。有通往县城的路、通往小学的路、通往庙宇的路、通往小说圣殿的路——在这条路上，他捡到了自己的一本手稿，自己在"溺水时代"之前完成的，用羊皮纸写的，但是内容已浸泡得模糊不清，每一页手稿上，都隐隐约约看得到一幅古代的河图。

六、庄生漂泊到城市，他弃船上岸，他在这个城市的制高点——一座山顶的一尊伟人塑像肩上，找到了一次溺水时代最高的痕迹，引起了轰动。

七、许多人的呼号传来，许多溺水者的呼号传来。这个叫庄生的人看见了天空奇异的天象，微笑着走向大水深处，重新抱石投江。人们无法走向天空，人们只好走向水中的天空——天空的倒影。"亲近水是我们毕生的渴望。"——那个叫庄生的人最后留给人们的一句话。

这是一本恍惚的书，就像我们凝视波动的水时脑中出现的影像。这位乡村业余作者正坐在他被清风明月浸染的小学宿舍里，咬着笔头，寻思着从哪儿落笔，写下这本自娱自乐的书。


### 邮电所


邮电所是一个小小的瓦屋，有些年头了，它的门口有一对石鼓。这儿没有什么东西可以寄出去，也没有什么东西寄进来。现在，寄进来的只有两份报纸，一份《湖北日报》，一份《荆州报》。这两份报纸是给村长和一个文书看的，因此在郎浦只有他们知道上级的政策，但是他们从不外传，只装在自己的肚里。平常，如果有人想找村长弄一张报纸包东西，得递上两支烟才有可能。这些报纸他们把它保存得很好，在村长家里，包腊肉、包蒜子、包南风盐菜，甚至垫小伢的尿片，也能用到《湖北日报》。人们看到村长家经常大手大脚地用报纸，连揪小伢的鼻涕也是用报纸擦（这是多大的奢侈啊）。如果有人问路，村里人就说，往那头走，门口用报纸扎蒜头的那家就是村长家。

我的朋友姜功里经常踏过一些又长又弯的水田埂去邮电所。有时候，他在那个石鼓上坐坐，用手敲敲鼓身和鼓面，那是石鼓，是不能发出声音的，只会把手指敲疼。在冬天，石鼓是冰凉的。姜功里在邮电所里看看那些糊在墙上的、年代久远的报纸（主要是《参考消息》），然后就用一些零钱购买邮票，再然后就是在一个已经有些发硬的糨糊碗里，往深处抠些稀糨糊，给信封封口。

我的朋友寄出去的信都很厚，跟其他乡人的信不同。我的朋友自制信封，并且能画好邮政编码的上下十二个小框。在他的口袋里，有一个小本本，上面记着全国各地（而且大多是省会）的通信地址，都是寄给编辑部的。我的朋友的信是稿件。

过去，他把信在家用饭粒封好后就可以丢进邮筒寄走，不与邮电所里的老头打交道。现在不行了，现在他必须让老头过磅，然后给他算邮资，然后贴上邮票才能投进信箱。过去向外投稿是不要钱的，我的朋友自己用枫杨木刻了一个长方形小章，章子是这样的：

稿　件

有了这个枫杨木章子，他就可以在家里为自己的信发行了。他是一个连县城也没有去过几次的人，可他的信，他的稿件却数年来在全国的每一座大中城市免费旅游，飞来飞去。那些信件浸透了郎浦土地的气息和满湖荷花的清香，但是飞进城里它就被各种混合的气息淹没了。

现在这样的风光得要他自己掏钱，一般的情况，他会掏几块钱，有时十块钱。因为这些信还不能当印刷品寄，只能当信件寄，厚重沉甸的信件，他有多少话要给城里人说啊，谁又听他说？我的朋友掏钱买着邮票，他在粘贴时就知道这些钱是不可能回来了。他笑笑，凄楚的微笑挂在他的嘴角，那有点像嘲笑，像自嘲。当他走进邮电所，他就会出现那样一副表情。然后，他把糨糊揩在邮电所的大门上，顶着光头踏上又弯又长的水田埂。邮电所大门上一层又一层发黑的糨糊，全都是这位姓姜的朋友揩上去的，日积月累。当他一次又一次地迈出邮电所的门槛，他的头都是昂着的，只是，渐渐地，他的脸上有了些皱纹，眼睛愈来愈深陷了。

## 天　空

天空是流动的，对于郎浦，流动的是天空，其他都站在原地，年复一年。但是流动的天空只告诉我们时光的更迭，以及阴晴圆缺。我的朋友每天早晨挑着水（或者挑着粪——总之肩上挑着担子），就会痴痴地朝邮电所那条牵来的小路呆望。每入早晨，如果有信，邮差就会骑着一辆绿色的自行车过来，他的车技奇高，人走在上面都会晃悠的小路，邮差骑着车如履平地，这是长期在乡间跑邮的结果。

这当然是晴朗的时候，我的朋友就会像一头长颈鹿似的张望，有，或者没有，他都得张望，张望一阵后，他就很平静地去干他的事了。如果是雨天，有，或者没有，邮差都不会来了。我的朋友一逢变天他就有些反常，情绪急躁，内心不安，上课老是骂学生。然后他就望着雨住，雨住后那条路要几天才能踩成干地，让自行车不带泥行走。

郎浦早晨的天空更多还是被雾迷住了，在雾中，我的朋友就会迎着那条小路走。如果他听见叮叮当当的自行车铃声，他就会高兴万般，给邮差说："以为你掉进秧田里了呢。"

我的十多年如一日的朋友，就这样在郎浦的天空下望着从邮电所牵来的路，这成为他生命中的一部分。有，或者没有，已经无关紧要了。这种瞩望的姿势，就是他的生活。

## 习　作

他在他所有投寄出去的稿件后面都写上：姜功里习作。

从我们郎浦出去的东西，有红薯、藕、菱角和鱼。另外就是姜功里的稿件了。它源源不断地从那个小学的凸凹不平的木桌上生产出来，依我看，它将填满所有的城市，让城市的道路，都因为姜功里的"习作"而堵塞。这是一种多么壮观的景象啊。

我说过，他是一个心性很高的人，但他又那么自卑。他的稿子誊抄得一塌糊涂，他的所有作品都是用一些废纸写的，除非有很好的格律诗，有很精妙的语言，他才肯抄在那一块多钱一本的十行纸上（他没见过方格纸，他到县城也没有买到）。

他使用不同的墨水、铅笔、毛笔、圆珠笔、水笔。他不停地写，脑子里一到晚上都会出现乱七八糟的稀奇古怪的想法，他有源源不断的话语，要说给城市听，说给城市的那些大编辑听，因为那些蜂拥的灵感成团成簇地闯来，使得他来不及考虑使用什么样的纸，什么样的笔和墨水，什么样的字体，什么样的形式和风格，一概龙飞凤舞地涂在纸上。他写完就不再好意思重读一遍了，套进信封，只等新一天到来时寄出去。

我的朋友的这些习作遇到的问题是编辑无法在那上面删改，他们压根儿就不认识那些像郎浦野菱角般的刺刺头头的字。就算可能，人们也无法把他的作品归类，是当诗发，当小说发还是当散文发呢？

来自农村的作品已经不再吃香了，农村已经不再是人们关注的对象。它的承包联产责任制早就干过了，农村许多年来都没有了激动人心的故事，这些年关于农村的故事都是一些令人伤心的、不好的消息，比如打白条啦，农民负担过重啦，孩子辍学啦，看不起病啦。城里的人不再关心农村何去何从，他们关心的是自己，涨不涨工资？奖金多少？职称？房子涨价否？下不下岗？他们认为，农民已经不值得同情了，值得同情的是他们。

去歌颂谁呢？农民还是工人？歌颂企业家？在许多刊物的后半部分，充斥了企业家的无聊故事和他们肥猪般的照片，我的朋友姜功里不知道，那些人是向刊物缴了"歌颂费"的。

写农民已经不是时髦的事情。他们以为姜功里写的就是农民，就是负担过重和贫穷问题，姜功里只能嗤之以鼻。姜功里对我说："我不是替八亿农民写作的作家。"他说，最虚伪的是那些自称为八亿农民写作的作家。农民中有多少人看作家的小说呢？按统计数字，八亿农民中有两亿文盲，有四亿少年儿童，这就去了六亿，还有两亿农民，这些农民有几个爱捧着一本小说读呢？而今天的小说他们读不起，一本十多块钱二十多块钱。在那些作家高喊"为八亿农民写作"的口号时，他的作品说不定只印了五千册，而五千册要对付八亿农民，就等于是一本书要让十几万人读。轮到每人读一遍，这本书是否还存在？再说谁来负责这项举世无双的轮读工作呢？

有一次，我的朋友总算得到了一次回信，信上要他写点城市生活的情爱小说或者武打小说，瞎编都行。我的害着血吸虫病的朋友看后哈哈大笑起来，把肚子都笑痛了。他说："他们误会了。"他说："他们应该认真读读我的作品。"

我的朋友笑过之后就流下了眼泪，在郎浦的湖边，我的朋友坐在那儿，看拼命叫着的牛虻鸟，他不知道在郎浦的云端之外，是一个什么世界。

"那些人变得越来越荒诞，正接近于我的幻想。"他说。

就这样，他坚定地安慰自己，又走向他吱呀怪响的木桌。


## 耕牛盗窃犯

在往常，郎浦的陌生人是不多的，在那低旷的野湖边，偶尔看见一两个钓鱼人，他们吃着烟，安安静静，不会给我们的生活造成麻烦。现在陌生人就多了，钓鱼的都是骑摩托车或开小车来。他们不在野湖里钓，而在精养鱼池里钓。另外一些陌生人有卖电子钟的，假作收购古董而真卖假银圆让人上当的，拐卖小伢的（鬼鬼祟祟），收屠宰税烟叶税的，盗贼，流窜犯，化缘的假和尚，等等。

那个人出现在我的朋友面前时我的朋友一点儿也没警觉，他甚至认不出这就是半年前的耕牛盗窃犯。他有点激动，来郎浦小学找他的人是没有的，来人自称是慕名而来的，并向打探我朋友姓名的其他老师说他是远客。他说着一听就很做作的普通话："我是专门来向你问，往深圳是怎么走的。"他说。

我的朋友因有人来找给他脸上添了光而有点不能自持，他显得很激动，他在其他老师的眼里看到了别人对他的羡慕。他并没有去过深圳，也没想想陌生人干吗找他问去深圳的路线呢？陌生人是从哪儿来的？他干吗

125

到郎浦问去一个大城市的路？

我的朋友什么都没有想就把他带到办公室，在一张很大的中国地图旁指给他说：

"你可能得要先到武汉，你看，武汉有红线通向深圳。粗红线是铁路，细红线是公路，蓝色线是河流，还有沙漠、湖泊、温泉、水库、蓄洪区、沼泽、火山和各种国界、省界、地区界、运河、关隘、山口。你从武汉乘火车，沿着粗红线走，你就走到特区深圳了。"

那个人说："深圳好玩吗？"

我的朋友说："我想肯定好玩，我想那是个好地方。"

"需要边防证吗？"

"需要吧。"

"能到沙头角去吗？"

"沙头角？"我的朋友说。

"噢，"那个人说，"你在深圳有朋友吗？"

"朋友？没有。我倒是给深圳的《特区文学》写过稿。"

"深圳能嫖婊子吗？"

我的朋友就有点纳闷和怀疑了，他听出他的普通话就是郎浦周边的土语。他盯着那人看着，还没等他醒过神来，那个人的拳头就打过来了。那时候办公室没有人，那个人狠狠地揍我的因治疗血吸虫病而身体虚弱不堪的朋友。我的朋友尖叫起来，那个人就撒丫子跑了。


# 女　孩


我的朋友真还想有一个人突然光临他破败的小学。我的朋友真还爱着一个女孩，这是个没见过面的、通信十年的文友。

他对我说，这一定是一个漂亮的女孩。我看过一封她写给他的信，那信的笔述和口气的确处处露出可爱的痕迹。那个女孩在信中一再强调她是一个极普通而且见面后会让我的朋友失望的女孩，但我的朋友姜功里不相信。女孩要寄照片，姜功里写信说要她千万千万别寄照片，他说，我知道，我见过你。他宁愿要那一种想象，他说，他相信自己的想象。

在我的朋友姜功里死后，我见到了这位女孩，她长得又胖又矮（似乎有点像侏儒），头发焦黄，右脚好像有点不便。这个女孩也是邻县的一位乡村小学教师，她在给我的朋友的信上写满了对孩子们的爱，这是让我的朋友真正感动并爱上她的原因。我的朋友在信里也突然变了个人，不是那种乖戾的、孤僻的、怪异的形象了，而是一个幽默的、心像女人一样细腻的、对生活怀抱泉水般的温情的一个男人。对他自己的病情，他从来没在信中透露过。

我的朋友希望这位女孩来叩访他的寒舍。我的朋友没有看过叶圣陶的《倪焕之》（也许?），但他肯定幻想着有倪焕之那样的画面：远方的女友来看在水乡教书的倪焕之，于是两人在春天菜花满地的小河边走着，交谈着，男的穿长衫，女的穿着学生裙，围着白围巾，成为乡村的一种美丽的景色。

我的朋友当然也是这么盼望的：一个清纯的女孩，和他走在郎浦湖边，那些打鱼的、扯秧草的以及他的一群脏学生，看着他们并肩散步的身影。在落日渡头、断鸿声里，在满天旖旎的彩霞中，他向女孩讲着他那部稀奇古怪的作品《溺水时代》，而这世界上，只有她才是我朋友真正的知音，是因为她，我的朋友才有勇气写下去的。

女孩在我的朋友的坟头点着了那害了他的手稿，那皱巴巴的一捆纸片。女孩最后保存了他们两人十余年的所有通信，加起来一共四千二百零五封。最后那个单信是因为她未收到回信，强烈的预感迫使她来到了郎浦，结果，她看到的只是一堆黄土。她无法相信这堆黄土曾给她写过两千多封信。

我的这位乡村业余作者朋友在被耕牛盗窃犯报复之后，是那么渴望能见上刘祥英一面。刘祥英就是那个有点腿疾的矮女孩。当他最想见面的时候，他不敢见刘祥英了，那时候他已经骨瘦如柴，面目全非。我的朋友在他生前并没有见过刘祥英，也就是说，那一摞摞的真情信，是写给一种虚空的，写给一个他心中的天象的。

他们谁都没有见过谁。

### 《溺水时代》残骸（一）

　　……庄生是第一次看见那么美妙的瓶子。他拿着箫，他的那头神牛就蜷卧在大水的边缘。大水已经漫漶了许多世纪了，究竟多少世纪，庄生也弄不明白。他举目望去，似乎只有空桑（曲阜地区）还屹立在云端，在东南方。那个瓶子却是从西北方浑浊的大水里漂来的，似乎要流向人们想象的大海里去。

那是一个水晶的瓶子，当它出现的时候，庄生的那头牛就长哞起来，在滔滔的洪水中神牛的叫声多么豪荡啊。吹箫的庄生本来感到骨节深处都有一种深深的疲倦了，他想在夕阳中睡一觉，但是那个从远处漂来的瓶子使他的灵魂突然被刺激起来。闪着梦幻光芒的瓶子在四野的水荒里正向他靠近，像个顽皮的小伢，踩着水，朝他点头。

他拾起那一个西瓜般大小的水晶瓶子，他发现在透明的瓶腔里有一卷书。"书！"他大声惊呼，他去揭那个瓶塞。是个硕大的软木塞子，上面有着封泥，好像还盖有一个古老的印戳。庄生费了很大的劲都无法打开，那是个密封得太严实的瓶子，他抠、咬、旋、压，都无济于事。但是他不忍心把它砸碎，虽然他多么想看看这卷书里的内容啊。其实历史就是一本书，我们所有演绎过的历史，都能在书中找到。历史是为了什么？历史是因为要走进书中而波澜壮阔、起伏跌宕的，因为书要求的是起伏。历史，罪恶的历史（那些荒淫无道的昏君、贪得无厌的贪官、谄媚攻讦的佞臣），悲壮的历史（忠臣和被放逐者、战死者），凄婉的历史（杨贵妃、王昭君），屈辱的历史（孟姜女的长城、割地、赔款），都在一本本的书里记载着，历史走了，把它的身影留在书里。书，就像一颗颗的种子，它可以保存和脉传历史。

庄生无法打开这个瓶盖，他想透过水晶玻璃看看书上记载的一鳞半爪。"可能就是我们这个时代唯一的一本书了。"他想。在哀哀无涯的浪头里，庄生好生寂寞，他拿起箫，吹起了一首故乡的调子。但是他已经忘记了他的故乡在何方……

这些手稿的残骸是我从火中抢出来的，它是一些片段，一些姜功里稍纵即逝的念头，它无法连缀起来，这部《溺水时代》的手稿，终于葬身火海。当我从满纸煳味的残页中读着我的朋友的作品，我所想象的大水和令人压抑的窒息都消失了，那些纸上的现实被他带走了，留下的是我们常人的生活，实实在在的郎浦人的生活。天空里只是些在太阳面前晃来晃去的习以为常的云彩，有时候它们厚，有时候它们薄。

然后，古人们就说：那都是过眼烟云。

# 风　景

我认为，在郎浦真正吸引我们的，正是那些习以为常的云彩和风景。

白云苍狗下的风景，使我们陶醉（假如没有像我的朋友姜功里的那一些疾病——这是条件）。死亡本来就不存在喧嚣，假使在死亡前能让我们静静地活着，而风景也是那么安静，我们老去的时候该多么甜蜜。

最好的风景是那些秧风，在春日里，秧苗如柔，风从竹竿上挑着的一块塑料纸上飘来，赶秧雀的人在田塍上卷着裤腿吆喝着，风啊，暖暖的熏风，在郎浦，还有什么比沐浴着这样的风更让人心醉呢？还有那些藏匿在藻蔓间的蛙声，它们不息地叫着，为生活奔忙的人们才能在年复一年的春天时产生生命的冲动，行走着，在郎浦一望无边的洼地上，一代一代地微笑着生息。我们不停地翻动着泥土，就像探寻生存的奥秘。然而，当我们真正要思想的时候，要祈问苍天的时候，苍天就送来了四月的熏风，它使我们打消了思想（思前想后！）的念头，只管吹拂着，看旺盛的生命在眼前汁液般地流淌。我们躺在草丛中，任太阳抚摸我们，这么活着，还有什么可想的呢？苍天就是这么样使我们感到匆匆的满足。其实满足是一种简朴而深邃的思想。满足就是思想，就是思想的结果。一杯酒，一支桨，一刻六月荷莲里的小憩，一片枕畔蛙声，一次对天空的注视，一段从渡口传来的竹箫声，一封友人的信，一本书，一根嘴里衔着的蒲草，甚至一种檐滴，一张窗花，一次树木摇摆的姿势，都会让我们获得简单而肤浅的满足。但它又是人类真正的满足，是满足的本质，是满足的根。而其他，名声、钱财、高高在上的官职、坐着满街跑的轿车、高楼里的空调、如云的美女、愤世嫉俗的情绪、口舌、交际、酸溜溜的诗歌、哗众取宠的小说、强迫人相信的电视新闻、接见、生活会、交心谈心、宣誓、参观、心理咨询、排队买一张去北京的卧铺票、为刊物写头条和专栏文章、陪领导喝酒、向异性表白、叫骂、杀戮、仇恨、耿耿于怀、逆境中的自嘲、得意忘形、讲座、年度总结、违心的夸饰、假笑等等，等等，都不是我们简朴的生命所需要的东西。简朴是靠简朴来装饰、来说明的。

我要说，这些风景我的朋友姜功里生前没有发现它们的美妙之处，死后他就置身在这样的风景里了，他再也不会胡思乱想了。当他的坟头有蛇莓和灯盏花草摇曳的时候，那些活着继续看风景的人，在他的坟头草丛间，会看到自己的今生和来世。

风景在我们的心里，就像一汪水，轻轻荡漾着。你知道这汪水有多么深呢？

## 血吸虫

血吸虫是我们郎浦世代的仇人，当它卷土重来的时候，我们谁都没有重视它。

在郎浦，我们称这种病为"笤箕臌"，当病近晚期，患者的肚腹就像笤箕臌膨出来，这种肚似笤箕的患者往往骨瘦如柴。但是，在我的朋友姜功里的记忆中，他没有见过这种晚期病人。

在我们乡下流行的是日本血吸虫病，老人说这是日本鬼子当年带来的，他们用这个来杀中国人，当他们失败后，他们留下了这种贻害无穷的怪病。人可因下水洗澡、游泳、捕鱼摸虾、防汛、打湖草、洗衣、洗菜、淘米而感染。在早晨的湖汊边，因青草露水中也含有这种寄生虫的尾蚴，赤足在岸上行走，碰上露水也可感染。

在我们杂草丛生的郎浦，出门是水，因此到处遍布钉螺和血吸虫。

小时候，我的朋友跟大人一起参加过灭螺。先把沿湖、沿沟汊的草皮铲进水中，然后撒一种灭螺药（大约是五氯酚钠）。姓姜的作者朋友还记得当年带领郎浦灭螺的是一个公路段的工人，他拉一次尿的时间相当于两袋烟的工夫，他的尿液细得像牛毛，姜功里总是看他在沟边拉尿，姜功里还记得那个人的肉棍上有一块黑迹。

灭螺的人把灭螺药——粉红色的五氯酚钠撒进水面，水沟里立马就会闹腾，所有的鱼都开始挣扎了，黑鱼、鳝鱼、泥鳅、乌龟、鳖，甚至蛇。于是孩子们就会围上去，用竹竿绑着的网兜去捞这些中毒的东西，带回家去吃。这些鱼不能吃头，不能吃内脏，得用油狠狠地炸。那些年里，郎浦的沟沟岔岔因为血吸虫，所有在水中的生灵都遭受了一次惨绝人寰的屠杀，腥臭的水几月都是黑的。

小时候的我的作者朋友也跟大人们一起去村里站队打过柳叶汤。每天早晨打一个大钵，全家人分食。这种汤是本县的人发明的治疗汤，还兼有预防的作用。但许多的人都是到很远的公社（镇）去，住下来服用锑片。以后，"7505"和吡喹酮取代了锑片以及什么柳叶汤、酒石酸锑钾注射剂。任何药物对治好、非治好的患者，一概都将损害他们的肝脾。在郎浦，许多人都肝大四五指，大便带血，咳嗽，呕吐，生殖器官畸小并出现童子痨。

我的朋友查出血吸虫时，人们对血吸虫都淡忘了，但是，它重新地肆虐已成锐不可当之势，人们吃药，整个水域又遭涂炭，腥臭的灭螺水使郎浦失色。再也没有那个拉牛尿的公路段工人了，灭螺成为摊派，每家每户交钱，而药费一涨再涨。

吸血的虫，郎浦无形的杀手，它浸泡在我们优美的风景中，它是上帝派来的。

它是上帝搭配给郎浦人的啊。上帝是个精明的商人，它赐给我们的一切都是好坏搭配。当我们需要清风流萤的夏夜时，它送来了夜蚊；当我们需要在山坡上衔着草仰视流云时，它送来了蚂蚁；当我们郎浦的风景因水而美时，它送来了血吸虫。上帝没有忘掉人类，每一块地方都不会被上帝遗弃，上帝说，人类是个贱东西，不能让他们太快活。我们的天空（我们郎浦的天空），我们的头顶，上帝居住的地方，那个让我们引颈向往的地方，那个让无数个姜功里、居仁（我的《归去来兮》中的主人公）误入歧途的悲恸之地，那个遥远的天庭，还处在殖民时期。

## 关于庙宇

我们乡村的庙宇是为那些活了几十年而突然迷失的人修的接待站。

我说的是我们修复的最大庙宇二郎庙。关于二郎庙我在我的一部长篇小说《失语的村庄》里有过一些描写，现在请允许我转叙几段：

庙门口有个石龟，那是很老的石龟，它的成色就像个充满智慧的老人。它在初冬暖和的阳光里昂着头。多么宁静啊，多么祥和啊。

我们深深地把头埋到蒲团上，合掌，摊掌。我听到了铜磬声。那一下一下敲出来的声音在我闭目祈祷时就像一只无形的手一次次地抚摸我心中累累的伤口，就像亲人一样，他们的气息他们的形影，那几乎被忘掉的亲情，遽然使我有一种重新团聚的冲动。我是他们失散多年的孩子。

灵啊，那个老和尚说，老二郎庙就在这儿。外面湖边的这方水从来都没有浪的。再大的风，停船在这里都平安无事。就我们抬龟的那天，我们看见了龙。一千多年的龟呀，陷下去一千多年了。抬龟上岸时大家就说，二郎显圣了，我们就商议要重修二郎庙。这么就建起了。开光的那天二郎又显圣了，是两条龙。为这事还来了记者的，他们不让宣传，说是一种神秘现象，是一种从没见过的水中动物，有人说是外星人。

我们一步一步地离开了这座在阳光里温和而又值得信赖的庙堂。湖风刮着，千年的石龟在今天的阳光里引颈瞩望着什么。还有那飞檐和匾额，它们都超然地在那儿拥抱或送别无数的苍生。它们怀着经受的心，同情着悲苦的我们，给我们活下去的勇气。

这个"我"是一个患失语症的乡人，严重的耳鸣损坏了他的脑神经，内心不安，在夜里走来走去，屡遭不幸，后来，他在二郎庙获得了平静。

我的朋友姜功里是二郎庙的常客，他感兴趣的是老和尚，而不是菩萨。在他病重的那段时间里，他经常去坐坐，缠着老和尚打探一部《摩诃止观》的手稿。在郎浦，只有我们的庙宇才保留着一些传统文化的特征，那些石刻，那些木雕，那些各种字体的对联，对联里对人世的劝谕和宽慰，由古至今的祝仪，神和故事，奇闻，以及那干净的石级和在香烟中的启悟，都会给人说不清的依恋和牵绊。我的朋友有时候和老和尚一起在廊檐下午睡，听老和尚用手敲打油菜籽的声音，看牛和石碌在天井里碾着谷禾。我的朋友本来就剃着光头，他看起来也像个和尚，只是眼里有不安的影子在晃动，缺乏和尚静寂安详的神态。

我的朋友说，他病了才知道什么都是空的，这是病告诉他的，而不是神告诉他的。老和尚看他慢慢地瘦下去而肚腹悄悄地胀了起来，十分怜悯他，给他弄了些画过符敬过菩萨的香灰水喝。有一天，我的作者朋友说，老和尚带他去了一间小屋，紧靠湖边，四周种满了庄稼。那小屋打开后阴凉的气味让他久久难以忘怀。他在幽暗的光线里看到了小屋墙上的一尊菩萨，还有两炷香在冒着青烟。老和尚让他进去，用神秘的声音对他说："你真以为我有《摩诃止观》？"我的朋友说："大家都这么传。"老和尚对他说："你真想看？"我的朋友点点头。老和尚说："你会失望的。"于是老和尚打开一个散发着朽木气味的箱子（他是在黑暗中进行的），我的朋友听见铜锁在锘扣上碰撞发出沉闷的响声。我的朋友看着老和尚的手从黑暗中抬出来，他看到的是一本浸满水渍的书，有许多绣像，封皮上写着四个行草：溺水时代。

我的朋友向我叙述说，他没有接过这给他狠命一击的书，他扭头就跑了，他的头重重地撞在低矮的门框上，证明这一切都是真实的。他一路上喃喃自语："我们所做的一切前人都已经做了吗？我们的一切都在历史的预料之中吗？这个老和尚就是一个菩萨，他是来告诉我这件事的，他要我别费心了？"

一切都曾有过，我们只不过重复了一声前人的叹息，重新像一星野火，爆燃了前人深冷的思想灰烬，又倏地熄灭。

## 《溺水时代》残骸（二）

……半夜，庄生被那奇幻的光所刺醒，室内恍如白昼。光是从水晶瓶里发出来的。他正在惊异之时，一颗珠子从瓶口里蹦了出来，悬浮在空中。他这才想起他刚才做过一个梦，梦里的老和尚告诉他，你含着这颗珠子，你就可以完全逃脱溺水的灾难。这是一颗分水珠，在水中，你就能如履平地，精骛八极了。

庄生起身就去抓那颗珠子，那颗悬浮的珠子轻若鸿毛，四处游走，庄生费了很大的气力总算逮到了它，马上把它送进嘴里。

这时候他走出他用蒲草搭盖的小屋，在茫茫的大水中，星星叫嚷着，水和天一样荒凉。他感觉他的头顶有一股热力，身上退化、萎缩的鳍翅出现了黏稠的汁液。他向水中走去，水一直沉落到地底，两边笔直的水墙闪开，他看见了水中一扇扇的大门和一条条的长廊。他飞起来，他的头成了一柄犁。

凡是他犁出的地方就是道路。在他的身后，灰尘出现了，还有那种很古老的辙印，胶轮的和木轮的，各种各样碾压的花纹。有了灰尘就会有风将它带上天空，灰尘是我们大地的象征，车辙是我们负重远行的象征。在道路与道路之间，村庄出现了。

　　在许许多多的村庄的尽头，城市出现了。

　　城市在聚集着更多的人，那些不愿待在乡村、心情不宁的人，都争先恐后地向城市走去。那些重名重利的人，也向城市走去。

　　庄生创造了城市，但是城市的人还处在惊恐中，他们从水底爬起来，沿着一条条布满灰尘的路匆忙走着，去寻找食物和名利。于是他们打了起来。他们互相咒骂，用谣言和计谋，用软刀子，也用下贱的谋杀，他们寻找着下手的机会，给对方致命一击。他们都面带微笑，牙齿却咬得咯咯响。

　　庄生那时候已经吐出了珠子，将它化为一轮太阳。他骑着他的青牛，吹着箫，站在乡村里看着远方城市的一切。

　　他把青牛放逐于郎浦湖边，乘上一条小船，无桨无舵无帆，让它随波逐流。后来他就到了他创造并且嘲笑的城市。溺水的时代已经结束了，城市的钟正在敲响着，提醒人们生活和同他人战斗。

　　庄生沿着长满了苔藻的石级向山顶爬去。在石级壁上，到处是螺贝。

　　他攀上了山顶。山顶奇寒，风吹得他一阵阵地发颤。他意外地在屁股底下看到了一条深深的划痕，那是水急速流过时的痕迹，但是，那要年深月久地流动。"水就像一把刀子。"庄生这么说。他就下山了，他想，我到哪儿去呢？这个城市谁也不认识我。身上鳍翅的黏液已经被风快吹干了，他突然感到一种窒息，在城市道路上呛人的灰尘里，那些灰尘都是人们疯狂地掀起来的，以此混淆视线，浑水摸鱼。庄生想：他们要把我摸到了，他们要把我吃掉。

　　庄生跑啊跑啊，他唤不回那悠悠落下的夕阳——他的分水珠了，他一头触到了硬家伙，把他的头撞出了一个大疙瘩，眼前金星直冒。他摸摸那个障碍物，原来是邮电所门口的一尊石鼓。

　　他坐在石鼓上喘息。

## 药和卫生所

中医对我的这位乡村业余作者朋友说，这种臌胀是由于肝失疏泄，木横克土，土不制水，再加上肝郁气滞，日久导致血瘀，阻塞脉道，水湿潴留于腹中而成。

我的朋友整天以蛀笋、陈葫芦煎水，焙炒土狗（蝼蛄）当炒货吃。他躺在那个完全不像卫生所的卫生所里，那些当路的病房玻璃破损，灰土直往里面灌，墙壁上到处是蛛网和剥落的砖胎。那个手指上总是夹着烟的中年妇女（护士?）每天来给他用针管抽一次腹水，每次半脸盆。她边抽边掸着烟灰，露出满口的黄牙，她说："你咋不屙尿呢？你咋就不屙呢？"

他的腹部有抽不尽的水，到后来他自己都有点惊异，不知这些无穷无尽的水来自何处。

医生说，这是个富贵病，本来治过血吸虫后你就得多吃点鱼肉，这样肝脾才能养润。我的朋友在那所小学里天天以辣椒咽饭。在这个盛产鱼类的地方他也吃不起鱼了。在郎浦，所有的好东西都被城里人席卷一空，不是他们强讨恶要的，是郎浦人拱手相送的，因为城市里有个好价钱。

中医对我的朋友说，最好每天吃一只鳖。我的朋友只好摸着光头苦笑。他知道鳖的紧俏。所有吃鳖的人，都是自己不掏钱的人，旁人吃不到鳖，也吃不起鳖。我的朋友挣一个月的工资只能吃得到一斤鳖，这一斤鳖的钱，各级政府还经常拖欠，有时达半年。中医说，药补不如食补，食补不如心补，心补不如神补。心和神都是在一起的，这就是宁生精，精压秽。

我的朋友在他最后的几天里，一度有出家的念头。可是他说，我连念经的气力也没有了。

在那个卫生所，他是唯一的住院者。夜晚，卫生所空空如也，大门紧闭，他一个人在那盏鬼火般的电灯下，望着老鼠走来走去的屋檐发呆。他的床头有一些能吃的东西，是他的那些经常被他敲脑壳和嘲笑的学生送来的。那些拖鼻涕的学生们站在他的床前，向他举手加额，敬少先队礼，他用青筋暴暴的手抚摸着他们的头，说，我真还想再敲敲你们。他说："你们要好好学习，天天向上。"

135

他在最后一封给刘祥英的信中写道：

"我恨他们，我真的恨他们，这些聪明的孩子，就是不爱学习。我们郎浦没出一个大学生，我对他们说，你们还想啃一辈子的泥巴吗？我虽然敲他们的头（擂鼓一样的），但我希望他们中能出现天才，在郎浦，我预感到天才快要出现了，你不知道我们的上空有多少诞生天才的吉兆！"

我的朋友在信的末尾这么写道：

"你们拖欠的工资发了吗？我们拖欠的工资至今未给。拖欠教书匠的工资，千古奇闻。"

## 《溺水时代》残骸（三）

……庄生抬起头，他看见了云端到处奔走着许多奇特的人影。他看见了古代的武士，披着铠甲，手持长矛；他看见了长裙曳地的一群群仙女，她们的裙裾是云彩，坎肩是霓霞；他看见了横波无涯的大水里乘桂舟而来的舟客，一个个谈笑风生，长髯出尘；他看见龙车辚辚，战马萧萧；他看见赤豹纹狸，浑身缠满藤萝的山中香魂，一笑百媚。那一瞬间，夕阳把所有怒涌的天象都洇散开来，把它们像泼鲜血一样地泼向整个世界。庄生看呆了。他看见森森无际的水天里有人渐行渐远的英姿。于是庄生吹起了箫，他四下望去，他的青牛不知什么时候失踪了，在远远的天空上，他看见了奋蹄的牛，缰绳拖曳在云端，把云拖出一条烟尘。他吹起箫唤不回他的牛了，他只好去追赶他的牛。他怀抱着一块冰冷的石头，向他告别过的大水走去。在那里，在大水里，天空朗朗，云途历历，那青牛的缰绳如一根游动的蛇尾，他感觉马上就要抓住它了。

## 作　者

他是从那个破烂的卫生所逃跑出来的。

我的朋友姜功里，在卫生所的厨房里找到一根树棍，他拄着它，回到那条熟悉的路上，那郎浦湖边。

我想，他可能在那时碰见了庄生——他用生命塑造的那个人物，现在活了。或者说，我的朋友灵魂出窍了，他对庄生说："嗨，我是姜功里。"

　　庄生说："是你发现了我。"

　　姜功里说："我看见了你。"

　　于是他们马上一见如故，两人携手同游，相见恨晚。我的作者朋友姜功里听见庄生吹出的箫声，他感觉庄生眉骨不凡，来去潇洒。于是他说出了庄生一辈子遇到的许多尴尬事和稀奇事，他甚至说出庄生可能患有血吸虫病和腹壁静脉曲张。

　　庄生哈哈大笑说："我不会患那种病的，我是神，只有人才会患那种病。人有许多观念和想法，人吃五谷杂粮，杀生，忧虑生计，有性冲动，还喜欢编一些古怪的书来唬同类，当然会得病了。"他说："姜功里，你跟我走吧，到那里，你肯定什么烦恼也没有了，你会跟我一样，活得既潇洒又自在。"

　　姜功里说："那不会窒息吗？"

　　"不会，"庄生说，"早就不是溺水时代了，没有水了，那是天上，那儿清风阵阵，香魂缕缕，你尽可以呼吸到充足的氧气。"

　　于是姜功里就跟着他创造的人物向我们波光潋滟的郎浦湖边扑去，在那里，在一瞬间，他打碎了一个世界。

　　他也骤然与他自己的灵魂相遇了。

　　我听见他跟庄生一起说：

　　"亲近水是我们毕生的渴望。"

# 草　荒

## 一　牤子的恶念与地膜飘摇

牤子的恶念起于三月八号。

三月八号是妇女节。

三月八号那天牤子之妻打了一天麻将。吃了晚饭又去打，一直打到转钟一点。

牤子抱着四岁的小女去喊妻，妻不回，在专门整大和。一个大和十番，三块钱。妻埋着头说："四万吃了。"又对牤子不耐烦地说："你去睡好了。"

牤子看着妻从牌桌上下不来，抱着软塌塌的小女骂了声"婊子！"就气冲冲地走了。

卓二嫂家打麻将供茶和瓜子。四个披头散发的女人在一盏电压不足的电灯下，像四个邪鬼，呱呱地吃瓜子。牤子只骂了一声，是看了那几个人的面子。牤子觉得妻奇丑无比，虽然他在五年前对她激动过一阵子，舔过她的舌头、胸奶和汗头发，但是妻现在奇丑无比。

牤子回家去，看到锅朝天，笼里的鸡群因饥渴而嗝逆；小女睡在他的身上，手脚冰凉，牤子腾出一只手去拉房里的电灯。牤子把小女放在床上，替她脱衣的时候闻到一股怪气味。再看看她的那张小脸，极其陌生和恶心，便想，我他妈替别人带野种，把她吃，把她喝，就像鸡孵鸭蛋一样，我莫非就是这么一个不中用的男人吗？牤子终于横了心，决定杀妻。

牤子看到门旮旯有把斧头，又钝又沉，透出莽野的铁气来，放在两双破鞋中间，牤子又想，妻是破鞋。

牤子找酒来喝，吃干咸菜。喝到转钟二点的时候，妻还没回来。牤子有些困了，牤子和衣倒在床上，酒精冲得他脑门一跳一跳的。牤子吐着酒气，想，杀了她，我去挨枪子儿。我横了，大不了是个死，死算个什么呢！牤子带着愤恨进入了寒冷的梦乡。

鸡叫了二遍。

鸡叫了三遍。

鸡叫了五遍。

牤子醒了。小女也醒了，从被窝里爬出来，浑身冒着酸气，说要屙尿。牤子说：

"自个滚下去屙！"

小女爬起来，头重脚轻地趿上他的大布鞋子，扶着门框出去在屋檐下蹲着撒尿。黄色的尿液冲得檐沟唰唰直响。

此刻大已经亮了，鸡群在笼里拍打着翅膀，想抖掉霉气。而妻还没有回来。小女揉着眼屎，说：

"肚饿咧，爸。"

牤子去放鸡，鸡出来了，喔喔喔地唱着歌，围着他转，看他的手上没米瓢，便一窝蜂钻进屋后的草丛里。牤子对小女说："到你妈那儿去，看她给不给你吃！"

小女撅着屁股跑了。

牤子的老娘上街去卖菜，挑着篮子和油壶，说："牤子，草荒了咧，还不下地去。"

牤子拿着草绳去撵猪，在塘口站着了。牤子没撵到猪，猪跑下塘口吃泥藻了。牤子拿着草绳也不知道自己想捆什么。牤子心里乱糟糟的，转过头看看他老娘。

老娘换了个肩，说："青英还没起来？"

"她没睡，她打麻将，打了一夜。"牤子说。

"唔唔，"他老娘说，"豌豆不见啦，要开沟咧，犁了再种。"

他的老娘低着头急匆匆地走了。

牤子突然鼓起眼睛，提高了声音对他老娘的背影说："我要杀了她！"

牤子的老娘听见了，一怔，停下小脚，揪过头来，骂道："清晨八早的，瞎说个鬼！"

"我真要杀了她!"牤子再一次说。牤子的眼睛很决绝,很凶。

"你莫乱搞,你脾气好点,不争气的!"牤子的老娘又说,"卖消停了就给小女买糖果。"

"我把她们都杀了!"牤子又说。

牤子想窄了。牤子的老娘觉得好笑,挑着担子走远了。牤子看着老娘一走一颤的可怜样子,拿着空空的一截草绳,自言自语地说:"还是要杀。"

这下子铁了心。

牤子铁了心就轻松了,也不吵早饭吃,空着肚子到湖滩上去。牤子拿着一把薅锄和两根绞竿,想打点猪草。

牤子一翻过旧堤,迎面就有风吹来,不冷。太阳出来了,异常耀眼。牤子翻过堤之后就拣近路,到自己的田里去。

牤子在田里碰见了卓二嫂的男汉。"邱哥。"他说。

他把薅锄和绞竿拿在一个手里,歪着站。

"吃烟吧?"邱哥披着棉袄,坐在田埂上面。邱哥吃着烟,把眼眯起,从两片厚嘴里一条条放出烟雾。"湖草也满荒了,鱼不得动,缠死了。今年的湖也要用'禾大壮'杀。"

"杀! 杀!"牤子说。牤子接过烟,对火,席地而坐,又说:"杀了好!"

"你怎么啦?"邱哥问,"脸又白又紫。"

"蓄咧,蓄白咧。没得吃咧,饿瘪的么。小×们也不见天日,都蓄咧,蓄白了好杀咧。"

"你还没醒,"邱哥说,"昨夜睡得好?"

"她一夜没回咧。"牤子说。

"管它的! 又不是偷人没回,你也是!"邱哥劝他道。

"不偷人? 不偷人就好了。"

"你看! 少为姑娘婆婆们怄气,犯得着!"

邱哥刚才说的是湖荒,邱哥看着田里的草荒说到湖荒,而不说眼前。荒草漫坡遍野,被风一直浪到湖边。荒草长到湖边了,湖滩的田全荒了。田中央有几家用竹苗子撑着半圆的地膜棚,种新鲜蔬菜。地膜被冬天的风刮破了,地膜白晃晃地在荒草中迎风飘摇。

牡子看着沉默的邱哥，邱哥心很宽，不皱眉，不叹气。邱哥怕卓二嫂，邱哥跪踏板，邱哥还差一点喝了卓二嫂的臊尿。就是这样，邱哥怕卓二嫂但是邱哥跟卓二嫂和和气气。邱哥爱吃豌豆，卓二嫂便在锅里炒豌豆，炒得很枯，咬起来嘣嘣响。卓二嫂总是笑，总是在乡人面前骂她的慢性子丈夫。但是走亲戚的时候邱哥就和卓二嫂都穿了新衣裳并排走，邱哥吃烟，卓二嫂挽包袱，两人笑眯眯地往村外走去。

"唉——"牡子自个地想，不禁长吁一口气。

邱哥慢蔫蔫地用眼角看了他一眼，又去拿手搔脚背上的痒。

"不去对岸搞鱼苗?"邱哥问。

"我搞鸡巴鱼苗。"牡子说。

"今年的农药提价了，先买点囤着。还是'禾大壮'好。"邱哥说。

"我恨我老婆。"牡子说。

"屁恨头!"邱哥说。

"总有一天，我要杀了她。"口气显然有些软了。

邱哥知道他们的事，邱哥劝过，卓二嫂也劝过，不过邱哥不爱管这些事。所以牡子想，跟他讲算白讲了。

"到田里来干什么?"牡子只好问这。

邱哥吐了烟屁股说："要我帮忙打蛋给你的青英她们吃。打就打呗，我反正不吃，我也不打麻将，我就出来了。"

"这群母狗，她们把你的家里闹得不成样子了。"牡子说。

"摸几盘也不算犯什么错误，来了就摸，我那口子图个热闹呗。"

"可不能不顾家咧。"牡子拍屁股往田里走去。

邱哥在后头说："给她们烧了八壶水，闹得我一夜也没合眼。"邱哥有点表功的意思。

牡子撇下邱哥，钻进荒草里。地膜棚在他的身边飘摇，老化的膜纸像一些破旗，飘得恓恓惶惶。他拿着薅锄和绞竿，想往湖边去。他想起邱哥刚才说的话，岸上水中，都草荒啦。这个不管它，这不关他什么事。但是妻子偷人，不伺候他吃，让他喝冷水、洗衣，还丢下那个野种让他带，小母野种，没个盼头啦，有什么意味咧，活着有个么意味! 牡子挑了一担猪草，日就上了三竿，牡子饿着肚子把猪草远远地挑回去，走过坑坑洼洼的道。牡子想: 杀，杀了杀了，一杀百了。

## 二 病果三两枝

"又想让我跪下吗，又想打我吗？"牤子一进门，妻便先发制人。

牤子喘着粗气，到水缸里找水喝。妻给玩鸡屎的小女揩了鼻涕，拍打了一下那张小屁股，说：

"昨晚你骂得难听了。"

牤子打过妻，后来反被妻打了，手一块青，一块紫。妻一点儿也不怕他，虽然他不笑，铁脸，一身牯牛肉，在家里重重地摔这摔那，可妻不怕他，照样跶破鞋去约山桂、羊嘴娘、叫鸡母和卓二嫂打麻将。况且他还有求于妻，在床上要讨妻的热气。妻不给牤子打酒，牤子喝自己的酒，可牤子离不开妻。妻摸到了牤子的所有弱点，妻不费吹灰之力就把牤子滴溜溜玩于股掌间。妻很阴险。

午时，牤子吃妻弄的饭。妻连轴转，没有睡觉，精神依然好，一面烧火一面唤猪吃食，用蓝罩衫子揩手，在屋场上打小女的屁股，一边骂这骂那，骂得家里很有了生气。

牤子吃妻弄的饭时，丈人来了。

丈人在隔壁的三忠桥住。丈人是三忠桥的果农，买了些刺树背来，说：

"你们也栽些啦。就栽在自留地里，三年就结枣。八月剥枣，小女就有竿子高了。"

牤子说："您吃饭啦！"

丈人说："饭是要吃的。今年你们村草荒呢。"

牤子说："小女，给外爷拿酒杯和筷子来。"

妻说："爹，你们吃，我不吃了，我要睡觉了，我打了一夜麻将。赢不赢，输不输，等于没打。"

丈人说："青英呀，费精神，何必咧！床是财神，睡好才成。"丈人又回过头对牤子说："吃啦，吃啦，菜冷了。"

牤子就跟丈人喝酒。

丈人抿了一口酒，说："湖里船都划不动了，草荒哩！你们田里也草荒哩，怎么搞的！"

牤子红着脸说："鬼晓得，荒就荒去。"

丈人摸着小女的头说："该上学前班了。我接过去带，好啵？"

牤子说："看青英的意思。"

丈人说："她护孩子，你也护孩子，我晓得的，生怕我们喂瘦了。"

牤子说："不是这个意思。"

丈人说："人跟牲口一样，吃得睡得，就胖了。"

牤子说："青英管自己的麻将。您带过去好了，我懒得给她吃给她洗，我自己都喂不活了。"

丈人敲着碗说："青英要不得！看你们，看你们，饭都是煳的呢。"

牤子吃了些酒，直打瞌睡。丈人说："到我那边去瞧瞧！还要梨子树吗？去挖点饼肥来肥枣子。天暖了，虫爬出来了。前天惊蛰，虫出洞了。前天听到打雷了吗？"

牤子振作精神，拿了布袋子，打着嗝，和丈人一起走出去。

天高云淡，牤子把布袋子缠在一根扁担上。小女没来，所以只有牤子和丈人。

丈人一路走一路给牤子递烟。丈人待牤子很好。丈人欠牤子的，应该还。丈人当初对牤子不客气，要打青英的腿，果然打了，牤子看到此情此景，就非要娶青英不可。青英的奶很松弛，被这个那个嘬过；牤子跟丈人顶牛，偏要争个输赢，后来牤子赢了，把青英娶过来了。牤子回礼的时候拖了三坛酒，三坛酒淹得死丈人，丈人二话不说了。

丈人是个嚼筋，一边嗑白一边敲腿杆。丈人其实是个很好的人，比牤子自家的爹好。牤子自家的爹有点麻，从不跟他谈心。牤子记着丈人过去跟他的间隙，虽然喜欢嚼筋的丈人，总还是亲不起来。重要的是，丈人养了个婊子女，一朵花，人人掐，妖眼又邪法。牤子自愿找的，却慢慢觉得亏了。牤子想：丈人故意不同意他，就激将，激将了之后让他很英勇地收了这个破烂，然后丈人就三番五次到他家来吃酒，破烂有了家了，他就有女婿和外孙了。有家之后，就是一辈子。猪也得过，狗也得过，铁板钉钉的事，比啥都稳固，丈人就不消操心了。只等着到女婿家吃酒，等着有人喊他外爷；过年的时候就收几瓶酒，安伺两餐火锅，给点压岁钱，一切万事大吉了。

"好便宜的事，"牤子想，"养儿养女好便宜，比种梨子划算。不消打农药，不消抗旱，不消怕卖不出去。"

牤子的舅哥是国家干部，不上班还拿工资。他正在疏肃的果园里看天，见牤子来了，含着漱口水漱了漱，吐出来说：

"小女没来？我跟她买变形金刚了。"

果园起起伏伏，犁出的大块垡子寸草不生，干得像石头。牤子跟舅哥笑了笑，说：

"我搞饼肥来了。"

他的舅哥叫青举，鼓眼睛，说："尽管搞去。"

丈人在垄上放下买来的枣树说："喂，青举，炖了火锅吗？"

青举说："炖是炖了，肉不烂。"

丈人说："毒杀芬、杀虫脒、狄氏剂价格怎样？"

青举说："要涨了，都要涨了。"

青举帮着他的爹剪树上的毛虫蛹茧袋。青举吭哧地背着梯子，然后爬到苹果树上，剪干崩的茧袋。

"估计今年虫灾，不得了，到处草荒咧。牤子，你们村怎样？"青举问。

丈人赶紧接着说："他们村王相！"

"啊！"青举感叹道，又说，"牤子，递火我，递火我烧。"

牤子爬了两坎梯子，把一盒火柴给他，就下来了。

青举掏出一个空烟盒，点燃烧茧袋。青举往梯子上下了几坎，弓着屁股站稳，像个猴儿似的使劲摇晃着梯子。

丈人在另一棵树上说："青举，怎么的啦！"

青举摇一摇，朝下面看一看，说："病果咧！去年的病果，总是摇不下来。"

丈人说："摇个㞗！挂那里就碍了你的眼！青举，嗤，青举！"

青举仍望着病果，想了想，还是摇："个鬼杂种，剥哩，剥不下来。病果是虫窝，要灭虫哪！"

青举就要牤子捡起一根竹篙子剥。牤子在垅中拿起篙子，像剥鸟那样地剥。三三两两的小病果挂在光秃秃的树上，快成精了，剥不下来，晃晃荡荡的。

"算球算球！"青举说，"吃炖肉去。"

牤子说："吃过了。"

青举说："还不饿？赶恁远的路！"

丈人拿着一把稻草，说："青举吃去，牤子栽树。"

青举披着衣吃炖肉去了，牤子接过一把大铲锹，心里说：我是你家长工！

丈人给牤子去装饼肥，牤子一个人挖坑。牤子想：把你的女儿埋在这里。牤子想走神了，结果挖了老深。

丈人走过来，看了看，说："打地道战哪！"

牤子只好填土，心想：别人还不是这么挖你女儿的吗？就在这里，在金色的苹果树下，那个流氓就是这样挖你女儿的。

牤子栽了一棵枣树，吃着烟休息。太阳不冷不热，昏昏黄黄地挂在远处的湖岗上，湖岗一逶迤，就把牤子的心带到远处了。

过了一会，丈人要他去背饼肥。他背起饼肥，舅子青举才从口袋里掏出一个机器人来，说：

"差点忘了。"

牤子穿过果园，看着沟坎高低的篱笆。篱笆后头有一座茅山。牤子不走三忠桥，翻过茅山就到了草荒的家。牤子站在茅草中的小路上，背脊里拱出几颗汗，牤子便把饼肥卸下来，找了个砂岩打坐。

突然，放午学了，一群伢子叽叽喳喳从茅草路上过来，牤子想：我总是遇到仇人么？牤子想：我不能遇到他，遇到他我就想揍他两巴掌，打断他的肋骨，那我就要坐牢了。

牤子其实很虚弱，牤子从鼻孔里吼了两声，吼出些清鼻涕来，自认晦气，操起饼肥上肩，像个贼往茅山下跑。


## 三　往事

跑着跑着，牤子骤然想：到时就把小女送到他这里读书吗？

跑着跑着，牤子又想：不送到这里又能送到哪里？送到城里她舅那儿去？

牤子捏着小机器人，想：是不可能的。

跑着跑着，牤子又想：他是小女的爹，小女的真爹。我戴了绿帽子。

哪个都不说小女像我，这便是凭证。

这事他舅哥知道，舅哥不说，护着他妹呢。不管怎么说，牦子在他们家，是外人。

牦子看着东坳子的土墙学校，想：像个什么呢？污泥巴球场，破铃就这么一敲一敲，哪个住人的村窝子有这么嘈杂的！地膜窗户栏牛都嫌冷，就那么张着喉咙跟那个拿教鞭的流氓读："我爱祖国""起得早，做早操，伸伸腿，弯弯腰""老狼说，乌鸦太太，您的歌唱得真好听"……

牦子下山的时候遇见了翠凤。翠凤也是这个学校的老师，背着个蛇皮包，牵几个顽童悠悠地走。翠凤是妻的好友。翠凤想教书，妻不想教书，后来妻就不教了，妻反正家里有几个小钱；再说，妻反正被人捉了，妻不在乎，说没事。妻跟翠凤说了声拜拜，就把作业本子一夹，回了。妻回到果农家里，把那些小学生的作业本子扔到厕所里了。翠凤说妻没被捉。但是有人却说在窗户里瞄见了，妻跟那个叫正刚的流氓嗑嘴，叭叭地响。后来妻出来，满面红光，胸脯大了一圈，就去上课。破铃已经打了一刻钟，妻班上的顽童们野马无笼头，还在操场上玩泥巴，吵得别班也不能上课，妻不在乎，光顾了跟那个叫正刚的流氓教师嗑嘴，后来便成了卖苹果的姑娘。

翠凤说："牦子，背的米呀！"

牦子说："饼肥。"

翠凤说："青英在家吗？"

牦子说："在她妈鬼家。"

翠凤说："她忙么事？"

牦子说："忙赌博。"

翠凤说："把小女送学前班算了。"

牦子说："我不管。"

翠凤就很尴尬了，只好说："要青英到我家来玩。她说要画报纸叠钱包的，我跟她弄了，人民画报，铜版纸哪！"

牦子犟着脖子在饼肥底下说："我讲便是。"

他们故意不讲，可我晓得。他们把我当苕，他们话中有话。翠凤不是说把小女送学前班算了吗？意思是让小女见她亲爹，亲爹是教书先生，下学和上学的时候就找个没人的地方，拦住小女，眼泪汪汪地抱着她说：妈还好吗？我是谁你知道吗？亲生骨肉不敢认，像电视连续剧了咧！

苹果树下，妻像个快活鬼，那时候还没怀上孽种，浑身上下散发着骚气，说："牤子，接起剪子！"妻那时候剪枝打叶。妻取下袖套，一身红，穿松紧鞋，说："县城五一商品大展销，还有怪胎展览咧！"

牤子当时没自行车，牤子脸皮薄，想：骑她家的自行车带她，更把她瞧不起。就推辞说："你跟他们看去啦。"牤子做得很开通的，好像她想怎么便让她怎么，随便跟哪个一起骑去都行，一起说笑，一起过三忠桥，一起上馆子吃猪油锅盔，都行。牤子无所谓。其实牤子心里很苦。

牤子便接过妻的剪子剪枝了，牤子看到流氓教师跟妻一块用屁股坐了弹簧垫，在土路上颠簸着骑车往城里去。丈人说："牤子，你不爱逛街？"牤子麻利地剪着丈人的赘枝笑嘻嘻地说："街都逛烂了。"

牤子剪出一头的老汗，等到天黑的时候，丈人说："牤子，天色晚了，回去啦！"牤子说："我跟您把篱笆修修。"丈人很感动，在暮色苍茫中给牤子递绳子。牤子死勒篱笆，勒得又严又密，老鼠都钻不过来了。如果不是妻回，牤子还要挑灯夜战的。

妻回了，妻当时还不是他的妻，是朋友，是同学。妻放下自行车跑到果园来说："牤子，真好玩。"牤子当时笑笑，就住了手，从篱笆外跳过来，才说："腰都酸了。"从那时候起，牤子就有了一种埋藏已久的揍妻的渴望。牤子娶了妻就是想揍妻的。牤子想：教训教训这种女人。所以牤子铁了心非此妻不娶，所以牤子千难万苦把青英娶了作妻。牤子就是要这个贱货。

妻在金色的苹果树下吃苹果。到了十月，妻就想吃酸的了，牤子隐隐约约地看出了妻想吃酸的。那时候，牤子还没跟妻睡，只嘬了嘴，摸了乳。嘬嘴和摸乳是常事。牤子在果园做活，没人的时候，带了两手泥也可以摸妻的乳，妻一动不动，吃着苹果，让牤子玩乳。

乳不算什么了，后来牤子就跟妻睡，妻也不反对。牤子跟妻睡出味来之后，有一天看着妻爬起来梳头，牤子就激动地说："我们结婚咧？"妻转过头打散了头发说："结就结。"有了这句话，牤子就放心了，想：可以天天跟她睡了，天天整得流汗，几多快活。

然而妻的父亲不同意。丈人不同意——丈人说："牤子性直，我青英只怕受不了。"牤子绵羊咪咪般地尊敬丈人，叫啥干啥，丈人还说牤子性直。牮子一口气给丈人挑了三缸水，糊了四面墙，喝酒的时候故意小口抿，座椅把腿夹着，然而丈人还是说牮子性直。"烈马无好鞍，直人无好妻。"丈人说。丈人总是背着牮子说，牮子帮他干事，他不说，一样给牮子敬烟，火柴放在烟盒上，让牮子自取。

妻坐在金色的苹果树下，不表态，让牮子急。牮子急了，就摇果树，用竹竿剥果，剥了一地。妻说："疯了！"牮子说："几个月了？"妻说："反正肚大了。"牮子说："那我走，我到西藏去开餐馆。"妻说："你逃得脱！你走哪我跟到哪，我生是你的人，死是你的鬼。"牮子感动了，也不管妻初夜流过红没流过红，就抱着嘬嘴摸乳，流出泪来说："青英，我永远是你的。"牮子说这话显得理不直气不壮。牮子其实可以说别的。后来牮子说了，要妻去劝丈人。

妻去了，左劝右劝不行。妻就去县城卖苹果。

牮子拉车，把妻也拉了。妻坐在金色的苹果上。在城里碰见了流氓教师正刚。流氓教师与妻递了一个情深意长的淡眼色。流氓教师爽快地说：

"你们卖苹果呀？"

妻说："来了？"

流氓教师说："印《小学生作文报》。"

妻说："发行好多？"

流氓教师说："二十万呀！要是公开发行，估计一两百万。著名教育家题字咧！"

妻跟流氓教师说那些事，牮子就给人称苹果，讨价还价。牮子把苹果称了，妻过来收钱，牮子一看，流氓教师走了。

熙攘的人流，牮子便高声讨价还价，一文钱不抹，买苹果的挑横挑竖，牮子把秤里的苹果往车上一倒，说："买便宜的去！"买苹果的说："买卖不成仁义在。"牮子说："苹果不是大萝卜咧！"妻在一旁说："牮子，你就暴！"牮子说："我就晓得暴！又怎么？"

苹果卖完了，在回家的路上，牮子停下板车，就在车上把妻狠狠地压了一顿。妻很兴奋，不晓得牮子是用仇恨压的，非常满意地哼。牮子提了裤子说：

"你爹不同意，我就在他面前上吊。"

妻说："我肚里还有伢哩！"

牤子说："那就管不得这多了。你再去讨人。"

妻说："我还讨哪个！"

牤子本想说：你去讨那个正刚啦。差一点出口了。牤子马上拦了嘴，心想：这关头，一说酸话，妻就一辈子更瞧不起我了，就会让她再去找正刚。牤子想：我不能酸，我要往耿耿汉子那边靠。对这种女人，谁酸谁靠边去；她把身子给你了，把心给别人了。你跟她酸，她就在床上不跟你流汗，你就倒了死霉。

牤子是过来人了，牤子往实处想。

第二天牤子就找了根牛绳，挂在金色的苹果树上。丈人说："牤子，做什么？"

牤子也不说话，便把头颅钻进去。

丈人慌了，喊舅哥；舅哥慌了，喊妻。妻不动，说："随他去。"

舅哥正在看《养鸡新法》，说："青英，你找了个混蛋，你跟正刚不好好的吗？"

青英说："他要上吊，你有整！"

舅哥说："恋爱不能靠吓唬。"

青英说："这世上哪有爱。"

舅哥说："快些，他真要吊了！"

青英说："拿刀去，拿刀剁绳子。"

舅哥便去拿刀。

丈人在树下作揖道："牤子，牤子，当不得真！"

后来丈人便同意了。

后来用三坛淹得死他们全家的酒，把妻娶了回去。

妻从三忠桥嫁过来。头一天晚上吹熄了灯，牤子就想在大红大绿的被子上干了。牤子过去总是在野地里干，不讲条件，现在见了大红大绿的被子，想干了，妻却不让干，说："天天搞，没味！"

妻把他搠在一边，牤子身上凉了，正常了，想：找死！挨搋的坏！你现在是老子的人啦！

妻在村里马上就活跃了，在田里薅草唱歌，在湖里砍青唱歌，东家吃点酒糟，西家尝点腌菜，说："不咸不淡。"妻吃吃尝尝，喊婶喊嫂喊大爷，人家说："当过老师的！"妻还叫十五六岁的女伢们买乳罩戴，买尼龙三角裤穿，因此忙子很高兴，一批批说："再来玩啦！"

忙子跟着妻在枕头上笑村里的女伢们又黑又蠢，谈这家长那家短。渐渐地，妻肚子大了，妻腆着干部肚在村里走来走去，忙子便找破棉袄夹衣裤拆，准备尿布。忙子去城里搞排骨煨汤，丈人提了苹果来，说多吃水果后代白又胖。忙子一天给鸡把五餐食，催鸡膘，日后好发奶。

妻后来生了。妻很满意，丈人和舅哥也很满意，因此忙子也不得不满意。忙子的麻子爹不说话，忙子远嫁的姐姐送了"祝米"，因此忙子无所谓不满意。妻用嘴喂小女的脸，把奶她吃，奶发出来了，像镖枪一样往外镖，镖到忙子嘴上，忙子舔了舔，又甜又咸。忙子去卡小女藕节的腿，很有味，光溜溜的，小女脚乱蹬，哇哇地笑，忙子也跟着笑。

后来小女长出轮廓了，忙子看着不像，镜子里照照自己，看看小女，总之不像。越不像越生疑。慢慢地，忙子跟妻睡得没味了，想：我带野种？忙子暗想：总有一天。

## 四　连狗都不咬他

村里静得像口墓。

忙子没看到人。

忙子到爹的家里去，爹在搓草绳，编粪筐，捡狗屎用的。

忙子看到爹想捡狗屎就火了，说："肥草唰！"

爹揪揪嘴，往手心里吐唾沫，没搭理他。

他又说："今年村里只有草了！"

爹说："背的么事，饼肥啵？我吃块饼肥！"

爹眼尖，爹牙也好，就喜欢啃点硬的磨牙齿，爹七十了，耳不聋，眼不花，牙口呱呱叫。

忙子说："又不是五九年，吃饼肥！"

爹说："黄豆饼好，黄豆饼香。"

忙子掏出饼肥来要爹吃，爹就吃，龇牙唰嘴咬，咬点饼末用手接住，仰首往嘴里丢去。

忙子说："小女没人带，我还不得去地头！"

爹爹说："青英吃干饭！"

牤子说："她打麻将。"

爹说："你妈和我，不消指望，都有事呢。"

牤子说："她整夜不归。"

爹说："你也是个大丈夫咧，这事有脸跟我讲？"

爹站在一边吃饼肥去了。

牤子站着，不再说话，也不坐，也不动，像个憨子。终于说："我杀了她，妈拉×的！"

"只会赌狠，只会赌狠。男人咧，光骂人！"他爹气愤地说。

"那我就真杀啦！我动刀子！"

"瞎说！"他爹突然说，"骨头长紧些！"

牤子出来，没碰见一个跟他说点话的人。

几个老太太在翻指甲看，苍老的指甲，看去看来还是瘦。

牤子碰见一两个中年人，问他："吃了么？"牤子说："吃了。"都是懒洋洋的声音。

如果谁惹一下就好了，我心焦。牤子想。

牤子走到剃头佬章太炎的家门口，看到了那匹老母狗，往常哈哈地喘气，想吃人的派头。牤子不想走了，让狗咬，狗起先不叫，后来还是不叫，对牤子不屑一顾。牤子想：我不值得咬吗？狗在门槛上哈哈地喘气，完全没有咬的念头。牤子想：这世界怎么啦，连狗都不咬我了！牤子非常沮丧，头火就往上冲，想找块砖头去砸狗，挑起它的仇恨。

牤子说找就找，砸在狗腿子上，狗腿子一瘸，又复原了。狗头转过来朝牤子一看，闭闭眼，一副不想计较的胸怀，又将狗头搁在门槛上哈哈喘气，四个狗腿子不见了，趴在下面了。

牤子头火直往上冲，心里说：找章太炎去，剃头去，用肥皂擂，看有不有成效。

牤子决定剃光头，也剃光胡子。

牤子说："章太炎，有空吗？"

章太炎闻声从门里伸出脑壳说："牤子，进来。小心狗。"

牤子把饼肥丢在地上，故意挨着老母狗下脚。

老母狗谦让了一下。牤子说："你家狗也变了性格，像兔儿了呢。"

章太炎举着剃刀说："都是熟人。"

章太炎让忙子坐着，用一块污白布给他勒脖子，边勒边把他的衣领统统塞到污白布底下去，说：

"上街了？"

忙子说："丈人给的饼肥。"

章太炎扳过忙子的头脸对着光线看了看，说："剃哪样的？"

忙子说："光了算事。"

章太炎于是把他的头脸拉到怀里，嘎喳嘎喳地试了试机械推剪，就开始剃了。

章太炎嘎喳嘎喳地推上顶，一甩；又推到顶，一甩，说："没人下地了。"

忙子被章太炎卡着头，答道："唔……唔。"

章太炎说："张兵的儿子差点淹死了。"

忙子说："唔……唔。"

章太炎说："天气不对。"

忙子说："唔……唔。"

三把两下章太炎就把忙子的头发剃没了，要他到厨房去洗头。

打了肥皂，忙子低头在脸盆里说："我来！刨，使劲刨！"

忙子自己刨着自己的头。刨完了，章太炎给他一揩，说：

"今年小麦、油菜病虫害都没得。"

忙子甩着头，睁开眼睛，跟着章太炎回了原位。

章太炎把剃刀在荡刀片上荡两荡，看看刃口，揪着忙子的嘴皮刮胡子。

忙子被章太炎刮了胡子，头火小了。章太炎又给他掏耳屎。章太炎说："打麻将啦。"

忙子说："你莫约我。"

章太炎说："也不差你这条腿。"

忙子说："章太炎，你做你的手艺。"

章太炎说："赢了输了又不与你相干。"

忙子说："你没得地？"

章太炎说："湖滩的地都包了，又能收到什么？哪个现在交钱了？荒咧！荒了！让它荒，都喂牛算了！"

牝子说："你火气倒蛮大！"

章太炎笑着说："我鸡巴火。田里湖里都荒了，今年春耕不消搞了。你还想施磷酸二氢钾？"

牝子说："是饼肥，施枣树去。"

章太炎说："你是村里最勤快的人。"

牝子很感动，说："章太炎，我老婆一打一夜麻将。我劝你们莫要打了。"

章太炎说："我们男人打可以，我老婆不敢打，我老婆打我就打她。"章太炎又说："哪个像你个软鸡巴，被老婆狠了。"章太炎举着闪闪发光的剃刀。

牝子说："老子杀了她。"

章太炎说："杀她？用细竹条抽她！"

牝子说："你以为我不敢杀？"

章太炎哼了一声，收好剃刀，拍着牝子的肩说："牝子，漂亮了。"

牝子说："刚才我跟你说的真话呢！"

章太炎说："现在哪个还把真话放在嘴头！"

牝子说："那就算了。"牝子很失望。牝子想：完了，我找不到说知心话的人了。谁都不把你当真，谁都不管别人的死活。

牝子在土墙上密密麻麻的赊账栏里，用章太炎早已准备好的竹片，刻下了"牝子五角整"，翻出衣领，走出门去。

牝子顶着光头，心情还是不愉快。

牝子向田里望去，只一会工夫，草似乎又长高了，连天的芳草，鸦声历历，烟霭缕缕。牝子想：我找草说去。牝子想：可以躲日本鬼子的飞机了。牝子想：完了，全荒了。别人怎么办，我就怎么办吗？

## 五　暮湖里的死菱角

牝子看到一束微光透过水花，断树桩还没有抽芽。

牝子弓身上船，衣被风翻起了，在桨桩里挂起两片老桨。这是牝子爹的船，被哪个杂种灌了些水。牝子划了两步，就去舀水。牝子想到湖心里打些新蒿尖给猪吃，自己也吃。

牤子喜欢吃蒿尖炒腊肉。

打得多就给猪吃。"猪头头膘肥体壮,头头猪能吃会喝,头头该杀。"这是一副贴在乡政府的对联,哪个傩日的这大的胆?!

牤子划到一个湾子里,割,割了半舱,想喊。牤子喉咙痒了。

牤子划不动,草缠桨。湖里没鱼了。有两个人在岸边挖鳝鱼。牤子不敢喊了。

牤子说:"挖了好多?"

有一个人朝他看了一下,想回答,却又低下头去,脚蹬着锹只管挖。鱼篓在屁股上。

另一个人站起来,草帽底下伸出嘴巴说:"牤子呀。"

牤子不认识草帽,草帽就笑,露出白齿。

后来牤子认出了那个只顾挖的是流氓教师。冤家路窄了。

牤子扶着桨,手拿镰刀,想怎么办。

流氓教师对他也对草帽说:"我到那头坝子上去挖。"

流氓教师溜了。

牤子看着流氓教师用套鞋踩着稀泥,故意一步一滑,很可怜的样子。牤子想:有愧咧,躲老子。

等仇人走远了,牤子坐上船头,问草帽:"他为么事不去教书?"

草帽翻了白齿嘻嘻地说:"开除了。"

"什么?"牤子说。

"他办个什么作文报,没登记,被查封了咧,别人订报的钱他又用了。"

"那就是诈骗。"牤子说。

"也没那么严重。"草帽说。

"那肯定是诈骗犯。"牤子又说。

牤子从船头一跃而起,船晃了几晃。牤子很高兴。

"罪又不靠你定。"草帽不笑了,很严肃。沉重地去挖鳝鱼。

牤子想划快一些,赶上那个流氓教师,看看他的落拓相。牤子想:能干上一架就好了。牤子越急越划不动,草缠在他双桨上。湖荒完了,没得一条好水路,看不到悠悠蓝天鱼翔浅底,牤子气得要死。

牤子划过一个湾,来到一个坝,没了人影。牤子便胆大了,提着镰刀跳上去，站在土坝上，风吹得衣衫飞扬。牤子想：躲哪儿去了？牤子其实厌恶见他，怕看见，又想找。牤子就是这样的矛盾心理。

牤子站在土坝上，想：还是划船快些。

风把死菱角都吹到湾子里来了，沸沸扬扬一层，牤子划着死菱角，心里也长刺。

"哦，牤子。"流氓教师藏不住了，拿着板锹对他说。

牤子忽然心凉了，气从身上泄了出来，塌了。

流氓教师数着篓里的鳝鱼，看看他，又看看天。

天色已晚，牤子想：该回去了。

牤子把镰刀扎在舷缝，说："小心吃了鳝鱼屙血。"

"没出洞的鳝鱼，卖给城里人吃。"流氓教师说。

牤子拼命抽桨，桨翚起了，死菱角朝他的船两边拥。牤子抽桨杀死菱角，杀得水泡 冒 冒，又黏又稠。

我要走，我不走我就要把镰刀甩过去。牤子感到脖筋也扭了，感到流氓教师在笑话他。牤子一抽，就把桨抽顺了。牤子便划。

夕阳被湖一口吞去，牤子回过头，看着很小很小的流氓教师，还在俯首挖泥，贴在一个荒坎下，好苍凉。

牤子回去，小女对他说："爸爸，我的机器人被猪吃了。"

牤子说："猪什么都吃，塑料的咧，为么事被猪吃了？"

小女就号啕大哭起来。妻闻声而出，说："是你舅舅买的呢，说吃就吃了，到猪栏玩个鬼去！"

牤子说："你就不管管她？你真不想管了？"

妻说："又不是我一个人的女儿。"

牤子说："是谁的，是谁的？你说，你今天说，究竟是谁的？"

妻白了脸，说："牤子，又想发神经？"

牤子摔了手上的茶杯，先自心一震，看小女，小女呆了。"你这破货，你还好意思跟我讲这！"

妻说："你摔，都摔了，我不怕，我比你还会摔！我跟你是亏了！"

牤子说："你亏？你这破货还亏！你丢在大路上也没人要。"牤子拍桌子。

妻说："你算老几！"

牿子说："老子杀了你,老子杀了你!"牿子四顾着去找铁器的样子。妻先一步就揪着牿子的衣领了,尖声叫起来:

"杀呀,你敢杀人,牿子,你有这吃屎的胆!你杀、杀呀!"

妻破了喉咙,扯牿子衣服。牿子一掌一推,推倒了妻,妻跪着爬起来,甩头发,暴出牙来说:

"牿子杀人呀,牿子杀人呀!"

妻像猪嚎,小女也像猪嚎。牿子慌了,连连后退,掰妻手,妻不服掰,用膝抵牿子胯。牿子低声恶狠狠地说:"你放不放?你放不放?"

妻只是喘气,像疯魔,僵在那里了。

然而门外没人进来,隔壁的卓二嫂和邱哥死了吗?都不管别人了,没人劝架。牿子想收兵,妻不放手。牿子看小女跪在鸡屎里哭,牿子心就软了。然而妻不放手。

天黑了,灶还是冷的咧。桌上没放菜碗与饭,小女没趴他的膝头用小牙齿嚼莴苣,电灯也没揿,没关大门,桌下也没鱼刺和饭渣,见了鬼了,这是怎么了咧?劝架的人来就好了,两边一拉,说:"两口子吵架,晚上还困一个枕头。"于是就生点闷气,不就解决了吗?

牿子左等右等无人劝架,想横了,一脚一踢,踢在妻肚上,妻放了手,却哇哇地反扑过来,用手抓刨他的脸、手。

牿子夺路而逃,跑出门,边跑边看。牿子高一脚低一脚,妻并没有追来。妻关了门,拉燃灯,但牿子看不见了,牿子被关在门外了。

牿子想:也好,解决了。牿子摸摸脸,被抓伤的地方火辣辣的疼。牿子啐了一口涎水,一个人在村里的黑暗中走,闻不到一点鲜活气息。

牿子到爹和老娘家去,找了张床,就躺下了。爹和老娘问他,他不说。牿子很快就睡着了。牿子越不吃,越不洗,就越睡得着。

牿子似乎还在船上,死菱角全浮在船边,抬着他,动动荡荡。牿子就在动动荡荡中打起了清冷的鼾声。


## 六　赶荒草

牿子看见打春兔的人背着猎枪在啄火,他们抽烟时显得很有味道。他们有手茧,有皱纹,枪背在身上,绿色的草舔噬他们的腿。

牤子看到烟朝一边吹去，打猎的人目中无人，淡然地看远方；其中一个说了句什么，然后谁也没笑，就分开了，一步一步地走进野草。

谁都没有看猎人，只有牤子一人贪婪地看。牤子看到有一个人放了空枪，枪口有蓝烟在冒，像嘘气，很美。

牤子跟邱哥，往地膜棚走去。露水湿裤贴了腿，死冷。

邱哥没问牤子与妻打架的事。厚嘴唇像槽头肉，松的，看不出牤子的指望来。牤子想找个人诉苦，牤子脸上还有挠伤，一条条，很丑。

邱哥什么也没问，钻进剩下竹骨的地膜棚里去。

"哪个还在这里拉屎？"邱哥站着说，"我的辣椒和西红柿秧子都完了咧！"

牤子说："你骂人啦，你骂啦。"

邱哥说："我不骂。又不荒我一个人！"

牤了看见卓二嫂也扭着屁股过来了。牤了想挑起一场世界大战。牤了告状说：

"荒咧，荒咧，瓜秧子都践踏了。"

卓二嫂没领会过来，却说："章太炎那儿有冷烫剂。"

"瓜秧子全冻死了。"牤子又说。

"什么？"卓二嫂钻进竹骨棚看，也不气愤，说，"老邱，还不下地啦！"

邱哥说："怪我！"

卓二嫂说："不下地，钱也没看你赚一个，别人都到城里搞建筑去了。你上次卖猪，赶到哪里去了？嫖亲家母去啦？"

邱哥红着脸说："我又不天天打麻将。"

卓二嫂扯起一把没膝荒草说："那就放你的假，天天嫖亲家母去啦！"

"草也长得快，今年奇咧，雨水一过是惊蛰，听了几天雷声？草就漫过脚了。"邱哥咬着牙巴骨说。

卓二嫂见邱哥没正面回答，掰了根竹骨，说："问你啦！上次卖猪回来了八十块钱，还有的钱呢，把哪个骚女人了，塞×眼里去啦?!"

"瞎说！"邱哥尴尬地笑着，看牤子，"输了咧，找我的歪。"

"起码还有一百，哪儿去了？"卓二嫂又掰了根竹骨。

邱哥说："我不整理了？拆了吗？我拆，我比你还会拆！"

邱哥一脚踩倒几根，哗哗倒，地膜就崩得零零碎碎。

"好咧，我就坐这儿咧！"卓二嫂一屁股下地，大声说，"我哪儿也不去了，我看你拆！拆了卖了嫖骚货去！"

邱哥说："你回家我就拆！"

卓二嫂说："我看你拆！"

"你回不回！在这儿扯横。"邱哥笑不是，气不是。

邱哥便去拉卓二嫂。卓二嫂无端生了些气，进退两难。牤子想到自己，就不劝。

邱哥瞪圆了眼睛，说："回呀，让我掰竹骨，今年没米没菜吃咧！"

"我就不走！"

"不走我拖了。"邱哥决定说。

邱哥抓住了卓二嫂膀子，把她的大屁股拉离地，可叭的一声又坠下去了。卓二嫂耍赖。

邱哥就怒了，依然有笑有气地拖。卓二嫂一把手抓住了立着的竹骨架，邱哥拖不动，还是拖，一拖，竹骨架轰然倒塌，地膜呼呼地乱飞，温室全卧在荒草中了。

邱哥变了脸，双手拽住卓二嫂，大骂道："婊娘养的，一下田就坏事！"

邱哥像拖死猪地拖，卓二嫂哇啦哇啦地像日本兵叫，屁股与双脚在地上划出一道深槽，草便沿着她与邱哥的方向伏倒。

邱哥真拖了，牤子揩鼻涕；一兴奋，鼻涕就哗哗淌了。

"我死在这里！我死在这里！都不吃了咧！"卓二嫂还鸭子死了嘴硬。

邱哥像头猛兽，说："你去买假农药，你去买高价肥！……滚出去，到地里来也不得让我安静。滚回去，婆娘！"

卓二嫂还是叫："……没有用的，赚不到钱……没有用的……"

邱哥实在拖不动了，东拖一下，西拖一下，压了一片片草和麦子，草和麦子都践踏了。邱哥说："赚钱的是我们？赚钱的是村长！"邱哥唤："牤子，帮一下，牤子，站着不动！"

牤子连连流鼻涕，赶上去扯卓二嫂的腿。卓二嫂的腿好粗！牤子扯粗腿，后又想：老子管个屁。牤子就撒了手，站在远远的地方，看着邱哥动蛮，一直把卓二嫂拖到荒草尽头。牤子想：要杀人了，真要杀，娘们！

牤子垂首而立。赶草荒的人们都在各自的田界里埋头薅草，所以看不出究竟有几个人。牤子数了数，星星点点，也没十个。牤子想：草缝里好静呀，热闹他们都不看了，完了，都一个村里的人呢，婊子养的，真该杀。

牤子跟着倒了的草跑，跑到田界上，没人影。邱哥和卓二嫂的薅锄还丢在田里，在波浪似的草丛间，没人收拾。

牤子吃了支烟，抬头一看，又只是草，没一个人。牤子看蓝天，蓝天尽头草像碧火，几只杜鹃鸟"哥哥烧我"地叫，且飞且远。牤子想："我回去吃冷饭。"

牤子忽然有了点希望，就往村里走。走过老娘家门口，老娘正拾柴，说：

"又吵了。"

牤子看看老娘，老娘像只老绵羊。

老娘说："青英和小女跟我说，回三忠桥了。"

牤子心冷到底。"回娘家了。"牤子苦涩地想。

"就在这里热饭吃啦，有蒿尖炒腊肉。"老娘说。

牤子看到老娘那双目光，就不敢进屋。牤子荷锄走了。

牤子回到自己家里，鸡子在饭桌上坐。牤子只好睡觉。听听隔壁邱哥家里，风平浪静。牤子一点希望也没了，牤子只好泥巴裤睡觉。

睡了一觉，日头偏西了。牤子提潲桶给猪把食，关了鸡笼，夹着尾巴往三忠桥去。

牤子出门时朝黑洞洞的邱哥屋里瞄了一眼，估计都拖累了，也在睡饿肚子觉。自己打死了自己埋。往年吵了架，定会灯火辉煌，端茶递水，解劝的人喝着茶说些双方都入耳的话，解劝的人一走，两口子关上门，扫烟头，倒茶叶，就和好了。村长也不来解劝了，村长当了包工头到城里吃馆子去了。村长有钱，带老婆姨妹一起睡。

牤子坎坎坷坷走到三忠桥的果园，贴墙一听，妻与小女跟她家的人正有说有笑地看电视。

牤子拍门，门就开了。妻不理他，舅哥青举鼓起眼睛看电视广告。丈人含着烟嘴不拿下，说：

"牤子，我跟青英说了，要她跟你回。"

"我不回，谁愿意回谁回。"妻说。

牤子现在的问题是想吃饭，然而他们都不提吃饭的事。舅哥看着牤子，说：

"电视连续剧，《星星知我心》。"

丈人说："牤子，不要动手。"

牤子摸着伤脸说："她告状啦。"

丈人说："看完第八集就回去，不回去我赶了。"

妻说："我明日找翠凤拿画报纸去。"

丈人说："明日我帮你拿了送过去。"

牤子坐在一边，守着空肚看连续剧。看了第八集，牤子坐不住了，说：

"我反正来接了，她们不回我先回了。"

牤子站在门槛边，丈人说："那就慢走。牤子，要不要电筒?"

牤子说："有月亮。"

牤子跨出门，肚子一阵咕咕叽叽的蛙鼓，牤子想吃蛙。后来田头果然就传来蛙声，与牤子的肚子遥相呼应，此起彼伏。

牤子过了三忠桥，想：太可恶了，哪一点像个家，哪一点承认我是她男人！

牤子想：活到这个分上，连饭都吃不到妻做的一顿，要她做什么！

牤子站在寂然无声的田野上，觉不到春，想：好憋啊，活跟死有什么两样呢！

牤子想：丈人是专业户，嫌他家穷呢，六月不下场雹子，砸死他们，把果树压断，看他们一家还抖个儸！

## 七 春配的禾场上围一群下流鬼

章太炎牵一头小牛犊往禾场上去，见着牤子说：

"看牛医去。"

章太炎的牛犊是头牯子，牯子哞哞地叫，还甩尾巴。

章太炎很阴险，跟他牤子的妻一样。章太炎不动声色，拿着刀，要他削光头便削了，也不劝阻。牤子摸摸头，又生出短发来，扎手，牤子便很恨他。牤子脸上被妻挠的伤也结疤了，疤在仇在，有疤为证，牤子不会咽下这口气的。

牤子瞄瞄禾场，有了三三两两几个人。风冷飕飕地吹。

邱哥跶着桐油鞋也出洞了，笑容可掬，手拿一根桑木鼻棬，说：

"送把章太炎去，到时刮胡子刮净些。"

牤子袖着手跟出来，对邱哥的屁股说："配哪家的种？"

"不晓得！"邱哥说，"牛医来了。"

好久没看见上面的干部来了，也没见支农的，也没见医疗队，也没见卖百货的，也没见插队的、住队的、造反的、讲学讲用的，也没见参观团。反正土路上都走的几个熟人，你见我，我见你，天天见得没意思了。好歹来了个牛医，总算是上面的人，陌生人。

牤子不问邱哥和好的事，因为邱哥不问他和没好。

牛医是个瘪嘴，穿一身白人褂，有血腥。

牛医刚骟了一匹小牯子，手里拿着两个卵蛋玩，血糊汤流。牛医骟了牛卵后就安排张家的牛跟王家的牛配种。

两头配种的牛刚吃了些青，肚腹胀大，毛色却没有恢复，跟过冬一样，又脏又黄。镇上来的牛医喔喔地唤着，手举棍子，吆公牛爬母牛。

两头牛的眼睁着逆来顺受的慈祥目光，公牛不起性，牛医也没法。

一些人或蹲或站，都很着急，但故意很麻木，一副副从土里扒出来的嘴脸；间或谈牛的行情和猪价。下地的耨锄当了凳。章太炎弹着自己的薄耳朵，说：

"人家是镇上配种站站长哪。有一年我跟他掏过耳屎。"

邱哥嘴上栽着烟说："配种站站长又怎样？"

章太炎说："该看好多稀奇！"

邱哥咳了一下，从栽烟的嘴角里射出一泡痰来，说："桑木鼻棬是好鼻棬。"

章太炎说："牛都懒了，不想搞了，像苕货！"

邱哥说："人一懒，万物就掉了阳气。"

牤子说："就草没掉气。"

章太炎说："看哪，看哪，爬上去了。站长汗都出来了。"

邱哥说："又不是他。"

牯子站在那里想走。牯子想：这些狗日的，下流鬼。把牛喂得像老鼠了，又不耕田，干么这么大兴趣！

牯子没放下薅锄，站在一块土砖上，想：不管人的事，却管牛的事，都想当配种站站长，这些骚牯子。喂了牛就杀，杀了卖钱，都不耕田了，只想吃土豆烧牛肉。

妻是配种站站长，牯子想。妻不下地，万事都了结了，我看别人的牛怀春，又干我屁事！

春天是的的确确来了，牯子越来越心虚，没个实处；瞻念前途，不寒而栗。万物都萌动啦，牯子杀妻的心也萌动了。牯子不看牛配种，一看，就无端想起妻与流氓教师的丑事，想起在自己身边活蹦乱跳的野种小女，小妖精，结的恶果，像丈人果园剥不下的病果。牯子想：这世上独独我倒霉。

牯子走时，章太炎在后头呱呱地说："……来指导春配的，拿着介绍信哪。张家割肉打酒去了。"

另一个骂着说："总比那些收税纳粮的傫人好……"

牯子又走在漫天的荒草中，荒草中露出了黄菜花。没有太阳。

走着走着，牯子在远处的草垛中看到了一团红红的火苗，一闪，就不见了。

狐狸咧，婊子养的，吓我一跳！

牯子咽了下喉咙，四野看看，没人。那边禾场隐隐地传来看配种的声音，也很渺茫。多好的田土，像荒郊野地了。狐狸就是坟里的女鬼咧。这一片湖滩湖岗子，往常有说有笑，有男有女，现在藏红狐狸了。

牯子就这么想，没在意。牯子有些害怕，就急急忙忙蹚出荒草，回家里去。

哪知道，家里大事不好！

## 八　牯子看着这团滚成泥形的怪物

配种的人收了手。配种站站长到张家吃酒去了，用牛卵子下酒。

经过剃头佬章太炎的家，章太炎的小牛犊套上了邱哥的桑木鼻桊。章太炎找他要剃头钱，他就给了。章太炎说：

"真不好意思，乡里乡亲。"

牦子说："该账的还钱。"

这是牦子见了狐狸后回到人间来碰到的第一个活人，虽说找他讨账，但有人间气息，牦子感到很温暖，就把买烟的钱给了他。章太炎要给他免费刮胡子，他说该回了，不回那个鬼妻又把冷饭我吃。

牦子就回了。

妻拿着筛子盯他看。他莫名其妙。他很新鲜。妻从来不盯着他看的；他于是看看自己，四个口袋空瘪瘪的，有什么看头！妻说：

"小女咧?"

牦子说："我下地薅麦子去了，我哪知道。"

妻说："你不开玩笑呀！"

牦子说："哪个跟你开玩笑。"

妻说："小女不见了。"

牦子说："她又没跟着我。"

妻说："她去找你了。"

牦子说："我在禾场那儿好一会。"

妻说："那好，那好。"

牦子放下锄，就想端碗吃饭。妻夺过碗，放进碗柜里，说："先把小女找回来。"

牦子无法，只好到老娘家去找。

"怎么，小女不见了?"老娘放下红筷子说。麻爹在猪圈和砖缝里找。老娘看着黑漆漆的门外，对青英说："怕不是她舅和外公领去了吧?"

妻说："不可能。"妻又说："先到三忠桥去！"

牦子与妻同行，寂寂无声往果农家中赶。果农听说，暴跳如雷："把娃儿丢了? 见你妈的鬼！"鼓眼睛的舅哥说："怎么带的伢子！还不快去找，说不定淹在哪口塘里了。也说不定被人贩子骗走了——现在卖伢子的多，把几颗糖她吃，就哄走了咧。"

妻白惨惨的脸，看地下。舅哥披了衣服，说："你们先去，我就来。"

牦子与妻拔腿往回跑，走得土路灰尘扑扑。

牦子到家了，老娘和麻脸爹都等在门口，电筒晃晃地说："没找到?"

牦子不回话。一会，就对爹娘说："我们分头去找。"

爹娘在一路，牦子与妻在一路。找水塘和人家。

一家一家地问："见着我家小女了吗？""见着我家小女了吗？"都答："没呀！"

牦子与妻便喊："小女——"，"小女，回来呀——"

到处喊："小女，回来呀——"

牦子用电筒照水塘。一个个水塘照遍了，不见有人影。牦子扒枯蒲，细细看，自言自语地说："沉了？"妻的声音就有点颤抖了，喊："小女，小女，你在哪里——"

一直寻到湖，湖无光，湖不拍浪，冷冷清清的，像苦海。牦子的电筒照一个个湾子和滩渚，又照一蓬蓬荆棘，对着湖上唤："小女——，小女——"

湖上有凄切的回音："小女——小女——"回音近了，又空远。电光扫射，划破一条条黑夜，有三两只蛙呱呱地叫，又神秘又恐怖。

妻走累了，要死不活地坐在湖边，像水妖，不唤了，彻底失望了。

牦子站在一高一低的地方，左看右看。牦子问："你干什么去了？"

妻说："我没干什么。"

"打麻将。"

"我只看了两圈。"

牦子突然像一头野兽，抓住妻的肩衣，大声哭吼起来："你把她弄哪儿了？你把她弄哪儿了？你把她弄跑了找我！"

妻惊呆了，妻不还手，手抓泥，喔喔地只管哭。

牦子摇撼着妻，牙咬得嘣嘣响。"你给我小女，给我找回来！！"

牦子的哭吼在湖边异常苍凉。后来水起浪涛，风吹岸树，牦子声嘶力竭地在黑夜中喊，像抛失了幼崽的老狼。牦子不知道要对小女负什么责任，牦子感到失去了一切。牦子从小带了有异味的野种，牦子拍小女的屁股蛋睡觉，拍到了四岁。小女喊他爸，他给小女搓泥球，看小女笑，给她捉虬，给她铲路上的屎丢到粪池去。小女没了，牦子疯了。

牦子的血性被激发起来了，发誓要找到小女；牦子一发了血性才有智慧，陡然问：

"小女穿的什么衣服？"

"红春装……"

牻子听到之后就有一股柔情的暖流冲击心窝，丢下软了的妻一个人向坎上爬去，扫着电筒跑向茫茫的荒草。

"小女——小女——"

湖滩洼地，湖岗高处，连绵起伏。牻子跑，唤，大滴大滴的泪珠滚落下来；牻子飞跑，荒草中跑着牻子，一头什么也不顾的野兽。牻子闻到小女的体味，看见她摇摇摆摆朝他扑来，喊他爸，嘴甜甜的。就只差甜甜的声音，牻子在这世上就这点盼头。

"小女——小女——爸在这里！答应我呀——"

牻子摔了几跤。牻子的脚崴了。牻子不知道坎坷，在掩盖了土地和麦子的荒垄中寻找他所有的希望。

红狐狸、火苗、女鬼，就是他目前的一切，他的生命，他的寄托。他不怕荒芜了，一个个地膜蒙的竹骨温室七歪八倒，一座座死城，迷失了一个红衣女孩。红衣女孩是去寻他的，寻牻了，爸。

牻子的忏悔变成了爱，牻子一下子就原谅了一切，原谅了罪恶、欺骗、道德的沦丧和侮辱。

"小女——爸在这里——"

牻子且跑且蹶，且跑且爬。

他的声音突然凝固了，他的电筒僵在一个地方；他站住了，两眼圆睁。

他看见了蜷在沟垄中的小女！

像接近一种幻觉，一种并不存在的物体，他一步一步地挪了过去，脚有千斤沉。

她困了，细黄的头发半拂小脸。她找不到家了。她的身上又是土又是稀泥。

牻子看着这团滚成泥形的怪物，感到她离他非常遥远。这不是他的一滴血，一泡尿，这是一个什么东西呢？

牻子的电筒死死地照着她。

牻子兀然觉得浑身乏力，骨头彻底散架了，像竹骨地膜棚，悄悄地塌了。

风呜呜地吹来，赶着草，唱着远古的死歌。

风抒发着牻子的悲怆。

牤子突然放声大哭起来。牤子俯下身，抱起这个怪物，抱起尚有微温的小女，用自己心窝的暖气偎她，紧紧地抱着，生怕谁把她夺跑了。

牤子把她放在肩头，背着她，弓着腰，头触荒草，悲切地哭。

牤子一步一步，稳稳地走着，向有几星灯火的村子走去，走出荒草……

# 龙　巢

## 第一章

起先，人们看到甘老大的渔船出水时，以为他要把船卖掉，好还儿子欠下的那笔债，然后，弄点盘缠打发儿媳青儿回娘家去。在皇天湖这块地盘上，甘老大对他的晚年可能做好了凄凉的打算，这种打算是很正常的。人们对他的同情几乎快变成祝祷，因为好些事看起来已经无可挽回，正如日下的江河。

这个一辈子都在风浪中滚的辛劳渔人，早些年差不多逮尽了皇天湖最凶残最狡猾的老鳡和刺鳜，所以，他也差不多快成为魔鬼了。他没有过上一天清闲的日子，鱼使他活着并造化了他的一生。他房子的每根檩条和瓦托，都是用鱼的亡骨支撑起来的，鱼给了他当年村里最能干的女人和后来的儿子、儿媳，以及一生下来就像英雄那样痛哭的孙子。但是近两年来，他的运气就像他的年纪一样越来越糟糕。他的儿子欠了别人一屁股债便不辞而别，从此失踪了。他的孙子在不足五岁的时候就参与了一场血腥的械斗，将父亲债主的孙子啃去了半截耳朵，而孙子也被一根滚钩钩住了脸皮，深深的伤疤记下了孙子童年的仇恨和屈辱。还有，他的儿媳因想自尽在皇天湖吐出的泥沙，以及他送给儿媳的两记耳光，都给人们留下了黯淡的记忆。

船终于被搁上了手扶拖拉机。船底下的水滴淌着，渗进干燥的沙滩。舷边的青苔有气无力地耷拉在四周，被料峭的湖风吹干后，像一条条哀伤的纸幡在抖动。拖拉机手正在死死地摇动手柄，天太冷，机器总是发动不起来。甘老大抱着孙儿上了车，接着他的儿媳也上了车。一会，手扶拖拉机启动了，颠簸不平地离开了滩头。

谁都躲着这条摇晃上路的旱船。此刻，大家觉得还是不同甘老大打招呼的好。但是，在各自的窗下，人们的目光并没有离开这辆车子，那些复杂的目光也随着拖拉机曲折地颠簸。风很冷，皇天湖的天空露出残酷的严冬景象，虽然已到了二月，风掀动着碧绿的浪花，把凉气送上光秃秃的岸边。

手扶拖拉机迎着寒风开，但是还没等那船影在公路上消失，拖拉机便向右拐了个急弯，奔向西南方向狭窄的湖埂。在湖埂的两旁，是一窝窝还没有复苏的牛蒡草和旱蒲，枯黄的叶子在风中起伏，时时遮掩了那车、车上的船和船上的三个老少。有一会儿，车停下了，司机两边错动着前轮，机器冒着浓浓的黑烟，甘老大和他的儿媳跳下来，在后面推顶。车陷进了淤泥。折腾了半天，轮子又活动了。甘老大再没有上车，跟在后头。这是往哪儿开呢？人们这时有点诧异了，脑子就那么"嘣"的一下，有豆荚炸开的感觉。西南方，皇天湖已经到了它的尽头，圆丘似的岗子和湖田散乱在那儿，那儿无路可走了，除了天空便是天空，但是车仍然向深处开去。

"龙巢吗？他们到龙巢去了！"人们这才有些恍然大悟，随即又陷入更深的狐疑。

那只旱船愈来愈小了，看起来就像搁在草丛中的一个窠穴，而那船上蹲着的几个人影便像几只孤独的怪鸟。

"甘老大拣上龙巢了吗？"人们交头接耳地议论，"那村里甩下的几亩水面，那个野地方，甘老大拿到了怀里？"

"村里是怎么搞的！"有的人开始埋怨起来，"真是，甘老大也是气糊涂了。"

到了这时候，人们对他的关切已经达到极点。"是往龙巢去了。"有人终于降下翘望的酸脖说。

"甘老大究竟是怎么回事呢？"

"他的儿媳和孙儿也都在。"

这一天，是农历的正月初三，皇天湖村的每一家都在焙烧着他们的熏鱼喝酒，男人偶尔到屋外撒一泡热尿，女人们没事便躲在火塘边看电视嗑瓜子。这一天，还能听得见稀稀落落的爆竹声。慵懒的春节使野狗也不愿东窜西窜地拖着瘦腿去寻村外顽童的野屎，它们躲在避风的草垛下，有气无力地啃着那些难啃的骨头。这一天，甘老大儿媳青儿的娘家哥哥，开着手扶拖拉机，把船拉到了龙巢。甘老大的孙子荸金坐在车上，脸被风吹得青紫，他拉了拉孙子帽上的耳护。荸金东张西望地问他：

"爷爷，我们不回家去吗？"

"那儿好玩哩，荸金。"他抹了胡须上贴着的雾气，说。

到了龙巢，他们把车上的东西都搬下来，弯着腰进了低矮的鱼棚。

"狗日的滚子山，没做个好事搞。"

甘老大整理着家什，他儿媳看到甘老大阴沉起来的脸，把两只手支在柴门上，望着外面的天气。甘老大把这一大间让给了儿媳和孙子，在旁边的小偏厦厨房里，他把自己的行李搬了进去。

船推下水了，到处是水草纠缠的架势，衰败的菱角壳像浪渣一样漂浮在水面。甘老大把竹篙深深插进水里，船绳搅起不规则的波浪，带动了团团的苔藻，像鼻涕一样挂在甘老大的手上。甘老大一脚踩空了淤陷的岸埂，像一个怪物那样笑了起来：

"哈，龙王爷拉我下水了呢！"

他这样说着，又突然大声喊了起来："看谁欠谁的，有好戏看。噢，真是不错的地方呀！"

"爹，歇口气吧，日子还早着呢。"

儿媳青儿小声地说，连她自己也听不清楚。甘老大的那些话，使她感到无缘无故的恐怖，有些并不存在的东西便活灵活现地浮动在她的眼际。不就是为了丈夫留下的那些债务吗？她只是抓紧儿子荸金的手。

就这么安顿下来了。连村委会也没料到，甘老大会这么急切地就开始行动。那份奇怪的合同，刚刚生效还不到五天。


## 第二章


冰雪冻住了龙巢。几天来天气出奇的冷，从皇天湖阴沉的上空吹来的风，就像一具干尸那样枯燥无味。甘老大从周围打了一些蒲草，加固了一下他前任滚子山留下的鱼棚，没用完的留作以后的柴薪。他的儿媳从村里的老宅陆陆续续搬来了渔具，然后由甘老大整理好那些渔网、网箱和鱼夹。

到后半夜就听见浅沼地的电线像寡妇一样呜呜地号叫起来，雪子儿打在鱼棚的北壁，棚顶的茅草响过一阵后就喑哑了，雪在寂静地向皇天湖区倾落。早晨起来，世界已经是另一副惨淡的样子。浅沼地带的团团雪包铺陈在那儿像训练有素的吊丧队伍。甘老大看着封冻的龙巢水面，那条小船臃肿得可怕。这片神秘的水域暂时沉寂了，在休眠中伸出几根瘦菖蒲，也一如溺水者的头发，在冰层之上摇曳着肃杀的景色。甘老大紧了紧棉袄，鼻涕不住地被寒气引诱下来。他作为一个老渔民，一辈子的愿望是不朝这片水域看。但是现在，他似乎是被一种无形的魔力挟持到了这儿，并且把他的残年做一笔赌注押上了。人生不过是在投两颗骰子，一单一双，看起来那么简单无聊，却把人搞得起起跌跌、进进退退，风光和屈辱在一眨眼的工夫就会同时发生。有一种欲望，有一种激动，使你不会善罢甘休，你总是不休地投呀投呀，是福是祸都躲不脱。说得好听一点，就是在一堆灰里刨两颗火种，像鸡子刨食那样。

龙巢此刻正踩在他的脚下，但是这莫测的水底谁知道潜伏着什么不幸，或者将会馈赠他和他可怜的儿媳和孙子什么东西呢？那一年，七月大旱，赤日炎炎，周围几个村的抽水机架到这儿，抽了三天三夜也没把它抽干。那些手拿赶罾的人一个也没敢下去。他们说，龙巢的下面有一个海眼。在甘老大前面承包这片水域的是滚子山，这个倒霉的中年人手气不好，拈到了这个阄，他投下的四万尾鱼苗，差不多都石沉大海，到头来连本带息赔了进去。破产了的滚子山，只好洗心革面，当上了满身腥味并善于缺斤少两的鱼贩子。从此后，龙巢只好被搁弃在这片湖沼地角中，像个阴险的老处女，等待着强奸她的人。

甘老大径直穿过龙巢，脚下的冰凌发出嘎吱的声音。他现在站在龙巢和浅沼地的交界线上。眼前的浅沼地带像一个荒凉的星球，好多地方没能冻住，在它们的底下沤着古老的腐烂植物，蓄满了肮脏的热量。甘老大呼着团团白气来回地走动，想象着这儿无穷的奥妙。不错，滚子山竟如此败了，现在轮到了他。而这是他自找的麻烦，如果他不来承包这村里最后的一块水面，他有什么能力来偿还儿子的债务呢？

村委会对他的这个要求开始总是含糊其词，他们知道，把龙巢给了甘老大，对他无异于是雪上加霜。最后村里答应了他的要求，给他订出了如下几条：一、合同三年换约，他可以随时中止合同；二、三年之内的承包款，村里只提取30%，另外70%全部交给他儿子的债主……那个不听话的儿子甘震，背着他，与人合伙转手一条渔船，渔船在没有交给买方的时候便沉没进湖底。这条没有保险的渔船便使他的儿子惨遭厄运，在逼债人三番五次上门来讨债，闹得人尽皆知之后，儿子脚底擦油开溜一去不返，从此杳无音信了。这笔债务村里只好插手。签订合同是在一盏马灯下进行的。甘老大拉着孙子荦金的手，在合同上按了手印。父债子还，是天经地义的，五岁的荦金在他不懂人事的时候，就以最严肃的仪式，继承了他失踪父亲的这笔债务。从一定意义上讲，这不是一个承包合同，只不过是一张债券承袭的立据。那个小小的红指印，激动了所有的村干部。在马灯下，荦金那张刻有伤痕的嫩脸显得很庄重，也很滑稽，它是对严酷现实的投降。但是，村干部都知道，真正偿还这笔债的是欠债者的父亲甘老大。也就是说，现在变成了债父还。哪怕村里总是护着甘震，对法庭来调查的人也一再搪塞，他们一口咬定说人失踪了，你找我要钱，我先得找你要人，但是甘老大做出了令人惊讶的决定，他替孙儿订下了合同。这件事，他瞒着他的儿媳青儿，直到他把这份合同拿回家去。青儿呆了，但是这个老渔民，当着儿媳的面，用他认识的有限几个字，在合同下面歪歪斜斜地写上了："该合同所负的一切法律责任皆由我承担，甘泽。"

"好了，"老渔民对他的儿媳说，"你现在可以领荦金走了，回娘家去，再找个稳当的人好好过日子。我们甘家，祖祖辈辈不欠别人的债。在我见阎王爷之前，我把它还了。"他说。儿媳抽泣了一夜，第二天早晨，却把打好的包裹重新打开，对这个老渔民说："爹，债是我丈夫欠的，该荦金还。荦金是我生的，该我还。能走的时候我就走，不能走的时候我不走。"

老渔民默默地蹲下来，抱着孙子荦金，苍老的眼里滚出了两颗泪水。

雪开始融化了，金光耀眼的冰面四处破裂，春天说来就来，从老远看去，这里那里，竟钻出了些青枝绿芽。甘老大到镇上去打酒，也准备了去生资门市部买清塘的巴豆。他在臭气熏天的鱼行里，碰见了滚子山。滚子山亲热地叫着甘老大，从屁股后头抽出几根皱巴巴的烟，递给他一根，头莫名其妙地点着，神经质一样，却不说话。

"鱼价又看涨呢。"甘老大敷衍地说。

"您有鱼吗，有鱼卖给我吗？"滚子山说，"我的四万尾鱼转给您了，我连个零头也没打上来。"

"鱼呢？"甘老大看着这个一脸疟疾相的中年人。

"鱼呢？"滚子山说，"讨鬼吃了。"

"是不是野鱼太多？"甘老大试探地问。

"我搞不清楚，我没看见，一场雨一下，鱼就飞了。我日他妈，这渔行的鱼都是我投放的。我日他妈，人背时，运道低，蹲着屙屎蛇咬鸡。甘老大，您说呢，您说呢？"

"唔唔。"甘老大答。

"有野鱼就有家鱼，有家鱼就有野鱼，"滚子山一个劲地说，"您买巴豆去吗？清塘？清死了塘底的螺蛳蚌壳，看您拿什么给鱼吃？"

"我不买巴豆。"甘老大说。

"生资门市部往这边走，甘老大，您走错了。"

"我不买巴豆。"甘老大边走边说。他像躲瘟疫地离开了这个至今惊恐未定的中年人。他真后悔遇见滚子山，把他刚燃起的信心兜头浇熄了。

甘老大空着手回来，踏着化雪后泥泞的湖埂，眼中迷茫一片。

# 第三章

大路上拖着长长的影子，甘老大挑着网箱，向长江的燕子矶走去。这已是四月的头了，一路上柳花飞舞，纷纷扬扬。他的赤脚扑扑地拍动着路上的灰土，巨大的网箱和行李勒在肩胛中，还有用袋子装着的米和油盐。在这条长长的台渠大路上，树木很少，太阳在中午便显得有些热力了。两旁的水田里盛开着蓝色的紫云英。他迈动沉重的双腿，走一气，歇一气。台渠大路一直通向新闸，然后才是蜿蜒的长江大堤。上了堤还有五六里路程，才能到那个僻野的矶头。

在一段废弃的干渠那儿，他歇下担子，坐在墙基般的青石之上，擦着头上的汗水。几头黄牛在干渠的另一边吃草，光滑的淤泥没齐它们的大腿。云影慢慢地向他走来的方向飘去，一只老鹰盘旋在一大片青葱的麦地上面。他饥肠辘辘地盘算着要走的里程，只好又挑起担子，慢慢地朝前面挪去。

天暗下来的时候才走上了新闸的大堤，堤边是一个临江小镇。灯火已经星星点点燃起来了，到处弥漫着厚厚的烟岚。镇上走动着一些影影绰绰的人，录音机里传出的歌声使他的头疼痛得一阵阵发跳。他两边换着肩膀，一副疲惫不堪的样子。在一家敞开的小酒店门前，他停下担子来，一股油辣子的气味从店里窜出，他打了两个喷嚏。进去后叫了半斤饭和一碗豆腐汤。刚坐下来，他认出了来打招呼的老板，老板也认出了他。原来是多次到皇天湖贩过鱼的老姚。老姚有两颗非常突出的龅牙，笑起来一副特务嘴脸，现在甘老大见到他，却有说不出的亲切。老姚给他的豆腐汤中加了一个鱼头，并且放了很厚的油辣子，表示依然只收他一块钱，饭尽管吃，吃饱为原则。

　　老姚问起皇天湖的熟人，指头一只一只地往下扳，显得很怀念的模样，他坐在甘老大的对面，一边抽烟一边咳嗽着说话。甘老大吃得满头大汗，身子慢慢地有了些活力。之后，老姚又问起了他的家里人，问到他儿子甘震，甘老大说还好，问到儿媳孙儿，甘老大也说还好。老姚还记得他儿子的名字，这使甘老大心里万分地感激。

　　"你这把老骨头哇!"老姚叹息说，"你来得很早，捕捞鱼苗的人你是第一个。""皇天湖那边的人路过这里，都是到我这儿吃饭。"老姚又说。

　　"路太远。"甘老大放下碗筷说。

　　"甘震没来吗?"老姚翻着龅牙问。

　　"他有事。"他小声地答，声音像一只暧昧的蚊子。

　　"天不早了，你干脆在镇上过一夜吧，我这里有铺。"

　　"不啦，我要去啦。"

　　"要不叫我儿子送你一程?"

　　"难为你了，老姚。"

　　甘老大结了账，又挑起那些家什，向堤上走去。

　　天黑得越来越彻底，从江面过来的夜风，使甘老大濡湿的背一阵阵发凉。他默默地在大堤上走着，不知在什么时候才能走到燕子矶。

　　他看清了堤下那个防汛的哨棚，像一个香火冷落的小庙蹲在江边。现在没人住，只有到七八月份的时候才有几个人蹲在里面守夜，而三四月间，就成了捕鱼苗的栖身处。他卸了担子，从怀里摸出火柴，点燃了马灯。哨棚是敞开着的，进门去，臭味和凉气直逼着他出来。里面有一个用砖头搭成的床铺，一些被烟火熏黑的断砖散乱地在地上，还有一泡变黑的秽物。甘老大弯下身来清扫着哨棚，然后把东西挑进来，拿出毛巾，摸着下坡的石头到江边洗了个头脸，这才歇下来抽一袋烟。烟没抽完，就在砖头上呼呼睡着了。

桃花水使江面变得浑黄，甘老大在矶头将竹竿插进软泥，开始在水中放置网箱。他差不多干了整整一天，站在齐胸的水里，水凉得他心窝一阵阵发紧，牙齿也就无缘无故地乱撞。

在以后的几天时间里，他每天都要下几遍水去看看，晚上就在矶头披衣坐着，燃起那盏小马灯，为了防备江猪的骚扰，他不得不这样日夜守候。晚上的江面一片漆黑，江涛深深，撞碎的水花时常溅上矶头，像雨雾一样飘洒，寒气更加侵人。有时候，熬不过的甘老大到哨棚里躺躺，但夜风在没有门窗的棚子里窜进窜出，像阴魂一样使他难以入眠。白天太阳当顶的时候，他就脱下湿衣裳，像一条晒太阳的蜥蜴仰面躺在石矶头。

第五天的晚上下起了大雨，甘老大披起蓑衣出去加固网箱，生怕几天来捕捞的鱼苗被风浪卷走。这样的日子真是烦心，在这个矶头没个帮手，连人影也瞧不见一个，挪好了前面的竹竿，又转过来弄后面的竹竿，有时不得不潜到水底下去。汛水时起时伏，网箱只能跟着水位跑。江上混沌一片，四处发出尖锐的怪啸。哨棚也被雨洗劫了一遍，没有个藏身的干处，他只好抱着腿，在那件蓑衣中缩作一团，用自己身上的热气温暖自己。马灯昏暗的光晕像招魂一样地照着矶头，他一动也不敢动，就这样守候着无休无止的暴风雨。一直到黎明时分，雨住了，他才像个泡软了的泥人摇摇晃晃地站起来。还好的是，这一夜，他的鱼苗没有损失。

他在荒凉无人的矶头像一只与世隔绝的水獭那样，上上下下折腾了一个星期，吃着咸菜和冷饭，终于捕捞到了几千尾鱼苗。那些不足半寸长的鱼苗杂乱无章，青、草、鲢、鳙、鲤、鲫、鲂，应有尽有，长江也像这个世界，生长着不纯的种族。但是他捧着这些忸怩娇嫩的鱼崽，手心被它们钻得痒痒的，总有说不出的滋润。这样，虽然他吃尽了苦头，但可以省下一笔为数不多的"水花"（鱼苗）钱来。这种原始的捕捞已经鲜有人干了，但他凭着经验和技术，竟然获得了成功。

两天以后，他儿媳娘家的哥哥开着手扶拖拉机，用高高的帆布桶把他和他捕捞的鱼苗运了回去，在哨棚里留下了一堆没烧透的浪渣残薪。

那时候，他儿媳的哥哥找到他，他已经差不多成了一个野人，衣冠不整，胡子拉碴，头发和一些水草在脑壳上纠缠不休，人瘦得皮包骨头，站在网箱边，活像一个从江中钻出来的水鬼。青儿的哥哥一面给帆布桶加水，一面说："甘老大，你是怎么搞的?"他笑了笑，却说不出话来，喉咙被几天来的江水和雨水泡哑了。

## 第四章

鱼苗投放后长得很快，除了喂一些精饲料如豆饼，他的儿媳青儿还去四处搜拣猪粪和人粪，割来一些苦草、黑麦草和蚕豆棵，将它们铡碎后撒进水中。慢慢地，龙巢的水变得肥活爽嫩起来。天气转暖，塘底的陈年野鱼也开始活动了，晚上听得见那些母鱼扳籽的声音，显得痛苦而安谧。在早晨的阳光下，便能看见水草梗上的鱼卵，那些鱼卵一颗颗像水晶葡萄浮动在清水里。对付那些野鱼，他必须投入一些螺蛳和蚌肉，在产卵的季节母鱼胃口大极了，它们会把他从长江捕来的小鱼苗一口口吞食进去。

春天以后，该长的都长出了，龙巢的真面目摆在甘老大的眼前。他把小船推到水中，仔细瞧着。龙巢的水草茂盛得可怕，在水底悠悠地摆动，那些膨胀的苔蔓依附在水草间舒卷如云。浅水边，长着一蓬蓬蒲草和水棘，只要一有响动，成群的蚂蟥便从暗处钻出来，像游行示威的难民一样寻找着它们的猎物。特别是一些身躯笨重的油蚂蟥，扭动着肥如妇人的身子，看起来就像一条条泥鳅，而那些又小又密的沙蚂蟥则是在浅沼地带里滋生的，雨水把它们带下来，一窝窝在龙巢中安居乐业，休养生息。还有那些慢慢苏醒过来的牛虻和蚊蚋，嗡嗡营营地在水面上飞舞。更可怕的是些无名小水蛭，它们无名无姓，不知道究竟是什么样的孽种，同样在浅沼中繁殖，然后凑热闹一样地跟在蚂蟥的屁股后面，狐假虎威。这些丑陋不堪的居民，都是浅沼地带的入侵者，以它们殖民的梦想来龙巢为所欲为，肆无忌惮，这些过惯了养尊处优生活的魔鬼们总有一股嗜血的渴望，它们戕害了龙巢的声誉，凌辱着清风明月、朗朗蒲乡，除了增添恐怖之外，别无他用，它们力图与鱼共存亡，甘愿得到世界的唾弃。

"难怪连村里的牛也不愿到这边来吃草呢。"他想。在中午，太阳炙烤着龙巢，也同样炙烤着它的邻国浅沼地带。浓烈的沼气带着窒息的臭味向这边吹来。而到傍晚时分，黑压压的牛虻鸟便织满了龙巢和浅沼地的上空，饱餐着飞虻和泥浆中的水蛭。在血红的夕阳里，那些牛虻鸟饥饿的叫声充满了某种宿命色彩。

"也许是好事呢，鱼会吃掉它们的，像这些鸟一样。"他自慰地想象着。他坐在船舱里，替孙儿荸金驱赶着头顶的虻蚊。"难道就不能挡一个坝埂，把浅沼地和龙巢隔开？"

他这个想法并不是陡然滋生的，他看见了在那儿有一截坍陷的小埂，显然是他的前任滚子山筑的，但是都差不多被深深的泥沼吸了进去，那些从远处运来的土最终成了令人哀伤的遗址。他在那上面踩了一下，像被雷打过的人，一触即溃，而且从深处冒出乌黑的气泡来。

"也许，问题并不出在这里。"他又想。不过这儿的确是令人作呕的地方，连那种水草的气息都掺和着猥琐和淫荡，在湖光水影中云游了一辈子的甘老大实在是有些受不了。

他回到鱼棚的时候，看见儿媳青儿正在用艾草熏蚊子，苦涩的烟味在棚顶袅袅地飘散。他猛然想起滚子山不让他用巴豆清塘是正确的，要多少钱的巴豆？就是运来一车，怕也无法杀死那些害人的东西。

鱼的确长得很快，每天早晨，鱼们就浮出头来在水面寻找着饵料，这是让甘老大窃喜的事。鱼游动在他的船舷边，那种乞食的样子很幼稚可笑。他撒着饵料，想到自己到龙巢来的使命，就是为了能得到鱼，为了能用这些长大的鱼去还儿子的欠债，这才是他的唯一目的。他不是来这儿过一种超脱生活的，虽然在过去的打鱼生涯中，他可以享受到网晾南风、鱼跃梦境的日子，湖上的浪花也像呓语一样清凉，水鸟像天使一般飞进夕阳深处，送给他一些稀奇古怪的遐想。还有升帆的日子，还有荡桨的日子呢？现在，这一切都没有了，在这污浊的环境中，他没有改变的只是渔人的梦想。鱼，便是一切。他虽然老了，但不能像滚子山一样落荒而逃，滚子山可以去贩鱼，他却不可以。

孙儿荸金被蚊虫叮出满身的红包，痒得整天在身上抓，他的母亲便给他抹那种辛辣的清凉油，一到晚上，抹了过多清凉油的荸金，就会浑身哆嗦。后来红包化脓了，甘老大就去浅沼里抓来几只癞蛤蟆，剖开肚子敷贴在脓包上面。儿媳心疼地抱着荸金，不忍心看到甘老大的这种恶心疗法。甘老大在儿媳的表情中看到了那种受不了的精神酷刑，但是，既然她的公爹像中了魔一样，她又有什么办法呢？

熬吧，只要能得到鱼，好些事情都可以挺过去，一咬牙也就挺过去了，这就是甘老大的指导思想。这样，他天不亮就叫醒儿媳青儿，每天去湖边路旁砍草。他们把袖口和裤腿都用麻线扎住，来对付天上的飞虻和水下的蚂蟥。青儿在前面用长长的镰刀刈割，甘老大就在后面收拾打捆，然后，一担一担地挑到龙巢来。但是，只要下水，上岸后还是能在腿上找出那些凶狠的油蚂蟥，用一根竹签把它的肚皮翻过来，插在岸上暴晒。这种蚂蟥有极强的生存能力，用刀剁成几截，就会变成几条。这种最原始的肠腔生物，有一个磁铁般的吸盘，只要粘上你的腿，就拉不下来，你必须用唾沫把它淹住，让它自动放弃你的血管，据说人的唾沫有剧毒，不仅蚂蟥，而且毒蛇都怕它。

有时，他还要带着荸荠去塘堰沟汊中摸螺蛳蚌壳。他让荸荠站在岸上，独自一个人下去，蚌壳的尖刃总是划得他满脚是血。摸来的这些螺蛳蚌壳，回来把它们砸碎，然后投进水里。这些又腥又腻的活，都是由他干的，他砸着这血肉模糊的饵料，祈祷着在年底不至于两手空空，弄得好，还掉债后轻轻松松地过个春节。

吃饭的时候，他喜欢一个人端着一杯酒出去，儿媳青儿闷着头吃饭，总是给他很大的压力，这两个孤儿寡母的可怜样子，让他心情沉重，爱无端回忆往事。他的儿媳有时故意说一些轻松的话，说到村里最近发生的事，他也没兴趣听了。他迫使自己面对龙巢，想着眼前的一切。如果到头来不能收到鱼，他就什么都落空了，一切对他来说都是没有意义的。他感觉到了自己那不得已的固执和冷酷的一面，而对于他，固执和冷酷，就是干下去的前提。

酒总是凉了又凉，越喝越苦。他拼命嗅吸的是龙巢那越来越成熟的鱼腥味，在酒香、沼臭和牛虻鸟的缝隙里牢牢地跟踪那时隐时现的鱼腥，只有那腥气，才是让他沉醉的东西。


## 第五章

深夜，他听见了龙巢中一声沉闷的水响。渔人的机警使甘老大骤然惊醒，他相信那一声水响不是发生在梦中。从苇窗外射来的月光像一团银雾，投射到他的帐前。棚壁那边传来了儿媳青儿和孙子荸金的鼾声。而塘边的土蛙在咕咕叽叽地呱鸣着，一只青庄鸟的唳叫划破了浅浅的云层。他披衣起床，打开柴扉，把鹰隼般的目光投向龙巢。水面上除了有水草摇动的影子外，并没有什么。他不相信是什么秒物，他从来不相信这些东西。他静静地等待着，把所有的思绪都隔绝在眼睛和耳朵后面。几颗星星的倒影在水上的细纹间跳闪，四周静极了。

终于，他又听见了一声，是从东北方的塘面上响起的，像一种痛苦的扭动，沉闷的水声震得他耳根有些发麻，接着，又是一阵更难耐的寂静。

好哇，也许我发现了什么。他的心怦怦地跳着，他点燃一锅烟，就那么坐在鱼棚门口，等待着天亮。天一亮，有些事就会见分晓了。

东方开始慢慢发青，鱼脊般的云彩横亘在原野。他想，这就是暗示。这些日子他什么都喜欢联想到鱼，而这天早晨，这种联想更强烈，更鲜明。

儿媳青儿正在灶膛前生火，火光照映着她有了些皱纹的脸。孙儿荸金背着筐准备到田埂去割点露水草。

他开始在门口磨一根滚钩。这种滚钩的杀伤力甘老大对它摸透了，那倒挂须，那青蓝色的铁质，只要瞧见它就有一种渔人的冲动。滚钩的蓝弧在早晨闪烁着一种特别动人的光泽。然而这不是在皇天湖，他不需要很多的滚钩，他只要这一口，他把它磨得像女人的嘴一样尖利，充满了诅咒和邪恶。

他找到了一根尼龙绳，把它拧成四股，用手拉了拉，牢实得像自己的手臂。他又找来一根粗竹竿，把钩和线都系在上面，诱饵是一只褐黄色的土蛙。虽然他现在的对手不愿吃这种土蛙，但也不得不吞食这枚苦果，因为这个老渔人知道，最凶残的生灵也不会让自己的幼子受到伤害。

荸金割草回来了。他们一家三口吃了早饭，他把荸金拉上船。他还没忘了拿上渔叉，以防万一。

一切准备停当，船向龙巢的中心划去。拨开水草，他在那里搜寻着深夜听到的不祥之物。四叶草和菱角藤牵满了水面，但是他没能找到，虽然要找的东西是很好辨认的。他的眼睛有些酸疼，只好吩咐孙子荸金多盯着点。他们把船划进又一片密密的蒲草中。

"爷爷！是那一窝黑鱼蠓子吗？"

甘老大转过头来，顺着荸金的手，果然看到他的猎物，几乎有缸口那么大的一片，像墨汁般地游动在蒲草茆里。而在这些鱼蠓子的下面，便绝对藏匿着它们的双亲。这种狡猾的野鱼总是在水下面一步不离地卫护着后代。

"害人的杂种！"

他骂了一句，并向水中啐了一口痰。这种食肉性的野鱼，每天几乎可以吞食上十条家鱼，特别是那些行动缓慢、在水中半浮的草鱼和鲢子，它们无法吃到深处的团鲂和黄壳鲫。不除掉黑鱼，龙巢就不得安宁，葬身它们肚腹的是他甘老大以及一家人的汗水，而且这些幼小的毒苗，长大之后也将更难收拾。它们以同类为食，所以发迹很快。

甘老大在船尾站好，然后将装了诱饵的滚钩放下去，一提一放，咚咚地击打着水面，以便激怒对方。没几下，就听得"叭"的一声，滚钩被水下神秘的鱼嘴吞进去了。他双手死死地把竹竿往上抬。这种鱼蛮劲十足，但终于被拉出水了，乌黑的身子拼命地扭动着。甘老大把鱼放进船舱。遗憾的是，一看便知是条公鱼。在对付不测时，往往最先出击的便是它，以显示雄性的英勇。这条鱼不大，却也至少有四五斤。祖孙二人都拢过来，荸金死死按住鱼，甘老大取鱼嘴里的滚钩。

又重新上了一个诱饵，继续钓那条母鱼。但是，无论怎样，也钓不到那条母鱼。只见它在水下愤怒地翻滚着，用尾巴击打诱饵，却不愿上钩。果然，这条母鱼要比公鱼狡诈，而且从翻出的水花和尾巴的力度看，它比公鱼大且老，丰富的生存经验使它不会轻易上当。

甘老大只好作罢。

他拎起这条披着黑鳞片的鱼上岸来，儿媳青儿接过去赶快将它剖了。在丰盛的晚餐桌上，甘老大喝了半斤酒，那鲜美的黑鱼汤和细腻滑口的鱼脊，被三个人一扫而空。甘老大从来没有吃得这么酣畅淋漓过，他吃着敌手的肉，打着仇恨的嗝，心里说不出的骄傲。但他还想着制服那个更难对付的对手。他拿着渔叉再次踏上船，喷着回味无穷的鱼腥气，又把它吸溜进肚里，唯恐妖魔的幽灵从嘴里窜出来继续在龙巢作祟。

他一连跟踪了三天，那窝鱼蠓子游到哪里，他的渔叉就候在哪里。他放弃了滚钩，就拿着那把沉手的渔叉，他明白这是硬碰硬的营生，双方都看透了对手的把戏，不存在任何斗智了，最伟大的智慧也不如这把钢叉来得有力，只要发现它，这个老渔人就有能力擒拿住。

甘老大知道，这条丧夫的母鱼不会离开它的幼子。抚养它们，这是母黑鱼的天职，只不过，它现在比过去潜得更深了。不过，它会慢慢地松懈戒心。甘老大懂得这一点，作为一个渔民，他一辈子练就的就是这种忍耐力；一个有经验的渔老大，就有这种本领。古书上说的所谓独钓寒江雪，也不过是说能钓到白发苍苍，把自己也钓成一尊石头吧。

这是一天的下午，他终于看到了水下的菱角藤在拂动，母鱼寂寂地钻进了草丛。这是甘老大慢慢追逼的结果。他把这些黑鱼蠓子引诱到水草多的地方，好观察母鱼在水下的行踪。

水草的摇动指示了方位，这是一个目标很大的家伙，它不知道在草丛中的游弋会给它带来什么，也不知道它碰上的是一个什么样的对手。水下，船上，同样是两个魔鬼，船上的比船下的更凶残。

甘老大咬着牙，屏着息，使出了全身的力气，将渔叉向水中掷去。太准了！渔叉像长了眼珠一样地紧紧黏附在水中的怪物身上，水剧烈地沸腾起来，浪花四溅。一会，水面上翻出了丝丝鲜血，血在那墨汁儿晶黑的鱼蠓子中间，两者形成了残酷的对比。

甘老大的渔叉向更深处刺去，手上青筋暴暴。他知道现在提起来还为时尚早，他也无法提起来，鱼在水底进行垂死的挣扎，极力想摆脱身上的凶器，这使甘老大趔趄了几回。他相信渔叉已经刺进腹中，便开始放渔叉尾上的绳子，一圈又一圈。鱼带着沉重的渔叉，向前面窜去。现在甘老大点燃烟，深深地吸了两口，脸上现出了神秘莫测的微笑。

不到五分钟，前面的水都被染红了，引来无数条蚂蟥，水下一片寂静。甘老大开始收绳子，渔叉缠着水草，水草缠着鱼，一寸一寸地被带到船边。鱼依然时不时挣扎几下，不过已经是力不从心了，甘老大像提一具死尸似的把鱼和水草拖上船，他也跌坐在舱里。这条鱼足有二十斤，比扁担还长。鱼在船上扑打了几下，锯齿般的大嘴翕动着，一副欲说还休的弥留样子，甘老大听到了失败者那绝望的声音。

他把渔叉狠狠地拔出来，蹲下去，看着这条巨大的黑鱼，抠出一块鳞片来，数出它的环纹，竟有十八圈，环纹像袖珍彩虹那样美丽，环纹则是它的年轮，也就是说，这是一条十八岁的鱼。它的胸鳍呈刀刃状，腹部却有女人一样的柔和曲线，表明它完全适应了这个龙巢，在这片水域中曾以完全开放的姿势自由自在地涂炭着那些生灵；那刀刃般的胸鳍使它异变为一个至高无上、十全十美的怪种，在无所匹敌的进化中欲念横生，贪婪的牙齿暴露出它的歹意，它的每一处美妙的地方都使你有理由去征服它，斩杀它。

甘老大打量着这条鱼，自己的四肢也有些瘫软了。

第二天，他背着这条鱼来到镇上的鱼行，引得买鱼的和卖鱼的一个个围上来观看。滚子山当时挤进来时，惊得目瞪口呆。好半天，他才说：

"甘老大，卖给我吧，您说多少价就是多少价。这个杂种妖怪，吃了我多少血汗！"

不等甘老大阻拦，他举起鱼刀就在这条罕见大黑鱼的头上一阵猛砍，砍得脑浆迸裂。他说：

"好了，上秤！"

晚上，甘老大做了一个梦：他酸疼的四肢被这个女妖似的母鱼啃噬着，舒服极了。这时，甘震从水中爬起来，湿淋淋地跪在船头，说：

"爹，这是我的两千块钱，我在水底找得好苦。"

他梦见了他的儿子。

醒来的时候看见了西斜的月牙，像一把鱼刀，孤零零地悬挂在天空。


# 第六章

当狂暴的夏天到来后，整个皇大湖区都卷入了持久的风雨飘摇之中。到了七月，雨下得更厉害，从中旬开始，龙巢的水面看着涨高。人的身上已经充满了霉味，鱼棚里到处积着雨水，蚂蟥爬上了锅台，蛇在床下蜷缩。

甘老大和他的儿媳青儿拿着锹，冒雨加固塘埂，以防止鱼流散出去。雨下得天昏地暗，到处响彻着恐怖的声音，天低得人抬不起头来。甘老大的锹一直没有停过。他的儿媳青儿披着一张塑料雨布，但已经毫不管用，全身也是整日湿漉漉的，泥水一直糊到脸上，分不清本来面目。

而最糟糕的是龙巢与浅沼相接的地带，这条蜿蜒的交界处，无遮无拦，他们不停地做埂，但稀泥如粥，稍重一点的土垡压在上面，马上就会无影无踪。两天的时间，他们好歹拦出了一道小埂，但看上去就像儿童的游戏那样可笑，雨打在上面，第二天一早就溶化了。

到雨势最猛的第三天夜里，甘老大不得不采取办法用家里破旧的围网来网住这条危险的防线。他们把木桩深深地插入沼地，插进去后便要赶快离开，因为站久了淤泥会把他越陷越深。这样，拉到下半夜也没有安置好那条围网。马灯的光线照着如泼的雨水。他们看到浅沼地带的水泛滥起来，浑浊四溢的水流落入龙巢，像一排长长的瀑布。龙巢的水却没有了地方可以排泄。如果雨不住的话，要不了多久，龙巢就会漫塘。

夜越来越深，雨像下疯了一样，甘老大爬上岸来拍打着腿上的蚂蟥，他精疲力竭地坐在雨中。儿媳青儿提着马灯，听到了雨声和流水声中的那一种奇异的声响。她喊甘老大，她把马灯举得高高的，甘老大的眼睛亮了，他们看到，在那淌着一排瀑布似的水线那儿，龙巢的鱼纷纷迎着逆水向上跳跃，往浅沼跑去。那些白色的身影显得匆忙和杂乱，一条条差不多都是半斤左右，有的撞在围网上又弹下来，但雨水之中支离破碎的围网，到处可以让鱼通过。

"快！快！赶鱼！"

他们重又跳进泥沼里，沿着围网挥动起手中的铁锹，拍打着水花，击退那些图谋不轨的鱼。但是，鱼群像敢死队那样前仆后继，更加成群结队地逃亡。他们顾了这儿顾不了那儿，太长的防线完全崩溃了。这些鱼像是集合好了的一样，它们逃到浅沼地，然后又夺路一直逆水而上，到更远的皇天湖中去。

甘老大这才猛然想起滚子山说的一句话：一场雨，他的鱼就无影无踪了。这就是整个龙巢的症结。浅沼是最阴险最掩蔽的死敌，一条十八岁的黑鱼算得了什么！

在灯光下，鱼跳得更欢，纷乱的击水声令人心惊胆战。

甘老大像发疯一样地来回劈杀着，他把驱赶变成了残杀，在深深的淤泥里迈动无力的双腿，他不顾一切地惩罚着那些反叛的鱼类。

青儿向这边跑过来，拦在他的面前，大声说："爹，不能这样，住手。"

"你他妈的一边去，不然我连你一起砍！"

他"嘿嘿"地号叫着，咒骂着，扑在泥浆中挥动铁锹，一直到大雨不知不觉地稀疏下来。

马灯暗红的灯光照着黎明，甘老大再也不能动弹了，他像个浅沼地里的泥鬼，无神地看着渐渐明晰起来的一切。

围网歪歪倒倒地晾在那儿，网眼中闪着晶亮的雨水，千疮百孔，在水声潺潺的下面，到处漂浮着缺头断尾的死鱼。

他抬起头来看着身后，那片重新岑寂的浅沼摇拂着一苑苑青苗的马鞭草，水虻又在雨后飞起来，在升起的晦暗的地气里，一眼望不到边。

青儿牵着荸金，在水边捡拾着那些半大的死鱼，把它们装进鱼篓。

太阳像火卵一样地升起来了，滚动在皇天湖区的上空。他一动不动地看着他的孙子荸金，看着他的手上捞起来的断鱼。荸金和他母亲的影子斜投在龙巢的水面上。他看着看着，眼皮像有千斤重一样地垂下了。在疲倦的假寐中，逃亡鱼群击打的水声仍在他耳畔轰隆隆地震响，一刻也没停下来过，他的耳朵里充斥着这种绝望的怪啸。

谁知道散失了多少鱼呢？

荸金上前来喊他，他才抬起眼皮，缓缓站起来，背过浅沼地带，向鱼棚走去。

金色的阳光，镀着这个老渔人的身影，一夜工夫，他苍老得不成样子了。也许，他本来就这么苍老，而面对另一种更苍老的浅沼，他不得不像一个残兵那样。这个无敌的老渔人，终于认识到了，在碧波荡漾的皇天湖之外，还有这么一个地方，这个污秽的场所，埋葬他以往的荣耀和他的晚年。希望是什么，是在鱼群逃亡的途中，你更加激怒它们？

龙巢呀！


# 第七章


在立秋之后，一个艰难的计划便开始实施了。甘老大要在浅沼地带筑起一道坚实的坝埂，从此把他的龙巢和那个魔沼隔开。

秋日间，龙巢的鱼滋生过一次水霉，他断定是浅沼的污水所致。他熬了几桶生姜水和辣子，倒进水里。他还用竹罾捕起过两条未经驯化的野鲤，他断定这些野鲤也是从浅沼地带窜进来的，那一副未经驯化的粗野相令他深恶痛绝，在龙巢这片水域，竟然经常出现这些邪恶的流浪汉。

在计划实施的头几天，他们从老远一担担运来了岗丘上的僵土。他首先加固了滚子山的那几尺残垣，然后由西向东延伸。每每天天，他就和儿媳青儿搬运着这些僵土。然而浅沼像一个无底洞，你尽管倒，它吞噬了这些土之后，竟不吐一点残骸。

头一个月里，他们搬来了差不多半个岗丘，埂基仍没有填起来，只有几处地方留下了几个龟背似的土堡堆，孤零零地蹲在那儿晒太阳。

起先，儿媳青儿以为甘老大是被鱼的逃亡气糊涂了，一时斗气，但是几十天过去了，甘老大仍没有停工的意思。

面对着一个多月来的无效劳动，甘老大思考了几日，便决定砍来一些不易腐烂的荆棘和葛藤垫底，然后再在上面填土。

这时候，荸金病了，躺在鱼棚里，时烧时冷。儿媳青儿照看着他，甘老大只好一个人拿着扁担绳子砍荆藤。

在田里收割的几个人见他在沟坎边刈砍着那些张牙舞爪的带刺的植物，就打趣说：

"甘老大，你家龙巢的鱼可真能吃啊！"

有的还说："家里怕不是缺柴烧吧？在田里背几捆草回去呀，甘老大？"

他老远同他们笑笑，一个人闷着头只顾砍。其实村里的人差不多都知道了他在干什么，人们对他的这种行动显得有些漠然，因为毕竟与自己没多大关系。但是，甘老大把它当作一项事业，人们的讥笑只能更加刺激他的执拗。

他那双撒网的手现在被刺扎得生疼，伤口又胀又痒，好在他那双手粗糙得像结了鳞一样，多一条口少一条口都无所谓。

鱼棚里，荸金的病一时好一时坏，白天有时能下床来玩耍，像个好人一样，一到晚间就发烧，说胡话。他的母亲为他敷着毛巾，给他喂药，甘老大也熬了许多姜汤给孙子喝。在马灯下，荸金昏昏沉沉地喘着气，有时候睁开眼睛，痴痴地看着棚顶上的蜘蛛网。这天晚上，荸金在昏迷中喃喃地喊着"爸爸，爸爸"，两个大人都听清了。甘老大只觉得喉头一热，差点掉出眼泪来。青儿拍着荸金的背，把头埋进灯光照不到的黑暗中去。

甘老大端着姜汤不知道怎么办好，他猛然觉得这小小的鱼棚里是那么空旷清冷，真正少了一点什么，这就是他的近两年来没有音讯的儿子。寡妇、病孙，加上衰老的他，使他们在龙巢拼死拼活的劳作骤然间没有了丝毫的意义。

秋天的夜晚凉意袭人，寒蛙的叫声咽咽噎噎，像窒息的幽灵一般。

甘老大抽着烟对儿媳说："明日，带荸金去他外婆那儿休息几天吧。"

在儿媳青儿回娘家的一个星期里，他早出晚归，一担一担地向浅沼里投着荆棘和葛藤，又一筐一筐地垫土。这样，等他的儿媳和孙儿回来的时候，他已经筑好了一丈多长的坝埂。坝埂呈梯形，非常结实。儿媳回来之后显得轻活多了，荸金的病也已经痊愈，又开始满世界乱跑。

荆棘砍完了，他们又去皇天湖边砍野芦苇，一捆捆把它们编排好，扎成筏形，压在僵土之下。

秋天的太阳在中午时分依然很热烈，快要死亡的虻蚊和水蚋在做最后的繁殖，浅沼地带的空气很闷，气泡生生灭灭熏得人头昏眼花。蚂蟥为冬眠准备着体内的蛋白质和脂肪，更贪婪地寻找着人畜的皮肤叮吮。甘老大和他的儿媳青儿趴在泥浆中，编着苇筏，搬弄着土块。到了霜降的节气，他们还没有从浅沼爬起来，而坝埂的进展却那么缓慢。哪怕垫进了大量的荆棘芦苇，淤陷还时有发生，只不过稍稍比当初好了一些。对这两个势单力薄的妇女和老人，修一条坝埂就犹如筑一道大堤。从浅沼地深深的泥浆中平眼望去，漫长的界线的确是令人泄气。不仅他的孙儿荸金加入了这个队伍，滚得像个泥猴，他儿媳青儿的娘家哥哥也开来手扶拖拉机给他干了几天，运来一车车石块和僵土。

说实话，村里的人对甘老大走得越来越远的行动都议论纷纷，不知道他究竟想得到什么。大量的劳力和物力耗进去了，而同村里的合同契约不是三年就换么，到时候谁知这个整治好了的龙巢又被拈阄给何人？毕竟是村里的堰塘。再说，这种过量的劳动同损失的鱼相比，还是不划算，这是把他的家人往死里整。人们怀疑这个狠心的老头肯定是走火入魔了，他也不替他还多少有点年轻的儿媳着想，在这种见不到实效的劳作中耗费别人的青春该当何罪？不就是为了那两千块钱的债务吗？已经逼去了一条人命，还打算赔进去几条呢？这个老家伙！

谁也不知道甘老大是怎么想的，他的儿媳青儿也不知道。在冬季来临的日子里，他还是一如既往地催逼着他的儿媳同他一起披星戴月地运土。看着儿媳一使劲便蜡黄的相，他就想到了儿子甘震如果在身边，事情该会好办得多了，凭着父子两人的那股劲，也许早就把工程完成了。

"儿子会回来的。"他时常这样想。特别是对儿媳的土筐看不上眼时，这种想法会越来越强烈。

"儿子会回来的。"他傍晚默默地看着天空的牛虻鸟，殷红的晚霞照在茫茫的浅沼地带，被风吹拂的蒲草幻化出青色的影子，他就这么在心里喃喃念叨。

这个念头使他有无穷的力量，他在那身老命的发泄中寄托着一个坚定的希望，希望他胆大包天又命如纸薄的儿子会一下子站在他面前，走进鱼棚来，拿着浇筒喝上一气龙巢的水，带着远行归来的汗馊味向他微笑。他真希望这能成为现实，不然的话，生活给他的实在就只剩下凄凉了。

## 第八章

起捞的季节来临了，他打上不足五百斤鱼。

这一年，好歹把本捞了回来，当然，这还不算他们所付出的劳力和代价。还给债主的实际上不到四分之一，他还要留下些明年的铺底资金。可恶的是那些鱼贩子，他们总是有狗一样的嗅觉，知道哪个塘什么时候该起鱼。他们围在甘老大的鱼棚里，脚跟脚，手跟手，一个劲地向他敬烟。那些烟倒是有舍得，却不愿把鱼价往上抬一点。甘老大平生最厌恶的就是鱼贩子，他们不经风，不斗浪，不撒网，却比渔人更富；他们不喂鱼，发的却是鱼财，简直有点莫名其妙。甘老大一批批地把他们打发走，又会有一批批的接踵而至；他们骑着沾满泥浆的破自行车，叮叮当当地敲着锈铃，脸上一副走亲串戚的表情。而且这些腰里别了几个钱便作骚的家伙，恨不得把他们的儿媳青儿也买走，一起装进臭不可闻的鱼袋中，剖了烧汤喝。

在这些死皮赖脸的鱼贩子当中，特别是滚子山，觉得他最有权利得到这些鱼，鱼还没起水，就拼命地压价。他向甘老大诉说着他累累的债务，说只差一点也像甘震了，这个像女人一样唠唠叨叨的汉子，甘老大不愿搭理他。

后来，这些鱼贩子简直就成了一伙抢劫犯，跳上船去，抢他的渔网。甘老大暴跳如雷地把他们手中的鱼夺回来，让他们一个个像俘虏那样坐在鱼棚下面，这些家伙们为了得到鱼，竟然乖乖地束手就擒，听从甘老大的呵斥和摆布，真是能屈能伸。

起鱼的那些日子，他的心绪完全坏了，爱发脾气。在网中得到的毕竟太少太少，晚上点着那些杂乱无章的钞票，想着一年来的艰辛，总觉得有点背运。

甘老大烤着火，一锅接一锅地抽烟，冬天干燥的气候使他老是咳嗽。坝埂的工程已经停止，人不能再下水了。

冬天悄悄地来临，他整理了一下鱼棚，在四壁加了一层防寒的稻草。雪说下就下。他望着那才筑了一半的坝埂，在风雪中像一条断尾的巨蟒，趴伏在那儿。但这条从深深的泥沼中崛起的坝埂，多少给了他一些安慰。在皑皑的白雪里，它似乎有某种气势，无声地啸吟着，唱着这片神秘的龙巢之歌。哪怕它毫无意义，他也要拼命地完成它。

他踏着几寸深的雪走在这条坝埂上，脚踩得实实在在。他又想起了他遥遥无归期的儿子。的确，他不相信儿子就那么一去不复返了。他不想否定自己的这种想法，他就那么在幻想中活着，靠幻想活着。这个老渔人是有他的打算的，他甚至天真地算计着他的工程完工的那天，正是他儿子回来的那天；他的儿子踏上这道坝埂，叹服着他年老体衰的父亲带着自己的妻子和儿子所创造的奇迹，这样只会使他感到深深的自责和内疚，认识到在厄运前面逃遁是多么的可耻和没有骨气。一个正当壮年的男子汉怎么能丢下他的老父亲和弱妻儿不管呢？让沉重的债务负担和精神负担压在孤儿寡母的头上，这不是太孬种了吗？当然，甘老大作为一个父亲，会原谅儿子的一切，儿子能回来，一切都会改变意义。他甘老大不仅把这条老命为他付上了，还完完整整地交给他一如从前的妻子和儿子，作为一家之主，他甘老大的责任也就在这里。

当然，这不过是一种美好的想法，但只要他每天在梦中把它实现一遍，这种想法就会变成真的。他不愿朝坏的方面去想，而让儿媳和孙儿离他而去，如果他也一蹶不振，任命运捉弄，他就会马上变成一个靠回忆过日子的孤老头子。他必须用他的余生来拢住眼前的儿媳和孙儿，让他们在自己身边，使甘家依然作为一个整体而存在，哪怕被逼进一个鱼棚，远离了欢笑、闲适和人群。

他相信时间会给他一切，给他的儿子，给他的重振威风的甘家三代，给他一个能有孙儿添饭、儿媳酌酒的，平淡无奇的晚年。所以，决定开始庞大的筑坝埂工程，是他对时间这个慢吞吞的圣者的无比信任，也是一种心有余悸的崇拜。可以这么说，他是时间的使徒，是一个苦行僧、朝圣者，制服龙巢，是他的一次虔诚的表露，就像一个炼仙丹的人那样，自愿卧薪尝胆，老死山中。

他就这么在时间中磨砺着他的幻想，让其更加灿烂，也在精神的泥沼中打起一道篱墙，像他筑的坝埂那样，阻拦着孤独和绝望溃口。

# 第九章

但是，时间像二流子那样，歪歪嘴，说走就打个榧子走了。到第二年的八月，坝埂才全部筑起，又高又厚，坚实得能抵御任何妖魔的袭击。甘老大从泥沼中爬起来，已是满头白发。人们看他老得很快，整天就在算计着这个工程的竣工。这个八月，天高得令人伤心，阳光温和地照在脸上，他闭上眼睛又睁开，看着他晚年在龙巢留下的杰作，真有点不敢相信，在他慢慢枯竭的骨髓中竟有如此大的能量。

他利用两天的时间去钓鳖，来犒劳他的两个忠诚的助手：儿媳和孙子。

这一年，他利用最新的催产技术，在龙巢里用竹竿悬吊了无数产卵巢，使鱼的繁殖能力加快；他花钱买来了大量的精饲料如豆饼和大麦，给鱼催膘。他还引进了一些红荷鲤鱼和大阪鲫，因为这些鱼又美观又长得快。这一年，他不仅还清了儿子的债务，还有了一笔存款，全家穿上了晃眼的新衣裳。

但是他的儿子并没有回来。

龙巢已经换了一副样子，英碧的藻叶中看得见那些如脂如霞的红荷鲤，波光映着云彩，云彩缠着浮莲，水清气爽，婀娜多姿。

他的心里充盈着无限的悲哀。

从儿媳青儿的眼神中看得出来，她不想再待下去，她要走了。该干的事情都已经干完了，儿子不在，儿媳怎么留得住呢？记忆可以久留，人却不可久留。在云雀开始啼鸣的三月，四处响彻着蛤蟆们气鼓鼓的求偶叫声。那道长长的坝埂在龙巢和浅沼之间，长出了草芽，钻出了芦苇。

甘老大打了几斤桐子油，抹着那只斑驳的小船，现在，这是他唯一可做的事情了。早晚向龙巢的鱼投料，开沟放水，等等，都做得失去了生机。他告诉儿媳青儿，他要出去一趟，走走湖南那边的亲戚。

"用不了几天的，"甘老大说，"家里的事就拜托你了。"

他背着儿子过去用过的小黑旅行包，在那条他两年累死累活筑起的坝埂上转了一圈，然后，蹒跚地向村外走去。

剩下的日子已经有了些清闲，可他没有心思去享受。这个老人两年来没出过门，为了龙巢，他算是倾注了全部心血。他一副到外面去散散心的样子，可心里却另有打算，他拿着这承包龙巢赚来的三百元钱，他要去寻他的儿子。

"迟早，"他想，"我是要走这么一遭的。"

皇天湖的西岸有一个大集镇，他坐渡船来到这个镇上，他要找两个人。

在镇郊蔬菜队里，他先到儿子当年的合伙人家里去。这个三十多岁了还拼命长着满脸骚痘的冯东明，是他儿子初中时候的同学。儿子就是被这小子带上绝路的。他踏进那栋楼房高高的台阶，便受到冯东明一家的热情接待。

"哦，甘震爹来了，甘震还好吧？噢噢，甘震不见了，瞧我这记性，对不起，对不起！"

冯东明马上道歉地泡茶。甘老大抱着他的旅行包，看着这个与儿子一般高大的身相，一言一行喷着活鲜鲜的热气，他眯缝着的贪婪眼睛里竟潮润起来。

"甘震也是个苕货，没见过世面，我劝过他，他还是跑了。至今也没有消息？死了也总该有条尸首回来呀！"

冯东明大大咧咧地说着。他告诉甘老大，说他不在乎，他赔过的这笔两千块钱还是少的，他说他赌博，一个晚上就输掉了三千五百块钱，连天亮都没混上头。"问题是，他们搞鬼，每一张牌都做了记号，一副新牌，摸一遍就全认得了，实在有些鬼气。"他说。

"你胆子大。"甘老大说。

"钱去了还有回来的，我信这个。我不怕，我经常找银行贷款，三万五万的，我十天半月就能赚回来。"他骄傲地说。

"唔。可是甘震，走了差不多三年……"

"他要么就是不在了，要么就是在外面发了财，娶了小，不想回来，再要么，很可能跑到国外去了，往云南那边跑的。甘震在学校地理成绩就很好，达雷斯萨拉姆，宾努亲王西哈努克，背得一套一套的。"

"怎么会呢，怎么会没个信回来？东明，你听说过，有人说在武汉见过他？……"

"我听说了，还是几年以前的事，瞎传的，有那么巧?!"

"他不该忘了他的儿子，我这把老骨头无所谓，人哪能忘了自己儿子呢!"

"唉，甘震呀，糊涂人!"

甘老大走出冯东明的家，心想别人都把甘震忘得很快，好像这件事很久很久了。三年，才三年，虽然三年像镖一样地飞过，自己为什么总觉得是昨天的事呢？

他在镇上住了一宿，第二天鬼使神差地来到了甘震的债主家里。债主比他小不了多少，梳着几根脱毛的头发，脑壳看起来油光闪亮，滚瓜溜圆。这家伙第一次到皇天湖村去讨账，是一副什么样气势汹汹的神态！他带着人去搬甘震的家具，抽渔船的桨桩，儿媳青儿就差给他们下跪了。后来第二次，第三次……甘震跑了，孙儿芋金与那个小杂种打架，他的面子丢尽了，精神崩溃了。这一切，他记得那么清楚，时常在无人的时候，从胸口里泛出来，他用牙齿把它啃啊啃啊，又吞下去，让它消化，让它变成仇恨和力量。他真要感谢这样的命运，不然的话，他甘老大就不会活得这么有韧性和有感情。生活真是一个怪物。

在债主的家里，他也看到了被他孙儿芋金咬去耳朵的那个小孩，残耳犹如一块破瓦片嵌在脑袋旁。

"好难讨哇，两千块钱，三年才算还清，"昔日的债主用难听的卷舌音说，"还赔去了我孙娃的半只耳朵。"

"你孙娃也破了我孙娃的相咧。"甘老大冰凉凉地说。

"还有什么不清楚的呢，现在是我欠下了你的吧？"

"我想来问的是，我还清了没有？"

"不明摆着吗？你们村长要我去取的。"

"不差你什么了吧？"

"不差了，就还有半截耳朵。"

"我赔你耳朵，可是你赔我儿子!"他突然像牛一样怒吼起来，"来

190

呀，拿刀来剐呀，剐呀！我赔你，你赔我！"

甘老大拉着自己的耳朵，拉得长长的，拉得鲜红鲜红，送到债主面前。

"闯了鬼！把你的耳朵和儿子都收回去吧！"昔日的债主往一边让着，露出一脸惊慌。

"我儿子不是无缘无故地不见的，事有原委，你这个老杂种，你真做得出来！甘家不会欠谁的账，账还你了，你给我儿子，赔我的儿子！"

他跳起来，像一条皇天湖的老鳢，一把抓住昔日债主的胸脯，使劲地摇着。

"老耶皮，你疯啦，你放开手！"

"你赔我儿子！你赔我儿子！"

这时他家里的人和邻居跑过来，想把他们拉开。但甘老大死死不放，另一只手乱抓着昔日债主的几根头发和脸皮，于上抓得痛快淋漓，对方也挡着，也抓着，两个老家伙满脸是血地打在一起，难解难分。

"我吃了你儿子不成吗？这个古怪的渔佬，他肯定是疯了。"

"想儿子疯了，可是欠账的还钱，谁做错了吗？"

甘老大摇摇晃晃地一个人到湖边去洗了满脸的污血，便踏上了去武汉的长途汽车。

他果真去了一趟武汉，但他在江汉路下车后，看着武汉人那些稀奇古怪的面孔和街上叫嚣的汽车，最后回到本县驻汉办事处招待所来，蒙头睡了两天。

五天以后，甘老大带着满脸抓挠的伤痕回到龙巢。谁也不知道他这大把年纪了，竟能跟谁打架。


# 第十章


甘老大在外面走的这一遭，后来传到皇天湖人的耳朵中，大家说，这老头子变得实在有些怪了，还了别人的钱，落了一身清爽，干吗还去自找烦恼呢？

甘老大回来之后，精神感到轻松了许多。儿媳问他的脸是怎么了，他胡乱地应付了几句，说是碰上了一个流氓。

这一天的晚上，他对儿媳青儿说：

"这儿不需要你们了，我一个人来照看。荜金按印的那份合同已经到期，作废了，再也没有什么事了。"

他从箱子里拿出那张皱巴巴的纸，交给了儿媳青儿，青儿接过去，把它小心翼翼地揣进口袋。他还把那些钱全给了儿媳。

"荜金上学的时候捎个信来告诉我一声，他放了假，就到我这儿来玩玩。"他交代说。

甘老大要青儿娘家的哥哥开来手扶拖拉机，把老宅的家具衣物都全拖走。最后剩下两间空空的青瓦屋，门上上了一把大锁，他自己留下一把钥匙，另一把交给了孙子荜金。在送别儿媳和孙儿的路上，他抱着荜金，对他说：

"跟着娘，好好读书，做个本分人，不要在外面惹是生非，让你娘操心。"

荜金紧紧地倚着他，欲哭无声，不想上车。但是甘老大还是微笑着把他哄上了车。儿媳在车上抱着荜金不住地回过头来向他招手，嘴里想说什么，却没有说，只是一次又一次让荜金招手。等车离开了很远之后，甘老大的手还没放下来，儿媳的蓝春装和孙儿的白短袖最后留在了他的眼里，久久不散。

鱼棚里的锅灶还在冒着青烟，这是另一种生活重新开始的征兆。当只剩下一堆网和两片木桨的棚里变得空无一人时，他觉得自己早就适应了这样的寂寞。

在鱼棚前面的一块四面环水的小空地上，他的小凳小桌每餐都斟满了一杯酒，小小的黑釉陶杯，装着他从此以后的无穷风景。龙巢风平浪静，一条小鱼偶尔跳出水面来，木纹似的涟漪向四处扩散。远处的浅沼地一直延伸到烟云迷茫的皇天湖，只有在早晨最晴朗的时候，他才能看见那条带子般的湖面，不过这种时候不多，来不及让他遐想，阳光就升起来了，刺疼了他的眼睛。手拿着一把青草，金黄色的汁液便蜂拥着在眼际翻飞。那条坝埂在雨水的冲刷、阳光的烤晒下已经结实，看不出跟其他塘埂有什么区别，像是前人筑造的一样。埂旁的芦苇密密匝匝，风吹过时发出妖冶的声音，这使他彻底忘记了时间的感觉，只有一种似乎是自己编造的幸福在心里流动，超越了一切。

他现在是想通了，他不得不承认这样的现实。他只有一种选择：守着一只船，一方塘堰，在鱼棚架下，喝着鲜美的鱼汤，这种空虚的心境实在可以说能包藏万物，他现在的生命已经和龙巢融在一起了，再也无法分开，他所能承受的也就是龙巢能承受的。

夕阳在慢慢地沉落下去，他挑亮一盏渔灯，划着船在水中放几只小竹罾，等待着明早的收获。船在龙巢的水面上晃动着闪耀的星子，水从舷边悠歌一样地流走，声音清澈得就像若有若无的天籁。一两只流萤从他的头顶飞过，落在菖蒲上，划出一点点亮迹。之后，什么都没有了。他拴好船，爬上岸来，朝黑魆魆的鱼棚里走去。

他相信，儿子总有一天会回来的。

1989 年初秋于武昌华中村

# 东方红

家园之上，遍布流氓……
——未名：《我们的麦子》

## 一

麦子成熟在地里。从河沿望去，一片金黄，起伏炫目，令人不安。麦子摇荡着淫荡的气味，从早到晚，到深夜，麦子的气味就这么大方。

裁缝杨五六割着割着，在麦茬里看见一顶草帽的影子，像一片云向他飘来，不动了。杨五六抬起头来，发现维持会长老糜正用一双狗眼使劲地瞪他。杨五六的汗珠吧嗒吧嗒地往下滴，嗞嗞地打进土里，冒出一缕缕白烟。

"喔，割麦哪。"老糜歪着腰，踏着土垡说话了。

杨五六拿着空镰刀，发白的脸上一个劲挤出汗珠，杨五六看着老糜的那副嘴脸，没想到这么快就被他嗅到了气味，跟踪而来。

"今年的麦子真好。"维持会长老糜掐下一根穗子，放在嘴里嘎巴嘎巴地咬着，看看天，看看地，感叹说。

杨五六弯下腰狠狠地去割麦，看老糜究竟想说些什么话。

老糜吐出麦穗，说了："没熟咧，没灌好咧，又不是生娃子，急什么哪？"

"熟好了，让你去送把鬼子？!"杨五六人虽瘦，中气却十足。杨五六终于看见老糜假模假样地笑起来了。

老糜笑，把一张嘴张成婆婆形。杨五六知道，老糜这是跟别村的维持会长学来的，维持会长们都这么假善人似的笑，见鬼子，见八路，见国军，都这么笑。

"杨裁缝，你开镰，全村都没你积极哪。抢麦么？抢，鬼子来了，那你……"

"我怎么，我听皇军的？皇军能使唤人哪？皇军只使唤狗。"杨五六撅着屁股越割越远。

老糜还在笑，不过笑意渐渐僵在眼窝那儿。"好好，杨裁缝，我是鬼子的狗，我是狗。狗不管你，你惊动了炮楼，让他们扫荡去，让全村逃荒去。"

"那是你会长的事。"

"好，我不干了，你来当会长，看你能维持几天！"老糜声音委屈地说。

"你不管？你会不管？你这个孝子，为了你娘，你还不管！你要村里人给你娘烧香的哪！你不管，你的官瘾……"杨五六说到后来咽了一口涎沫，杨五六阴笑着咽涎沫。

老糜跳了起来，指着杨五六的鼻子："杨裁缝，你割！你割！你不能这么损弄人，杨裁缝，你不该这么说话，你是个正派人哪，你做你的手艺，你不能这么讲话。咱们都在鬼子的望远镜下头哪，你没看见他看见了。杨裁缝，咱们不能这一刻斗气，你恨我，不能在鬼子的望远镜底下……这鸡巴会长，不当也罢，保麦收么，又不饿我一个人。我不当了，洗手不干了。国民党、游击大队、新四军，来了都捉我枪毙，都是娘养的么，杨裁缝，你伤我心了。"

"那我不割。我不割，我给你娘烧香去，我缝衣裳去。我不吃了，我一把剪刀走天下，你老糜的命令我岂敢不听！"

杨五六说走就走，揣上镰刀，提起瓦罐，沿着沟垄往回走。临走时还踢了几脚放倒的麦子。麦子全散在地里。

"这你就不对了，杨裁缝，你打了捆背回去！"

老糜看见杨五六回过头，呆呆地站了一会，又勒勒裤子，还是空手走了。

老糜无精打采地站在那里，老糜的牙齿咬得咯咯响："好嘞，杨裁缝，你让我难受咧，你记住就是。"

老糜一直站在田垄里，直到夕阳西下。他阴着额角，盯住老远被南风吹掀的太阳旗，在炮楼子上女人般地飘扬，映着黑黝黝的枪口。老糜想唱几句淫歌："姐儿生得嫩葳葳，两个奶子像莲蓬……"这时，他看见短裤党党员夏威夷牵着那口大公猪从村外走回来了。

老糜看见夏威夷，所有的歌都没了滋味。夏威夷穿着一条肥长的短裤，用橡筋揽腰，肮脏的头皮上太阳一跳一跳。那头大公猪跟他一样肮脏。夏威夷腰上吊着个劁猪包，有许多刀子，夏威夷是个劁猪佬。没猪劁的时候，夏威夷就赶着这头公猪给母猪配种。老糜骂他是流氓头子，这些短裤党，一年四季穿短裤，冬天也穿，鼻涕被寒风吹得一挂挂了还穿；赶猪的、杀猪的、配种的，都是短裤党党员，都是猪，公猪。

老糜看见夏威夷背上多了个布包。那包里肯定是些稀罕货，拿回去向村人炫耀一番，最后统统归于茭笋那个臭女人手上。

夏威夷用竹条抽着猪，短裤一浪一浪。

"夏威夷。"老糜喊。

"好呀，会长，站哨哪？"夏威夷背着布包，慢吞吞地看了老糜一眼，慢吞吞地说，并且准备继续打猪赶路。

"坐坐么，夏威夷，麦子熟了。你坐会儿，晚晌的风好哪。"老糜掏出一包瘪瘪的大刀牌纸烟，取出一根给夏威夷。夏威夷迟疑了一会儿，不情愿地接着了，把烟拿在手心里，没夹上指头。

老糜坐下来，腾出一只手去给夏威夷的公猪搔痒。公猪马上哼哼哈哈地躺倒在地上，张开胯，舒服地让老糜搔。

夏威夷说："老糜，你娘可好？"

老糜说："好什么好，不死不活，一个样。"又说："夏威夷，杨裁缝割麦了，我心直跳，眼皮也跳。"

"他割么，那关我什么事！"夏威夷说。

老糜想，夏威夷你的东西不能全流到茭笋怀里，夏威夷你不能这么财大气粗，你得留下买路钱。便说："夏威夷，这会长当初是你撺弄我干的，你不能撒手不管哪。"

"他割麦子我管什么？我又没田没地，我不割。"

"他把鬼子逗来了哪！"老糜说。

"不是靠你维持么!"

"我两手空空,维持什么?"

夏威夷发现老糜说话时两只深深的狗眼总停留在他的布包袱上,像盯着一块骨头。

"好么,老糜,你挑吧,你想挑什么就挑什么!几天的收入都在这里哪!"夏威夷抖出布包,晃了一下老糜的眼。布包里有绸缎,有茶叶,有痱子粉、花露水、紫砂茶壶。

老糜说:"夏威夷你真能耐,夏威夷你是个好人。为全村的麦收哪,咱恨鬼子,咱又不能把他们的刺刀给忘了,像喂狗一样,得喂点什么,喂了就不咬你了。"

夏威夷说:"老糜,会长,你挑吧,你喂得了鬼子的胃口你就喂,看你有多少东西喂!"

"那有什么法子。"老糜说,老糜看中了那两段丝绸,花花绿绿的,不能穿到茭笋身上。老糜说:"炮楼里有个女人,是他们中队长的,就把这个送他去,让杨裁缝做去。"

夏威夷说:"你拿得真准。"

老糜说:"我还能拿什么!"

夏威夷收拾起剩余的东西,绾了个结,说:"老糜,你可不能害了杨裁缝,你不能让他到炮楼受罪哪。"

"那你说谁去?十里八乡,只有杨裁缝有这门手艺。"

夏威夷呼地站了起来,抽打自己的短裤和地上的猪说:"走么,还不走!老糜,你好主意,老糜,人家杨裁缝可是个老实人哪!"

老糜说:"谁就不老实?!就是老实了,才被你们糊弄当这鸡巴会长哪!全村的麦子,全村的麦子……"

老糜垂手提着那两段丝绸,忧伤地走了。

## 二

老糜穿过死气沉沉的街道,一个人在黑暗的树影里出入。

老远,他就看见了杨五六门口的碾盘上坐着个人,一团瘦丁丁的影子,被嘴上的烟头燎得时隐时现。

"歇凉哪，杨裁缝。"老糜站在碾盘跟前，伸过手去找杨五六对火。

"我不是没割了么！你跟得紧咧，老糜。"

"我又不是为这事来的。"老糜吧嗒着大刀烟说。

"我不割了，我家也没粥喝了，灶台上走蚂蚁。"

"你就不能找点裁缝活干？"

"那我到你家缝衣去，我给你娘缝寿衣。"杨裁缝一双脚跳下碾盘。

"杨裁缝，说这话就伤感情了。杨裁缝，你声音咋就像吃了炮子儿的，你还想惊动鬼子!?"

"你吓我，老糜，我不就割了一晌麦子吗，我又没掀炮楼。"杨裁缝说。他这时感到老糜将一个柔软的东西递过来了。"这是什么?"

"夏威夷拿出来的绸缎哪，不给炮楼打点贺礼，谁的麦子都保不住。杨裁缝，明天就辛苦你了，带上剪子皮尺，全村的粮食就靠你这趟啦。"

"让我去钻炮楼？老糜，你黑了心！"

"你给鬼子做旗袍去，你去了，以工换工，你的那两亩麦子，村里帮你割便是。杨裁缝，这不是开玩笑的。"

"我不去。要去你去。"

"杨裁缝，今年的夏粮就在你的剪子上。谁都不是鬼子的干孙，要恨恨在心里哪。"

"老糜，你把我往火坑里推。"

老糜站在碾盘的另一边，杨五六嘴巴里发出的愤怒的气流直打在老糜脸上。老糜说："杨裁缝，你怕了，你是个软蛋！你怕鬼子，好，我陪你去，我给你挡刺刀，我反正是出头檩子先烂，我才不怕哪，我陪你了！"

"要你陪么，老糜！你又不算个英雄，谁的胆子没一层苦汁儿？要怕还轮不到我哪。"

"那你有种了，"老糜说，"全村人都看着你，看你是么样爬回来的。"

"老糜你才爬，老糜你是条狗，日本人的大狼狗。老糜你瞧着，杨五六打着酒嗝回来，坐在田中央抱着茶壶看你们帮我割麦！"

杨五六卷起丝绸，趿着鞋回屋了。

老糜还在那儿呼呼地吐气，老糜心里说："杨裁缝，你狠，你跟日本人狠去。"

第二天一早，杨五六进了炮楼。

杨五六是第一次进炮楼。杨五六从吊桥上走过去，鬼子就要他放下剪子和针，说："用我们的!"

鬼子的剪子不好用。杨五六想着那位日本娘们身上的尺码，臀部和腰围都出奇的小。杨五六没量，是鬼子量的。鬼子不许杨五六亲自动手。杨五六想，这么瘦的屁股，晚上怎么用! 杨五六想岔神了，结果把一段丝绸给糟蹋了。

结果杨五六挨了鬼子两耳光，打得杨五六下巴错了位置，嘴里的血像皂胰子泡往外涌。杨五六捂着脸说：

"太君，凭什么打人哪?"

鬼子说："你的，良心大大的坏。"说着就夺过剪子要剪杨五六的耳朵。

这可不行，不知怎的，杨五六一膝给整下去了，人矮了一大截，连连在鬼子的皮鞋面前说："我赔，我赔。"

鬼子不要他赔丝绸，鬼子说要村里送两百斤猪肉来赔罪，如三日不送，就剪杨五六的耳朵。

杨五六跌跌撞撞地离开炮楼，还听见后头的皇军在怪笑咧。

杨五六在路上骂皇军，谁也听不到的时候，杨五六骂得最响。

"我怎么见人咧!"杨五六照了照水面，脸肿得像牡丹。后来杨五六又骂老糜，骂这个维持会长。

"老糜，你娘的香火迟早是要断的。这个村，看你维持出什么名堂来! 该割的，割你的耳朵!"

杨五六走一路，一路的死气沉沉，无声无息的太阳照着遍野的麦芒。

"老糜，你看我的脸。"杨五六进门就说。

老糜正从他娘的房间里出来，手上沾着香灰。老糜一身香火气味，闻起来就像是从灵堂出来的一样。其实老糜的娘未死。二十年前老糜的娘吃了几朵野蘑菇，就在一个晚上大笑起来，咯咯咯地说："幺姑你莫挠我。"老糜的娘碰见了鬼。娘笑了三十天，就躺在床上没知觉了。只对香火有知觉，闻到香，就能吃能笑，笑声又娇又嫩，小媳妇一样的嗓儿，可娘八十岁了。老糜烧了二十年香，把家烧穷了，媳妇也烧跑了。老糜说，维持会长是人干的?! 夏威夷说，老糜，上！你上，全村人给你娘烧香。老糜是个孝子，有人给他娘烧香，他就干了。

老糜看见杨五六站在他的场院里。"喔！"老糜总算知道了啥事，"我也挨过鬼子的揍哪。鬼子不揍人，还叫鬼子！"

"老糜，你这是什么话！"

"手心手背都是肉哪，你的脸挨了，我的脸未必是屁股？"

杨五六看到老糜的那双狗眼看他的脸像醉赏桃花，杨五六说："老糜，你做的好事，他们还要剪我的耳朵。你说，耳朵是能剪的吗？不剪，他们说就让你送两百斤猪肉赔罪去，没有肉，就剪耳朵。你说，你做的好事，这是什么世道！"

老糜的那个笑脸渐渐拉长了，嘴巴黑洞洞地张着，像掉进冰窟的一副表情。

"喔，剪耳朵？那就剪咧，耳朵是个摆设，也没个卵用，还占了脑袋个地方，留它做什么！"

杨五六说："老糜，你是会长哪。老糜，你不能这样说话，你耻笑我哪。"

"你做错了什么？"

"布料裁废了。"

"那就是了，你裁歪了，你赔耳朵去。我哪儿弄两百斤猪肉？"

"你想撒手不管，老糜？"杨五六大声说。

"我没猪肉。"

"好吧，"杨五六低着头从怀里掏出剪子，又低着头递给老糜说，"帮个忙吧，剪吧。"

老糜接过剪子，在手上抛了抛："喔，耳朵血多，我去抓把香灰洇血吧，杨裁缝？"

杨五六说："那我随你了，我耳朵交给你了，你怎么处理都行。"

老糜就去扯杨五六的耳朵，对着光线瞧了瞧："杨裁缝，耳薄呢，兴许没血呢，那我就不客气了。"

"剪吧，剪吧，剪了少个事。"杨五六在刀下说。

耳朵拉成片树叶了，老糜迟迟不动剪。

"老糜，剪么，你怎么不开剪？"

"这耳朵……"

"你剪，老糜，你剪了我的，我再剪你娘的，送一回，送两对去，咱村里也不能礼薄了人家皇军。"

老糜突然将剪刀丢在土墙下，牙齿像磨盘一样咯咯响着："杨裁缝，你闯下大祸啦！"

## 三

夏威夷正兴冲冲地走在山冈上。公猪跟着他。

夏威夷一连出去了几天，他发誓要再为茭笋搞到一些东西，自从上次老糜把他弄来的丝绸给"挑"去后，他就出村了。他赶着他的公猪，怀揣着一包劁猪刀子，现在手上已经攥到了一只玉镯。在镇上的一家酒馆里，夏威夷把这只镯子炫耀了好些时，指着玉镯的损迹说："一条乌龙在里面游动呢，一打雷下雨，龙就翻斛斗云。"酒馆里的人说："什么鸡巴龙，是条迹。"夏威夷说："你们不信算了。今日焦晴，乌龙困觉了。""瞧你说得神乎其神。"不管怎么说，镯子会马上到茭笋的玉臂上去，夏威夷想到茭笋的玉臂就有了些冲动。"老糜，又让我捐，去堵鬼子的枪眼?!"后来夏威夷向山下的麦田呸了一口。夏威夷赶着公猪，把玉镯套在手指上滴溜溜地转。

夏威夷赶一气，给公猪吃个鸡蛋。夏威夷自己不吃鸡蛋，给猪吃。猪吃了才有劲给他赚钱，赚了钱夏威夷才有米吃，才能跟茭笋睡。

猪吃饱了，便不想走。夏威夷用竹条抽它。它不怕，它皮厚。三百多斤的猪啊，婊娘养的，吃肥了，把人家母猪往死里整，恐怕还是要饿饿它才好。夏威夷七想八想，日头偏西了。日头偏西，还没到村子。夏威夷急了起来。夏威夷看到炮楼上的膏药旗，一入夜，枪声不断。中了日本鬼子的冷枪，那才叫亏呢！夏威夷于是找了块尖石头，锥公猪屁股。一锥，公猪就跑了起来，哼哈哼哈的，像县长。

夏威夷走到村头，天已全黑了。狗吠不多，村子很安宁，夏威夷舒了口气。

夏威夷走到村里的禾场边，突然看到了一闪一闪的烟锅，又看到了两排人影，黑煞煞的像乌鸦。

干什么哪！夏威夷这样想，是鬼子？捉我来了？短裤党不过是些劁猪的，跑江湖，做生意，互通行情，捉我做什么！

夏威夷想着想着胆就像浪崩的沙岸，虚塌了。惊魂未定，突然听见"扑通"一声，两排乌鸦人影齐刷刷地斩去半截。咦喔！全跪下去了。

"干什么哪！"夏威夷粗声地问，毛根也竖起来。

"夏爹回来了！夏爹回来了！！"一伙人齐声趴地上说。

"夏爹？"夏威夷好笑，我？夏爹？喊我哪！扯鸡巴蛋，今天怎么啦，往常不都叫我"下水""下三烂"什么的，今日个怎么成爹了！

狐疑当儿，有几个人已经爬了起来，只听一个喊："快给猪吃鸡蛋。"话音刚落，就有噼噼啪啪在陶盆里打蛋的声音，接着有人将夏威夷手上的猪绳接了过去。

"都起来嘛，你们这是做什么？"夏威夷被推搡着，有些慌魂。

"夏威夷。"老糜在那站着的几个人中，夏威夷听出来了。

"喂，老糜，这是……"

"夏爹，我们向你求情来了。"地上的人一齐用脑门子捣地，咚咚有声。

"老糜，"夏威夷手上的镯子不由自主地往裤腰里塞去，"老糜，你又有什么好事……"

"你问杨裁缝吧。"老糜说。

"问我？还是问问你自己，"地上的杨五六开口了，"这不是我的事。"

"对，不是你的事，是全村人的事。对么，你说说。"老糜站在那里命令道。

"老糜，你黑心。老糜，是谁闯的祸哪？我杨五六又没有丝绸给鬼子穿。"杨五六说。

"那、那我也没有，谁都没有。夏威夷，杨裁缝问你哪。"老糜说。

"谁闯了祸？什么祸？"夏威夷抢过猪绳，大声喝问。夏威夷显然不耐烦了。"是老子的丝绸，对，老子的丝绸，那算什么！"

"我说吧，老夏，"老糜说，"皇军给了咱村两条路：要么送杨裁缝的耳朵去，要么送两百斤猪肉去，就这么简单。耳朵也不能送，要送猪肉……就你这头公猪。老夏，就这么简单。"

夏威夷发现躲在人堆里说黑话的会长老糜恬不知耻。老糜你还想

"挑"我的猪去堵枪眼？"老糜，鬼子要什么你就给什么，喔？"

老糜说："夏威夷，那你来当会长。"

"你吓我！"夏威夷说，"还没轮到我当哪。把猪给我，别挡了路。"

"夏爹，你不能走！"杨五六拖住了公猪的尾巴，"夏爹，公猪去了有来的，耳朵去了就没来的了。夏爹，你的丝绸害了我……"

"喂，杨五六，不管怎么，你一对耳朵也不值我的猪哪。你耳朵香些，鬼子为什么不要大伙的耳朵专要你的耳朵？这证明你耳朵香些。"

老糜终于站了出来，站在公猪的绳子边，敲敲夏威夷攥着的这根绳子。"老夏，杨裁缝喊你夏爹了。全村人都来求你了，你看着办吧。"

夏威夷说："鬼子又不是我请来的，我一个人伺候？"

"那就散咧，"老糜说，"大家起来，磕头做什么！老夏也不是祖宗，我就不磕。大家回去么，欢迎鬼子来扫荡么。"

两排人影都慢慢地爬起来了。禾场上静得像座坟山，墙似的人影，连呼吸声也听不见，夜风鬼魂一样地送来田野上麦子的香气，沙沙、沙沙作响。人的耳朵快承受不住了。

看着夏威夷一摆一摆地牵着猪走远，老糜突然跳上土台大骂起来：

"夏威夷，你拆我的台哪！夏威夷你不是个人！"

杨五六也爆发了，哭骂着："夏威夷是猪！"

"夏威夷是猪！夏威夷是杂种！"

禾场上吼成一片。

四

夏威夷翻茭笋的后窗跳进去时，听见了一阵霍霍的磨刀声。

夏威夷跳后窗的路熟极了，他很快就摸到了灯和火柴，当他准备划燃看个究竟时，床上传来了喝令声："住手！"

"喔，茭笋哪，你怎么能看出我来？"夏威夷说。

"就你偷食的獾子！你怎么回来了？"

"想你么，想你我就走。猪也不是没长腿，我牵着猪说走就走。"

"去你妈的夏威夷，还不点燃灯让我来伺候你。"

夏威夷领了圣旨，一阵快活，哆嗦着就去划火柴。

灯跳了几下，亮了。他看见一把银光四射的镰刀悬在他头上。他的头一下子就缩进去了，捏着喉咙说："茭笋，干什么咧，你开什么玩笑，你真……"

"夏威夷，你滚出去！"

夏威夷看见茭笋的镰刀已经扎进门框了。"我，我是个屎蛋？我能滚吗？"夏威夷把脸上弄出些笑不是哭不是的纹道。

"我喊人了。"

"咦，你喊谁，喊皇军？皇军又不会强奸我。"

"夏威夷，你这二流子，你不是个人。"

"你也说我不是个人！呀——"夏威夷忽然抱头痛哭起来，歪在墙角里，像个苦命人。

"你起来。"茭笋说。

"我不。"

"那我走了，我给老糜的娘烧香去了。"

"茭笋！"夏威夷跳了起来，"你看，看看我手上拿的是什么！"

茭笋被唤住了，凑过去，看到的是夏威夷藏着的一双手，她挂两串泪屎神秘地堵在门口。

"丢过来咧！"

"你猜，你先猜。"

"我猜什么，我才不猜。"

"量你也猜不到。镯子，给你的哪。"

"我不要，我什么也不要。"

"瞧你，给你咧。上次的丝绸被老糜拿去孝敬鬼子了，这个……女人戴的东西么。瞧，有龙咧，龙在游，打雷下雨，乌龙就游了，稀世之宝哪！"

夏威夷的另一只手就去扯茭笋的裤带。

"夏威夷，住手！"

茭笋有把好力气，将夏威夷推到五尺开外。这娘们真动气了，刚刚的红脸挂了层腊月的霜，惨白惨白。

"夏威夷，不要脸，全村人都在骂你哪，你还有这兴致！"

"喔，是啊，是骂我，你也骂。都骂么，那还不是老糜挑起来的，老糜，我劁了他！”夏威夷说。

“全村人的口粮哪，夏威夷，那与老糜有什么关系！”

“哼！老糜……”

“夏威夷，怪人不知理。你还有脸在我这儿！”

“那我走。我带着公猪走天下。老糜，我会轻易把猪给老糜?！他绝我的活路哪。我走了，我赚了钱娶镇上的女人去，我怕个卵。”

夏威夷套上短裤，头也不回地跳窗走了。

“你的臭镯子！”茭笋在屋里喊。夏威夷一回头，镯子正打在他脑门上，金星直飞。

夏威夷在地上摸到玉镯，“呸”了一口：“好咧，茭笋，你也跟他们一起恨我咧。”

五

自家的破院子黑咕隆咚。夏威夷垂头丧气来到门口，正欲开门，旁边闪出一个人来，吓得夏威夷裆里一紧。

“夏爹。”

是杨五六。这可怜的裁缝，一直候着夏威夷哪。

“你在这里做么事?”

“夏爹，我喊了你五声爹了。我爹我也没这么喊过，我喊得巴口巴嘴。我喊我爹老鬼。”

“你喊你的，关我屁事。”夏威夷说。

“我可没骂你哪。我守着你，夏爹，我喊老糜来，行啵?”

“这儿没你的事。”夏威夷听了听公猪在猪栏里打着鼾，一进门，就使劲关上了门，把杨五六隔在门外了。

屋里霉气扑鼻，上了床，摊开被子，都是他娘的单身汉的臭气味。他手上攥着那个玉镯，玉镯上有茭笋的体温。夏威夷放在鼻孔前深深地吸，香哪。“妈的，不识抬举的女人！”他心里骂了一句，听听门外没了响动，就挺在床上了。

可夏威夷想茭笋，想茭笋的屁股和奶，想茭笋的后窗。茭笋曾有个小丈夫，小丈夫总是屙湿床单，挨茭笋的打，茭笋的婆婆便打茭笋。后来小丈夫放牛时被牛角抵死了，茭笋的婆婆说，有我在，你就休想改嫁。可是没几天，婆婆也跌下水塘淹死了。有人说是茭笋推下水的，茭笋说，我不改嫁还不行吗？于是村里人说你不改嫁就证明你没下毒手。茭笋没改嫁，还有男人睡。茭笋不被男人睡，那就是浪费。

夏威夷跟茭笋睡，是给茭笋的新花母猪配种的那天。那时候夏威夷刚刚加入短裤党，脸上洋溢着幸福，穿着簇新的花短裤。他的公猪跟茭笋的母猪睡了，他跟茭笋睡了，就这么回事。睡过之后夏威夷提着短裤就走了。从此，夏威夷成了跳窗的短裤党党员。

茭笋今天不跟他睡了，茭笋竟也跟老糜唱一个腔。公猪一交，夏威夷他今后拿什么去逗茭笋欢笑咧？这不是把他推下崖谷？人就一条路哩，你要保你的麦，我要保我的猪。老糜你用麦来逼猪哩，老糜你使幌子，让女人也信了你，老糜你比鬼子还坏！

夏威夷让一锅锅烟来烧，鸡叫了。

鸡叫了五遍，天叫亮了。夏威夷下了床出外去解手，打开门，一个人直挺挺地倒进来。

是杨五六。杨五六昨夜趴门站了一宿哪，杨五六站着睡觉，身上全让露水浸湿透了。

杨五六从门槛上爬起来，揉着眼睛说："夏爹，没吵你瞌睡吧？"

"什么哪，还不回去！站着睡伤身子。"

"还不是为了一对耳朵。"杨五六说。

"麦子倒是挺香了。"夏威夷打了个呵欠，坐在门口的石臼上，看着早晨的田野说。

杨五六也睁开耷拉的黄眼皮附和说："是么，是么。可今年是给鬼子种的。"

"你没偷我的猪吧？"夏威夷问。

"我偷了还站在这里让你拿赃？我不晓得送到炮楼去！"

"那就好。"夏威夷拾起个葫芦瓢，去给公猪喂食。

杨五六跟在后面，手把猪栏木头说："我昨夜给你的猪赶了一夜蚊子哪。"

"你回，你回。你怎像条癞皮狗咧！"夏威夷说。

"我不怕骂。我不走，我等你回话哪。"

"我今天还要去配种。"

"我跟着你，我帮你提鞋。"

"呀，杨裁缝，你这样，我越发看不起你了。你活该让皇军剪耳朵。你这副样子，剪了耳朵还顺眼些。"

"我喊老糜来。"

"老糜？老糜是个什么东西？！你说，老糜算东西？老糜设了套子让你让我钻哩。"夏威夷坐在食槽上，吐出一口粗壮的气来。

"是么？我使老糜难受过，老糜这人……不提了，提他我也是火，我也一肚子气哪。"杨五六疙疙瘩瘩地在那里说。

好久，两人都没说话，只看着村外光鲜光鲜的天。

"麦香咧，老夏。"杨五六说。

"唔唔。"夏威夷说。

"往年碰上这样的年成，家家都置新衣了。今年没哪个置，我没得活干了。"

"看你伤心的。"夏威夷说。

"我伤心？我怎么不伤心！"杨五六嘴角往下一拧，就吭吭地哭起来，喉咙像鬼子的汽船，"我耳朵就要没了，我造了什么孽！夏威夷，你的丝绸害了我！你这个害人的短裤党！"

杨五六说着就扑过来一把抓住夏威夷的衣领，揪着他像揪个小包袱似的，勒紧他的衣服，死死不放。

"夏威夷，下三烂，你这个婊子养的，你说，为什么用丝绸害我哪？你说，你说！"

夏威夷胸口被勒得喘不过气来，眼亮了，趔趔趄趄地对着杨五六发紫发青的五花脸说："你个婊子养的，你怪人不知理哪！你刚才还好好的。"

"老子早想揍你！拧下你的耳朵送到炮楼去！"杨五六的一只手抓住了夏威夷的耳朵，像拉皮筋一样地拉成张薄纸。

"杨裁缝，还不住手，老子有劁猪刀哪！"

"要劁就先劁你这头公猪！"

于是两人扭作一团，抓耳拧腮。后来两人都坐到地上，蔫晃着脑袋喘气。

"好么，夏威夷，你不肯成全我，我只好到炮楼送耳朵去了。我不连累村里，我好汉做事好汉当。"

"你去么，你快走。"

"那我就真的去了，夏威夷。"杨五六站起来，拍了拍屁股上的灰，往村外的小路走去。

夏威夷带着一脸抓痕兴奋地看。杨五六不是回家去的，真往炮楼的方向走了！夏威夷脖子越看越长，看硬在那儿。

"你回来，杨五六！你回来！"夏威夷最后爬起来就去追赶那变得愈来愈小的影子，"杨五六，你还是中国人哪……"

六

笑声从老糜家里传来了。

老糜的娘在香火味中吧唧嘴巴，舔自己的牙齿。

"娘，你还吃一口。娘，你吃饱哦。"老糜坐在娘的床前，一匙匙给他娘喂饭。

"咯咯咯……"老糜的娘吃一口笑一声，清脆得像白萝卜儿。

"娘，你还吃一口，吃了我帮夏威夷杀猪去。猪送给鬼子，我们就能吃上自己的新麦粥了。"

老糜这样说，老糜的娘只是望着屋顶的檩条，吃一口，笑一声。

老糜又去添了一炷香，香烟飘起来了。"你想笑就笑吧，娘。是该笑的时候了，我们能麦收咧。"

老糜踏出门外，打了一阵嗝。嗝声迎着麦浪金风持续不断。

不停地打嗝，有什么很满意的事就打嗝，这样老糜就来到了夏威夷的地场前。

奇，没听到猪叫，没看到板凳、腰盆、寒光闪闪的刀子。

"夏威夷！"老糜提着心喊。

老糜来到屋后，来到屋左屋右，不见夏威夷。猪呢？总算见着猪了，猪正在塘里滚泥。老糜这才松了一口气。

"谑谑谑……"老糜唤猪。

猪不听他唤。他只好下塘坡去，脚踩稀泥给猪搔痒。

"谑谑谑……"

老糜哄着猪，抓起猪尾巴，看看它身上的皮。好动刀子哪，皮虽厚，还是肉丝，一刀子不行两刀子。老糜看着猪头、猪尾，猪裆里的赘物，老糜忽然就有了一股杀猪的欲望，一股杀夏威夷公猪的欲望。

"夏威夷，我看你藏！夏威夷，我动刀子哪！"

夏威夷上哪儿去了呢？没人应，老糜沾着两手泥，爬上塘坡，瞎走。

老糜走到茭笋的门口了。

他朝黑咕隆咚的屋子里瞄了瞄，看见了两粒亮晶晶的女人的眼睛，荡着水波。

"串门子哪，会长。"她看见老糜抬脚进来时，眉头枯着，像根干菜。

"我找夏威夷。"好半天，老糜才说。

"这又不是夏威夷的屋。"茭笋哀怜地看他。

这女人，这女人。睡是睡过，可没钱哪，钱给老娘烧香了。欠她的，后来就不敢来了。可夏威夷那个苕货有猪，有公猪，有公猪就有一切：钱、女人。

"茭笋。"老糜说。

"老糜。"茭笋说。

老糜看着这个水浪浪的女人，想，必须马上将夏威夷的猪杀了。

"我找他哪，全村人的性命都拴在他身上哪。"

"是夏威夷还是夏威夷的公猪？"

茭笋歪着头瞧他，他也歪着头瞧茭笋："当然是猪。"

"那你找公猪去。"

"人找人么。"老糜笑了两声说。

"应该说是人求人。"茭笋纠正说。

"你以为我没了志气？"老糜走到茭笋面前，按着她富有弹性的肩说，"你只记得夏威夷，忘了糜哥我么？"

茭笋说："老糜你是个孝子，你心里只有你娘哪。"

老糜的手移到茭笋胸前："还加上你。茭笋，我夜夜梦中与你睡觉。"

"不要脸！"茭笋笑着摸了下老糜的脸，"老糜真不要脸，老糜是天下最不要脸的男人。"

"那肯定是么。人不求人一般高，我现在要找夏威夷。"老糜回到正题儿上来。

"你不能杀他的猪，"茭笋说，"你不能害他。"

"全村人的麦子和性命，茭笋，现在这关口你不能这么说。"

"你现在是为了你娘有人烧香吧？"

"就算是，茭笋。我求你来了，帮我逮夏威夷去。他说好了的，他不能反悔。他反悔，村子就三光了。"

"我不管你们男人的事。"茭笋抱着膀子说。

"我很霉头么，茭笋？我像个苕货么，茭笋？你帮帮我。大家哄弄我当这个维持会长，这天下谁能维持得了？我倒了霉，所以霉头了。茭笋，帮我逮夏威夷吧，动手吧，已经两天了，灾难就要临头了。"老糜边说边红了眼睛。老糜泪汪汪的。

男人有时候流点泪，就很潇洒。茭笋看着老糜，越看越耐看，泪光四射的一个男人。茭笋软下心说："老糜，我去我去，瞧你柔肝柔肠的！"

七

麦田里正响着夏威夷忧伤的麦哨。

夏威夷吹一口吐一口涎水。夏威夷觎猪吹牛角，麦哨不过是小伢玩的。夏威夷躺在地里胡乱地吹嘘，一个人吹嘘。麦哨呜呜地击打着阳光。

这世道黑了天！夏威夷在心里大骂道。村里人真他妈不是东西，听谁说哩，听老糜和杨裁缝说的，都来了，说老夏杀你的猪我帮你扯腿，说我只要个猪尿泡，说猪鸡巴卖给我算了。夏威夷气愤至极，大声说又不是过年，杀什么猪哪！把那些人轰跑了。夏威夷轰跑了那些看戏不怕台高的家伙，最后一个人溜达到田里来了。

夏威夷看着那无边无涯的麦子，看着麦子尽头的炮楼。这麦子为什么就要用猪来换呢？夏威夷用土堡砸麦田的鸟。后来夏威夷在田里睡了一觉。夏威夷在梦中发现有虫子钻鼻孔，去抠，抠不出，痒得难受。

"咯咯咯。"醒来一看，是茭笋用麦芒捅他鼻子哪。

"还笑么！你笑什么哪？还有一天看你笑。"夏威夷打着呵欠说。

"我不怕鬼子。鬼子来了我跟他们做小老婆去。"

"跟鬼子干的女人能活？庙王乡的张嫂，伍洼子的伍梅，哪个活了！"

"你不救我咧，夏威夷，你一个人好清闲。"

"茭笋，今晚跟我走。我牵猪就跑，我还有许多短裤党兄弟躲哪。"

"夏威夷。"茭笋的声音像是在床上。

夏威夷马上从怀里掏出那个玉镯来："茭笋，你戴上，戴上跟我走好啵？一起跑吧，离开这鬼地方吧，只要我有猪，就有你吃的穿的戴的。"

"我不要，我不跑。"

"那，你跟哪个跑？"

"我不跑，我死活在自己的家里。"

夏威夷抱着自己的头，像拔鸡毛一样拔自己的头发。

"你疯了！夏威夷！你过来！"

夏威夷抬起头，眼睛直直地望着茭笋。

"你过来么，田里没有人。"

"你收我的镯子？"

"我请你杀猪。"

"我不过来。"

茭笋抢上去抱住了夏威夷："夏哥，救救大家吧，好汉答应就不反悔。"

"我恨老糜。"

"是我在求你哪。"

"你求我一辈子？"夏威夷把嘴从茭笋嘴里扯开，盯着茭笋问。

"瞧你，哥哥！"茭笋的眼一转，"这年头，说什么一辈子两辈子的话，大家不都是过一天得一天么。"

"我杀吧，茭笋。"夏威夷的语气像蚊子了。

"夏哥！"

夏威夷撇开茭笋，一个人东倒西歪地踏着麦子离开了。


月亮升起来了，月亮像个红色的灯笼。

月亮照在猪栏里。夏威夷把家里的鸡蛋全寻了来，打进食槽。夏威夷看着猪大口吞吃。夏威夷坐在地上，一把刀搁在他的面前。

"吃吧吃吧，吃肥了，给鬼子做爹去。"

猪栏外站着老糜和杨五六。老糜在吃烟，垂手而立；杨五六也垂手而立。月光镀出他们的轮廓。

"动手吧。"老糜在黑暗中说。

只有猪吃食的声音，夏威夷没说话。

"老夏你动手。"老糜再一次说。

夏威夷好久抓起了刀跳过来，用刀拍打着猪圈说："拼了吧，跟东洋鬼子拼了！老子还是个短裤党咧！老子组织人来端了他卵的炮楼！死，就是个死么！我没了猪，也是个死。我拼了，我就青史留名了！"

夏威夷的头发一根根飞扬开来，夏威夷的刀也忽闪忽闪着瘆人的寒光。

老糜说："老夏，你疯了！人在矮檐下，岂敢不低头？老夏，你还是杀猪吧，你不是杀人的人。"

"放屁！老子就想喝点人血！迟早是个死哩，我不能白害了咱这头猪。猪有什么得罪我的？老糜，你这么维持，万代留骂名！老糜，你不算个东西。"

"你又算什么东西！你不就是个短裤党党员么！你算什么东西？你杀猪，你劁猪，你配种，你算什么东西，喔，你说你说！"

杨五六跑来挡开二人道："爹爹们，拿刀就吵架，爹爹们莫打嘴巴仗了。"

夏威夷擤着鼻涕说："我骂汉奸老糜。"

老糜突然跳上猪栏说："我是汉奸？你出语伤人，老夏，你不能这么说。你手拍胸膛想一想，老夏，你说重了，老夏。"

"我晓得你心思咧，眼馋着别人！老糜你有野心，老糜你野心不小，借鬼子的刀来杀人杀猪哪！"

老糜平静了下来，老糜背着月光一动不动。最后老糜说："那就割我的耳朵吧，送我的耳朵去。"

"你割！"夏威夷喊着。

老糜走过去，接过夏威夷递来的刀，听见夏威夷在黑暗中冷笑了一声。

他扯起自己的耳朵。

杨五六这时抢先夺过了老糜手上的刀："还是割我的吧，我惹的祸！"说着杨五六就对着自己的耳朵大削大砍。等老糜和夏威夷去阻止，一只耳朵已经削去了一半。老糜抱住了杨五六的双手，对夏威夷喊：

"找布来包!"

杨五六拼命地扭彎着,说:"别管我,让我割,割!"

"割你妈的×!你今天割,鬼子明天就要全村人的耳朵!鬼子以为你作践他们哪。鬼子耍的是猪肉。鬼子耍猪肉也是假的,糟蹋咱中国人才是真哪!"

夏威夷将杨五六的半截血耳朵包好,又让他斜靠在木柱上。

"疼么,杨裁缝?"老糜问。

"不疼。老夏,老糜,麦子香哪。今晚的麦子爆得好厉害。今夜,麦子真香哪。"杨五六闭着眼呓语。

老糜说:"是要麦收了,雨一来,颗粒无收,咱们的汗就算白流了。"

夏威夷没跟他们说话。夏威夷用脚尖挑起那把刀子,那把沾有杨五六耳朵血的刀子,走进了猪栏。

猪一声惨叫,打碎了月光。夏威夷连捅数刀,夏威夷捅得很深,他的手在猪肚里烧炙得发麻。猪没了声息,夏威夷趴跪在公猪身上,手还在猪肚里,久久没有抽出来。

# 八

独轮车发出鸡叫的声音,早晨的露水正重。露水湿润,麦子和早晨爱开的野花,把一些香气送到小路上,送到三个男人的鼻子里。五月到处香。

夏威夷穿着短裤,老糜穿着对襟,杨五六穿着草鞋。杨五六推车。车叫,地里土蛙和蛐蛐、蝈蝈也叫,麦浪起伏,三条汉子穿行其间。

炮楼的膏药旗在麦子上迎风飘扬,那旗在天空里像只充血的眼睛。夏威夷捏拳,老糜皱眉,杨五六苦脸。

"我来推么。这狗日的天一走路就燥。"老糜揩着头上的汗对杨五六说。

杨五六没说话。杨五六歪着屁股推车,两百斤白生生的猪肉卡在独轮车两边,几只苍蝇追着叮。

"我欠你们的情哪。今后我给你们做棉衣,做皮袄,我当牛做马地做。老夏,我给你做短裤哪,橡筋短裤。"

"给我做，好么。"夏威夷走在前面说。

"我给你做十件八件，花短裤。"

"我又不是女人，要花短裤做什么！你还是给女人做去吧。"

老縻说："老夏，你脾气不好。杨五六你少说两句，快推呀。老夏你到了炮楼千万别说什么。"

夏威夷说："老縻你像鬼子的儿子，老縻你心里很深哪。"

老縻说："深什么？我不得不考虑，一个苫货当了会长，也会这么考虑。我深什么哪，深我早到镇上卖酱油去了。"

夏威夷说："那就看你的。"


鬼子见了猪肉，个个喜笑颜开。

"你们的，良民。"鬼子说。

"那是赔罪了，我们村，与大和民族，亲善的有，"老縻比比画画地说，"我们，是天皇陛下的，臣民。"

杨五六与夏威夷夹着卵子坐在墙边。老縻弓着腰，笑得把嘴角扭到耳朵边去了。老縻说话的时候夏威夷喷着鼻子，夏威夷竖着眉看着两个鬼子搬他的公猪肉，鼻子喷得叭叭响。老縻忙说：

"皇军，麦子黄啦，我们回去啦，收麦子再来慰劳皇军。我们村，统统的，喜欢皇军。"

鬼子说："你的，假话的干活。"

老縻说："我们收的麦子，是皇军的功劳，皇军不吃，谁吃！皇军功劳，大大的。"老縻伸出一个大拇指直晃。

皇军被说高兴了，按住正欲起身的老縻说："那好，你们三人，统统的，咪西咪西。"

老縻被按回原位，看杨五六，又看夏威夷。

"哈哈哈……好，好，皇军瞧得起，我们咪西咪西。"老縻装作十分轻松的样子。

这时，夏威夷拔腿就往外走。杨五六傻了眼，老縻正欲去拉他，鬼子在门口拦住了，枪横在夏威夷胸前："一个，也不能走，统统的留下。"

"谢皇军，谢皇军。他的，拉尿的干活。"老縻做了一个下流的动作，鬼子悟出了什么，哈哈大笑起来。

鬼子走了。杨五六说："老夏，吃吧，咱们吃吧，比他们吃得更多。"

夏威夷说："我掀了他们的桌子，我的公猪哪！"

老糜看了看门外，压低声音说："夏威夷，我操你妈，你装哑巴咧，你说什么，你这个哑巴！"

"我操你妈！"夏威夷瞪起眼睛回骂。

杨五六两边挡着。

三人都不说话了，三人都枯坐。坐了两个时辰，肉香已经飘过来了，就是没人端上桌来。又过了一会，两个鬼子端枪进来了。鬼子的枪渐渐对准了老糜他们三个人的脖子。

老糜看着枪，枪上的刺刀，想跟他们笑。于是老糜笑了一下，刺刀没笑，刺刀寒光闪闪，老糜就把笑僵在脸皮上了。笑僵在脸皮上，皮笑肉不笑，其实是哭的表情。再看杨五六和夏威夷，哇，杨五六的脸白煞煞的，夏威夷黑惨惨的。

"皇军，我们回去了，我们走了。"老糜摸着硬硬的脖子说。

鬼子的刺刀按着他们的肩胛，动也不能动。

这当儿，一脸盆热气腾腾的猪肉端上桌来。

三双筷子摆在三人面前。

"吃！"鬼子说。

"一起吃吧，皇军！"老糜说。

"废话的不要，吃！"

刺刀敲着脸盆，叮叮当当地响。老糜先拿起筷子："吃吧吃吧，皇军的怪礼性，逼着吃哩。"

一个人夹起一块肉，硬着头皮往里塞。

嚼不动，皮太厚啦，老啦，肉呢，一股骚味，皮和肉都在牙齿上顽固不化。

"吃，吃，吃进去！"鬼子喊了起来。

老糜想想哪儿不对劲，老糜的牙齿停止了嚼动，望着鬼子和猪肉。

"吃！"

老糜听着这样的喝令，想办法吞。老糜看见杨五六也在想办法吞，脸却越来越白，接着又越来越紫。杨五六的脖子伸长了一截，杨五六把猪皮吞进去了，猪皮卡在喉管里，杨五六的脖子就粗得不行。杨五六憋呀憋呀，杨五六出不了气啦！老糜踩踩夏威夷的脚指头，示意他瞧杨五六。杨五六喉管里的猪皮在慢慢活动，像太阳往西边落，落得很慢很抒情的样子。杨五六用手捋脖子，硬是把猪皮捋进了肚里。终于，老糜和夏威夷听见杨五六的喉管里蹿出来一口比屁还响的气流，"啪"的一声，杨五六才缓过神来，脖颈恢复了原状。

"吃！吃！"

刺刀在肉盆里搅哪。老糜横下一条心，也吞了进去。

夏威夷呢，夏威夷搛着猪皮一动不动。一个鬼子突然用刺刀尖挑了夏威夷筷头上的猪皮，夏威夷的筷子掉在地上了，滚了几滚，滚到鬼子脚下。

刺刀挑着猪皮，准确地塞进夏威夷嘴里，碰得牙齿嘣嘣响。夏威夷含着猪皮也含着刺刀。

老糜赶快拉住鬼子的枪说："皇军，让他自己咪西，他会咪西。夏威夷，咪西，你咪西！"

夏威夷含着那把刺刀，东张，西望。

"吃，你个婊子养的，吃！"

夏威夷被骂清醒了，从刺刀上叼下猪皮，一仰脖，吞了，吞得一干二净，毛都不剩一根。

"再吃！"

"皇军，哈，皇军，我们吃饱了，确实吃饱了。"老糜拍拍干瘪的肚皮说。

"这是，什么肉？"一个鬼子把脸盆的肉挑得四处飞散，肉汤也溅了三人满脸。

"皇军，猪肉呀，不会是别的肉。"老糜比画。

"什么猪？"

"喔喔……"

"说！"一个鬼子突然抓住夏威夷的衣领。夏威夷被抓了衣领，火就上来了，刺刀进嘴里还没这么烦人哪。夏威夷露出硬邦邦的牙齿，一只手竟去后腰找剐猪刀，才知道没能带来，被老糜收缴在村里了。

"皇军，皇军，他是哑巴，他的脑袋有问题。"

鬼子又转向杨五六："什么肉？"

"是、是公猪肉。"杨五六说了！

"嗬嗬哈……"鬼子狂笑起来，马上又绷紧了脸，"八格牙路！良心大大的坏！"

鬼子的刺刀按着杨五六的鼻尖，杨五六的鼻尖马上流出血来，再一挑，杨五六的鼻尖翻过来啦！

"呀……"杨五六总算哭出声来了。杨五六满脸鲜血，抱着鼻子在屋里团团转。

"皇军，皇军，手下留情。皇军，我们一定再送好猪肉来，我们再送两百斤来。"老糜的两个指头使劲往下压。

## 九

三人回村的时候，全村人争相看杨五六的鼻子。老糜说：

"走开去，走开去，你们马上不也一样吗？"

捂着鼻子的杨五六呜呜地哭。夏威夷说："老糜，好么，好下场么。我不是哑巴，你怎说我是哑巴咧！我当时要骂鬼子了，你怎么说我脑袋……"

老糜说："你骂么，你现在骂么。你当时骂，现在还有人回来？"

夏威夷说："你以为我真不敢骂？总有一天，我要当着你的面，骂得那个东洋杂种狗血淋头。"

"那你有种。"老糜说。

"连你一起骂，糟蹋我的猪，让杨裁缝鼻子不是鼻子，耳朵不是耳朵，你心毒哩。"

杨五六说："猪肉我没吃，嚼不动，这头老公猪，误事哪。"

"还我猪来！"夏威夷双拳捶着大腿，"还我的猪来！"

老糜慢慢走上土台，乡亲们都站在台下。

夕阳西沉，鸟一群一群地从麦田里飞起，麦子的香味愈来愈浓，愈来愈野，到处散布着不贞的消息。

"乡亲们，各自逃命吧！"

老糜突然这么大喊了一声。老糜就嚷嚷了这么一声，气就衰了，跌坐在土砖上。

"周围的村子都三光了，咱们的命数也到了。"老糜嗫嚅着，前面的人都听清了。

杨五六跳上了台。杨五六拉着老糜说："兄弟，我的鼻子呢，我的鼻子，你不能甩手不干哪。"

夏威夷也跳上了土台。夏威夷紧了紧短裤对大家说："乡亲们，不能让老糜歇着，乡亲们给他老娘烧的香怎么算？我的猪、丝绸怎么算？老糜，你想抽腿没那么容易！"

老糜说："再弄两百斤？乡亲们哪，我这个会长把骨头剔了，把我娘剔了，也没有两百斤。村里猪毛都没一根了，所以我说，父老乡亲们，快收拾东西跑吧，到外面投亲靠友，讨米要饭吧，这地方不能待了，这地方不是人待的地方，是狗待的地方……"老糜仰面长叹。

"我们的麦子咧，我们的麦子！"

"对，我们的麦子，我们的麦子！"

"我们的麦子！我们的麦子！"

天色渐渐暗下来了，禾场的土台前，一片哭声。

"父老乡亲们，两天的时间，你们抢吧，提着脑袋抢。不要命的就抢，要命的赶紧走。"老糜顺水推舟，只好这么宣布。

月光如水，田野上一片闪光的镰刀。凉爽的夏夜真是又美又安宁。

夏威夷看着杨五六用布裹着鼻子耳朵下地去了。夏威夷在门口见杨五六往田里走去，背着冲担，两头尖尖的冲担在月亮下像一件兵器。

许多人的冲担全像兵器。

夏威夷没猪了，就等于没事了。夏威夷没田没地，也不佃谁的地。现在，夏威夷唯一的出路就是走，夏威夷腰里绑着刳猪刀，夏威夷是个流浪的命。

夏威夷一个人要走了，他听见慌慌乱乱、高高低低的嘈杂声，全是往田里去抢麦的，都在赌命哪。夏威夷收好几件短裤绺个包袱，手上拿着那个乌龙玉镯，站在自家院场上。玉镯闪着幽幽的光。

夏威夷走了。

走着走着停在了茭笋的门口。茭笋正拿着镰刀出来了。

"茭笋。"

"我割麦子去。"

"你一个女人家哩，不能去，鬼子要扫荡来了！"

"要死也不死我一个。"

"茭笋，跟我走，咱们走到天涯海角去。咱有把劁猪刀哪，何愁混不到饭吃！"

"我不。"

"性命要紧。"

"就你怕死！夏威夷，你还是短裤党党员哪！"

"茭笋你说话……"

"我割麦去了。"

"哪个帮你挑？"

"我自己挑，我又不是没有肩膀。"

他看见茭笋扭着美好的屁股往月光深处走去。

"跟我走！"他拔开腿就冲上去拽住了茭笋。

"你放开我！"茭笋挣扎着，镰刀在空中乱划。

"你跟我走，你是我的，不是老糜的！老糜赶我走咧，老糜用这种方法赶我走。茭笋！……"

"你走，你走！……"

"哟！"茭笋听见夏威夷这么叫一声，就蹲下去了。茭笋不知怎么回事，在夏威夷膝上一摸，黏糊糊的。"你怎么啦？"

"没怎么，掉了块肉。"

"血?!……"手上是血，血腥味异常发腻，"夏威夷，哪来的血？"

"你镰刀割我大腿了。"

"唉嘿嘿……"茭笋哭了起来。

夏威夷说："我命都不要了，还怕掉块肉。"夏威夷站起来，说："茭笋，我帮你割麦去。我估摸掉块肉跟掉个脑袋差不多，我不怕了。"

十

月光如水，田野上一片闪光的镰刀。凉爽的夏夜真是又美又安宁。

夏威夷抬起头揩汗。远处的炮楼也很安静，没枪声，没狗叫。这样，只要一夜，大家拼命割了，打了，埋了，带上一袋麦子就可以躲了，跑河西去，跑宜昌汉口去。

夏威夷有一把力气，腰也硬，一气割了三垄，茭笋在后头绾草腰子打捆。

周围的地里只有斩麦的沙沙声。夏威夷想抽袋烟，把烟锅拿出来，闻闻，又插到腰上了。夏威夷坐在麦子上，夜风一吹，汗收了，人就发困。瞧瞧后面的茭笋，弯着腰正捆得带劲哪。那女人的影子，越朦胧越好看。

"茭笋，你过来。"夏威夷低声唤。

"干什么哪。"茭笋慢慢挨了过来。

女人的汗味也那么好闻。夏威夷抽了两下鼻子，一把抱住她，将手伸进她衣裳里面去。

"一身汗哪。"茭笋说着就自己倒了。

后来这女人在下面像条受伤的小狗般呜呜起来，夏威夷赶忙蒙住她的嘴："茭笋，你别这么，鬼子来了就坏了……"

夏威夷爬起来的时候，看见田垄空地上有个人影站在那儿。夏威夷走了过去。

"哪个?"夏威夷攥紧镰刀。

"我。"老糜的声音。

"你，你坐么，你吃烟不?"夏威夷说。

"我不吃烟。"老糜仍像根木桩站那儿。

"都在割哪。"夏威夷说。

"嗯。"

"鸡叫头遍了。"

"是么。"

夏威夷揣摩着老糜什么都瞧见了。夏威夷神情自如，夏威夷说："你不跟你娘一起走?"

"喔，我不走，我守着娘，我娘我背不动。"

"鸡一叫，天就要亮了。"夏威夷又说。

"是么，天快亮了。"

夏威夷此刻看老糜手里也有一把镰刀，正拭着刃哪。这时，茭笋也走了过来。老糜肯定瞧见了。老糜咳了一声说：

"你们，走吧。别恋着这点麦子，我守着呢，我为大家守村子，我对不起大家。鸡叫五遍时，全部离开麦田。"

老糜边说边走。老糜绊在土疙瘩上，走得很沉很慢。

茭笋突然大声说："走哪儿去？哪儿不是刺刀?!"

"你们走。"老糜低着头消失在垄沟里。

夏威夷在那儿有点得意，夏威夷歪着嘴说："老糜砸了自己。老糜算计去算计来，还是把他娘的香断了，看哪个还为他娘烧香？"

"我不割了，夏威夷，这么说我就气。你想走就走，我也走，我嫁人去。我嫁地主老财资本家，我吃香的喝辣的去。"

这女人，怎么一忽就变了？刚才在下面还哼哼的。

"茭笋!"

"我要给老糜娘供香，就冲他不走，我也要烧三炷香。"

"茭笋你又赶我，都赶我走。"

"你这个劁猪佬，你怎么不去喊短裤党来帮我们护夏收咧？你说！解铃还须系铃人，你的猪惹的祸!"

"我又不是书记，我喊哪个？"夏威夷叫屈。

"我要你喊你就得喊！能喊几条枪就是几条枪。听说新四军打到河西了，你过河去喊呀！"

茭笋叉腰跺脚，夏威夷只好说："好，我去喊，我去喊。"他妈的这女人犟哩，你犟得过女人？

夏威夷最后看了一眼茭笋，丢下镰刀就开跑。


月光如水，田野上一片闪光的镰刀。凉爽的五月夜真是又美又安宁。

夏威夷磕磕绊绊地跑，夏威夷气虚了，红汗白流。夏威夷猴着腰在交通沟里跑，跑过坟山，跑过滩汊，泥一身水一身。夏威夷总算来到了河边。寻思着怎么过河。河边的炮楼多着哪。夏威夷看着月光下银带子一样的河水。过河去，黑灯瞎火的，哪儿去找新四军？河过得去？茭笋让我死咧，这女人诅咒我死哪，这女人不讲感情。露水好重，露水打湿了夏威夷的头发和短裤。一路的麦芒不时刺得他四肢皮疼皮痒。夏威夷觉着活得没滋味了，被女人赶来赶去，哪还有活头！好嘞，请新四军是假，赶我滚蛋才是真。我没这么苕货，我请新四军？请新四军给老糜帮忙？

夏威夷干脆困觉。夏威夷躺在一片茅草里，正睡得香，听到一些铁器碰撞的声音和脚步声。夏威夷马上惊醒了，马上屁股朝天趴地下。

……鬼子?! 鬼子扫荡了!

鸡开始叫第二遍。那些荒鸡，远村的荒鸡，叫第二遍了。

夏威夷手抓着土坯，僵硬的土坯，砸什么，都可以一砸一个洞。

夏威夷想到茭笋，茭笋还在田里哪。鬼子比公猪更厉害。想到那些家伙能干出的秽事，夏威夷就不能忍受了，夏威夷的手摸到腰里插着的劁猪的家什。喔，报个信么，劁了个东洋杂种!

夏威夷看见几双脚从他身边踏过去，差一点踩着了他的脑袋。

又过来了一个，突然在他面前站住了。

怎的，发现老子了? 夏威夷缩着头，一动也不敢动。那家伙干什么哪? 哼了一声，一股腥臭的液体直冲夏威夷脑门，还热呢，趁热浇哩，闻闻，妈呀，日本骚尿! 夏威夷闭住嘴，不让自己呼吸。夏威夷的劁猪刀捏得跟平时劁猪一样有力。夏威夷伸出手去，一把钩倒了鬼子，神速地去摸那个还没送进裆里去的赘物，劁猪刀画了一个圈，赘物就像剜萝卜被剜下来了，最后残存的骚液和血水溅到夏威夷脸上。

鬼子哀哀地惨叫起来，同时枪响了。这家伙不知是有意还是枪走了火。夏威夷把那半截赘物扔了老远，拔腿就往河边苇丛里钻。

枪声正满世界响哪。

# 十一

听到枪声的时候杨五六的两亩地已经割完了。杨五六一抬头，就看见了一排刺刀的寒光从周围射来。乡亲们有一二十人都被逼着退到杨五六的空地里来了。

一个个踩着麦茬子。杨五六拿着冲担，两头包铁的尖家伙，也不比刺刀差咧! 杨五六见到了仇人，眼睛明了，杨五六摸摸受伤的鼻子，蒙着嘴，想喊。

"哒哒哒……"

机枪响啦，人割麦一样地倒。瞅瞅左右，人呢，他娘的人呢，刚才好好的，怎么都不见了，躺球了?

"还我的鼻子！还我的鼻子！"杨五六石破天惊地冲向前去。

"哒哒哒……"

杨五六身上被打出了一溜窟窿眼，像天上的繁星，杨五六还握着两头尖尖的冲担，发疯一样地往前冲。

"还我的鼻子！还我的鼻子！！"

杨五六的两只眼睛也打瞎了，杨五六没有倒下，这时他双手扶着冲担，冲担戳进松软的土里，像一根树桩。杨五六双手抱着冲担，腾出手在空中瞎抓。

"还我的鼻子！"

杨五六的破衣裳挂在冲担上，身子也就那么挂着了，挂在那儿血口喷人：

"还我的鼻子……"

血填满了嘴，杨五六的呼喊声被自己的血给淹没了。


夏威夷一瘸一拐地走出芦苇滩时，枪声有些稀落了，哭喊声和狗吠声也稀落了。

夏威夷顺着来路一直向自己村的麦地走去。

老糜，看你怎么收拾！夏威夷这样笑眯眯地嘀咕着，结果他踩着了软绵绵的东西，一摸，是死尸。

死人了？喔，死人了。夏威夷有点害怕起来。

鸡叫第五遍了，天、地、树、屋，都现出似梦非梦的影廓来。

夏威夷看到了杨五六，这个裁缝还挂在冲担上，像个顽皮的孩子。

"茭笋，茭笋！"夏威夷在淡淡的雾里喊，夏威夷像个游魂，穿过一堆堆死尸。

"茭笋，怎不回答我哪？"夏威夷在沟坎下总算看到了茭笋，她赤裸的身子白得发亮。夏威夷去摸她冷冰冰的奶，冷冰冰的大腿，全黏稠稠的。夏威夷去拍她的手，手捏得紧紧的。抓住什么咧？夏威夷咬起牙瓣。

从怀里摸出那个镯子，夏威夷捧在手里吹了吹，然后，轻轻地戴上茭笋没有热气的手腕。

"老夏。"

夏威夷浑身发寒，转过头，见是个活人喊他，是老糜。老糜手上举着几根香签子，正在一个接一个地打嗝。

"我去土地庙给我娘找香去了。我娘没香了。我在庙里，我藏在土地爷的肚里，我以为都死绝了咧。"老糜干巴巴地说。

"茭笋……"夏威夷也干巴巴地说。

"麦子，真黄了哪，像遍地黄金。麦子可是个好东西。"老糜说。

"看你说的。"夏威夷说。

"是哪，是哪，麦子熟了，好香的风。老夏唱个歌子吧，老夏。姐儿生得嫩蕲蕲……"

老糜边唱边走。夏威夷坐在那儿，对茭笋说："你别听他唱，他盘算你哪，茭笋，你睡你的，你别听他唱，他是个疯子。瞧他打嗝，老糜是个酒疯子……"


村里死一般静，没一个人啦，到处冒着青烟。老糜在村子里走。

老糜走进自己的家就喊："娘，娘！"

娘还躺在床上。

"娘，我找香来了，我给你烧香。"

老糜摸出火柴，跪在地上，把三炷高香一根根点着了。

"娘，你醒过来了吗，娘？你想吃新麦粥吗？"老糜唤着。老糜看见娘总算睁开了眼。

"娘，你笑一笑，笑一笑咧。"

娘看着坍塌的屋檩，看着屋罐上的天空，娘张开了嘴："咯咯咯，咯咯咯……"娘笑了。

"娘，你笑，你只管笑！"

"咯咯咯咯……"

少女般的脆嘣的笑声，穿出断墙，回荡在村子里、田野上。那时候，残星正隐去，东方已经通红了。

# 渔人结

　　神峡河水发黑的那一年，水手老秦的眼睛瞎了。

　　他喝着喝着酒，眼睛就瞎了。"噢。"他说。那时夕烟初上，湾子里的人都在用木棒敲打苞谷，有人语、狗吠这些天天让他心领神会的场景，可是他看不见了。他放下筷子，揉揉眼睛，眼睛已经坍陷。紧接着，神峡河上到处降下了鸽子花树的树叶，唰唰唰唰的像秋雨一样密集而惶惑。

　　老秦眨着他空洞的眼睛，这双眼睛鹰一样跟随他在神峡河出没，扳橹，悠号，荡纤。现在，它的仇敌们——礁石、浅滩，在浊黑的水流里狞笑，一个水手的时代终于结束了。汩汩的臭水在一路的呜咽声中，跌跌撞撞地向远方流去，流向长江。河上，一片帆影也看不见了。

　　老秦的那杯酒在喉咙里打着旋子，他心里笑着说："水臭了，还要这双眼睛干什么?"老秦已经很老了，岩石一样的面孔毫无表情，后脑的皱皮拉扯着耳朵，一直垂耷到颈椎。但他脚板有力，踏着船板时一点也不摇晃，一支篙随时可以抵住矶头，转弯掉头的速度比他的养子秦水猛差不了多少。当眼睛一黑的时候，这些都不复存在。他坐在暮色四合的船头，杜鹃鸟的叫声横空划过，那忧伤而高旷的尾音似乎在向世人宣告老秦的下场。

　　他把养子秦水猛叫到跟前，他说："我喝了神峡河的水，我的大限就要到了。神峡河不会臭得这么快的，它怎么会臭呢? 它那清甜的青苔水汽是我们活下去的理由，然而它臭了，说臭就臭。唉，山里人都疯了，他们把竹子稻草沤了造纸，臭水给自己留下，纸运到山外，让城里人在那上面写些金光闪闪的谎言。把咱们的船卖了，到山外找你的生父去吧，告诉他，这里没有驾船人的活路了。"

　　"老秦，你不要说这种丧气的话。"他的养子秦水猛说。老秦对着峡口升起的星光摇头，他枯萎的眼窝里淌出了几滴泪水。

"水猛子，"他说，"我已帮你娶妻生子，对你的生父我有个交代了。玉秀是神峡河最好的女人，是我用一口猪和半船苞谷酒换来的，她就牙齿差一点。我想我对得起你的生父了，他把你五岁给我，他说你跟着我什么都能学会的，他说神峡河的水养人，他走出去的时候，神峡河的水像糖一样的甜。他当年的五句子山歌唱得最好，他嘲笑过我呢。他唱'隔壁哥哥出天花，生怕姐儿不爱他，多情自有多情爱，脸上有麻心不麻，情人眼里麻是花'。我当年是个麻子，我用神峡河的水洗脸，硬是把麻子洗平了，你说，我能走吗？现在，水臭了，水撵人呢，走吧走吧，你我各自要上路了。"

"你不会死的，"秦水猛说，"总有水能洗亮你的眼睛。"他的声音战栗着，在河上的晚风里。他几乎喊了起来。

老秦径自沉浸在他的思绪中，身子像一尊石头一动不动。秦水猛发现养父老秦的手摸索到了身边的油麻缆绳，他的手攥着那根缆绳，也许攥了很久，在他说话的时候那根油麻缆绳已打了许许多多的结。秦水猛看到那些结全绑在一根钩篙上，在渐黑的薄雾中他能分辨得出哪些结是反手结、套圈结、缩帆结、咬索结、双索结、双跨结。

这些结是船工对付各种情况时拴船的结，他每天都要用它们，靠它们战胜急流和风雨，拴住女人和梦境，让生命微笑着浮在水上，平安漂过艰辛的岁月。

老秦还在那儿悄悄地结着，那是最后一种结：渔人结，又叫船工结。老秦喜欢结这种结，在没人的时候，老秦一边含着烟锅，一边打着渔人结，结了又把它散开。就像一种智慧和经验，它简单而又实用，似结非结，能在神峡河拴船，也能用一只小指轻轻勾开。谁都知道，这个结是老秦发明的。

"水猛子，常言说卖马不卖缰，这缆绳，留着，用得着的，没船拴了，晾衣服也好。你爸在长江上，以后有大船驾，这绳也行，浸了四十九遍的桐油，咱爷俩的船几十年才没有漂散……"

老秦的手好像无力了，最后的结还没有打完，缆绳就从他的手心委落下来。峡口刮起了一阵凌厉的夜风，鸽子花树的树叶更急地下坠，纷纷扬扬落满了船篷和甲板，馥郁的香气掩盖了神峡河水泛出的一股股刺鼻的怪味。

老秦死了。秦水猛将那条舵笼子船廉价地卖掉了。油光闪射的舵篷下曾是他们的清风明月、悠悠醉乡。这一切都离秦水猛远去。他形容枯瘦，心力交瘁地带着女人玉秀和他们的两个儿子，踏上了去山外的路，那根油麻缆绳绑缚着他们所有的行李。四个木轮的简易车架一路碾过漫漫黄尘。

他们顺流而下，沿着长江去中游一个叫郎浦的码头寻找秦水猛的亲生父母并投靠他们。

神峡河优秀的桨手，现在他两手空空，想象当年生父背着篾纤赤裸着发黑的背脊走出神峡河口的样子，那时河水翠碧，秀柔多情，汇入奔腾的长江时是另一番景色。而今天他看到浊流滚滚，陌生的长江也浑黄无涯，腥臭的河水拖曳出长长一线的白沫，在咆哮如雷的江面上漫漫洇散，又从江底翻出，最后，在很远的地方被江水淹没了、稀释了。秦水猛却闻到了那久久不散的碱卤水一样的臭味，紧紧跟随着他。

含满泥沙的长江水硌着牙齿，秦水猛曾幻想长江能洗亮老秦的眼睛，但是那咯吱咯吱的泥沙使他失望了。

几天以后他们来到了郎浦。郎浦码头是个热闹又混乱的码头，到处是人，汽车疯狂地行驶在大街上。岸边泊着一些轮船，也有从各地聚集而来的小帆船。

秦水猛问到了叫航运公司的地方，当他出现在生父赵忠面前时，他的生父惊讶得大张着嘴巴。

"老秦死了，他喝神峡河的臭水死了。"他说。女人玉秀跟在他的后面，两个儿子一人抱他的一条腿，眼神像受惊的獐子。

他告诉生父，那儿的水的确不能驾船了，老秦叮嘱他来的，老秦在闭眼的那一刹那，手就指着郎浦的方向。

"就像一根树根，被大水冲来了，"生父赵忠悲伤地说，"我是把你当树根放在那儿的，我是想退休后我回神峡河去，依靠着你，你会长出一棵大树，遮天盖地。可你连根拔除了，那你就住下来吧。"

他的父亲看起来比他还年轻多了，虽然还讲着一口神峡河的土话。他的父亲脸上光滑，像狗舔过一样，头发梳得丝毫不乱，早已看不出他曾是一个拉篾纤的人。

"怎么可能呢，长江的水还是甜的呢。"赵忠说。他不相信他的家乡神峡河发生变故。他已经是城里人了。

秦水猛考虑的是他怎么在这个陌生的地方住下来。这个屋子里有一大堆他不认识的人：他的亲生母亲，他的弟弟和妹妹。这些人是城市人，没有一个驾船的。

"我要驾船。"他说。这是他唯一的要求。

"嘿嘿。"他的生父赵忠笑他。其他的人也笑他，"驾船?"他们说，"啥事都可以干，就是不驾船。"

他们给他说，赵忠领导的航运公司起起落落到如今，没啥船了，都把船分了，虽然叫航运公司，可开汽车的比驾船的多，水手都干上了摆摊设点倒腾服装香烟的买卖。

"我要驾船。"他非常固执地说。

那些人，他的生疏的亲人们看着他，看着他紧巴巴的脸骨，结实但不粗壮的腿，一双黑手，看着他眼里净是神峡河的滩渚、漩流和凛冽强劲的北风。"这是个拉纤摆橹的人。"赵忠想。但是谁都摇头。

这些人已经适应了岸上的生活，他们早就不习惯抬头注视云影和一动不动盘旋的老鹰翅膀了；他们穿着华丽，吃着烟，画着眉毛，不懂得在卵石滩上择路而行，不懂得用手拽住一截树根，把船从漩涡里拖出来——用歌声，用纤歌，用长长的尾腔去回应凶险的河谷。老秦唱的是花腔，又叫悠号。老秦说，你的生父赵忠唱得最好，他唱"脸上有麻心不麻"，我们大家都崇拜他。可秦水猛认为老秦唱得最好，老秦唱"肩背褡包手拉纤哪，赤脚两片走河边啰，走了一步又一步，一步更比一步难啰。走了一程又一节啰，程程节节不简单啰，逆水行舟实在难啰，拉纤好比上刀山哟"。老秦是天下最好的悠号手，而眼前的这位赵忠，他肯定不会唱这种东西。他不相信他的生父。

秦水猛一家四口住下来了。

他们住在航运公司修船厂的一间简易平房里。那里在汛水季节离江很近，江水直扑他们的窗户。而枯水季节，他要走很远的一段河滩，才能见到冰凉的江水。

除非在起风的夜晚，听见江潮拍打沙岸的声音，他才能好好地入睡，水声使他忘记一切，也可以使他想起一切。更多的时候，他听见的是工厂的锅炉排放蒸汽的声音，像一种巨兽的喘息，还有混凝土搅拌机磨砺着心脏的声音。而更远的地方，楼房一样的大轮船夜航的汽笛是那么沉重，它拖着一座不夜的城市，上面到处是不寐的旅人，去上海，或者去重庆的。城市在长江上行走，秦水猛对它们没有动心的感觉；深夜，在出外排泄的间隙，他看见暗暗的长江里突然出现一座童话般的浮动城市，上面灯火辉煌，他就想起老秦说的一些山中神怪的故事，想起山中。只有当江上出现一条破旧的渔船，或是川江来的舵笼子时，他才会贪婪地追向江边，久久地望着它们。

修船厂荒凉一片，从江滩到厂棚，蹲着几条破船，几个修船木匠老是在一条燕子尾船上生火做饭喝酒，他们喝酒，打扑克，却很少挥动斧头修船。

在燕子尾船的不远处，淤沙中深陷着一条舢板，有桨桩，有桨，都被风雨洗得发白了，在傍晚的夕光中，白得像一种回忆。

"我不能没有桨。"他说。他喃喃地对自己说，有时就坐到那条舢板上。有人把它遗弃了，从船头的淤泥里，钻出几枝芦苇，瘦瘦的芦苇撑着它们的绿色，偷偷地将船的意义改变了。

他想木匠们能把那条燕子尾船修好，不再当厨房和餐厅，他就可以向生父要求驾这条船了。

"你看他们能修好吗?"生父赵忠说，"这条船是被大客船撞坏了的，捞起来修了准备卖给防汛指挥部，哪儿溃口了装土垡沉下去抢险。每年防汛指挥部都要收购我们的破船。我看你还是开个副食商店吧。"

他的生父要把他培养成商人。他三十多岁了，他的生父要他重新走一条谋生的路。

"但是我跟老秦什么都学会了。"他说。

"那没有用，"赵忠说，"学会的东西现在没用了。"

"一条燕子尾船养活四口人足够了，老秦说，你这儿有大船的。"他说。

"没有，"他的生父说，"水猛子，你要明白在江上挣钱不是件容易的事。"

"长江的水也臭了吗?"他看着脸上光溜溜的生父。

"那倒不是，长江的水怎么会臭呢！我说养家糊口还是经商好，你的弟弟妹妹们已经商量好了。"

那就开商店吧。他早就闻到了长江水的臭味，他要安慰自己，说服自己。在他平房不远的上游，城市废水巨大的排注管道正哗哗啦啦地向江中倾吐。他闻到了神峡河碱卤水的气味。他甚至看到了神峡河一直跟踪着他，只要他凝视江面，一条乌黑的神峡河就泛出来，在江心时起时伏，翻滚着它激越阴险的身姿，像一条恶龙。

"躲开它们！"他听见老秦在耳边对他说。老秦在河面上挣扎，神峡河拉扯着老秦，从地狱里伸出手来，它们抠去了老秦那双鹰一样的眼睛，胁迫他一起闯入长江，像下山的歹徒。有好几次，秦水猛都看到老秦闭着双目在远远的波浪里喊着，提醒他远离这些伤心的水。

"躲开它们——"从梦里醒来，老秦的声音还在枕边悠悠地震颤，把平房的瓦也震得一跳一跳的。

秦水猛把那条油麻缆绳当避邪的神物放在头下，他有时候结一种止结，这是驱鬼的，在荒滩野埠夜泊，止结让任何秽物都不能近身。据传特别是在端午时节，水鬼们爱在船边泼水嬉闹，抢粽子，抢新麦包子，老秦总是在整个五月里天天以止结系船。不过秦水猛并没有看到过向人撩水的水鬼，特别是妖冶的女鬼。现在他只要将油麻缆绳拿在手上，就会出现一个一个的渔人结。他想到过去睡在舵笼子里的老秦，星光如水，桅灯高挑在帆桁上，那时候他不知道什么叫噩梦和恐惧。

"老秦同意我们开店了。"他给女人玉秀说。

玉秀在绣鞋垫，绣山菊、鸽子花和太阳鸟。两个儿子大山芋和小山芋睡了。

"老秦？"玉秀拿着细小的绣花针在头发上擦擦，问他。

"老秦，"他说，"老秦的眼睛依然是瞎的，我看见他了。"秦水猛点燃一支毛把烟，这是他从神峡河带来的烟叶，他把烟放在烟锅里。

"我们已经把老秦埋了，山芋们坐了他的棺，给他撒了米。"玉秀说。

"我亲眼看见他到长江来了。"他坚持说。

"别吓我们。"女人玉秀紧张地说。

"他总会说话的。我们就不驾船了，人闻到的长江是臭的，分明是臭的，别瞎了我们的眼睛，那就开店吧。"

"那就开吧，"女人玉秀说，"我听你的。"

店子在江堤街上，那是一个靠近轮船码头的地方，江堤的土灰一直朝街口灌，有许多乘船的人，有许多驾船的人，有许多用机动或非机动三轮车宰客的，有乞丐，也有妓女。候船室排泄物成堆，精神病人时常在那里当市容监管员罚款。

小店还没有开业的一天晚上，秦水猛回到小平房就告诉他的女人玉秀，生父和他的弟妹认为玉秀的那口牙齿对卖东西不利，有碍顾客上门，得敲掉她的牙齿。

"他们让你换一副牙齿，一口玻璃钢的牙齿。"他说。

"我凭什么要换牙齿？"女人玉秀哭了起来，"你不要我了，我一个人回神峡河去，我带儿子回去，我不换玻璃钢牙齿！"

她真哭起来了。她的牙齿发黄，横长着的，堆砌着的，牙齿与牙齿间有缝。

"不是我不要你，是他们说的。"秦水猛说。

"牙齿好好的，不疼不痒，换什么牙呢？我又没得罪哪个，让我去医院挨那几锤子！好，要敲我现在自己敲，免得他们费钱。"玉秀从床底下找出一把旧太平斧，她张大着嘴巴，双手操起斧头就朝嘴里砸。

秦水猛拽住玉秀的手，那把斧头落在他的脚趾上，女人的手被捏紫了，捏软了。他被砸笑了，脸色苍白还是笑。

"有钱也不能敲人家的牙齿。"他说，"牙齿算什么呢，石头都啃得烂，靠它你还给我生了两个山芋儿子。让他们说去，卖货是卖香烟糖果，又不卖牙齿。当年，我又没嫌你的牙齿。老秦说，人总有缺点的。我给你唱那首五句子。你唱的啥啦？你被老秦带来，在我们的舵笼子里，你唱给我听的是……你还给我一双鞋垫，绣的是两个苞谷，金黄色的缨穗儿，绿绿的叶子。你唱的是苞谷！"他想起来了。

女人玉秀就唱苞谷，噙着泪唱苞谷，唱第一次与水手秦水猛相识时倾情的苞谷："一个苞谷一个窝，一个妹子一个哥，苞谷长在窝窝里，鹰子啄来也不脱，铁链拉来不挪脚。"

后来他们都哭着唱了起来，唱："挨姐坐来把姐逗，问姐几时把郎丢，除非海干龙现爪，铁树开花水倒流，望魂台上把郎丢。"

就这样副食商店开业了。他们卖香烟，卖酱油和一次性打火机。

副食商店背靠江滩，已到了街尾，这儿生意清淡。江滩的树林下有个临时码头，泊着些杂帮船，秦水猛的生意就是给那些上岸的船工的。

那些南来北往的船工跟他们合得来，他绝不卖假货给船工。没事的时候，他就把店子交给女人玉秀，自己踏着江滩到船上去。

"我到你们的船头坐坐好吗？"他对船工说。

他非常灵便地跳到船头，就坐在将军柱旁边，跟谁也不说话，望着长江上游——他从那儿漂来。上游只有船，有时什么都没有，一片烟水，波光粼粼。

神峡河的碱卤水味直冲他的鼻子。他便爬上别人的艄楼顶，在桅杆上坐着，看着楼顶上的一两盆仙人掌以及桅绳。这样，他就闻到了鸽子花树的芳香，闻到了飞瀑漱下悬崖时裹带的陈年苍苔味，闻到了柴烟熏烤的腊肉味，闻到了白鹭滑过水面的清风味，并且听见了他的女人玉秀用洗衣的棒槌捶出的山歌："太阳落山满坡黄，妹在河下洗衣裳，手洗衣裳眼望郎，棒头落在指头上，只怪棒头不怪郎。"

有时候他带一杯酒到船上去，这都是在晚上，在干干净净的夏夜的凉风里。汛水已经涨到副食商店的后门石级下了，船还泊得很远，泊在深水里，跳板用空油桶搁着，足有五六十米长。走过长长的栈桥，就是船。船联结着船。他揣上酒，像个酒鬼。船工们都知道他是副食商店的老板，但他不拿折扇，肌肉黑得像炭，赤着一双平脚板，喝多了酒就爱在船舷边撒尿。

细心的人会看到他总是把酒洒在江里，他抿一口，杯里的酒就飘飘洒洒倾倒进舷边。

"老秦，我给你买酒来了。"他说。他还带一些猪耳朵丝来，将它们丢进江里。那些船工笑他："喂鱼哪？"他也就笑笑默认，然后教他们打一种系缆的结。

"这是渔人结。"他对他们说。

那些人觉得非常新鲜，他们看他喝着酒把船头湿漉漉的缆绳朝将军柱上拴。

"这个结真还管用。"他们说。"你也驾过船吧？"他们问他。

他摇摇头。但是他向他们打听上游的事，打听一个叫神峡河的地方。那些人说神峡河他们没去过，说是一条旅游的河吗，搞漂流的？许多人穿民族服装唱歌跳舞，喝咂酒的？他说不是，他说是一条变臭的河，不知现在变清没有。"变臭的河怎么能变清呢！"那些人笑着说。他们对这个小店老板教的缆结很感兴趣。他们说："这是驾船的高手想出来的，是王彦章的高徒。"那些人说的王彦章，是驾船佬的祖师爷。

在灰尘扑扑的大街上，秦水猛和他的女人玉秀拼命学着卖东西，学着进货和算成本。他的弟妹告诉他们千万不要赊账，要警惕假钞，要时刻牢记三十种品牌香烟的批发价和零售价。

他的女人玉秀还卖一种自绣的鞋垫，这种以红布作底色，以金丝银线绣出的鞋垫，与商店的所有商品都不一样，而且价钱也便宜，不敌一盒万宝路香烟的价。有些人就买了，都是江堤街上的人，也有一些船工。他们知道这是店里的老板娘绣的，这个女人长得山清水秀，但是牙齿乱石穿空，他们把这个女人叫"狗牙"。

"狗牙的手多巧，这个女人，多丰满！"

"可她有两个儿子，她怎么能有两个儿子呢？政府不允许。"

狗牙微笑着迎客，秦水猛也这样，虽然他笑得非常艰难，像个地道的乡巴佬、蠢货，但他的心里装着自己的山水。他不是个好商人，那些花花绿绿的商品就像城里的垃圾堆，没给他带来好感，拿着鸡毛掸子的他和他的女人狗牙玉秀整天在这些商品上掸灰。他碰见过一些事情，碰见过假钞，碰见过假烟换真烟，碰见过推销变质的水果罐头和假五粮液酒。又一次，他碰见了一件古怪的事。

他碰见两个吊儿郎当的年轻人在那个傍晚要将他柜台里的所有扑克都买去。

"你有多少，我们全买了。"他们说。

秦水猛想他们要那么多扑克干什么呢？他看见这两个鬼鬼祟祟的年轻人像两只水獭的样子，他还是顶着一头的灰尘到柜台里找出了一共十几副扑克，留下两副盒子有点擦伤的次品，其余全给了他们。次品他不卖给顾客。

那两个人爽快地付了钱，接着追问道："真的没有了吗？"

当秦水猛回答真的没有了之后，他们就从自己的一个牛皮包里抓出一些他们的扑克给秦水猛，对他说："有人买，就卖我们的，卖的钱该你得，但不许说是我们放这儿的，别多说话。"

他们又拿出二十元钱塞给秦水猛。

这是怎么回事呢？他看着这两个街上的水獭，他和他的女人都不明白这送上门来的财富有什么讲究。是一种凶多吉少的讲究，人总不能白白给你好处。秦水猛通过开这爿小商店明白了一些道理。那是浩大的、浑浊的长江冲出的道理，道理就从商店的后门擦过，哗哗作响，令人头晕。

那两个游手好闲的水獭从栈桥踏上了泊着的船，栈桥两边被水淹没的杨树露出它们披散的枝条，像一群丧魂失魄的溺水者。

秦水猛的女人玉秀说："他们上船做什么？"

秦水猛没说话，他想到可能和赌博有关。不一会儿，栈桥上就走来了几个船工，他们趿着塑料拖鞋，到了秦水猛的副食店就要买扑克。

"给我们拿五副。"他们指着两个水獭放这儿的扑克说。

秦水猛给了他们五副。

接着天色就黑下来了，长江的水流得更远更响，好像那里藏着一群狂奔的鬼魅，它们追逐着，发着呓语，拉人下水，散布森凉的消息。那个晚上没有月亮，约莫三个小时之后，几个船工又来了，他们出现在秦水猛和他的女人玉秀面前时，一个个脸上灰黑，满身烟气。从他们的抱怨中秦水猛证实了他们与上船去的水獭用扑克聚赌，而且这几个船工输得一塌糊涂。"总是他们赢。"他们说。

他们是又来买扑克的，他们在赌一种翻三撇子的博。秦水猛于是将自己的两副包装盒有损的扑克卖给了他们，而把水獭交给他的扑克藏匿了。那些扑克肯定是水獭做了手脚的。

"把这副扑克拿去，"秦水猛笑着说，"好好玩。"

结果肯定是不言而喻，那两个水獭一样的阴险歹徒怒气冲冲地从船上下来了。他们是来教训秦水猛的，他们以地痞的狂妄模样敲着秦水猛夫妇的木头柜台说：

"喂，哪儿长得不舒服吧，你坏老子们的事！"

其中一个的拳头就伸过来了。他们打秦水猛的脸，用拳头擂他的脑袋，有一拳打在他的牙巴骨上，打得他满口喷血。他们动手的时候秦水猛的女人玉秀已经不顾一切地冲上来了，这个女人挺身而出，用手抓他们，并且推挡他们，以免自己的丈夫遭更多打击。她是为了转移视线。她用神峡河的土话骂人，脸色惨白，稀疏的牙齿咬得咯咯冒烟。

"你们凭什么打人？"

"我们不凭什么。"他们说。

他们找秦水猛要钱。秦水猛只好给钱。给了一张五十，又给一张五十，再给一张五十，最后又拿出一张五十。他们说仅仅是补路费。然后他们又轻轻松松地从柜子里取下了两瓶白云边酒。

秦水猛拽住了他的女人玉秀，他不让她去拼命。他吐着血水，说："其实我能打赢他们。"但是他非常伤心。他护着豁出去的女人，他望着陌生的街道，干枯的路面，灰尘紧追着车轮；他望了望上涨的江水。他说："我铁定打得赢他们。"

女人的头发散了，眼泡肿了，泪水挂在颧骨上，污浊的灰把它们印成蚯蚓一样的印渍。他看着自己的女人的模样笑了，他笑着说：

"看你。"

女人在立柜的玻璃上看到自己的脸，也笑了起来，然后就哭，抱头痛哭。

"驾船的不能输，你看你哭什么！"他说。"咱也是驾船的，不是卖烟酒，咱还学不到这个心眼。"他骄傲地说。

第二天早上，船上的人下来了，打着呵欠来感谢他，说："不是你那两副牌，咱们的裤子都输了。"

他们观察到这一对夫妇伤痕累累的惨状，他们问明了情况。秦水猛说："我不能昧了良心。龙干爷嘴里扒饭吃的人，驾船的不能输。"

几个船工于是买去了秦水猛的三条烟、十瓶酒和一些乱七八糟的榨菜，还买去了秦水猛女人玉秀的鞋垫。他们差不多把秦水猛的柜台买空了。他们说：

"他们再打，你们敲脸盆，我们带刀来，我们还在这儿停几天的。"

秦水猛说："别结孽了，打了我又不能跑。我是坐贾，又不是行商，一大家人呢。"

船工说："唉，还是驾船的好，桨一划就跑了。"

是啊，他说。他心里说，他坐在那条深陷于泥沙的舡板上，抓着腐烂的桨，他嘴里嚼着一根芦芽。

"是啊，男人不能没有桨。"

他用手抠着脸上的痂瘢。他想，我得躲开他们，那两个凶神恶煞的水獭，他们临走时竟说过"你有两个儿子"，这些郎浦街上的家伙，他们什么事都做得出来。我没有桨我能保护什么呢？妻、儿，还有自己。

他望着夕阳里金色的水路，一路碱卤水味的神峡河又从心里泛了出来。浊水滚滚，我能躲开什么呢？

秦水猛在腐烂的桨上打了一个船工结，用一根芦叶。

"难道就没有一条我可以驾的船吗？"他找他的生父赵忠。

"在这儿你不要管外面的事。"他的生父赵忠愤怒地说，"擦些红汞。人家还要再打的。就是驾船，你也不能管岸上的事，看你的航标。"

他的生父的脸真像被狮毛狗舔了的一样，而且还透着红，他简直像秦水猛的兄弟。

他不是个拉纤出来的人，他已经上岸了，像条腐烂的舢板，像根腐烂的桨，划不出清清的水声。如果是老秦呢，老秦会拖条桨来，老秦会说，儿子，干得好，打他个王八羔子。可是老秦死了，没有神峡河的臭水，老秦如今还一样心明眼亮，唱着船歌，在河滩上带着秦水猛将船拉进云雾深处，拉进砧声里、月光中。

"进你的货去。"他的生父说。

骑会了三轮车的秦水猛就从批发商的仓库里拉回来那些坛坛罐罐的吃喝、一次性短裤和随时都可能发生爆炸的啤酒、气体打火机。

他的女人玉秀在商店里放了四把刀子，东、南、西、北四个角落各放一把。玉秀的目光里透出针锋相对的刚强，可她过去是一个只拿绣花针低眉绣花的女人。她在月光下磨刀子。她蘸着长江的水。

长江的水磨出的刀子并不锃亮，秦水猛说你不要磨这样的水了，这样的水报不了你的仇，它臭着呢，磨出的刀子没有铁腥的甜味。

有一次秦水猛做梦看见了过去的神峡河，少年的神峡河，与女人玉秀对歌的河流。"快拿磨刀石来浸水！"他对女人喊。后来他醒了，他明白过去清水煮月亮的日子一去不返，于是对女人说：

"把刀子收起来吧，有一百把刀子咱现在也不会用了。一个漩涡在水里吞得下船，在岸上就是摊稀水。"

七月的暴雨下得天昏地暗。汛期来临了，平房门前的燕子尾船修好了。

几个木匠从舱里搬下来，还有他们熏得乌黑的锅、蚊帐和酒杯。

这条烂船胡乱地修了一下，赵忠就要拱手送给防汛指挥部。每年，他都要半卖半送地将一些淘汰报废的船送给他们，让这些船去承担堵溃口的任务；让它们牺牲，将舱里装满土当沉船。他是个败家子。

"把这条船给我，我能驾。"秦水猛向他的生父赵忠提出来。

"你这个人，你犟了，"他的生父非常严厉地拍着他的肩膀，"你跟老秦学犟了。这船不是驾的，是抢险的。"

"兴许我能驾，我看能驾。"秦水猛说。

"那是一堆烂木头。"

"老秦说，是船就能驾，何必让它沉底呢？"

"哥，大家都在经商，你凭什么非要在水上卖劳力？"他的弟妹们也附和说。

"一条风都吹得散的船，人家让你装货？只配运石头。"他的生父赵忠说。

"那就运石头。"他说。

那么多鼓起的眼睛都瞪着他，破船加上运石头，都是不要命的事情，运石头不是被石头砸伤，就是在抢险工地翻船。这个紧咬腮帮的人，他像别人家的船客，他跟你想的不是一码事，他的心就像搁在山上一样，孤零零的，让人惧怕。

"就让他去吧。"他的女人玉秀向大家求情说。

没有办法，生父赵忠只好将这条燕子尾给了他。

他们看见他背着一根桐油浸过的油麻缆绳走上江滩的燕子尾，看着他告别他的女人和两个儿子大山芋、小山芋。

在郎浦码头上，有一溜系缆绳的铁环，女人玉秀给他找到了一个，刷过锈，挂上一把大弹子锁。然后他拴船，解缆，来来去去，运笨重的石头，将船压得气喘吁吁、嘎嘎作响。

燕子尾第一天平安漂过了水面，第二天平安漂过了水面。

生父赵忠只答应他试试，他们想，船舱里会进水，石头总要把舱侧的纵骨撞断，那时候，他会湿淋淋地爬上岸来，还是向路人推销他的蒙着灰尘的商品，好生生地坐在店子里揣摩着人家的胃口和钱包。这有什么不好呢？能爬上岸来就不错了，他有家有口，莫非运石头的钱就是钱，卖色素酱油和含沙槟榔的钱就不是钱？他们相信秦水猛会回头。

秦水猛从黑而发亮的铁环上解下自己的燕子尾，他扛着桨，将锋利无比的锚丢到船头。他觉得这是一条好船，虽然比过去老秦的舵笼子差一些，但它有船头，有喝酒和扳舵的地方，能听见水声，这就行了。他给赵忠说：

"只要是船，就能浮起来。"

这个怪人看来真有些本事，神峡河的水比长江湍急么？神峡河是一条峡谷中的河流，它有时候秀美，有时候像疯子一样。赵忠明白这一点，驾过神峡河的水，哪儿的水都能驾了。

秦水猛坐在船头，他给老秦斟酒。

"老秦，你喝，"他说，"这是玉秀晒的香干子，她知道你喜欢吃五香干子。"

棱角分明的大黄石堆在船上，船头几乎快舀进江里去了，可秦水猛坐在船头，给老秦斟酒。

"只要有水，总有一条活路的，"他说，"我在电视上看见有人在臭气熏天的苏州河里驾船，那么多人在上海驾船，水臭了，比神峡河臭一百倍，还能运彩电，运广告上说的舒蕾洗发膏。"

秦水猛说服着老秦，也说服着自己。神峡河这条乌黑的恶龙被长江的汛水扯散了，它们一团团如时隐时现的江豚。老秦的影子忽散忽合，在惊心动魄的浪涛声中，老秦说了些什么，秦水猛没有听清。只有浆汤似的江水包裹着他。


许许多多的石头被秦水猛运来了。

燕子尾像一只黑色的燕子，穿行在夏季的暴雨里。

他的女人玉秀一边守着那个店子，一边在码头上等待他回来；她站在那一溜的铁环旁，牵着他们的两个儿子大山芋、小山芋。

"如果我能证明这条船能养活你们，就将商店关门大吉吧。"他说。

一块一块的石头填进了崩坍的碛岸，长江张开大口啃啃着大堤，当石头撬下船舷，人也坍塌了。秦水猛就是这样疲惫地跟着那两个赌博的水獭走进了一家小餐馆。

那两个说："伙计，我们只想请你喝一杯酒。你是个舵主，你有条船，我们非常佩服。"然后他们说："给我们装一船货半夜运走。"

他们又像过去给他塞扑克塞钱一样，肯定是不怀好意的，他们说："你的两个儿子像两坨糍粑。"

秦水猛想将酒杯摔到他们脸上，他没敢摔，他听到他们提到他的妻儿，心就怵了，这触到了他的命根，他无话可说了，苦苦地喝净了他们斟的二两假酒。

"我是一条运石头的船，它要沉下去的，我说装石头比沉下去强。这么大的水，你敢驾么，谁都不敢驾。我是说，我是个没船的人，让石头漂起来就不错，我不想其他，什么都不想。"

他拒绝他们给的一沓钞票。

"我得卸石头去。"他说。不过他也很想弄点钱将这条船修修。

"那我们就去找你的狗牙女人，让她劝劝你。"他们说。

那是一个从暴雨中挣出来的干净夜晚，月亮亮得像一张女人的脸，到处都流淌着呵气般的微风。燕子尾停泊在一个小码头上，一伙人搬上来一些纸箱，纸箱有一股淡淡的药味。

那些人的泥脚在油麻缆绳上放肆地踩着，他们黑黝黝的影子就像幽魂的影子，他们的声音是盗贼的声音。

秦水猛怀揣着五百元钱，在清晨的薄雾里回到码头的那一溜铁环旁，他已经精疲力竭了。当他把油麻缆绳套上铁环，站在石岸上等待他的却是两名警察。

长江的水在晨雾里湍急地流着，在燕子尾的两舷上敲打出哐当哐当的动荡声。警察的帽檐从雾里挺出来，面对着船工秦水猛。他不知道警察为什么会站在船工和他们的女人翘首盼望的位置；那儿，他蹲下，用小指轻轻勾开他的船工结，于是，那把铁环上的弹子锁就微微晃动起来，在早晨或者傍晚，它们晃动的样子是令人沉醉的。启碇或者归来，天和水都属于那些叼着烟、头发蓬乱的男人，他们远离人群，亲近波浪，像一只鸥鸟在水里寻觅可口的美餐，像一只怪异的江豚，出没于人迹罕至的大水深处。但是他现在单独地面对警察不知道该怎么办。他想，我得把船拴好。他拴的是一个避邪的止结，紧紧地拴在码头的铁环上。

但是无法避开警察。谁沾上警察都没有好事。

他就这样给逮进去了。

他的罪名是销赃和窝赃。

他为了那五百元的赃款，判刑两年。

他是水獭盗窃团伙的成员。那两个水獭就是这么供的，他们说那五百块钱是赃款，而秦水猛却说是运费，是深夜行船用性命换来的养妻儿的钱。但是，事实就是这样。水獭还说，他们在酒店进行了密谋，喝了交杯酒。他们去制药厂偷药，秦水猛负责运输。

两个无耻的水獭说是秦水猛让他们干的，说秦水猛拍了胸，保证只要他们偷得出，他就送得走。于是他从抢险工地将船开出，参与了这次盗窃活动。

"跟风浪搏斗你是一把好手，跟人搏斗你还差点。"他的生父奚落他说。

他的生父和弟妹们来看他，看这个面色黧黑的船工，非得驾一条当土堡沉底的破船，一头栽进了铁窗里。

他的女人泪水涟涟地牵着两个儿子大山芋、小山芋，说："我们等你。"她说："码头的钥匙挂在门后的钉子上，跟油麻缆绳在一起。"

秦水猛见到他的这几个从神峡河而来的亲人，他看到他们哭泣的样子倒放心了，看到大山芋流鼻涕，小山芋衔着指甲，看到他们又长高了一些，头发因为冒汗而揸开，像鸡毛，这使他很高兴。他说：

"我没啥后悔的。"

他又说："那两个狗崽子比神峡河的礁石还恶毒。"

他记得那两副在法庭上陷害他时脸都不红的歹相，他们合伙算计他，让他作了他们的垫背。他们一副服罪的样子，可是他们滴溜溜乱转的贼眼，让任何善良的人都心寒。秦水猛没有辩解，也没有呼号。他只回答法庭的问话，他想就只有两年，两次的汛水涨落，两次的水清水浊。

秦水猛在劳改农场的刑事仓里望着天上的太阳，太阳一会儿就滑过去了，像一只蜻蜓。在他无法忍耐的时候他就低声对两个水獭中的任何一个说：

"老子出去了杀死你!"

水獭们就赶快报告管农场的人:"报告干部,秦水猛想杀我。"

"秦水猛,你还想杀人吗?"干部问。

秦水猛不回答,他那张黧黑的面孔像一块岩石,他坐在那儿,抱着膝头,看自己腿上越来越厚的脓疮。

仓里的毒气太大,一个劲熏秦水猛。那些人,打砸抢的、强奸的、贪污受贿的、贩毒的、患有尖锐湿疣的嫖客,他们像一窝毒虫,像蝎子,像蜈蚣,像五步蛇,像花蜘蛛,像把老秦眼睛溻瞎的神峡河臭水。

"我的眼睛只怕也要瞎了吧?"他时常这么问自己。

他在农场里注射了无数针青霉素,一点都不管用。

而在郎浦的码头上,他的女人玉秀却守着铁环上的那把锁,她说:"给水猛留个号。"

燕子尾终于被恼怒至极的赵忠献给了防汛指挥部,在长江堤岸一次抢险中,装了满满一船黄僵土,凿沉于江底。

只有锁还挂在码头,后来就锈了。风风雨雨,那样的锁只锁着自己,寂然无声地挂着。流水有时候汹涌,有时候温顺,江面上时常走去一些船影,那都不属于玉秀的期待。她有时把那条长长的油麻缆绳拿出来晒晒。在燕子尾被强行拖走的那天,她对她的公公赵忠说:

"老秦讲卖马不卖缰。"

"更好的白棕缆你要多少?"赵忠对他的儿媳说。

他还说:"你把水猛拴紧些,拴船有啥用,总不能再拴个死刑吧。"赵忠不喜欢这个牙齿错乱的儿媳。

可玉秀晒着油麻缆绳,用针绣她的鞋垫,还帮人精工编织划破的料子衣裤,在灰尘扑扑的副食店里,等她的男人归来。

秦水猛一年以后就回来了。

他在农场里干的活最多,他不停地干活,干部说他改造得很好,有重新做人的愿望。加上他满身的脓疮不能痊愈,臭了一个劳改农场,只好将他放了出来。

他下地,他脱砖坯,他学习,他拉屎,他洗澡,他睡觉,他上操,他被人打断了肋骨也学会了半夜掐别人的脖子。

秦水猛出来的时候眼目深眍,光溜溜的头皮散发着劳改过后的寒光。

他的生父赵忠和弟妹们开着一辆造型粗糙的万山牌面包车去接他。这些亲人们一个个捂着鼻子看着这个非人非鬼的男人。

"哥哥，"他的弟妹们说，"好好地卖你的烟酒，遵纪守法。"他们又说："话又说回来，有几个赚钱的是遵纪守法的人？"

他们的威严的父亲赵忠就打断了他们的话，说："屁话！你不沾鬼鬼沾你！"他的父亲现场教育他们说："不听话我把你们没有整，政府有整，坐牢只怕是出差吧。"他指着水猛的疮说："一河的江水也洗不净了。"他的话一语双关。

"屁话，"他的弟妹们反驳他们的父亲说，"我们不卖日本死人衣服，逢年过节你有椰岛鹿龟酒喝？"

秦水猛出现在那个江边平房的门口时，他的两个儿子大山芋、小山芋都认不出他来了。他们不让他抱，躲在他们的妈身后，吓得闭上眼睛哇地大哭起来。

"这是老山芋，"他的女人玉秀指着他对孩子说，"喊爹呀。"

"看我变成什么样了！"秦水猛痛苦地喊。


他的女人每天用干枯的艾蒿煮水给他烫身子，但是没有任何作用。

他烫完了身子就去江边，袖着手，像一个陈年的疟疾患者，傻呆呆地望着江上。船没了，阳气也没了。

"江臭了，我的眼睛也要瞎了。"他喃喃地说。

"长江不会臭，你是想老秦想窄了。"他的女人玉秀提醒他。

他的女人想起老秦喝酒的样子，于是她想让秦水猛醉上一回。"你醉了吧，你把什么都忘记了。"她求她的男人。

她给他塞了一瓶酒，她把他赶到一条四川的舵笼子船上。那条舵笼子比过去老秦的舵笼子强多了，使用的是塑料瓦篷，甲板也刷得光洁可鉴。

秦水猛是糊里糊涂地踏上那条船的，他怀揣老秦爱吃的猪耳朵丝。在那个汛水暴涨的江畔，月如流银，周围星星碰着星星。

"你凭什么让我喝酒呢？船没了，人也没了。"他四处找着老秦，船头的两根将军柱黑魆魆地蹲在那儿，像两个人可怕地站在那里，它们无声，表情伤感。

秦水猛端着碗，碗里装着酒，一忽，他闻到了他碗里的一股碱卤水的臭味。

"老秦，你让我喝神峡河的水吧，你让我也瞎了眼吧！"

老秦在江心微笑着，影子越来越大，似乎手扳着碗，要将那些腥臭的液体灌进秦水猛的嘴里。

秦水猛仰脖喝着喝着，身上的脓疮突然一起溃破了，身上流出一股股碱卤水的臭味，每一根骨头都疼痛难忍。

秦水猛在甲板上翻滚着，舵笼子上面的几个四川船工以为他犯了羊角风，他们听见他痛苦地叫喊，却不敢近他的身。他的喊叫异常凄伤，有时候像猴子的嗥叫，有时候又像豹子的咆哮。

这一天，郎浦码头到处飘着一股腥臭味，像化工厂一些不知名的气体发生了泄漏，月亮都被熏得变了形，江中也似乎传来一阵又一阵的沉船事故的呼救声，但相当微弱。听江堤街上的老人说，他们好像看到有许多秽物从江中爬起来，怪模怪样的，在半夜的街上爬行，跳跃，又纷纷扎进江中。

这一天，秦水猛身上的毒气全提出来了。

骨头疼了三天三夜，疮口就愈合了。最后他喊了一声"我的妈耶"，吐出一口长长的郁气，就推上三轮车去批发街打货。

"我还是想运我的石头。"他说。

有一天早上他在长江的大雾里看见了运输石头的他，他自己，在一条舵笼子船上。他看见了自己正将船泊在江滩的一片芦苇中，有许多白色的鸟正从芦苇中飞起，风扑打着芦苇和江水，岸上有些抢险的人在很远的地方掀着草包和石块。他看见了他的女人玉秀，手拿绣花针坐在舵笼里，岸边的一块土墩上，他的儿子大山芋、小山芋在奔跑。

这一天晚上他将江边的一条舵笼子拉了很远。他一个人拉，他用的是油麻缆绳，他将船从下游一直拉到江堤街他的小商店后面，然后，他将船拴在一棵树上。他使用的是渔人结。

船上的人早晨起来，发现船走了锚。他们惊慌了一阵就笑了起来，船拴得好好的，而且是用一种少见的结拴的，拴得牢牢实实，十二级大风也吹不走，但是用手指轻轻一勾，缆又开了。后来他们研究了半天，他们看着那根麻油缆绳，柔中有刚，鲜亮得像金子。正在诧异的当儿秦水猛就笑着来了，他告诉他们这是他的一根缆绳。

"这么好的缆绳，"他们说，"哪儿寻的宝物？"他们没说他偷。

他收拾好油麻缆绳就离开了那些人。那些人对他晚上干的蠢事、他怪异的行为、他大得出奇的膂力都百思不得其解。一个人拉一条船，那可是件劳力活。

"你想锻炼身体吧。"他们看着这个神经病一样的男人，一个小商店的老板，看着他走在江滩软泥地上的姿势，样子非常落寞。他并没有伤害船和船工的意思，这使舵笼子上面的人放心了。

新买的一条"豌豆壳"船没有花多少钱。他在生父赵忠和弟妹们不知晓的情况下，将商店也卖出了。于是他带着他的女人和孩子上了豌豆壳船。这条船能装一些石头，但载量有限。

在码头上，在那些系缆的铁环里，秦水猛找到了自己当年的锁，一打，就打开了。系船的铁环还留着，锁芯滋润润的，那是他的女人经常上油的结果。

秦水猛加入了常年为长江大堤崩滩抢险的队伍。等他的生父得知这一切，他已经和他的家人从采石山场运送了几趟石头。他的生父赵忠踏上那条豌豆壳船，看到自己的儿媳正在舱里择菜，生炉子，自己的儿子正在整理缆具，赤脚上一尘不染，船板擦得像床板。他的两个孙子却在艄楼顶上呼呼大睡，被他们的父亲用绳子拴着腰。两只水鸟就歇在那两个山芋的身旁，梳理着翅膀，并拉下一摊白晃晃的鸟屎。

赵忠被这情景弄得有些伤感，又有些羡慕。他本来想大骂一通他的儿子的，但后来什么也没说就走了。

"需要什么说一声，捎个信去。"赵忠最后说。

还需要什么呢？都有了，船、野滩、择菜并且绣鞋垫的女人、酣睡成两颗山芋的儿子、撬石头、抬石头、拉缆、抛锚，将船挂在拖轮后头，远远地随波逐流。他在牢里被犯人打断了肋骨，他后来也打人；他叫劳改犯。虽然这名称在城里不算蚀人，有时还是骄傲的象征，是一把护身的刀子。"可我为什么成了劳改犯呢？当我想自食其力的时候，当我不愿以假货伤害别人算计别人兜售自己良心的时候，我触犯了什么呢？"

可是他坚信一个男人不能没有桨。

有一条金色的水路，在夕阳西下的时候，就能踏着它去神峡河边，看

244

老秦唱歌喝酒："姐儿住在河那边，隔山隔水隔条线。银线金梭穿河沿，连人连心连姻缘，今日与姐就团圆。"

还需要什么呢？一个船头，一个夜晚，满滩星星，请老秦喝酒。

"喝吧，老秦。卖酒的都掺了水，这是没掺水的酒。我不卖酒了，我驾船。没有大船，但有桨。"

这么说着，他忽然想，老秦该不是喝了用工业酒精兑的酒吧。他知道，有些黑心的商家用工业酒精兑酒，有的兑得淡些，有的兑得浓些。但是不管怎么说，有些人就爱下毒，甚至往河里下毒，往江里下毒。

秦水猛用明矾澄清江水，呆呆地想这些问题。发大水的时候，江水才有一股土腥气，从遥远的上游带来的土味；它浑浊，像山里的生活，你只有驾一条船在它的上面行走，才能看到更高处的天空，才能身轻如燕，看一晃而过的岸上的景色，听到鸟的叫声或者风掠过芦苇的声音，而且没有什么噩梦了。

发大水了，抢险又开始如抢火一般。不过船小，他，还有他的女人，他们要适应在这条古怪的长江里生活。凶悍的、无情的长江，你不要奢望多少。他们运送着石头，一样的晚泊、生炉子、在暴雨中含着烟锅看芦荡。江边的芦苇荡一望无涯，有女人儿子在身边，心就闲了。不过抛石头的时候，还得一身泥一身汗。

那天晚上暴雨越下越大，岸崩得更远更快。半夜突然刮起了大风。没有可以扎风的地方，唯一的办法是逃往浅水中的芦苇荡。

秦水猛惊醒了，他听崩岸的声音沉闷而恶毒。他的船还很机灵。他从舵笼里冲出去时，真庆幸自己的石头没有抛完，石头成了压舱石。它稳稳的，比起另一些船它可以说稳稳的。他的女人扳着舵，而他的两个儿子还在梦乡中，儿子们对哪儿的水都适应。

他的船从崩岸惊起的狂浪中掉头出来。

他只用一只不顶用的左手小指就勾开了拴着的船缆。

他打的是渔人结，老秦的结。

可是纠缠的缆绳把旁边一只荆帮划子拴死了。宽头的荆帮划子，底舱空空的，只装着些人。那些惊恐万端的人，他们寻找着斧头，要砍断一团乱麻似的缆绳。船工们把砍缆绳和桅杆的斧头叫太平斧。他们祈望太平。

更大的崩岸出现了，卷起了巨大的漩涡。等那条荆帮划子砍断了缆绳，他们的船刚好要投入漩涡的怀抱。崩岸的沙石就是要将这些运石头的船埋入江底。崩岸是自然的力量，它们要啮城咬堤。

荆帮划子的锚是抛了，可他们抛进崩岸的沙土里。秦水猛的锚此刻扎在一堆石缝中。

"喂，你们看着绳子！"他朝他们喊，油麻缆绳就甩过去了。

油麻缆绳也结实，那是老秦用桐油细细浸晒过的。

"哈哈，他们不行了，"他朝他的女人玉秀喊，神峡河捣衣的女人，拿着舵杆，两只眼睛在黑暗中、风雨中熠熠闪光，所以给了秦水猛嘲笑那些人的勇气，"还是长江的水佬儿呢！"

那些人完全没有听见，他们的影子在甲板上像一些摇晃的树枝，但是他们抓住了秦水猛甩过去的缆绳。但是他们七手八脚地把它拴在他们的船尾了。

"你们拉呀，你们这些混蛋！"秦水猛告诉他们。

秦水猛一个人拉着条船。可是今天他没有这么大的力量。那些人都吓傻了，崩岸的声音把他们打蒙了，他们站立不稳，有的竟然趴在甲板上。

"你们拉呀！"他喊。手上的缆绳却滑得很快。

他的女人这时候就出现在船头。他的女人玉秀说：

"你把它交给我。"

秦水猛没把缆绳交给女人，但女人已经将缆绳一口咬住了。

女人脚蹬着将军柱，口咬着缆绳，荆帮划子就停在了原处。女人的牙齿多么厉害。这个叫玉秀的女人，她用她的那一口横牙，横长着的牙齿，死死咬着了缆绳，像一把老虎钳子，像一口钢铁，像一个码头，像拴缆的铁环，像整个岿然不动的岸。

这些秦水猛都没有看见，他只是凭自己的感觉，另一双眼睛，在黑暗中看清了这一切。

"你在做啥呢？"他说。他明知故问。

"我咬，我像狼一样咬。"女人玉秀含混不清地说。她的嘴里是一根粗粗的缆绳。

然后他的女人开始在将军柱上绾结了，他的女人绾好了船工结。他看得真真切切，他真的用眼睛看到了，因为他的女人身上闪着一层光，暗绿中带着金黄，非常耀眼好看。"这个女人！你看我的眼睛多好。"他嘀咕说。

荆帮划子还在遭受蹂躏，不过它不会当沉船堵溃口了，它只是左右颠簸。有一个站起来的人想去扶缆绳，一下子就掉进了江中。风浪太大，周围的漩涡此起彼伏。

在荆帮划子上那盏昏暗桅灯的照射下，秦水猛清楚地看到那船上一个人像一块石头被掷进了江里，但不是石头，是人，还有悠悠的呼喊声。

"哈哈，他要抢险，他要当石头堵溃口吧！"

秦水猛大声地在风雨中说着话，他一头就扎进了水里。他想把那个人拉起来，阻止他往崩岸的地方去，那儿的水泡和漩涡把一条船也能嚼烂。

"你想死么！"他喷着水喊。他就看到了那个人抓挠扑腾的地方。

沙，沙子硌着他冰凉的牙齿，沙卡着喉咙，江里到处都是那些沙子，它们要堵他的嘴，像填沙包一样。

"给你桨！"

他的女人向他丢下一样东西，那就是桨。

他先抓住了那个落水者，浮出头又抓住了桨。

"噢，桨。"他说。那一刻他遽然感到无比虚弱，在劳改仓里他的身体衰败了。那个人像一块巨石，他拖着他，从水势混乱的江底拖出水面，拖向自己的"豌豆壳"船。

桨给了他一些浮力。这时荆帮划子上也有人跳下来了，来救他们，并有人朝秦水猛甩过来一个救生圈。他把救生圈抱着了，再把桨抱着。然后他的女人玉秀又远远地伸过来一支桨。

这样，他就像抓住了女人的手，抓住了女人唱山歌的尾腔，抓住了一盅酒和无数行船拉纤的日子。

他喘着气躺在甲板上，那个落水者躺在甲板上却无声无息。

"他真的要死了！"他的女人哭着喊叫起来。

秦水猛就这么又恢复了他驾船的力气，去掐那人的人中。他使尽了所有的劲，指甲酸酸地抠进那人的唇肉。

"有针吗，快拿针来。"秦水猛四肢发冷地说。每说一句话，体内的热气就疯狂地往外窜。

他的女人玉秀就在身上取出了针，那一定是别在袖口上的，是一根小针，很细的针，绣花针，绣鞋垫的，绣鸽子花和山中的苞谷缨子，细细的花线还穿在针鼻子上。

秦水猛朝那人的人中刺去，就听见"呀"的一声惊叫，那人口中就吐出一丈多高的沙浆水，他的口像一根排污的管子，像一场泥石流。他喷了一会儿，看着看着气鼓鼓的肚腹就消下去了。

"把针给你，喂!"秦水猛给女人说，他坐在他的两片桨上。"你的牙齿没有咬掉吧?"他问他的女人。

"没有。"她说。

"掉了才好呢，掉了我就给你换玻璃钢牙齿，换一口张柏芝的牙齿。"他有气无力地说。

成为英雄的"豌豆壳"船主秦水猛得到了一笔政府发给的奖金。可是他对人家说，救了一船人命的不是他，是另一些东西，一根缆绳和他女人玉秀的一口牙齿。

就是那些东西，一根有了些年头没有丢的油麻缆绳，一口让人容不下的横长着的牙齿，神峡河的牙齿。

"还有桨，救了自己，也救了别人。男人不能没有桨。"他说。"对，还有针呢。"他又说。

"针么，唔，针，女人不能没有针。"他的女人玉秀轻描淡写地说。

然后他们解开了缆绳，解开了那个缆结，驶往采石的山场。他们的小船已经被石头碰撞得毛毛糙糙了。

# 大溃口

我现在是一个商人。我知道我的现在与溃口那时的生活是一脉相承的。虽然我现在被撸了，雪个镇的事与我没有任何关系了。我现在主持一个叫桑田的工贸公司。我当镇委书记的往事像一个梦境，然而那是真的，它发生在我的生命中。在三十六岁之前，我知道溃口了。每个朝代都会溃口，我们这儿，就明清两朝溃口便不下二十次。这不算什么。乾隆十六年和咸丰二年两次大溃口，两位皇帝都进行了重新堵口复堤的朱批，然后革职一批，然后"钦此"。就是这么，成为我们这水患之地的历史。如今我被革职了，原因是溃口。从溃口的第一天起，我就对我自己的留任没抱多大幻想。口迟早是要溃的，我没想到是今天。我在想我如果离开了雪个镇，溃口就与我不相干了。我想我大约也就一两年便离开这里了。我要去县里。只要走上这一条路，谁都想往上面去，被提升，一级又一级。这是没有办法的事。我现在不能走那条路了，过去的事就恍若梦中而又历历在目。我知道我们没有办法喝止那样的灾难，这句话不是我说的，是在一本书上看到的。为什么呢？报纸和电视也无法喝止，他们只能报道。谁都不能喝止，恕我直言，许许多多的地方官吏已经不知道什么叫责任了。

我说的当然是我们这些人，非常微小的人物。

事情让我碰上了。

当然是一种偶然。

那一天，大堤上空飞着成千上万只蜻蜓。多么壮观啊，河堤外是水，坑子里是水，就一条岌岌可危的大堤了，在两边的大水中，它趴伏在那里，挤满了呼天抢地的人，挤满了猪、鸡、鸭、驴子、耕牛和家具、门窗和一些横七竖八的临时搭起的棚子。

在我们乡下，蜻蜓是很多的，但我没想到在溃口那天（以至于一连数天）会有那么多蜻蜓，而蜻蜓不飞在水面上，只云集在大堤的上空，好生奇怪。堤怎么蜿蜒，蜻蜓群就怎么蜿蜒；在堤的上空，有一条蜻蜓的堤，是一条堤的幻影。这象征着什么呢？我无法弄懂它，我只是目瞪口呆。凌晨四点钟，县委书记骆金贵在溃口现场绝望地宣布：放弃堵口。我便看到了我们头顶像长龙蜿蜒的蜻蜓开始向大堤聚集了。我对骆书记说：救生艇怎么还没到呢？我卷起了裤腿。我准备去救人。

现在，我要说到溃口那天晚上的事情了。那天晚上如此的平静。对于水，我们已经司空见惯了。漫漫河水，是我们那儿的夏日景色，很平常。然后我们就防汛。县里要派人来。那天，在李拐乡哨棚指挥防汛的有汪伟华，县土地局副局长；谭天，副镇长；来胜兵，李拐乡副乡长；戚彬，乡水管员。李拐乡那段并不是险段，可事故总是在这样不引人注意的地方出现。

那天汪局长刚从县里来，是参加了一个什么会议回来的。他是第一副局长，在土地局是实权人物，因他的姐夫是组织部部长陈光芒。这都清楚。他回来了，是车送来的，刚好谭天也在这儿，他说他是恰巧在那儿，其实早就"猴"在那儿了。李拐乡副乡长来胜兵是个花大虫。乡里的几个发廊他是不沾的（鬼知道），他明白兔子不吃窝边草的道理，但对河的两个镇——桑镇和麻镇，没有哪一个发廊是不认识他的，都知道他是李拐乡的副乡长；哪个发廊新到了个小姐，哪个发廊走了谁，他都了如指掌，如数家珍。他的这个小毛病我们大家都知道，但他干工作还不错，所以……来胜兵与谭天是哥们，年纪都不大，三十多岁，精力过盛，又当了点小官，更加为所欲为，巴不得找五六个女人做老婆。汪局长年纪大些，瘦些，但一经试探，发现都有共同的爱好。汪局长问了有没有险情，有几次险情，冒水花是清水是浑水之后，就打哈欠。

"到对河消夜去。"李拐乡的花大虫来胜兵以主人的姿态邀请他们。汪伟华知道对河意味着什么，那两个人好说，谭与来，但水管员小戚得甩掉，一是他太小，才二十多岁，二是他跟他们非同道人，容易出事。但是来胜兵那天没有会过意来，汪局长暗示了一个多小时他们才明白，才把小戚支走，让他去巡视另几个哨棚查夜去了。

以下的事就是我的猜想了。

然后他们三个人过渡去了桑镇，半夜十二点钟的时候叫了一个乌龟炉子，冒着滚滚的热汗在炉子前捞乌龟吃，喝酒。再然后，就是敲发廊的门去按摩了。他们正按得快活时，李拐乡的李拐湾就溃口了。

有两个提着马灯的巡堤人（其中有一个拿着锣准备随时报警的），在垸里的堤脚下看到有一个地方冒水花，先是清水，后是浑水；先小后大。先是一处，后是两处，三处。"做什么呀？"他们在想，水就齐了他们的脚踝。这两个死×，就这样蹚着水上了堤，也不会喊了，连锣也不会敲了。他们高举着马灯，看水怎么越涌越大，看堤怎么倒了。堤一倒，水就往垸内灌。水面与垸内有六米的落差，那还不是飞流直下三千尺。千里大堤，水束得紧，有一处泄点，水不都往这里挤！堤溃的速度比他们跑的速度还快。两个死×就没命地跑啊跑啊。跑了百多米，堤也溃了百多米。这两个死×自己跑了，站定了，看堤再没溃，就坐在堤上。你说，他们喊吧，他们打锣吧，李拐乡的哨棚就在前面不远。他们是不是没想起来？是不是见哨棚里没有灯光以为那些领导都睡了？总之，他们在溃口处惊心动魄的水流声中抽起烟来。他们两个对火，其中一个还说，要成汪洋大海了。人到了那个时候可能吓傻了，谁都不相信会出现这样的事，两个死×就抽烟。这时有汽车开过来了，断口的这头有汽车，那头也有汽车，一照，怎么堤断了，水哗哗流，流得白雾腾腾？于是就按喇叭，就看见有两个人坐在水边抽烟。抽烟的俩死×见汽车来了，打的车灯把他们的眼都照花了，又听见喇叭声，惊醒了，从地上爬起来就敲锣喊：

"倒口啦！倒口啦！"

这两个狗杂种！

首当其冲的是李拐湾三组的几户。喊倒口的时候有两户人家早就被冲得没影了，成了新鬼，提前死了——人都要死的，若干年后（哪个年代）人们读到这一段历史时，我们都死了，只是溃口淹死的人比我们早了几年，成为冤魂，梦中就呜呼哀哉了。

据说是小戚最先到这里，他叫了一辆汽车堵口，汽车司机说车是私人的，堵口了车以后谁赔？小戚当然结结巴巴地说，我我我我赔，十八万人的命值钱还是你这辆农用车值钱？十八万哪，那时候是深夜一点五十分。车就往溃口处开去了，司机发动了车就跳下来。车一开进去就被水冲得无影无踪。然后他要人打电话，问哪个有手机。有一个司机有手机。这样就拨通了县防汛指挥部，还打了110。这时候，水声如雷，垸子里也有了响动，有高音喇叭在喊倒口了，倒口了，有锣，有人喊叫的声音。有几个精明的人就在堤上堆了从人家的屋后搬来的柴草，在堤上燃起了几堆大火。火光冲天，锣声当当，会水的人在水中就挣扎着朝有火光的地方游。因为人在水中一冲，加上半夜三更，人就没有了方向，看见远处有大火，就晓得那是堤了，就顺火游过来。那些从水中爬上来的人就像水鬼，半夜三更，的确一个个像水鬼。我是三点多时到达现场的，我看见那些像水鬼一样爬上来的人，呼天抢地。堤边到处都是跪着哭着喊着求菩萨保佑的人。整个雪个镇坑内，方圆一百多公里的地界上，到处是那种塌了天的喊声。到处是抢了财产逃生的人，牵猪的人，扛粮食和箱子、背老人与小孩的人，到处是哭叫声。我没有见过这种场面，在半夜，灾难就偷偷摸摸来了。灾难总在半夜偷偷摸摸出现，溃口也好，地震也好。灾难是魔鬼，是邪物，不敢堂堂正正在阳光下出现。

我去的时候已经掼下了七八辆汽车，不行了。后来，县委书记骆金贵也赶到了。他跟我握了握手，指挥了约二十分钟的抢险，说了四个字——回天乏术，就要大家放弃了堵口。他与县里联系，不停地用手机接收省防指（防汛抗旱指挥部）的命令，后来他向我们传达了省委书记的指示，也是四个字：救命第一。

后来，直升机就到了，开始向水里投救生衣。

这场水来得巧，当时刚好有一个解放军的防汛车队经过我们镇的省道，牺牲了八位指战员，这太冤了。因事情与我要叙述的没有什么关系，只好绕开。我现在要说到凌晨两点多钟被电话闹醒后的事。我刚刚睡，大约只有两个小时，为防汛，我差不多半个月没睡个好觉了。有几处险段，得时常跑，但李拐乡不是险段。直说了吧，我是十点钟从雪个湖度假村回家的。当然雪个湖度假村不靠河堤，靠的是雪个湖和雪个山，那儿在我们镇最西头。县税务局有个会在度假村那儿召开，局长是我高中同学，那我不去看看？无论水涨得多高，我也得去尽地主之谊，请他们一顿。然后他们拖我打麻将，我说这可不能干。度假村有十几位小姐，全给他们派了。我的那位局长同学说，你就不走嘛。我说不走我给你守门啊？万一堤上出事了又捅出我打麻将，那不把我弄得全国有名？那天我的同学就说，到县里搞个局长去算了，省得年年防汛担惊受怕。这事，其实我的同学已给我帮了不少忙，找骆书记。我也送了不少钱物（有啥办法）。另外，为啥修这个度假村，也当然想到方便联系上头，后来果然，上上下下的都混得很熟了。还有省里来的一些厅长、局长。修度假村，在我们县被认为是异想天开，可是我干成了。就这一个度假村，谁不往这儿跑？就在出事的那天，骆书记的老丈人还住在度假村钓鱼呢。骆书记不是本县人，他的老丈人也不是本县人。有一次我到骆书记安在市里的家去，见他老丈人与他们住在一起。骆书记十天半月回市里一趟，肯定不愿那老丈人与他住在一起，我听骆书记爱人说她爸喜欢钓鱼，我当然就投其所好啦，这是很自然的，我说让伯伯到我们雪个湖度假村去住些时，开了门坐在阳台上就可以钓鱼。那儿有空调，有人照顾起居，还有医生，可以每天量血压。就这样，我硬是派车把那老家伙接到雪个湖来了，给他专门安排了一间好房（按市价每天二百八十元）。这事刚开始没让骆书记知道。有一次开会，骆书记对我说，我那老泰山在你那儿？我说钓钓鱼嘛，修身养性我那地方还是可以的，虽然偏僻了点，条件也有限。骆书记就没说什么了。我还要他说什么呢，要他说谢谢？癞蛤蟆吃萤火虫，心知肚明的事。

我听到李拐湾溃口了，当时头就炸了，只有一个想法："完了！"也庆幸没被他们拖着打麻将，真是长了后眼。现在看来这后眼也白长啦，没用啦。我爬起来太急，本来多日没睡，刚刚睡着就发生了这事，我感觉天旋地转。我知道，大祸临头了，这预感非常强烈。只能想到我自己的命运，任何一件事，对我意味着什么。我只能这么想，因为我的身份太卑微。话又说回来，就是身份显赫的人，他就不想到自己吗？但我的大脑深处还是清醒的，我抓起手机开始拨号，而第一个电话就是度假村的老板丁明。这老板是浙江人，讲着一口蒋介石的普通话，说话也爱带娘希匹。我对这娘希匹说，快逃命吧，伙计，溃口了。你先把保险柜放下，给我将骆书记的老泰山安全送到堤上来，否则……余下的我就不说了，也没问我那开会的同学他们一大帮人，还有那十几个漂漂亮亮的小姐。

我想他们肯定乱作一团啦。那么我自己的家呢？估计从李拐湾来的洪水到雪个镇上大约有几个小时，我对老婆说，只把金银细软和存折拿上。这镇上你是第二个知道溃口的，我是第一个。你锁了门就走，千万不要让别人来帮咱们抢东西，记住了吗？那么多东西，人家帮你抢了也就说出去了。我才当了不到三年的镇委书记，我并不是一个很贪的人，也不想大玩权钱交易，我时常提醒自己，栽也别在这点芝麻大的官上栽。我还年轻，我有远大的抱负，我有才干，我自认我的工作能力与政策水平是相当突出的。所以我对许多事保持着警惕与克制。但是，无形之中我家里就堆得满满的了。光毛毯就有十多床，酒，油，芙蓉王云烟王和中华硬盒软盒。我不抽烟，有些送人了，给兄弟姐妹了，有些连送也懒得送。因为我恐惧我的前途就此完了，我就说："让它们流走吧，流走吧。"

隐隐约约的洪水声如雷贯耳。我的老婆、我的女儿及我的妈都起来了，在我下楼的时候，她们正在向三楼转移东西。我说："车可能就要来了，你们快走吧，我顾不得你们了。"

我找镇里要了两个车（一个坐我，一个运她们），为避免失误，我还找镇上大楚机械厂要了个车，说帮我送送我老母亲。我下了楼，镇里的广播就响了起来："李拐湾有险情，李拐湾有险情，希望大家赶快转移，希望大家赶快转移……"

"他妈的！"我骂了一句。这通知肯定是管宣传的卞书记拟的，他为什么不直说溃口呢？他总是把大事往小处说，捏着自己的鼻子哄自己的眼睛。就这个通知，又要冤死多少犹犹豫豫不肯走的人。什么样的险情？小管涌？大管涌？解放军堵到了吗？不清。电视上天天在播大管涌小管涌各类险情，大家见怪不怪，以为又是喊狼来了。这狗日的老卞！

狼真的来了！

我来到了溃口那儿，我在想，汪局长谭镇长来乡长你们都到哪儿去了呢？这儿不是险段，不是重中之重，可你们不能脱岗啊。要完大家一起完吧。我心里闪过一丝庆幸，有人陪斩，好像压力就轻了。殊不知，那三个家伙正从小姐的怀里出来，往街口一站就看到了头顶上轰隆隆的直升机，机头上的探照灯把夜空割得惨兮兮的，一架，两架，三架……"我的妈呀！"先是汪局长喊的，后来都喊起来了。在渡口，水也流得急了。水似乎在倒流。他们看见对河一片哭喊声，白花花的溃口和火光和乱糟糟的人群。于是汪局长就哭起来，隔河大哭，据说哭得才惨呢。土地局是多肥的位置，有他风头正劲的姐夫陈光芒，还有正局长当！

我准备第二天去李拐乡找汪局长的，我想请他去度假村。这当然得请，因为他的姐夫嘛。然而，无须找啦，一切都没有用啦。骆书记说：回天乏术。

五点多钟的时候，冲锋舟来了，我就去救人。

救人的事情我就不说啦，相信历史会将那些镜头保存下来，太多啦，非常详细。从水中救人，从屋顶上救人，从树上救人，从高压电线上救人（爬到电线上去啦），等等。这不说了。我随冲锋舟救人一直忙到上午十点。我救了多少人，连自己也记不清了；我流了多少泪，也记不清了。我每到一处，每找到一个或几个挤在屋顶上的、树上的和趴在水里借一块木头漂流的人，我就说：共产党解放军来救你们了。然后，我听到那些疼痛的、从心底发出的、泪水成河的高呼声："共产党万岁！解放军万岁！"我真的被感动了。我没吃没喝，往最险的地方走，跳进脏水里，不怕血吸虫。在被淹的房屋中摸索寻找灾民。我背他们，抱他们，有老有小。这都是我属下的老百姓，说实话，我从来没有细看过他们，也对他们说不上有多深的感情。只要你走上了这样的位置，你看他们，就只有好人与坏人，服管和不服管，刁民与良民之分。而我们的眼睛盯着的是坏人和刁民。我希望安定（谁不希望安定哪），少出事，少出一些刁民。然而现今刁民越来越多，我指的就是如今被水淹没的灾民们。往常，我们与他们的情绪几乎是对立的，就是一个村主任，一个村民小组的组长，与农民的情绪也是这样。他们不服管，他们不愿意交款，他们恨我们，他们时刻想用法律来告我们，背后咬牙切齿地骂我们，巴不得我们早点完蛋，这就是现今的实情。然而，当我背上他们，抱着他们，我发现他们是些好人，可怜的好人，他们软弱，不堪一击，害怕灾难，他们有血有肉。他们本来可以与我们亲如一家的，就像自家人，就像自己的父母兄姊。然而，这已经不可能了。是不是灾难太少了呢？如今，各种各样的自然灾害都非常之少了，世界太平了，于是对立情绪滋生。而一场洪水，使我们蓦然发现，他们是那么地热爱共产党和解放军。只要你们在危难之中帮助他们，他们就不会是刁民。现在，我的十八万治下一夜之间就会沦为赤贫了，有的在梦中没有醒来就见了阎王。这一切都与我没有关系了。我本来想细细想一下干群关系，共产党与老百姓的关系这些问题的，好像有了些线索，但我不想想下去，这与我没多少关系啦，我现在也成了老百姓。

九点钟，县里成立雪个镇救灾指挥部。在离雪个镇不远的堤上，那儿有半条街，街上矗有一栋派出所的四层办公楼，一色的黄瓷砖是很不得了的。

我去的时候镇里的领导都来了，都还在，都活得好好的。但大家的心情都很沉重。也和我一样，在想着自己的去留，估算着此事与个人的关系吧。我是没啥好想的啦，我说既然大家都出来了，镇里的档案、电脑也抢出来了，这很好。现在，我知道你们有家，还有亲戚，有父母，这一切都放下再说。我们一切听从县指挥部的，不得请假，否则就是逃兵。有个副书记家在雪个湖边，家中只有行动不便的老父亲。他眼泪汪汪的，有几次我都想让他带个船去救救他老父亲，但他自己没提，我也把心狠下来了不提。有人说县里要我们马上把受灾情况弄一个出来，究竟怎么弄，这是关了门说的，领导都在这里。但是我说，是什么，就是什么，既不要夸大，也不要隐瞒。牲畜、家禽、交通干线、电路、邮电通讯设施，存粮，水利设施如沟渠、桥闸、涵洞、企业，经济果木、茶园、渔场、商业、家庭财产等，尽数说，说足。为啥要他们不隐瞒呢？当时的心理我也不清楚，现在想不起来了。横直是横直了，老话说：是祸躲不脱，躲脱不是祸。我可能想，说了实话，实报了受灾数字，说不定上面还会保你。我知道骆书记是赏识我的，我认为如此。我的一切都做到堂了，方方面面没有对我不利的因素。这几年，雪个镇的经济发展较快，我本人是正牌大学毕业生，有学位，论才有才，论干能干。我才三十五岁。人不是说三十六岁一个坎吗，我还没到坎的时候，莫非坎提前来了？我抱着这种侥幸的心理，我有这种热望和考虑。我不是直接责任人，不是汪局长，不是谭镇长，我溃口那天也没做坏事，没赌，没嫖。就是这样，我让他们报了实数，并且比实数更虚一点，达三十五亿元（他们算的才三十亿元不到），我在想也许水退之后有可能多给咱们援助一些，日子也就好过一些。

这时派出所所长郭大丑在那儿咋咋呼呼，他问我们要不要枪，我们说要枪做什么，谁在这个时候还谋杀我们？我们跟他们一样都是灾民了。他说今天派出所所有人都发枪，一律五四手枪，每枪十颗子弹。郭大丑五十多岁了，是个很胖的大块头，像个摔跤手，走路气喘。我对他说，郭所长，治安是第一重要的事，如今更要安定，以不出事为妙，因为全国各地的支援都要来，省、市、县的领导肯定也要来，说不定中央的领导也要来。可郭大丑说，强盗小偷已经都出动了。有两个同志说，抓住了就给我打，非常时期，非常手段。"可以用枪。"郭大丑竟这样说，把我吓了一跳。我说："万不得已再用枪吧。"郭大丑说："我们正在转移拘留的犯人。全运到对河桑镇派出所去。估计有几个运不走了。"我问："为什么运不走了?"本来这些事不该我问的,派出所有他们的那条线,他也不是镇里任命的,他们归公安局管,我从来就没过问他的事,但我还是问了。他回答说:"几个老弱病残……"他漫不经心的回答我们也没细究。

关于郭大丑所长,我知道他是一个非凡的人物。关于他有一首民歌,小伢都会唱:"郭大丑,是狼狗,见了百姓咬几口。征粮征款他打头,要嫖就到窑埠头。"有一天,一个小孩念这首歌被他碰着了,他把那小孩关了两天。所说的窑埠头,在省道边,是一个很小的镇,但有二十多家饭店。窑埠头的饭店是他创收的窝子。大部分饭店都是假饭店幌子,实际上与他合伙宰客。饭店先用女色勾引过路的司机与乘客,正待上楼宽衣解带时,派出所的人就破门而入了。罚五千元,饭店得20%,就是一千元。一个月能诱到十个"嫖客",饭店就是上万元收入,这若是炒几块钱一盘的回锅肉,该要炒多少盘!所以,窑埠头的饭店老板发了,派出所也发了。在省道上,南来北往的,不愁没有客源。这只是听说。

现在,指挥部给郭大丑调拨了两条船——就是从本县和外县来支援抢险的。而另一些民警则负责在堤上维持灾民的治安,特别是分发食品与矿泉水,以防止哄抢。

在指挥部门口我看到了我的家人,老婆、母亲与女儿。她们提着两口皮箱,女儿背着她的书包,啥都没有了,老的老小的小。我的老婆还给我拿来了两盒方便面,说是在堤上抢的。直升机投下来的。我心里一热,我很感激我的老婆,我的家人。但我说,指挥部多的是方便面。我要她们拿着,我去给她们找开水泡方便面吃。指挥部是不能住人的,让她们在堤上找处地方搭个棚子又不适合,刚好有船去桑镇跑联络,我让她们上了船,要老婆去找桑镇的杨书记,或是,干脆搭车到县城住老婆她妹妹家去。

安排好了家人,我得找到度假村的丁明总经理。我后来总算找到丁总了,他在指挥部很远的一个临时邮局棚子里正失魂落魄地站着,身后有一串小姐,那些小姐的穿着打扮与周围的灾民很不协调。身后还有一个重要的人物,这就是骆书记的老泰山。我对这个老家伙说:"受惊了,受惊了!"然后我又说:"快跟我到指挥部去。"我帮他拿上渔具包,非常高级的渔具。老家伙一点也没受惊吓似的,好像还有一种返老还童的快乐,就像小孩过年的样子,乐呵呵的,他的家反正没淹,他是在这儿度假的嘛。他说,淹了水以后垸子里都可以钓鱼。你说这个老不死的!

我那时候心上的一块石头落地了，我要亲自把他交给骆书记。我把他接到指挥部后，又找到了郭大丑，要他把他的办公室让出来，给这老家伙。郭大丑听我介绍了老头的身份，也没敢怠慢，找来扇子、竹床、枕头，让老家伙休息。又给了他饼干、矿泉水、方便面，等等，堆了一大桌。然后郭所长说，你要钓鱼，就到旁边垸里钓去。只是现在挖不到蚯蚓了。老家伙说，我不要蚯蚓，我用的是豌豆粉。

那时候水正在南下，垸里的水流速急遽，还钓鱼吗？老不死的！我无比气愤，许多人正在水深火热中等待施救，水正在向更远的地方扫荡而去。我就是在这时候抬头看到了乌云般的蜻蜓阵的，我没想到会有这么多。天上有投食品和救生衣的飞机，还有蜻蜓阵。千千万万双手等待着天上投下来的东西，喊着叫着，挥着手。飞机当然飞得很低，快要擦到树尖了。飞机上的人好像在喊要大家让开，维持秩序的民警也要大家让开，以便留点空间从上往下丢东西。那些人就是不让开，准备抢那些食物和水，还有救生衣。有人穿了救生衣，手上拿着四五件，还要抢，这是什么心理！想抢到一点是一点吗？反正现在啥都没有了，被河水冲走了。我亲眼看到一个小孩跑过去接飞机上投下的方便面，结果我听到咔嚓一声，那小孩的手被方便面砸断了。还有一个老头被打中了脑袋，打中了回过身还是抢到了那箱方便面，抱着走了两步，就一头栽倒了。

"你们不要抢，行不行，你们不要命了吗？"

我在那儿大喊。那些人看着我，他们全像不认识我一样。我的声音早哑了，我的声音非常微弱，该抢的还是要抢。我认为这个控制不住了，因为他们是灾民。

情况很乱。指挥部连走廊都坐满了灾民，赶他们不走。这些过去害怕派出所的老百姓，现在不怕了。他们坐到了指挥部胡书记（他是指挥长）的桌子上，胡书记打电话都难，三个民警才把他们拖出去。灾民们没有吃的喝的（分发的水与食品不均匀），没有地方拉屎拉尿，天气又热。靠近堤边的灾民抢些东西出来，可以自搭棚子，而运来的帐篷还很少。还有一些捞上来的死人，放在水边，没人收拾，没处理。

我认为这次溃口是一场乱仗。是乱仗。我们都是一色的年轻干部，都三十多岁，都没有救灾经验，简直有点手足无措。一般来说，政府工作的运转是很有规律和经验的了，五十多年了嘛，但一旦发生灾难，这个政府

258

的运转机器就有了毛病。另外，我坚持认为，人们没有责任心和事业心。我敢说，共产党是一个负责任的党，她的一切政策的制定都是为人民的，然而下面的干部中却有些不负责任的人，特别是年轻一代，敬业精神成问题。敬业精神好像是对那些专业人才说的。许多人都在说，我问心无愧，果真如此吗？

水正在南下。

我对指挥部领导说，请尽快请示县委和部队，为保住两个乡——成功乡和先锋乡，必须加高那两个乡的隔堤雷公堤。按现在的洪水的速度估算，深夜十一点水到雷公堤下，雷公堤本来有三米高，再加高一米，就有希望了。

胡指挥长说，这可行吗？我说为何不可行？他说能挡得住这个水吗？我说为何挡不住？

就这样定了，保住两万人，保住三万多亩棉花和中、晚稻。赶快调集解放军，调集民工。在十八公里的雷公堤上摆开战场，军民需一万二千人。

伙计，这可是个大工程。我是没有办法，我已经是山穷水尽，我要表现自己，我要救自己。面对着那么多采访的记者（美国之音的也来啦），那么多的领导，我没什么可说啦，我的那张嘴呢，那张能说会道的嘴呢？我现在是个罪人（我自己这样想的，但千万不能说出来），我要戴罪立功。不，我是一个英雄，我是第一个进入灾区救人的英雄，我是这个镇的书记，我是柳其忠。我是救起来几百人的英雄，我的脚划破了，手臂划破了，如今衣裳还湿漉漉的，我是个不顾妻儿老小的英雄，我的母亲已经八十高龄了，我没去救她们，我的嗓子开始哑了……说这些有什么用呢？对记者（对美国之音）说这些有什么用呢？最后的账不会算到我头上？我知道历史是怎么一回事。我喜欢足球，我还知道足球是怎么一回事。明明是球员不拼命，明明是中国足协有各种问题，最后处理谁？教练。教练走了，一了百了。视线转移了，皆大欢喜。然而，我说了，侥幸，就这么，我们奔向雷公堤，与猛兽一样万箭齐发的洪水展开了殊死搏斗。其实啊，这是我的回光返照。而指挥部的人也是相视无措，谁有什么建议也可以一试，因为他们不知道做什么好，总要有点事做，管它有没有作用。要有一种气势，要有一种行动，要有表现灾区人民视死如归、大义凛然、万众一心的场所、机会，不能在死人、逃命、哄抢救灾物资的哀哀号号、哭哭啼啼的电视镜头中坏了我们的形象与名声。

看吧，一个个泥人出现了，一辆辆的军车与民车出现了。红旗、人、号子，解放军中将、少将、县委书记、县长，等等，都踏上了雷公堤。他们听见了滚滚而来的洪水声，他们听见了死神的脚步声。我当然也去啦，我得背土袋，我得跳下水去堵涵闸与刽口。说到我做出这样的决定，出这个馊主意，也是在我看到小陶离去的那一刹那间我的虚脱与恐慌造成的。

小陶是谁，雪个湖度假村的服务员。我看到了她，她跟在丁总的后面，我当时只跟她点了个头，我太忙啦，我的心思并不在她身上，至少在这样的关键时刻。可是她后来跑过来找我了。在我送走母亲与妻女之后，她突然从一堆灾民里冲出来，往我手里塞进一个东西，我感觉是一块玉。我当时没敢看，怕别人见了。她小声地对我说："柳哥，送你避邪的，我要走了，作个纪念。""你到哪儿去呢？"我说。她说她大概要到广东去，这里淹啦，没事做啦。我没有时间跟她说话，也不敢多说，只是要她"给我写信"。她点头就走了。她那么好的身材，那么白皙的皮肤，那么小的年龄（十八岁）。她最后朝我看的那一眼，让我心惊肉跳，让我知道了问题的严重性。我想：完啦，度假村淹啦。以后我还能进入度假村吗？假如我进了度假村，我一介百姓，我还会被人捧着，想住哪一间住哪一间，并且让小陶这号女孩乖乖地与你……我强烈地感到我在向绝望的深渊坠下去，我要抓住一点什么，我不能粉身碎骨，我要保住我得到的一切，生活多么美好，在一个重要的位置上多么美好。

我就想到了雷公堤。

我这是以卵击石。

我想击退横扫千军的洪水？这不是螳臂当车是什么?！

我自己也快死了，我看见许多电视镜头对着我，我爬行在雷公堤上，我浑身泥泞。我用牙咬着土袋拖。我说："同志们，坚持住呀！"

我看见一万二千名军民都在我的蛊惑下进入到地狱之中，他们快累死啦；有两个跳进涵闸堵口的民工和一个解放军战士再也没有爬起来。而洪水的脚步已经来了，开始浸入堤脚。更大的洪水是在晚上不到十一点闯来的，首先是令人作呕的水腥味扑面而来，像一股阴风，直抽我们的面颊。那声响怪异，恐怖。我们的堤加了足足一米啦，十八公里的雷公堤就这样长高了。可十八公里的雷公堤是豆腐堤。一万二千军民开始疯狂地撤退，许多人被抬上汽车，因为没有了爬车的力气。那个巨大的撤退场面同样是壮丽的：

浪头捶打着隔堤，一路直下的它们在这儿受到了阻截，它们带着水草、树枝和大地上一切可以裹挟的东西来了，这犹如电视中见过的钱塘江大潮一样的阵势，但数百辆汽车向河堤驶去的引擎声，万人的吆喝声与呼喊声，与洪水声组成了一曲悲壮的轰响。

这都是做做样子的，哈哈，这是我一辈子做得最出色的一件大事，是我一时的灵感做成的惊世杰作。我不过是一个地方小官吏，我不是政治家，可我觉得我有政治家的气魄，有他们的大手笔，我发现了自己，我为我自己感到可惜。一将功成万骨枯，不是这样吗？我能不能因此而保住自己？我忐忐忑忑、惴惴不安地在一辆吉普车里，我的身边坐着赵将军。我握着他的手说："谢谢你们了。"赵将军依然很激动，他也是个泥人啦，他说军民一家么。我说军民团结如一人，试看天下谁能敌。赵将军自豪地说："我们这支队伍，是随时拉得出去，能打硬仗的队伍。"可是他的话没说完，雷公堤就被扑面而来的洪水打垮了。我们转移到河堤上，就看到那雷公堤在汽车探照灯的灯光里一节节崩溃，并且马上被淹没了。雪个镇最后一块土地——成功乡和先锋乡，也悉数沦为灾区，多添了两万灾民。

可是，我们高奏了一曲军民团结的凯歌。这是报纸和电视上这么说的。都这么说。

我大约只打了两个小时的盹，就随船去继续查看灾情和救人。我们先到了雪个镇上。镇里的头头都一起去的。我们坐的是一条来支援的渡船。

热闹的雪个镇是镇委机关的所在地，也是被淹的大垸内唯一有点城市气息的地方。我们的船根本不能进去，现在，洪水正汹涌地灌注大街小巷，从一些巷口与街口流入的水，形成乱流与漩涡。我们的船在一棵大树巅系了绳子。镇上时时传来楼房倒塌的声音，哪儿卷起水柱哪儿就有房倒塌了。啊，这就是我生活并治下的雪个镇。它的街道整齐，我曾花大力气整治了它的卫生，我还花大力气拆除了大量的乱搭乱盖的破房子；我修了五座公共厕所，修建了两个街心花园，并且，请我母校美术系的校友们为我无偿地设计并制作了三组大型雕塑。啊，怎么说呢，如今的县城还没有一组雕塑，也没有一个街心花园。县城的街道成了垃圾堆，那是我们瞧不上的。有消息说，我可能会去县里当城建局长，算了吧。雪个镇是我的家乡，我只想对家乡花这些心血，我不想成为一个城镇的设计师。而如今那几组雕塑呢？那个展翅的大鹏只剩下鸟头了。那个我们当地古代的将军塑像只剩下一把怒指苍天的利剑了——利剑上缠了些流不走的水草。另一个不锈钢的抽象雕塑已经无影无踪。我还想建一座庙的——当然是在过去关帝庙的遗址上重修。我要拆了几个道姑在遗址上修的一座小道场，我要修全县最好的庙，我要开发这儿的旅游，包括雪个湖的旅游：可以采莲，可以自己打鱼自己烹调，可以租一条小船——就叫情侣船或梦幻船吧，还可以在湖上搭台演地方戏。

可是，来不及了。我大约要与这些宏伟设想告别了。我当时喉咙哽咽地想。

循着那个古代将军（它已经被淹没进波涛）的一把利剑看，有一条船正飞流直下冲进街中心去。大家正在"啊呀"惊叹时，就见那船差一点撞上了一堵墙。

"想死？想死吧！"

我这么喊时那船（是条小机帆船）突然没了，原来是被一个大漩涡旋进去了，我们都感到这船差不多要见阎王，那船又旋了出来。船头的两个穿着红色救生衣的汉子各拿一条钩篙钩着了一个楼房阳台的铁栏杆，这才把船稳住。

"你们想干什么？"我们问，"你们是哪儿来的？"

那两个人说是运面粉的。一忽从船舱里走出来一个人，大家看到正是雪个镇的面粉大王宋大胖子。

"你不要命了吧，你跑回来干什么？"

我对他大喊。可宋大胖子却骂起我们来。他跺脚，骂我们说你们这些卵子，你们就是这样哄老百姓的？倒口就倒口了，为何通知说有险情？我一千吨面粉全喂鱼了！骂着骂着就哭起来，就说，你们让我破产了，你们该杀该杀该杀！我死了也不会放过你们的！

这家伙说风就是雨，竟当着我们的面想一头扎进洪水里去，但被他旁边的两个汉子拉住了。"让他死去，让他死去。"一个副镇长这么说。管宣传的副书记老卞说："天灾人祸，他的面粉厂淹了怎么怪我们呢？"他这是在为自己辩解。我估计那个通知百分之百出自他之手。他平时谨慎惯了，生怕在宣传上出个什么纰漏。

在某些方面，大家的态度往往是一致的，比如对眼前这个面粉大王，都一致指责他不该瞎骂，并没有说到那个广播里面的通知的事。大家说这个家伙算是老天爷惩罚他，他经常用发霉的麦子磨成的面冒充一级面粉，克扣工人的工资，镇里修路他竟然只捐了两千块钱，个人品质也有问题，家里的一个保姆实际上是他的二房。

"让他投河，让他投河，拉他做什么！"我们船上起哄了。我就说算了算了，也不能这样。咱们还是把他的船拉过来。我们让船主朝他们船上甩缆绳。可是宋大胖子不干，他要去抢面粉。这个人也真是太偏了，后来也不知道他抢了多少面粉出来。

我们的船小心翼翼地往前开，我们从一个楼顶上救下了朝霞电器商店的老板刘朝霞的母亲。她母亲是为了照看那三楼上的一些未转移的电器。她母亲拿着一根棒子牵着一条狗在楼顶上。不知道是狗见了洪水疯了还是刘朝霞的母亲见了洪水疯了，刘母正在追打着那条狗，好几次都差点摇摇晃晃掉进水里。我看见后忙要大家想办法把她接到船上来。后来我们终于靠近了楼房，但不敢靠近刘母，她拿棍子夯我们，那狗也咬我们。几个船员冒险爬上去，把刘母抢了下来，但刘母又踢又打，并且大喊："抢犯哪！抢犯哪！抓强盗哪！抓强盗哪！偷我的电视机电饭煲哪！"我们说我们不是强盗，我们是什么人你也不认识吗？我们是镇委会的。她说你们就是抢犯，你们就是强盗。她的确是疯了，狗没疯。我们把她丢进了船舱，留下那条狗，在孤岛般的楼顶上面对着洪水狂吠不已。

我们经过了我们自己的家，我的家，镇长的家，副书记副镇长的家。可是我们没有谁进去，谁都没提这个事，谁也没提醒别人，都不作声。

我们都绕道走了。

绕到了中学，那曾是我工作的地方。

在中学的教学楼顶上，忽然传来了一片蛙声。这洪水的咆哮中聒噪的蛙声，真使人恍若置身梦境。稻花香里的蛙声，月光中的蛙声，怎么在洪水中出现了呢？有人看出来就是学校的牛蛙。它们被冲散了，未冲走的就爬到了楼顶。学校的周围有几条小船在聚集，船上站着许多人。那些人在喊一个老师的名字，后来就看见一个人影从楼房里钻出来，手上举着几本湿漉漉的书，一边凫着水，一边在说着什么。

"这些迂先生。"我说。为几本书也值得去冒生命危险吗？

这时我们又看见水中的一个人影，时而沉时而浮。老师们在喊要他上来，但他就是不上来，并且顺着水流钻进了一个窗户里面。

这太危险了，水在继续灌涌，如果水力太大他游不出窗户怎么办？

在船上的老师们看见了我们，特别是看见了我，给我把信说："严老师！"

正是严老师。这个瘦得像冬天的干丝瓜的人，这个头发已经稀落，在洪水中失魂落魄的人，是几个船工把他救出来的。他爬上了我的船，两只手一摊开，是两把蜗牛，浑身水淋淋地坐在船头就哭了起来，说："柳书记，我的白玉蜗牛，我的牛蛙，全都没啦，几年的心血一水漂了！"

我知道他在学校抓勤工俭学。这个中学的牛蛙基地和白玉蜗牛基地很有点名气。这些我过去的同事，想在几个蜗牛和几只牛蛙上赚点钱。刚开始时，还被人骗了，并且扣过严老师的工资。就是这个严老师，被扣了两个月微薄的工资，但还是要发誓弄来真的牛蛙和白玉蜗牛，并且相信自己的白玉蜗牛会成为城里人（主要是当官的）桌上的佳肴，他硬是自备干粮到省里去弄来了种蛙与蜗牛，并且终于培育成功了。他坐在我们的船上号啕大哭，他双手捧着几颗白色的蜗牛，蜗牛们已经无声无息了。他的哭声太寒心，在这一望无际的滔滔大水中，在这摧毁一切的灾难中，他的哭声特别揪心。想到这些老师我不禁也落下了泪来。我安慰他说："严老师，不要伤心了，我们整个镇损失了几十个亿，想到这一点，你也就想得开了。"

"都没有了，我怎么想得开？"他说。

"一切都会重新有的。"我说。我安慰他，船上的都安慰他。我们把他扶到另一条船上，我们还有事。

我知道我一切都不会有了，我的预感越来越强。我会重新到这个学校来教书吗？我穿几十块钱一件的夹克，我每天呛着粉笔灰，与住读的那些学生们一起吃酱菜，一起打篮球？我住在学校里？我收到最好的礼物就是学生家长送来的一蛇皮袋子红薯？然而我现在没有这样的朋友了。我的身边是一些吃甲鱼的人，是一些给你派小姐并让你喝最好的酒穿最好的西服扎最贵的皮带的人。是宋大胖子（他依然是我的哥儿们），是丁明，是那个风风火火的电器老板李朝霞——她可以送给你家庭装修最好的开关与吊灯，说，做我的哥吧。他们把事情做得像兄妹了，你还好意思（又有什么理由）拒绝或者给他们付款呢？

我们漫无目地地在洪水中走着，从高压线上，从公路上择航道开行。恓惶的场景是叫我终生难忘的，许多急速流去的鼓胀的牲畜浮尸，猪、牛、羊都有，空气中有一股水腥味加腐臭味，一些漂浮的财产，有冰箱（它竟浮着），有木箱子，有桌子等，还有一个漂浮的柴垛上蹲着数只活鸡活鸭。活鸡们还在上面扒刨着食物，而大水将让它们流向何处，在哪儿靠岸？

我们截住了一条往大水深处开去的机驳船。那船陈旧不堪，上面装着一头猪和两只羊。羊咩咩地叫着。一般来说，运猪的船只会往堤边开的，为何往水深处开？这很蹊跷，我们以为碰上了一条打劫的船（这种船混迹于抢险船中，已经发现有多艘），冲上前去拦住了它。一打探，原来是堤上去慰劳坚守在"岛"上的村支书去的。那"岛"一说就知道，是在高岗上的一个自然村。村没淹，村里有支书。我们正在问着，从舫楼里还走出了两个电视台的记者，扛着摄像机。

这又是一场灾难中的形式主义。我对此深恶痛绝。是突然深恶痛绝的。过去，我容忍了，我慢慢容忍了。而现在，我突然发现这多么恶心，达到了让人无法容忍的极致。我说他们未有撤出来是因为他们要看住自己的财产是吗？只有十几户没有撤出来而堤上有上百户他的群众。堤上的生存十分艰难，没吃的没喝的没住的还没地方拉屎。现在，却让这些人去慰问他们，让电视台摄像。

我登上"岛"就对那个支书大吼。我说你还是个人吗？你在这仙山琼阁优哉游哉，堤上的群众却不管了，还搭信来要别人来慰劳你，杀猪宰羊拍成新闻去哄上面，你这人怎么这么恶劣？我本来想说我要撤他的职，但我没说，我自己还有没有职都难说。我如果没一点职了，而他——这个村支书的职却肯定还在。他如果不是让我们撞上，他会成为新闻人物，成为坚守在洪水中的英雄。

去你的吧！

我说你知道堤上吗？大家都得了红眼病，许多人腹泻，中暑，因为一些村领导不力，甚至没看见领导，致使有人囤积了不少方便面矿泉水而有的人却什么也没有。你身为支书你现在应该在什么地方你明白吗？

我从来也没有对下面的支书发过这种火的，也没有用过这种方式说话。可我已经到头啦。我现在才以为我是一个真实的人，一个真正的人，缺乏涵养，表达自己的爱憎，想什么说什么，有是非标准。什么领导技巧，什么对人宽容，见他妈的鬼去吧，那是害人的东西，那使我们变得恶劣，丧失斗志与正义感，变得虚伪、含糊，并且，纵容了我们党内的许多恶行。

　　可我的党籍只怕也要被撸掉吧？

　　当我登上另一个"岛"的时候，余怒未消的我，却遭到了一群害着红眼病的村民的痛骂。

　　这是一群饿疯了的村民，一两百号人全挤在一块只有五六户人家的高地，每户人家都住上了七八家人。他们看来了这么多镇里的领导以为是给他们送吃的来了，见我们双手空空，一个个暴跳如雷，说难道我们就不能有方便面吃有矿泉水喝？难道我们不能享受与堤上同等的待遇？这群人中原来有的已经到过了堤上，因为无处栖身便回到了这"岛"上。

　　现在，他们没有了性命之虞，他们不再需要谁施救了，在这样的时刻，我才真正看到了他们敌视的目光。我们看到他们对我们咬牙切齿。

　　"我们要吃，你们只怕只顾你们吧？你们一个个长得像肥猪，好吃的都被你们吃去了。"

　　"你们不顾老百姓死活！你们胡作非为！"

　　"你们堤都守不住，你们在干什么？我们已经听说了，你们在桑镇搞按摩！"

　　没有不透风的墙，事情当时就被老百姓知道了，而且传得更神。现在，我们的谭副镇长就在这里，他没有出声，如果大家知道那段堤是他守的，不把他撕成碎片才怪呢。现在说到有一个流传的版本，说县里的汪局长在与小姐鬼搞时，问小姐说，你下面怎么没有水呀？小姐说还要好大的水，你要倒口吧？果不其然，小姐的话音刚落，对河就喊倒口啦，倒口啦。

　　我们夹在一堆愤怒的人中间，被围在一个屋场上。我们当然不怕他们，我们要向他们讲清楚。我对他们说实际的，我说县里已经决定对灾民实行"五个一"的生活救济办法，即每人保证每天一斤米、一两油、一块煤、一斤菜、一瓶水。哪知道他们听后哈哈大笑起来，说现在的干部最会说假话。我说堤上已经实行了。你们不去堤上，当然领不到。你们应该派人去，与你们村委会联系，你们要把名单报上去。有人就说他是从堤上来的，抢水抢方便面把人的牙齿都打掉，哪来的煤呀油呀？我也觉得难为情，我知道这是不可能办到的，这"五个一"不过是对外宣传的。现在哪儿找这么多煤和蔬菜去？就是找到了，怎么一个个分发？发了哪儿找这么多煤炉子烧？难道援助的物资中还有那么多煤炉吗？明知不能办到的，还在报纸电视上说，这怪老百姓不看轻你吗？我说总之你们要与堤上联系，不能在这儿说政府的坏话，到时还是要靠党和政府，对吗？党和政府有一千个不是，一万个不是，不是党和政府把堤扒开让你们淹的水。扒堤的事过去的政府做过，扒黄河大堤，国民党就做过，难道说扒了堤的政党比不扒堤的政党好？

我口干舌燥地给他们熄心头火。我要他们当务之急是去堤上找自己的村支书。可从堤上回来的又骂起来，说村支书肯定躲到哪儿吃喝去了。说柳书记你知不知道我们村去年一年，村委会就吃了八万多块钱？我们种一亩田要交四百多块钱你知不知道？这些钱都被他们吃了。我们的村支书还说中央有这项吃喝开支，说不吃上面就要把钱收走。我听了以后哭笑不得，村里的干部竟是这么哄老百姓的。吃喝问题，这还是问题吗？我们哪天不在外吃喝。我对此不想说什么了。我又听他们给我们算账，一亩水田交四百多块钱他们是怎么种田亏本的。这个我只能耐着性子听，他们以为他们交款最多，殊不知，在我们镇，还有一亩地交五百多块钱的呢。所以，雪个镇乡下年轻的男人都去了城里做苦力，女孩都到南方去以身换钱了。有的一个村一个村走空，赚了钱回来交种地的各种费用。承包土地已经不再成为农民高兴的事了，而是让他们头疼的事。现在许多土地都包不出去。你每亩出一百块钱就能从农民手中转手包来那些肥沃的土地。可是一亩地纵使收上两季共两千斤谷子，也只能卖八九百块钱，交就要四五百块钱，你不要化肥、种子和劳力了吗？不交这么多？一个村有七八个脱产干部，他们要吃要喝要工资。现在的村长不是大伙选的吗？选一个不贪不占的人上来？算了吧，谁都要吃要喝要工资。选谁都一样。这现状谁能扭转？只能走着瞧了。

可悲啊！这些人反映得最多的就是盗贼。有人指着他在洪水中不远的一个楼顶说，他把两头猪放在楼顶上，用绳子拴得很牢，今天划船去看，没有了，被人偷走了。有的说电视机不见了，有的说粮食被人搬空了。都是用船搬走的。许许多多的船说是来抢险救人的，有的说是食品公司的船来收生猪的，其实都是强盗。那些收生猪的也坏，看现在生猪没吃的，就便宜收了去，一头猪给你五十、八十元，一只鸡两三元。都在发水财，他们说，你们干部难道不管吗？严重恶化的治安状况郭大丑难道没有责任吗？他当然有。这些愤怒的灾民还反映说平常也一样，平常你晒在外面的衣服，一眨眼就被偷走了，偷鸡偷鸭偷油偷蔬菜，见什么偷什么。就是在这儿，在这个"孤岛"上，我听见了一个有点文化的老先生说出了这句话——当然是针对如今农村太多的小偷说的：如今不光是当官的腐败了，老百姓也腐败了。他说老百姓腐败才是我们国家最大的悲剧，几千年来，中国的老百姓是从来没有腐败过的，而如今却腐败了。

我没有时间和他们讨论腐败的问题，我知道在这种非常时刻人的情绪都坏到了极点，什么话都可能说，什么话都敢说。我的心好像麻木了，现在十几万人正在水深火热之中，我们的心都是茫然的，行动也是茫然的。我向他们保证整顿灾区的秩序，并让他们推举了几个人上堤去，领些水和食品来。这儿的水不能吃，里面的水有血吸虫，有各种病菌，无数冲毁的厕所、猪圈和垃圾，都泡在这水里。即使喝，也要赶快拿些消毒的漂白粉来。

我们心情极其不好地离开了这个地方，船行了不远，就看到了一条船向我们靠来，一个中年男子问我们说你们船上的猪卖不卖？他说听到了我们船上有猪叫。那是刘朝霞的疯母在船舱里大喊大叫。我们就问猪多少钱一斤，他说顶多一块钱一斤。他说现在哪还论斤呀，论头，给你几十块百把块钱，总比饿死发瘟了好呀。说堤上的猪呀人呀都发瘟了，发瘟了你一分钱也收不回来。这个猪贩子撞在我们手上了。我就说我们舱里有几头猪，你说一头多少钱吧，他最多出了九十块钱，我就要他过来看猪。等他一过来，我就要两个人把他丢进底舱里了，把舱板一盖，就让他跟刘朝霞的疯母待在了一起，任他怎么捶，怎么撞，我们也没理他。

到了堤上。我们找到两个派出所的警察，把这个猪贩子捆走了。然后又找到刘朝霞，把她的疯母给了她。

我们一上堤就看到防浪林里有许许多多的人在砍树。我们跑到水边去大喊，制止他们。可是他们不听，他们挥着砍刀，把一根根成材了的树在贴水面的地方砍断。他们说，他们要搭棚子。这些很有些年头了的防浪林，是保护大堤的，难道他们水退之后就不在这里住了吗，可他们只顾眼前了。这些老百姓，不是腐败是什么。我们制止不了，就去喊警察来，来了一个警察，掏出枪朝天放了一枪，他们也不怕，他们说，我们不搭棚子不在堤上晒死？那个年轻的警察又不敢真朝人群开枪，因为他们都拿着砍刀与斧头。我们就要他去叫郭所长来，调集更多的警察来。

郭所长算是来了，可是那天下午我见到的事情却更让我无法容忍。

我们下水去抓了两个砍树的人，我们驱赶着头顶密密匝匝的蜻蜓等郭大丑所长来，郭所长终于姗姗来迟。他原来在押人游街。哪来的街，就是堤吧。我们听见有人喊："强盗在游街！"许多灾民就挤了过去。本来他们是在看我们抓砍树的，现在全跑了。我们也挤了过去，就看见郭所长和两个民警，押着一个五十多岁的老农，是成功乡某村某组一个姓韩的灾民，颈上挂着一块"盗牛犯"的牌子。我们看见他时他的脚是瘸的，赤脚。他穿着一件渔网似的汗衫。一个年轻的警察推着他走，他犯了什么法，不看牌子也知道，在捆他的绳子后面，牵着一头口冒白沫的牛。

这一天的太阳可是真毒啊，没一点云彩，天上就是些飞舞的蜻蜓，红的绿的黑的。堤上没一棵树。我看到那个盗牛的老农浑身汗湿了，汗还在继续从他身上涌出来。郭大丑对我说，他偷了一个灾民的牛，我们追了五里路才把他追到。

这些人当然该游街，可是我那时想到的不是这些，我突然发现他的相貌某一刻很像我的父亲。这是怎么啦，我突然想到我的父亲，我的农民父亲。特别是那人的麻木，那人的哀伤，那人走路的样子。他麻木地一拐一拐走着，在向旁边围观的人求着说："给我点水喝吧。"有人就想给他水喝，但被郭所长制止了，说："我看谁敢给他水喝？谁家的耕牛丢掉了，就不要找我了。"

前面不远恰好有一个新搭的棚子，没有四壁，郭所长要给我讲讲抓小偷的事情，我们就进了这个棚子躲阴吹风，把牛解下来放进堤下的水里，而要那个盗牛的人站在太阳下。但那个人也想躲躲阴，他已经是个汗人了，他想进到棚子里来，郭大丑就吼他。这时看热闹的灾民还是很多。我看见那个人抱着头跪地求情。我实在看不下去了，就说："郭所长，算了。既然牛已经追回来了，就把他交给他们村，现在看怎么把砍防浪林的势头遏制。"那个可怜的老农大概听见我在帮他说话,突然唱了起来:"小偷进牢房呀,大偷进政府……"这老农虽然被捆,但中气十足。他的唱词郭所长也听清楚了,这更加惹恼了他,挥了绳子就朝那人头上甩去,我拦住说:"不要打,不要打。"我能说什么呢?我只能这么说。我不敢看这个人了,我说了我感觉到他的某些表情像我的父亲。在郭大丑对他又嚷又吼时我看着堤下卧水的牛和滔滔的洪水,我就想掉泪,结果我背对着他们抹起了眼泪。我为什么那么伤心呢?我说了,他有点像我的父亲,我死去的父亲。我想起了我在大学时因思念劳作的父亲写的诗。我想起我曾经是一个写诗的,我过去单纯,对未来怀着阳光一样的憧憬,我怀着朴实的感情歌颂过我驼背面对四季田野的父亲。我记得我这么写道:"父亲,你是我的家园/在我思乡的时候,你的泥泞会扯住我/你没有笑意,你害怕灾难的哀伤的表情/都是我牵挂的理由/父亲啊,我的梦是郁郁葱葱的/这梦乡都是你种下并栽培/可是我如今无法走进你的风风雨雨/你的瘦弱的肩和迎风流泪的眼睛/我无法走进你耕耘的土地/你衰老的身影和蓦然间花白的双鬓……/父亲啊,我将追逐你用苦难浇灌的德性/在人们的嘲笑声中,拥抱麦芒和薯干/拥抱你生命的每一种期盼……"我写过,很长一段时间我把它忘了,现在,我又全能背出来了。我突然想起了它们,一首关于土地和父亲的诗。我真的流泪了。我在同情一个盗贼吗?是什么原因使他这大把年纪了去偷一头耕牛呢?是贫穷和洪水吗?还是因为他天生是个盗贼?可我哭了,他也哭了,他的眼里没有阴森和罪恶,却是善良和哀怨。

我说:"你们把这人放了,去管管防浪林吧。"我反反复复地说这句话。后来我就走了。我都不知道是怎么走的。我害怕再看到我父亲一样的那双眼睛。我读书,我当官,我以为我是那么了解农民,现在看来,我真的不了解农民了,我离他们十分遥远了,我猜不透他们究竟在想什么,想干什么,他们干这些我不理解的事情的动机。我曾经幻想我要成为一个乡村歌手,我爱诗,爱诗一样的土地与农民,爱诗一样的故乡。我后来分配了回来,我教故乡的小孩,我爱他们。我还爱那些老师,那些发誓要成为牛蛙和白玉蜗牛专家的老师。可是后来我走上了仕途,我已经不是农民了,我抛弃了乡村歌手的理想,我掌管着他们(谈不上掌管他们的命运),我吃他们的,喝他们的,向他们讲一些假话,言不由衷。这就是那个过去的乡村歌手吗？拥抱麦芒和薯干，拥抱农民父亲的所有期盼？

我在第二天中午又碰到郭大丑所长，我又说："千万不要动手。"郭所长说："柳书记，你想窄了，你还在想那件事？"郭所长哈哈大笑起来，说："不打，社会治安更坏。"我说不是这样的，这与打没有因果关系，社会治安的根源并不是你打不打他们。你仔细想一想你就明白了，你们还没搞清楚。郭所长听了很不高兴，说，我没有搞清楚，莫非我有冤案不成？

下午我们陪从省里赶来的某副总理查看了灾情。副总理坐船到里面走了一圈，然后非要到大堤上与那些灾民交谈，我们拦也拦不住。声音嘶哑并且眉宇间忧心忡忡的副总理，与我们当地的那些心口不一而且一副溃口了与己无关的神态的干部形成了鲜明反差。在副总理那儿我学到了那些高级干部们的做派，他们才真正代表了一个为人民谋福利的干部的形象，我打心眼里佩服他们，而从骨子里瞧不起当地的（包括市里县里所有的）头头脑脑，还有我们镇上的那些家伙们，全是酒囊饭袋，除了说假话官话套话大话就是贪。这样的官不做也罢。

"你们说真话吧，你们现在面临的最大的问题是什么，你们最需要的是什么？"副总理汗流满面却直截了当地问灾民。于是那些人就跟他讲真话，问题是什么，需要什么。然后他又问现在灾民反映最强烈的是什么。

"就是治安，"那些灾民说，"偷东西的太多了，我们找不到领导说，没人管。"一个老大爷拉着副总理说："我喂了十头猪，我赶了三头到堤上来，一上堤猪就热死了，在路上走死的。另外儿头猪我想送给解放军，是解放军救了我们的命，可用船去装猪，猪被人全偷跑了，楼上全搬空了，砸了窗子进去搬的，用船偷光了，比日本鬼子还坏。"

我看见副总理流出了眼泪，而我们当地的官员我没见谁流过一滴泪，假惺惺地流一滴泪都没有。我听见副总理说："治安不搞好，人民群众对我们政府就失去了信心。我们不把老百姓的利益保护好，我们就是失职啊！"他说"我们"，不说"你们"，他没有丝毫教训人的口气，可比说"你们"更能打动我们。然而这些地方官员真能被副总理的一席话打动吗？我们的副总理在哭，我们的副总理哭着对那些同样哭诉的人说，拉着他们的手说："你们不要掉泪了，困难会过去的。那些发国难财趁水打劫的犯罪分子，他们猖狂之时，便是灭亡之日，我们一定要马上行动起来，

271

给他们以严厉的法律制裁！"我看见了副总理说这些话的力量，也看到了灾民们在这话里听到的力量。那种力量来自正义。他的心里充满着正气，所以他的话有打动人心的力量。可我们呢，我们平常声嘶力竭，没有一丁点力量，不过是在给自己壮胆罢了。

晚上十二点钟的时候，我在水边的一个救灾棚子里接到了小陶的电话，她是从广东打来的，她打我的手机。她说她在电视里看见了我，跟副总理在一起，好威风。我说我还威风个什么呀，倒口书记，威风得起来！我很想她。我不能回忆。她叫我柳哥，我又听见了她在雪个湖度假村叫我的声音。我说你回来吧，别在广东染一身病了回来再传染给我。我这么交代，她在电话里羞涩地怪笑起来。我要给她说正经事了，我说我想好了，万一撤我的职我就去做生意。我邀请她回来与我一起做生意。她欣然答应了。但是她安慰我说："你还会往上升的，柳哥，你印堂发亮，你那个样子绝对是县委书记的料。"我何尝不这样想。她的话又提起了我那种侥幸过关的精神。

我在一种即将成为商人的忧思里七想八想。其实我当时并不想成为商人。我渴望我的生活没有多大的变化，特别是不要来翻天覆地的变化。当你坐到我这样的位置你就在内心里觉得还是有个位置好，而其他，当百万富翁也没有一个镇委书记好。为什么会是这样呢？有些人说当官没意思，太累，吃力不讨好，但你见过有几个人辞官回家的？没有，在中国，从古到今没有几个。是不是我在这个位置上要尽了权力和威风，贪了百万雪花银呢？没有。我只能说，我坐在这个位置上，我过着有规律的生活，我吃喝不愁，我养尊处优，走到哪儿都不愁与你打招呼的人。而一旦从某个位置退下来，就没人理你了。我见过县里的许多干部，那些老一代，什么县长副县长，书记副书记，当年威风八面，整个县城的人都尽巴结之能事，可一退，就成了糟老头子，没几天就郁郁而死。

老婆打电话来的时候，我到没人处要她找桑镇杨书记帮我调查调查汪局长、谭镇长他们在溃口的那个晚上究竟在桑镇干了些什么，是怎么干的。杨书记与我是哥儿们。我的意思很明确，如果他们激起的民愤太大（证据确凿），就应该直对他们，而我将有"撒手锏"来保护自己。这当然是一厢情愿的事，可我必须这么做。

我一连四个晚上都只睡三四个小时的觉，有时断断续续打几个盹。事

272

情太多啦。要开会——开不完的会，要与那些哄抢物资的灾民斗狠，要在堤上修路将各种运救灾物资的车辆迎进来，要清点灾民人数，看究竟死了多少。还要逼着那些将发臭的棺材停在堤上的人（死者的家属）将棺木连同死尸一起运到对河的火葬场烧掉。特别是，制止各种严重的传染病，如霍乱、血吸虫、钩端螺旋体病等的流行和蔓延。

第五天的时候我正在处理一起因将汽车轮胎当船，到水中放网捕鱼而树枝将轮胎挂破，导致跌落水中被自己的渔网网死的事件，就见丁明怒气冲冲地来报告说，他的度假村全遭劫了，他一进来马上就有雪个湖的渔民跟来喊冤说，丁明打伤了多人。有的人已经抬来了，有的脊骨打断了，有的头骨打凹了，成了个瘪脑袋，却还活着，与丁明对骂。而我刚刚还沉浸在轮胎事件的愤慨当中呢，对河桑镇的不法商人知道灾民们要吃，要打鱼充饥，便将一些质量低劣的轮胎贱卖给他们。结果这轮胎简直如灯草做的，遇硬东西便被挂破了，不止一个两个翻身落水，缠进自己下的网中而死。"一定要惩治这些不法商贩！"我给杨书记打电话说。桑镇的不法商贩中，还有卖高价馒头、高价白菜给解放军的。这些可恶的商人，不把他们枪毙几个难道能解广大灾民的心头之恨吗？

我愤怒，头昏脑涨，好像自己也被自己下的网给网住了。我挣扎，我突围。丁明却来火上加油，他使我们的灾区旧伤未愈，新伤又发，演出了一场血淋淋的战斗。

雪个湖的渔民家家有船，且船好，还有的人家不止一条。所以当溃口之后，这些渔民少有转移逃生的。对付水他们相当有经验啦。当洪水和雪个湖湖面汇合后，激起了前所未有的滔天巨浪，听说巨浪有丈把高。那是雪个湖的反抗，它不喜欢野蛮的洪水，于是厮杀起来，这些巨浪把湖边渔民的房子如搓泥丸，导致退水后所见渔民的楼房十有八九被毁，自然界的事情真是太残酷太神奇啦。房子被摧毁了，而有的渔船也被巨浪吞噬了，当洪水刚刚填平沟壑上涨之后，他们看见了那个神秘的围墙高矗的雪个湖度假村就暴露在他们眼前，触手可及。现在洪水使渔民和度假村没有了界线。过去本来就对这个度假村恨入骨髓，现在则把房倒船毁的仇恨一股脑全发泄到度假村头上。建造得如铁桶般的度假村，它有情人苑、鱼米乡、清风楼、荷香廊等数栋楼宇。洪水来后，贵重东西多被转移到三楼以上，每栋有两三人把守。这几个人在百多个渔民和几十条渔船面前，虽然不堪一击，但也拼死抵抗，而且他们出手重，是真正黑社会的打手。两边混战后，渔民们还是进入到度假村，他们全成了贼，他们成了打家劫舍的土匪，成了吃大户的灾民。他们恨丁明，恨这个骂娘希匹的浙江人，恨浙江人手下的打手。当然是恨啦。那时候丁明找到我，要承包雪个湖的水面，他给镇机关食堂每天送鱼来，给所有领导送鳖。他说，我要投资三百万元建度假村。然后他说，柳书记，你不需要吗？我们就叫这度假村为"烟水寨"，借得山中烟水寨，去买凤城春色嘛。我觉得这的确是个好点子，我认为丁明是个能人，我需要他，他需要我，我们一拍即合。这个竭泽而渔的承包者，使用了一种我们从未见过的鬼网，竟把雪个湖几十年的"沉脚"鱼都打起来了，这种鱼长满了绿毛苔。他打干了雪个湖的鱼（有一次一网打了十八万斤）。在县政府将下发管湖令——其中就有禁止使用那种奇怪的"鬼网"——的前几天他下了网，谁给他提供的消息？当然是我或者别人啦。当许多中华鳖爬进我家的浴缸，当我的女儿接受了他每年春节的厚厚的压岁钱（我退过，可是……），当小陶成为我的红颜知己后，我知道我与他成为拴在一条绳上的蚂蚱了。"娘希匹"，当我把这三个字叫成他的绰号，当我们总是在一起喝酒，我与他，所有的是非真还存在吗？

据说械斗是在渔民们看到了丁明在一条抢险船上出现后开始的。人们很少看见他，现在看见了他。因为他们在谈论这洪水是因为丁明把长满了绿毛的"沉脚"鱼打起来，惹怒了龙王。"沉脚"鱼是龙王的侍臣，真正的渔民是不打的，即使打起来了也不吃，当即便放了生。雪个湖是有龙王的，在丁明打"沉脚"鱼时，他们看到了湖上一条数百米的黑杠，黑压压地在水面上隆起又神秘地消失了。那就是龙王在发怒，在现身。因此，这场洪水实际上就是丁明引来的。于是大家说，赶走这个狗日的丧门星，便万船齐发，手拿渔叉与桨片，冲进度假村，抢那楼上的寝具、娱乐设备、锅碗瓢勺，见什么拿什么。这么，洪水中的战斗就打响了。是谁一呼百应的，不清楚。听说有人煽动，说镇政府为修这度假村，占我们农民的地，借我们农民的款，三年了至今不还。这是最有力的号召。

我听完这件事的汇报后就再一次预感到我的好日子完结了。我甚至忘了我们借了农民的款。而当时的集资达一百万元，整个镇委镇政府是冒了风险的。我看着那些伤者，看着两边不共戴天的人，我要表达我的态度，我要立即表达我的态度。现在，我只有一种态度了，我同情谁和我的态度是两码事。这还不明白吗？我没有思想斗争，我冲口而出："你们这些人，"我对那些渔民说，"你们哄抢国家财产，你们迷信鬼神，这度假村有三分之一的国有股份，你们好大的胆！"

"国有股份是借我们的钱。"

那些渔民的话才让我记起来集资的事。集资的事太多啦，全是农民的钱。但这件事是要处理的，对不起，让郭大丑去最合适。我不想管啦，雪个湖度假村最后将是郭所长他们的。

就这样，我说，郭所长，你去处理吧。郭怎么处理，那不是很明显吗？最后，以郭大丑抓了几个为首的渔民并开出了四条船去收缴哄抢的财产作结。我只是派车把那些伤者送到县医院去，以免出现死人的事情。

后来丁明骂着娘希匹又来找我了。他是和郭所长一起押着四条船满载而归的。我说我不能救你了，你损失巨大我承认，当年投资谁知道有这种事情，天灾人祸你怪谁去。我救你哪个来救我呢？他说你有人救的，我说，娘希匹，谁来救我！我最后说，损失以后总有办法补救的，只要我不倒台。他说你不会倒台。我说县委书记你也很熟了，你在他面前多美言我几句吧。

县委书记骆金贵想保我，至少应保住我在雪个镇的职务。大不了党内记大过，工资降两级。他没说。我在他的眼睛里看到了。他说，你把你该干的事干好，灾后的事情你暂时不要想。我的老婆也帮我做了细致的调查，那几个家伙在哪个发廊洗头，几个"鸡"姓什么都给搞到手了。我真是十分感谢我的老婆。因此，我，没有沮丧，我没日没夜地参与救灾，脚肿了，趾丫烂了，红眼病，晕倒，我都经历过。

然而我们的省长来灾区视察时我看到了自己的末日。那已经是灾后的一个月了。省长的车想在堤上走却不能走，时常被灾民们拉下来。灾民们因为有吃的，也没有大疫，所以中气十足，凡是有漂亮的小车就拦下来，捶车子，诉苦。灾民们围着省长不让走，说："你是巡抚大人，这么好的堤没有守住，你说我们镇的那些头头应不应该杀掉？"哪知道省长乐呵呵地回答说："该杀，该杀。"于是那些灾民们就群起欢呼，并且把省长的车放了行。

他们要杀我，那些灾民？我的治下的百姓？

当时我没在场，我提前走了，我到县里接受一台广东的净水设备的捐赠仪式去了，这一台设备可以保证我们至少两万灾民有纯净水喝。当我听到这个传言后我的背脊透心地凉了。那是酷热的九月初，我的心凉了，我冒冷汗。省长难道会说这样的话吗？有时候，他们会顺众表态，这是可能的，古语说民意不可违嘛。可是我的心真正凉了。我激起的民愤这么大？我们镇上所有领导激起的民愤有这么大？我做的那些好事呢？他们视而不见，不原谅我？墙倒众人推？我真正地震惊了，我是从哪儿得来的民愤呢？那些平常都不敢对我说一声不，好像都还喜欢我的老百姓，今天要开我的斩，这多么不可思议啊！这溃口与我柳其忠有什么关系呢？

我这个"倒口书记"终于倒台了，我们镇所有的领导终于彻底换班了。县土地局的汪局长也被撸了，他的姐夫没能保住他。所幸的是，我们没有进班房，没有被斩。但是愤怒的灾民并不解恨。有一家死了两个儿子的老头在水退了的时候手拿着两把菜刀，跑进淤泥深深的镇政府大院，指名要杀我和镇长，后来被人拉住了。那时，我已经下野，连办公室的钥匙也交了。

堵口复堤。

我前面提到了堵口复堤吧，乾隆和咸丰皇帝都曾有对我们这个地方关于堵口复堤的朱批。我被县里悄悄地任命为雪个镇堵口复堤的第四副指挥长，上面想让我戴罪立功。可是当我赤脚草帽出现在水退后堵口复堤的现场时，遭到了数百民工的起哄围骂。他们向我吐涎水（确有其事，绝无虚构！），骂我是昏官贪官。我算个什么，你们看看周围的官儿们吧，我算什么昏官贪官，我可以扪着良心说，我并不贪婪也并不昏庸。你们没见过贪婪昏庸的官呢。

没有办法，上面又扒了我的第四副指挥长，让我赋闲了。我所有的抱负都付诸东流了。我压低草帽，戴着墨镜，走在水退过后的大地上，那是一片惨景：树上、电线上，挂着草须、塑料薄膜片。许多未倒的墙上是泥黄色的水迹。可以说满眼都是泥黄色。许多倒塌的瓦砾上，到处有呆坐的暗哭者。他（她）们在暗暗地落泪，揪着鼻子，让看见的人也发酸。还有人在过去自己的屋场上，折下一根竹子插在那儿，作为自己房舍的标记。

我已经不必管这样的事了，重建家园将是下一任书记的任务。后来一个商界朋友出资让我办了一个公司，做什么？加固大堤需要施工队，需要各种机械，需要大量的汽油柴油，因为我有各种路子，正好可以赚一笔。我现在赚钱，无官一身轻啦。但我至今无法清楚，我这么个年轻也不让人讨厌的科级小官，为何激起如此之大的民愤？这洪水真与我有关吗？

　　我只能说：天灭我也。

# 晚　年

　　我住在县政府大院。我每天从大门进出，散步，买菜（我喜欢买菜），上街或者做其他方面的事。我喜欢行走，这是我多年的习惯，所以，与我同时代的人差不多都死掉了，而我还活着；我过去进出大门的时候是坐车，现在步行。我是过去的副县长，管农、林、水战线。我一直住在县政府大院，我是一个过时的人、始终不死的人，就算我每天在如今的县长、副县长们的眼里晃来晃去，也引不起他们的多少讨厌了。我提着菜篮，或是背着门球棒，戴着遮阳帽，穿着旅游鞋，像一个旅行家或是运动员，其实，我是一个老态龙钟的人，走路打晃，患有许多老年性疾病。走到街上，只有一两个人能认出我来，说，这不是席县长吗？然后说，您气色还好。他们对我还不屈不挠地活着很是惊讶，给我介绍说哪种药可以一试，电视上天天在播。没有人知道我是谁了，在县政府。虽然房子还是过去的房子，杉树还是过去的杉树。

　　这就来了问题。我每天从大门进进出出，如入无人之境，但慢慢地，就不顺当了。经常有人堵住大门，这些人简直肆无忌惮，将你的大门堵得死死的，一层一层，坐小板凳、坐条椅的，甚至牵牛来的，牛粪糊住了大门。这些人中有没了饭吃的企业职工，有老头儿，有老太太，有愤怒的农民（多是反映负担过重的），有抬尸喊冤的（医疗事故、派出所非法拘禁逼供致死人命的、交通事故处理不公的），有抗议法院乱判的，有受假种子坑害的，等等。这几年，这样的事情多了，多了也就见怪不怪。你堵吧，静坐吧，聪明的机关人就在一个水杉林中的隐蔽处开了一扇侧门，这侧门进出机关上班、办事的，进出领导们坐的车子。这当然是一个小小的秘密啦。可对我们这些老家伙来说就不方便了，菜场和大街都靠大门，而从侧门出来，至少绕了千把米的弯路，还坑坑洼洼不好走，且一到晚上还锁上了。喊冤的、静坐的都不是一日半天的，有时整夜整日地堵，若晚上堵，我们那栋老干楼有人突发了心脏病怎么得了？车不能进，人不得出，不眼睁睁地看着见阎王吗？

寒冷的冬天的晚上当然是最令我们担心的啦，我们平常见面了都祈祷这个冬天少发生点堵门的事。可是这一天晚上又堵了。这次是抬尸喊冤的，死者是个小伙子，据说是被交警打死的；他在堤上骑着红鸡公（摩托车），三个交警让他停车（不知何事让停，反正是检查执照啊，检查交各种费用的票据啊，罚款啊），他估计是怕罚款（如今只要让交警拦住，总有罚款的理由，而且百分之百罚款），这样三个交警驾车追这人，这人就开进沟里去了，估计也受了些伤。三个交警提起这人就打，这人于是一命呜呼。而且这三个中有一个副大队长。就是这么。堵的人太多了，因为许多人大喊大叫要缉拿凶手，又是晚上，没有人出面来处理此事，办公室也好，信访办也好，都没有。仿佛政府大院空无一人似的，只让他们嗥叫。他们的大喊大叫，吸引了县城的一些看戏不怕台高的闲人——平时就是如此，只要大门口有事，总有一些看客会来凑热闹，并且激动起来，好像时刻欢迎有一次变天似的。的确如此，我说现在的人已经变得分外恶毒了，总希望出事，出大事，天下大乱，不可收拾，看热闹。说我们这些老家伙完全不理解也是不切实际的，我们理解，我们可以想见，但是我们无能为力，我们只能是旁观者。而这一天寒冷的北风直打在人的身上，透体冰凉。我和老伴出外散步回来，好像心脏有了些不适，而药又未带在身上。我得迅速回家吃药，可是大门给堵上了。而且我感觉到这一天有一股血腥味。这血腥味来自那个现场，还是来自自己，我不知道。我的血正在紧缩，正在瞎窜。天一寒冷，一旦遭遇到这种情况，我就会隐隐地闻到一些血腥味，我就要吃药了。很有可能，我将要就此一歪，永远死去。我们想挤进去，里三层外三层，像摸奖，你能挤进大门？我的老伴就说打电话给家里，让他们送药来。我老伴就在一个商店门口打电话，没人接，女儿女婿估计都不在家了。就是在，他们能把药送出大门？我老伴就说到就近哪个小诊所去弄点药。

我心动过速，并且出现严重的早搏，按报上说的掐一些穴位，不行，憋气再吐，不行，按颈子上的大动脉，一按一放，也不行。我们只好叫了一个边三轮，拖到就近一个诊所。谢天谢地，诊所有我需要的药，救命的心得安，救命的心律平。

吃了药，脉搏从一百四五十下降到了八九十下，心不慌，命保住了。但是小诊所奇冷，北风一个劲呼呼地往里面刮，又没有吸氧设备。我们说着可能要下雪了，说着交警打死人了的事。医生说打死人的那个刘副大队长，哪个不说他坏透了心？自己开了一家加油站，两家修配厂，赚了多少黑心钱！我说那不是癞子打伞，无法（发）无天吗？医生说，差不多。

奇冷，我们只好起身回家再去大门口撞撞运气，所以不想听医生的那些牢骚话了。以为那些人都会散去的，要下雪啦，这么冷，谁在外头扛得住？一个小时可以，十个小时就不可以了。然而，我们到了大门口，事情还越来越严重了，人越聚越多。我们又坐了一个边三轮去侧门，等颠簸了半天到那儿，铁门紧闭，又没门卫（白天有），这怎么办，莫非里面的人都不出来，外面的人都不进去？我们还是踅回大门想办法，想找一个大院里的熟人，年轻些的，让他们把我们两个风烛残年的老家伙带进去。可是，没有看到一个大院的人。为什么没有一个大院的人呢？家属也没有，更没有机关的人。平常机关里人满为患，每个办公室都是密匝匝的，今天到哪儿去了呢？县长副县长到哪儿去了呢？连一个办事员也不出来解释解释，劝说劝说吗？他们不懂得化解矛盾吗？他们不知道事情是可以转化的吗？他们没有学过毛主席的《矛盾论》？他们就这么拖？保持沉默？害怕，躲起来了？

不过当时我只想进去，我扛不住了，我希望有人出面，希望公安局来，警车呜呜，抓人，用高压水枪驱散他们。我当时就是这么想的，我没想得太多，不在其位不谋其政。再则我刚才差一点一命呜呼了，我还能管什么？我一只脚都进火葬场了我去管这些事？我说了，在这个大院里新一代的干部们没有谁认识我，谁见了我也不会向我脱帽致敬了。然而，情形如此混乱，我被阻隔在外，人就没有一点血性了吗？人是舒服了一点，脾气也就来了。我做过除奸队队长，我杀过不少的人。此时我突然发力拉着老伴不管三七二十一就往里挤。我说让开让开，看哪个不让开的，老子揍死他！我真的还能挤呢，生命回来啦，我挤，用拳头开路，骂人，我过去当县长时就是这样，没有不服我的。我说让开让开！被我扒开了的，吃了我拳头的，见是一个暴怒的老头子，又不好下手回敬，只是骂：老不死的！我就是老不死的，我就要挤，要冲要撞，撞他妈的个鱼死网破！我挤进去了，我看到了死者，看到了围在死者身边的那些乡下人。我对他们是同情的，肯定同情，我过去管农、林、水，长期在乡下蹲点，我与农民保持着深厚的感情，我的朋友全是农民。虽然现在我恨他们，因为他们的堵门，差一点让我见了阎王。我对他们吼着说——完全是我过去的风格：你们闹什么？你们想解决问题直接去找县长呀。因为我没看见一个熟人，所以我就在那儿瞎放炮，我的老伴拉我扯我也拉不住。我对他们说，你们还不散开，让公安局来抓你们好些？太没有名堂了！你们这样是犯法的，懂不懂？！

我终于被他们放行，让我回到了院子里的家啦！

第二天天气奇冷，天上飘起了不大不小的雪花，我们这一帮子老家伙还是聚集到老干部活动中心去了。一是习惯成自然，二是活动中心有很凶的白炭火，从早烧到晚，暖烘烘的，打牌、下棋、聊天，大家经常是乐不思蜀。这一天下了这年的第一场雪，我们那一帮子老家伙高兴得像孩子似的，真的是返老还童了。但是从外面进来的人说，大门口今天看来要出事了，他们都是从侧门进来的。活动中心虽旧，里面装修得却还不错，甚至还很有几台健身器材。这得感谢谁呢？感谢从外省回老家休息的两位将军，鲁将军和黄将军。鲁将军是二炮的中将，黄将军是东海舰队的少将。他们虎死余威在，是真正的余威，县里不敢不把他们照顾好。这天大家正谈大门口的事，谈各自带来的消息，也就是关于昨晚闹得满城风雨的交警打死人的事，版本不同，就是在究竟是摔死还是打死这个问题上也说法不同，但话没谈多大一会，就有人冲进了县政府，估计有两千人之多。这么多人，想想吧，把政府大院会弄成什么样了？草地没了，树断了，电话线拔了，并且在办公大楼的走廊里生起了一堆堆火来烤，住在平房的一些小公务员的家，特别是未上锁的厨房，米撒了，煤气坛子被抬走了，有几只狗也被抱走了，并被砸坏了许多玻璃。最危险的是有人打开煤气，将其点着，于是躲避（恐怕爆炸）的人纷纷四散，踩伤多人。

这是我们县解放以来最重大的群体事件，令人不敢相信。至少在我们当政的那时是不敢想象的。那些人愤怒，那些人嘻嘻哈哈。估计有死者村里的人，也有很大一部分县城的人，有许多浑水摸鱼者，一部分对我们政府怀有仇恨的家伙正好可以趁机发泄一通。于是公安局总算出动了，警察不少，捉了二十多个捣乱分子，将死者强行送火葬场火化。

我们那帮老家伙龟缩在活动中心的二楼，将大门紧闭了。我想回去，老伴打来了电话，但不敢开门，因为大院里全是人。鲁将军不愧是将军，和黄将军一起带着我们转移并用桌子抵住大门，还分发了一些武器，拖把呀，门球棒啊，扫帚呀，从健身器材上卸下的铁棍呀。"简直是反了！"黄将军沙哑着嗓子痛骂外面的人。而鲁将军却乐呵呵地说搞农民暴动了。"这就跟我们当年打县城一模一样。"他说。"但是性质不一样。"原县妇联主任巫大姐说。哪知道鲁将军满不在乎地说："我看差不多了。"

　　鲁将军随口说出的话让我们不好想。现在是怎么啦？吓得前列腺炎发作的老宣传部部长胡大柚疼得哇哇大叫说："妈哟，妈哟，他们早出面，早没这个事了，为何他们都不出面呢？"我当年的下属，老水利局局长韩绪林说："估计昨晚吃生猛海鲜去了。"巫大姐就抱怨说现在大院里的干部是屎到屁门子了才急，这么大的事没人出面，这些头头现在一天到晚在忙什么呀？只晓得上电视抢镜头，整天在电视上晃来晃去，只怕有一天他们上厕所也要拍成新闻让全县人民都知道。大家就问胡大柚过去是怎么宣传的现在是怎么宣传的，老胡前列腺疼得嘴歪，没心思跟我们说笑话发怨气，说，过去现在差不多。有人说，哪一天宣传眼睛向下，中国就有希望了。但有人进一步说，哪一天当官的眼睛朝下，中国就有希望了。然后鲁将军说，这是不可能的。他说了这个道理，他说干部都是任命的，他只能眼睛朝上，唯上马首是瞻，那个恶交警副大队长，是闵县长的人，他只能对闵县长负责，老百姓他能管那么多？当然抓住就打啦，他又不是老百姓选的。鲁将军经常说笑话，整天乐呵呵的，但他最后的话却十分严肃："他们会遭到报应的，不是不报，时候未到。时候一到，一切都报。"

　　这样的问题太沉重了。这是第一次。这样大家就散了。我走出活动中心，看到昔日干净整洁的政府大院，浩劫一般。雪还在下，但四处泥泞，垃圾满地，间或还能看到一些未被雪掩盖的血迹。流血啦？流血事件?!我的心里咯噔一下，我感到事情的严重性。我心寒齿冷。可是我看见有人在办公室喊："打扫卫生啦，打扫卫生啦。"于是一些年轻人、中年人就陆陆续续、轻轻松松、说说笑笑出来了，不像是收拾残局的样子，像一般周末大扫除的样子。雪还在下，那些人缩手缩脚，连头都缩在脖子里，要死不活地挥动了扫帚。事情没有发生吗？这事与他们无关吗？岂有此理！数千人冲击了政府机关，动用了上百警察，抓了二十多人，而这些机关的人就像看了一场球赛或者摸奖一样的轻松，他们不知道此事的严重性吗？他们应当怎样考虑这个政府和人民的关系？这件事情对我们来说意味着什么？我是不是太敏感了呢？

不止我一个人敏感，无论是身体和思想。老宣传部部长胡大柚受了惊吓，住进了医院，给前列腺消炎。我们大家去看他，因为他住的是干部病房，单间，所以大家有话都敢说。巫大姐的大儿子在公安局，是一个什么科长，得来的消息是放了七八个人，但主犯没有放。那肯定不会放，点火烧煤气坛子，搞出个爆炸案得了！但那个副大队长与另两名打死人的交警没有任何事。估计已经说不清楚了，三人一订拱手同盟就没法了，死无对证，死者已经火化了。

黄将军听说后一拍桌子道："岂有此理，为什么不让验尸？人家只要求验尸，可他们就强行火化了，没有问题，为什么不敢验尸？打死与摔死，一验就清楚了嘛。"

韩绪林说："交警打死人了，就算是打死的，公安局的法医如何验尸？是向着死者呢，还是向着同事，老哥老姐们？"

"问题是，他们要躲避老百姓，为什么要躲避老百姓？当年老百姓是多么欢迎我们哪，没有老百姓我们打游击寸步难行。"鲁将军气愤地说。

于是我们就说到我们那时候是怎样接待来信来访的，我们的办公室是敞开的，泥脚的农民也可进办公室，我们还给他们递烟递水。我们这些老家伙只剩下回忆啦，议论什么事都要联系到自己的当年。老家伙嘛！当然是自己做得好啦，事实上，我们当年当然比现在做得好，就是不搞阶级斗争，也不可能出现几千人冲击机关的事，农民跟我们有这么大的冤仇啊？躺在病床上的胡大柚说，现在的书记县长办公室还是可以进的，只要你不拦车喊冤，只要你夹着皮包，手握大哥大。巫大姐说，老席你不要说咱们那时候了，往前推，推到封建社会，有人击鼓鸣冤，管他是叫花子还是二流子，县太爷再忙也要赶快升堂。你说这帮子人不就是想混个"电视明星"又是为什么？巫大姐坚持她的"如今干部电视明星说"。大家在老胡的病房里叽叽喳喳，直到老胡又忍不住疼痛叫唤起来，大家才告辞走掉。

真正要写检举材料是在数天以后。我至今还记得那些天我是怎么样的一种思想情绪，我真是吃不香，睡不好，老想着这事情。它当然与我没有多大的关系，可是我耿耿于怀，时刻不安，干什么事都没有滋味。我在私下想着怎么向省委写一份材料，在我有生之年主持一次正义。我要说说话，瘀在心里难受，不吐不快，写在纸上了总比啥都不说好些。我这么想，应该呼吁省委高度重视此事，此事不过冰山一角，但就是此事也要严肃公正地处理，要抓的是打死农民的凶手，是他们先打死了人，死者家属喊冤不理，才有了以后的冲击事件。虽然抓了闹事者，但县里的老百姓对冲击事件拍手称快，岂非咄咄怪事？这一届政府为什么不能得到老百姓的拥护？我想署上自己的名字，一个老共产党员的名字。我只是这么想，有冲动，持久的冲动，但真付诸实际，还没有拿定把握。写？化名？用真名了，那信落到他们的手里，不报复我报复我的孩子们怎么办？我无所谓，孩子们在他们手下做事，女儿女婿。

我把这个想法跟老伙伴们一讲，哪知胡大柚说，他早写过，一点事儿都不管用。"没有用。"他肯定地说。

"看给谁写，"鲁将军说，"你们写了把它交给我，老子直接寄到北京去。"后来一致同意，联名写信，写好后发动大家签名。

这当然也是在一次秘密的外人不知的碰头会上，在鲁将军家里。这已经到了什么时候呢，到了第二场大雪降临在这个偏远的山区县城的时候，寒冷和心血管病正折磨得我最厉害的时候。那时候，我天天早搏，几乎有死过去的感觉。早搏的感觉就是如此，意识还在，某一刻脉搏却停跳了，非常短暂，但感觉恐怖真实。

说那个晚上吧。那是一个大雪纷飞的晚上，快要过年的晚上。人已经陆陆续续给放了，听说也暗暗补助了死者家属。而×交警副大队长依然神气五六地走在大街上，指挥交通，扣人家执照，罚款，听说闵县长一心一意要保他。而我们大院的门口又接二连三地出现堵门现象，年关日近，开不出工资来的人，缴不起提留款的人隔三岔五地就来坐一阵子，又不喊口号，又不打标语，静静地坐着，不让人车出入，就是这样。警察又把他们奈何？抓了这个也不能抓那个，法不责众嘛。大家忧心忡忡，心急如焚——我是指我们这些老家伙。这么多问题没有人来解决，还在电视上说这是难免的，势必要触犯一部分人的利益，为何不触犯他们的利益呢？不触犯吃财政的人的利益呢？不触犯贪官污吏的利益呢？

大家都不会相信他们的话了，闵县长的话。闵县长说要触犯一部分人的利益，要保持来之不易的安定团结的大好局面时，我们有各种消息渠道的人都觉得好笑。有人说，前几天他们又上荆水岭，吃了两对熊掌。有人说，老闵上次生病，据说收了二十万元，各个乡的头都来看了送了红包，各个局的也一样。档案局的一个女同志好心好意提了雀巢咖啡去，只因生了虫，他出院后就将人家的科长职位扒了。那咖啡生了虫是商场卖水货，女科长不是冤枉？这样又说到他们的房子，被称为"腐败楼"的那些房子，有人告过状，严重超面积的问题，全是楼上楼下。而几个主要领导的装修地板，全是由荆水岭林场专门伐的国家三级保护树种青檀加工的，而这种树在我们这儿，省里规定十年内不得采伐。房子问题据说他们检讨过，也只是检讨过，走了过场，半年之后，都悄悄地搬进去了，个中技巧大约是将超标面积先假意分给别人，再"租借"过来。那不是司马昭之心吗？而我们县唯一一家上市公司，他们究竟接受了多少赠送的股票，还利用职权买了多少他人无法买到的内部股？据说股票上市的那一天，他们用麻袋到市里交易所装钱。而在修建荆水水电站工程中，闵收受了多少钱物？传是传得神，可无风不起浪。中国有句老话，好事不出门，恶事传千里。纸是包不住火的，在这里，大家当然没有说话的地方，什么县报、县电视台、县广播站，都是被他们把持的，天天为他们歌功颂德，他们永远正确，永远清正廉洁，勤政爱民，拒腐蚀永不沾，他们永远都在加强思想锻炼、党性锻炼，讲正气，讲政治，讲学习，树立了正确的人生观、价值观，做人民公仆，牢记全心全意为人民服务的宗旨，认真学习马克思主义、毛泽东思想、邓小平理论，学习党的方针政策，大公无私，不计名利，开拓进取，讲真话，办实事，埋头苦干，脚踏实地，绝不说大话、空话、假话，不欺上瞒下，不跑官争官，不沽名钓誉，在工作中大胆创新，廉洁自律，两袖清风，自觉抵制拜金主义，秉公办事，不徇私情，不谋私利，不为金钱酒色所迷惑，不计恩怨，坚持原则，等等，等等——报纸上电视上都是这么歌颂我县的干部、主要头头的。但这不要紧，我们可以到市里到省里去说，一个人总不能一手遮天，天还是共产党的天下，总有说理的地方，市里省里不行还有中央。

关于写检举材料——我们定为"汇报材料"的事初定下来了，发动多少老家伙签名也有了一个谱。大家认为应从此次两千人冲击县政府，交警打死人而公安局大肆抓人的事件入手，这次事件暴露了我们县的许多问题。因为胡大柚已经出院，又曾是我们县的"笔杆子"，要他执笔，他总算同意了，但后来又说天气太冷，没有找到感觉，写得疙疙瘩瘩。这样鲁、黄二位将军就把我找去，让我先拉初稿。这一天是在黄将军那儿喝茶，两位将军说，地方上的事他们本来是不应该插手管的，但心情跟大家一样，实在看不下去了。

我只好接受，恭敬不如从命，我不能推给别人，在活着的老家伙中，我是职务最高的了。我说过，我寝食难安，每天要吞食三颗安定才能睡一会，我想写，想一吐胸中块垒。他们也知道我，我是教书匠出身，过去从来不要秘书起草讲话稿。我想主持一次正义，然后去见老祖宗马克思。

就在我思潮翻涌写这份"以一群×县老共产党员的名义所写的汇报材料"的时候，听说省里来了两个记者，一个是省报的，一个是新华社的，是来调查这次冲击县政府大院事件的。这让我们喜出望外，记者们也是很有作用的，特别是上面来的记者，一般就相当于钦差大臣，绝对是为百姓说话，给当权者找碴的，所以如今下面的那些"虾子"（小官吏）很是怕记者，特别是新华社与中央电视台的记者。

我们想办法去接触他们，但因为我们腿脚不便，又加上消息的确已不灵通了，连记者的人毛都没见着。我们找了三天，三天之后，听说记者们早走了。他们不让记者与老百姓见面，不让相关部门回答记者的提问，每天用人把记者陪着，然后用车将他们一直送到省城，不让他们有中途下车杀回马枪的机会。这是他们惯用的手段了，这不稀奇。可我们遗憾。大家都说遗憾。于是我尽快把材料拉出来了，吃着大量的药片，防止心脏病、高血压复发。

这事我家人都不知道，但后来老伴在抽屉里发现了我的"宝贝"，她极力阻止我，要将我写的这些烧掉。她说这是祸，这是祸，这是祸。她又气又急，只是不停地说是祸。她说你都是死过几次的人了，你还管这个？现在就是这个风气，要你现在当县长，不一样？说不定比他们还坏。她说你要得清静不清静，多活几天不好吗？她说，他们要你写的，他们怎么不写？你不要在上面签字。我的老伴考虑的是我的身体，她对我是照顾得非常细致的，可以说不是她我早死了。她自己还有许多病，可每天给我量血压，督促我吃药，给我熬汤（里面加了各种各样的补品，四季不同）。她过去大小也是县供销社的副主任，退休后就一心一意照顾我，还带外孙女，我感激她。她如果不是照顾我，她完全可以再升一升，她的工作能力是很不错的。为这事我给她解释，我认为我们的政权我们老家伙有责任守护，老一辈革命家打下的江山不能败在这帮败家子手里。我的老伴平常也同意我指责如今的某些干部是败家子的观点，每次在电视上见到闵的形象，就说败家子又出来了。我说如果不解决他们的问题，以后大门还得一而再再而三地被堵着，我犯了病怎么办？我认为如果上面有人来调查调查，处理一两个人之后，也许老百姓的情绪就会缓和，我写这个是为了咱们进出的大门畅通无阻。我笑着说现在全国不正在搞"畅通工程"吗？×交警副大队长就在抓畅通工程，我们老家伙想把他畅通一下，他不畅通，百姓不服。我的老伴说，你不要得罪他们，他们这帮爷们不是你们那时候了，你们那时也打派仗，那都是暗暗地打的，现在当官的打派仗就不是嘴巴了，没看见报纸上经常登的，这个县长暗杀那个县长，这个局长爆炸那个局长，这个工会主席投毒那个总经理，你把命不要了！你得罪他们，他们害你一下你受得了？现在他们接触的那些大老板有几个不是黑道的？你是怎么当副县长的，你是小学生？

可是我不能软弱，我假装把稿子撕了，其实撕的是草稿。我将它亲自交给鲁将军，看他的儿子在自己的电脑上把它打出来，然后把原稿还给我，我出来就把它销毁了。

材料是怎么寄出去的，寄给了谁，我不知道，反正是寄出去了。寄出去心就轻松了。轻松了一阵子，心又悬着。事情真要闹大会怎么样呢？有一次我问鲁将军，大家也问过，鲁将军摇摇头说，估计没什么希望，上面管不了这事，现在的事太多了。从全省看，咱们县是山区穷县，偏远得很，比起那些经济发达的地方出现的腐败那完全是小儿科，出了人命的又何止一个县，多啦多啦，上面顾不过来，主要在于事情太小了，不值一查。

快要过春节的时候，老干局突然要召集我们老家伙开春节座谈会。刚开始听了，气氛有点紧张，后来又听说闵县长也要参加这个座谈会，主要是想听听我们老干部对我们县新一年工作提建议，出谋划策。我们都去了，去了不少，四五十个，大家都忐忑地去的，大家在想这事很少有过，中午可能喝一顿吧，这事是不是与那份检举材料有关？但是并没有查处他们，没有对任何人动手，他们要报复打击？他们采取怀柔政策？

到了小会议室我们才算真见了广，小会议室完全今非昔比啦，全新的桌椅、地板、柜式空调、吊灯、墙裙，好像进了国宾馆一样的，他们真会过日子，过去我们的会议室是什么样子？我们坐在温暖如春的会议室，鲁、黄两位将军也被请来啦。他们两位穿着没有帽徽领章的将军服，很给我们安慰。好像他们在场我们就不怕了，不怕鬼了。老干局的一个办公室主任主持会议。来了两位副书记副县长之类的角色，主持人说闵县长因参加另一个会议，所以可能迟到一会，请大家原谅。然后大家当着几位领导的面畅谈现在领导对老干工作的关心，对他们生活的关照。然后领导给大家拜早年，祝大家健康长寿、阖家幸福。大家说着不咸不淡的话，有的在试探他们开会的真正用意。但我们的发言被他们的手机的叫声数次打断。他们都有手机，也都开着，然后大声地接听电话，使我们这些发言的人十分的尴尬和落寞，因为在我看来，根本没有谁听。在哪一个人发言时我们看见闵县长来了，跟他来的有一台摄像机和手举聚光灯的人。闵头发油光水滑，手握十分小巧的手机，打着一条黄色的领带，穿皮西服，一副大款打扮，你在大街上见了根本不会想到这是一个县里的县长，以为是个大老板。就是这样，我们的大老板一样的闵县长就坐下来了，坐下来有人给他上茶，他的杯子里是非常高级的茶叶。摄像机就对着他，也对着我们扫了一下。他刚坐下来，手机就响了，然后他就对手机讲话。我们没有听清是什么。过了一会，又接了一个电话。然后我们见他起身，与老干局局长耳语了几句，拿着装手机的皮包，对着我们用双手示意抱歉，然后就走出去了，县电视台的两个家伙也跟着走了。老干局局长就忙站起来对大家说，闵县长有个紧急会议，年关近了，会多，实在对不起，他要我们将各位老前辈的发言认真记录，认真听取意见，然后再给他汇报，他本来是想多听听大家的意见的云云。

我们的发言不停地被手机声打断，讲了五六个人，时间就到了十一点半，然后一个副书记讲话，说这是第一次，以后还要多进行这种座谈会，你们老前辈，工作经验丰富，应该多给我们出主意想办法。你们都是我县工业方面、农业方面、教育方面等各方面的专家，我们县以后怎么搞，怎样加大改革开放的力度，怎样调整产业结构，应付加入 WTO 后的新形势，都得认真听在座的老同志的。今天大家提的意见与建议我们向闵县长汇报并好好研究，再一次感谢大家。老干局办公室主任说，现在在三讲阶段，响应中央的号召，会议一切从简，饭就不吃了，但给每位老前辈准备了一点礼品。就宣布散会。由一个女同志给每一位走出去的人发一个手提袋，袋里装了一条毛巾被。大家提着毛巾被走出去，都十分诧异，都问他们为什么突然对我们这些被遗忘的老家伙这么好了，这是为什么？

大家的心情都非常沉重，因为鲁将军说寄出的材料至今没有消息，我也懒得问了。然而春节一过，首先是我的女婿被免去了县纪委常委的职务，调到我们县最边远最贫穷的一个乡任副乡长。这个乡离县城有一两百里地。这是不可想象的，他没有犯任何错误。我说你是不是得罪了纪委书记或者监督了闵县长他们？他说我何曾敢监督他们？连我们的纪委书记都是他们任命的，检查他们的纪律不是检查我们自己的纪律吗？我们的命运完全在他们手里，我们敢违他们的意志办事？我知道我的女婿他们是相当不错的，待遇不错，工作不错，十几个人，说是检查党内的纪律的，也就是写一些优秀基层党组织的材料，查处了一些乡镇支书的违纪资金就悉数没收，没收了也不上缴县委，纪委就自己用了，少则几千，多则几万，纪委买车买汽油，吃喝报销，出差报销，纪委的日子过得相当滋润。你说他们花那些查处的资金，是在维纪呢，还是在违纪？可事实就是如此。女婿如今去了偏远的乡镇，这简直就是发配。女儿身体不好，失眠健忘，外孙女还小，身体也弱，三天两头住院，不是感冒就是腹泻。女儿急得不行，说她怀疑是纪委书记在搞她丈夫，怕他抢班夺权，因为女婿工作能力极强，整出的材料漂亮得人人叫好，也是一支笔。而后来女婿带来的消息是：有人看到我在那次冲击县政府的事件中，起了恶劣的作用，他们说我对那些闹事者进行了煽动，在对县政府施行打砸抢的前一天晚上，我在他们中间挑拨说要他们去找闵县长，去冲击县长家。那么，我成了这次冲击事件的罪魁祸首？我是幕后指挥者？

我的妈呀！我说这绝不可能，我说当时是怎么一回事，我是怎么死里逃生然后向他们发脾气的，我也讲了几句实话。我明明没看见有两委机关的人，是谁躲在阴暗的角落里听见了，赶快告了密？不，不是这样，我不怕。

我的女儿气得脸色都白了，她不信我的话，她信我女婿带回的话，她老半天指着我的鼻子说：你老糊涂了！她第一次跟我称"你"而不称"您"，她恨我了，我毁了我的女婿的前程。可是，不，我说没这回事，你们不要把问题想得这么简单了，肯定是有人从中挑拨离间，他搞了你的鬼推给不相干的闵县长，我在县里摔摔打打干了三十多年，我比你们有经验，你们不要被表面现象迷惑了，闵没有这么坏。我的老伴说，你就是不清白了，你就是发糊涂了，你就是发神经了。她说了一连串的"就是"，我说老张，咱们当时在一起，我说了什么你不清楚？我的老伴也气急了，气急之后一口痰堵住，倒在地上。

我们把我的老伴送到医院，她中风啦。她的血压根本不太高，这下，赶在我这老高血压病鬼子前面中风了。我哭哇哭哇，我说老张，你不能这么走哇。我老伴被我哭醒了，半边身子瘫痪了，回答我说，看以后哪个做饭你吃。我就说只要你活着，我做饭你吃。

我老伴要死不活地躺在医院，那帮老伙伴们都来看望她。鲁将军一脸愧疚，他进了病房就声称他寄给老首长的那份材料不会出事，他说他在电话中反复向老首长交代了，若将此信转给省里有关领导，千万不要把这些签名的老干部的名字说出去了，因为他们已经没有了保护自己的能力，他们是一群社会的弱势者了，别人想对他们怎么便怎么的。如今在台上的一帮子年轻的干部又会玩权，把村长玩成乡长权，把乡长玩成县长权，把县长玩成省长权，他们把小权玩大，他们除了玩权还能做些什么呢？社会空气都被他们毒化了，你看街上守公共厕所的老头子，都一脸的权力，比咱们当年当军长司令的味玩得还足。他这一说大家都笑起来。我老伴也笑起来。我说老张你是不是好了？她说好了好了，这么多司令军长来看我，那还不好？

老伴出院了，我每天搀扶她在街上练习走路。我还得给她和自己做饭。我女儿因为对我有刻骨仇恨，带着我外孙女住到他们自己的房子里去了，也不管我们死活了。我七十多岁了，还得重新开始学做饭，而那一段时间也许是因为紧张也许是因为休息不好，老是早搏，我吃大量的药片，我老伴吃大量的药片，我们的餐桌上一大桌子药瓶，以药当饭。我累得不行，可走着走着我老伴感觉不行了，提不上气了，就会大叫：快喊医生！我老伴形成了一个恶劣的习惯，从此天天如此，一天要叫十几遍：快喊医生！我说药也没少把你吃的，喊什么喊？医生就是你自己，你觉得能活就活，觉得不能活了，就死了。但尽管如此，我还是很细心地照顾她，每天用轮椅推她去医院康复科扎针灸。这样我也差不多不死不活了。恰好我过去蹲点的一个村的老支书来看我，想让我给他买点好种子，我就向他提出帮我找个小保姆。这老支书的儿子现在做了新支书，就说，不要钱，我给你送个小保姆来。就这样，给我送了个小保姆，帮我们两个老人洗衣做饭。小保姆十六七岁，生得乖巧，很讨我们喜欢。她还能讲故事，讲现在乡下稀奇古怪的故事，把我老伴逗得发笑，于是欢乐才又一次回到了我们家。

可是，我劝我的女儿外孙女回来，她们仍不回来。她的条件是：除非你去向闵县长道歉。我说放你娘的屁！让我一个老头子向姓闵的道歉？我就这么没有身份了？这么没有人格了？

我们希望我们以"一群老共产党员"的名义写的检举材料会有大快人心的回音，是大快人心，而不是小快人心或者不快人心，更或者让人伤心。在这么偏远的地方，千山万水，难道恶人就不应该得到惩罚，腐败不应该得到揭露，正义不应该得到伸张？

我找县计委要了个车去看我的女婿。计委的主任劳平是我过去的下属，是我提上来的，平常对我们家多有照顾。那个紧靠邻县的深山乡镇我是很熟悉的，我在那儿蹲过点，住过队，那儿山清水秀却缺水，那儿虎狼成群却缺吃的。那儿有限的水质有问题，我就是在那儿弄出了胃病，割去了大半个胃。

县城的这时节，已经穿一件夹衣就行了，艳阳高照，可是进了山还大雪纷飞，因为路上冻了凌轮胎打滑，车几次都十分危险地滑到悬崖边缘。我到了女婿那儿，我见到了女婿正在乡简陋的卫生院里捂着肚子大声叫痛。我说你想办法回去算了，你的脸蜡黄蜡黄的，一定是水土不服，可我女婿说不回去，他认为这是锻炼的好机会。他哪儿吃过这样的苦呀，在县纪委那可是浑身一点泥都不沾，头发丝毫不乱的，在这里却领着山民搞引水工程，满手的血泡。我说那也好，兴许是组织考验你。我这样安慰他其实心里不是滋味。我想要不了几天，他的胃只怕也被组织考验掉三分之二去。

晚上，这个乡请我吃饭，说老县长来了，要了几个乡人大的老家伙来陪我，一个副乡长也来了。煮了一个山鸡火锅。我本来不喝酒的，为了女婿，我硬是敬了他们几杯，让他们多照顾我女婿。可是酒喝完了，我的脸却肿起来，半边脸全肿了，肿成了肉包子。我在招待所潮湿的床上疼得死去活来，我知道遇上了假酒，这乡旮旯里连酒都没有好的，生活的一切都皱皱巴巴，与县城隔了一个时代，而县城又与省城隔了好几个时代呢。

第二天我肿着脸回到了县里。一路上我听到的全是女婿捂着肚子的喊叫，整个贫瘠的深山里都充斥着、回荡着他的喊叫，沟沟壑壑里，全是他叫痛的声音。回去我决定给姓闵的县长写一封信。这要冒很大的风险，这一解释可能会更麻烦。我早有准备。因为有许多事是不能解释的，你一解释假的就像真的，无的就成了有的。我只好解释，我没有办法，我一想到女婿我的尊严和老面子都无法阻止我提起笔来。用这支检举他的笔再写一封向他求情的信。我在信上简单讲了我是谁，然后讲谣言说的我那天晚上的事究竟是怎么回事，我把我自己写成一个可怜的、垂死的、多病的糟老头子而绝不是什么老副县长，我说我是坚决反对他们堵政府的大门，堵塞县城的交通的，我说是现在的所谓法制观念把他们弄硬了，我只是出于我自己的身体情况，于是向他们发脾气，如此而已。我在给姓闵的信中丝毫没提什么打死人的事。然后我提到了我的女婿，提到了他的处境，我说虽然他的事是组织的事，我本不该插嘴说什么，这一点组织观念还是有的，但考虑到许多人认为他的下派与我那天晚上给那伙堵门的人说了几句话有关，所以提出来，如果不对，权当没说，如果果真有一点关系，请县长酌情考虑我这个退休多年的政府公务员的意见，我将感激不尽。因为我的年老多病，老伴的中风，女儿的魂不守舍、与我决裂，外孙女的体弱多病。

大约过了十天，老干局的一个副局长就把我叫了去，就谈到我给闵县长的信闵收到了，非常重视云云。说他太忙，没有时间找我细谈，要他们转告我，有几点需向我解释的：一、闵县长从未听到过我在那个晚上与闹事者说了什么话（多么圆滑而熟练的表态！），要我不要多心；二、我女婿的事属正常的干部调动（一句话就可以滴水不漏地打发了！），每年有许多下派干部，请不要将此事与其他事联系起来，要相信组织的考虑。最后，副局长说闵县长语重心长地给他们老干局做了指示，说老同志是我们党最宝贵的财富，一定要将我们这些老家伙照顾好，在生活、身体上要时时关心我们，多听听我们的意见。副局长说，闵县长的指示是非常深刻和及时的，给我们的工作指明了方向。副局长说，我们也就乘这一次指示的东风，找县财政要了一笔钱，组织老干部到峨眉山春游。

他以为我会高兴得跳起来的，可是我没有高兴。姓闵的让老干局转告的话，证明他是一个很有心计的官了，他虽然年纪不大，可在如今的官场混得很纯熟了，经验十分充足。他的不卑不亢，让你抓不住任何把柄。他对你有个回音却不想跟你面对面谈话也证明他很能把握好对各种人等的亲疏远近。一个过时的人物你还能要求他什么呢？啊，我知道了，我说，我很感谢。

就在我们准备去峨眉山的时候，终于听到对交警致死人命的调查悄悄开始了。至少上面来了人。这很好，大家很高兴，鲁、黄二位将军说，咱们上山！于是我们轻轻松松地登上去成都的火车。虽然我们看了乐山大佛和猴子，看了日出和万年寺，看了报国寺与白龙洞，在成都吃火锅，在杜甫草堂吟哦，但大家的心都在县里，因为我们的巫大姐有一个手机，是她儿子给她配的，于是我们便可以获得上面调查此事的进展。但是消息时断时续，也不令人振奋。倒是传来重新抓了几个闹事者（因为是取保候审）的消息。大家感觉事情不是那么简单，你想真正把一个在台上的人打败是很难的，因为他们都营造了一个很坚固的关系网，现在的干部很懂得这一套，所以在一面胡搞的时候一面注意怎样保护自己。这也是新的时代新的生存本能嘛。

可我想到的是我的老伴、女儿、外孙女和女婿。我到一个地方给他们打一个电话。我听见小保姆告诉我，说我的老伴直骂我，并叫着要她快喊医生。我的女儿回去过一次，很好，让我放心并快流出泪来。我在家她是不回去的，因为她恨我。

我们回去就听说三个交警被抓起来了，那个副大队长当然也被抓起来啦。但是闵纹丝不动。这也是，一封信就能把一个人拉下来，除非你掌握了确切的证据，比如受贿多少，贪污多少，这才是撒手锏。然而我们不是他的至交，不是他身边的工作人员或家属，也不是行贿者。而这些人往往因为自己的利益，是不会检举的。因此，可以说，"闵百万"（他的绰号）说不定是风传而已，上面对无根无据的东西是不会腾出人手来处理的，住房问题，一点点地板（那值几个钱）的问题，不足以将一个县级干部投入监狱，批评一下嘛，而且，这哪算事啊！

我们终于等到了对那三个恶交警的开庭。这在我们那个偏远的县城真是一件大事。我们感觉到这样的结果是与我们的努力有关的。离开庭还有两三天，县城就四处响起了鞭炮声，人们在想办法弄旁听证。法院门口总是三五成群地围着一些人在打听消息。对我们这帮老家伙究竟去不去旁听我们发生了分歧，有人认为大家整队去，全部去，堂堂正正，表示我们这些老党员在关注此事，以便给法院公正地宣判施加点压力。另一些人认为如果都去旁听就把事情挑明了，公开表示我们这帮退出历史舞台的老家伙在跟当前在台上的一帮人作对，不仅不支持他们的工作，反而给他们搓反索。而大家认为，这帮人虽然年轻，但报复心是极强的，如果太公开地惹恼了他们，没有好果子吃，大家认为我就是一个例子、一个信号。他们认为我女婿的事的确是一个信号。这样鲁、黄二位将军觉得要保存自己是对的，他们浑身是胆，啥都不怕，弄了两张旁听证，代表我们去了。

但是我们再没有听到鞭炮声。因为没有当庭宣判。听说整个法庭很沉寂，辩论也不火热。总的给人的感觉是一次表演。没有证据证明那人是被交警打死的，三个交警一口咬定把那人从沟里抬出来时那人就断气了，他们唯一的错误是没有将此人尽快送往医院抢救。但是他们狡辩说：一个没有呼吸和脉搏的人，送到医院又能怎样呢？

我们失败了。至少我们没有胜利。

最后这件事情是怎样啦？最后这事情是不了了之，三个交警依然是交警，最后宣判他们无罪，副大队长给予党内警告处分，并降了一级工资。

这样处理能服吗？可是不服不行。很多事情就这样悄悄地过去了，新的事情掩盖了旧的事情，时光匆匆，人们把许多事忘得很快。不忘又怎么？不忘又不可能按你的意愿行事。

接着我们老干部活动中心出现了一种虚假的欢乐，来了两个剧团的老师，要我们成立秧歌队，他们说，让我们跳起来！我们大家都窝着一肚子的火，我们怎么跳起来？然而，他们给我们买来了北方人穿的那种衣服，北方人扎的那种头巾，北方大妈插的那种大花，给我们脸上擦胭脂，擦得像猴子屁股，让我们带头在全县开展扭秧歌的活动，丰富老年人的文化生活，锻炼身体。他们加强了对我们的控制，他们用这种古怪得让人哭笑不得的办法来加强控制，想麻痹我们的斗志，使我们把气消掉，不再与他们有挥之不去的对立情绪。他们对我们的态度真的改变了，不仅让我们旅游，还让我们跳起来，把我们组织起来。而后，又来了一个老师，并给我们买来了许多腰鼓。但我们渐渐看出了这个女老师是一个有轻微精神病的人，她在有人无人时，都吹着哨子，哨子声是腰鼓的节拍。于是，老干部活动中心、县政府大院的杉树林中，每天都响着腰鼓的声音。

我不知道这些离休的老家伙为何慢慢就适应了这欢乐的气氛，像巫大姐一下子就把自己打扮成了风骚的老娘们。不过更多的是出于健身的考虑。但是他们不知道这是台上的一帮人在收买我们和麻痹我们吗？

　　鲁、黄两位将军在这个季节被各个学校接去做革命传统教育的报告。有一天他们回来了，笑呵呵地拿着一张我们县的报纸，指着上面刊登的照片说，巫大姐成了马戏团演员啦。胡大柚和韩绪林以及我们的形象都被模模糊糊地印在报纸上，还有一些文字说，我县离退休老干部正在县委的亲切关怀下安度晚年，他们自发地成立了腰鼓队和秧歌队，表示他们一定要带头为我县的精神文明建设做出贡献。

　　大家都觉得好笑，登我们的这个消息是有用意的，他们登这个，却不登审判那三个交警的消息。鲁将军说，不要相信报纸上的狗屁。我们一致认为现在的报纸越办越假了，好像所有的消息发布权都掌握在闵县长手上一样。

　　我认为打腰鼓还是可以锻炼身体的，加上大家图个新鲜，认为打门球和玩牌都没有刺激了，不能吸引人。这样，我只好领了个腰鼓回家。我有时将我老伴推到活动中心门口的门球场，在一大片杉树林里，空气好，腰鼓一敲，叮叮咚咚的也很热闹，可是老伴看了两次，就再也不去了，她说那个神经病老师简直在发疯，你们大小过去都是有头脸的人，跟一个神经病搅在一起，看你们敲鼓，就觉得你们一个个也神经错乱了，一群神经病，群魔乱舞，要是闵县长看见了，不暗暗地笑你们才怪哩。他们会想，这伙跟我们叫板的老不死的们，终于让我用腰鼓给制服了。我的老伴一针见血，然后她说鲁将军，当着他的面在轮椅上大喊大叫：鲁将军，你就像个小丑。气喘吁吁的鲁将军停下腰鼓给我老伴说：我就像回到了延安时期的延水河边！我老伴说，你们能打过黄河去？鲁将军说，老姐姐，你说什么？我老伴说，你们打不过黄河啦，如今的黄河就是大门，又被人封锁啦，不信你们去看，你们这么一天到晚敲锣打鼓的，会什么都听不到。

　　我的老伴自中风后，手脚坏了，耳朵却出奇的好了，常常会听出周围（甚至很远）的地方发生了什么事。果然，大家停了腰鼓老远就看见大门又被什么人群给封了。我们再没兴趣打鼓了，从腰里解下腰鼓。但那个神经病老师却阻止我们离开，她在我们后头跳脚骂我们，说我们是一群糟木头，又不谦虚，又不遵守纪律。"还没有下课！"她喊着说。

大家已经没有心思了，大家不能把许许多多的事前后联想，大家不能捏鼻子哄眼睛，自己宽自己的心，眼前的事情使我们心情极糟，根本没有打腰鼓扭秧歌的气氛。扭秧歌打腰鼓是因为人民的精神解放了，比如解放军进城，比如当年日本鬼子投降，可我们这些吃咸饭操淡心的老家伙们，心情却是沉重的。"那三个恶交警的案子应该重审，不能让杀人凶手逍遥法外！"这是我们的一致的共识。

我们又写了第二份材料。

这一次是直接寄给了省纪委。我们知道这是一连串的事，要动摇这帮子贪官昏官的根基，不然，我们县的事就捅不穿，而当权者没有任何岌岌可危感，他高坐在自己的位子上，安然无恙。而老百姓（下岗工人及农民）把愤恨泼泄到谁的头上呢？最终泼泄到我们党的头上，让我们这个党为少数几个腐败分子受过，替他们背黑锅，这是正常的吗？说什么我们这些人也不会答应的！

我们好像都豁出去了。大家认为第一份材料确确实实传到了县里主要领导手上，至少传到了他们耳中，不然不会有那么多旅游、腰鼓与秧歌队的怪事，当然了，也不会有我的女婿被"调动"的事。而听说多年来地税局都没有查巫大姐的小儿子他们公司的账，他们公司是纳税先进，而前些时地税局进驻了，查出偷漏税款二十多万元，如果不是巫大姐找市里的人，可能要起诉，最后补了这笔款子事情才了结，但所补的款子莫名其妙。我不认为巫大姐的小儿子的事与我们的检举材料有多大关系，但我女婿的事是切切实实的报复行为。他们做得很明白，没有什么顾忌，不怕你，就是要给你点颜色瞧瞧。我说，那就瞧吧，大不了不提，干吗非得要当那个官呢？如今有几个当官的不被老百姓骂的，这官，不当也罢。

重新审理三个恶交警的案子，一定是在省里什么人的过问之下才有今天的。经过打听，果然是省纪委书记做了批示。

这一下，才真正大快人心了，因为三个家伙均被开除出了交警队伍。判刑了吗？没有。因为三个家伙始终不承认打死人了，只承认抢救不力，有渎职行为，没有很过硬的证据。

我后来在大街上观察过几次，看一些交警是否有了收敛，没有。我看到了交警依然吊儿郎当，想罚谁就罚谁，依然老子天下第一，三个恶交警的事没有任何杀一儆百的作用。

我们在老干部活动中心只高兴了一阵子，腰鼓队的腰鼓就要收走了，而活动中心专为我们服务的一个女孩也被调走了，活动中心突然就没有人管了，连扫地的人也没有了。活动中心的厕所也不知何时堵了，老家伙们尿多，没地方上厕所，有的人也就想来不来，躲在家里图安逸去了。我们反映了多次，没一点用。

　　我们这个偏远的小城的生活依然日复一日地热闹，同时也枯燥乏味。胡大柚因为他儿子被提升成城郊工商所的副所长，几乎不再与我们来往了。听说他去找过姓闵的，还找过不少人。他儿子的副所长职位是自己通过竞争上岗的。而韩绪林突然爱好上了捡石头，每天提着钉耙到山里去寻石头，然后把石头背回来，他的这个爱好甚至影响了鲁将军。而黄将军已经重病在床了，动了一次手术，中气全失，说话有气无力，正在向他的媳妇口述自己的回忆录。而我呢，我在为女婿的事和女儿不回家的事焦头烂额。我女婿因胃病回来住院的那些天里，我没有告诉他为此事我给姓闵的写过信并基本上让闵羞辱了一盘（拒不见我也不亲笔回信）。为了补偿我对女婿的歉意，我天天煨了猪肚红枣汤提去给他吃。女儿与我讲话，却不领我的情。我在给女婿猪肚汤喝的时候问他有没有在近段时间调回来的可能，他说哪有可能哪！他说他们正在劈山开岭搞引水工程，他任指挥长，这工程看样子三年之内弄不完，又没有钱，又没有人，天天与炸药打交道，点炮的、排除哑炮的已经死了四五个人了，估计这个工程搞完，不死百八十个人下不来。他说这话的时候我心惊肉跳。我说点炮时你离远点。他说离远点以后更调不上来了。

　　可我已经是一个过时的人物，我怎么帮他呢？这明显是带有报复性质的调动，难道我们真的拿姓闵的这些人没有办法了吗？我是没有办法了。我想唯一作为补偿的，是希望女儿和外孙女回家来，她们的生活可以得到保证，外孙女可以得到更好的看护，而大家的精神会愉快一些，特别是半身不遂的老伴，常常说自己像孤寡老人一样无聊了，没有外孙女的笑声，这家里真是缺少了一些什么。我让女婿劝劝女儿。女婿在这次住院时以拒绝吃药要挟我女儿，让她搬回去。可我女儿说不就不，脾气偏得很像过去的我，却一点儿也不像她随和了一辈子的妈。有时，我老伴太想外孙女了，就自己瘸着一只腿去小学门口接她。刚把外孙女接回来，电话就打过来了，我女儿要外孙女赶快回家去，否则就要揍她。

可以想见，最后发脾气的是谁了，是我老伴。她骂我，骂得我在家无处藏身，有时心烦了恨不得自杀去，想，这哪儿有我的安静与快乐之处？

我说了，老干部活动中心已经没有人前往了。我这门球队队长已经成了光杆司令。在县城里，过去的老伙伴难得碰见一面，只是我的老部下韩绪林常打电话来让我去喝茶，还有计委劳平主任来看我，与我扯扯闲。韩绪林让我去喝茶肯定是因为他又捡了几块石头。这个家伙快成石痴了，喝了他的茶，就必须说他的石头好，他说这石头像毛主席，你就要说像神了；他说这石头像邓小平，你就要说完全是邓小平。他不停地给你谈他捡石头的故事，谈要给石头取的名字。他说他爱上石头是有一天突然悟出来的，就像佛祖在菩提树下一下子顿悟了。他说，我有一天突然觉得地球不过是块巨石，太阳不过是一块巨石。一部《红楼梦》，也不过记了一块宝玉之石，书的原名叫《石头记》嘛，这宝玉之石当初亦自以为是一块顽石，自觉无用，日夜悲号，无人搭理，殊不知，此一块石头是女娲补天遗漏下来的一块好石！孙悟空是什么？顽石也！人也是石头，人为什么要长胆结石肾结石牙石，骨头还会变为化石？我说算了吧，老韩，你是当年在深山建水电站建得多了，与石头生了感情，难以割舍，老想着退休前的事儿，就这么爱上捡石头的，也是一种回忆，跟黄将军、鲁将军写回忆录是一码事儿。然后我们就喝酒。我这胃根本不能喝酒，血压又高，但端起酒杯就把什么都忘了，常喝得老泪纵横。我们最怕触及的是县里的一些事情。老韩说他那时在我的领导下兴建的几个电排站现在机器全生锈关闭了，几个渍水区老渍水，县里这帮人也不想管了，大雨一来，几千亩几万亩地受淹。又说过去水电站发的电让农民多高兴啊，现在有电也不用了，电两三块钱一度，那时咱们翻山越岭架电线，电杆倒的时候一次摔断了几个人的脊梁骨，如今，山里又重新用上松明子，全倒退了。他们搞什么？搞经济技术开发区，开发了什么？开发了一街的婊子暗娼，开发区里什么工厂都没有，就一些无法无天的发廊与桑拿。老韩给我说，他这次捡石头去了一下温泉，温泉里全是从农村招来的一些女孩子，陪客人裸泳。陪哪些人呢？未必陪你我？陪工人农民？全是陪从市里县里去的头头脑脑们。一到周末，市里县里的人都开车去了温泉，老席你晓得吗？我当然不晓得，我闭门不出，哪知道啊？不过不知道也能想见。

越说我们越伤心，我们喝酒，叹气。老韩说他一捡石头就把什么都忘了，忘了还好些，亲近山水，人也有了仙气。我说我是没你那仙气了，人气都快没有了，哪来的仙气？我一肚子的气还难消呢。

我去找鲁将军。我把韩绪林无意间讲出来的话告诉了鲁将军，关于温泉的事。鲁将军那天因为他的老伴正在午睡，所以没拍桌子。但他的脸已经涨得通红了。他说，这些家伙们完全可以枪毙。"信我来写，"他说，"我不要你们写了，但得把此事调查清楚，落实，不要放空炮。"他最后说："我不信把他们的角扳不弯。"我说行哪，我们就看您的啦。"你们还签不签名？"他问。我说别人签我就签。

我只能这么说，我只能表示我内心的愤慨，我已经没有力量了。我的身体大不如前，老伴再不能尽心尽意为我弄吃的喝的，监督我的饮食起居，她现在唯一的念头是学着走路并求生。她不停地在县政府大院里走来走去，说是锻炼脚力，但我看不出她有好转的迹象，每天半个小时的针灸只是把她扎得千疮百孔，而没能恢复她半边的知觉。虽然我们家有乡下的小保姆为我们唱流行歌曲解闷，但哪有外孙女的笑声那样让人舒心呢？

我的女婿被飞来的石头砸成了气胸，这还是在我的老伴第二次中风之前。我的女婿被他们乡的汽车送到县城来，肺部已经不知道积了多少水，嘴里呼噜呼噜地喘不过来气了。好久他喊他的老婆，也就是我的女儿，话刚出口，就射出一股血水来，然后说："命啊！"

他在住院的第三天，我的老伴就因为再次中风也住进了医院。这一次中风又与我的女婿有关。她认为女婿是个很懂孝道也很优秀的女婿，家庭和睦，过去单位又好，身价也看着上涨，但即便这样，却还对家庭很负责，从没有什么外心，但这下好啦，不仅被流放了，还被砸成个气胸。一急，脑血管又一次破裂，全瘫啦。

老话说的祸不单行就是指我了。在女婿被砸成气胸和老伴完全瘫痪之后，我的女儿忽然有一天在单位破口大骂，原因是把她从国税局人事科副科长的位置调到工会当副主席去了。我的女儿说，你们这样整我，好哇，整了我丈夫还不够，又来整我，我丈夫还在医院躺着。便骂国税局局长是条狗！狗！狗！我的女儿在国税局气吼吼地不停骂狗，他们就用绳子把我的女儿捆住了，关进了精神病院。据说后来又用铁丝把她绑在病床床头。我女儿看见了精神病院几个字，就哈哈大笑，就说你们才有神经病咧，狗，狗，狗！

我的女儿疯了，他们说的，他们给我的口信，说让我去看看我的女儿。

我的女儿在病房里已经熟睡了，估计是给她吃了药的，但一双手还被绑在床头，眼角还挂着泪水。我就对医生说，请你们给她把手松开好吗？可医生不让松，一个院长模样的人说，上面有指示，不让松，因为她有侵犯意图。我说她侵犯什么，她侵犯了谁？她一个弱女子，手无四两力。院长模样的人说，她想杀人。我说她想杀谁？院长模样的人说，她想杀我们国税局局长。我听了终于禁不住笑了，我哈哈地差一点把眼泪都笑出来了，我说，哈哈，你只管说她要杀闵县长。我这么口没遮拦地也不管以后吃不吃亏了。我这么一笑，把我的女儿吵醒了，我的女儿像不认识我一样，看了我两眼就又清汪鬼叫起来，叫得人毛骨悚然，并且挣扎起来，想挣脱那铁丝的绑缠。我说小红小红，你不这样行不行？你有冤屈你就说。可怜我的女儿只是叫，也不说话。我又对那院长模样的人说，你们还不把她的手解开，手拉断了你们可要负责！我朝那些医院的人大吼，但没有一个人去解铁丝，倒是进来了一个戴口罩的护士模样的人，手拿着装了药的针筒，瞅准了我女儿的臀部，隔着裤子就扎下去，便神速地一两秒钟就把药推完了。我女儿又喊了两声，就没声没息地睡着了。

我不相信我的女儿疯了，我相信这是一场阴谋。我不想回家，我径直就走到了国税局，敲开了国税局局长豪华的大门。国税局局长究竟住的有多豪华，在此我不想多说了，反正真像是古话说的，不知有汉，无论魏晋。我只在我们一帮子离退休老家伙中间转，完全与外界失去了联系，不知道如今一个局长会有这么宽又装修这么高级的房子，简直就像在港台电视剧里看到的那些豪华大客厅和摆设。局长们算是率先跨进资本主义或是早日实现共产主义了，殊不知在政府大院的门口还有那么多喊冤叫屈、没有饭吃、负担过重的工人农民。

这位局长二十多年前跟我一起在一个大队蹲过点，当然应该是我的下属了，他那时还是个一二十岁的小办事员，如今大权在握。他见到我当然叫我坐了，给我端茶了，也叫了我老县长，但对于我过问的事不正面作答，十分不客气地说：你放心，小红的医药费我们全额报销。我说她根本没疯。但这位局长咬定了一句话：在医院住多久我们都全额报销。我说弄清楚，首先她没有病，她可能只是对她的工作调整想不通，但是这位局长依旧说那么一句话：她住医院，我们报销就完了。

　　已经没有了对话的基础、气氛。这是一个势利的小人，而且，他是一个帮凶，他只是一个帮凶。可恶的帮凶们！我的心里真的凝满了悲愤。这个时代真的不属于我们了吗？连真理也不属于我们了？谁拥有这个时代谁就拥有一切，包括拥有真理？这是多么悲哀的事。我含泪走在夜晚的街头。一个商店的老板正在柜台里观看本县电视台的新闻，一些头头脑脑们——我们每天都能在电视里见到的那些人们，正在台上做报告，他们浑身都是嘴，他们永远正确，他们掌握了所有的语言，他们有使用语言的优先权，评判这个社会的全部语言都被控制在他们的口唇之下，他们公说公有理，婆说婆有理，一律的光彩照人。这是滚动式播出的新闻，每小时播送一次。现在有了电视，他们更是如鱼得水，而我们过去开会连个麦克风都没有，在台上干号。

　　我后来去了鲁将军的家里，我见到他就大哭不已。鲁将军听后对我说，光哭是没有用的。他批评我和我的女儿都太经受不住打击了，他说你们要挺住。你们不能挺住，坏人只会躲在背后大笑。我说我什么挺不住呀，"文化大革命"那阵都挺住了，现在算得了啥？他说这就对了。我说我不知道他们会这么残忍，这么盯住我不放，把我搞得家破人亡后也不善罢甘休的。鲁将军说，这帮人心狠手辣超过了国民党，他们是咱们共产党的败类。我说，但是人家在前台，咱们不过是拍手鼓掌的看客。鲁将军说，我不拍手，我起哄，喝倒彩。他说，看来，我们那些签过名了的人，都得留个心眼，但是我还是要告，我不相信天是他们的，天是共产党的，他们不是共产党，我们打下的江山，不能让他们卖了，换几个酒钱，换几个洗桑拿搞按摩的小钱。

　　五天之后我的女儿出院了，是他们单位的人把她送到我们这儿来的，因为外孙女在我们这里。但是她来时门口又堵了，一个镇上什么工厂的几十个退休工人，说厂长把他们的养老钱拿去买了房子和车子。不过这一次公安局很快派出了干警强力驱散。一些退休老家伙不经拉，三把两下就被拉上车给拖回家去了。政府大门现在加强了防范，说是要把事件消灭在萌芽状态。只要发现有上十人聚集，公安干警就呜呜地开来警车处理，以保证机关的正常工作秩序，并贴了布告，还在电视里滚动播出。那一天因为干警出动迅速，我女儿就顺利地进大院回来了。她浑身青紫，特别是两个手腕，都被铁丝勒得伤痕累累。我瘫痪在床的老伴见了女儿，母女俩就抱头痛哭。我那外孙女也哭得泣不成声。

过了几天，我的女儿出人意料地和我的女婿提出了离婚。我的女婿当然不同意，但女儿说，为了保住他的命，必须离婚。这很清楚，他不过是受了我的牵连，他自己并没有得罪谁，如果离了婚，他说不定又会回到县城来的，至少离婚之后，他可以活动活动，因为与我们席家没有了关系，关节是可以打通的。因为我的倔强的女儿的坚持，我女婿只好同意了，说，就算假离婚吧，以后我调上来了，咱们再复婚。这样，我的女儿的婚姻便就此完了。

离婚是女儿自己提出来的，可她自己却不能承受。气胸的女婿自离婚后便开始活动调动的事，作为病休，他带着我外孙女。我女儿却因为孤独和她自己不顺心的事再一次犯了病。那是在一次工会组织的国税系统的"党在我心中"的演讲比赛时，我女儿突然大骂起国税局局长来，依然骂狗！狗！狗！破口大骂，作为演讲比赛的主持人，拿着麦克风破口大骂，当然最后只能被几个强人捆住送进了精神病院。我可怜的女儿这一次就不止待五天了，可能将永远待在医院里。因为她扬言要告国税局局长。

我的女婿不能看我的女儿，也不能来看我们，只是让外孙女经常回来，并送来一些水果点心什么的。他托来话说，他不能来是怕院子里有人见了去汇报。难道见个面也要偷偷摸摸的了吗，我们究竟犯了什么罪？我们在做地下工作？我心酸，心冷。

我不想管女儿了，我不想看她被铁丝捆着的样子，那会把我的心刺得流血。我女儿再次发病对我老伴的打击是致命的。听说我的女儿又被捆到医院，她那天便大小便失禁了，且不能进食。她气得只有进气没有出气，不到三天，便一命呜呼了。

我的老伴死了，她是气死的，她死时说不出一句话来，只是说一个字："米，米，米。"我说你是说米呢还是说闵？她说："米，米，米。"她肯定是说闵，姓闵的。我的老伴死不瞑目，我看了看她的眼珠子，眼珠子里映着姓闵的那张脸，那张每天在电视上出现的酱坛脸。我说，我会报仇的，不就是拿下姓闵的头吗。我看到我老伴的眼吧嗒一下就闭上了，脸上露出满意的笑容。我于是叫上计委的劳平，请他操持，悄悄地把老伴弄到火葬场烧了。后来我的老伙伴们竟然闻讯赶来了，估计是劳平打电话通知的。鲁、黄将军，奄奄一息的胡大柚，因捡石头晒得黑红的韩绪林，巫大姐，等等，十好几个人。他们用五六个车拉着十几个花圈，他们放了一个多小时的鞭炮，把火葬场炸得硝烟弥漫。我对他们说，我是在老伴闭眼之前答应了我老伴的，拿下姓闵的头。鲁将军说，老席，你是不是真起了杀心？真杀还要你动手？你只说杀哪个，我叫两个新兵蛋子来摸他的哨不就得啦。你说全部杀？那也不要你动手，你老人家只要一声令下，我用十挺机关枪就把机关给端了。巫大姐说，说得怪吓人的。胡大柚说，如果真用机枪端了他们，我看老百姓会像欢迎解放军进城那样，箪食壶浆，夹道欢迎。

说过笑话之后他们又笑我了，说我连只蚂蚁也掐不死了，还想杀人。鲁将军说，咱们说归说，真动杀人念头，还是不要为好。就是公开化了又怎样，来文的不要来武的。我说，你以为我怕吗？我虽没像你们指挥千军万马，当年也是除奸队队长，腰里长短枪都别过。黄将军说，一个老县长杀一个新县长，这像什么话？我说，我以我血荐轩辕。没看见过这类事么，我一个老家伙杀了县长，只不过添了一桩小新闻。他们说，你老伴去了，你得保重，节哀，多活几年，等着看他们的下场，多行不义必自毙。我说，狗屁！我看见一些多行不义的人，不仅没自毙，他毙也没有，倒是越爬越高了，你们难道还没看够吗？你们相信那些老话？大家都说也的确不好相信。我就说，好，你们不要劝我了，也不要拦我了，我会真下手干掉的。

我把我的老伴埋到了山上。我女婿偷偷雕了一块石碑送来了，我女儿也来了，医院里有两个人押送来的，手上拿着铁丝，准备随时绑住她。

回到家里，只有老伴的遗像迎接我了。她在镜框里笑着，好像要交代我什么似的，好像有什么话要说。每当暮色来临的时候，我就下到一楼，迈着孤独但并不虚弱的双脚，一个人走出政府大院去散步。我沿着街道，或是大院的那口大水塘子，看着这世界。

我好久都没有看到外孙女，也没听到女婿的消息。可是有一天我看到患气胸的女婿和几个人从一家名叫"哥哥喊爽"的桑拿夜总会出来，浑身香喷喷的。我虽年老，但眼睛还不浑浊，分明是我的喉咙里拉大锯的女婿，另几个人我至少认识一个，是县农业局下属的一个种子公司的经理。我于是也不管三七二十一，喊女婿的名字。我女婿见是我，开始有点尴尬，后来就很自然了，神色自然得像参加了人大会议出来一样。我说你是不是调回来了？他说基本上调回来了吧。我说调到哪儿？他说农业局技术推广中心。我说任什么职？他说主任。就是这样，我女婿调回来了也不跟我说一声，甚至也不想通过我外孙女来转告我。到此我才明白他已经与我女儿离婚了，他与我们家没什么关系了。而且，这位在偏远乡镇带领乡亲搞引水工程的副乡长，一回县城就知道往哪里钻以寻求快活。

他们要的是快活。就是这一代的年轻的干部们，他们潇洒，知道这时代握在他们手里，有身体无身体也要寻求快活潇洒。因为开放，所以他们快活。因为想快活，所以他们要开放。可是，我们党的那些宗旨呢，举起拳头宣誓的那些话呢？都是不算数的，宣誓是一个过程，一种手段，宣誓的目的就是为了潇洒，为了如今浑身舒泰地从"哥哥喊爽"桑拿夜总会出来。

街上到处都是桑拿夜总会。

这两省交界的偏僻县，若说这些年出现了什么新气象，除了发廊多，就是桑拿夜总会多，如此而已。当然了，还有一般小头儿们进不去的神秘的温泉。不过夜总会这名字，对于我们老家伙来说，怎么听怎么不舒服。

我等着我的女婿实践他的诺言，调回来之后与我的女儿复婚。然而这不可能了，我的女儿病情愈来愈重，已经转到市精神病院去了。

我在白天晚上都喜欢在外头瞎转悠。老干部活动中心因为我们去得少，改成了一家内部餐馆，活动室里仅剩下几副麻将，老干局让我们打麻将，让我们赌博，让我们内讧，让我们忘了大事，成为见钱眼开的老家伙，让我们输红了眼不欢而散，然后第二天继续为几个小钱来找老伙伴复仇。我们都没有上他们的当，这也正中他们的下怀，把我们这些危险的老家伙们驱散了。而麻将室就成了机关里一些好赌分子们串门的去处，不管上班下班，不论白天黑夜，杀得天昏地暗。

在寒假的时候我的外孙女来到我这儿玩，我问她你爸爸去市里看了你妈妈吗？外孙女说没有。我又问她你爸爸给你找了新妈妈吗？外孙女说找了，说有一个女的经常到他们家里过夜，她爸爸要她叫那个女人新妈妈。外孙女说，我才不想叫呢，那个女人是个骚×！我想笑，但是我又想哭。因为我女儿的病，我知道他们的关系无法挽回了。已经患上了胃病和气胸的女婿，不可能冒着风险再成为我家的一员，回到县城是多么好啊，多么美妙啊。而且他的前妻已经病得如此严重。

我对着老伴的遗像往往一坐就是半天。我在想老伴那想说的话究竟是什么。有一天我以为她会说"快喊医生"的，但我分明听见她对我说："你给我下的姓闵的头呢？"我一身冷汗。我知道了我欠我老伴什么，欠她一个人头。我捏了捏拳头，没有劲了，手上全是老年斑。我没有枪，没有刀子，没有那种歹徒们经常使用的刀子，有尖的那种。我想，我真的要杀他吗？啊，一个老县长杀一个新县长？我对我的这种想法突然感到不可思议。噢，我滋生的这种凶恶的念头只是一个念头吗？它只代表街头的情绪？但一边是一个老头儿，一边是一个年轻人；一边老态龙钟，一边朝气蓬勃。一个老头儿有力气将一把刀捅进那么厚的、满是油水的肚子里去？我发现过去的除奸队队长只是一种稀薄的记忆了，席老头满身的凶杀之气在五十年后已经变成了高血压、糖尿病、前列腺肥大和被切除了三分之二的胃。

我已经无力再杀人了，甚至这种杀人的念头也将要耗掉我余生的气力，让我虚弱见底。我发现自己老得很快。有一天我拄着拐杖一人散步时，我看到出去的小汽车里，正坐着姓闵的，那是我们县最亮的一辆红旗牌轿车，我来不及有什么恶念，只一秒钟这车就在我面前绝尘而去。我想除非我有帮手，才能完成这凶杀计划。谁呢？我如今差不多成一个孤老头子了，家里的小保姆不可能与我合伙去行凶，那是个乡下的小姑娘。嘿，我完全是在胡想。

这一大的晚上我照例打开电视机，却发现我们的县长换了一个人，一个陌生的、讲着外地话的人，也是个介乎于中年人和青年人之间的人。怎么这么快呢，说变就变呢，闵去了哪儿？抓起来了？调到别处去了？又升了？一直都是这样，说换就换，上面一任命，一个县长就变了，也不会事先通知谁，也不会事先征求谁的意见。如果说征求的话，那也是私下的，并不起多大作用。我就想到给胡大柚打个电话，他消息灵通，结果胡大柚的家人说，胡大柚死了，正在办丧事。我急急忙忙跑到胡大柚家里去，果然一口冰棺停在他家小院子里，几个老伙伴也相继来了。我问大家，才知道他们都比我消息灵通，说闵调到另一个县当县长去了。就是这样，闵过去在这个县的一切（所作所为）都一笔勾销了。他又可以在一个新的地方，一个新的地方电视台，把自己打扮成一个清廉的、能干的、务实的、开拓进取的好干部形象，这很容易，因为当地传媒又会跟着他跑。而他在那个地方想再从老百姓口中流传出一个闵百万的绰号，那又得几年，又得慢慢地把自己的荷包胀满，慢慢地滋生罪恶，慢慢地让像我这样的老头子（或是别的人）滋生出对他行凶的恶念，而最后呢，他会又走到另一个地方，走马上任，易地为官……

我的心里空落落的，当我重新从大院里走上街头，当我远远地望着县政府的大门，当我再看到那辆易了主人的红旗牌轿车，我的心里真不知是什么滋味。

我将活下去，看那些人的下场。

# 老铁路

去年的今天，我患上了严重的甲亢，双手不停地颤抖，脖子肿大，眼球突出，心悸，而且食量惊人。我一顿吃十个肉包子，我的老婆说，你会发福的。奇怪的是，我这么吃非但没有发福，反而愈来愈消瘦，把过去的一身肉也吃没了。

这样我老婆就要我去医院检查，赶快吃药。老婆说了许多次了，我自己也下过许多次决心，但就是没敢去。因为我脖子肿大，我害怕我患上了淋巴癌，听说淋巴癌的症状就是脖子肿大，对癌症的恐惧使我没法踏进医院。到了去年的今日，老婆和我两个大学的同事就把我架进了医院。

进了医院医生就要我去化验，并要我喝一种高碘的类似于石灰的水。这天早晨我按照约定的时间去了，一个四十多岁、面色黑瘦的医生提着一瓶开水，带着我们十几个被怀疑为甲亢的人下了楼。这个医生叼着一根香烟，衣裳穿得没有成色，脚下趿着一双塑料凉鞋，给人的感觉就是一个卖菜的人。而他身后的我们这十多个人，都惴惴不安。

医院倒是我们市很有名的医院，但治甲亢的地方却在后面的一栋老式楼房里，此房就是这医院的前身——教会医院的大楼。可想而知，那落落寡合的宗教气息除了给人萍絮漂泊的感觉还能有什么？下了楼梯，进入一个堆放着各种建筑材料以及新旧医疗器械的走廊，看来楼下正在翻修。然后，医生打开门，我们被领进一个灰尘蒙面的空荡荡的屋子，那里面有一些铺上瓷砖的台子，估计将是作检验用的，但现在还没有设备。在蒙上约半寸厚灰尘的瓷砖台子上，有两个容器，估计那就是装碘的，容器旁有些小塑料杯子，透明的，歪七倒八地堆放在那儿。医生扶起来两个，我们看着这些小杯，是让我们服碘用的吗？大家猜到了七八分。医生又用一个没有盖的大玻璃杯盛从容器里倒出的东西，那就是碘吗？接着他就用提来的一瓶开水冲那玻璃杯里的"碘"，再接着就往他放好的那些小塑料杯里分倒"碘"了。

这果真是给我们服的，从大杯到小杯，都是在未经过消毒甚至没拿自来水涮一下的情况下就让我们直接服用的，而这些小塑料杯看起来是被人用过的，很可能每天他都让人喝这几个杯子，因为每天都是预约的，总会有十几个检查甲亢的人来这儿服碘。我们就犹如在一个肮脏的小镇餐馆被强迫着让你使用那些千万人用过的碗筷一样，特别使我这个从来不进医院的人，对医院的印象彻底地坏了。医院有一些科室也许很规范，而另一些科室却处于无人管的状态，比个体诊所还糟糕。这个服碘的地方就是如此。

我瞅了瞅与我一起来的人，男人女人，中学生或者工人，大家都瞪着凸出的眼球，你望着我我望着你，颤抖着手自己到那台上去取"碘"。

就这么大家只好喝下了，每人一杯。咬着牙喝了下去。那些杯子又放回原处——明天又会有人来这儿经受与我们同样的痛苦发现，同样迫不得已地用别人使用过的杯子，并对这个社会日下的世风加深悲观的印象。

检查的结果是十分坏的，我的T3、T4高出了常人一倍的水平。这是两项主要的指标。回来我查一本《家庭医学》书，看到T3的解释，即是三碘甲状腺原氨酸，而T4则指血清中的甲状腺素。至于这两项指标的医学意义对于患者来说，并没有深究的必要，只简单地记住T3、T4就可以了，就像糖尿病患者，记住几个"+"号就行。

接下来的是，我得病休。我得吃"甲亢平"与"甲基硫氧嘧啶"，还得吃维生素D，而且是长期吃。

医生私下里跟我说：这种病没有根除的可能，只能控制。他要我以后不能激动，不能脾气急躁，他甚至认为我是A型血，说凡是A型血的人都容易激动，这病与激动有很大的关系。

就这样，我请了一年的病假，从省城来到了郎浦市，住在我姑姑家里。

这是我老婆的想法，也是我自己的想法，离开那些跟你利害关系很大的同事，你就会心平气和，另外，我所在的那个大学，虽然环境幽美，但我住的那个地方却十分嘈杂，推开窗子便是马路，汽车从早到晚一天二十四小时似乎从不间断。人们为了挣钱，几乎忘记了休息，任何时候都有不眠的人，他们挣钱的引擎声会把你的所有意识弄乱，关于道德，关于人生哲学的方方面面，都显得微不足道、软弱无力。最伟大最正确的道德与哲学能压过汽车的轰鸣声，特别是东风卡车驰过时坦克般卷过来的侵略声吗？楼下还有一些小酒馆与发廊。小酒馆猜拳行令的吆喝和密不透风的发廊里的打情骂俏也是无法忍耐的。我想养病并且趁机编注一点明代的散文小品文章。明代的散文小品几乎到了我国散文小品的高峰，这些散文小品十分适合闲逸的人翻看，这种散文小品越来越走俏。

我姑姑是个爱打点小麻将的胖胖的家庭妇女，她开有一个旅社，四层楼的，十几间房子里很少有旅客光顾，她腾出一间给我长住，洗澡方便，有电视，特别好的是楼下有人承包了她的旅社餐馆，我在那儿搭伙，价钱相当便宜，油水也厚。这样，郎浦便成了我的疗养胜地。

临走时除带上了我需要带的一些书籍和资料外，老婆给我塞进了许多宗教书籍。她认为这可以磨我的性子。塞给我的书中，有基督教的《天路历程》新译本，有《晨祭》和《蒙恩的见证》，有《灵花》《祈祷的操练》，还有一本我十分喜欢，只读过一小半的《人啊，你往何处去？》，这本葛培理写的书标明只在江西基督教协会内部使用。佛教的书除了有陈柏达的《五福临门》《观音菩萨本迹感应颂》《觉海慈航》和慧玉居士选编的《修身进德嘉言集》外，老婆特别嘱咐我要常读《中阴身自救法》，据说读了这本书人就可以不堕地狱，能顺利进入到西方的极乐世界。

人死后据说有七七四十九天的中阴身，处于心慌意乱、彷徨无措、痛苦不堪的地步，要顺利跳出轮回苦海，潜心读了这本书后便成了。对不识字的文盲，你念给他听一遍，他也可以找到自救的方法。这本薄薄的佛教小册子，说穿了是让人死后也要平心静气的教科书。

我和我的老婆都十分乐意搜集这方面的书籍。但老婆更相信佛教，佛教是供奉偶像的宗教，但是佛教并不承认这一点，据我看过的书中，许多大法师曾拿云门骂佛、德山呵祖和丹霞烧佛像的公案故事来说明佛教本无偶像。不过照我这个外行人看来，宗教都差不多，信徒们崇拜的那个神，就是我们心中的那个良知，人类赖以生存的某种优良潜质，也就是某种健康的基因。而对我们世俗者来说，宗教要感化我们就是要驱除人人心中都有的那个魔鬼，使我们心底澄明、波澜不惊。

我带着沉重的病痛折磨和书籍来到了郎浦。我姑姑所住的那个地方满目苍翠，绿树成荫，视野开阔。

我每天定时吃药并按照定真居士编的一本《静坐入门》上的方法，每天定时静坐以调养心身。

就在离我姑姑旅社不远的地方，有一个菜市场，它紧靠一条多少有些荒凉的铁路。这个菜市场就在铁路旁边。

我还没有看到过如此肮脏的菜市场，它比农村的厕所更脏。

先说说这条铁路吧。

这条铁路是从哪儿来的呢？它出现在郎浦市，而郎浦并没有火车站，你查找任何地图，也不会找到这条铁路。事实上，它是一条废弃的铁路，是当年老粤汉铁路的一段，在当年拆除它时，被这儿的一个工厂截留下来，用作自己的专用铁路。

它不是无用的，有时候当我想路过这条铁路，就听见了急促而鲁莽的汽笛声，接着，庞大的火车头就像特写一样出现在你眼前——它们沿着铁路开过来了，跟那些在京广铁路或者其他大铁路上的火车一样，它们巨大，震撼人心，车头喷吐着白汽，车轮与铁轨发出猛烈而尖锐的撞击，咔嚓，咔嚓，就好像一个工厂的整个车间都被搬动一样，巨大的镗床、车床、刨床等开过来了，其实它们只是车头和车厢，车厢里有焦炭、硫黄、建筑材料。它的铁轨下面，许多枕木都已经腐烂了，在每一根衰老的枕木中间，夹着一根现在的水泥枕木，新老掺杂，所以它还能承受得起那火车的碾压。而路基呢，因为菜市场在它的旁边，里面积满了污泥浊水，卖鱼人砍下的鱼头和鸡肠鸭肚全沤在低洼的枕木下，完全没有人清扫，使你觉得火车这种东西其实所需不多，也很贱的，那种大铁路上的高高的路基和干净锃亮的轨道完全没必要。火车也并不可怕，不须要离它远远的，当火车开来时，离车厢只有一两尺远的地方就是卖菜人搭的塑料布棚和他们歪放在一边的自行车。卖菜的小孩们站在路轨旁，手上拿着一块红薯或者一个西红柿吃着，脏兮兮地望着比他们个头还高的车轮，他们的父母并没有喊着要他们当心。

这一切，菜市场、铁路和火车，几乎融为了一体，它们密不可分，也就是说，铁路好像穿过菜市场的中心一样。

这个菜市场的另一边是工厂的围墙。工厂在一片高坡上，它的垃圾经常凌空而下，纷纷落到卖菜人和买菜人的头上。腐烂的菜叶和它掐去的泥根加上充满着杀戮和杀戮后留下的残货，使人觉得这是个自由主义者的天堂。看起来没人管束，收费的人却不少，有的还穿着标准的制服。

就是这样的一个菜场，我看见一些老者们，每天早上都准时搬个小凳儿来铁路边观光，他们对这儿的臭气似乎并不反感，倒是讨价还价的、吵架的，各种嘈杂声像磁石一样吸引了他们。

菜场里处处是秤和金钱，在衡量某一种东西上人们会发生争执，钱的流通又暴露出了人的许多弱点，使每个人的性格在这儿充分展示，这就是那些老年人放着清福不享，好味不闻，偏要坐在铁路边每天面对着菜场的原因，我想。

菜场闹归闹，吵归吵，可我心如止水，我也爱上了这儿。有时候我看着火车隆隆驰过，然后就是看人吵架。我穿着背心，趿着拖鞋，已经不是什么大学副教授了。我是个局外人，这儿不牵涉到我的利益，不牵涉到职称、与领导的关系和与某一个同事的浓淡交往，我的心十分松弛。我静坐或者伏案之后，总要到菜市场和铁路上逛逛。

有一次我看到了一个安徽口音的卖菜女人跟一个买菜的女人打起来了。有人喊"又打起来了"的时候，千百颗头颅都朝骚动的方向看去，两个女人已经打到了铁路的路基上，卖菜的女人因穿的文化衫太旧，被买菜的女人扯破了，登时卖菜的女人露出了光溜溜的上身和两个奶子，别看乡下女人不经看，但健壮丰满，衣服里面也很白净，接着她们又互扯头发。买菜的女人借着自己是城里人的那点傲气，娇小的身子，竟狠踢卖菜女人的下身。因为一个女人赤裸了背脊，逗来许多人观看，但更多的人也就扭头匆匆走了。在这看光背脊的女人的人群中，男人居多，男人中又老年男人居多，这使我相当悲哀。

我简单地问了一下情况，原来是买菜女人说卖菜女人少找了一块钱，就为这，打了起来。后来事情就有点不好收场了，当人们把她们拉开，一个老婆婆替卖菜的女人拢好上衣遮住羞处，买菜的女人便喊她的一只金耳环不见了。金耳环的确有一只不见了，便开始找，哪里还找得到？掉在干处，准被人捡走了；掉在路基上的污水中，更找不到了。于是尖着嗓子的买菜女人便要卖菜女人赔，说是她扯掉的。

因看到买菜女人身边没有男人，我便上前去对她们说："那赔个屁，

311

你怎么知道是她扯掉的，不赔，你还不是打了别个。"我当时理直气壮，在感情上我素来是向着乡下人的，我觉得城里人不值得同情。当然，我的理直气壮是因为她们两个都是女人，特别是掉耳环的又似乎没有什么背景，那打架和索赔的样子看起来也不是个蛮横之人，其丈夫顶多是个上班族。且我又不认识她，她也不认识我。但过了几天，我发现这个丢了耳环的女人竟是我姑姑的邻居，我吓了几天，害怕报复。不过那耳环卖菜女人终是赔了，这位姑姑的邻居对我的多嘴似乎没有印象，看来当时她吵红了眼也急红了眼，否则我会多出一个麻烦来。

菜市场的好看当然不只这些，菜市场还经常出现一个性变态的人让大家指指点点。这人四十多岁，是个男的，长得相当结实，神经也很正常，他总是穿着女人的服装，服装也很次，比如从地摊上买来的长筒丝袜啦，女人的紧身内衣啦，半高跟的塑料凉鞋啦。他时常一个人来菜市场买菜，面带微笑，正步走路，对别人的指指点点与讥笑毫不理会，还起价来彬彬有礼，这样的变态男人我看比不变态的野蛮男人还好，起码他没有侵略性。

我为什么要往菜市场跑呢？像那些老头儿们，是为了每天守候市场里出现的西洋景吗？不是，也不是为买菜。我主要是为了看报纸。

姑姑家的旅社没有任何报纸，虽然有电视，但比不了报纸的丰富，我在一次跨过铁路穿过菜市场的闲逛中，发现了一处报栏，是工厂门口的报栏，而且里面有我喜欢的《参考消息》。另外，它还有本地的一种晚报。这个小城市的晚报办得异常活跃，比起我那个省城的报纸，真是太过瘾了，在它的第一版几乎全是市里（及下属几个郊县）发生的稀奇古怪的案件，强奸的、凶杀的、行骗的，还有失火、交通事故，如果让我开会发言，我一定要痛斥这种小报，然而暗中我却窃喜有这么一份报纸，满足了不仅是我，而且是广大市民的那种俗不可耐的"看热闹"心理。另外它也还有比较雅的栏目，许多小的随笔，表明这个城市里还有几支很不错的笔杆子。另外，它几乎用一个版每天刊登大量的群众来信及调查反馈情况，有点还政于民的意识。而这几个版的编辑和记者，几乎全是我的学生，其中有我直接教过被分配到这儿来的，也有的是函授毕业或函授在读——每年的假期，我都要到这个城市来授课。

就在我刚来到这里的那个月，这些学生们为我摆了一桌酒席。"记者需要有正义感。"他们说。他们还希望我在这儿养病之际，为他们写点小稿，稿费一定从优。我没有答应，我给他们说，我住几天就走的。然后，我在他们的视野中消失了，声称走了，然后与世隔绝安心养病。

那几天我看着报纸，报纸上正连续报道卖国贼李登辉制造"两国论"的情况，我每天不误地穿过老粤汉铁路，穿过乱糟糟的菜市场，怀着气愤的心情去报栏读报。以美国为首的北约轰炸我国大使馆的愤怒还没有消退，李登辉这小子竟想翻天。莫非我们真不敢给他点颜色瞧瞧吗？不可以打过去，把这个小岛拿下来？难道我们真的怕美国？为什么毛主席那时候就不怕美国呢？现在我们的国防力量强大了，反倒怕起来了？我听见几个老头边看边议论说，如果毛主席、邓小平在，李登辉敢说他是一个国家！另一个老头吐了一口痰说，毛主席、邓小平在，美国也不敢炸我们的大使馆。他为什么不敢炸俄罗斯的大使馆？叶利钦是个疯子，他说俄罗斯如受到侵略，他可以使用核武器？哪个不怕核武器？美国不怕？还怕得狠些！我们就不可以取消不首先使用核武器的承诺？我们怕他个卵子，骂的怕打的，打的怕不要命的。

我的心里很不是滋味。我又不敢去参与他们的谈话，只好走了。

我回来的时候在菜市场，看到一个角落围着许多人，挤进去一看，是有人卖蛇。

这个小伙子是一个个子高高的湖南人，岳阳口音，他就坐在铁轨上，面前放着六七个网眼袋子，袋里是花花绿绿、蜷作一团的各种蛇。有人问，他就用岳阳话回答这个袋子里是什么蛇，那个袋子里是什么蛇，有眼镜蛇、蝮蛇、青竹镖、五步倒、金环蛇、银环蛇等；这些蛇袋旁边还有几个五斤装的大酒瓶子。这个卖蛇人来到郎浦市，完全可以沿着老粤汉铁路走来，不过现在不必了，有各种交通工具。这是个辛苦的卖蛇人，他的蛇并不贵，十五到二十块钱一条。他的生意还不错，如果你想买，至少得买五条泡酒才行。他赤手从网兜里抓住一条蛇出来，又把网兜缠好，用脚踏住网兜的口，将蛇顺着塞进那小口径泡酒瓶中，顾客再点一种蛇，再捉再放。放完了，顾客已将在菜市场买的散装酒提来，然后，他就把酒灌进去。

这个卖蛇人是相当残忍的，活蛇被酒浸泡而死，在被浸泡的一刹那，要忍受巨大的痛苦。我在那儿看卖蛇的小伙子将酒灌进瓶子里时，有一条蛇不堪忍受竟准确地从那不足两寸宽的瓶口冲天而起，蹿出一丈多高，最后跌落到地上。

卖蛇人去捉那逃生的蛇，那蛇被酒滗了，加上摔跌，纵是剧毒，也没了多少雄气，又生生地被捉回了酒瓶里，没一会便被酒醉死了。

卖蛇人收过钱，再给买主开了一张单子，上面写了几味中药，大约是枸杞、黄芪、川芎、淫羊藿之类，多少多少，生意就做成了。

我想，这些蛇肯定属于保护动物，这个菜市场的管理人员，只顾收钱，而不会没收或者制止。活剐青蛙和鹌鹑是这个菜市场每天上演不衰的惨剧之一。

这卖蛇人的生意一直很好。

当我顺着铁路行走的时候，总是想，如果老粤汉铁路当年的修建，只是为了让湖北人吃到来自湖南深山的毒蛇，这铁路是没有意义的，活该拆除。当然，我说的是很久以前。而这条铁路上演的却并不是此类可悲的故事，我只记得这条铁路的另一端，走来的是叶剑英和贺龙的北伐军，闻名的汀泗桥之战、贺胜桥之战，才是老粤汉铁路的本质。

报纸上正在反反复复地发表文章，驳斥"两国论"。但我关心的不是这些，是解放军有没有什么动作。然而可能性不大，不然的话，就不会发这么多文章了。我已经看得有些疲倦了，但我的心里依然充斥着愤怒。

我带着一种失落的心情回来了。我一路想，其实这与我有什么关系呢？我为什么如此关心台湾问题？这与我治疗甲亢有什么关系吗？我觉得好笑，为自己。

正在好笑的时候我就听见有人喊："又打起来了。"我才知道我正在沿铁路经过这个菜市场。

许多人都站得远远的，一个小个子的小伙子正在痛打那个湖南卖蛇人，那小伙子赤着膊，用膝盖撞卖蛇人的肚子，一双拳头打他的脸。

这小伙子怎么有如此之大的胆量呢？按说真打起来他完全不是卖蛇人的对手，卖蛇人个高，一看就是经过劳动的，人不胖，但筋骨结实。巧的是小个子揍他时，这卖蛇人没有还手，捂着肚子，捂着头。

"老子要你卖，老子要你卖！"那个小个子边打边用强悍的本地话吼叫。

卖蛇人抱着头坐在路基上被打，鼻子开始淌血，暴雨般地淌，淌得十分吓人。

"老子说了不要你卖的!"见出了血,小个子就住了手,顺势将卖蛇人的六七个蛇袋子撸了,走了。

没有谁出来劝架,没有谁说一句公道话,大家都看着小个子暴打卖蛇人,看他把人家的蛇袋子全提走。

这个小个子我其实"认识",每天我经过菜市场时都看到他赤着膊在操刀活剐青蛙,他的女友——一个面黄肌瘦的庸俗女人则在一块小板上血淋淋地杀鳝鱼,这是一对血腥男女。

等小个子提蛇走了,有人才小声柔气地议论,说他是嫌卖蛇人抢了他的生意。因为蛇与鳝鱼差不多,在这个市场,他只允许他一家经营这类东西,曾有人尝试过卖鳝鱼,都被他打跑了,这卖蛇人不知深浅,被打在情理之中。

这么议论的时候可怜的卖蛇人的鼻子一直在出血,他没去堵,他让其流。脚下不仅流了一大摊,身上也流红了。

这时有一个好心人说:"你去洗一洗么。"他才慢慢站起来,到不远处一个卖米人的小屋里去用自来水冲了冲。他过来之后血还在往外渗,但已经不那么鲜红了,身上还是血迹斑斑。

他没看任何人,他低着头回到自己卖蛇的地方,坐在自己流血的地方,坐在铁轨上,就这么坐着,低着头。突然他捏紧拳头,捏得整个膀子都嘎嘎发颤,这么捏着,一拳砸下去,砸在一根旧枕木上,顿时他的手又砸出了血。他又砸了一拳。这两拳,砸在人的身上,那是承受不了的。

他慢慢收拾着没卖完的两个瓶子,只有两个瓶子,还有灌酒的漏斗。就这么些东西。这时,那个面黄肌瘦的女孩才将他的六七个蛇袋子提来,她还算是善良的,她把袋子丢到他面前,说:"要你莫卖莫卖,人少吃点亏啦。"

这时有几个人对他说:"还不提了快走。"卖蛇的青年这才提起长长短短的蛇袋子,在人们的注目下,无言地走了。

我的心里突然涌出一股从未有过的愤怒,对那个小个子。可以说,我想他撕了,我想把他活剐。我从来没有过这种激愤,没有。在评职称时,在面对同行的诽谤、领导的欺压时我都没有过这种愤怒,没有过,真的没有过。我感到我的血在上涌,虽然我站在那儿,一动未动,一句话也没说。我愤怒，内心愤怒，愤怒之火烧灼着我的五脏六腑，我感觉到未消肿的脖子疼痛起来，眼球凸出得酸溜溜的，心在狂乱地跳动。为什么他要欺负一个外地人呢？为什么他就如此嚣张跋扈，这样一个在体质上的弱者竟敢对付一个体力强健之人，他不就是看准了他不敢还手吗？他真不敢还手，他就这么走了，他砸枕木，任血自流。他会仇恨地骂这个世道、这个地方，骂老粤汉铁路边那给他带来永久心灵伤害的一个地痞。他到另一个地方去，咬着咯咯作响的牙齿，又去卖蛇，当他晚上点燃一支烟在租住的小屋里躺着想事时，他会不会滋生出对这个社会强烈的报复心理呢？

以上这些都是我以后推想的。面对着这样的施暴谁都不敢吱声，而且我还看见了一个穿制服的管理人员从这儿走过，看了看卖蛇人和他淌血的鼻子，也一声不吭地走了。

其实别人和我本人的心理都没什么可推想的，都很简单；伤害没侵犯到自己，施暴者心狠手辣，都是抬头不见低头见的，你管了日后他来报复你的家人怎么办？面对不平，许多人凭直觉都会让开。当然，如果你是一个有血性的人，如果你不是当地人，拔刀相助后就可以走开，如果你武艺高强，跟电视上的那些侠客们一样，这另当别论。

我说了，我内心的那种愤怒的风暴已经达到了十二级，可是我的行动却与任何一个看客一样，我看了一眼剐青蛙的那个家伙和他的鳝鱼杀手女人，很毒地看了一眼，我穿过菜市场，走在排列整齐的路枕上，对这个臭不可闻，充斥了苍蝇、垃圾与乡下人和所有的饮食男女的市场痛恨不已，对撕票收钱的各路管理人员痛恨不已，对这个城市失望不已。

愤怒，这个让人身体产生毒素，损害脏器的字眼用什么能发泄出去呢？像泼水一样，把这突然到来的极顶愤怒泼出去，泼干净，谁来抚平这样给人伤害的愤怒？

我吃了加倍的药，还是疼痛，所有的地方，脖子、心口、眼球。我的眼球差一点要像美国影片《变相怪杰》中史丹利·伊普奇斯的眼睛了，挤出来，挤出去几米长，再收回眼眶。真的，我的眼珠子都快因愤怒掉出来了，快了，它只在某一瞬间，如果我不尽快抑制。

医生告诉我说，我的病与激动有关，他断定我是一个爱激动的人。他说对了，不过这是多少年以前，当我步入青年时代之后，在我的历史中，我不仅有过愤怒的内心，也有过愤怒的行动，内心与行动几乎同时爆发，这使得愤怒酿造的毒素一下子就化作行动迸发出去了。在我还是某个乡下中学的代课老师的时候，有一天我去同事的家里做客，他住在县委会，他让我去食堂买一个荤菜，我拿着瓷碗和菜票去买，结果炊事员将荤菜放到柜子里不卖给我。我曾经找他买过几次菜，他知道我不是本单位的，也不是哪个书记或者要人的家属，我无法忍受这种势利，一个瓷碗掷到他的脸上。就这么一下，他竟发动了院子里的最高长官来惩罚我，县委会的炊事员可不是学校的炊事员呵，就这么，公安局把我抓去蹲了三天黑屋，出来时浑身爬满了臭虫与虱子，还付去了医疗费八百多元，因为我就那么用瓷碗掷了一下，掷到他的脸上把他打成了"脑震荡"（医院诊断结论）。

另一次，是我刚大学毕业留校，老是被派到各地去讲函授，突然接到家乡老父去世的噩耗，只好连忙搭车往回赶。在一个半道里碰到了四个找司机碴儿的地痞，原因是司机没让他们上车，他们拦了一辆车截住了我们的车，打司机，砸挡风玻璃和后视镜，不让车走。我是奔丧去的，我乘这趟车，还要去另一个地方换车，心如火焚，哪里容得下这伙歹人逞凶，当即操起司机座位下的一根长柄摇把，下了车就朝一个歹徒的腰部扫去，同时，胖胖的男售票员见我动了手，也拿起一把扳手朝另一个歹徒头上敲去。两人动了手，满车噤若寒蝉的乘客这才爆发出了生命的火花，一起呐喊，各自操起家伙潮水般下车与歹徒搏斗起来，把四个歹徒赶得鸡飞狗跳，我一个人竟将某歹徒在田野上撵了至少一公里。

这样的愤怒与激动是否埋下了甲亢的祸根？

其实这些年来，我的研究与教学是十分恬淡的，我教的是明清文学，主要研究明代的散文。明代的散文是曾在历史上受到非议的文字，现在当然吃香了，吃香就吃香在它的闲适上，因此，授这样的课我们有什么激动的呢？当然，激不激动还要因人而异，我们系的曹教授，这是一个看起来心宽体胖，没有一点激情的人，可是当我还是他的学生时，听他在课堂上讲《孔雀东南飞》，他讲到刘兰芝拜别婆婆与小姑的那一段："却与小姑别，泪落连珠子。新妇初来时，小姑始扶床；今日被驱遣，小姑如我长。勤心孝公婆，好自相扶将。初七及下九，嬉戏莫相忘，出门登车去，涕落百余行。"讲到这里，曹教授竟然潸然泪下，说："讲不下去了，讲不下去了。"撇开五十余学生，拭泪而去。

在我的研究视野里，"公安派"三袁和徐文长是我所喜欢的，这是些性情中人，把玩山水为一绝。文字不会如《孔雀东南飞》一样让我垂泪。袁宏道写山，"四面峰峦如花蕊，纤苞浓朵，横见侧出""夫山远而缓，则乏神；逼而削，则乏态""西峰骨立无寸肤，生动如欲去，或锐如规，或方如削，或敧侧如坠云，或为芙蓉冠""西峰斗绝出，诸山忽若屏息"，等等，都真是写山的好手。他之论山的句子更绝："凡山之名者，必以骨，率不能倍肤，得三之一，奇乃著。表里纯骨者，唯华为然。骨有态，有色。黯而浊，病在色也；块而狞，病在态也。华之骨，如割云，如堵碎玉，天水烟雪，杂然缀璧矣。……"我以为三袁为千古写山之高手，可他们也不是个闲客，他们也有我们所不可企及的激情。这几位兄弟，在他们妻妾成群，良田千亩，高官在上之时，竟然全抛于身后，将妾遣了，田卖了，官辞了，造了一艘大船，载酒于上，去游历江南。这样的人生激情出现在四百年前，如今还有人敢这么做吗？为了某个狗屁会议的几元钱纪念品，不惜倒四次车，耗费半天时间去出席，有什么能舍弃掉？而徐文长在我们这个年纪（中年）之时，竟还能用刀刃自己的脖子，用锥刺自己的耳朵和肾脏，以表达内心的情绪。这位画家和散文家的痛苦与激愤，纯粹是中国的凡·高，他的行为比凡·高有过之而无不及，所以，在我研究的这几位散文作家中，他们不是那种饱食无忧，以写阳台生活为乐的人。

现在我要说到对愤怒这种不良情绪损坏脏器的怀疑，徐文长活到七十三岁，他在这七十三年中，杀死了令他恶心的妻子，遭受了六年的牢狱之灾。四百年前的七十三岁，至少相当于现在的八十三岁吧，这难道不是高寿吗？

我这样想的时候，我在思考用什么行动来表达我的愤怒。

只有笔。刀已经提不起了，也不会走上街头。

向谁写？向这个市的市长？向市信访办？向工商局？向中央？

这些在我写信的念头一出现时就被排除了，向报纸写信。我要写一封群众来信，要在这个报纸上揭露这老粤汉铁路菜市场的暴行，揭露它的肮脏和无人管理。我要表达对这一切的蔑视和愤怒。

前面说了，这个报社中有我的许多学生，其实打一个电话他们就会帮着登了，但是问题不那么简单：第一，我声称已经离开了这个城市；第二，他们会认为我的文章不该出现在"市民之声"的栏目里，而应该占领他们的副刊"郎浦风"的头条；第三，我不能以真名真地址见报，可恶的小个子剐蛙人会顺藤摸瓜追杀而来，这就是我既想鞭挞这种恶行，也求自己安全的一点私下的想法。这种两全其美的想法促使我在旅社里展纸疾书，一吐为快。我写道：

尊敬的编辑同志：

　　今天下午我到龚家嘴菜市场买菜，看见菜市场的一霸——一个卖青蛙和鳝鱼的小个子，无缘无故，对一个从湖南来卖蛇的年轻人拳打脚踢，将那人打得鼻青脸肿、头破血流，并将那人的所有蛇袋抢劫而去。我后来问清了，原因是这个施暴者是卖鳝鱼的，他觉得这个卖蛇人抢了他的生意——因为蛇与鳝鱼相像，真是岂有此理。据说这个地痞打跑过许多企图在这个市场卖鳝鱼和蛇的人。卖蛇人固然可恨，这个打人者更可恶。遗憾的是，不仅在场的群众不敢吭声，我看见一个穿工商制服的人经过时也没管这些。联想到这个菜市场的混乱和肮脏，就好解释这种不管现象了。这个菜市场紧靠老粤汉铁路，污水横流，是我所见过的郎浦市最脏的菜市场，而且我还看见几个摆象棋残局以骗钱的人，给那个市场管理员递烟，管理员吃他们的烟还跟他们说笑。我们有理由相信，这儿的管理员与他们是一路的，因管理员的纵容，坏人才在这个市场如此猖狂。并且长期卖青蛙没人管。我们强烈要求整顿这个靠铁路的龚家嘴菜市场，严惩凶手！……

　　我以拥有铁路的那个工厂办公室"群声"的名字发出了这封信。我写完这封信，丢进那个工厂门口的邮箱。

　　我等着这家报纸将这封信发出来，等着坏人遭到惩罚，正义得到伸张。

　　我每天准时去报栏，每天仔细地看那一版"群众来信"，每天我都失望而归。一直盼了十天，这封信还未发出来。看了看那些登载的信，日期都在我发出的信之后了，而且我看到那些反映的内容，有的并不比我反映的大，骂了一次人，吐了一口痰都登了，打人、卖蛙、脏、乱、差，难道都不值得登吗？或者他们可以派个记者来调查一下，问个情况。就是不登，也要将此信转给有关部门啊。只能这样推测了：因为使用的明显是化名，又落了不太确切的地址，报纸怕登出了打官司（不实），就没敢登。

当我一次次失望地从报栏回来，循铁路，过菜场，一切依旧，那个剐蛙的恶人还在操刀剐蛙，污水还在横流，我是多么伤心。一切都像没有发生过似的，我的巨大愤怒就像一晃而过的幻影。我写过各种各样的学术文章，长的短的，这些年来，独有这样一篇文字未能发出来，被编辑给枪毙了。我时常讪笑着自己，有时候梦中都笑醒过来。有一次我在厕所里想到这些也大笑起来，笑得很干涩，很怪异，结果我的姑姑听见了。等我出来，姑姑问我在厕所里笑什么。我说我想起一个笑话来了。姑姑嘟哝着就走了。但我知道，那不是关于笑话的笑，是一种十分突兀的、具有神经病灶的笑。我笑自己的尴尬，自我解嘲，但是，这种笑十分痛苦，无法排解那内心的阴影。

愤怒是没有用处的，那就不愤怒吧，我是来养病的，我养病就是磨性子，我这样安慰自己：如果你不到这儿来，如果你来了那天没去菜市场看到这一幕，你会愤怒吗？你会去管这类闲事吗？这种事儿在任何时候任何地方都会发生，你永远也管不完。

于是我吃着药，在无法静下心来注释明代的那些文章时，就读带来的宗教书。这些书让我磨性子。我一口气读完了《蒙恩的见证》后，只感到如果那些歹人读读这样的书，也许他们会痛改前非，重新做人。善良的人无须读这样的书，读了也只不过如神所说：打你的左脸，你把右脸送过去。这样，世界不更是恶人横行的天下？

这一天我带着《人啊，你往何处去？》这本书爬到了旅社的四楼顶去，天气晴好，微风习习，从这里可以看到很远的地方，一个湖泊，一座树林，形形色色的村落、工厂和街道，这周边地区是城乡接合部，风景还是不错的。而且也能看得到那条遗址般的老粤汉铁路，那铁路边的菜市场，市场上的人清晰可辨，我在寻找那不共戴天的剐蛙人时，看到了铁路边的一个象棋残局摊，并且又将有人上当，又将被那些摆残局的家伙们连骗带抢弄去 BP 机、钱、手表之类。我找到了第二次对这个菜市场感到愤怒的机会，向这个菜市场的恶人复仇的机会，虽然他不是剐蛙人。但是，他们是恶人。我丢下书，跑到楼下的走廊里，拨出了电话，三个号码：110。对，报警，抓摆残局摊的人，在当地的报纸上已经看到过几次了。这次，警察会来到这个菜市场，杀杀他们的威风吧！

我十分兴奋，又激动起来，放下电话就跑上楼，观察着我导演的这幕捉歹徒的好戏。

我开始看表。这是城乡接合部，但警察还是来得很快，只有十五分钟，我就听到了警笛的叫声，接着市场上开始有人奔跑，我看到了攒动的人群中似乎有戴白盔的人在那儿晃动。

我的手这时候抖动起来，而且很厉害，脖子硬硬的，两只眼睛像灌进了石灰一样难受，干涩，疼痛。

摆残局摊的那块围满了人，是不是在抓人呢？是不是把他们逮了个正着？

遗憾的是这时候火车来了，火车缓缓地驰过，是一列运煤的车，因为路轨上站满了人，火车头也只好学着汽车几乎停了下来以避人群。这个老粤汉铁路的火车可能已经习惯了在这儿避人，而不是管他娘的风驰电掣地开过去。

火车磨蹭了约二十分钟才开过这个可恶的菜市场，等火车过完之后，那个残局摊周围的人差不多散了，当然，还有一些在那儿站着交头接耳。

我下了楼打听菜市场的情况，姑姑隔壁的一个中年人刚卖菜回来，还有两个做生意的浙江人也刚从铁路那边回到旅社来，我故意问他们："菜市场围那么多人干什么？好像警车还开来了？"

他们告诉我，是警察来了，警察一共逮了五个人走了，全是一伙的。摆残局摊，不是警察来，一个建筑工地采买的青年差一点就把五百块钱输掉了。

"抓得好，抓得好。前几天我们看到一个老头输掉了两三百块钱，哭得好伤心。"两个浙江人说。

成了，我真是心花怒放，因为激动，因为解恨，我完全忘乎所以了，我竟然给他们说："今天是我见义勇为，晓不晓得？是我在楼上瞧见了，打 110 报的警。"

"是你报的警吗？"他们说。

我又给姑姑和姑父讲了。

可姑姑和姑父却批评我，说，你真是多管闲事，他们那些人得罪不得的，那些上当的人也是傻瓜蛋，象棋残局顶多只和，哪有他输给你的？输给你了，他还摆摊做什么？明知道是做笼子掏你的腰包，你偏要去钻，那些人非要吃点亏，拿钱买教训。他们对我盯着这个菜市场也不赞成，说你没看电视吗？好多菜市场还出现了命案呢，小偷成把成把地抓，这儿还是好的。反正哪，乡下人到城里来扎堆了就不是好事，总要出点这事那事的，离他们远点。他们也是为了生存嘛，你安心养病，其他的事少掺和，他们的手又没摸到你腰包里来。

他们不能说服我，我想我不怕他们，用电话报警的手段来惩治他们，是聪明人想的两全其美的办法，我并没有与他们正面发生冲突，而且看来，这种办法（报警）比给报纸写信强多了。我在心里说，菜市场，咱们走着瞧，以后你就等着警察的再三光临吧！

正当我在为自己聪明的惩恶扬善方式感到窃喜时，这天晚上，我、我姑父与楼下餐馆的老板一个桌子吃饭，老板喝着闷酒摇着头告诉我们："狗日的姚师傅硬是逼着我今天把工钱给他结清。我一时哪拿得出钱来？"我姑父说："他为么事非要今天逼你结清呢？"

"个狗日的他的那两个徒弟帮人做笼子摆象棋残局，今天给捉去了，公安局要一个人罚一千块钱。……"

被抓去的人就是每天在楼下敲敲钉钉，为餐馆老板吊顶的那几个人吗？那几个赤着膊，短裤穿到肚脐眼以下的装修工？摆残局的就是他们？我既没有认清装修工的脸相，也在多次路过菜市场时没认清摆残局摊做笼子的人们的脸相。我这人不爱认相，连同事的脸也记不住特征。

这真是乐极生悲，我本来极好的胃口，突然就咽不下一口饭，径直上了楼。对我无微不至的姑父立马上了楼来，问我："你报警的事跟周围其他的人说了没有？"

我说说了，跟邻居和两个旅客说了，但绝对没跟餐馆老板说。

"你让他们损失几千块钱，那他们晓得了会放过你？说不定抓去了还挨打也难说呢。"姑父还说，这个餐馆的老板蛮阴的，说不定他晓得你报警的事，刚才故意说给你听的，然后，他就拖着不付他们的工钱，唆使他们找你要。钱是小事，人要吃亏就不得了啦。

然后姑父叫姑姑也上楼来给我出主意，要我这几天最好哪儿也别去，房间反锁，谁叫都不开，最好备一把刀子防身，饭我给你送来。说现在买刀子还来得及，铁路边有许多卖刀的人。

他们的安排是周到的，事情到此，没有办法。我只好赶忙下楼，到菜市场的地摊去买一把刀子。

我怀揣着恐惧的心情来到这个令人恐惧的菜市场，我观察我的前后，有没有跟踪的人。我对这个污秽遍地、充满了叫卖声的菜市场没有愤怒只有恐惧了，现在恐惧是我内心的一切，是我所有的情绪。

　　我在一个卖假虎鞭、藏红花、羚羊角和刀子的藏人摊前，看中了一把沉手的藏刀，卖刀人穿着藏袍，讲汉话（谁知道是汉人还是藏人）。刀柄上镶嵌有假绿松石。我问价。他开价一百五，我还到五十元，他最后喊八十，结果七十元成交了。我付了钱，拿起藏刀，匆匆离开了这气味刺鼻、潜伏着不测的地方。

　　我揣着刀子回到姑姑的旅社，把自己关进房里，把刀子拿出来，拭拭它的尖头，很尖，一下子可以刺及人的心脏。我把刀子插在桌子上。我看着这把寒光闪闪、充满着"人不犯我我不犯人，人若犯我我必犯人"凛然气势的刀子，严阵以待的刀子，贼头贼脑、处世乖张的刀子，我还是第一次如此迅速地决定买一把刀子并拥有了一把刀子，我是个连菜刀都不会拿的懒人，手无缚鸡之力，百病缠身，现在已经在心悸，四肢颤抖，眼球欲裂，我凭什么现在要武装自己呢？我不是个惹是生非的人，我长期伏案，长期在讲台上声嘶力竭地向学生讲授那让我们骄傲的古代往事，我已经未老先衰，鬓发斑白，神劳形悴。莫非在养病之时要与人展开一场殴杀，命丧异地小城？

　　我在恐惧中战战兢兢，闭门不出，我用一个硬塑料盆排泄，然后在夜深人静时从后窗倾倒于楼下的一个废水塘。我读《修身进德嘉言集》，慧玉居士说：格言、箴言，民俗宝谏。摩尼宝珠您曳着，在世出世圆圆圆。这本佛教内部流通的书中，多提到舌之祸、忍之美。她说驷不及舌，说口是伤人斧，舌是割心刀。闭口舌深藏，安身处处牢；夫口舌者，啮身之斧，灭身之祸；口开神气散，舌动是非生；是非只因多开口，烦恼只因强出头。

　　哈哈，在《圣经》里，也有与佛教相同的告勉，我记得雅各有一段话对我们这些不谙世事的俗人说：看哪，最小的火能点着最大的树林，舌头就是火，在我们身体中舌头是个罪恶的世界，能污秽全身，也能把生命的轮子点起来，并且是从地狱里点着的。

　　你看，舌头，可恶的舌头，报了警，还四处招摇，生怕别人不知你见义勇为了，可是，你是个懦夫，你害怕，你丑态百出，你是个缩头龟，已经不是这个世界的对手了。

我吃了大量的药，昏昏大睡，这样睡了四天四夜，好像没有动静，听姑父说，那些人可能放出来了，楼下老板也可能给他们结清了账，似乎没事了。

我试探着下楼来，揣着那把藏刀。我下楼来的第一天，我老婆从省城来看我了，给我带来了一些药，还带来了一些书和杂志。

我的老婆说我的脖子消肿了，说我的眼球回缩了，说我开始长胖了。我知道这是宽我的心，我给老婆开玩笑说："我只是脖子胖得有点像刘欢。"

我看着老婆带给我的一些书，从这些书里我在想着知识分子的一些写在纸上的小聪明，一些愤怒和讽刺，而在内心激烈的怎样稳妥地保存自己的斗争中，已经无法直逼正义。是的，在我们的内心，每当遭遇到什么时，我们会把自己搬来搬去，苟全自己的企图，消磨掉许多让生命大放光彩的瞬间。一个环节套着一个环节，才使我们如此黯淡了，如此优柔寡断，遮遮掩掩，冠冕堂皇，没有了可以振振有词生活下去的理由。

我还是吃着药，并注释我的明代散文小品。

警报解除了，这样，我又试着穿过铁路和菜市场去报栏看报纸了。我的疗养生活又恢复了规律。我的规律是，十点钟出外走走，看隔日的参考（这里只有隔日的参考），中午吃饭后雷打不动午休一个半小时，大约四点半钟再下楼去走走，看当日的晚报。

刚开始的几天，我还带着藏刀，以防不测，以后，慢慢地我就不再带那玩意儿了，当衣裳单薄的时候，带着它，刀柄露在口袋之外，十分扎眼，而我趿着拖鞋，完全像一个歹徒。有一次，我带着藏刀到旅社后面的小街上去理发，躺在理发椅子上刮胡子的时候，刀竟然从裤口袋里掉出来了。刮胡子的是个女孩，给我捡起来交给我的时候声音都变了。问我带刀干什么？我说防身的，没办法，跟人结了孽。我为自己这种神经过敏的举动感到好笑，一个月后，证明我的人身安全不会受到伤害了，我就几乎把这事忘了，刀也放在了枕头底下的棉絮里。

这样平心静气地又过了一个多月，疼痛有些好转，也不时常心悸了，特别是双手不怎么颤抖了。姑姑说：只要情绪平稳，这病没事的。我说但愿如此。我的姑姑就是像布袋和尚一样的人，心宽体胖，能忍则忍，唾面自干。她虽然不懂佛法，我以为她已经成佛了。她就像一位菩萨。《六祖坛经》中的慧能大师说：若真修道人，不见世间过。这样的人，天下众生都是她的朋友，连虱子臭虫都是他的朋友。这个世界是没有过错的，有过错的是你自己。我想，我是不是要向我的姑姑学习，快六十岁的人了，从来不知道医院的门朝哪边开，无灾无病，真是佛相啊！

然而深秋来临的某一个晚上，我的姑姑将她长期以来的宽厚的笑声变成了尖声的哭喊。

我前面说过，我的姑姑爱打点小麻将，她的牌友除了街坊外，就是铁路那边工厂的几个退休大嫂。

这已经到了秋凉的时候，气候分外宜人，每天我都在蟋蟀的叫声中进入梦乡，秋风对我这样的养病之人来说，像音乐一样，而远山的金黄色和天空的高远，都对我的情绪是一种含情脉脉的抚慰。

秋天是忍耐的季节，佛经说，忍字是一种阴德，可以增加福报。在《圣经》的箴言里神告诫我们：不轻易发怒的胜过勇士，制服己心的强如取城。

秋水平静了，天空也不再电闪雷鸣暴雨成灾，树林不再疯长，草也在默默地向冬天让步。月亮是无比的明亮，明亮而理智，以温和的表情向我们暗示她内心极致的清澈与欢悦。而在这个晚上的十点多钟，我的姑姑用电筒照着被露水浸湿的铁轨，菜市场的臭气正在秋夜中慢慢消散，她的心情跟月光一样好，她还在想着刚才最后一个大和，一个清一色，每人应该给她十五块钱，可最后，她没有要，她是个赢家，她已经有一百多元的进账了，她的手气总是很好，都是几十年的老姐妹，搓麻将是好玩，她对她们说，她不想让老姐妹输得太惨。她是一个心肠很软的人，也是一个会装糊涂的大方人。就这样，她踩着空无一人的铁路凯旋了。

她发现有人挡住了她的路，这是从没有过的。她还来不及弄清楚是什么人，要干什么，她手上的两个戒指和耳朵上的一对耳环就被抢走了，当然，还有兜里的两百元现钞。一共损失约两千元。

那时候，我已经洗漱了准备就寝，躺在床上读着一本韩彼得牧师写的《佳美的脚踪》，在读到第九十九页，我看到了这个牧师疾恶如仇的滚烫句子，正合我心，他说："揭露这世界上的一切不正义的'非'，我们对于侵略，对于剥削、奴役，对于种族歧视，对于欺诈、骄傲、自私……是坚决不能赞同的，我们要反对这些！因为它们与《圣经》中神的真理不合，与人类的良心也不合。"

好，这个爱憎分明的基督徒，我终于第一次在宗教书里看到了与忍耐唱反调的字句。这时候，就听楼下传来了我姑姑尖声的哭喊。

我以为是姑姑犯了什么病，或者与姑父打起来或者碰到了开水与电流。我飞快地下床，开门，跑下楼去。

我看见我的姑姑涕泪横流，跌坐在地上，我的姑父扶着她，他们的儿子，十七岁的都都也在一旁。

"究竟是怎么回事，你说话呀！"姑父说。看来姑姑刚从外面回来。

"我的妈呀，我不活了，我不想活了。"

"你说话，怎么啦？"姑父说。

"我被抢了呀，全抢去了呀，几个小狗日的抢光了呀。"

我们这才看到，姑姑的手指上和耳朵上全空了。

姑父问明地点，拖起一根木棒，唤了他儿子都都。都都拿来了一把斧头。父子俩出去后，姑姑也跟了去。我想要先报警，于是我赶快拨通了110，然后，我飞快奔到楼上，摸出藏刀，这时，楼下的餐馆老板和一名旅客也站在那儿，我让老板给我拿来了一把砍骨头的砍刀，然后让他们帮忙在楼下看着门，便手持双刀朝菜市场跑去。

铁路空旷，菜市场寂静，何曾有一人？我赶去时姑姑一个人坐在铁路上还在低泣，姑父与都都向歹徒跑的方向追去了。我看着表，等待巡警的到来。

等了二十分钟，巡警才赶到。因为汽车的声音，姑父和都都也过来了。他们显然没发现劫匪。两个高大魁梧的巡警并不急于往我们手指的方向去追捕，只是细细询问或听姑姑的含泪讲述。警察说这肯定追不到了，警察说他们还会抢的，肯定会案发，你们别急，只要逮住，抢一次判三年，等破了案我们会通知你们。警察办完这一切，摇摇头，上车走了。

这时候，在没有结尾的劫案发生后，我无法忍受警察的公事公办。姑姑一家都没说什么，都很平静，连姑姑都平静下来了，她的惊吓是厉害的，她一定是平生第一次遇到此种情况，她的"不想活了"的叫喊一定是发自内心，是在极度绝望和伤害之后的一种对生命的感慨。

我让姑父扶着姑姑回家去，因为都都明天要上学，我也让他回去，我说我去那边寻寻，我想那些家伙不会走得太远的，看他们躲在哪个角落。姑父说算了，你在养病，也早点休息，算了算了，舍财免灾。

"老子要杀了他们！老子非得要找到！"我咬牙切齿地边走边对姑姑一家说。我右手紧握砍骨头的刀，腰上插着藏刀，左手打一支电筒，在大约十一点四十分时开始了寻找。

我穿过一片树林，搜查着他们有可能藏身的地方，黑黢黢的树林完全可以是强人出没之地，我查遍了每一蓬树、草，都没有。那时候我没有了害怕，不懂害怕，而平常，我一个人白天也未必敢到这个树林里来。没有了害怕，因为仇恨烧灼着我，现在，我想，就是魔鬼来了，我也要把他劈死，三个歹徒若真被我寻见了，我要把他们砍成肉酱才解恨。就这么，我到宿舍区，到居民区，看一些深夜亮灯的窗子，看深夜还在营业的小餐馆和小发廊，看出租车，细看任何可疑的人。我拿着砍刀站在一辆出租车前，看见出租车司机和旁边的一个押车人打亮了车顶的"出租"灯盒（表示报警），发动了汽车便飞快跑掉了；我在一个小发廊二话没说就冲进里面的按摩房，吓得一个按摩小姐和一个老嫖客赤身裸体地从床上惊起。

在一个副食店门口我问一个中年妇女是否看到过三个小青年从铁路那边走过来，中年妇女摇摇头，我讲了遭抢劫的事，中年妇女说：前一段时间这铁路边是抢疯了，白天都抢。我说是哪儿的人，中年妇女说不知道。

凌晨三点，我一无所获，攥刀的手都捏出了水。我以菜市场为圆心，在这方圆数百米的地方转悠。此刻天下大睡，到处听得到人们的鼾声，我却像一个游魂，在铁路周围寻找着恶人。

过了一会，一辆不眠的火车开过来了，这种老式的货车使我陡然想起四十年代的夜晚，也是在老粤汉铁路上行走的一支复仇队伍，他们三五成群，专门爆炸日本鬼子。这个爆炸小组，曾炸死过日军的少佐小田次郎，将日军的弹药车数次炸到空中，使得粤汉铁路经常中断。这个爆炸小组的组长是淞沪之战八百壮士中的一位。在爆炸的行动中，他经常唱着《八百壮士之歌》，在铁道线上神出鬼没，最后因为配制炸药引发爆炸而光荣牺牲。他们复仇的对象很明确，是那些侵略中国的日本鬼子。我呢，我在这盲肠一样来不及割掉的老铁路线上，要找谁算账，要砍下谁的脑袋？那些朦胧模糊的歹徒的相貌，我真能认出来吗？

结果一连几天的白天晚上，我看周围的那些小青年一个个都像心怀鬼胎、危害社会的抢劫犯。

　　我看任何小青年都像抢劫犯，有一天下午我在一个餐馆里看见三个猜拳行令喝得猴臀红的小青年，一口气跑回去拉来了姑姑，胖胖的姑姑跟着我到了餐馆，远远一看，摇头说不是。又有一天我看到了两个打台球的青年，又去拉来姑姑，姑姑说也不是。

　　另外一天我在臭风弥漫的菜市场盯准了一个推着自行车的小伙子，那人一看就是社会渣滓，极像姑姑描述的歹徒，我一路跟踪着，像国民党的暗探，一直跟到那人的家里，在一个住宅区的八楼，在楼下待了两个小时，最后怏怏而归。

　　还是说说那几个晚上的事情吧。

　　接连的几个晚上，我都在十点钟的时候准时出现在菜市场里，并且在四周游荡。我那些天唯一的意念是抓到歹徒，把他们绳之以法。然后在凌晨一两点钟时回来，为此我的衣裳沾满了露水，皮鞋也磨损污脏得软塌塌的。我握着砍刀，期待着那些家伙们重现。我想他们在一个地方得手后，总会再实施第二次抢劫的，他们总会出来。为此，我在家里练着刀子，想象着怎么砍他们的脖子，怎么用藏刀刺他们的腹部。我用一些过时的杂志练着刺、砍，后来找到了一堆包装电器的泡沫，把这些泡沫刺砍得成了齑粉。

　　我的姑父和姑姑严厉地阻止我，说你这样病会犯的，在我这里休养不仅病没有养好，还给加重了就难办了。两千块钱怎么能抵得上你的身体呢？再则你抓不到的，你这单薄的身体，真是遇到了你不是那些人的对手，那些人心狠手辣，为两千块钱千万别干傻事。甭说那三条命，他们就是三十条命，能抵你一条命？划不着。他们是些社会渣滓，猪狗不如，而你是省里的大教授。

　　就是这样，我的意志开始软下来了，人就是一口气，气散了，就有些害怕。我真的杀得赢他们？我的刀能刺中他们的要害？能刺穿夹克到达皮肤再进入腹腔？你还没有出刀他们就拽住了你芦秆似的手。或者他们早就在暗中注意了你，哪天使一个绊子把你装进麻袋丢进湖中，又增添了新的疑案。而你真用得着用你的这条命去换那三条禽兽不如的性命吗？

　　还得说说我的病，那几天我因为专注于寻找歹徒，竟把病忘了，连吃药都忘了，哪儿也不疼痛。当我决定不再夜里出动，准备放弃寻找的努力后，疼痛又回到了体内来，我的眼睛已经成了金鱼眼，脖子越来越粗大，两只手在安静时也颤抖得厉害。这样拿着砍刀砍什么人呢？哆嗦啊！

让我放弃寻找的想法还在于姑父一家和邻居们对派出所的分析，这样的案件是很难破的，除非那些人因别的事撞在了派出所的枪口上，而且还要主动交代，如果他不主动交代，你也没有办法。警察不可能因两个戒指来这里埋伏，比这大得多却没破的案子多的是，据知情人说，好多杀人案也破不了，偷窃、抢劫点随身之物简直挂不上号，除非抢劫的是银行，那就要集中警力破了。另外，他们说，就是破了，你能追回那些戒指耳环？早被他们挥霍了。

我晚上不再出去，但是我依然难以像过去那样准时入睡，我总是在十点多钟时关掉电灯，坐在窗口的桌子上，望着远处的铁路和菜市场。我的窗口正对着那个地方，那个地方还有一盏鬼火般的路灯。

我找表弟都都借了一个小望远镜。我在自己的房间里，在黑暗中用望远镜对着那个姑姑遭劫的地方，有人走过我的望远镜就跟踪着他（她）们。

我不能看书，不能编注我的那本《明代散文小品精选》，一点心思都没有。这样我依然只能在凌晨一两点钟才上床就寝。

过了两天，来了一个警察，是这儿管片的警察。因为我姑姑的旅社是特殊行业，时常会有警察光顾，他们是来检查旅客的身份的，看有没有在这儿隐藏的犯罪分子，有没有在这儿聚赌的、淫乱的、吸毒的，等等。

警察来敲我的房门，我开门后先是一惊，但发现姑姑陪着他一起来的，我就知道了是来随便查查的。看到了警察，我就对姑姑说那事正好给他说说，警察问是什么事，姑姑忙说就那个事。我说是我姑姑被抢的事，现在还未破案。警察说这一带是城乡接合部，治安差一点，而且流动人口多，你们要学会自我保护，晚上最好别带贵重的东西出门。并说如果发现情况可以随时拨打110，也可以打他派出所的值班电话，于是抄给我一个电话。

我不甘心。晚上的观察成了我生活的一种惯性，在夜深人静时我就会拿起望远镜，坐在堆放着许多宗教书籍与明代古籍的书桌上，呆呆地观察着那个铁路和菜市场的动静。

功夫不负有心人。过了几天，我就发现了每到十点多钟的时候，那盏昏暗的路灯下就会出现一两个半大糙子的身影，他们鬼鬼祟祟，抽着烟，不声不响，有时候在路基上走，有时候蹲在地上，有时候往工厂而去，有时候又往一条小路而去。

　　这个发现使我的心又变得敏感而激动。我叫来了我的姑姑和姑父。我的姑姑老眼昏花，用望远镜细细地看了，却似是而非地摇头说：记不住了，完全记不住了。姑父也不表态。当我又想去报警时，我又考虑如果他们不是坏人呢？你没抓到赃。只有等他们动手抢劫时。但你那时再报警，这城乡接合的地方，路又窄又破，等警察赶到，还不是让他们逃之夭夭了？

　　我和姑父就只好等着他们下手。但没等下手，他们又消失了。

　　下一个晚上，他们又出现在那儿，好像还有个女的，也是个半糙子。好了，有人走过，但是个男的，男的没什么可抢。

　　我和姑父在肯定和否定之中坚守着岗位，一定要抓住他们的把柄。这一天我的表弟都都上楼来，大约是要问我一个古典文学方面的问题，他正在读高三。我问清是谁开了门，都都进来，拉燃电灯，看到他父亲高高地坐在桌子上，敞开着窗口拿着望远镜，发出了轻蔑的一笑，轻描淡写地说："你们不要看了，不是他们。"

　　姑父看着自己秀气的儿子，说："你怎么知道？"

　　"我当然知道。"都都说。

　　"那是谁？"我问。我盯着这个高三学生，他有些成熟，又不怎么成熟，下巴上长着几根没修剪的长长的胡子，不细看还看不出来。

　　"我不能跟你们讲。"

　　他问了我一句古文的翻译，就离开了我的房间。

　　"喂，都都，你没讲，究竟是谁？"姑父对着他下楼的背影喊。

　　都都没有回答。

　　他知道？他怎么不说？他是什么时候知道的？

　　这些问题简直太奇怪了。我忙要姑父下楼去问，我们收了望远镜，我们从桌上撤下来。

　　楼下传来了姑父和他儿子的争吵声，后来就平息了，就睡了。

　　第二天我问姑父，姑父无可奈何地摇摇头，他说都都不讲。

中午的时候，我抓住了机会在都都的房间里问他。他说我肯定不会讲的，打死我我也不会说。

"为什么呢？"

"说出来我的爸爸妈妈就要去找他们，到时候还要作为受害者作证。他们总有一天会知道是我说出的，我怎么办？他们来个取保候审，出来了不要报复我们？你就是抓，也不能把他们全抓完，没抓的，也会来报复你。"

这个都都，他什么都知道，他比我懂得多。

"那么，"我说，"那些人你怎么敢肯定？"

"算了吧，"都都说，"我们学校的几个渣滓跟他们玩得好得很，天天在一起喝酒，他们不仅专抢这铁路一带的金银首饰，还撬保险柜呢……"

都都的学习成绩很好，可是在他的周围发生着什么事呢？他的心里装着数理化，装着思想政治，还装着哪些让他恐惧的东西？装着社会的另一面，让他自我思考自我化解的一些东西？

他的所有的道理都是对的吗？这些道理从撬保险柜、抢自己母亲的财物到不能检举，他要走多远的路？可他才十七岁。

姑父和姑姑对这一切情况都知道了，他们说那就让他们去吧。他们说：那些人真把我儿子搞一下，我就完了。他们只有一个孩子，这个聪明的孩子是他们二老的所有希望。而且，这孩子高考肯定能被录取，极有可能被录到一流的大学。

我把砍刀还给了厨房。

我把望远镜还给了都都。

我的心情突然平静下来，突然像退水的秋江，瘦成一条绳子，甚至有点麻木和懵懂。对，是懵懂，不是茫然，茫然是带感情的，而懵懂却是傻里傻气。

我现在傻里傻气地平静，我坐在床沿边，看着桌上的那些书，看着编注了一半的《明代散文小品精选》。书商说，这是一套"怡情养性丛书"。书商说，要抓住读者的阅读心理，现在我们这个时代大家的思想都非常的闲适，心里都非常的恬淡，大家需要的是消闲。是的，是闲适，是恬淡，情绪十分的平和，当他们知道事情只能如此之后，只好把自己弄得闲适一些为妙。佛经上说得好："上士闭心，中士闭口，下士闭门。"闭心者才是高人啊。

　　我看见我的这个高中生表弟也成了高人，为了不让其他的烦恼打扰，一心一意地迎接夏季的高考，他知道怎么才能成为高人——上士。而我这个在职称上的"上士"比闭门的下士还不如呢。

　　我十分萎靡地跨过铁路，走过菜市场去看报连带散步以散心。在经过这个让我愤怒和不平的菜市场时，我几乎目不斜视，我已经看不到谁在那儿摆残局，谁在那儿剐青蛙，谁在那儿揍人了。我看不见欺辱、骗局，看不见强人的洗劫，看不见臭水和腐烂的鸡肠鱼肚，当我践踏了一脚的臭泥回家，我在自来水龙头前冲冲。我是不是"不见世间过"了呢？我是不是磨好了性子？是谁教会了我呢？是一个十七岁的高中生，马上将毕业将考入我的那个大学即将成为我的弟子的小孩？

　　我还在想这些事情的时候，我的姑姑似乎早就忘了她曾有过这么一次痛苦而恐惧的经历，她依然哈哈地笑着，依然去搓小麻将，依然胖，眉目间没有惊吓的阴影。我的姑父也从不提这个事了（他真是个好丈夫）。都都正在好好地学习，要我时常教他一些古汉语的译法和怎样写高考作文。

　　我开始静下心来读宗教书，并加快了编注那本明代散文小品的进度。自觉身体的病症好多了。

　　冬天来临了，我在电暖气旁，偎在一把躺椅里，膝上盖着一条毛毯。郎浦市的雪下得宁静无声，四野莹白，雪有时候覆盖了铁轨，覆盖了菜市场的喧嚣与污秽，就这样，当我去看报纸的时候，踩着路基上的积雪，我的心还是很优美的。

　　我的优美使我的许多思绪也美丽，我想到这个铁路当年通到长江边的时候，一节节的车厢竟是用船渡过去的。这些车厢被解体，它们在波涛中驶向对岸，然后到了对岸又被连接成一列火车，然后又向远方驶去，驶向北方的原野，驶向京汉铁路。这些景象当年一定十分的奇异、过瘾，就像神农架的一种百节虫，在受到伤害时自动解体，后来又自动地连接起来，成为一只完整的虫子。这景象如果在电影中出现，那就太美了，可惜还没有一部电影这样来再现当年火车过江的景象。

　　当我疗养期差不多结束时，我的那本书也编得差不多了。我到这个市的医院去重新检查了一次。令我惊喜的是，我的 T3、T4 完全正常了，T3 为 3.32，T4 为 14.96。这儿的医生说："你没有问题嘛。"

我还是开了一些药，吃维持量。

　　医生说我没有问题之后我当然非常高兴，人都轻松了一大截，我摸摸脖子，脖子的确消了些肿，我抬抬手臂，双手好像没有明显的颤抖。回到姑姑那儿，在房里细细照了照镜子，像打量陌生人似的仔细审视我这化验指标正常的人，但是，我无法欺骗自己，我的眼睛鼓凸得十分吓人，那一对僵直的眼珠，就那么瞪着，从镜子里瞪着外面，简直像个愤怒的瘪三。

　　在一个夕阳西下的晚上我顺着铁路走向长途汽车站，准备乘这晚的班车回到我的省城。这已经是春天了，铁路两边的草亮绿得让人直想流泪。我的眼睛开始迎风流泪了，因为凸出，长期地暴露在外，得不到上下眼睑的滋养。我走着等距离的铁轨，有时候闭上眼睛也不会踏空。

　　身后的菜市场依然充满了乱糟糟的活力，依然人头攒动，人们趁着天黑前，在拼命抢购着食品和蔬菜，以便备下丰盛的晚餐。

　　那些被打的、被骗的、被抢的都过去了，我不过是个局外人，有什么值得耿耿于怀的呢？

　　一辆老式的蒸汽火车开过来了，我让下路基。我看它开过，听着它巨大的连续的声响，金属撞击与拽动的声响。我想起一首小时候念的儿歌："火车火车我不怕，我跟火车打一架。"火车头已经开过去了，铁轨和枕木的痛苦蹂躏又渐渐平息。我想起那首儿歌，傻乎乎地笑了起来。

# 九月的故事

一

"乜五。"乙宝说。

"什个？"

"那好像是。"乙宝说。

"哪搞？"

"像是。"

"哪么不是！"乜五说。乜五是他爹。

他们卷起裤腿蹚过一条沟去，担子把乙宝的屁股打得一撅。

他们来到高坡上，高坡很干燥，爬满了密密的马鞭梢和车前子。太阳挂在田野上，田野上有一棵孤零零的蓖麻，很瘦。前面的沟汊里流荡着牛屎和沤黄麻的雾气。

他们看见了很远的地方有一些黑房子和白灰灰的树。房子是敞篷的，只看得到房顶，像悬在空中。几孔露天灰窑冒着袅袅娜娜的烟子，很安静。几辆汽车从中间穿过，听不见声音，却浮带着一线灰尘。

"还有公路。"乙宝说。

"那是往沙市去的。"乜五说。

"那头呢？"

"不是常德吗。"

"带我到这里来！脚都走起泡哒。"乙宝脱下硬帮鞋，倒里面的灰土。

"脚皱得这样，用涎水滋滋。"乜五扫扫儿子，说。

"三天哒。"乙宝说，就吐出一点口水，动手往脚上抹。

"搭不到车，招手别个不停，哪搞咧？"

乜五掏出袋里的发饼，乙宝伸手就拿。乜五说：

"去洗洗手。"

乙宝说："哪么龌龊？"

乜五说："去洗洗手，搞起像半个月没洗脸的哒。"

乙宝拍拍屁股，解下扁担上的黑毛巾。从沟里懒懒地洗了头脸上来，坐到他爹面前，吃起发饼来。发饼很泡软，吃着饼屑直掉，中间还有一点红的，乙宝留着不吃，吃外面的圈圈。他其实不哪饿。

"要点豌豆哒，好好的天气。"乙宝说。

"棉梗还没扯尽咧。"乜五说。

乙宝跟他爹乜五在家里中耕了两天，乙宝又要去扯棉梗，乜五说：

"让你妈跟冈妮在屋里闹，我们到新口窑上去。"便给他一个担子。丁是乙宝就出来了。

"宏斌也在这里？"乙宝抬起头，问。

"哪搞？"

"他在这里？"乙宝突然不太相信，并且很吃惊。

"他搭信要我来的。他搭了三次信。他跟窑上的河南帮打了一架。"乜五说。

"狗日的。"乙宝说。

乜五的话说完了，他只当没听见，打了个懒嗝，拿出烟来点燃一口口品，吐出很细很长的烟子。

"狗日的。"乙宝骂。

"吃冲子哒！"乜五不耐烦地把烟丢在沟汉里，站起来。

"狗日的！"乙宝眼睛翻血。

"狗日的。"乙宝也挑起担子。

本来可以多坐会的，筋骨才刚刚松。乜五打前面走了，他也只好走。他的担子很重，还有口小木箱在担子前头，是老式铜锗，挑起来咯吱咯吱响。

"跟老子吃多哒，骂个什逼咧！"乜五教训说。

"我捅他祖宗。"

"你敢当了他的面捅？"乜五也火了。

"你以为我不敢?"乙宝说。那架势,想把担子扔到沟汉里去。

"你敢,你敢。"

"我当他面捅得更狠些。"

"个杂种。"

"你以为我不敢。"

"你过去就哪么没见捅咧?"乜五倔强地说。

"他一招,你就来哒,像匹狗。"

"那是为了赚钱。赚钱给老子一个人用的?买烟喝哒?"乜五说。

又说:"老子不晓得在家里享福?老子没生享福的筋?"

见儿子没辩嘴了,转过头来严肃地说:"见了宏斌,少跟老子来这套。讲枯狠,值逼用。"

"那我就动刀子啦?!"

"越说越邪!"

"他把我哪么搞,他还什个狠?他现在还是民兵连长,老子……"

"个杂种。"乜五苦笑一下,走下沟汉去。

乙宝嘴上沾满了唾沫,风一吹,枯得难受。他抓起一块土疙瘩,朝旁边打去,草丛里飞出一只蓝雀,惊叫着无影了。

宏斌搞了他老婆冈妮,也就是乜五的儿媳妇。宏斌搞冈妮的时候冈妮还不是乙宝屋里的人,冈妮当初才十三岁。冈妮说搞了,宏斌说没搞。冈妮有一天到湖边去寻猪菜,守芦苇的宏斌看见了,就说,这里有蛇,我带你到没蛇的地方去寻。冈妮怔怔地跟着宏斌走。走到一块空地,宏斌说,有坏人,现在到处都是坏人,我专门来抓坏人的,快躲到我怀里来。宏斌扯了几把菟丝草垫在下面。后来宏斌把冈妮搞了。冈妮回去对她娘说,宏斌把我搞哒。她娘说,搞哒哪里?冈妮说,下面。冈妮爹就拿一把斧头去杀宏斌。宏斌没杀着,把宏斌家一头糙仔猪砍死了,还砍了两个窗户。宏斌躲了两天出来,就召集民兵雄赳赳地去捉冈妮的爹,冈妮的爹也躲了两天,躲到乜五的屋里,哪个都不晓得。宏斌说是诬陷,对共产党的干部不满。说捉奸捉双,拿贼拿赃。说冈妮的爹是报复,过去罚了他的款,怀恨在心。冈妮慢慢长大了,冈妮的娘就说冈妮没这回事,瞎说。冈妮的爹早死了。后来冈妮就成了乙宝的人。

乙宝故意走得一歪一瘸、软皮拉浆的,扁担横过去又倒过来,木箱子碰得脸盆哐哐响。

"我要屙尿哒。"乙宝狠狠地说。

乙宝把担子歇在土坎上，抠出米冲着一个蛇洞猛尿。

"听着，乙宝，"乜五放慢脚步，"这不是在家闹那几亩田，灰窑的，山南海北的人，尽是比你狠的角。"

"我只骂那狗日的宏斌。"

"不许宏斌、宏斌。"

"你哪么跟他撮一起挑石灰?"

"石灰是石灰，不许嘴里叽叽咕咕的。"

"恨在心里。"他又说。

他今年三十八岁，他十八岁生乙宝。他那时还什么都不知道，乙宝就从他娘的肚子里掉出来。乙宝小时候喜欢抓鸡屎吃，还喜欢喝洗脸水，乜五觉得很好玩，就不管，结果乙宝读了五年书就再也读不进去。现在一蹲，蹲得跟他一模一样了，比他还厚实，一双手牛掌大，头发粗硬。乜五觉得能生这么粗大的儿子是很在味的。他没有哪桩不满意。只是儿子的嘴像他娘，大得无理。大嘴倔。他娘动不动就往娘家跑，招娘家的人来骂他乜五，现在接了媳妇还这个样。

大嘴也憨，乜五想。就说："乙宝，到哒洗个澡，把头发剃剃，头发长哒生火。"

"没得火生。"

"见了宏斌就说好，不说就笑笑，不就过去哒! 个杂种。"

又说："跟村里一样。"

乙宝说："村里还哪些人咧?"

乜五说："这里还不是一些人。"

乙宝说："村里我闹自己的田事。"

乜五说："这里还不是各闹各的。"

乙宝说："你把它说得蛮好。"

乜五说："也不是好玩的，呛死过人，弄到眼里眼睛瞎，不要闹个残废回去。"

乙宝说："我是个小伢!"

又说："乜五，闹到几时回去?"

乜五说："冈妮没怀啦?"

乙宝说："没怀。"

乜五说："未必还国庆回去! 看元旦，春节。"

"好长。"乙宝说。

"窝都没坐热就走? 才出来三天，你是哪搞的?"

"不哪搞。"

"不哪搞就好。"

又问："冈妮没吩咐你几时回去?"

"她吩咐什个!"

"赚几个钱，乙宝，"乜五说，"过年的时候买一台电视机，腊月三十的到别个家去看不好。冈妮说还要把她爹的墓修修，她没跟你讲么?"

"讲哒。"

"也要钱。现在都兴修墓!"

"这大的礼性!"

"好歹是你丈老倌咧。"

"与我屁相干。"

"又说憨话。"

儿子跟在他身后。儿子离不开他。是不是儿子跟他一起就像憨宝，离开他之后就乖些呢? 说不准。儿子比他年轻一大截，儿子不应该太像儿子，儿子应该像他爹，像他乜五的爹，他慢慢老了，他慢慢要觉得后代是个依靠。不过他乜五现在还不老，正当壮年，但他不得不想以后的事。他瞅瞅儿子的一身红肉，有点嫉妒，有点恐惧。"乙宝，学得见人一脸笑。"他口气软稀稀地说。

"晓得哒。"乙宝在后面说。

傍晚的时候，他们闻到了辛辣气闷的石灰味。一条狗在圆石头码的篱笆里朝他们叫。

## 二

"乙宝，在这头装。"

他听见宏斌从山坳子里伸出一个头来喊他。宏斌的衣裳敞开着，襟摆蒙着一棵马尾松枝丫，牵牵绊绊的，宏斌又扯着衣裳喊："乙宝，在这头些装。"

宏斌解了半天。

他是想：就说石头挡住了，那边的炸炮声震得耳朵嗡嗡的，我就装没听见，哪搞呢？

"宏斌。"别人在喊他。

乙宝感到一阵高兴，有几块石灰很顺手就丢到架子车里去了。乙宝很高兴，他偎在一个四周有石头的地方，架子车放得很平。云很高，几棵马尾松在山顶晃动。乙宝的钢钎插得很深，一撬，就噗噗地松垮下来一堆，有一块滚到他脚上，出了点血，风一吹，血干了。他下劲的时候露出一截肚皮来，凉丝丝的。他想把架子车推到窑上去，他看看也差不多了。

"乙宝，"宏斌又揪出头来，并且叼烟，"刚才四川的走哒三个，走哒三个，是三车。"

又说："乜五要你吃猪耳朵去，还喝汽水。是你爹呢。"

乙宝把钢钎插得更深。他运了一口气，还是撬不动。

"我撬不动就完哒。"他想。这时他看见宏斌的一辆车子很高，石头下坡的时候要砸着他脑袋。

"砸着就好哒。"他想。然而发现宏斌也转过头看他，他便吭吭地撬。

宏斌停下来说："到嘴的肉不如吃屎的运。"

乙宝没有去吃猪耳朵，他到后山背角的一个空料场去撒尿，那里有一辆下了轮子的手扶拖拉机，像牛那样趴着。

"我们在这里上。"那几个四川佬对他说。

他这才发现他们偎在架子车里抽烟。其中有一个站着。另外一个场子里就是河南佬了。站着和偎着的都很矮，把烟嘴抽得很湿，穿蓝衣裳，这就是四川佬了。那个场子的都大黄牙齿，都戴帽，帽檐软叽叽的，他们是河南佬，乙宝决定说。

"乙宝，宏斌吃了猪耳朵。"四川佬说。

"啥子？"另一个四川佬问。

"宏斌。"四川佬答。

乙宝发现他们没有看他，就到下了轮胎的手扶子后头解裤子。唰唰地尿，紧张地瞅四川佬那一坨。

"你们在这里撬?"他在太阳下打了一个尿噤。

"要拐个弯。"他又说。

"啥子?"

"那边打炮。"他说。

"那是打炮的事,相我们啥子干。"四川佬更懒了。

他喜欢这些干瘦得像猴子的四川佬。他翻过石墙去,想抄近路。

一个河南佬站起来就给他递烟。

"嘿,早晨你就拖了五车,中!"他们佩服地说。

"我不吸烟。"乙宝说。

"我们,"他们互相看了一眼,有一个还抿住长牙齿,"把宏斌捶了,"他们说,"你还没来。"

他们在试探他。

"哪个的坨子狠些?"他把手握成一团说。

"坨子?"河南佬说,"坨子?宏斌拦车一个人上。是半夜的,我们起来撒尿才看见,四川那边睡得远,我们近些,就把他捶了。"

"我不喝烟。"他又推托。

"都是在外面混的。"他们跟他解释,围他成一堆。

乙宝看见四川佬那边自顾了装车、撬石。没朝这边管。

"大路朝天,各走半边。"乙宝说。

"我们也这么想。"

乙宝往外面走,他们就慢慢散开了。

"婊子养的。"等他们听不见的时候他骂。他找了一句湖北最洋的话来骂,这是武汉城里人骂的,他才这样骂。

"外乡佬。"他心里说,很好笑。

"婊子养的。"他发现很有意思,便这样骂了。


"石灰不是钱么?"宏斌说,"前些年,这里还是乱葬岗子。"

宏斌说着,乜五就去扯鞋帮,铺后面是个铧犁,乜五直打直打,灰噗噗地溅起来。

"把窗户开一下就好哒。"乜五说。

"乙宝,外面有拦新姑娘的车,故意不让。"宏斌说。

340

"闹什个?"乜五说。

"窗户太小。"宏斌也说。

"就这工棚还好一点,我让给你们哒,我住窑主的窝棚。"宏斌又说。

"当大路。"乜五说。

"反正晚上精明点。别看四川佬不管事,他们看我们闹,跟河南的闹跑哒,窑就归他们哒。四川佬!"宏斌气愤地说。

"不怕咧。"乜五安慰他说。

宏斌更加诉起苦来:"我的骨头还在疼,这里——砍了我一扁担,这里——挨了两下,这里——也不舒服。他们人多,我们才几个,我没让他们占好多便宜,我撒灰,我抓起石灰来朝他们脸上撒,他们也有一个差不多眼睛瞎哒。"

"你好冒!"乜五说。

"我不冒哪搞?我不冒要被打死,我是好惹的?"宏斌说。

乙宝偎在被窝里,他听见了宏斌说抓起石灰来就撒。乙宝很热,心怦怦直跳,他有意不让灯光照见自己。他坐着,把手垫在屁股下头。这时宏斌靠着一根柱子,宏斌依然扎着当民兵连长时的宽皮带。他眯着眼看宏斌的眼,宏斌一副败象,头发里尽是白灰。

宏斌出去了,乜五就说:"吃猪耳朵。"

乙宝说:"打是活该。"

乜五说:"打得不轻。"

乙宝说:"宏斌狗日的,像个鬼哒。"

乜五说:"我们那方共来哒五个人,宏斌人家是工头。工头赚得多,挨得多,还跑路。"

乙宝说:"狗日的还是干部?"

乜五说:"你去干啦?!"

乙宝说:"我才不干。"

乜五说:"量体裁衣。"

乙宝说:"你干不比他强?"

乜五说:"你都照管不过来。"

乙宝说:"哪个要你照管哒!"

乜五说:"吃猪耳朵。"

乙宝说："婊子养的。"

乜五说："你骂哪个，又是哪个沾了你什事？"

乙宝说："当然是骂宏斌，我骂婊子养的。"

乜五说："那你明天回去。"

乙宝说："我不回。"

乜五打了一个呵欠说："你骨头长紧一点。"

乙宝说："那看啦。"

乜五说："那看啦。"

乙宝躺下来。"看他把我哪搞！"他想。

收工的时候宏斌从小路上来，担着一双鞋子。第三天乙宝就开始恨他了，他看见他担一双鞋子，见了乙宝不是哭不是笑的，说："你们来哒就好哒。"又说："人不是布咧，有时候不出点麻纱？你们来哒就好，互相帮扶，看哪个还敢动动？窑安在湖北咧，一块儿的人，看哪个还敢动动？"

乙宝说："你吃哒猪耳朵。"

乙宝想走，躲开他，乙宝想到他爹乜五的身边去，他看见乜五就不想看见宏斌。宏斌是个怪呢，他想。

"我吃给他们看看，他们挑唆我们的人说我贪哒账。乜五是清白的，乜五来哒就清楚哒，我拦车，还不是为我们大家都多闹几个，大家鱼大家吃。"

乙宝想走，宏斌说："四川佬胆小，河南佬讲横，哼，讲横，个囚儿！"

这是第三天的下午。乙宝看着宏斌嘴巴上干结的一圈白沫，就恨他了。

"你不也砍他们！"乙宝说。

"我不怕他们。"宏斌说。

"用镐镢！"乙宝示意说，"镢脑壳！"

宏斌恐惧地看着他："我不怕。"又慌慌地说："乙宝，我前脚走一步。"

"镢！"乙宝说。

宏斌是个软蛋，乙宝想。

夕阳里有一片雁声。新口到处是山冈子，到处堆着歪七竖八的石灰窑，到处冒着白烟。这是第三天的下午，乙宝跟乜五吃了点烟酒，他跑到山坳子里去拉了泡屎，看见一只白羊无根无由地瞎窜，也没鞴绳，咩咩地叫，乙宝下来就见宏斌提了一双鞋子。他把架子车还回工棚，看一群四川佬在场院门口用黑毛巾沾脸盆的水擂背，短裤，腿拐圈着。宏斌软球了，他想，宏斌还有一个宽皮带，可宏斌先软毯了。

"看你还哪样的狠？"乙宝兴奋地说。

## 三

乜五要把冈妮带来开酒馆。乜五晚上在床上掰着脚趾，说硬要把冈妮弄来，乙宝不敢相信，就不眨一眼地看着爹掰脚趾，乙宝看得很仔细，他在床铺的这一头。乜五说，反正现在田里没事哒。乜五说，很简单，把冈妮弄来。乙宝感到身壳子有些晃，头没处放。

"这是哪闹的？"他说。

"把冈妮弄来。"乜五说。

"这事也跟宏斌商量哒？"他问。

"关他屁事。"乜五说。

又说："乙宝，这不明摆着的吗，我们这棚子正好当大路。乙宝，你眉毛鼓起做哪门？"

乙宝说："我做哪？我怕好哒。腾出来，你睡哪里去？"

乜五说："我跟宏斌一块去滚地铺。"

乙宝说："又是宏斌。"

乜五说："四川佬要吃火锅，河南佬要吃面条，正好，冈妮正好。他们人多，他们有钱。"

乙宝说："我不让冈妮到这块来。"

乜五说："她一天到晚跟着你，还怕哪搞哒？"

乙宝说："就让她在家。"

乜五说："在家她还不陪着你睡呢，乙宝，你想好。"

乙宝第二天一早推着架子车出去，一天都打不起精神来，像掉了阳气。太阳刺得他的眼睛发辣，他困在石头缝里像一条蜥蜴，一动不动。上面的石头骨碌碌地滚他只当没听见，他搞了一头的石屑起来，撅着屁股才上第一车。

"冈妮。"他想，"我日他妈的宏斌。"

他把洋锹在石头上砍出一阵火星，口焦得冒火。

他那时在宏斌手下当民兵。宏斌不开手扶子却喜欢在禾场开手扶子玩。宏斌要乙宝在前头摇车，宏斌坐在驾驶台上。乙宝憋了劲去摇，摇得屁屁响，宏斌一挂挡就熄火了。乙宝摇了三次，宏斌就跳下来笑嘻嘻地抽出宽皮带在乙宝背上抽了一家伙，宏斌接过摇杆说："你真是你妈的一个宝。"

乙宝看大家都笑，也跟着笑，背上却火辣辣的疼。

"狗日的。"他心里骂，还是笑着。

乙宝走了好远才去拿手摸背脊。

"狗日的。"越想着背脊背脊就越疼。乙宝坐到一个土坡上看田里的油菜，都黄蕊了，沟旁长出了青草，禾场那边宏斌开着手扶子突突突地转圈。这时他看见冈妮，冈妮说："乙宝哥。"

乙宝没理她。

冈妮说："我割草呢。"

乙宝看着她的红布衫子，说："刚才宏斌抽哒我一皮带。"

冈妮说："日头偏西哒。"

乙宝说："冈妮。"

冈妮从他身旁急匆匆地走过去。

乙宝看她两瓣灵活的屁股，就站起来，跑过去拉住她。

冈妮左右晃着躲他的手说："天不早哒。"

乙宝终于抓住她，把手伸进红布衫子里去，抓住了其中的一个，死不松手，觉得软绵绵的舒服。

"刚才宏斌打了老子，狗日的，狗日的。"

冈妮就让他放下来，把身子用沟坎挡住。乙宝便把她搞了。乙宝很快活也很空虚，想想没这么简单。乙宝扎了裤子拍拍灰，头也不回地走了。

"乙宝哥，你就这样走?!"

乙宝回过头，看着提了裤子坐在沟里的冈妮，说："我不走?"

"乙宝哥。"冈妮蜷成一堆地哭起来。

乙宝想了想，还是屙了一泡尿。

"狗日的宏斌。"他高兴地骂。

"你究竟有几狠呢！你有哪样狠?"乙宝对着田埂问。

"宏斌搞生的，我搞熟的。"他想。

他这才回忆起刚才把冈妮的两个奶子放在手里搓的情景，十三岁还没有呢，现在膨起来了，还要膨。

乙宝感到背脊不疼了。

乙宝那天到塘边去唤鸭，又碰见了冈妮。冈妮在草垛扎柴把。乙宝站在她的跟前，她手停都没停一下，也不看他。

"冈妮。"他说。

冈妮动了下腿子。

"是宏斌抽哒我。"他说。

"你快些走!"冈妮细细地咆哮说。

"你不回去?"他说。

"乙宝，"冈妮说，"你先走。"

乙宝走了一截，跑过来，卡住她的双肩，说："冈妮，我亲亲，我亲亲。"

乙宝大口喘着粗气。

冈妮拿着柴把双手瘫着，死了一般。

乙宝不敢动了。

冈妮却马上一笑，拿两个柴把叉住乙宝的头，压过嘴来嗭地亲了他嘴一下。

"冈妮!"他喊，就把手去解她的裤带。

"哥。"冈妮在下面大腿发紧地唤。

乙宝放肆地压着说："宏斌也是这样搞的么?"

冈妮突然推开他。冈妮白了脸，扣上扣子。

乙宝说："这是哪样?"

冈妮恶狠狠地说："你提什个宏斌？我跟他没这回事。"起身抱了柴把就走。

"我今后再不讲哒好不好咧？我再不瞎说哒好不好咧?"乙宝在后

面说。

后来乙宝就把冈妮娶了。

乙宝把架子车搁在石头上，想：搞了她也不会承认，不搞她也不会承认，女人沉得住气，婊子养的。他心里想冈妮肯定是搞了，她不承认，你也没办法，不过想起头几次冈妮就那么熟练，双腿发紧，百无聊赖地唤他"哥"，心里总不是滋味。他还是想她，一想她，就耐不住了。

回头就对他爹说："搭信让她来啦！"

乜五说："那就让她来。"

## 四

"那边是河南佬的桌子，你到这边来，加个菜。宏斌，河南的一人吃哒十个馒头，还一碗牛杂碎，你说狠不狠！"乜五说。

又说："啤酒还是白酒？"

"白酒。"宏斌说。

"十个！"乜五摇摇头对着宏斌，"你说。"

"乙宝咧？"宏斌问。

"他在整猪头，"乜五说，"你喝。"

"好。"宏斌说。

乙宝后来坐到量酒的桌子后头，马灯还是照不到他。

宏斌吃豆腐干子。

"还加点泡菜，你看这样好不好？"乜五说。

乜五挨着宏斌坐，自己没吃，在吸烟，看着宏斌的碗里。

冈妮夹了泡菜出来，说："乙宝。"

乙宝说："你自己端去。"

"懒得屙血。"她说。

"他们闹得一团糟。"乙宝说。

"宏斌也来哒。"他又说。

冈妮把泡菜放到宏斌的桌子上转来。

"猪头整完哒。"他看了看冈妮。

"完哒，就完哒。"

有两个人在朝这边望，四川的望得最毒，眼睛翻出一层血雾来，有两个吐出舌头，好半天收不进去。

乙宝朝自己的老婆看。她在灶前弯着身子，两坨奶挤出胸前老远，衫子把它兜住，她的屁股很灵活机动一样，生的都吃得。锅里掺水溅起一阵白雾来，他发现宏斌故意在桌上把头低下去。

"十个，吃哒十个，这就行哒。" 乜五还在对宏斌说。

宏斌的神情有点惶惑神秘。

这时两个戴蓝帽子的河南佬把脚从凳子上拿下来，打着嗝往外走，两人压了一片灯光。好半天，宏斌和乜五还罩在他们身子的黑影里。这时乙宝的口就发干，像石灰呛的。

"不管哪样说，他们还是要来的，他们好酒贪杯，" 宏斌动着僵舌头说，"我当了八年民兵连长。" 宏斌把大拇指和食指拿出来。

"喝酒了就不惹事。" 乜五按下他的手说。

"这个数，" 宏斌说，"这个数。" 宏斌非要把指头拿出来不可。

"你刚才搞什个去哒？" 乙宝到后面厨房问冈妮。

"屙尿呢，屙尿，你也管吗？" 冈妮说。

"你怕看打架？" 乙宝。乙宝咕了一大缸子水。

"打架？哪个打架？" 冈妮看着自己的男人。

"我不打，" 乙宝说，"你是怕看血，怕宏斌脑壳被打开瓢哒。"

"你说哪样的话，乙宝！"

"他脑壳打开哒一条缝，就走哒。"

"真的？"

"哪不是真的？"

"这好。"

"我晓得你要说好的，" 乙宝说，"你刚才没听见？"

"我屙尿呢。" 冈妮说。

酒店门口是乜五跟宏斌。宏斌还在说："四川佬不怕，喝酒都捡旮旯的。乜五，我来哒他们还是来，你别怕，他们还是要来的，他们来我也还是来，生意塌不下去，我准备哒刀子，我现在学乖哒。"

乜五说："喝多哒误事。"

宏斌说："乜五，我服哒你。"

乜五说："看你说哪样的话。"

宏斌说："各坐各的桌子，我不怕他们，"他软软地指着黑咕隆咚的野外说，"我倒要看看他们搞的么鬼，我倒要看看，我明天看看。"

乜五说："不搞。要搞不在店子里搞。"

宏斌说："我明天。"


早晨，冈妮说："我去买菜。"

乙宝说："快去快回，回来蒸馒头。"

冈妮的确是到镇上去了。

"不管哪样说，冈妮是丹凤眼。"他想，"冈妮那年是十七岁，我就把她搞哒，不管有没有这回事，反正我把她搞哒，冈妮什么话都没说。"

他一个上午就在找宏斌，他看了五个窑子。五个窑子都偎在山脚下，他终于找到了宏斌。另一些人在顶上搬石头，灰烧好了，白白净净地乱飞，到处都扯了喉咙咳嗽，用脏手揩眼睛。宏斌从一个小树林里钻出来，蹲到水沟边去喝水。

宏斌站起来把手甩了两甩，又往林子里走，林子里的阳光交叉把他的脸划得一道又一道。

乙宝大气不敢出，冈妮来了，乙宝的心快蹦出来，一弹老高。

冈妮挽着菜篮，宏斌上去说："我晓得你要往近路走的，我这下猜到哒。"

"宏斌。"冈妮说，却不动。

"冈妮，我好可怜，我被河南的打哒。冈妮。"宏斌一头乱发，像猪往冈妮怀里拱。

冈妮的上衣马上散了，冈妮往僻静处靠。乙宝看见两坨奶子在宏斌脸上时隐时现，乙宝想喊，吃吃吃地发不出声来，口哑了，乙宝的双腿也瘫了，乙宝的眼睛却分外明亮，像看别个家丑事一样，眼睛瞪得牛卵子圆。

"冈妮，冈妮，冈妮。"宏斌已经压到她的身上去了，腿跪着，手撑着，背弓着，像公猪一抽一抽。

冈妮唤："哥，哥。"好小的声音，乙宝都听见了。乙宝还见冈妮从背上扒出一块石头来。

"哥……哥……"

乙宝仍瞪大眼睛。

这时树林里不知是一只鸟惊了，还是炸石的飞来一块石头，宏斌飞跳起来。

"个囚儿!"他骂。

冈妮也慢慢爬起来。"再不要这样哒。"冈妮说。

"我好可怜。"宏斌说。

宏斌一闪就不见了。乙宝看着冈妮挽着篮子跨过一条沟，影子越来越小。

乙宝浑身活泛了，软软地躺着看亮晃晃的太阳。

"个囚儿，"他说，"个囚儿。"他也学着宏斌的口气说。


晚上宏斌又来喝酒，乜五把他放在靠里边的一张桌子上。

"就是泡菜。"宏斌说。

"还搞点别的，吃了哪搞?"乜五说。

河南人围成一堆地朝宏斌看，都直起脖子干酒，还小声地说话。

"我今天不想跟他们搞。"宏斌说。

"三车，一边上了一车，"乜五说，"明天又要起窑哒。"

"起窑，"宏斌说，"出灰。"

"哈哈哈——"

河南那边开始笑了，笑得很别样。四川那边辣得都在抹汗，惊异地挂着汗珠不动，而后，又抹汗，又吃辣子。

"我只喝三两。"宏斌说。

"还要菜么?"乜五笑眯眯地问河南人。

"还要菜么?"又问四川人。

"啥子?"一个说。

"吃啥子?"另一个说，把"吃"咬得很重，像有仇的。

"他们要泡菜，他们说要泡菜，就是添。"乜五笑眯眯地向后头喊。

冈妮把泡菜端出来，手上还沾着酸辣水，闪闪发光。乙宝扒着那把缺角算盘，盯着宏斌。

"你又狠起来哒，你说你可怜。"他心里说。

宏斌把酒倒进喉咙里去，又一酸嗝冲出来，宏斌终于很失望地倒空杯子，把两只鞋来回在脚上搓。

"乜五，要变天哒，我骨头疼。"宏斌说。

"哪样的！星星满天呢。"乜五说。

乙宝嘴不自然地歪歪，像想什么，又想不起来。

"婊子养的。"他心里骂。

收店之后冈妮要吹灯，乙宝说不吹。乙宝突然一个饿狼扑食把冈妮按在床上，急不可待地去扯她的衫子。

"乙宝，乙宝。"

乙宝并不作声，把她两个奶子抓到马灯下，两个奶头红鲜鲜的，像剥了皮的小果子，被人啃了。我也啃啃，乙宝想，就果真咬起来。

"乙宝，轻点，要死！"

乙宝今天的劲头足，冈妮不是唤，是叫起来。叫吧，婊子，叫，叫。

"也不喊我哥哒，也不怕石头硌背心。"

"你疯啦，明天还要起早呢，乙宝！"

"哥，哥。"乙宝喊。

乙宝睡着了，睡得好香。

五

乙宝到镇上买面买肉，宏斌到镇上买簸箕买扁担。乙宝跟宏斌走在一块了。

乙宝看见有个人勾着头往一个涵闸里老望，也跑过去看。乙宝跳下土坎，那个人抬起头来，原来是宏斌。

"也上镇去？"

"也上镇去。"乙宝走也不是站也不是地说。

"有一只兔子。"宏斌说。

"兔子？"

"我看它钻进涵管里面去哒。"

"那就把它打死。"

"瞎说！打死？它还没出来咧！"宏斌仍看着说。

"还在？"

“怕不是跑哒。”

宏斌给烟乙宝抽，乙宝就笨拙地点上火。乙宝另一只手玩着土垡子。烟子熏着他的眼睛，他用眼睛去看宏斌，斜斜地。

宏斌说：“怕不得出来哒。”

乙宝说：“跑哒一条小命。”

宏斌说：“它跑出来你我也捉不到。”

宏斌爬到路上，这时路上浮一层细细的灰土，两旁长着稀稀落落的杨树，树枝砍了，杨树干上瘤着一些疙瘩，看来像一些老年人的拳头。两边还时有一些水塘，塘内的荷梗蔫叽叽的。

宏斌说：“乙宝，这天气好钓秋黑鱼。”

乙宝说：“它咬你的钩。”

宏斌说：“这里没秋黑鱼，我们在家不都去钓哒！”

乙宝说：“你会钓？”

宏斌说：“我他娘的一天不钓一篓？”

乙宝说：“你会钓，你会钓。”

太阳灰蒙蒙的像没煎熟的蛋，他们一前一后，乙宝拣宏斌的影子踩。乙宝想着他在冈妮身上公猪一样抽动的情景，就觉得要先割开他的那个宽皮带，再开肠破肚。

“买好簸箕哒下午就出窑。”宏斌说。

“我割肉。”乙宝说。

“你们一家赚肥哒，乙宝，当初你爹和你还不来咧！”

“我们来哒，我们都来哒。”乙宝说。

“就只没秋黑鱼钓，我还是想钓秋黑鱼。”

“你赚得还少？！”乙宝说。

“说良心话，乙宝，你说良心话。”宏斌回过头来，眼睛红红地说。

“你赚哒。”乙宝看着田野说。

“乙宝，你今天说话哪么蛮阴？”宏斌顿下来，一脸苦相。

“我蛮阴，我蛮阴？你娘的我什个蛮阴咧？”乙宝喉咙里忍着一口痰。

“乙宝，”宏斌变了口气，说，“还搞几个月就回去过年，你们回不去哒啦，四川佬和河南佬还要赖在这里咧。”

“我回去，你哪么说我回不去哒？我看你——”

"我哪搞?"

"你才回不去哒。"

"好好,"宏斌说,"一句话,也信迷信。"

"你吹号啦,你吹啦,你是连长,你的号咧!"

"号,鸡巴号!你莫鄙屑我哒。"

两个人依然一前一后,路上被车碾出的槽深深浅浅,怪不好走。

进了镇两人分手后,乙宝还看着宏斌。

"日你娘的,还看我不?"乙宝说。

乙宝朝街心吐了一口痰。


"你总算叫哒一声可怜,杂种儿子!"

乙宝跟在宏斌的后头,宏斌没有发现,宏斌挑着新簸箕朝后面看了一下,就进了窑子。这是中午,乙宝回来就听他爹乜五说,宏斌喝了碗茶就一个人干去了,宏斌肯定不饿,在镇上吃了发饼。乙宝听到后,就假装屙尿,跑了出来。乙宝一跑出来心就咚咚地打鼓。

窑子周围静静的,枪打不到一个人。太阳当顶照着,还蛮有热力。几辆架子车放在棚子下,扁担横横竖竖地乱躺,几只麻雀叽叽喳喳地在梁上叫,远处的山上几朵云在飘。

宏斌走上跳板,下到窑子底下去,乙宝看见窑子顶上有两辆装了半载的架子车,石灰在车里耀眼无比。

乙宝也爬了上去,听见宏斌用洋锹铲石灰的声音。

"这下,"乙宝心里说,"这下。"

乙宝把一辆架子车举起来,石灰哗啦啦地倒入窑底。

"哎呀,哪个,哎呀——"

乙宝又举起一辆。

石灰像长江的浪一样卷起来,从窑顶上飞去,石灰冲得乙宝一阵后仰。底下的人在四处撞,乙宝已看不见了,乙宝也不想看,跳下窑顶,往工棚后面的石头围墙跑了。

乙宝躺到床上才听见外头又杂又乱的脚步声和叫嚷声。

"你也叫了一声可怜,我的乖乖儿呀。"乙宝一个人到水缸边冲了个澡,捡起馒头来大口大口地吃,一直吃到不能吃了才停下来。

好半天，乜五才回来说："我送宏斌到卫生所去哒，宏斌的眼睛至少要瞎一只。"

又说："出血。"

冈妮把火烧得很旺。

乙宝终于说："他要享福。"


没几天宏斌就瘪了一只眼睛出来，进店就对乜五说："我要算账，我看哪个的眼睛比我多一只，多一只就是我的，我要抠出来下酒。"

乜五说："宏斌，你这下是神枪手哒。"

宏斌说："窑主只付一半医药费，窑主说把四川佬赶三个，把河南佬赶三个。河南佬，我总有一天要抠他们的眼睛的，我马上要抠，我要以眼还眼。"

乜五说："也是的！成'半边街'哒。"

宏斌说："竟下毒手哒。"

宏斌睁着一只眼睛，另一只瘪了的眼睛里流黄水，有一股石灰臭味。宏斌盯着一根梁柱，乜五就拉他坐下，说吃一碗牛杂碎。

宏斌依然胃口很好，嗞嗞地喝汤，独眼眨得飞快，眨着眨着就辣出泪水来了，他那只好眼现在遇热遇辣就跑水。

"这是明摆着的。"宏斌说。

"已经赶走三个哒。"乜五说。

"乙宝，乙宝呢，也不说去看看我。"宏斌激动地说。

乜五忙给他斟酒，说："喝啦，宏斌，你哪搞？乙宝忙不过来，帮冈妮咧！这几天停工哒，都到这边来喝。宏斌，你喝啦。"

"好好。"宏斌说。

"现在，还闹？差点出哒人命。"乜五叹口气说。

"我不搞工头哒，乜五，你来负责。"宏斌说。

"我不搞，我没能力，宏斌，你是晓得的。我们说好哒，开这个酒店，把他们拉来，都在一起，免得再生矛盾，这不，还是不行。宏斌，以后注意点，不要脾气杠，你太冒。"

"我不冒，"宏斌说，"我冒了哪样？我不照样成半边街哒。"

"还好，命捡回来哒，这是万福，宏斌。"

"婊子养的！我日他祖宗八世八代。"宏斌终于骂了。

"你看！"乜五说，"你不冒，你还不冒！"


"乜五。"

一天，等喝酒的人都走尽了，乙宝站起来说。

"把门关好，我要走哒。"乜五匆匆地移开板凳说。

"乜五。"

"到后头帮冈妮收碗去。"

"乜五。"

"我没问你什个啦？"乜五制止说。

"是我掀的石灰。"乙宝说。

乜五看看里头丁丁哐哐收碗的冈妮，说："我走哒。"

"我搞瞎哒他一只眼睛。"

"我没问你你就不说。"

"你问，你哪么就不问呢？我实在忍不住哒。"

"问你你也不说！个杂种！"乜五严厉而又小声地骂他。

"我早就要干，他搞哒冈妮。"

"没出息的。"

"我都说哒。"

"你不能认账。"

"我跟你说，我还跟哪个认账？！"

"你分明跟我认账哒。"

"就你一个人。"

"我也不行。"

"家里人。"

"更不行。"

"你是我爹，乜五。"

"爹也不能认账。"

"我只告诉你一个人。"

"这是装在你肚子里的，让它烂，烂到阎王五爹那里去再承认。"

"我没有承认，打死我也不得承认。"

"狗日养的！你哪么就忍不住了咧？才过去几天，你哪么就要说出来咧？"

七五走进外面的黑暗里，又转过头来说："千万不能再让别个晓得，不当回事，不想它哒，一想，说梦话也要说出来的。"

"我不想它哒？我不想哒？"乙宝站在门口，自问自地说。

## 六

"乙宝，这是我娘的手镯子，莫打碎哒，我放到枕头底下的咧。"冈妮说。

"我玩下子，我只玩一下子。"乙宝说。

"人家都在出灰，你还死在屋里。"冈妮说。

乙宝捶了下床沿，说："我不想赚钱哒，我想回去，你也跟我回去。"

"你是疯哒吧，乙宝？"冈妮说，"我还懒来咧，走了三天，脚刚好，又要回去！"

"你就在这里安家哒？"乙宝说，"你也想吃石灰咧？！"

冈妮说："乙宝，你乐个么事！宏斌与我们不相干？毕竟都是一个村出来的，乙宝，像人吗？"

"我不是人？那我是什个咧？"乙宝说。

"看你乐个么事，看你乐个么事！"冈妮说。

乙宝突然很想说了，看着冈妮布衫子里翘嘣嘣的奶子就想说了，他忍了半天，忍无可忍。他只好痛苦地说："反正我要回去。"

"宏斌瞎了一只眼。"

"反正我要回去哒。"乙宝说。

大路边的茶水摊围了一堆人，乙宝挤进去，有戴帽子的河南佬，有不戴帽子的四川佬，有一只眼的宏斌，有抽好烟的窑老板，有抽差烟的乜五，等等。

"来明的不来暗的，把我们开销了三个兄弟，这不中。"一个瘦高的河南佬说，他是河南的工头。

"我的眼睛。"宏斌说。

"来明的，来暗的没有意思。"乜五笑眯眯地说。

"明的，我们打了，暗的，我们不来这一套。不中。"河南工头说。

"我不吃这一套。"宏斌说，手上拿有宽皮带。

"这是冤枉。"河南佬说。

"啥子，又是啥子？"四川佬说。

"这一定要搞清楚！"河南佬说。

"你们自己搞清楚。"灰窑的老板弹弹烟灰说。

"出门在外。"老板说。

"账是赖不掉的，到阎王五爹那里哒也要还！"宏斌眨着独眼说。

"好了，好了，出灰去吧，车来了。"老板挥挥手说。

人散了，乜五大声喊乙宝："挑灰去！还待在家里烤饼哪！"

乙宝说："我休息，我不干哒，我要回家去。"

乜五说："现在你走，你敢走！你走到哪里去？你这杂种，你真是你妈的一个宝。"

"宏斌也是这么说的。"乙宝想。

乜五又说："你这一溜，就好喽，黄泥巴掉到裤裆里，不是屎也是屎。人家河南开销的三个也没走咧，哪个走就算哪个认啦，你个不识时务的。"

乙宝翻着大嘴巴嗫嗫地说："我认？我不认，我认什个，打死我也不认，我没搞宏斌。"

"你挑灰去，"乜五说，"往死里挑，挑出一身老汗来就不想别的哒，跟我流汗！"

乙宝只好跟着乜五去取箩筐。

乙宝见前前后后的担子里都白晃晃的，风一起，把人都卷到白灰中去了，他想，也是狠，一烧，就把黑石灰烧成白粉粉了，石头砸得瞎眼睛，石灰也呛得瞎眼睛。乙宝挑得飞快。过一会，汽车就装满了，挡板一上，汽车就顺着公路跑得没影了。

"汽车溜哒，"他想，"就这么溜哒，是汽车跟宏斌打架。"

"我反正要回去的，带冈妮回去，那只瞎眼狗她还牵挂个屁。"

"我好轻松。"他说，并唱起小曲来：

　　一更里，窗户响，

哥哥爬到我牙床上，

娘问什个响，娘耶！

奴说夜猫子跳上哒墙……


"神枪手！"乜五见宏斌进来，说。

"我这是锥子。"宏斌说，示了一下那铁尖。

"河南的三个还没走？"乜五说。

"等着哪，等着再干哪。"宏斌说。

"莫说气话。"乜五说。

"我这是锥子，"宏斌又说，"乙宝咧？"

"他在，他感冒哒。"乜五说。

"凉哒？"宏斌说。

"我没出去，我这几天都没出去。"乙宝说，眼睛找个到地方。

"你明明今天都挑灰哒的。不要怕，乙宝，不要怕他们，我们就三个人哒，四个，还有你老婆。乙宝，我有锥子。"宏斌说。

"锥子？"乙宝说。

"锥子。"宏斌说。

"他们死不走？"乜五说。

"死不走。窑主说，他们挑归挑，工钱没有的。"宏斌说。

"不闹哒，都不闹哒，好歹一月还能混几个钱，混几个钱哒好过年。"乜五说。

"我不管，反正我不管。"乙宝说。

"凶手还没有抓到，哪个也跑不脱。"宏斌说。

"最好是，"乜五说，停了半天，"我看是没有用哒。"

"你不要在这里悲观，乜五，你瞎只眼睛试试，你呛几口试试，我胸口还烧呢，我现在。"宏斌跳起来说。

"我记下了，以眼还眼。"宏斌一只眼睛朝天说。


# 七


"冈妮，你跟乙宝烧碗姜汤，"乜五吩咐道，"别让他再吃牛杂碎，烧咧。"

"他晚上流虚汗。"冈妮说。

"这是阳虚，其实吃牛杂碎不顶用。"乜五说。

"好咧，你说我感冒就感冒哒咧。"乙宝心里说。

"乜五，你让我今天别到镇上拖酒?"乙宝问。

"冈妮去。"乜五说。

"我卖馒头?"乙宝问。

"灰出完哒，又撬石头，你去拖啦!"乜五说。

"我没感冒。"乙宝说。

又说："河南佬说要走他们就都走，他们全都罢工，他们过几天就都走哒。"

"你听哪个说的，瞎呱。"乜五说。

"我刚才听他们在茅厕说的，有三个在屙屎，两个在屙尿。他们的工头也在，工头说的。"

"那好。"乜五说。"四川佬咧?"又问。

"我不晓得哒。"乙宝说。

"好像宏斌拿着锥子，没进茅厕。"

"那好。"乜五松了一口气说。

"他们怀疑我么?"乙宝小声问他爹。

"他们怀疑你什个?"

"为哪么他们还说'出了内奸'?"

"是说他们自己里头。"


乜五在石料场找到了宏斌，递一根烟把他吃，看看左右无人，问："没听到什么啦?"

"河南佬要走，哼!"宏斌怪眉怪眼地说。

"没人给你通风?"

"什个? 你把他们看得这么不团结?"

"他们说，为哪样说，出了……"

"为哪样呢?"

"不为哪样。个杂种，他们说走就走?"

358

"真是的，乜五，事情要穿哒。"

"你瞎呱，我说你，干脆就这样，睁一只眼闭一只眼。"乜五空空洞洞地说。

"你看吧，乜五，你看好戏吧。"宏斌摆着八字步走了。

"你说明白，你不能乱闹。"乜五说。

"我们一家三口咧，宏斌。"乜五在后面嚼着牙齿，生根了一样。

最后再补了一句："他们人多势众！"


"看有没有赊账的，河南佬要走哒。"乜五回去对冈妮说。

"还有四川佬。"乜五补了一句。

冈妮说："赊得也不多。"

乜五说："乙宝，你就不去哒，你找窑老板结账。乙宝呢?"乜五这才去看店后头。

"乙宝拖石头去哒啦。"

"杂种！"乜五坐到凳子上。

乙宝的确是拖石头去了。

乙宝见那边几个河南佬在吃着蒜头，拖起空车过去说："你们好咧。"

他们说："乙宝。"

"我也只干三天就走哒，我跟我老婆一起回去哒，跟你们一头。"

"你听谁说的我们要走?"河南佬问。

"反正都要走的，都不要说穿哒。"乙宝说。

"我们不走，"河南佬说，"我们谁说了要走?"

"咬卵犟，你们是咬卵犟。"乙宝笑他们。

"我们不走，我们又没做坏事，我们好好儿的走哪里去?"

"那看啦。你们不走反正我走，到时候莫跟上来。"乙宝说着就撬石头，"还有三天，混到场子哒走，三天，围一起热闹起来，热热闹闹地散伙。"

河南佬看着他抢他们的场子，都站着你看看我，我看看你，他们把没吃完的蒜头放在兜里，撬起石头来。

"今天的石头好松?"乙宝想，"河南佬会打场子。"

看起来松，却撬不出来。

"婊子养的，衔得好紧，像幺姐的逼。"乙宝骂。

河南人也撬得吭哧吭哧。

这时，只听得轰的一声，上面的石头就瘫下来了，场上石头乱滚。乙宝被石头打中了头，想跑没跑脱。河南佬两个也没跑脱，都压在里面了，石头还在瘫。

"呀！"

跑出去的一个河南佬早跑得没影了。

"山垮哒！"乙宝昏昏沉沉的有了点知觉，想，"像做梦，我现在在哪里咧？"乙宝想哭又想笑，一只胳膊砸得没影了。"像梦，像梦吧？"他还在想。

眼睛也睁不开，什个东西糊住了，肚子哪么呼呼往外冒东西咧？

终于风平浪静了，溅到天上的石屑也落回来。

"我不要死哒？"他问自己说，"说死就死？哪这快咧？"

他想睡，却听见不远的石缝里有人在扯了血喉咙喊：

"婊子养的，老子是宏斌，老子是宏斌，老子也压在里头哒！婊子养的们，老子不行哒，老子还用一口气告诉你们，石头是老子撬塌的……老子……还留一口气，把实话告诉你们……老子……做哒两天准备……老子们……同归于尽……"

好像是宏斌的声音。马上有了回音，河南佬其中一个没死，在哼哼地说他们的土话，表示听见了宏斌的话。

"宏斌。"乙宝头被石头卡着，散了声音喊。

"是……乙宝？"宏斌听见了。

"你，你。"乙宝说。

"你也在，你哪么在哒？你也在哒……"

"你晓得是我搞瞎你的眼睛，你来报复的，你承认哒。我今天也承认，我，是我搞瞎哒你的眼睛的。"

"乙宝，你砸昏哒咧？……你说，你搞瞎我？……你昏哒咧……"

"我看到你跟我老婆搞哒，我看得一清二楚。"

"你……看到哒？你什么都看到哒？……"

"我想用石灰埋哒你。石灰，像冈妮的奶子一样白一样软的粉。"

"我想用石头埋哒你。乙宝，真是……老天有眼。"

"血糊哒我的眼睛。"

"我也不行……哒。"

"你死得比我快些，宏斌，你那脑壳上的几个东西好死哒，你已死哒一只眼睛。宏斌，你先走一步……"

"那我走哒咧……乙宝……"

"娘耶！"

乙宝听见宏斌拉长了好一声。

"乜五，我看见是你，你站好一会哒，我看出好像是你。乜五，你哪么不说话咧？搬我身上的石头啦！"

"乙宝。"乜五说。

"是你，是你，乜五！"乙宝直着喉咙喊。

"乙宝。"乜五说。

"我疼，我手没有哒，你搬啦。"

"你都对宏斌说哒。"

"你站在这里，你都听见哒。我是说咧，面前有个人影子晃，我眼里有血，看不灵光……"

"说哒好。"乜五说。

"他死哒，宏斌没气哒，乜五，救救我！"

"叫一声爹，杂种！"

"爹，救救我，我还有气。"

这时，远处有人往这边跑，拿锹和钢钎，有几个在跳沟。

"爹……我不行哒，爹，冈妮咧……"

"她在烧火啦。"

"我想她，爹，我们三天就回去，我们买电视机过年……爹，带我回去见妈，好啵？"

"带你回去，乙宝。"

"三天……还有三天……快哒，只有三天就回去哒……"

"还有三天，乙宝。"

乜五像小时候摸他一样，摸了一下他血肉模糊的脸。乙宝甜蜜地闭上了眼睛。

乜五开始搬石头。

# 八

这是九月的最后一个晚上，乜五和冈妮在灰窑的前面，灰窑照着月亮，影子如城墙垛，工棚里静杳无人。

乜五把缺了口的窑用石头码好，石头撞在石头上，偶尔闪点火星。

"爹，我眼睛睁不开哒。"

"哭肿哒。"乜五只顾弯腰干活说，他的身上汗水直淌。

"我们明天……回去么？"冈妮坐在地上问。

"窑，窑老板赔给我们哒，都走哒，只剩下我们两个。"乜五声音像雾一样地说。

"回去歇吧，爹。"冈妮说。

乜五收好家什，送冈妮回到店里。

"把门关好。"

"我怕，爹，有骨灰盒。"冈妮扶着门小声说。

乜五站着一动不动，像雷打痴了一般，好久，他才像醉汉一样地钻进店里去。

九月的夜，传来了一阵虫鸣。

# 一个武汉老知青

　　吉庆街大排档一直是武汉最热闹的夜景之一。南来北往的商旅，若在武汉的夜里没有事，当地人就说：你们为何不到吉庆街去喝两杯？我在家里也能猜想到入夜的吉庆街是一幅什么图景。一长溜一长溜的排档棚子，彩色的塑料桌椅，各种盆装的素荤原料，卤得发黄的猪脚猪尾猪顺风特别是鸭脖了，炒辣的烟雾弥漫的气味，卖唱的清汪鬼叫，还加上那条街上的咬牙切齿的居民的抱怨，就组成了那道奇异的风景。这样的排档，不到早上第一缕阳光出现是不会收场的。

　　上个月一天的晚上，我从武昌过江去汉口办了点事，事情很顺利。我突然想，何不到吉庆街去玩玩？作为一个武汉人，我为自己生活的单调常常感到羞愧和不平。这么我甩着手来到了吉庆街，要了一个辣炒顺风，一盘虾球，一盘凉拌毛豆，一瓶白酒，寻了个安静的角落一个人自斟自饮起来。

　　卖唱的，卖花的，卖小盘水果的和算命的，往往会把一些人的情绪弄坏，也会把一些人的情绪弄好。我属于前者。尤其是卖唱的，他们可着忽高忽低的嗓子在人前赚钱，使人想起朱元璋家乡那些唱凤阳花鼓的灾民。而事实上她们大多为安徽人；她们擅长黄梅小调，什么《打猪草》《槐荫记》之类的都听腻了。但一曲《孟姜女》标价三十元，却还有人点呢。那价格都写在一块牌子上，什么曲儿，什么价，一目了然。一般一首十元。为何《孟姜女》要翻倍呢？因为唱这首曲要落泪，不是抹清凉油的落泪，是真落，一滴一滴地往脸颊滚，唱到动情处必须如此，否则就算没有唱出感情来，客人可以拒付。巧就巧在，卖唱女说落便落。卖唱的队伍中，拉二胡的，吹笛子的，拉小提琴的，怀抱吉他自弹自唱的，如过江之鲫，与喝酒人的谈笑风生、猜拳行令一起，闹成了一锅粥，你休想听清一点儿什么。我的天，大家居然听得津津有味，拍着手欢呼着叫好。

　　这中间，一个吹箫人引起了我的注意。他是个不怎么强壮的中年人，眼皮耷拉，牙齿发黑，穿一套过时的双排扣西服，领带和衬衣也显得没有颜色，蔫不拉叽，可他微笑着。但他的那身西服的确太打眼了，不在于它的好坏，一是卖唱的人群中没有谁穿西服的，二是他的眉宇之间没有穿西服的那种情调。穿西服的确是要情调的，要精神振奋。西服和领带总是不事张扬地从中透出一股明明白白的信息，一种浪漫的希望和憧憬，还有和这种希望与憧憬联系在一起的得体的生活方式。看一看那些当官的和做生意的人吧，西服把他们内心的渴望和炫耀都恰到好处地显露出来了。而我眼前的这个吹箫人，啊，他拿着一管箫和一张价码牌子，他的那身装束为何显得如此不协调呢？

　　他的箫一看就有些年头了，而底孔的彩穗却是新的，是为了在这儿吹奏新装饰上去的。他的箫很陈旧，不怎么高级，甚至看起来比专业演员的箫细一个尺码，泛着深红的颜色。他逡巡在各个桌子之间，但并不像其他卖唱者一副胡搅蛮缠的下作样子。别人若摇头和用筷子头摆摆，他就会迅速走开。他是个新手吧，他还没学会死皮赖脸地推销自己。而且，这箫声，这低沉的、近似于无的箫声，在这高分贝的场合，多么的不合时宜啊。好在有一个扩音器，但跟那些管乐弦乐打击乐在一起，也是近乎没有。箫真的是一种特别的乐器，它的声音，怎么说呢，只适合在月光下一个人吹奏。在这里，休想镇倒那些狂轰滥炸的嚣闹。后来他走到我的桌前来了，估计今天他还没有开张。他朝我扬了扬手中的牌子，字小，但我看清了一些曲目：《敖包相会》《草原之夜》《珊瑚颂》，也有《梁祝》《送别》《渔舟唱晚》《梅花三弄》什么的，更有一些流行曲如那英的《征服》，王菲的《执迷不悟》《流年》之类。他的标价不分长短难易，一律十元。

　　"能吹吗？"我说。

　　"么样不能吹？上面有的能吹，你点了没有的我也能吹。"他信誓旦旦，一口地道的武汉腔。

　　"那……《送别》。"我一敲桌子随便说。同时我掏出十元钱来，先交与他。他在我对面坐下来，舔舔吹口，说："谢谢。"然后他吹起来。

　　嗯，不错。虽然太嘈杂，但我还是听进去了，从最初的几个音符就走

364

进了连天的芳草和忧伤中。但我更想到了一部很久以前的电影《城南旧事》。它的主旋律就是如此，飘飞的黄叶，伤感而温馨的回忆，一双大大的眼睛看着一个旧时代的强盗，善良的强盗……

他吹完了，把箫拿下，双手拄着，旁若无人，没有说话地看着我或者若有所思。

"不错，"我说，"太好了，一个人喝闷酒的时候最适合听。你吹得很好，可应该在江边有月光的地方听你吹。"

"呵呵，"他笑，"那就没有生活费了。"

"来吧，喝一杯，反正就这瓶酒。"我叫服务员拿杯子和筷子，邀他入座。因我看见他想走，并没有强迫我再点一曲，所以我按住了他。我按的是那管箫，它是冰凉的。

"那……恭敬不如从命。"他坐下来，"这杯酒我喝，我再给你吹两首，免费，我们这个年纪的人喜欢听的。"

他很有礼貌地向我点头致谢，喝了一大口我斟给他的白酒，又接过去我递给他的一支烟并接过火："太客气了，太客气了。"说完，就吹起来。

唔……远山夕阳……江水渔舟……阳关风沙……长亭送别……

"太好了，太美妙了，不错，不错。"我不停地说。

"不行不行，"他说，"自学的，瞎吹的，师傅多指教。"

"你学多少年了，吹这个？"我问。

"那有年头了，十几岁吧，不是搞宣传队吗，又不上课，跟着街坊胡吹。"

"师傅退休了？"

"早下岗啦，没事干，到这儿混口饭吃。"

"应该有孙子了？"我说，"家里还可以吧？哪个厂的，过去？"我问。

"街道工厂，不提啦。我们这一代人，老的老，死的死，基本被社会淘汰啦。现在谁还提我们关心我们？八〇后九〇后大学毕业还找不到工作呢……我这一生，很有意思，你不嫌弃，我借着酒兴，跟你说说，不知你愿不愿意听？"

我说："没事，没事，我很愿意。"我用手示意了一下让他说，又给他斟满了酒。看来他很想找个人说话，也可能很久没说话了，我得满足他。

他眼露出高兴，开始讲起来。

不知道师傅下过乡没有？我们是下乡知青。说是知青，叫知识青年，其实我初中才读了一年，老婆小学毕业，在家待了两年赶上上山下乡，也就稀里糊涂地当知青，一起下放到靠近四川的神农架了。

那个地方可真穷啊，又不通公路。我记得我们十五个人到了我们插队的茅子岭七队，生产队长就把我们抛在半山窝的一个破庙里了，并让几个老乡给我们送来了两麻袋洋芋果。刚去时我们都有几个钱，没事可做，就天天喝在老乡家买的"苞谷烧"，煮洋芋果吃。

我们喝得昏天黑地，以后的日子不知道怎么过。第二天生产队长就提来了两桶油漆，一桶白的一桶红的，还架了个梯子来，让我们站在墙上写标语。我们就在墙上把"南无阿弥陀佛""南无观世音菩萨"覆盖了，写上斗大的毛主席语录："知识青年到农村去，接受贫下中农再教育，很有必要""扎根农村干革命"。

我跟我的老婆在那十几个人中文化水平最差，就安排我们给写字的人搬梯子扶梯子提油漆。我跟我的老婆就是这样慢慢搞拢的。我们在下面给人搬梯子提油漆，有几个人就轮换了在上面画格子描字。用铅笔画出了字又换人照字上的线去填红漆。填红漆的事照说我是可以干的，但是他们不让我干，让我老老实实地给他们搬梯子扶梯子。我站在下面仰着头看他们描字，一笔一画的真是很有味，字又写得好。眼睛睁得太大，一不小心一坨油漆落到了我的眼里。

你想红油漆落到眼里会是个什么滋味？用水去冲，冲不干净，又不能用肥皂洗。这样我的眼睛就红了肿了，眼里的红漆使我一抹黑。过了一天，我的眼睛肿得更厉害，晚上睡觉也疼得直打滚。生产队长说，大队的赤脚医生大约十天到茅子岭来一次，大概就这两天要来了，来了就可以找他讨药打个"巴子（包扎）"。我就等啊等啊，等了一个两天，两个两天。看等不到了，我决定自己去大队弄药打"巴子"。

我捂着一只眼睛，一只眼睛看路，从早晨天亮启程，按队里的人给我画的路线图，走啊走啊，走到下午三点钟才到了大队，中途没吃没喝没歇口气。大队赤脚医生用眼药水给我洗了眼睛，打了个巴子，我又往回赶。走着走着，天就黑了。

我记得那天没有一点月光，那种黑我可是从来没见过，我是武汉人，从小在灯光里长大，我怎么摸回去呢？又没有带电筒，因为我根本没想到天黑会被隔在外面。我有一盒火柴，我划燃了分辨我走的路，我有时会碰见一户人家，努力回想这是否是上午曾走过的。我连哭都不会哭了，在经过一个山谷的时候能听到一些奇怪的声音，肯定是野兽的声音，我想哭，想我为什么有这么惨的命运。我捂着那只伤眼，连滚带爬，竟然摸回了生产队。

　　在生产队的路口，我看到了两支手电筒的光。我想是有人来接我了。走近一看，果然是来接我的，一个是我的街坊，叫五毛，一个就是我的老婆金凤。我本来是准备哭的，竟乐呵呵地笑了起来。我笑得十分开心。我说你们来接我了，怕我被狼吃了？你们真是瞎担心。那时候十八九岁嘛，不能让人见了没有男人气，何况队里都瞧不起我，认为我没有文化，家境又很差，父亲是个贪污犯。

　　说到我父亲，我父亲在旧社会可不像我这么窝囊，我父亲是汉正街胡记绸缎布庄的账房先生，那可是天天早上过早（吃早点）都要吃烧卖和小笼汤包的，晚上要去民众乐园听戏。我的父亲穿着最好的苏绸长袍，头发梳得溜光，我的母亲也穿着丝绸对襟大褂。中华人民共和国成立后他被分到江岸商场布匹柜搞营业员。我母亲先后生下我们四个，一个哥哥，一个弟弟，一个姐姐，一个妹妹。全家就靠父亲的那点工资生活，入不敷出。就在我下乡的前三年，父亲因贪污十九块六毛钱，判刑十年。等五年以后我招工回武汉，我的父亲已经死在江北劳改农场了，是被人打死的。

　　我还是说下乡那会儿的事吧，伤了眼睛才是个开头呢。后来我们就全被安排去垒大寨田。大寨田你知道吗？我想你知道。就是抬石头，像码万里长城一样地把石头码起来，再填土。整整五年，我们就在垒大寨田。五年下放，我们没摸过犁耙，没栽过秧割过谷种过庄稼，每每天天垒大寨田，每每天天就是跟石头打交道。把田垒好了，交给村里人，让他们去种苞谷、种橘子。我们下乡啥都没学到，就学会了把大石头解成小石头，把小石头码成石墙。

　　我的老婆和我一样，因没有文化被人欺负，让她给我们烧饭。一日三餐，还要砍柴，还要种一些蔬菜，腌制一些菜。

　　我老婆她们四姊妹，四个姑娘。也不见得比我们家好，全家只有十二平方米的房子，还是在一个鼓风机房的旁边。她父母都是纺织厂的工人，父亲工伤丢了一只膀子，大家都叫他"一把手"，在纺织厂打扫厕所，母亲是母猪风（癫痫），说倒就倒，口吐白沫，不省人事。后来我老婆发疯，可能与她们家的遗传有关。我老婆是她们四姊妹中最丑的，又矮又胖又黑，没有一点看相。我不是糟蹋我老婆。她大姐最好看，嫁给了一个军人。她妹妹是个有白化病的人，头发是白的，全身是白的，眼珠子都是白的，像个洋人，就是怕过热天，一过热天全身汗不得出，热得大喊大叫。一个夏天她就那么叫，像杀猪一样。

我老婆自被安排烧饭，以后就老是烧饭。她真是尽心尽力了。做米饭那是没的说的，有一点什么菜也是做得很辣很香。光洋芋，她也会做出十几种花样来，而当地的农民只会烧洋芋吃，就是把洋芋煨在火里，煨熟了扒出来，烧得好还好，烧得不好就是一块炭了，那吃什么呀？苞谷面，磨成面她就能做成干的馍馍、稀的饺子；不磨成面她给大家烧着吃、煮着吃，也香得不行。我抽空就给她挑了苞谷去队里磨面，也帮她上山砍柴。她对我好，给我洗衣裳，给我缝缝补补，感冒了给我熬姜汤。平常吃饭总是给我多添点，菜也多打点。后来我们搞成了我还是很感激她。我想我这样的人是不会有人爱的，家里穷，没有文化，又是劳改犯的儿子。可她就喜欢上了我。她可能想，她只能配我，我当时可能也这么想，我只能配她。

我记得有一次她跟几个女知青上街赶集去，买回了一本《战地新歌》送给我。她是不唱歌的，她没有音乐细胞，就因为我吹箫，我想这是她专门给我买的，她的心还真细。就因为这本《战地新歌》，我们就搞成了，而且成了知青点的第一对，也是唯一的一对。

这就要说到那个狗日的民兵连长啦。带领我们垒大寨田的是民兵连长，他就住在七队，听说他在宜昌读过中学。他有一支步枪，说是县里奖给他的，他抓过一个偷砍大队森林的地主，并把人家打死了。他三天两头来，拿着那步枪，我们都怕那支枪。后来混熟了，这民兵连长还热情，还憨憨厚厚的，他教我们打枪，不仅教男的，也教女的。如果谁石头抬得好，他就奖给谁一颗子弹，让谁打着玩。但渐渐地，他就露出了凶恶的本性，应该是叫兽性。婊子养的，那个人，长得五大三粗的，一身的牯牛劲，面孔黑黄，像一块石头。他要对女知青下手了。第二年的秋天，苞谷熟了的时候，大约是九月份吧，他提着枪说要护秋。因为山上下来了一些青猴掰苞谷吃，再就是生产队饿急了的人，也要掰苞谷吃。就这么，他要护秋，专找女知青跟他一起去，一次只找一个。你说这个婊子养的！

第二天跟他去的第一个女知青就知道他没安好心。为啥不叫男知青去呢？可他要女知青去。等到早上女伢回来，就哭哭啼啼，在东厢房；女知青睡东厢房，男伢睡西厢房。

大家知道可能出事了。我老婆过来给我说，等于给大家说了，说刘连长欺负了她。

欺负是啥意思，我们大家都清楚。我们就闷着头抽烟，闷着头骂那个连长。有的说向公社知青办告状，有的说找大队书记去。但有人提醒说大队书记是他的表叔，那有什么用，刘连长仗的就是他表叔的狠。有人说咱们有八个男知青，可以把他杀掉，趁他与咱们一起垒石头时，一起上，用石头把他砸死，然后埋在石头底下。有的说可以趁他再去护秋再找咱们女伢时把他砍死，然后丢下悬崖。但有人提醒说他个狗日的有枪，可咱们手无寸铁。提起枪我们就都害怕了，都不吭声了。谁不怕枪呀，你不怕枪？我不怕枪？我们看见过他打野鸡打鸟，一枪下去，还有活的？什么打不穿？

第二天他又来了，笑嘻嘻的，拿着枪。他说，昨天晚上下来了许多青猴，把小庄吓坏了，是不是呀，小庄？他问昨晚被他欺负的那个女伢。那个女伢看着他背的枪，只好面无表情地点着头。

那一天，大家都没有吭声，屁都没放一个，真他娘的一个比一个软球蛋。咱都是十八九岁二十岁的小伙子，怎么就屁都不敢放一个呢？我们抬石头，我们狠狠地砸石头。这一天晚上，他又叫去了小庄，就是那个女伢。

小庄是我们知青点最漂亮的女伢，歌唱得好，个子又高，在学校时打篮球，人又丰满，皮肤又好。她就是喜欢唱歌，她唱《山丹丹开花红艳艳》唱得尤其好。因此包括我，八个男伢没有一个敢追求她的。她的父亲是无线电厂的工程师。她就这么给刘连长强奸了。因为她平时太傲气，谁都瞧不起，说心里话，咱这男伢中被她伤过心的不少。现在倒了霉，大家心里还会生出一些高兴呢。人在那时候的心理十分的坏。包括那些女伢，甚至我的老婆，都说好，都说让她吃点苦头，解咱们的恨。

刘连长要她啥时候去是以枪声为号的，就是在傍晚，枪声打哪儿她就去哪儿。我们看见，枪响的时候小庄从东厢房冲出来，冲着我们西厢房的一伙男伢说："你们救救我！"自从刘连长又通知她要她去护秋后她就开始哭。她朝我们喊，她拿着手电筒，可是我们没有办法，有的还装作没听见，不出来。我们看见她被两个女伢扶着下了石坡，向一条山路上走去，那两个女伢回来了，电筒光也就不见了。大家希望这样的事是未曾发生的，也想得很简单，我还听见一个同伴说："她被刘连长爱上了是她的福气。"

我拿着箫到山上吹去了。后来我的老婆也上来了。黑灯瞎火的，山上的风很大，一入秋，风就吹得人骨头打颤。我那时候喜欢吹《草原上升起不落的太阳》，吹我们武汉知青爱唱的《思乡曲》。不过我最喜欢吹的是芭蕾舞剧《白毛女》里面的曲子，像那个"满天风雪一片白，躲债七天回家转"，还有喜儿剪窗花的曲子，喜儿在山洞中与大春相会的那一段。特别是喜儿与大春相会的那一段，用箫吹很是伤心。我记得那一天吹着吹着我就落泪了。我在石头上嘤嘤地哭。我的老婆问我："路生，你怎么啦？"路生是我的名字。我说没什么。想到咱们这么垒石头，不知要垒到哪一天才能完啊。我说："金凤，你说怎么办呢？"她说："什么怎么办？"我说事情肯定没完，咱们如果不把事情反映上去，还有女伢要吃亏。

我们在山上讨论了半天，没有结果，但我的预感算是灵验了。小庄以后，又一个女伢被派去护秋，又让那个家伙给糟蹋了。

接连糟蹋了两个女伢，我们还没有反抗。慢慢觉得她们是自讨的，谁叫她们太张扬了呢。我倒想出了一个主意，我对大伙说，我看是刘连长太了解我们了，他知道那些女伢没跟我们中的人谈恋爱才敢下手的。我说为保护其他的女伢，让他再不敢动手动脚，我们现在要在他面前假装是成双成对的。我的号召力太弱，完全没有号召力，我这么一说大家就轰地发笑，说我在讲梦话。说路生老弟，那你来安排谁跟谁吵。我说我怎么安排？你们不信算了。

一连几天，我被大家笑得抬不起头来，他们都说我是个苕货、二百五。结果第四个，该我的老婆倒霉了。

第三个倒霉的是我们点最小的一个女伢，叫招妹的，十六岁，被刘连长强奸后流血不止，天天哭。我们看她可怜，就派两个人把她送了一段路，让她拦车回武汉去。但是她在路上走不见了，是死是活，一直到现在她的家人还搞不清楚。估计是跳崖了。

第四个或者第五个，反正我的老婆是吃了亏的。那一年春天，第一个被刘连长糟蹋的小庄去了好地方，被推荐当女兵走了，在青岛当话务兵。她走的时候已经微笑了，很高兴。第二个呢，第二个被推荐上了孝感的医学分院，也算脱离了苦海。这是后话啦。

还是说那时候吧，是春夏之交时，有一天我们回那破庙里吃饭，大伙都看我老婆板着脸，哭了的样子。我感到不对头，感到有事了。我想起刘连长中途从我们抬石头的地方下山了，说是给我们弄水喝，背着枪就走了，再也没有上山。我无滋无味地吃了一碗饭，心里乱乱的。晚上我就把我的老婆叫到了后山。她不去，我说你今天非去不可。我去了我也没吹箫，我说今天发生了什么事，你给我说清楚，由我来处理，是死是活都由我来办，我说我是不信邪的人，老了就一条命。可我的老婆死活不说什么，说没有事，说我什么也不会说的。我就抽了她一耳光，我说你欺骗我呀，你隐瞒我呀。那时我跟她的关系还没有挑明，还没有谈论婚嫁，也没有跟她有那个事，可我就认为她已经是我的人了。我抓住她的头发在一棵树上撞她的头，我撞她，她也不喊不叫，像一块木头让我撞。后来我撞累了，放了她，她呜呜地哭起来了。我觉得自己也不冷静，做得有些过分，她有她的苦处呢，可我没原谅她，只管自己出气。我的心就软了，就说，还不回去睡呀？她不回去，怎么拉她也不回去。那天晚上的蚊子又多，还有一种山蚂蟥，就是旱蚂蟥，扎在草里面的，比蚊子厉害多了，你坐那儿不动它就从草里爬出来，叮你的腿子，叮得你鲜血直流奇痒难受。我说你回去呀，她不回去。我后来就去拉她，拉不动。后来她挣脱了我的手往山上跑去。我想坏了，她若死了那就是我把她打死的。反正那时候她就出现了一些奇怪的举动。我后来还是把她强拉硬劝回去了，说，过去的事我不跟你计较了，过去的事就让它过去了，我也不报复了，我知道你怕把事情闹大咱们回不了武汉。我说这口气就忍了，好，就忍了。

可我哪儿能忍呢？那个年纪，啥事都不能忍，哪像现在，啥都能忍。因为认定了她是我的未婚妻嘛。越想越不是滋味，自己都没动一下。就像一碗菜，你弄来的，你做好了，刚端上桌，被别人先动了筷子。你说！

我整天茶饭不思。可我看着我的老婆也可怜啊，她受了屈，还不能休息，还要顿顿不落地做十几个人的饭食，还要挑水，打柴。她那段时间瘦多了，脸色蜡黄。

那个夏天我们也没啥可吃的，天天大雨如注，天就像割开了几个口子。山洪暴发。我们没吃的，还要上山垦田。我想，这样下去可不行，我不能就这么让狗日的刘连长给气死了。我要活下去。我要找点好吃的调我的胃口。因为我的街坊五毛在三队的知青那儿弄来了几颗马钱子，我们就想着去毒死一条狗来煮了吃。

我们把马钱子包在馒头里，决定去毒山下一个老红军的狗。说起这个老红军，据说是从成都遣送回来的，是个少将，"文革"时犯了错误。他也是刘连长以及刘书记的本家，都姓刘。他住几间大瓦屋。他腿脚不便，全村只有他家有条狗。这也是间接地报复刘连长，刘连长那狗日的经常带着这条狗上山来，还跟那个老红军一起喝酒。

我跟五毛和另一个人就下山了。老红军就住在和我们一条线上，一条下山的直路。那时天已经黑了。狗在外面，我们唤来了狗。那狗因为经常被刘连长带上山，跟我们混熟了，也不咬我们，就吃了我们五颗马钱子。马钱子要半个小时才发作，我们也不急，坐在那儿等那条狗发作。后来那条狗就发作了。发作就是到处找水喝，因为毒气攻心它就口干，浑身发燥。我们不让它喝水，拽着它。它又急又跳，还想咬人，但没多时就一命呜呼了。

事情这么简单，是我们没有想到的。正准备拖狗回去时，其中一个人就说，听说老红军屋里有好几箱从成都带回来的五粮液。我们从学会喝酒开始，就是"苞谷烧"，从来没沾过五粮液这种高级酒，不知是啥滋味。我心想，既然搞狗这么简单，不如偷他一瓶五粮液来喝喝，这样狗肉才吃得有味。

我是愤恨，恨刘连长以及一切姓刘的，才滋生出了入室偷盗的邪念。这是我这辈子唯一的一次做强盗，我是恨。我对五毛他们说，你们在外头等着，等老子翻窗进去。他们两个守着死狗，我就翻窗进去了。我是从厨房翻窗进去的，厨房的窗户齿是两根木齿，我没有弄出什么响声。这老红军有早睡的习惯，天黑就睡了。我进了老红军的屋，打开手电筒，先是在厨房里找他的酒，没有找到，后来在另一间杂物间里找到了。我拿了一瓶，又拿了一瓶。正待走时，头上就挨了一闷棍。那老红军很有几招，力气还不小，一把就将我的手扭到背后，一脚就踏到我的背上。这时屋外边的同伴五毛他们，听到屋里有事，丢下狗早就跑了。我一个人遭了老红军一顿痛打。可我说我是因为有恨，恨刘连长才来偷狗偷酒的。我于是把刘连长睡女知青的事原原本本地给老红军讲了。老红军就不打我了，就连连质问我："是真的吗，你没说假话？他刘大海有这么粗的胆子，他不怕被毙了？"老红军说他要过问此事，说你们应该马上向公社汇报，找某某书记。不行就找武装部长，找县里也行。

我被老红军打得浑身疼痛，我回去又遭到了他们的嘲笑。这些人，我说了，武汉的知青活该别人欺负他们。武汉人就是这个鬼样子，在武汉狠，在外面就不狠了。这叫巴门框子狠。我说好呀，你们这些斑马养的，你们笑我，到头来笑你们自己还来不及呢。

第二天还是大雨，我就穿着一件蓑衣，去了公社。去公社要过黑松峡和盘洞河。这两条河山洪暴涨，我硬是游了过去，到了盘洞坪的公社所在地。天已经黑了，我找到坪上的旅社花五角钱住了一夜，烤干了衣服，第二天一早就去了公社大院。我徘徊在大院门口都不敢进去，还一直打着牙嗑。你说，我这个人。我怕这件事如果他们不处理呢，刘连长不一枪毙了我？他们压住我不让我招工，我一辈子在这里跟刘连长为仇？小庄已经当兵走了，另一个被推荐读大学走了，招妹死活不知，还有两三个比如我老婆，打死她她也不会承认。女孩就是爱面子，为面子她吃了多大的苦也不会承认。我发现这些跟他睡了的还讨了好，读大学、当兵，都走了，我们八个男伢一个都没走。我这是替谁申冤呢？我的老婆又没嫁我。我这么想就抽了自己两个嘴巴往回走。人到关键时候他就想到保护自己，还想什么呀！

但心里还是不舒服，想到刘连长欺负我们远离故乡的小姑娘伢心里就恨，就长出了牙齿，在心里咬得咯咯的响。

回去的山洪更大，我在水里漂了七八里路才爬上岸来。回去的时候已经到了深夜，别人问我干什么去了，我没说。

第二天，我们被刘连长逼着去山上修补冲垮了的梯田。那怎么修呀？我们几年来垒的梯田就在那一年全部给冲垮了。

山洪暴发得厉害，山上的石头往下滚，刘连长回去睡觉去了，就留下我们知青。我们知青还不知道山上这么多石头滚下来是泥石流的前兆。我码着石头，一块大石头从上面滚下来，砸到我手上，把我的手腕砸断了，当时摸得到断了的骨头桩子，把皮都快刺破了。当时就去叫队长。队长到了破庙里，看了看，要我们赶快去找会计借钱，到县里头去接骨头。

借了几十块钱，要找个人陪伴我去，如果住院他还得伺候我。五毛说他去，其他人也愿意去，但最后我还是选了我老婆金凤，她毕竟是个女的，可以帮我洗洗衣服，女人细心一些。那时候，我已经跟我的老婆不说话了，我看轻了她，她也觉有愧，极力回避我。但现在我的手砸断了，我说要她去，她也没推辞，便跟我走了。

到了县里，接好了骨头，打了石膏。还是不停地下雨。大约一个星期后，就听医院的医生和病人传，咱们县里茅子岭发生了大泥石流，死了不少的知青。他们就问我你们不是茅子岭的知青吗？我们说我们是茅子岭的知青。他们说你们什么都不知道？我们说我们什么都不知道。

茅子岭分北坡和南坡，北坡和南坡都有知青，我们在南坡。南坡两个生产队有两拨知青。那又是谁呢？不管是谁，那都是咱们那儿了，都是低头不见抬头见的老乡。我和我老婆就急了，所以一到了拆石膏的时间我就要医生给拆了石膏。拆了石膏一看——你看看，就是现在这个样子，手腕有了个弯儿，没接好，接错位啦。医生说，那没有办法，只得把你的手砸断了再接。我说我的妈呀！想到石头砸断手的滋味，我还能再忍受医生把我的手腕砸断吗？医生让我动了动手指头，五个指头都能动，都有知觉。说，不再手术也可以了，不影响手的功能，就是不大好看。我说还讲好看？能留下胳膊就不错了。医生说，那就对不住啦，我们只有这个水平。

我们收拾了东西往队里赶。那时候，我跟我老婆又和好了，在我住院期间，我的老婆对我无微不至，给我好吃好喝，洗东洗西，让我原谅了她。我想，也不是她的问题，我老婆的心是属于我的。我们赶回队去一看，从山上到山下，从破庙到老红军的房子到老红军，都没有了，都被泥石流埋了。泥石流是中午下来的，我们队的知青除我们两口子外，一个接替我老婆烧饭的女伢到队里磨苞谷去了，还有两个男的因为偷懒，说是病了，结伴到大队打葡萄糖去了，一共死了七个，加上上一年失踪的招妹，共八个人。

我们住的地方没有了，我们的吃的穿的，我们的箱子都被埋进去了。我在泥石流里找呀找呀，终于找到了我的这支箫——喏，就是这支，你看，还有被石头砸的印子。这箫因为长，插在泥石流中，我抽出来，我吹，还能发出声音。我握着箫，站在泥石流旁边，就哈哈大笑起来。我真的是笑，也不知为什么，就想笑，我说个斑马养的，该我笑你们啦，你们瞧不起我，嫌我没有文化，你们老是笑我，嘲笑我，你们现在笑啦，你们哪个还能笑老子？

我站在那儿狂笑，我的老婆就抽我的嘴巴，总算把我抽清醒了。我们就想，怎么办呢？整整一个下午，我就在那儿吹箫。我的老婆采来了许多野花，撒在泥石流上。那时雨住了，天空阴得要死。我一曲又一曲地吹，我把我会唱的全吹了，吹《草原上升起不落的太阳》，吹《弹起我心爱的土琵琶》，吹《珊瑚颂》，吹《南山岭上南山坡》，吹《山丹丹开花红艳艳》和《思乡曲》。我把嘴都吹肿了。我的老婆说："路生，别吹了。"我没理她的，我只想吹。

第三天，那些死去的同伴的家长就来了，其中有五毛的母亲。五毛的母亲一个劲地骂我，说都是街坊，你为何把我们家五毛丢下不管呢？我当时就发了火，我伸出我的手来给她看，我说伯妈，你为何要骂我？我的手如今成这个样子了，我又去骂谁？我活着，我成了残疾，我从此手不得劲了，我才二十一岁，我这活着跟死了有什么区别？五毛的妈说，你这个小杂种，你回去你妈还能看见你，我五毛的尸骨都看不见了。几个家长就在石头里扒呀哭呀，队里的人一起去才把他们拉走。

我和我的老婆捡到了一条命。我捡了条命，我就相信命，其他的什么都不信了。我刚下岗时，有人要我信佛，我说我插队的时候在一个破庙里住了五年，差一点把命都丢了，我的同伴死了七八个，菩萨保佑了他们？后来有人又拿来一本《圣经》，邀我去教堂皈依上帝。我说别忙，让我先看看再说。我读了《圣经》，读到一半，就不信了。"旧约"里的约伯，你知道吧？那样信奉上帝，是古代的大义人，可上帝让他失了牛羊、儿女，还让他从头到脚长毒疮。约伯就怀疑上帝，说，你应该是惩罚恶人的，怎么让我遭如此大难呢？然而上帝说，苦难可以是上帝的教育与管教，而不都是罪的惩罚，因为上帝借着困苦，救拔困苦人，趁他受欺压，开通他们的耳朵。后来说约伯开悟了，说他所遭遇的事太奇妙，是他所不知道的，一场大苦难对他最大的教益是：从前风闻有上帝，现在亲眼看见了你，因此我厌恶自己，在尘土和炉灰中懊悔。我觉得这记载不真实，我不相信。佛教也说善有善报恶有恶报，基督教也说作恶的必报，但为什么好人总是要遭难呢？我们那么苦，远在异乡，修补地球，为什么要让灾难降临到我们这些人头上呢？所以我不信。

我这说到哪儿啦？……我什么也不信？啊，是说我的同伴们死了。我忽然想到一句话，我这是在替死者说话，替他们说话。如果那次我没躲过，还不是被埋进几米深的泥石流里了，死了死了，一死百了，还能跟您侃什么呀？

我们没处住了，窝没了，就到了另一个生产队，有人说我们叫挂单，跟庙里的游方和尚挂单乞食一样。我们挂单到了第三生产队，靠近大队部。

因那儿有个伐木队，有许多树林——这就要说到挂单的第二年，也是我们插队的第四年了。该走的都走了，没走的全是些疏懒好吃、打架闹事的渣滓，人渣滓，再就是像我和我老婆这类没有文化、没有家庭背景，而且父母有点问题导致政审不合格的人。总之，全是些人渣滓，我认为我就是人渣滓，是人渣滓，不是药渣子。渣滓，没人要么。

我的老婆还是烧饭。有一次，她本是好心，下了场雨，她去采了一篮蘑菇，弄回来煮给大家吃。结果吃得大家上吐下泻。有一个女孩还吃休克了，心脏停跳，后经大队赤脚医生抢救才脱险。这下惹了祸，我的老婆就被她们打了一顿。是在半夜打的，全是同房间的女伢打的。我老婆睡到半夜，发现有人给她灌水喝。我老婆咕噜咕噜被灌了一杯子水，醒过来品品不对，一口骚味，原来是尿。我那老婆想挣扎，可四肢和头都被人死按着，动弹不得。就这样，我老婆又喝了两杯子尿，然后她们放开了我的老婆，拳打脚踢，特别是脑壳，打得厉害，后来头肿得有篮球那么大。就是那次痛打，对我老婆的大脑有很大的损伤，留下了隐患。我老婆在半梦半醒之间被灌尿了，被打了，最后才醒过来，坐着，说，你们打我做什么？她们笑着说，感谢你给我们吃毒蘑菇。然后她们又打，见她清醒了又打，边打边骂，你这个婊子，你这个卖逼的，你当我们不知道，你是刘连长的情妇。我的老婆哪是她们的对手，她一个人。这些女伢，她们全是硚口区的人，她们的背后都有男伢撑腰。三队是硚口区的，我们包括死去的那些都是江岸区的。江岸区的伢们都很老实；硚口区的靠近汉水、汉正街，他们的祖辈都是靠打码头为生的，所以他们旧病复发了，连女伢也凶狠得不得了。后来我就被她们打架和号哭的声音弄醒了，其他的男伢我估计都是策划者，假装呼呼大睡。我爬起来出门去看，看到我可怜的老婆已经疯了，头发散乱，赤着脚，短衣短裤，后来就往外跑，我拉她拉不住，我说你去哪儿呀，金凤？她说你不管我。我说你不回去睡觉，为何要往外跑？她说老子还输了她们？你等着瞧。她就挣脱我的手跑了。

我心乱如麻地蹲在路口上抽烟，我看见那些硚口区的女伢和男伢们开始喝酒了。他们半夜喝酒，他们多高兴啊。

我决定去找我的老婆，我怕她寻了短见。等我的老婆回来时她的眼睛已经肿得看不见了，赤脚上有血，短衣短裤，就差赤身露体了，像个野人。她的后面跟着刘连长。原来她没死，她半夜一个人去我们过去的七队叫来了那个狗日的刘连长。我走过去迎接她，她像没看见我似的，把我的手打开了，领着刘连长到了知青屋里："喏，就是她们，她们说我是你的情妇。"刘连长提着县里奖给他的那支枪，这是你想到了的。他提着那支枪，说，谁，谁？我的老婆就说谁，谁。我的老婆点一个，刘连长就用枪托捵一个，专门捵她们的下身，捵得她们哇哇乱叫，捵得她们月经紊乱。她们的男朋友在旁边看得干瞪眼。

出了这口气，我的老婆也不理我了，为了感谢刘连长，她还主动地跑出去跟那个家伙约会。这真是气死我了。我有一次抓住她对她说：金凤，你这样下去也不对呀，你未必真想跟他结婚，生一窝乡里伢，一个个黑皮溜秋的，穿开裆裤，抹绿鼻涕，端着个大碗，鼓着个肚子，喊你姆妈？

没有几天，我的老婆就招工走了。我看她不想理我，我也不想理她。我想痛骂她一顿，我要说，金凤同志，我知道你是怎么走的。我那时万念俱灰了，我的这只伤手又不能干重活，我完全有理由病退回城，可是没有谁理我，有的满面红光的人都病退回城了。是什么原因呢？后来刘连长才说出了实情。有一次刘连长嗤笑我说，老革命，你还揭发我啦。我想起我给老红军汇报的事，估计已经传到了他耳朵里。我自认倒霉。他封我为插队落户的老革命就老革命呗，我破罐子破摔了，请了个病假，去了咸宁我弟弟插队的那儿玩。

我弟弟在咸宁一个叫桃花湾的地方，混得不错，那儿桃花盛开，有大米饭吃。我弟弟因为爱好打架成了一帮武汉知青的拐子（大哥）。我到我弟弟那儿天天吃米饭，不敢回武汉。因为我妈不让我回去，回去就说我表现不好耽误招工。她要赶我回我下乡的那儿去好好劳动，以便感动当地的领导让我早点回来。我一肚子苦水我怎么好说。

我在我弟弟那儿吃了两个月大米，才回了神农架。回去我看到了一封信，是我老婆写给我的，她说她要尽量把我弄回武汉，说是我妈找过她。

我只当是玩笑话，因为几个月过去了没一点动静。那个春节我没有回家，我无颜见江东父老哇。加上那一年春节大雪封山，雪下得大呀，平地足有一米厚，人走不出去，雪救了我让我待在山里。春节我蒙头睡了五天五夜，饿了啃两个红薯。当地的人都不知道，如果知道我在那儿，他们还是会请我去喝一杯酒的，我跟当地的老百姓混得还可以。

春节过后，雪化了，知青陆陆续续地来了，我的老婆也来了。她那时是纺织厂的工人了，穿着纺织厂的工作服，提着许多东西，有吃的有喝的，有烟有酒。她说有些是我母亲托她带来的；另一些是她的，要去送给刘连长、刘书记以及其他刘什么的。她说是来帮我跑病退的，说我这个情况只能办病退，不能办招工。原因嘛，至少有一点我是清楚的，我的老父亲还在劳改农场。我们以为他还活着在改造，其实他早就被人打死了。

这次来，我的老婆是来替我求情的，我很感激她。一个人很绝望的时候另一个人突然来安慰你，你就很能记住他。但是我的事情不是那么容易办的，从年轻时候起，我的事情就难办。一到我头上，就很麻烦。

我的老婆走时我也没有送她。她是搭一辆大队的手扶拖拉机走的。她走后我就给她的工厂写信，我在信中讽刺她说，金凤同志，我以为你有通天的本事，其实你什么都没有。有人说你很能干，连风都抓得进来，我看抓的就是一把风。

她有什么本事呢，是啊，她有什么本事？唯一的本事还不是把自己的身子给了别人。我那时确实没想到以后还会同她结婚的。我只想激将她把我病退回去算了。

因为仗着我老婆对刘连长的牺牲，我就天天去大队部闹，找刘书记、刘连长。有一天被逼急了，我捡起桌上的一个算盘砸到了刘书记的头上。当即刘连长就把我关起来了。他们说我打革命干部，把我一捆，丢在一个打米机房里。打米机房有许多老鼠，把我的脚指头啃了半个，啃得我大喊大叫，又不能动弹。他们不给我水喝，也不给我饭吃，第二天把我拉到各队游斗。

我的脚趾已经被啃出了骨头，还要走山路，走得我脚下淌血。我就骂他们，我说你们这些家伙，你们想把我整死啊，把我整死了看毛主席怎么来收拾你们。你们破坏毛主席的上山下乡运动，你们这些狗东西、婊子养的，你们睡女知青，你们把我们安排在破庙里，让我们被泥石流埋了，你们搞特权，我的手都残了不让我病退，没病的倒病退了。你们睡女知青，就凭这一条毛主席也毙了你。

我骂啊骂啊，我的脚实在太疼，手也疼，手断过的嘛。我那次什么都不顾了，我吃了我嘴巴的亏。但也是我的嘴巴救了我，毛主席说，看事情要一分为二，任何事情有利就有弊。他们看我这么讨厌，就研究把我送到县里的监狱里去。但有人担心我嘴巴瞎说，说把我送到公社和县里去了，我一瞎说，他们就完了。于是，他们就对我采取了打一打摸一摸的政策，对我的态度来了个一百八十度的大转弯。说只要你态度好一点，嘴巴也不瞎说，我们就帮你把病退办了。这很简单，只要我们弄一张贫下中农座谈意见，盖个章，你就可以走了。他们说，你能保证你不瞎说吗？我说我能保证。他们说，你先打自己三十个嘴巴。我就打了自己三十个嘴巴，狠狠地打，左右开弓。他们就把我放了。

我得到了大队干部的口风，就又给我老婆写信，我说你不在最后关口帮我一把吗？就差一口气了。这样我把她哄了来，她一来就真的把我的病退办成了。我一天都不想在那个地方待了，我执意连夜赶到县城去乘车，乘车到宜昌，然后坐船回武汉。我去时拿了一管箫，回来时还是只拿了一管箫。

那个夏天又是天天大雨，我和我老婆冒着大雨到了县城，天就亮了。我们到县汽车站去买车票乘车，汽车站候车室挤满了人，但汽车不开，说路上有塌方。我认为司机是怕辛苦，就发动等车的人一起去找汽车站站长。我让大家都把买票的钱给我，我一个个登记，登记了四十多个人，把钱放到汽车站站长的办公桌上。因为我是武汉口音，戴着军帽，穿着靠板裤，一看就是武汉知青。武汉知青在当地名声是不好的。汽车站站长见钱收起来了，给我们解释说不是不开，是怕不安全。我们说死了不找汽车站。这些乘客中不止我们两个武汉知青，还有几个知青，包括有几个宜昌知青，大家都说死活不要他管，车非得发。就这样，车就在大雨中发了。

结果呢，你想见得到，车遭遇了塌方。我们的车本来没事，就停在塌方处，前行不得，后退不得。当时雨大雾大，一辆装磷矿的卡车撞上了我们，把我们的车挤到山坡下去了。就像我老婆说我一样，我是个灾星。

我们那一车人死了多少我没有统计，反正我是从车厢里爬出来的，我的手里还抓着那管箫，我老婆是在车翻下山坡时从车窗里甩出来的。我从死人堆里爬出来，拄着箫，去找我的老婆，我在大雨中大喊"金凤，金凤"。后来我找到了她，她挂在一棵树上，脸全被划破了。我把她从树丫上背下来，放在公路上，我说金凤，金凤你还活着吗？她睁开了眼睛说，未必我死了？我说我还真以为你死了呢。她说你还活着吗？我说我还活着，我这不活着吗？我是鬼？未必我是鬼不成？她说我是怎么活过来的？我说你被车子甩出来了，你挂在树上，像一片树叶子。她就笑了。然后又哭了，说路生，你是个灾星，跟着你要倒霉。我说我是福星。我们不是活过来了吗？你想想那一年我砸断了手，不是我叫你去县城照顾我，你还不是被埋进泥石流里面了。她说狗屁，我不会挑苞谷去磨面！我说我肯定是大福星，大难不死，必有后福。我们两人抱着大哭了一场。她说咱们的命怎么这么苦哇？我说我也不知道，知道就好了。哭过之后她对我说，咱们的事清了。过去我欠你的，有什么今天都全部还清了。你看吓得我，我这个月的工资还没领呢。我说你是不是想跟我断交？她说就是。

我就这样惊魂未定地回到了武汉，我妈通过娘家的一个远房亲戚，将我安排在一个集体所有制的楚天机械厂里上班。那时候好像厂里的人都满了，加上我的手半残废了，没啥技术活给我学，就让我去了包装班，专门为机械钉包装箱子。从此以后，我就跟锤子与钉子打交道了；除了锤子就是钉子，除了钉子就是锤子。

像我们这样没有文化、没有后台的家庭的伢们，只有这样的命等着你。假如我家有人当官，我未必不能被推荐上大学？我们那个大队刘书记的女儿，小学都没毕业，后来，"贫下中农推荐"上了大学，现在做啥？现在是咱们省政府的一个大处长了。我们有个知青，成分不好，可他的叔叔是北京的一个什么官，跟县里打了个招呼，后来作为革命干部的子女招走了，招到市轻工局坐办公室，后来当了副局长，什么车都坐过了，什么女人都睡过了，什么酒都喝过了，房子呢，四室两厅，听说有好几处，一个儿子高中都没读，就被送到了澳大利亚。这都不说啦，这你们也都看得太多了，群众的眼睛是雪亮的，太多了，这几十年，再说也不起劲了，不新鲜了。啊，我可不是在这里跟你诉苦，我这大把年纪了，已经没苦可诉了，我只是讲我稀奇的经历。我说到哪儿啦，我总是说到前面忘了后面。我说到我回来了，钉钉子了。

就这样，我们回到武汉总算有了工资发，我们不能跟人家比，人比人，气死人。

回家后我那老婆果然没理我了。她当然可以不理我，她的纺织厂是国营单位，我的厂是街道的集体单位，没听说国营单位的女伢找集体单位的男伢的，很少。集体单位的男伢要么找集体单位的女伢，要么找郊区像黄陂、汉阳的女伢。可集体单位的女伢稍有点样子的又瞧不起集体单位的，非要找一个国营单位的，走出去这人都有精神些。况且我那个钉钉子又不是技术活，没哪个瞧得起。

那时候我的哥哥娶了，我的姐姐嫁了，我的弟弟还没有上来，他调皮捣蛋，我们还以为他一辈子待在乡下的。我的父亲呢，已经证实死在劳改农场了。我的母亲连我父亲的骨灰都没要，因为她恨他。说他把她抛下了，让她来抚养这一大家人。我母亲去取骨灰那一次在半道上把骨灰送了人。我猜想哪是送人呀，八成丢在水沟里了。骨灰那玩意儿谁要呀？

因为我的哥哥也娶了，我就想我也应该娶一个才是。于是我就缠着我母亲要她给我在老家找个乡下媳妇算了。我母亲是黄陂的。我母亲说，金凤不是很好么？我说她哪瞧得起我呀，她现在是国营工了，再说，她瞧不起我我还瞧不起她呢，跟民兵连长胡搞，让我戴绿帽子啊。我母亲说不许胡说，她不是那样的人，她对你那么好，帮你办病退，你还说她的坏话。我说她就是那样的人，我又没诬陷她。

我后来跟我们车间的一个女伢玩过一段时间。她喜欢我吹箫，天天晚上缠着我跟她去滨江公园吹箫。在江边找个草坡坐着，吹着箫，也不做什么。但不久她哥哥给她介绍了一个工业学校毕业的中专生，她就跟中专生好上了，也不听我吹箫了。

我个人的事情一直拖到一九七八年。一九七八年我听我们一个知青战友讲，刘连长到武汉出丑了你知不知道？我说我不知道，那天我是在大街上听那知青说的，那知青骑着自行车，又没停下来，甩下一句话就走了。我想去追也没追到。我想着他甩给我的这句话，好像是讽刺我似的，他为何在我面前提那个婊子养的刘连长呢？他们是想笑我，笑我戴绿帽子吗？

其实那时我与我老婆几年没见面了，不知道她是死是活。

听了这句话，我决定去找我老婆，我到那个纺织厂找到了她，我说金凤，有人给我说刘连长在武汉出丑了是什么意思？金凤说，爱玲抓进去了你不知道？我说我哪儿知道啊，我整天锤钉子。她说的爱玲就是哈爱玲，就是那个被推荐去读医学分院的女孩。刘连长跑到武汉来还要跟爱玲睡觉。爱玲被缠不过了，就同她妹妹一起，用剪子把刘连长的鸡巴给剪了。

我当即就高兴得跳了起来。我老婆说你高兴什么，我说反革命分子受难之时，就是人民大众开心之日。我说早该剪了，还留到现在！我说这下看他还屙得起三尺高的尿来！

这个刘连长前年到武汉来了，还到我们家去过。穿一身海青和尚服，他出家啦。他说话声音尖细的，像个女人了。他来是要我们武汉知青出钱修庙。我们给了他一百块钱，他接过了连声说阿弥陀佛阿弥陀佛，菩萨保佑菩萨保佑。他当和尚的庙就建在我们当年住的破庙那儿，他说挖地基时挖出了那些被埋进去的知青，一共是八副骨头。但我记得只死了七个人，为何有八副骨头呢？他死咬着说真是有八副骨头，可能是过去修庙时埋进了一个镇山和尚。然后他给我们一个东西，说这庙初建于何时，毁于何时，再建于何时。一共建了十几次。这一次要建一个大庙，刘连长是庙里的住持，到处找人拉赞助。他不好明说我们给少了，就拿出一个本子来，点出哪个给五千哪个给两万。我送他下楼时我说明山法师——他改名儿啦，他叫明山啦，你看见女人了还起不起性？他忙说罪过罪过。在我的再三追问下他只好说，家伙都没有了，起性何用？他说见怪不怪，其怪自败。弘一法师说过淫欲不断，万劫沉沦，念头方动，天怒地嗔。三界轮回淫为本，六道往返爱为基。我说你终于成了正果啦，他说不成正果又怎样？还不是跟你们当年到破庙里插队落户一样，逼的。我现在终于到庙里插队落户啦，你们几年就走了，我这是一辈子啦。他唉声叹气地走了，我在想，这就是报应，他挖出来的那些尸骨中，至少还有两个被他给糟蹋过，这刘连长，天诛地灭了他。

啊，我说着说着又说走了。我是不是说到我去找我老婆问刘连长的事？对。我当时问我那老婆，刘连长来找哈爱玲，未必没来找你？我的老婆一听这话就不高兴了，好像要啐我一口的样子，连连说，恶心，恶心。然后给我端饭吃。她给我打了一大碗饭，两个菜，全是肉，她用她自己的碗打的，她自己没碗了，就看着我吃。我说你也吃一点呀。她说就一个碗，你吃了我吃什么？你吃完了我再吃。我在她的食堂里吃着饭，看着川流不息的纺织女工。好漂亮啊，好多啊，女伢们扎了堆，一个比一个漂亮。我当时都看得忘乎所以了，结果把一块肉吞进气管里，不停地咳嗽。我那老婆说，你没吃过肉的，我说哪是肉卡的，全是纺织女工卡的。我被那块肉憋得脸都紫了，我蹲在地上说，金凤，麻烦你给我找一个纺织女工好吗，管她是已婚的还是再婚的，我真的喜欢上了纺织女工。我老婆说，个斑马，你这个样子鬼还喜欢你，不屑泡尿照照。我说莫非我打一辈子单身不成？她说难道我就不行，你还要别人？我说，这么些年，你还没结婚，你哄我吧。她说我哄你个鬼哟，我还嫁得出去？都被你睡了。

　　她这一说我才想起来，我的确跟她睡过。那还是在下放第三年时帮她上山打柴，在柴山里跟她睡过一觉，她不提我都把这事忘了。一想到跟她睡觉时的情景，我就激动了，我就说，金凤，我们办了吧，今天就办。我的老婆一把将我推坐到地上，捏了一把我的喉咙说，你把肉吞下去再说。我卡了半天，她一推，嘿，肉吞下去了。我连忙说，下去了下去了！

　　就这样，我们就结婚。我家是没有房子可住的，我哥哥结婚了在家里住，我一个妹妹和我母亲住在厨房里。我和我的老婆给他们厂长送了几回烟酒，才终于搞了半间团结户房子。

　　所谓的团结户，就是在过去的女工宿舍里，几家住一间，又没有隔墙，帘子一拉，就成了一家啦。我们那一间，还是厂长开了皇恩的，只住了两家。当然不是对我老婆开皇恩啦，是对另一家，人家是边防军人，军人家属。那军人长得很有气势，威威武武，据说是特工班的，常摸到越南那边去侦察，一个人打得死七八个人的样子。人家是多年探亲一回，回来了那还不是干柴烈火，加上这次回来了下次不知回不回得来了，会不会踩地雷完事，所以帘子一拉也就管不了那么多，拼命地做，嘿嘿的声音就像是跟越南鬼子搞肉搏似的。我和我的老婆都要把耳朵塞住，就一张布帘子嘛。这真是受罪呀，我想学那军人的，学不了，我那老婆也不行，每回要与她做那事，就像做贼似的，生怕弄出了声，我老婆一紧张就腹痛，肚子痛得汗直冒，而且，不怕你笑话，下面干干的。

　　这怎么成？这完全不成。就这样，我们在纺织厂住了一年多，我老婆的肚子还一点反应也没有。这可把我急死了。有一天我和我老婆在我家楼顶上乘凉，那也是公房，挤挤攘攘的一栋，楼顶有个斜坡，我小时候就爱在那个上面乘凉，看长江，看那个毛主席题词的防洪纪念塔。那楼顶是个铁梯子直上直下的，上面堆满了几家人家不用的柜子和木柴。看着看着，我突发奇想，说，金凤，这里我们可以垒个小房子住咊。我的老婆环视了一下，说，这个斑马养的能住，这么陡的坡，住到半夜溜到楼底下摔死了还不知道是么样死的。我说用砖一拦你溜到哪里去，你溜到我怀里来。把这些破东西一丢，把房垒结实嘛，坡是陡点，到时我们把床腿一边锯短点，不就平啦，你还是纺织工人，这点脑筋都没有。她说，你聪明，我听你的。我说不这样么办，我们都老大不小了，我想要个伢，在纺织厂，一辈子也生不出个伢来。我老婆说，我这么住着就住着，我不住着占那半间，以后能分到房子？都是排队，所以我就那么住着，你要在这里盖房子，你住，咱们分居。我说分居可不行，我一天都离不开你。她说路生你个斑马养的好会说假话。她说我心里清楚，路生，你一点都不爱我，只想让我给你生个伢儿。我这一辈子，亏就亏在没一个人爱我。我那老婆就哭了。我说金凤你别哭了，你多心了，我真的爱你。我们马上行动，我们要把这个房子建好，然后我们就有自己的家啦。

我在那儿估算着这个房子有多大的面积，大约可以围出五六个平方米来，那就很宽敞啦，我说哪儿放床，哪儿放个柜子，哪儿开窗。靠南面的窗户是要留的，有江面风吹过来，窗子要开高一点，以后有伢了防备他爬出去摔坏了。窗户还要搞几根铁齿，然后，我们可以坐在床上吹江风看长江，这就像神仙啦。

就干就干，我跟我的老婆穿街走巷开始捡砖。白天我骑着我哥哥的自行车四处侦察，晚上就一个人或者与我老婆去挑砖。砖有好砖、新砖、老砖。只要有，能捡就捡，能拿就拿，嘿，拿几块砖也犯不了蛮大个法。有时候兴致很高，一捡一夜，好几次碰到过街道的巡逻队，有时没事，有时不仅没收了你的砖，还把扁担绳子也收了去。我那时候没啥想的，一门心思想把那房子垒起来。我想到当知青时垒大寨田，现在垒自己的家。哪是家呀，就是个窝呗。可人有时候飞倦了非得要这个窝，管它大小。有时候我老婆被砖砸了手，想起来就哭，我说只当我们多当了几年知青，这总比当年垒大寨田强多了，至少饭有吃的，至少是在武汉。过去垒的田，洪水一来就冲了，现在垒的房子，是我们自己的啦。

砖有了，又花两包烟到一个工地上弄了些石灰粗砂，就要开始做了。一动工，老住户们都来了，说这房顶是大家的，要垒大家一起垒，都有份。几十年的老住户了，可说翻脸就翻脸。还有太婆爬上去睡在那屋顶上撒刁，说要叫领导来，说我是乱搭乱盖，说我是霸占集体财产。还是我弟弟狠些，那时候他也回武汉来了，是最后一批上来的，就是没有工作。他回来了还是我们那条街的拐子。他拿了根我做窗齿的钢筋，说谁要是不让做，他就一条子刷过去。我弟弟一出面，睡在屋顶上的太婆也就乖乖下来啦，屁都不敢放一个。谁不爱惜自己的命呀。他们都知道我弟弟回来后都被拘留过两次啦，都是因为打架。

　　房子就垒起了，上面用石棉瓦盖顶。房子是建起了，是在九月，但武汉那年热得不得了，立秋了还四十一二度，人进去就追一身汗出来。我那老婆不想搬，说她宁愿住团结户，上班近些。但是后来发生的事情使她不搬不行了。就在我们房子垒起来不久，我们团结户的那个军人就被越南人埋的地雷炸死了，成了烈士，后来那烈士的妻子就搬了出去，厂里给了她一套一室一厅，算是个安慰。接着再搬进来两对新婚夫妻，都是一个帘子。你想想新婚夫妻是什么样子吧。我老婆自从当了挡车工以后就神经衰弱，过去胖胖的后来瘦成一副骨头架子了，两只眼睛都是青的。一到晚上，听到旁边两张床上的声音就心惊肉跳，整夜整夜睡不着。我估计那时候对我老婆刺激不小，从那时候起我老婆神经病的兆头就越来越明显了，头疼啦，神经衰弱啦，惶恐不安啦。

　　我说什么也要让我的老婆睡一个好觉，你说是不是？我是个男人哪，我不能让我的老婆睡一个好觉我还算什么男人？唉，别提啦，提就脸红。你说我们单位为何不给房子？我们那集体单位有工资发就不错啦，屁大点的工厂，有钱也没地方盖房，何况没钱呢。

　　我把老婆接过来了，我们爬上那铁梯，上面多安静呀，没人打扰，啥声音都听不到。可是我老婆可能因为太兴奋，迈进去就摔了一跤；脚没踩到实处，忘了那房里有坡度。当下头上就起了个大包。我老婆就哭起来，我老婆骂人是不输哪个的，她骂人是一把好手，后来她犯神经病时，一个人在大街上往往一骂就是半天。骂哪个？鬼晓得！我老婆骂我妈，说一样人两样心，为什么要让我哥住下面的好房子，咱们只有自己垒房的份？这哪叫房呀，这就是鸽子笼，你妈喜欢大媳妇。我说金凤，你别提我妈了，我妈是个老混蛋。

武汉的冬天，干冷干冷，比他妈高山上还冷。我们那房子，又没粉，四壁透风，风还从石棉瓦里钻进来。可那时候年轻，心是热的，捂进被子里，也就不管世界了。我们的女儿姣姣就是在那间屋子里出生的。我那女儿生下来可漂亮了，胖乎乎的，大眼睛，长睫毛，生下来就想喊我们爸爸妈妈似的。我妈乐得合不拢嘴，说，就叫她姣姣吧，就这么，叫了姣姣。

生下姣姣是在第二年冬天，那一年冬天冷得人发筛，整天风直吼的。我记得姣姣还没满月，一场大风把我们屋顶的石棉瓦卷跑了一块。当下我们一家三口就冻得浑身像凉水浇，女儿也感冒了。我老婆骂我，路生你个斑马养的，你还说你不是灾星，你这个灾星哪！我说我不是灾星。一冻，我老婆的奶也冻没了，再怎么吃鸡吃鲫鱼也发不出来，你说我是不是个灾星？我那女儿就苦了，饿得整天嗷嗷叫，不喝牛奶，不要米粉，就要她妈的空奶头。

好歹我老婆找到她的一个同事，也是刚生了小孩的，奶水充足，便把我的女儿抱过去，时常匀点奶水给她。但这个女工是个乙肝，她又不说，我那女儿吃了她的奶水，染上了乙肝。当时哪知道啊？多年以后才知那女工是乙肝，再查我们的女儿，也是乙肝。

说到这里，吹箫人擦着他的眼睛。他的眼睛泪汪汪的。他喝了一口酒，又接着讲——

慢慢地，孩子就长大了，我老婆的头痛病却加重了。我们在她单位分到了两居室，跟人共用厨房和厕所，这房子我就非常满意啦，日子也还过得不错。眼看着女儿一天天长大了，越来越可爱，家里电视机、录音机、冰箱什么的都有了，心想这日子就平稳了，赶上了改革开放的好时候。像我们这种人，能过上点平稳的日子，心里就满足啦，也没啥别的想法了，就这么过呗，人到中年了。虽然与老婆经常吵吵闹闹，但也没有大的矛盾。我老婆有头痛和神经衰弱的毛病，什么事我都让她，她在家摔东西骂人，我有时情绪来了叮她几句，有时就走了，到外面去玩玩，看看人下棋，打打牌。

但是这日子慢慢就改变了，先是我们单位不景气。我们单位有一阵子是红火的，八十年代初生产一种铣齿机，还有畜牧机械的减速器，一年生产几百台，差一点就被收归国营了。大家奋力地工作，争取厂子转成国营了我们的待遇就会好些，特别是福利、医药费什么的，以后想调出去，就可以调到其他国营单位去了。那时候，集体单位只能在集体单位一辈子，想调国营万万不行。但几年以后单位就不行了，又转产搞轧花机——就是乡下轧棉花的那种，轧花机过不了关，没卖出去几台。再搞铣磨机，但是我们那个小厂，技术过不了关，好歹卖出去一两百台，天津市人家生产的铣磨机就把我们的生意全抢去啦，人家搞的是 32 行，咱们厂最多只能搞18 行的。

没有了事做，就自然而然减员啦。我在包装车间，没有机床包装了，加上我平时脾气不好，跟领导没有啥关系，领导就要我回家了。

当时又不是我一个人回家，也没啥好想的。回到家里，单位有时候发几十块钱，有时候不发。因为是集体单位，国家又不管，自负盈亏，没钱你有什么办法，你没钱厂长也没钱。

后来厂子就彻底垮了，机器被几个人承包了。也是厂长找的几个人，都是有技术的人。我们是没技术啦，有技术的人那一段时间都回去上班了，我没有技术，一个月还能拿几个钱？我就在家吃闲饭了，管老婆和女儿的饭，早晨起来给女儿端早点，在家还洗衣裳，买菜，完全成了家庭主妇，跟老婆的关系对调啦。

但过不了些时我到厂里去，厂里就什么都没有了，说没钱了，最后一次算给我一千三百多块钱，说以后你不要来厂里了，厂子已经卖给了别人。

我揣着一千三百多块钱，在厂里走了一圈，厂里的确什么都没有啦，机器都被人拆走了。我们几个工人在空厂房里坐了一会，抽了几支烟，大家就含泪告别了。

我说的是那些没有技术、没有后台的人，有技术的找到别的厂去了，或是自己做点什么，有后台的在厂子垮台之前早就调到更好的地方去了。就丢下我们，回家吃老本。当农民没学到种田，当工人没学到技术，一晃，嗬，四十多岁快五十岁了，人都老了，这一辈子做了些啥呀？啥都没做，白吃了几十年阳世的饭。那一阵子，我心情不好，在家经常发脾气，喝酒，一喝就把自己喝醉了，忘了做事，老婆说我，我还不服。我老婆那张嘴很讨厌，我就跟她对着干，并且渐渐动起手来。她头疼，我就敲她的头，那时候也不知是怎么想的。我们两人打着架，我女儿就护她妈，也加入了骂我的行列，我的女儿骂我婊子养的，你说她有没有家教？她骂我，那我也打。那还不打？就打她的嘴巴。后来，打掉了她一颗门牙，光补这颗牙齿就花去了千把块钱。

打掉了门牙，我女儿还不恨我呀？可我酒醒了又后悔，后悔不该打老婆的头，不该打女儿的嘴，后悔当初没在厂里学点技术。后悔有什么用？我就想，我得找点事做，不然的话，她们更恨我，说我在家里吃闲饭，吃女人的闲饭，这男人就做得很掉底子了。除了在家里凶狠，实行高压政策外，她们谁听我的？一个男人挣不到钱，在家里都没有说话的地方。这个社会什么都不狠，就是钱狠。

恰好这时我弟弟对我说，他想和他女朋友去黄石开个服装店，是别人让给他的，有一部分服装，然后再到广州进一点服装。他说让我入股，说本做大了，有了经验再开一间，也就是让我当一间服装店老板。他说钱不多，你给我五千块钱的本，赚了钱我们对半掰。我想，自己的亲弟弟嘛，我跟他感情还是不错的，我们都下放过，从小睡一个床长大。我的弟弟拍胸说做得成，说黄石很好赚钱，黄石人手撒得很，穿衣裳很舍得。他说了这个道理，说当年有许多上海人来黄石开发铁矿，如黄石的饮食都偏向下江味。这个我知道。加上我那未来的弟媳妇是黄石人，老家是上海的，更把我说动了心。我当时想过黄石那女伢未必靠得住，一看那做派就不是好货，我弟弟是在社会上混的家伙，回城后一直没有工作，派出所的常客啦。我想他如果真搞服装店，算是行了正道，做兄长的理应帮他一把，而自己又有钱赚，说不定以后能当老板呢。多的钱没有，找老婆要出了三千块钱给他。为这三千块钱，我又跟我老婆吵了一恶架。

钱拿去了，弟弟没有回来。春节回来的时候穿一双烂皮鞋，后跟直掉直掉的，还说是鳄鱼牌，八百多块呢。我说你们的服装店呢？给我分红的钱呢？我弟弟说，钱是没有了，钱我输了。哥，当着妈的面，今天你怎么做都可以，我由你了。我当即就送了他一耳光，我说老弟，这钱是我去做小生意的本钱，是想给你侄女治乙肝的钱，你竟然黑我的钱。我弟见我打了他，就一掌劈下去，把桌子劈成了两截，桌上的一桌好菜也稀里哗啦了。还好，那掌还没劈我。我弟说，哥，钱我一定还给你，总有一天，我会还给你的，然后扬长而去。

我弟走了，我哥我姐我妹才劝我，并说，老弟都找他们借过钱，都是有去无回，找我妹妹借得最多，差不多五千块了，也说是去做生意的。他们说，他是老幺，让着他点。你不让他，他真的拿刀子捅人的。自己家的人他都捅得下去。

春节期间我一直闷闷不乐，我家的兄弟姊妹就给我出主意，有的说可以在学校门口去摆个摊卖点玩具、点心什么的；有的说在汉正街打点货，像梳子、袜子、鞋垫子什么的，白天到滨江公园，晚上到江汉路去"挖地脑壳"；有的说买个电麻木（三轮）也可以，投资不多，一两千块钱，咱武汉人，路又熟，那些乡下来的开电麻木的，起步价现在就三块，一个月大几百块钱不成问题，比上班还强。

我说，就是想开电麻木，那时电麻木都上残疾人牌照，我这手基本上是残疾，怎么看都是残疾，定位蛮准嘛。但就怕上不了牌照蛮烦人的，要送礼。你上不了牌照就是黑车，到时交通大队发现了，给你一没收，你两千块钱就完蛋了。再则我又不会开，家里亲戚都没一个有摩托车的，我找谁学去？还要考驾照。这些事好麻烦呀。其实我是拉不下面子来，那时候人还拉不下面子。你要我到滨江公园去"挖地脑壳"，哈哈，当时真没想到要下这个决心。现在就不怕啦。

讨论了一个春节，没有眉目，我那时就发现我们上辈没有当官的，我们这一辈也没有，找的媳妇、女婿也没一个当官的，他们的亲戚朋友都没有当官的，怪事！他们不是工人就是无业游民。我哥哥找的还是后湖乡种菜种莲藕的。

春节过后，我姐夫给我送来了一个消息，他一个朋友办了个化工厂，专门生产洗发精，然后用收购来的空瓶子灌装，在他那儿批一瓶两三块钱，拿出去卖七八块钱，一瓶可以纯赚四五块钱，可以先提货后付款。我一想这是无本生意，何不试试？我姐夫就把我带到那儿去了。我一看，有海飞丝，有舒蕾、潘婷，应有尽有。细看就像真的，一般人根本分不出来。我进了一箱，用自行车托着，到离我们家远一些的集贸市场去卖，什么赵家条、球场街、二七路、渣甸路市场，我都去卖过。一天下来，嗬，总可以卖四五瓶，两三张钱就拿到手了。有时给市场交点，有时能躲就躲，能赖就赖。卖完了，把钱给化工厂，再进一箱，再卖。你问我有没有没收的？没有。在集贸市场卖，你只要交钱，他不管你卖啥，卖人都可以，他不管的。就是交钱的名堂太多，税钱、管理费、卫生费、治安费，这费那费，七八种，一个费一块钱，就七八块钱了。也有的管理员差劲，说，你这是假的，我们拿一瓶去化验，拿了就走了。

卖洗发水总不是长远之事，我卖了几个月，也就渐渐没有生意了。一瓶从八块卖到三四块钱，就没有赚的了。人家也认识了，知道是水货，你若到老地方去卖，那些买过的上过当的就要来质问你，脾气爆的就要揍你，要把你拉到工商所去。我就想，不能干这个事了，辛苦不说，被人打了还不划算。

可是，等我一收手我的老婆的事就来啦。我老婆在纺织厂细纱车间，我老婆的技术算是不错的，他们厂的技术能手一分钟能接二十多个线头，我老婆一分钟也能接十四五个。累啊，细纱车间，还有什么布机车间，都是很累的，机器声震耳欲聋，老婆那头痛的病、神经衰弱的病也与长期在车间劳动有关。可是，我老婆的那个四班，十几个人，说是要精简，要优化组合，一下子全班人就组合掉了。其他班为何一个都没组合掉呢？有的是有后台，有的是双职工，在厂里都有了些狠气，别人不敢惹。我老婆就这样被组合掉了，不说下岗，那跟下岗不一样吗？说是内退，强行内退，一个月发两百多块钱，两百二三十块钱。就这样，说退就退，人都没有反应过来。

这怎么行，全家就老婆两百多块钱了，怎么生活？女儿要读书，还要给她买药治病。我们就想到过去有个副厂长与我们两口子一起吃过饭的，就买了两瓶稻花香去找他。酒是收了，却无力帮我们。他说现在厂长成了总经理和党委书记了，一肩挑，一个人说了算，我这个副厂长说不定哪一天都没有饭吃，建议我们还是直接去找厂长，不要怕，这是自己的大事，饭碗都没有了，还怕什么？我们就买了好一点的五粮春去，也是两瓶。在厂长家的门口等了两个小时。那次我记得厂长家的门口在修路，到处是稀泥巴。我要老婆提着，我可不好意思提这个东西。按门铃也是要老婆按的，我的老婆说，你哪像个男人？进了厂长的屋，我们就把该说的说了。厂长倒是蛮热情的，听我们说，然后给我们做思想工作。他说牢骚是情有可原的，要我内退，我也有想法。可优化组合、竞争上岗，全国都在这么搞，国有企业生存困难，特别是纺织行业不景气嘛，你们都知道的嘛。大锅饭肯定是不能再吃了，再吃就要吃垮了。改革嘛，肯定要牺牲一部分人的利益，但从大局来说，对我们国家的深化改革是有利的，不是你退，就是别人退，反正总得有人作出牺牲。我当时就听烦了，又不好发脾气，我说她们车间一分钟只能接不到十个线头的没被优化掉，为啥我老婆能接十五个线头倒被优化掉了，这里面的问题不是明摆着的？厂长说这是车间的事，现在我们简政放权了，要真解决还是得找车间。然后他又给我们上了一通政治课，说什么改革开放就是人人要有危机感，说他也保不了哪一天就没饭吃了。都说自己会没有饭吃了，可是我看厂长家豪华得像宫殿，仅我知道的，厂长有专车，一年四季全国各地甚至外国坐飞机飞来飞去，还不是飞的工人的血汗钱。他这么说，我的老婆一急就哭起来了，鼻涕一把眼泪一把，我看她不是假装的，是真哭。她说我老公的单位早就垮了，我也内退了，我女儿又有病，乙肝，想给她打干扰素要一万多块钱，现在好啦，吃饭都成困难了，哪有钱给女儿治病？这可怎么办哪？这一下，四十多岁啦，厂长，你说我们能做什么？是年轻？我们这个年纪，到发廊里去卖身，男人也不要我们啦！

我的老婆那天哭得像个泪人，连站起来的力气都没有了。厂长的夫人还好，来劝我老婆，并扶我老婆出来，一直扶下楼梯。厂长的夫人是个好人。

我们走到车间主任的宿舍，又临时在楼下买了两瓶酒，提上去。我老婆说，那个家伙不是个好东西，他服硬不服软的，他非要人骂他，这两瓶酒说不定给你甩下楼来的。我说进去瞧瞧吧。我就拍门，我提了酒。那家伙果然不是个东西，进屋了也没让我们坐。我说呀，官越大越有礼貌，官越小越牛逼。那车间主任等我们进门了就说，金凤，你吓不了我。我老婆说，主任，我们绝不是吓您呀，我这是向您求情来了。我也连忙说，主任，我们绝不是来吓您的，我们敢吓哪个？是厂长要我们来找您的。那主任说，厂长要你们来找我，让他增加工资，他增加工资，金凤你就回来嘛，是不是？多个人我少做点事，我不舒服些？钱就那点钱，就那点粑粑，让我们分，那还不打破脑壳？厂长恶毒得狠，把恶人我们当，哪一天我都没有饭吃，我算老几。

都说自己没有饭吃，就我们有饭吃。那我们就走咧。两个人一句话不说地走到大街上，我就爆发了，我说还不是你那张嘴巴，讨人厌，那还不该你退下来？想起你这张嘴巴我就有气。她说个斑马老子的嘴巴怎么啦，这优化组合与老子嘴巴有什么关系？看看人家的男将，人家都是仗男将的狠，你没有狠，别人还不欺负我呀？你算什么男将，茅厕里的搅屎棍子——文（闻）不能文，武（舞）不能武，鸡巴卵的用。这时候你不安慰我，还来埋怨我，哪个愿意退的？这辈子就是跟你亏了，老子做姑娘伢的时候随便在街上抓个人都比你强些。我说，好，我没有用我们离婚吵，你再找一个去，找一个当官的去，找一个有钱的去。我老婆说，我快五十了，月经都快转去了，我还到哪儿找人去？我说，这就对了，怪你那张嘴巴，一天不骂人就不舒服，哪个喜欢吵？我的老婆就哭自己的命苦啊，哭我不关心她不心疼她呀。这么哭，我的心也乱了。我去拉她，我说走吧走吧，回去吧，回去再想办法吧，天无绝人之路，老天爷不会叫咱们活不下去的。你这么在大街上哭，碰见熟人了别人还不知道咱们是怎么回事。

哭累了，我的老婆就站起来，可身上发抖，抖个不止。我好怕啊，在深夜的大街上，车也稀了，路灯明明暗暗的，自己也恨不得哭一场。心想，大街宽宽的，哪条路是我们的呢？千不该万不该发火来贬斥她的，她也可怜，把她逼急了，逼成神经病了，我更加没有办法，这个家，里里外外还得亏我那老婆，没有她，天早就塌了。怪只怪我没有用。怪谁呢，怪谁都怪不住。

整整一个晚上，我那妻子就浑身抖着，止不住，头疼。给她盖被子，给她吃止疼药，都没用。我女儿也惊醒了，抱着她妈妈，又是埋怨我，说我欺负了她妈。我说我没有，我就说了她几句，她不是为我，是为她内退。

早上太阳出来的时候，我的老婆就睡着了，就安静了。再醒过来，也就没事了，就是有时在做饭时，在上厕所时，在洗衣服时，突然大声骂一声个婊子养的，把人吓一跳。就这个毛病，以后就发展成神经病了。

真正发展成神经病，那还是在她与几个内退的姐妹们自己办了个小织布厂之后。

那一段时间，我就尽量不刺激她，安慰她。她却像掉了魂似的，到处这里跑那里钻，打听有没有可做的事。后来她大姐夫总算给她找了个打扫会议室的活，是她大姐夫那个单位。她大姐夫当时已经退休了。是个大机关，在武昌。机关每天都有会开，各种各样的会议，就要个打扫会议室的

392

人，包括抹桌子呀，洗茶杯倒痰盂呀，拖地呀，还帮着买些东西，点心糖果、饮料、水果什么的，一个月一百五十块钱。我那老婆就每天坐两站路到江汉关，再过轮渡到武昌，月票也给报销了。她很高兴，每次回来的时候就讲开会的事情，还给我带点散烟回来，别人忘在桌子上了的。还有几块糖哪，几根香蕉哪，一把茶叶呀。有个事混着，她的精神就好多了，头也不疼了，早晨出去，晚上回来。中餐也就是我给她蒸好的两个馍馍，几块咸菜酸豇豆，就解决问题了。每天早上，我就比她提前起来一会，给她把馍馍蒸好，用两层塑料袋子装上，然后她就提着，去赶轮渡。馍馍中午是冷的，她说那里开水反正多的是，开水一喝，啥冷的到肚里就都热了。我记得刚好是一个冬天，老婆早晨起来戴上毛线帽子就出门了。武汉的轮渡为了创经济效益，把轮渡的二层搞成了交钱才能进去的封闭式娱乐室，看录像什么的，跑月票的就在下层，下层冬天一般都没有帘子，冻得人稀里哗啦，江上的风像刀子一样的。老婆回来总是骂轮渡，说他们缺德，搞创收把乘轮渡的人都赶到专线车上去了，这样的创收还是不创为好。天太冷啦，有时候我就要多交代几句，我体谅她太辛苦了，我说，你扫地的时候把馍馍揣在怀里，吃就热乎些。她说我知道了。我说那些小东西以后就不要往家里拿了，几颗糖哪，几支烟哪，怕让人家看破。到哪儿都不要留下个不好的名声。她说我知道了。她嫌我啰唆。下雪的时候我还要送她，我不能光顾自己睡在被窝里。上下船时那么多台阶北风一吹就结凌，不知摔坏过多少人。逢到大风天气，渡船不开，她还要倒三次公共汽车才能到武昌她扫地的那儿。

搞了一些时，我老婆觉得太苦了，钱又不多，路又太远，就与几个姐妹一合计，大家入股投资搞个小纺织厂，织坯布。她姐夫那个机关还舍不得她呢，都说她做事蛮下得身，踏踏实实，地拖得干干净净，茶杯洗得干干净净。答应再给她加二十块钱，但我的老婆被一种想当老板的幻想拖住了，幻想把她拖下水了。她说到的几个人都是蛮贴心的几个姐妹，内退了，憋了一口气，想做点事来让那些人瞧瞧。就是这股气，把事情彻彻底底搞糟了。

小织布机厂买了四台织布机，还是宽的，织三尺二的那种，大概花了三万块钱左右吧。我老婆决定拿一万块钱入股。她告诉我当时家里的确还有一万块钱的存款，这钱是准备日后女儿读书用的，读大学要花钱哪。我说你给我打埋伏，你说没有存款，原来还有一万块钱。她说不是我捂着，这钱还不是一花就花光了。她说，就这一万块钱了，我投进去，现在坯布好卖，国家对下岗职工办厂又很照顾，三年不交税，三年说不定我们就发了。她给我算了个账，一匹棉坯布可以赚一百余元，涤棉坯布也可以赚大几十元，一台机子一天一匹，一年下来，四人分，一个人两万块钱纯利没有问题。这比上班强多啦，求哪个呀，求人不如求自己。我老婆说她在滨江公园算了个命的，抽的签上面有这么两句话：求人不如求自己，求己工夫胜求人。我的老婆很兴奋，说，家就交给你了，我去赚钱，赚了钱，咱们就可以换台大彩电了；冰箱也要换了，这响声太大，又耗电；洗衣机买个全自动的，连洗带甩干。头年赚了钱，就拿一万块钱给姣姣打干扰素去，把她的乙肝治好。再辛苦几年，咱就不是万元户了，就是十万元户啦！她说这还是个机会，说不定这下就翻身了的，哈！我那老婆眉飞色舞。我说你们几个内退的女人，还想搞大事，是不是有点自不量力？她说大家都是内行，这个又不担风险，又不是白菜萝卜水果，怕烂了亏了，这不会亏的，咱们的技术也不错，织出的坯布绝对是一等品，自己的布那不比过去给厂里织的细一千倍！

好啦，我没有什么话可说，一年能赚两万元我还说什么？我只是想，一下子投进去这么大一笔钱，收不回来怎么办？我想着就怕，可我老婆似乎完全没想这个问题，只想着一年的两万元，好像这两万块钱已经给她准备好了，只等年终的时候去取。

我老婆她们几个做事真是吃得苦呀，我说，女人吃得苦，比男人还能吃苦，她们从安装机器开始，就住在了厂里。那厂是我帮着租的，找我嫂子在后湖乡租的几间空房，很便宜。然后她们就找熟人进纱锭，先交一部分钱，布卖出来了再还款。10 支、16 支棉纱，32 支、42 支腈纶纱，都进。

布织出的那天我老婆回来了，高兴得像什么似的，说，机器蛮好用，布也织出来啦，四台机器四匹，得到啦！我老婆找出了在厂里上班的纺织工作服、围裙和帽子。我看见她从箱子底下翻出来的，叠得好好的，还放了樟脑丸。我老婆说，我还以为这一辈子再也用不上了呢，现在又穿上了。我老婆身上有樟脑丸味道的工作服，就又是纺织女工了。我老婆穿上工作服，对着镜子照了又照，说，还是上班好啊。她说这句话的时候差点流下泪来。我老婆就这么穿上工作服上她自己工厂的班去了。

我老婆半个月没回来，我就去后湖乡看她，想看看她们几个四五十岁的老纺织女工办的厂究竟怎样了。我到一个破烂的大院子里找到了她们的厂，院子里外拴着些牛，到处是牛粪和臭味，她们的四台机器却轰隆隆地转得欢。那是什么厂啊，外面堆着稻草，厂房内麻雀乱飞，房子倒不小。我到处看看，在旁边一间房子里安着一口锅，就用砖搭的灶，灶烧的是柴草，有些白菜、洋芋什么的，这就是她们吃饭的地方了，几个碗放在锅里还没来得及洗，半锅洋芋冷冰冰的。厨房后头是睡觉的地方，几张木板子，铺上稻草，几床被子。这比咱们当年知青住破庙还苦啊，我看着这些，当时鼻子就酸了。

我去喊我的老婆，我看见她和几个姐妹正埋头在织布，一人一台机器。还真是那回事，布织得很好，很白。她们选出来的厂长是赵大姐，赵大姐见我去了，说，来视察来啦，欢迎领导同志视察。我说真不错呀，真搞起来了啊。赵大姐说，靠你们男将，喝稀饭。女同志干事呀，干一件成一件，男将干事，十件没一件成的。

她们都自豪得不行，我就连连夸奖她们，心里却说，这哪是纺织厂呀，这就像小伢"过家家"。我老婆瘦多了，我说你头还疼吗？她说疼让它疼去。我要她坚持服药，她说一忙就忘了。

我从她们那儿出来，听到纺织机声渐渐没了，看着安静的城郊的景色，鼻子一阵阵地发酸。我在心里问，这就是创业啊？这大把年纪了，还不就是想把个生活混过去嘛！

然而搞了四个月不到，我老婆她们就完了。事情蛮简单的。她们织出的坯布自己没人推销，因为都上机忙嘛，还因为她们过去都是工人，没干过销售这活，屁都不懂，相信别人了，交给原来厂里销售科的一个副科长，也是个女的，跟赵大姐关系很好的一个。那女的当然愿意嘛，可以拿回扣嘛。就这样，让她代理销售。

第一个月不错，坯布卖了，货款没完全收回来，收了一部分够进纱锭的。第二个月销售还是很好，没积压，就钱没收回。第三个月还是钱没收回来。赵大姐急了，没钱进纱锭，就要停产了，便亲自去追货款，一直追到江苏，一问，全付清了。那个女副科长呢，个斑马养的，进戒毒所啦，把我老婆她们的坯布钱全吸了白粉！

机器被人抬走了，租房子的钱和电费至今还欠着，全是我嫂子担了。我们两口子那些年积攒的一万块钱，就这么打了水漂。

　　我老婆就疯了。那还不疯？我老婆那些天人就恍恍惚惚的，嘴里不停地咕咕叽叽。有一天晚上我以为她去上厕所的，她光着身子就出了门。唉，夫妻俩就这一万块钱的积蓄呀，谁知道她是怎么攒的，一分一厘地攒，全成了人家注射的毒品。

　　你说找那个科长的家里人要？她的老公也是个吸毒犯，双双都在戒毒所里。

　　我老婆犯病了经常往后湖乡跑，我几次都是在那里找到她的。我老婆在那个拦牛的大院子里，还坐在空空荡荡的过去放机器的地方，说，看，出布了，出布了！我老婆将那身纺织女工的衣裳穿得周周正正，帽子也戴得周周正正，就那么坐着，说，出布了，出布了。我就说，是棉坯呢，还是涤坯？我老婆不搭理我，就笑，就破口大骂，个斑马养的。我就说，啥布都没有，女人厕得起三尺高的尿来！我上去就抽她一个嘴巴，把她抽清醒了，就把她带回来。每次都如此。

　　为她治病，没少花钱。我是烟也不抽啦，酒也不喝啦，特别是她两个姐姐，总是拿钱出来给她治病。她妹妹没钱。她妹妹我不是说了是个白化病人么，后来找了个老公，生了个十分乖巧的儿子，但被老公甩了，她一个人带个孩子。我老婆那纺织厂多少还给报销点医药费，但你每次去，拿一把药费条子不是找不到这个就是找不到那个，再不就说没钱了，下次再来。我就想老婆病成这个样子了，我弟弟还欠我三千块钱，我于是便到黄石去找我弟弟，让他想办法还点钱我给他嫂子治病。我到了黄石，我才知道我弟弟在专给人拉皮条，靠这个混饭吃，混一包烟抽。你看，堂堂的武汉伢，一表人才，在黄石竟干这个。我当下就要他回武汉去，我说钱我可以不要你还了，但你得回去，别给自己丢脸给咱们家丢脸了。

　　回来以后我弟弟说，哥，钱我还你，不过要请你帮点忙，咱们一起做点事。我说啥事？他说摆象棋残局。他说我在黄石摆过，赚钱。他说你就帮着做个"笼子"演个戏，我还有两个哥们儿，一起出去在汽车站外马（外地人）多的地方去摆，有时戏演好了，什么戒指、手表、手机全输给你，几百块几千块输的都有，就是要演得像。我一听就火了，我说欺负乡下人、外地人，做笼子让人钻，这不伤天害理吗？你也下过乡的，咱们都做过乡下人，你未必把什么都忘了？咱穷是穷点，可不能做那伤天害理的事，人家会骂着咱说，难怪他们穷得没正当职业干坑蒙拐骗的，为人不善嘛，那还不一辈子穷，世世代代都受穷？穷也要有人味。我吼了我弟弟一通，我弟弟不服，说，听你这话就气，那些贪污受贿的干部家里金银成堆，他们就善了，比咱们不坏一百倍？为啥富呢？这年头，人不坏能来钱？于是我弟弟就去摆残局，压分子撞猴子去了，还还了千把块钱给我。但有好几回都撞在警察手上了。

唉，我们这把年纪，是坏事不敢搞，好事也搞不成啦。就是这样，坏不能坏，好不能好，这辈了一晃就晃完啦。

到这里来吹箫，也是突然想起来的，好玩。有一天夜里，闷得慌，出来散心，就走到这条街上来了，要了几块卤干子，想喝瓶啤酒解闷。见到这些卖唱的，我的妈呀，我承认极个别有水平，但大多五音不全，这些外地人，就这种水平还敢来汉口混，我佩服他们胆真大。山中无老虎，猴子充大王。我看有几个吹笛子吹黑管还有巴松的，我想，我比他们吹得好。我就开始暗中观察，看他们一个晚上能赚多少钱，嘿，我看了几个，到转钟一点的时候，两三张钱甚至五十元到了手。这样下来一个月不上千块！我就想，我也来吹一把试试，这里还没有箫，还是个新鲜名堂。

我这样做了决定，半夜回去，就翻箱倒柜，找出这管箫。用旧衣服包得蛮好，十几年、二十年没动啦，下乡当知青的一件纪念品。当初之所以把它保存，还是信了点迷信，病退回来的那一次，我与我老婆在路上双双遇险，死了那么多人而我们两个毫发无损，我当时手上就抓着这管箫，我就认为是它保了我们的命，因此，不吹还是把它藏下了。现在我没饭吃了，它又要救我的命。我找出了箫，赶快把它浸水，我们叫润音。箫跟人一样，在吹之前要先喝水润润嗓子，这样，声音就有水灵灵的味道，焦脆，否则，就是哑不拉叽的。我润了音，关进厕所里，吹了两曲，一点都不生疏，就像每天都在吹一样。那个晚上别提多兴奋了。第二天一早我就去新华书店，买了一本《箫演奏》，我得练几首传统曲子，因为我识简谱，就每天练《春江花月夜》《渔舟唱晚》《平沙落雁》《苏武牧羊》什么的，还有《梁祝》《送别》。我每天在家里练，我女儿不满，说，妈有病，你还有心思吹箫？我也不解释，先练。我那有病的老婆一听见我吹箫，多躁的精神都安静下来了，像不认识我一样，坐在远远的地方呆呆地看我吹箫，面带微笑。我发现这箫声还真能治我老婆的疯病。也可能是箫声又把她带回了插队的那种生活的记忆中，她头脑虽不清醒了，但这箫一吹啊还是能触动她那根没有病变的神经的。反正，箫使她安静多了。

我就练了一个星期，练得差不多了，我便拿着箫也写了个牌子来到这里。我让自己像平常一样。刚开始没有啥生意，赚不到钱，我就半卖半送，给十块吹两曲三曲，没人点我在空桌前也吹，让大家接受我的箫。慢慢地，我就有了一些听众了，老年的、中年的，甚至小哥哥们。流行歌曲我也吹，流行啥我就能吹啥。箫嘛，这是中国管子，虽然土点，但它有它自己的味，你西洋管子再好，像双簧管、大管、大号小号什么的，照我看来，还是没有咱中国管子好听。总有听得懂的人，他听厌了吉他自弹自唱，再来点箫，闭着眼睛听，声音直往心里去。箫就是这样，把曲子送到人的心里去。

开始的时候我没给我的女儿讲，女儿还以为我在外干什么坏事呢。我天黑出去，半夜三点回来，我女儿说我不管她，也不管她妈。我说我挣钱去了，就把那些钱拿出来堆到桌子上，一块两块的，五块十块的。然后我就去菜市场，买肉呀，买鱼呀。我把它们做好了，端上桌，就说，你们来吃呀，这都是我挣的，我吹箫挣的。你们不是说平常没有油水吗，从今以后大肉大鱼让你们吃个够。我女儿那肝病非得要吃点有油水的东西，加上学习又紧张，营养跟不上，人就打不起精神。我那痴痴呆呆的老婆吃着肉，我就对她说，金凤，你还记得箫呀？咱们那时候垒大寨田搞田间小演唱吹箫，晚上在那个庙后头的山上，咱们吹箫。你看，就这点东西，丢了也就丢了，不丢，现在能换来吃的喝的了。你看，我啥力气都不费，吹了两曲，酒就跟我走回来啦。我端举酒杯，我亮着酒。我想给谁敬一杯酒，给箫么，就是箫。我想敬它一杯。我想说，老伙计，你不声不响的，现在你能帮我了。

在这里晚上吹箫，白天睡觉，我就照顾不了我的老婆了，我把她交给了她大姐。她大姐是个好人，她大姐夫也是个大好人。她大姐夫是军人嘛，退休后闲不住，他们住徐家棚江边，退水后有大片的江滩，他就在江滩上开了几垄荒，种些白菜萝卜、菜薹豌豆什么的，在地头搭个小棚住里面。她大姐的两个儿子都参加工作了。于是她大姐就照顾我老婆。我老婆在她家准时吃药，病情控制住了。不过她不能看见纺织厂的工作服，见了

398

就焦躁不安，往后湖乡跑，也往自己过去的厂子里跑。

白天，我也过江去看看我老婆，跟她说说话，有时就到她大姐夫的菜棚去聊聊天，喝喝酒。我们在江边的小棚里喝着酒，看着江对面汉口的高楼大厦。我听她大姐夫说，有几个香港的游客曾散步到他那儿，跟他说，在这儿看汉口，也就跟站在九龙看香港一样，汉口这几年简直就像香港了。的确，我看也是，我在她大姐夫江边的菜地里，也喜欢看汉口，特别是打雷过后，天上干净了，没了雾霾，那一栋栋高楼几好看哪，把汉口都占满了，听说，马上有一栋世界第二高的楼要竖起来了。我就想，生活总还是有希望的。我拼命地吹，努力地吹，想多挣几个钱。到了月头，我就到我女儿姣姣的大学去，把我挣来的钱给她，一般是三百块钱。我要她尽量买好的吃，不要克扣自己。我女儿接了钱也不给我说什么，也不送送我，我就赶快回来。女儿的病一直是我的心病。虽然她不想跟我说什么，有时一个月才回家一次，内心里可能还恨我，我打掉了她的门牙嘛，打骂过她妈妈嘛，但不管怎样说，她还是我女儿。我想多挣点钱，给她去打那个贵得要死的进口干扰素针。因为她以后要结婚，生子，有这病谈起男朋友来都困难哪。唉，今后我也不想靠我那女儿，她跟我没话说。我知道我的晚年肯定是很孤独的，那时候，我就带着这管箫去全国流浪去。我相信有这管箫，哪儿都能弄来吃的。跑不动了呢，往哪儿一歪，鬼都不晓得。哪儿死了哪儿埋……

吹箫人喝光了杯中的酒，被人唤过去了，他的故事大致也讲完了。我的酒也喝得差不多了。在人头攒动的酒桌中看到他，正坐在一群亢奋的食客中间，他在给他们吹什么《新鸳鸯蝴蝶梦》，我依稀听见："昨日像那东流水，离我远去不可留，今日乱我心，多烦忧，抽刀断水水更流，举杯消愁愁更愁，明朝清风四漂流，由来只有新人笑，有谁听到旧人哭……"

我走出大排档，外面街道的空气清新多了。依然是车水马龙，霓虹闪耀，武汉的夜色越来越美。